中国绝句诗史

周啸天 著

四川人民出版社

图书在版编目（CIP）数据

中国绝句诗史 / 周啸天著. -- 成都：四川人民出
版社，2025.1. -- ISBN 978-7-220-13814-0

Ⅰ. I207.209

中国国家版本馆 CIP 数据核字第 20243W8F71 号

ZHONGGUO JUEJU SHISHI

中 国 绝 句 诗 史

周啸天　著

责任编辑	刘姣娇
封面设计	张　科
版式设计	张迪茗
责任校对	刘　静
责任印制	周　奇

出版发行	四川人民出版社（成都三色路 238 号）
网　址	http://www.scpph.com
E-mail	scrmcbs@sina.com
新浪微博	@四川人民出版社
微信公众号	四川人民出版社
发行部业务电话	(028) 86361653　86361656
防盗版举报电话	(028) 86361653
照　排	四川胜翔数码印务设计有限公司
印　刷	四川机投印务有限公司
成品尺寸	145mm×210mm
印　张	17.5
字　数	380 千
版　次	2025 年 1 月第 1 版
印　次	2025 年 1 月第 1 次印刷
书　号	ISBN 978-7-220-13814-0
定　价	78.00 元

前言

　　绝句是传统汉语诗歌最短小的样式。金圣叹分解唐人律诗，就把一首律诗看成是由两首绝句组成。五古中的《西洲曲》，七古中的"四杰体"，也可以看作是由若干首绝句组成的。至于词体的来源之一为绝句，也是一个不争的事实。

　　王夫之说："不能作七言绝句，直是不当作诗。"（《姜斋诗话》三八）胡适说："要看一个诗人的好坏，要先看他写的绝句。绝句写好了，别的诗或能写得好。绝句写不好，别的一定写不好。"严羽说："律诗难于古诗，绝句难于八句。"（《沧浪诗话·诗辨》）杨万里说："五七字绝，字最少而最难工，虽作者亦难得四句全好者。"（《诚斋诗话》）各自道出了事实的一个方面。统而言之，便是绝句易作而难工。易作，故能普及；难工，故能穷诗之极诣。

　　绝句是中国古典诗歌最短小的体裁。然而，南北朝时期还有十三字或十五字的小诗流行，它们表达的意境也相当完整，如："折杨柳，百鸟园林啼，道欢不离口。"（《读曲歌》）"相送劳劳渚，长江不应满，是侬泪成许。"（《华山畿》）然而，为什么不是这种或别的什么"更经济的短歌体"（胡适），而恰恰是绝句，作为中国古典诗歌的最短小体裁被肯定下来呢？

　　在中外民歌中，以四句为基本结构的诗体一直占有很大优势，这绝不是一种偶然的巧合。《诗经·国风》中很多诗是四句一章，一篇往往由几个重叠的章节组成，如周南的《桃夭》、卫风的《河广》、郑风的《风雨》、陈风的《月出》等，诗的主要内容，通常在第一章就表现出来了。以后各章，只是在这个基础上同义反复或易辞申义。因此可以说，它们是以四句为基本结构的。此后，直到近代的民歌，四句体仍然占有明显的优势。川西坝子有一首迎亲歌："关关雎鸠来说亲，在河之洲请媒人。君子好逑说成了，窈窕淑女抬过门。"是现成的一首绝句。外国民间歌谣四句体形式也很普遍，例子不胜枚举。

二段体是乐曲的基本形式之一，由两个明显的段落组成。前后两句相互对称或形成对比，与谣曲体一致，"二句一联，四句一绝"（《围炉诗话》一）的绝句形式，与音乐上的二段体完全吻合，这该不是偶然的吧。一首绝句的上联与下联各相当于一个"乐段"，每联的出句和对句各相当于一个"乐句"。绝句结构具有很强的音乐性。

近体诗的节奏主要是通过字音平仄的相间相重构成的。"在音节上，每四句构成一个单元，每八句体现一次相间相重。""绝句则以四句为一篇，它的句数本来是律诗的一半，当它律化以后，音节上恰恰是一个单元"（沈祖棻《〈唐人七绝诗浅释〉序言》），但只有相间而无相重。而所谓"相间"，实际上体现为平仄的对称或对比。近体的五七言绝句的主要平仄格式各四种，每种都是由仄起仄收、平起平收、平起仄收、仄起平收四类句式，两两成对，搭配成篇。句与句间有"对"的关系，联与联间有"黏"的关系。换言之，即句与句、联与联，"每一对中的组成分子是互相补充的、类似的，而又不是相同的"。

上述情况表明，绝句体本身具有完整的音乐要素，这正是它别的短歌体优越的地方。在音律学已作为专门学问出现，而五七言已成为诗歌主要样式的时代，绝句（五言绝句和七言绝句）作为诗歌的最短小体裁被肯定下来，也是势所必至的。

此外，中国诗歌以用韵为通则。因此，押韵是诗歌形式上的要素之一。具备这一要素的起码要求是一对韵，即要具有两个韵脚。从《古诗十九首》到南北朝诗，五言诗起句多半不入韵，隔句用韵。两句一韵，四句方能一叶。"句法平仄各不相重,无论律古,黏对联韵,必四句而后备"(《声调四谱》),故四句成为最小单位。七言诗情况略有不同,初以句句用韵为常。两句便可成为最小单位,到后也发展为隔句用韵,而首句可不入韵(或从宽用韵),因而七言诗的最小单位也就由两句伸展为四句了。

一篇绝句以上下联为两个基本单元,它们既可以分别承担抒情、描写、叙述和议论,也可以都是描写。不但能完整地表达一个意境,独立成篇,而且在形式上具有独特的优点。绝句虽属近体,但与律诗比较,形式自由多变,较少束缚。律诗中间两联必取骈偶形式。而绝句于骈偶无此固定要求,它既可两联完全散行,也可随兴以骈偶做点缀。以七言绝句为例,有散起散结、对起散结、散起对结、对起对结四式。从声律讲求上说,也较律诗为宽。律诗黏对讲究极严,绝句却不妨失黏,称"折腰格",如《渭城曲》。

绝句在律化以前,就曾以民歌和短古的形式存在,由于历史延续性,终唐之世未废古绝一体。五绝尤常用仄韵,即属古体范畴。名篇如孟浩然《春晓》、李绅《悯农》、施肩吾《幼女词》等,俯拾即是。因此,绝句既有形式整饬、音韵和谐的优点,其格律又具有自由伸缩的余地,便于为作者掌握运用,可谓体兼古近之长。

绝句体裁主要有五言、七言两类,此外尚有四言、六言两类,但四言体在六朝以后,即无传人,六言体作者寥寥,存数极少,固不能与五、七绝并论。

五、七言绝句最基本的特点是一致的,但二体间又确乎存在一些不容忽视的差别。五绝产生较早,唐以前就大量创作,所以向来多古调,七绝大量写作于唐以后,当时律诗已成立,所以基本上属于近体。近体五绝与七绝的平仄定式一一对应(所有七绝格式均可由五绝格式每句前添"平平"或"仄仄"一个音步得到),五绝首句多不入韵,七绝首句以入韵为常。

五言句由三顿(三音步)组成,七言句由四顿(四音步)组成。多一顿往往多出一个句子成分，句法之构成就具有更丰富多样的可能性。一般说来，七绝较五绝容量的弹性度为大，能适应更广泛的题材内容，所以在唐代有后来居上之势。"五绝、七绝作法略同，而七绝言情出韵较五绝为易。盖每句多两个字，故转折不迫促也。"（施补华《岘佣说诗》一九二）相对而言，"五言尚安恬，七言尚挥霍"（刘熙载《艺概·诗概》），"五言绝尚真切，质多胜文；七言绝尚高华，文多胜质"（胡应麟《诗薮》内编卷六）。较之五绝，有如挽强用长。"至意当含蓄，语务春容，则二者一律也。"（同前）

绝句体的天然局限，是体制的短小。体制短小，要正面表现波澜壮阔的生活图景、错综复杂的社会矛盾、深沉博大的思想内容，则显得力不胜任。然而，社会生活与自然美丰富多彩、千姿百态，给人们以丰富的诗意感受，其中大部分不足以施之长篇，特别需要一种短小灵便的诗歌样式来以表现。绝句体就提供了一种灵活的、可以多方面反映生活而为长篇诗歌不能取代的样式。同时，因为篇幅的短小，使得绝句更须在概括凝练上做更大的努力，以求小中见大，计一当十。

故赵宧光曰："诗也者，正所谓言有尽而意无穷，寄无形于有象。……小可谕大，浅可致深，近可寄远……若夫绝句大旨，则已精而益求其精，已简而益求其简。合四句如一句，绎稠情于单词，无言之言，若尽不尽，说者云绝妙之句，即非格制本旨，然亦不大远其名也。"（赵宧光《万首唐人绝句·刊定题词》）

绝句基本上在唐代定型，"为唐人之偏长独至，而后人力莫追嗣者"（《升庵诗话》十一）。在唐代，有专工绝句的大诗人产生，如王昌龄、李益、刘禹锡、杜牧，绝句在其创作中占首要地位；没有不工绝句的大诗人存在，李白、杜甫、王维、孟浩然、高适、岑参、元稹、白居易、韩愈、孟郊、柳宗元、李贺、李商隐等，都在绝句史上占有显赫的地位，尤其李白、杜甫，他们或代表着绝句的最高成就，或在绝句史上起了承先启后的巨大作用；不少诗人因一二名篇而名垂诗史（如王之涣、王翰等）；不少歌者因唱了一两首绝句而名闻后世。绝句发展的每个阶段上都产生了大批优秀作家，他们留下大量绝句杰作，或虚实相济，或二元对立，或小中见大，或借端托喻，或侧面微挑，提供了成功的艺术经验，形成了多姿多彩的艺术风格和流派。

什么是虚实相济呢？简言之，情为虚（诉诸意会），景为实（诉诸视觉），说一说为虚，画一画为实。所谓虚实相济，即先情后景，即先说后画，如"移舟泊烟渚，日暮客愁新。野旷天低树，江清月近人"（孟浩然《宿建德江》）。或先景后情，即先画后说，如"千里黄云白日曛，北风吹雁雪纷纷。莫愁前路无知己，天下谁人不识君。"（高适《别董大》）虚实相济，能产生想象的空间。四句皆画（杜甫绝句多有），四句皆说，则不免单调。什么是二元对立呢？① 就是对立面的相互依存，是七绝最典型的一种结构。如王昌龄《闺怨》，前二写"闺中少妇不知愁"，后二写"悔教夫婿觅封侯"，四句又有起承转合之关系。崔护《题都城南庄》，前二写去年今日，后二写今年今日，将物（桃花）是与人（人面）非作对比。刘皂《旅次朔方》（一作贾岛《渡桑干》）、李商隐《夜雨寄北》，都是这种结构。什么是小中见大呢？就是以鸟鸣春、以虫鸣秋，窥斑见豹，以一滴水反映太阳的光辉。如"寥落古行宫，宫花寂寞红。白头宫女在，闲坐说玄宗"（王建《行宫》，一作元稹诗），小场景，大话题。沈德潜评，说玄宗，不说玄宗长短，佳绝。只四句，足抵一篇《长恨歌》。"检得旧书三四纸，高低阔狭粗成行。自言并食寻常事，惟念山深驿路长。"（元稹《六年春遣怀》）通过一封旧信，反映的是夫妻间的百年恩爱。什么是借端托喻呢？简单说，就是比兴手法。② "妾有罗衣裳，秦王在时作。为舞春风多，秋来不堪着。"（崔国辅《怨词》）怨的是罗衣，刘大櫆说是"刺先朝旧臣见弃也"。"洞房昨夜停红烛，待晓堂前拜舅姑。妆罢低声问夫婿，画

---

① 参施议对《绝句作法见证》。

② 刘熙载《艺概·诗概》："以鸟鸣春，以虫鸣秋，造物之借端托喻也，绝句之小中见大似之。"这里系用其语，而不袭其意。细味"借端托喻"与"小中见大"，虽有交叉，实为二事。

眉深浅入时无？"（朱庆余《近试上张水部》）表面是闺房记趣，骨子是干谒求助。端，就是喻体。什么是侧面微挑呢？刘熙载说："绝句取径贵深曲，盖意不可尽，以不尽尽之。正面不写写反面，本面不写写对面、旁面，须如睹影知竿乃妙。"（《艺概·诗概》）如"昨夜风开露井桃，未央前殿月轮高。平阳歌舞新承宠，帘外春寒赐锦袍"（王昌龄《春宫曲》），沈德潜评："只说他人之承宠，而己之失宠悠然可会。"这就是侧面微挑。诗用汉武帝时卫子夫得宠事，因为不是咏史，所以也是借端托喻。

宋人在继承唐代绝句的基础上，从题材、语汇的开拓到手法的翻新，有所创新。"有宋列祖，世尚文苑，临池之次，多取唐人短章以供点染，非以其精简耶，其亦以为有合于风人之旨耳。"（赵宦光）杨万里自叙学诗经历云："余之诗始学江西诸君子，既又学后山五字律。既又学半山老人七字绝句，既乃学绝句于唐人。"（《荆溪集·自序》）王士禛《池北偶谈》举宋人绝句可追踪唐贤者，计有苏舜钦、王安石、苏轼、黄庭坚、陆游、姜夔等二十余家，李慈铭说："宋人绝句，若东坡、石湖、白石三家，风调清远，多逼唐人，此特其匡略耳，不得谓阮亭（王士禛）取去，尽于此也。"（李慈铭《越缦堂读书简端记》）元、明时代虽有专宗唐人绝句者，成就皆不及宋人。清季迄今，高手甚多。

五绝以小古风为主，纯乎天籁，艺术诀窍在一气蝉联，篇法圆紧。金昌绪《春怨》（打起黄莺儿）、屈复《偶然作》（百金买骏马）、黄仲则《新安滩》（一滩高一滩）最为可法。我尝作桂林杂诗，其一咏象鼻山，云："古时有大象，渴饮漓江水。漓江饮不尽，化作一山美。"虚构故事，即用此法。

七绝属近体，可参人工，尤重结尾的艺术①。元人杨载谓"多以第三句为主，而第四句发之"，"婉转变化工夫全在第三句"。《骚坛秘语》

---

① 有的五绝也重结句，如抖包袱。如陈毅《冬夜杂咏》："一切机械化，一切电气化，一切自动化，总要按一下。"黄景仁《新安滩》："一滩复一滩，一滩高十丈，三百六十滩，新安在天上。"屈复《偶然作》："百金买骏马，千金买美人，万金买高爵，何处买青春？"

亦说"绝句精要，第三句是"、"绝句健决第四句是"，无非强调下联的重要。一种方法是用否定词形成跌宕或唱叹，如"黄沙百战穿金甲，不破楼兰终不还"（王昌龄）、"今夜不知何处宿，平沙万里绝人烟"（岑参）等。一种方法是用限制词形成跌宕或唱叹，如"只今惟有西江月，曾照吴王宫里人"（李白）、"孤帆远影碧空尽，惟见长江天际流"（李白）等。还有一种方法是用问句或呼告语形成跌宕与唱叹，如"醉卧沙场君莫笑，古来征战几人回？"（王翰）、"日暮征帆何处泊，天涯一望断人肠"（孟浩然）、"儿童相见不相识，笑问客从何处来？"（贺知章）等。总而言之，第三句和第四句"承接之间，开与合相关，反与正相依，正与逆相应，一呼一吸，宫商自谐"（杨载《诗法家数》），形成内在韵律。如李白《朝辞白帝城》第三句用猿声写速度感消失，第四句则回到对速度的强烈感受，总是一反一正、一逆一顺、一开一合、一呼一吸，宫商自谐，构成唱叹。"无此句则直而无味，有此句走处仍留，急语仍缓"（施补华《岘佣说诗》），充分表现了诗人遇赦东归的轻快心情。

今人钟振振则以排球喻诗，谓第三句是二传，第四句须扣球。这就比杨载说得还好，尝作《重庆南山一棵树》绝句，第三句云"人在乾元清气上"，把球托得很高，第四句云"三千尺下是银河"，把球扣得很死，真是佳作。滕伟明则说，转是制造悬念，把话题岔开，是故意卖关子，激发读者的好奇心，合是抖包袱。尝作《留别蓬溪同乡》诗云："长江主簿是前缘，落魄巴渝有后先。一个诗囚分两半，君宜分浪我分仙。"第三句就是卖关子，第四句则是出奇制胜。绝句就该这样写。

目录

第三章　拓新期（杜甫到两宋）

绪　论

一

绝句体

传统汉语诗歌样式甚多，大体有诗、词、曲之别。每一样式中，又可细分不同体裁。诗、词、曲中，以诗为基本样式。诗，按每句字数，可细分为四言、五言、七言、杂言等体，以五七言为基本样式；按句数及格律，则可细分为古诗、律诗和绝句，以绝句为基本样式。

绝句是传统汉语诗歌最短小的样式。金圣叹分解唐人律诗，就把一首律诗看成是由两首绝句组成。五古中的《西洲曲》，七古中的"四杰体"，也可以看作是由若干首绝句组成的。至于词体的来源之一为绝句，这也是一个不争的事实。

胡适说："要看一个诗人的好坏，要先看他写的绝句。绝句写好了，别的诗或能写得好。绝句写不好，别的一定写不好。"其实早在清代，王夫之就说过意思相近的话："自唐以后，不能作七言绝句，直是不当作诗。"（《姜斋诗话》）看来绝句是好写的了。

然而不然，严羽说："律诗难于古诗，绝句难于八句。"（《沧浪诗话》）杨万里也说："五七字绝，字最少而最难工，虽作者亦难得四句全好者。"（《诚斋诗话》）看来绝句创作的水又很深了。二说似相矛盾，其实各自道出了事实的一个方面。统而言之，便是绝句易作而难工。易作，故能普及；难工，故能穷诗之极诣。绝句之为传统诗体中璀璨的明珠，良有以也。

港台地区曾举行过一次"最受欢迎的十首唐诗"评选活动，入选的十首唐诗中有八首是绝句，如孟浩然《春晓》、李白《静夜思》《早发白帝城》、王之涣《登鹳雀楼》等，皆千百年来中国人家弦户诵之作。

在传统汉语诗体中，绝句历时最长，经久不衰，至为今人所乐于采用。1992年中华诗词学会发起的一次全国性诗词大赛中，荣获一等奖的两首诗，其一即为七绝："铁马金戈百战余，苍凉晚节月同孤。冢上已深三宿草，人间始重万言书。"（杨启宇《挽彭德怀元帅》）评者谓见史笔、见文心。同时入围百余章，不少长篇大作，不免屈居其后。至于域外，对于日本、韩国、越南等邻邦诗人，绝句是其较能运用自如的汉语诗体。

在汉语诗歌中，绝句确乎是基本的诗体，有着举足轻重的地位。

绝句与古诗

从诗史上看，撇开四言不论，较早出现的五言绝句本是古体，也就是四句的五言古诗。即使在近体绝句出现并成为绝句主流以后，五言绝句由于历史的缘故，仍多不入律，可以作短小的古风看。唐人绝句许多名篇，如孟浩然《春晓》、李绅《悯农》（一题《古风》）、施肩吾《幼女词》、柳宗元《江雪》等仄韵绝句，都可作如此观。

此外，不少乐府古诗又多作四句一解，即四句一韵而在意义上自成段落，可以看成是由若干绝句构成。五言古诗如：

步出城东门，遥望江南路。前日风雪中，故人从此去。/我欲渡河水，河水深无梁。愿为双黄鹄，高飞还故乡。（古诗《步出城东门》）

忆梅下西洲，折梅寄江北。单衫杏子红，双鬓鸦雏色。/西洲在何处？两桨桥头渡。日暮伯劳飞，风吹乌臼树。/树下即门前，门中露翠钿。开门郎不至，出门采红莲。/采莲南塘秋，莲花过人头。低头弄莲子，莲子清如水。/置莲怀袖中，莲心彻底红。忆郎郎不至，仰首望飞鸿。/鸿飞满西洲，望郎上青楼。楼高望不见，尽日栏杆头。/栏杆十二曲，垂手明如玉。卷帘天自高，海水摇空绿。/海水梦悠悠，君愁我亦愁。南风知我意，吹梦到西洲。(南朝乐府《西洲曲》)

朝发广莫门，莫宿丹水山。左手弯繁弱，右手挥龙渊。/顾瞻望宫阙，俯仰御飞轩。据鞍长叹息，泪下如流泉。/系马长松下，发鞍高岳头。烈烈悲风起，泠泠涧水流。/挥手长相谢，哽咽不能言。浮云为我结，归鸟为我旋。/去家日已远，安知存与亡？慷慨穷林中，抱膝独摧藏。/麋鹿游我前，猿猴戏我侧。资粮既乏尽，薇蕨安可食？/揽辔命徒侣，吟啸绝岩中。君子道微矣，夫子故有穷。/惟昔李骞期，寄在匈奴庭，忠信反获罪，汉武不见明。/我欲竟此曲，此曲悲且长。弃置勿重陈，重陈令心伤。(刘琨《扶风歌》)

古诗《步出城东门》可以看作由两首绝句组成。前四句作独立的绝句看，即在唐诗中亦不失为第一流作品。《西洲曲》和刘琨《扶风歌》两个长篇都是四句一解，其中特别值得注意的是《西洲曲》。这首诗通过一次错过的约会写江南水乡青年在采莲季节的恋爱情思，除第四解换韵而外，每一解从形式上看，均合于五绝体，正可以看作若干首五言绝句的组合，在形式上实在是一个创调。《西洲曲》被郭茂倩列于杂曲歌辞，与吴歌、西曲性质相同，被认为是吴歌、西曲最成熟、最精致的作品。而吴声歌曲与西曲歌中的作品，如《石城乐》《襄阳乐》《大堤曲》等，几乎都是绝句。尤可注意者，是这些绝句不少是具有同一母题的作品，有的已具组诗或联章体的性质，如西曲歌中的《三洲歌》三曲、《采桑度》七曲、《江陵乐》四曲、《青阳度》三曲等都是如此。《西洲曲》比它们更进一步的是，把绝句体连缀成长篇形式，从而产生了一种质的变化，创造了一种古诗形式。虽不再是绝句组诗，却是由联章绝句演变而来的。

七言古诗成熟较五言古诗为晚，初唐以前的七言古诗基础比较薄弱，写法比较自由，句式长短不固定，不讲平仄，南朝宋时鲍照的《拟行路难》诸作就是显例。初唐四杰吸取了近体诗在声律的成果，创造了一种声调圆转、音乐性极强的新的歌行——其特点是句皆七言，四句一节或大体上四句一节，节自为韵。通常平仄韵交替，每节的首句入韵（即用逗韵），一篇歌行仿佛由若干首绝句连缀而成。在修辞上多用复迭手法（顶真、回文、分总、迭字等）及对仗、排比，从而形成一气贯注而又缠绵往复的旋律，风度可歌。王勃的《滕王阁诗》仅两节，是一个最小的范例：

> 滕王高阁临江渚，佩玉鸣鸾罢歌舞。画栋朝飞南浦云，珠帘暮卷西山雨。/闲云潭影日悠悠，物换星移几度秋。阁中帝子今何在？槛外长江空自流。

此诗形式上即可看作由两首绝句组成，首自为韵，前用仄韵，后换平韵，韵度流走妍媚。"画栋"二句对仗工稳，此外皆散行。既采用了声律学的成果，又比律诗自由，是四杰体七古的显著特点。四杰体长篇有卢照邻《长安古意》和骆宾王《帝京篇》。《长安古意》是纯七言体，基本上四句一节，节与节平仄随时更换。《帝京篇》虽间有五言，但作为主体的七言部分也遵循着一样的规律。四杰体的杰作是产生于初盛唐之交的张若虚的《春江花月夜》。此诗紧紧扣住题面五字拨弄，却是情至文生，宛转流畅。全诗四句一节，都为九节，一波未平，一波又起，仿佛旋律的不断再涌现，从月出到月落，若断若续地组成一个抒情的长篇，节与节间自然流露它的飞跃性，体现了一种音乐的精神。

四杰体的产生不是偶然的，它显然受到南朝乐府《西洲曲》的启迪。

而唐代文艺的精神即是音乐的精神。从初唐而盛唐，绝句尤其是七言绝句，一跃而为诗坛上最基本也是最活跃的形式，在绝句体尤其是七绝体中，实在已包含了近体诗的所有要素，那就是音律上的相间与相重，格律上的对仗，而备极精练。四杰体七言古诗以七言绝句为基本单元，也就不足为怪了。

盛中唐的七言歌行，除李白、韩愈等少数作家，仍可看到四杰体的影响，名篇如高适《燕歌行》就相当接近四杰体。中唐元和时代，大诗人白居易、元稹在四杰体基础上，更多引入叙事成分和运用浅近语言，创作了《长恨歌》《琵琶行》《连昌宫词》等优秀长篇叙事诗，时人竞相效仿，谓之"元和体"。元和体亦多四句一节，即在形式上以绝体为基本单元。

绝句与律诗

律诗的出现晚于绝句。汉语诗歌自建安之后，日益朝骈偶化的路上走，齐梁时代又有调声术的出现，诗由古体（自由体）向近体（格律体）发展成为一种趋势。律诗就是骈偶学与调声术的产物。它的出现标志着诗歌对形式美和音乐美的追求达到了更高的境界。不过，要反映丰富多彩的时代生活，满足各种层次听众读者的需要，仅有约句准篇、束缚较严的近体诗，是不够的。于是，既能巩固音律学成果，又较灵便自由的近体绝句就应运而生了。

近体诗的节奏主要是通过字音平仄的相间相重构成的。在音节上，每四句构成一个单元，其构成原则是句与句、联与联的平仄相间，这个单元相重，即反复一次，就形成律诗的节奏。近体绝句，在句数上等于律诗的一半，在音节上正好是一个单元，而无须相重，体现着相间的原则。所谓相间，实际表现为平仄的对称或对比。近体绝句的主要平仄格式共八种。五绝四种：

(1) 仄起式，首句不用韵，

仄仄平平仄，平平仄仄平。

平平平仄仄，仄仄仄平平。

(2) 仄起式，首句即用韵：

仄仄仄平平，平平仄仄平。

平平平仄仄，仄仄仄平平。

(3) 平起式，首句不用韵：

平平平仄仄，仄仄仄平平。

仄仄平平仄，平平仄仄平。

(4) 平起式，首句即用韵：

平平仄仄平，仄仄仄平平。

仄仄平平仄，平平仄仄平。

七绝四种：

(5) 平起式，首句即用韵：

平平仄仄仄平平，仄仄平平仄仄平。

仄仄平平平仄仄，平平仄仄仄平平。

(6) 平起式，首句不用韵：

平平仄仄平平仄，仄仄平平仄仄平。

仄仄平平平仄仄，平平仄仄仄平平。

(7) 仄起式，首句即用韵：

仄仄平平仄仄平，平平仄仄仄平平。

平平仄仄平平仄，仄仄平平仄仄平。

（8）仄起式，首句不用韵：

仄仄平平平仄仄，平平仄仄仄平平。

平平仄仄平平仄，仄仄平平仄仄平。

上列八种绝句格式，实际上都是由仄起仄收、平起平收、平起仄收、仄起平收四类句式，两两成对，搭配成篇。句与句间有"对"的关系，联与联间有"黏"的关系。换言之，即句与句、联与联，"每一对中的组成分子是互相补充的，类似的，而又不是相同的"。

一篇绝句以上下联为两个基本单元，它们既可以分别承担抒情、描写、叙述和议论，也可以都是描写。不但能完整地表达一个意境，独立成篇，而且在形式上具有独特的优点。

绝句虽属近体，但与律诗比较，形式自由多变，较少束缚。律诗中间两联必取骈偶形式。而绝句于骈偶无此固定要求，它既可两联完全散行，也可随兴以骈偶做点缀。以七言绝句为例，有散起散结：

问余何事栖碧山，笑而不答心自闲。

桃花流水杳然去，别有天地非人间。（李白《山中答俗人问》）

对起散结：

岐王宅里寻常见，崔九堂前几度闻。

正是江南好风景，落花时节又逢君。（杜甫《江南逢李龟年》）

散起对结：

广武城边逢暮春，汶阳归客泪沾巾。

落花寂寞啼山鸟，杨柳青青渡水人。（王维《寒食汜上作》）

对起对结：

　　岁岁金河复玉关，朝朝马策与刀环。

　　三春白雪归青冢，万里黄河绕黑山。（柳中庸《征人怨》）

等四式。从声律讲求上说，绝句也较律诗为宽。律诗黏对讲究极严，绝句却不妨失黏，著名如王维《送元二使安西》、韦应物《滁州西涧》就是如此。昔人称这种不黏的绝句拗体为"折腰格"。本来，绝句在律化以前，就曾以民歌和短古的形式存在，由于历史延续性，终唐之世未废古绝一体。五绝尤常用仄韵，即属古体范畴。如前面提到的孟浩然《春晓》、李绅《悯农》、施肩吾《幼女词》等，比比皆是。

　　总之，绝句既有形式整饬、音韵和谐的优点，其格律又具有自由伸缩的余地，便于为作者掌握运用，可谓体兼古近之长。

绝句与词

　　词与音乐有密切的关系，由于配乐歌唱，又称曲子词，简称词。

　　词，本来就是歌词的意思。在晚唐五代以前，歌词主要由绝句充当。这种情况可以上溯到南北朝乐府，那时的歌词主要是五言绝句。到唐代，七言绝句兴盛起来，逐渐成为歌词的主体。"唐三百年以绝句擅场，即唐三百年之乐府也。"（王士禛）有时是乐工取名家绝句配合乐曲歌唱，有时则是诗人倚声填词。

　　倚声填词这个说法虽然见于宋代，而且主要针对长短句的词体而言，然而，这个倚声填词的作法，至少在南北朝时期就很普遍了，歌词多为五言绝句。南北朝小乐府的题目，也多是曲名。如《子夜歌》"晋曲也，晋有女子名子夜，造此声，声过哀苦。后人更为四时行乐之词，谓之《子夜四时歌》。又有《大子夜歌》《子夜警歌》《子夜变歌》，皆曲之变也"（《唐书·乐志》）。可知，《子夜歌》42首，仍是同一乐曲下不同歌词的辑集。余如《上声歌》《欢闻歌》《懊侬歌》《折杨柳枝》等，莫不如此。

到唐代，倚声填词的情况以七绝为多。盛唐则有《凉州》《伊州》等曲，歌词为七绝体，即称《凉州词》《伊州歌》等，王之涣、王翰、王维等诗人皆有杰作。中唐新歌曲，则有《竹枝词》《杨柳枝词》《浪淘沙》《踏歌词》等，歌词亦七绝体，白居易、刘禹锡作品较多。同时，长短句的歌曲也开始从民间创作转入文人创作。作为歌词的长短句，一部分直接产生于民间歌筵，另一部分由七言绝句演变而来。

如前所述，唐代歌词一度主要由七绝体充当，后来曲调繁衍了，仅仅使用齐言的歌词，就不能完全合用。当齐言的诗体不能完全配合某一曲调时，只好添加一些有声无义的泛声，以为权宜之计。如：

船动湖光滟滟秋（举棹），贪看年少信船流（年少）。

无端隔水抛莲子（举棹），遥被人知半日羞（年少）。（皇甫松《采莲子》）

乱绳千结（竹枝）绊人深（女儿），越罗万丈（竹枝）表长寻（女儿）。

杨柳在身（竹枝）垂意绪（女儿），藕花落尽（竹枝）见莲心（女儿）。（孙光宪《竹枝》）

最初，这些泛声衬字与文意并无关系。后来兼顾文意，将泛声填实，遂成为长短句词。在一些曲调中还可以看到这一演变的痕迹，像《定风波》：

> 万里黔中一漏天，屋居终日似乘船。及至重阳天也霁，催醉，鬼门关外蜀江前。　　莫笑老翁犹气岸，君看，几人黄菊上华颠？戏马台前追两谢，骑射，风流犹拍古人肩。（黄庭坚《定风波·次高左藏使君韵》）

这个词调的上下片，去掉其中的两言句，在形式上就是一首折腰格的绝句。换言之，此调也可看作是在绝句体的基础上，添加了若干两言句，不同于前引《采莲子》和《竹枝》之处，只在于这些两言句不是由泛声，而是由有实义的词语构成。

词在民间，最初并不讲究声律，中唐以后由于文人染指，与绝句一样，被纳入音律即近体的范畴，不仅讲究平仄，有时还须分上去阴阳，似乎比律诗还严，韵部则较诗韵为宽。词中律句，则是在近体诗及骈文的律句的基础上变化而来的。所以长于律诗、绝句的人填词，也是会者不难。

五绝与七绝

绝句体裁主要有五言、七言两类，此外尚有四言、六言两类，但四言体在六朝以后，即无传人，六言体作者寥寥，存数极少，固不能与五、七绝并论。

五、七言诗何以能据文辞之要，事非出于偶然。简单说，诗源于歌，本是唱的。歌唱艺术是呼吸的艺术，有个换气的问题，这决定了歌句（亦即诗句）的长度是有限的。大体说来，一呼一吸的人均时值，也就决定着诗句的长度。在从事劳动时，呼吸较为急促，换气较为频繁，节奏比较快，最早的诗句由两顿构成，即以四言为主，当与此有关。当诗歌从劳动中完全独立出来，诗句也就有加长的趋势。但加长也是有限度的。从汉语诗歌发展的实际情况看，其最佳句长当为三顿到四顿，就句字数而言即五言句和七言句。而古代汉语词汇以单音词和双音词为主，诗句通常以两字为一顿，由于尾音可有适当的拖长，所以最后一顿一般为一字顿。五言的节奏一般为"二二一"，是三顿；七言的节奏一般是"二二二一"，是四顿。汉语诗歌最终以五、七言体为基本形式，绝句体亦以五绝、七绝为基本形式，其根本原因大约即在于此。

五、七言绝句最基本的特点是一致的，但二体间又确乎存在一些不容忽视的差别。五绝产生较早，唐以前就大量创作，所以向来多古调，七绝大量写作于唐以后，当时律诗已成立，所以基本上属于近体。近体五绝与七绝的平仄定式一一对应（所有七绝格式均可由五绝格式每句前添"平平"或"仄仄"一个音步得到），五绝首句多不入韵，七绝首句以入韵为常。

五、七绝体较为内在的差异，则反映在容量上和表现力上。

> 五言上二字下三字，足当四言二句，如"终日不成章"之于"终日七襄，不成报章"是也。七言上四字下三字，足当五言两句，如"明月皎皎照我床"之于"明月何皎皎，照我床罗帏"是也。是则五言乃四言之约，七言乃五言之约矣。（刘熙载《艺概·诗概》）

对于古体，由于篇幅伸缩的自由可以调节，五、七言诗在句容量上的差异，关系不大。同一内容题材，七古能表现的，五古也能表现。像杜甫《北征》一类皇皇巨制，即使在七古中也罕有匹敌。所以五古与七古并不存在容量上的差异。然而，对于句有定数的律诗和绝句，尤其是体制特别短小的后者，情况就完全不同了。一般说来，七绝较五绝容量的弹性度为大，能适应更广泛的题材内容。

五言句由三顿（即三音步）组成，七言句由四顿（四音步）组成。多一顿往往多出一个句子成分，如"漠漠——水田——飞——白鹭，阴阴——夏木——啭——黄鹂"较之"水田——飞——白鹭，夏木——啭——黄鹂"就多一个修饰成分。从而句法之构成，就具有更丰富多样的可能性。"五绝、七绝作法略同，而七绝言情出韵较五绝为易。盖每句多两个字，故转折不迫促也。"（施补华《岘佣说诗》一九二）相对而言，"五言尚安恬，七言尚挥霍"（刘熙载《艺概·诗概》），"五言绝尚真切，质多胜文；七言绝尚高华，文多胜质"（胡应麟《诗薮》内编卷六）。七绝更易形成多种风格，较之五绝，有如挽强用长。"至意当含蓄，语务春容，则二者一律也。"（同前）

要之，绝句之五、七言各有千秋，相互辉映，形成丰富的品种和格调，而七绝的发展更是后来居上。

绝句体的局限与优长

绝句体的天然局限，是体制的短小。体制短小，要正面表现波澜壮阔的生活图景、错综复杂的社会矛盾、深沉博大的思想内容，则显得力不胜任。对于某些重大主题，它固然能做出一定的反映，但不如古体诗表现得那么充分、完满。李绅的《悯农》二首诚不能和杜甫《自京赴奉先县咏怀五百字》或白居易《新乐府》《秦中吟》相提并论；就是被推为七绝压卷之作的王昌龄的《出塞》，也不好与高适《燕歌行》等量齐观。绝句反映现实的深度和广度，不能不受篇幅短小的限制。

然而，社会生活与自然美丰富多彩、千姿百态，给人们以丰富的诗意感受，其中大部分不足以施之长篇，特别需要一种短小灵便的诗歌样式来以表现。绝句体就提供了一种灵活的、可以多方面反映生活而为长篇诗歌不能取代的样式。何况事物往往在一定的条件下向对立面转换。诗歌艺术要求跳跃性、未定性，即须为读者的想象留下余地或空白。篇幅的长短，又不等于境界的大小。恰恰因为篇幅短小，才使得绝句作者更须在概括凝练，在艺术典型化——对诗歌来说即意境的深化——方面做更大的努力，以求小中见大，计一当十。李泽厚认为中国美学思想所强调的，是一唱三叹、言不尽意式的含蓄和沉郁。(《意境杂谈》)而绝句就最适宜以含蓄的形式表现敦厚的思想情感，从而在体裁上，又有突出优点：

> 诗也者，正所谓言有尽而意无穷，寄无形于有象。……小可谕大，浅可致深，近可寄远……若夫绝句大旨，则已精而益求其精，已简而益求其简。合四句如一句，绎稠情于单词，无言之言，若尽不尽，说者云绝妙之句，即非格制本旨，然亦不大远其名也。(赵宦光《万首唐人绝句·刊定题词》)

当绝句创作日益深入广阔的现实生活，怎样使短小篇幅尽可能容纳较多的内容，使离首即尾，离尾即首的绝句做到"语短意长而声不促"(《岘佣说诗》一七九)，"以鸟鸣春，以虫鸣秋"(《艺概·诗概》)，历代诗人充分施展了他们的艺术才华，以坚忍不拔的精神，高度的艺术概括能力和成熟的诗歌技巧，创造了丰富多彩的形象，达到了愈小愈大，愈促愈缓的艺术妙境，化体裁的特点为艺术优长。绝句艺术，就在这一矛盾的展开与解决的过程中，不断向前发展。

| 二 |

本质特征

绝句是中国诗学的一个基本概念，人所共知，前人提到绝句这个概念，大抵是直接给出，缺乏严密的定义。如明徐师曾《文体明辨》沿用傅汝砺（傅若金，一字与砺）截句之说，谓："绝句源于乐府……下及六代，述作渐繁，唐初，稳顺声势，定为绝句。绝之为言，截也，即律诗而截之也。故凡后两句对者是截前四句，前两句对者是截后四句，全篇皆对者是截中四句，皆不对者是截头尾四句。故唐人绝句皆称律诗。"绝句概念就是直接给出的，尽管也提到了绝句的一些要素，却存在不少问题，从其表述可以看出，绝句是四句体，这是确凿无疑的；还可看出绝句相当于律诗的一半，这就只是部分的事了，它显然忽略了古体的绝句。绝句"即律诗而截之""唐人绝句皆称律诗"等说法是错误的。值得注意的是，这段话提到"稳顺声势"，这对于绝句体倒是很重要的一个要素，可惜没有具体的说明。

今人对绝句的认识，较前人为全面，却依然缺乏严密的定义。影响大如王力《汉语诗律学》，依然是在律诗的基础上来谈绝句的，劈头就说："绝句字数恰等于律诗的一半：律诗八句，绝句只有四句。这样，五言绝句共是二十个字；七言绝句共是二十八个字。"继而在律诗的基础上详论近体绝句的格律，以后才补充说"绝句应该分为古体绝句和近体绝句两种"，"古体绝句产生在律诗之前，有平韵，有仄韵，句中的平仄不受律诗平仄规律的限制"。既然绝句有古近体之分，可见入律与否，非绝句本质特征所在；绝句有五七言之别，又可见每句的字数，亦非绝句本质特征所在。至于绝句的声势（或者韵式）上的规定性，以及五七言外有无绝句，这样一些重要问题未能涉及，不能不说小有遗憾。

其实，要对绝句做出一个较为严密的定义并不难，前人所有的创作实践，尤其是绝句样式完全成熟的时代产生的万首唐人绝句，早已告诉我们：绝句是什么。简而言之，所谓绝句，乃是一种齐言的四句体诗，这种诗于偶句用韵且一韵到底。作为歌诀即是：句齐言，篇四句，偶句韵，韵不易。此四项，是绝句的本质特征。可以说，凡具备这四项特征，又曾经得到普遍应用的诗体，即可称之绝句。

绝句既是汉语诗歌的基本诗体，也可以说是汉语诗歌的基本单元，它包含有汉语诗歌最基本的要素。对绝句体的研究，对于汉语诗歌形式的认识，是很有帮助的。我们说上述四项是绝句的本质特征，是因为它们在诗学上有着不同寻常的意义。

齐言体

汉语诗歌有齐言和杂言的区别，而一向以齐言为主。所谓齐言体，就是句有定字的诗体；杂言体，就是长短其句的诗体。从形式上讲，齐言体诗美在整饬，感觉是堂堂正正；杂言体诗美在错综，感觉是摇曳多姿。

诗歌相对于散文，在语言上的一个重要的特点是分行，诗行可以是整齐的，也可以不整齐，然而以大体整齐为常。就此而言，中外诗歌概莫能外。对汉语诗歌来说，通常情况下，句就是行。所谓齐言为主，也就是诗行整齐，即句子长短一律。就是偏爱长短句（即词体）的毛泽东，在谈新诗发展问题时，强调的三点却是："精练，大体整齐，押韵。"（臧克家《论诗遗典在》）

齐言体在汉语诗歌中的优势，有深刻的原因。简单地说，诗起源于歌，原本是唱的。而歌唱艺术是呼吸的艺术，一呼一吸，形成自然的节奏。呼吸作为一个生理过程，是通过呼和吸的反复交替完成的。呼吸节奏，自然均匀，这是导致歌句大体整齐的自然生理原因。现代一些著名诗人如闻一多、卞之琳、冯至、何其芳、徐迟等，在进行现代格律诗的实验中，共同强调的东西，就是诗句在音步（顿）上大体整齐：

> 这是／一沟／绝望的／死水，
>
> 清风／吹不起／半点／漪沦。
>
> 不如／多扔些／破铜／烂铁，
>
> 爽性／泼你的／剩菜／残羹。（闻一多《死水》）
>
> 总得叫／大车／装个够，
>
> 它横竖／不说／一句话。
>
> 背上的／压力／往肉里扣，
>
> 它把头／沉重地／低下。（臧克家《老马》）

现代汉语词汇中双音词和多音词比重较大，只能做到大体整齐。古代汉语词汇以单音词和双音词为主，不难做到齐言。无论齐言还是大体整齐，体现的基本精神却并无二致。

作为汉语诗歌的最小诗体，绝句是齐言体。如前所述，主要有五言绝句和七言绝句两大类。齐言是绝句的本质特征，而每句的具体字数，则无关宏旨，它可以是五言，也可以是七言。六言可不可以呢，答案也是肯定的，因为唐宋两代曾有诗人创作，并产生过传世的作品，虽不能与五七绝相提并论，也算绝句一体。那么六言以外，还有可以称为绝句的齐言诗吗？很有意思的是，梁实秋在其读书笔记中称"鲁拜"（Rubai）为"波斯诗人欧玛的四行绝句"。20 世纪 80 年代，老诗人冯至在《诗刊》上发表题为《新绝句》的小诗十首，摘录如下：

我的过去你不会明了，

你的将来我也难预料。

我们今天携手同行，

共迎接又一个新春的来到。(《给一个儿童》)

乾隆封你为帝王树，

这对于你是个侮辱。

千余年你看了许多

霸主和昏君的末路。(《潭柘寺的千年银杏》)

你登上古老的幽州台，

你的四句诗囊括了宇宙。

置身于无穷无尽的时空，

流下的眼泪也永垂不朽。(《咏陈子昂》)

作为新诗，命名"绝句"，除了四句体而又偶句用韵外，它每句大致整齐（音顿数相同）也是一个重要原因。实际上，任何一种偶句用韵、一韵到底的齐言四句体，其韵味皆相通，都不妨称为绝句。不过要成为一种体裁，还得有相当数量的作家参与创作，并产生了相当数量的典范的作品。照此标准，则诗史上除了五、七言绝句外，还有过一种四言绝句和六言绝句，后文将专节详述。

四句体

传统汉语诗体对句数有明确规定的，只有律诗和绝句。篇只四句，是绝句最重要的特征。这一点特别值得注意的是，它表明了绝句与民歌的联系。在中外民歌中，以四句为基本结构的诗体一直占有很大优势，这绝不是一种偶然的巧合。这里不仅有一个内容表达经济的问题，同时还涉及一个形式完备的问题。

周代民歌《国风》中，就有不少诗是四句一章的。一篇往往由几个重叠的章节组成，典型如周南的《桃夭》、卫风的《河广》、郑风的《风雨》、陈风的《月出》等，诗的主要内容，通常在第一章就表现出来了。以后各章，只是在这个基础上同义反复或易辞申义。因此可以说，它们是以四句为基本结构的。此后，直到近代的民歌，四句体仍然占有明显的优势：

> 山歌不唱不开怀，磨子不推不转来。
> 酒不劝人人不醉，花不逢时不乱开。（四川民歌）
> 郎有心来姐有心，哪怕山高水又深。
> 山高也有人行走，水深自有摆渡人。（云南民歌）
> 入山看见藤缠树，出山看见树缠藤。
> 树死藤生缠到死，藤死树生死也缠。（广西民歌）

四句体在形式上有何优越之处呢？下面着重谈谈这个问题。

诗歌离不开节奏。诗歌的节奏，是情绪的自然消涨，是通过反复地唱叹形成的。唱叹的体现方式很多，体现在句子上，就是出句与对句的配合。有呼必有吸，有唱必有叹，有出句必有对句，是一个道理。

一个出句，一个对句，就构成联。联是传统诗歌的一个重要范畴。我国诗歌以用韵为通则，所以在传统诗歌中，单句是不能成诗的，一联却是可以成诗的，只要两句彼此押韵就行了。只不过作者寥寥，不能成为诗体。上下几千年，人们记得起的，也许就荆轲《易水歌》"风萧萧兮易水寒，壮士一去兮不复还"和明刘永锡《行路难》"云漫漫兮白日寒，天荆地棘行路难"这样两个名篇。

南北朝时期，还有一种十三字或十五字、由三句组成的小诗流行，其意境也相当完整，颇有佳作，如：

> 折杨柳。百鸟园林啼，道欢不离口。（《读曲歌》）
> 山头草。欢少四面风，趋使侬颠倒。（《懊侬歌》）
> 懊恼奈何许。夜闻家中论，不得侬与汝。（同上）
> 相送劳劳渚。长江不应满，是侬泪成许。（《华山畿》）

有人甚至认为这种十三字或十五字的小诗，比五言二十字的绝句体还更经济，而且可以任意短长。然而，为什么这样的短歌，未能像绝句那样作为一种诗体被肯定下来呢？它们曾配合乐曲歌唱，为什么后来却不能像绝句那样长久为人记诵呢？显然，它们的缺点并不在内容，而在于形式。

四句体相对于这类小诗的优长正在形式。如前所述，押韵是传统诗歌在形式上的要素之一。具备这一要素的起码要求，是要具有两个韵脚。从《古诗十九首》到南北朝诗，五言诗起句多半不入韵，隔句用韵。两句一韵，四句方能一叶。句法平仄各不相重，无论律古，黏对联韵，必四句而后备，故四句成为最小单位。七言诗情况略有不同，初以句句用韵为常。两句便可成为最小单位，到后也发展为隔句用韵，而首句可不入韵（或从宽用韵），因而七言诗的最小单位也就由两句伸展为四句了。董文焕《声调四谱图说》云："单句为句，句不能成诗。双句为联，联则生对。双联为韵，韵则生黏。句法平仄各不相重，无论古、律、黏、对、联、韵必四句而后备，故谓之绝。""诚以诗必和声，独句不能为联，独联不能为韵，故必四句为准也。"这种说法，是切合实际的。

外国民间歌谣四句体形式也很普遍，例子不胜枚举。波斯诗人俄默（梁实秋译作欧玛）好用一种叫鲁拜（Rubai）的诗体写作，这是一种四行诗，第一、二、四行押韵，第三行大抵不押韵，和我国的绝句相近。姑引李霁野用绝句体从英文重译的几首如下：

> 劝君且尽欢，黄土待君眠。
> 黄土一朝覆，永无歌酒弦。

> 爱卿为我酌金樽，惋惜惊恐一扫清。
> 过去来朝抛度外，明天或伴古人行。

> 今晚皓月又登天，此后一亏复一圆。
> 时照芳园寻我辈，一人不复在人间。

美国乔治·汤姆逊说"我们的民歌多数是二段体（即四句体）"，并解释道："我们看到演变为四行体的谣曲，叠句消失了，但依然潜伏在有节奏的结构里，即主句与对句、陈述与应答的交换。在谣曲中，一节（即二句）是一个'乐段'，一联是一个'乐句'，一行是一个'乐词'。两个'乐词'成为一个'乐句'，两个'乐句'成为一个'乐段'。每一对中的组成分子是相互补充的，类似的，而又不是相同的。这就是音乐学者所谓的二段体 AB。把谣曲的形式用音乐上的术语来解释不完全是比拟。这是唯一正确的分析方法。"

　　"二段体"是乐曲的基本形式之一，由两个明显的段落组成。前后两两相互对称，或形成对比。与谣曲体相类，"二句一联，四句一绝"（吴乔《围炉诗话》卷一）的绝句形式与音乐上"二段体"也完全吻合。这该不是偶合，而有诗学上的缘故吧。一首绝句自成完整"乐段"，它的上联与下联各相当于一个"乐句"，每联的出句和对句，则相当于一个"乐词"。因此可以说，绝句形式本身具有很强的音乐性。

由于绝句形式本身具有完整的音乐要素，所以它能配合乐曲，却不依附于乐曲。这正是它比别的短歌体优越的地方。在音律学已作为专门学问出现，而五七言已成为诗歌主要样式的时代，绝句（五言绝句和七言绝句）作为诗歌的最小体裁被肯定下来，是势所必至的。而相对于绝句，前举十三字或十五字诗，在形式上就不具备绝体类似的音乐性。在歌唱的时候，其形式上的不足，会因乐曲而得到一定补偿；一旦离开乐曲，其形式上的缺陷就表现得相当明显。它们在后世，不像同时代的绝句那样为人记诵，就是胜于雄辩的一个事实。离开了乐曲，作为独立的诵诗看待，甚至会让人疑心它们本来应该是四句，或是因为抄卷上端遭到毁损，遗失了某些字句，才成为今天的样子。试借南朝乐府小诗中的诗句，填补缺字，使其成为绝句。即使不再作歌词，而作为案头诗看待，人们也会乐于记诵这些小诗的：

　　别在三阳初，相送折杨柳。

　　百鸟园林啼，道欢不离口。（《读曲歌》）

　　持作兰桂名，本是山头草。

　　欢少四面风，趋使侬颠倒。（《懊侬歌》）

　　自从别欢后，懊恼奈何许。

　　夜闻家中论，不得侬与汝。（同上）

　　闻欢下扬州，相送劳劳渚。

　　长江不应满，是侬泪成许。（《华山畿》）

绝句韵式

诗歌语言与散文语言的区别之一，在于诗有格律，而用韵是构成格律的主要手段之一。韵是诗学基本概念之一，它和韵母是两个不完全相同的概念。韵母分单韵母和复韵母两大类，复韵母或有韵头（i、u、y），或有韵尾（i、u、n、ng），韵则不管韵头，只管主要元音和韵尾（如果有韵尾的话）。只要主要元音和韵尾相同（如 an、ian、uan），就算是相同的韵。

　　所谓用韵，是指在诗句相对应的位置上安放同韵的字，又称押韵。安放韵字的位置，称韵位。汉语诗歌一开始就用韵，韵位一般在句尾，称句尾韵或脚韵。句尾押韵的字，称韵脚。用韵的主要作用，在于美听，也就是使听众或读者获得听觉上的美感。因为相同的韵在诗句的对应位置上反复出现，会在听众和读者的听觉上形成一个兴奋点，导致一种心理期待。同一韵的每一次出现，亦即押韵的每一次实现，都会使其心理期待得到满足，获得一种听觉—心理的刺激，由此产生出听觉—心理的愉悦感。诗歌较散文易诵易记，基本原因之一在于此。

　　汉语诗歌用韵的格式虽多，韵脚间隔的疏密情况虽然复杂，但最基本的有两种，一是句句押韵，一是隔句押韵，也就是在偶句用韵。有一点需要说明的是，偶句用韵仍允许首句起韵，称逗韵。《诗经》中两种情况都不少，以隔句用韵为多。至于《楚辞》，隔句用韵的情况就更为普遍。诗骚以后的八代唐宋诗，在韵例上继承了诗骚传统，四言诗、五言诗一般隔句用韵。七言诗的情况有所不同，大抵南北朝以前句句入韵，唐代以后亦以隔句用韵为常了。究其所以然，大抵句句用韵，韵脚较密，受众的听觉—心理因所受刺激较频繁，容易紧张，容易疲劳，也就容易厌倦。如用韵太疏，则难形成听觉—心理上的刺激，引不起兴奋，受众的注意力容易涣散。历代诗歌创作的实践证明，韵脚的最佳距离，是隔句押韵。隔句押韵，也就是以联为单位，在联尾用韵。作为传统诗歌最基本的诗体，绝句在韵式上的一个通则，便是隔句押韵。此外，汉语诗歌从韵数上看，可简单分为一韵到底和换韵两种情况。绝句每首只四句，而又隔句押韵，自以一韵到底为通则。

隔句押韵，五言绝句自来如此。至于七言绝句，情况略有不同，需要多说几句话。严格说来，七言绝句是近体诗运动的产物，当然也是隔句押韵的。然而在唐前的七言古诗中，还出现过一种七言四句的短歌，大抵句句用韵。句句用韵又有两种情况，一是换韵。明胡应麟说："七言短歌，始自《垓下》。梁陈以降，作者叠然。第四句之中，二韵互叶。转换既迫，音调未舒。"（《诗薮》内编卷六）略举数例：

> 力拔山兮气盖世，时不利兮骓不逝。
> 骓不逝兮可奈何，虞兮虞兮奈若何。（项羽《垓下歌》）
> 天马来兮从西极，经万里兮归有德。
> 承灵威兮障外国，涉流沙兮四夷服。（汉武帝刘彻《西极天马歌》）
> 芙蓉作船丝作，北斗横天月将落。
> 采桑渡头碍黄河，郎今欲渡畏风波。（梁简文帝萧纲《乌栖曲》）

前二首每句夹用"兮"字，尚属于骚体诗，第三首则属古体诗，都是前两句一韵，后两句一韵。这样，短短一首诗，所用韵数却有两个。从作者方面说，多一次用韵的考虑；从读者方面说，就是"转换既迫，音调未舒"。所以，这种形式在汉魏六朝，只是昙花一现。到了唐代，基本不为人采用。即有用者，也是极个别情况，不足为训。本应视作短古，选家或作七绝收入，那也只是着眼于齐言四句的外表形式，可视为准绝句。一种情况是不转韵，如梁武帝《白纻辞》：

> 朱丝玉柱罗象筵，飞琯促节舞少年。
> 短歌流目未肯前，含笑一转私自怜。

虽不转换韵脚，只用一韵，亦是句句用韵，仍有紧迫之感，仍觉音调未舒。一向仍只视为七言短古，而不被视为七言绝句。

绝句以隔句用韵为通则，就是二、四句用韵，而一、三句原则上不用韵。事实上，绝句体只有第三句肯定不用韵，首句的情况则比较特殊。因为这里涉及定韵的问题。定韵的办法有两种：一、打头的韵字于第一联之尾字给出，即第二句出韵并定韵，第四句押韵，用韵的效果，在绝句结束时表现出来。这种定韵方式，源于古体，故以五言绝句较为常见。二、打头的韵字在第一句末给出，称逗韵，第二句即押韵并定韵，第四句再押韵，用韵的效果，不待绝句结束即已得到表现。这种定韵的方式，多见于近体，故以七言绝句较为常见。

自唐人科举试诗以来，古人作诗于韵的要求很严，韵部的分划较细。诗人并不是任何情况下都能翻检韵书，因而出韵是一个很头疼的问题。而绝句隔句（于偶句）押韵，对韵的要求，只需两个韵脚便可。这就把用韵字的数目，减少到最低限度。因为用韵少，方便择韵，即席口占，亦无出韵之忧。绝句自然也因此而受到诗人的偏爱。

综上所述，绝句体的基本特征可概括为：句齐言，篇四句，偶句韵，韵不易。这四项基本特征对于汉语诗歌，有诗学上的深刻意义。很有意思的是，有当代诗人主张现代诗创作中应特别"注意这样的一种格律：四行一节，每行三顿或四顿，或者有些变化，三顿四顿相间；一二四行押脚韵，或两行一韵，或两行间韵，短诗一韵到底"，并说"事实上许多诗人已经这样接近于这个格律"（徐迟《谈格律诗》）。稍加对比即可看出，这个格律与绝句在本质特征上，是非常接近的，这能说是一种巧合吗？显然不能。绝句作为汉语诗歌的基本诗体，绝不是偶然的。

第一章　发生期

（先秦到初唐）

绝句史的分期，应以绝句创作趋势的变化和绝句发展过程中出现的重要文学现象为依据，应符合绝句发展实际阶段，故不能以朝代断限为断限。绝句史大体可分四期：从先秦到初唐，绝句发生、定名、律化，至于体裁完备，为发生期，此期绝体以五言为主。接下来盛唐，绝句以情韵风调为宗，产生了李白、王维、王昌龄等经典作家及典范的作品，为鼎盛期；下一个时期实际上以杜甫为先驱，囊括中唐到两宋，绝句在继承传统的基础上不断出新，为拓新期；最后是元明清近代，绝句在既成形式上创作更趋繁衍，创作理论的总结颇多弋获，为后续期。

| 一 |
绝句发生与定名

章四句与四绝体

前人论及绝句起源，多从五七言短古说起。如明胡应麟云："五七言绝句，盖五言短古、七言短歌之变也。五言短古，杂见汉魏诗中，不可胜数。七言短歌，始自《垓下》，梁陈以降，作者坌然。"（《诗薮》内编卷六）这是因为说者的眼光，局限于五七言诗的缘故。

如前所述，绝句的本质特征首先在齐言四句，而不在具体的句字数。汉语诗歌最早的诗体是四言诗，所以，探求绝句起源，应着眼于四言四句体的起源。放开眼量，不难发现，在我国第一部诗歌总集《诗经》中，有一种与四句体紧密相关的文学现象，那就是《诗经》尤其是《国风》的章句，是以四句一章为主的。

《诗经》基本上是一部四言诗集。诗三百篇，大体都是配乐歌唱的。而风雅部分的诗，大体都是分章，即由数章组成的。或章句数相同，或章句数不同。统计表明，章四句所占比重最大。值得注意的是各章句数相同，每章四句，每句四字，而又以叠咏方式结构的作品。叠咏的诗篇又有纯属叠咏和部分叠咏的不同。

纯属叠咏者，如周南《樛木》（三章章四句）、《桃夭》（三章章四句）、《兔罝》（三章章四句）、召南《鹊巢》（三章章四句）、《羔羊》（三章章四句）、邶风《二子乘舟》（两章章四句）、鄘风《鹑之奔奔》（两章章四句）、《相鼠》（三章章四句）、卫风《考槃》（三章章四句）、《河广》（两章章四句）、郑风《山有扶苏》（两章章四句）、《萚兮》（两章章四句）、《东门之墠》（两章章四句）、《风雨》（三章章四句）、齐风《敝笱》（三章章四句）、秦风《渭阳》（两章章四句）、陈风《月出》（三章章四句）、桧风《羊裘》（三章章四句）、豳风《伐柯》（两章章四句）、《狼跋》（两章章四句）、小雅《无将大车》（三章章四句）、《鱼藻》（三章章四句）等。姑引四例如下：

　　桃之夭夭，灼灼其华。之子于归，宜其室家。/桃之夭夭，有蕡其实。之子于归，宜其家室。/桃之夭夭，其叶蓁蓁。之子于归，宜其家人。（周南《桃夭》）

　　谁谓河广？一苇杭之。谁谓宋远？跂予望之。/谁谓河广？曾不容刀。谁谓宋远？曾不崇朝。（卫风《河广》）

　　风雨凄凄，鸡鸣喈喈。既见君子，云胡不夷？/风雨潇潇，

鸡鸣胶胶。既见君子，云胡不瘳？/风雨如晦，鸡鸣不已。既见君子，云胡不喜？（郑风《风雨》）

月出皎兮，佼人僚兮。舒窈纠兮，劳心悄兮。/月出皓兮，佼人懰兮。舒忧受兮，劳心慅兮。/月出照兮，佼人燎兮。舒夭绍兮，劳心惨兮。（陈风《月出》）

这些风诗的共同之处：诗的基本内容大抵在首章中就表现出来了，以后各章，大抵是首章的重复或推进。叠咏是诗经的一种结构程式，其产生乃是服从于歌唱的需要。因为乐曲简短，要给人以深刻印象，就需反复演奏至两三遍。配合乐曲的歌词，在重复时为避免单调，需要适当改变一些字句，或易辞申义，或循序推进，反复以尽兴。现代中外歌曲的歌词，仍多这种写法（如《妈妈的吻》《驼铃》等即两章叠咏，《走西口》《摇篮曲》等即三章叠咏）。

上举两章或三章叠咏的诗，其基本构成，实是一种齐言四句体诗。任意截取其中一章，都可以成为四言四句体小诗，如：

桃之夭夭，其叶蓁蓁。

之子于归，宜其家人。（《桃夭》）

谁谓河广？曾不容刀。

谁谓宋远？曾不崇朝。（《河广》）

风雨如晦，鸡鸣不已。

既见君子，云胡不喜。（《风雨》）

月出皎兮，佼人僚兮。

舒窈纠兮，劳心悄兮。（《月出》）

像这样的四言四句体，于偶句用韵，且一韵到底，符合绝句体的四项本质特征，如独立成诗，完全可以追称为四言绝句。在传统汉语诗体中，四言诗早于五言诗，同理，四言绝句也应早于五言绝句。这不仅是推论，而且是一个事实。先秦史乘、诸子及《史记》《汉书》中引古逸诗如：

> 翘翘车乘，招我以弓。
>
> 岂不欲往，畏我友朋。（《左传》庄公二十二年）
>
> 我无所监，夏后及商。
>
> 用乱之故，民卒流亡。（《左传》昭公二十六年）
>
> 棠棣之华，偏其反而。
>
> 岂不尔思，室是远而。（《论语·子罕》）
>
> 四牡翼翼，以征不服。
>
> 亲省边陲，用事所极。（《汉书·武帝纪》）

也具备四绝体特征，不过或有摘引的性质。另有一些古逸诗，虽属四言四句，却是二韵互叶。与绝体不尽相合。《彤管集》记载战国时人韩凭为宋康王舍人，其妻何氏甚美，康王夺何氏而捕韩凭，何氏作《乌鹊歌》二首以见志：

> 南山有乌，北山张罗。
>
> 乌自高飞，罗当奈何！
>
> 乌鹊双飞，不乐凤凰。
>
> 妾是庶人，不乐宋王。

二诗是现存较早纯粹的四言绝句，其去《诗经》时代未远，语近意遥，比兴高妙，且与汉乐府风味接近，自是佳作。至于汉乐府中同体之作，首先应提到的名篇是《箜篌引》，或取其首句名《公无渡河》：

公无渡河，公竟渡河。

堕河而死，当奈公何！

据崔豹《古今注》："《箜篌引》，朝鲜津卒霍里子高妻丽玉所作也。子高晨起刺船。有一白首狂夫披发提壶，乱流而渡。其妻随而止之不及，遂堕河而死。于是援箜篌而鼓之，作《公无渡河》之曲。声甚凄怆。曲终，亦投河而死。子高还，以其声语其妻丽玉。丽玉伤之。乃引箜篌写其声。"这诗的本事讲的是一个丧失理智的人，不顾亲爱者的反对，硬干傻事，遭到灭顶之灾的悲剧性故事。白首狂夫，何以冯河，实在莫名其妙。然而去掉故事神秘的外壳，而就象征意蕴而言，这一形象的可指极大，容易使人联想到屈原一类拼命硬干的殉道者，其妻的劝阻，则类乎"女须之婵媛兮，申申其詈予"。所赋《箜篌引》奔进而出，表达了眼睁睁看着亲人干出暴虎冯河的傻事而爱莫能助的哀痛。所以梁启超认为"《箜篌引》十六字千古绝唱，如何可以拟作！"后来李白据此演绎为一首七言长歌，诗中先赋黄河以神秘色彩，然后依本事叙事，更虚构可怖的幻象，赋予全诗以浪漫色彩，即成再创作。此外，有《古艳歌》：

茕茕白兔，东走西顾。

衣不如新，人不如故。

此诗不但有警句，后二大是名言。后二又用兴法，白兔求偶的东走西顾与人的喜新厌旧，若相关若不相关。也是很耐读的小诗。以上四篇，都算得上是成熟的、典范的作品。则四言四句能为绝句一体，又多了一个必备条件。最后，还要看这种诗体，是否曾经得到普遍的应用。这一点对于四言绝句来说，也是不成问题的。从汉以后，文人之作多有此体：

出自东郊，忧心摇摇。

遵彼莱田，言采其樵。（潘岳《东郊》）

息足回阿，圆坐长林。

披榛即涧，藉草依阴。（袁宏《采菊》）

东晋穆帝永和九年（353）三月三日，会稽内史王羲之约集谢安、孙绰等四十余人于兰亭，作曲水流觞之饮。约定与会者每人作四言、五言诗各一首，其中最短之作，就是绝句，或四言，或五言。兹录四言之作如次：

驰心域表，寥寥远迈。

理感则一，冥然玄会。（庾友《兰亭诗》）

林荣其郁，浪激其隈。

泛泛轻觞，载欣载怀。（华茂《兰亭诗》）

庄浪濠津，巢步颍湄。

冥心真寄，千载同归。（王凝之《兰亭诗》）

在昔暇日，味存林岭。

今我斯游，神怡心静。（王肃之《兰亭诗》）

丹崖竦立，葩藻映林。

渌水扬波，载浮载沉。（王彬之《兰亭诗》）

肆盼岩岫，临泉濯趾。

感兴鱼鸟，安居幽峙。（王丰之《兰亭诗》）

俯挥素波，仰掇芳兰。

尚想嘉客，希风永叹。（徐丰之《兰亭诗》）

兰亭诗会，并重四言与五言，是事先的约定；而以四句体为最小诗体，则是不约而同的。这一事实说明：一、当时，绝句体在文人心目中便是最小诗体；二、四言绝句与五言绝句一样，是一个不容抹杀的客观的存在。

刘勰对四言诗体有一个大的判断："若夫四言正体，则雅润为本；五言流调，则清丽居宗。华实异用，惟才所安。"（《文心雕龙·明诗第六》）因为四言诗句在音步上只有两顿，较五言为少，除了句子的主干，实难容纳更多的句子成分，也较少芜累，文辞显得简古雅正。这里同时包含着四言体的优长和局限。当文学自觉的时代到来，"诗赋欲丽"（《典论·论文》）成为普遍的认识和追求，五言诗的优势显示出来后，四言诗体也就式微了。因此，四绝一体自唐以后，作者甚少，但也不曾绝迹。就近而言，周恩来《为江南死难者志哀》"千古奇冤，江南一叶。同室操戈，相煎何急"就是一首影响很大的四言绝句。

那么，为什么古无四言绝句之说，反有六言绝句之说呢？原因也很简单，因为古人是根据唐诗来论绝句体的，而四言诗在唐前已成淘汰的诗体，无论唐选唐诗还是明选唐诗，都不为四言备体，唐人绝句亦无四言之作，反有六言一体。故明人高棅《唐诗品汇》，于五言绝句之后只附六言绝句。清人沈德潜《古诗源》选入四言绝句，又笼统地归入古诗，不细辨诗体。故迄无四绝之说。而事实上，就艺术造诣而言，汉魏六朝的四言绝句的总体成就，实不逊于唐诗中的六言之作。

联句与绝句定名

绝句起源于四句体，初无绝句之名。"绝句"名称的确定，乃在南北朝时期，与当时的文人联句密切相关。最早揭示这一事实的，是清代的王士禛：

联句有各赋四句，分之自成绝句，合之乃为一篇，谢朓、何
　　逊、江革辈多有此体。（《池北偶谈》）

言之过简，故未能发明。近代学者李嘉言、罗根泽等则申论甚详，足资
参考。

　　盖绝句名称，初非划一。南朝文人联句之风甚炽，其性质与后世文
人联句不同。其不同在于，并非合众人诗句共为一诗，而是各咏一事，
意思不相联属。如何逊、范云、刘孝绰《拟古三首联句》：

　　家本青山下，好上青山上。
　　青山不可上，一上一惆怅。（何逊）
　　匣中一明镜，好鉴明镜光。
　　明镜不可鉴，一鉴一情伤。（范云）
　　少知雅琴曲，好听雅琴声。
　　雅琴不可听，一听一沾缨。（刘孝绰）

既为"联句"，又称"三首"，正好表明其间似黏似脱、若即若离的关系，
它们既可合在一起，今见《何逊集》；又可单首收入作家别集，如范云的
一首，即以《拟古》为题入别集。这种联句，不同后人联句倒与后人唱
和性质近似。梁萧圆正《狱中联句》，则是作者在狱中和梁元帝诗，二人
所作不但异时异地，而且不必相约。

　　当时联句，多属五言，一般以人咏四句为度，完成后集在一起固称
"联句"或"连句"，分入别集仍可称"联句"或"连句"。如《何逊集》
中《送诸曹联句》《送司马义五城联句》，《庾信集》中《集周公处联句》，
都只是五言四句而已。所以题为"联句"，特标明其诗原有唱和的性质。

　　用这种五言四句的小诗作两地赠酬，可以称"联句不成"，如江革

《赠何记室联句不成》、何逊《答江革联句不成》，那意思就是说彼此不能在一块儿联句，权作四句而已。

在与联句（唱和）完全无关，或有唱无继的情况下，单首五言四句则称之为"断句"或"绝句"了。胡应麟《诗薮》杂编卷三云：

> 宋刘昶入魏，作断句诗云（见《南史·宋文帝诸子列传》）。按此即今句也。绝句之名当如此。以仓卒信口而成。止于四句，而篇足意完，取断绝之义，因相沿为绝句耳。

此外，五言四句还有"短句""杂句（诗）""二十字"之称。如：

> 武陵王性刚颖隽出，与诸王共作短句诗，帝报："见汝二十字，诸儿作中最优者。"（《南史·齐高帝诸子列传》）
> 齐朝请许瑶之，长于短句咏物。（钟嵘《诗品》）

检《玉台新咏》载许瑶之五言四句诗二首，其一即咏物诗。《吴均集》有"杂句"（或作"杂绝句"）、"杂诗"亦为五言四句体。

至唐，绝句入律，讲平仄，间用对仗，故唐人多称绝句为"律诗"。如李汉编《韩昌黎集》，凡绝句皆收入律诗类，序言径称"律诗一百六十"。同时白居易又称绝句为"小律诗"。（《江上吟元八绝句》："大江深处月明时，一夜吟君小律诗。"又见《与元九书》。）

除了上述名称，元代以后，流行一种绝句由律诗截得的臆说。于是，绝句又有"截句"之称。自唐以后，则统称"绝句"。

综上所述，可列一简表：

与联句有关的名称	与联句无关的名称	后起名称
联句、连句	短句	截句
联句不成	杂句、杂诗	
断句	小律诗、律诗	
绝句	二十字	

可见，"绝句"最初的含义与后来的不一样。它先是五言四句的一个体名，后来逐渐扩大为五言四句的兼名，至于把七言四句乃至其他齐言四句亦称绝句，则是后人仿照五言绝句名称而定的。最早以"绝句"标题七言四句见于杜诗。

｜二｜
五绝的发展及律化

南朝五绝体民歌

五言绝句是伴随五言诗时代的到来而成立的。

汉语诗歌的一大转关，"是乐府五言的兴盛，从十九首到陶潜止。它的最大特征是把《诗经》的变化多端的章法、句法和韵法变成整齐一律，把《诗经》的低回往复一唱三叹的音节变成直率平坦"（朱光潜《诗论》）。

汉语最突出的特点之一，就是以单音词为基础。特别是在古代，单音词占多数。然而要表达一个完整的意思，每个诗句至少要由两个词组成，所以原始歌谣开始为二言的形式：

断竹，续竹。飞土，逐肉。（《弹歌》）

随着社会生活的丰富和发展，双音词、联绵词逐渐增多，二言体就不能满足表情达意的需要了。于是在二言的基础上，将两句重叠成句，便形成四言体。四言体是适应语言发展趋势的产物，它比二言体更自由更宜于抒发感情和描写事物，可以说，正是由于诗体的进步造成了诗经时代，亦即诗歌史上第一度繁荣。此后，屈原根据楚地的民歌，创造了骚体，这是诗体的一次大的解放，突破了四言的格局，但由于它形式没固定，诗句的节奏、用韵缺少规则，故从整体上，并没有解决四言诗后中国诗歌的民族形式问题。故汉初文人采用的诗歌形式，或用骚体，或返回四言体，甚乏新意，加之当时的文人热衷于写赋，于是出现了诗坛的寂寥。这种状况一直持续到五言体的出现才被打破。

文学史上新的体裁往往产生于民间，五言诗首先是在东汉时代的乐府民歌中大量出现的。五言体较四言体和杂言体有明显的优势：

一、扩大了四言的句容量。钟嵘《诗品》序中说四言"每苦文繁意少，故世罕习焉。五言居文辞之要，是众作之有滋味者也"。因为古汉语单音词和双音词居多，诗歌的音步或音顿以二字或一字为单位，这样四言句只包含两个音顿（二、二），单音词和双音词的配合受到限制，不便于内容自由充分的表达；而五言句则包含三个音顿（作二、二、一），在四言的基础上增加了一个节拍，既可方便地容纳双音词，也可容纳单音词，以至三音词，极便于组词达意，较之四言体句容量的多少，就不是可以一字之差来加以衡量。刘熙载认为五言一句可抵四言两句，不能说绝对如此，却不无道理。

二、较四言体在节拍、韵律上有显著优点。因为四言体主要由两字一拍、四字一句构成，节奏虽鲜明，但句式短，节拍单调，韵律过简，不能尽情体现抑扬顿挫之美。五言句的二、二、一结构（或上二下三的结构）使节拍有奇有偶，奇偶相配，有变化，不呆板，不单调，曼长流利，变化特多。而单音步收尾，便于句末适当拖长或停顿换气，比双音步收尾要从容得多，对于咏歌玩味、因声求气有着积极的意义。这可以说明取代四言体的为什么是五言体而不是六言体。

三、比较杂言体诗来说，五言诗则表现出句式整齐，用韵较有规则等优点。由于汉语一字一音，又以单音词和双音词居多的特点，特别容易整饬划一，形成对称的美。诗句的定型也是一种自然的趋势，而骚体和杂言都没有解决句式定型的问题。此外，五言的句长适应人的生理特点，说已见前。从换气角度讲，四言稍短，而九言偏长，须长短配合使用才能协调，欲划一句式为齐言体，只有五七言"居文辞之要"。

四、五言体一出现就接近于当时的口语。从现存的汉乐府五言诗如《江南》《长歌行》《陌上桑》看，句子念起来大都通俗流畅，朗朗上口，非常好懂。这表明五言体当初就是语体诗，与当时语言发展状况相适应，是符合汉民族语言特点的。五言体从它产生之日起直到五四新诗的出现，一直是汉语诗歌最基本的诗体之一，亦可谓百代不易之体。

五言四句体初见于秦汉民歌，而大量产生于六朝，首先是东晋和刘宋时代的乐府。

乐府声诗（即配乐歌诗）在我国诗史上占有显著优势，《诗经》可以说是前乐府，风雅诗篇以章四句、多章叠咏为基本形式。汉魏乐府，则以杂言和五言体为主，篇幅长短不定，而其中值得注意的是一种五言四句体歌谣，隔句用韵，后人谓之古绝句。然而南北朝以前，五言四句体诗存数不多。秦时民歌《长城谣》虽已具五言四句的形式，却句句入韵，与成熟的五言绝句体不尽相合：

> 生男慎勿举，生女哺用脯。
> 不见长城下，尸骨相支拄。

汉魏乐府中有一部分五言四句歌谣，隔句用韵，一韵到底，则体合绝句：

采葵莫伤根，伤根葵不生。

结交莫羞贫，羞贫友不成。

藁砧今何在，山上复有山。

何当大刀头，破镜飞上天。

其辞出于民间，或题"古绝句"。谓之绝句，显出于后人的追认。它们大都具有浓厚的生活气息，多用比兴手法，如前一首；且好为廋词隐语，如后一首。

五言四句体小诗大量产生于南北朝时期。南北两地民歌都以此为主要体裁。总体而言，北歌在数量上不及南歌，技巧较为朴拙，接近于汉魏乐府。因而，标志五言四句体诗发展的时代水平的，毋宁说是南朝乐府民歌即南歌。不过，北歌也有非南歌及汉魏乐府所能企及的独到成就。

南朝和汉代一样设有乐府机关，负责采集民歌配乐演唱。这里所说的"民歌"是广义的，即包含民间的创作和为民间的创作，即一些出入歌筵的文士为歌女们创作的歌词，他们称得上是当时流行歌曲作家。南朝乐府民歌大约有 500 首，四句体占绝对优势。大部分属于清商曲辞，其中吴歌有 326 首，西曲有 142 首，还有神弦歌 18 首。

东晋以来，长江流域经济发展，生产力水平较高，商业发达，城市繁荣。刘宋文帝时出现经济上升的势头，富庶的地区首推荆州和扬州，史称"荆扬二州户口半天下"（《宋书·何尚之传》）、"荆城跨南楚之富，扬部有全吴之沃"（同书《孔季恭等传论》）；而齐初几十年也是较为安定的时期，当时繁荣的城市生活奢靡，伎女大量产生，音乐文艺蓬勃发展。

歌曲数百种，子夜最可怜。

慷慨吐清音，明转出天然。（《大子夜歌》）

当时以《子夜歌》为代表的市井流行歌辞大都是五言四句体。由于演唱的缘故，这种体裁得以广泛流行，吸引了下层文人从事整理与创作。像《子夜》诸歌那样分组类编的作品，显有文人加工的痕迹。文人参与创作，促进了五言四句小诗的繁荣。现存南朝乐府中，五言四句体小诗数量可观，以"子夜"为题的小诗，就数以百计。有的作品出自商人、妓女、船户和市民。它们主要反映城市中下层居民的生活和思想感情。换句话说，这些民歌是城市生活的产物，不是农业劳动的产物，这是和《诗经》和汉乐府都很不相同的。

再说，周、汉时代统治者采集民歌有观风俗、行乐教的目的，南朝统治者采集民歌则完全是为了声色娱乐的需要。宋废帝时全国户口不满百万，可是宫廷里的乐工就有上千人，当时王侯将相歌伎填室，鸿商富贾竞相夸大，舞女成群，互有争夺。无怪现存南朝乐府民歌内容比较狭窄，主要表现商业经济繁荣的江左城市、港口新兴的商贾、市民阶层的生活趣味。伎情与相思离别几成垄断的题材。间有狎昵之作，然尤多一往情深的恋歌。

南朝乐府主要有吴歌和西曲两大类。"吴歌杂曲，并出江东，晋宋以来，稍有增广。""始皆徒歌，既而被之管弦。"（《宋书·乐志》）"盖自永嘉渡江之后，下及梁陈，咸都建业（今南京），吴声歌曲起于此也。"（《乐府诗集》）吴歌产生于长江下游，而以当时的首都建业为中心；吴歌原是徒歌，采入乐府始配乐歌唱。吴歌产生的时代以东晋和宋居多。

吴歌的特色是艳丽而煽情，多反映市民阶层的生活趣味，伎情和相思离别是主要的题材，以《子夜歌》《读曲歌》数量最多。产生于东晋时代的《子夜歌》共42首，相传为东晋名子夜的女子所造：

宿昔不梳头，丝发被两肩。

婉伸郎膝上，何处不可怜。

始欲识郎时，两心望如一。

理丝入残机，何悟不成匹。

今夕已欢别，合会在何时？

明灯照空局，悠然未有期。

夜长不得眠，明月何灼灼。

想闻欢唤声，虚应空中诺。

谐音双关是普遍运用的手法。如"始欲识郎时"一首，写织布人儿正在心烦意乱时候，该死的破机子偏和人捣乱，光断线，看来织不成布匹了——这里"匹"字就双关匹配的意思。"今夕已欢别"一首的关键在二句的一问，诗人没有直说"悠然未有期"，却拐了个弯子，用歇后语，同时又是双关语说明灯照着个空棋盘，不是油燃未有棋（悠然未有期）吗？谐音双关原是民间喜闻乐见的一种表达方式，所以为民间歌手、通俗作家乐于使用。

相同性质的歌词集合，还有《子夜四时歌》75首，其与《子夜歌》不同者唯在点明时序，是较早的四季相思调。如"春歌"：

春林花多媚，春鸟意多哀。

春风复多情，吹我罗裳开。

春风动春心，流目瞩山林。

山林多奇采，阳鸟吐清音。

前一首也是怀春的歌：春花的多媚，春鸟的啼叫，都是性爱绝好的对应物。而"春风复多情，吹我罗裳开"，直是男女好合的兆头，何止是春风多情，尤其是诗中人的多情。后一首乍看是写春游心旷而神怡的感觉，然而阳鸟所吐清音，无非关关悦偶；山林之奇采，无非青春之气息。并属情歌。如"夏歌"：

青荷盖绿水，芙蓉葩红鲜。
郎见欲采我，我心欲怀怜。

这首诗写男有心，更是写女有意。而另一首四言四句的《神弦歌·白石郎歌》更以女子的口吻放胆地唱出对男性美的欣赏：

积石如玉，列松如翠。
郎艳独绝，世无其二。

如"秋歌"：

秋风入窗里，罗帐起飘扬。
仰头看明月，寄情千里光。

唐李白《静夜思》无论构思、造境、取象、用语，乃至五绝体制，都可看到此诗的影响。不过这里写的是夫妇之间的相思，而非一般游子之情，罗帐这一意象就与夫妇爱情生活密切相关。最后是"冬歌"：

渊冰厚三尺，素雪覆千里。

我心如松柏，君情复何似。

诗中人借冰雪中挺立的松柏自喻坚贞，目的是要逼着对方鲜明表态，虽写冰雪，仍以柔美曲折的写景抒情，有异于北歌的质直。

"西曲歌出于荆（今湖北江陵）、郢（宜昌）、樊（襄樊）、邓（今河南邓县），而其声节送和，与吴歌亦异，故因其方俗而谓之西曲云。"（《乐府诗集》）西曲产生于长江中游和汉水两岸的城市，而以江陵为中心；在唱法上与吴歌不同。此外，西曲的时代比吴歌稍晚，以齐、梁居多。

西曲多写水边旅人思妇的别情，表现船户、贾客生活的尤其多，风格比吴歌直率、开阔。如《那呵滩》：

闻欢下扬州，相送江津湾。

愿得篙橹折，交郎到头还。

篙折当更觅，橹折当更安。

各自是官人，哪得到头还！

是男女唱答之辞。前一首是女方送词，希望撑船的篙和摇船的橹都断掉，好叫所欢走不成。后一首是男子的答词，就算篙橹都断了，我还是得走，因为我是公家的人，身不由己。以问答成诗，也是南朝小乐府常用手法。

产生于刘宋时代而数量较多的吴声《读曲歌》89 首，其中五绝体居 68 首。西曲较重要的有《石城乐》5 首、《襄阳乐》9 曲、《西乌夜飞》5 曲等，几乎全属五绝体。性质与《子夜歌》等相同：

种莲长江边，藕生黄檗浦。

必得莲子时，流离经辛苦。（《读曲歌》）

闻欢远行去，相送方山亭。

风吹黄檗藩，恶闻苦篱声。（《石城乐》）

闻欢下扬州，相送楚山头。

探手抱腰看，江水断不流。（《莫愁乐》）

女萝自微薄，寄托长松表。

何惜负霜死，贵得相缠绕。（《襄阳乐》）

日从东方出，团团鸡子黄。

夫妇恩情重，怜欢故在傍。（《西乌夜飞》）

南朝乐府中也有少数作品具有较强的劳动生活气息，如《拔蒲》二首，情辞俱美，虽属恋歌，已非伎情。至于《采桑度》"徒劳无所获，养蚕特底为"那种激烈的呼号，反映现实阶级对立与反抗情绪，则又绝无仅有。

综上所述，南朝乐府民歌中的五绝，在内容上除了多为情歌而外，其突出特点就是它的女性本位，即表现女性生活和心理的作品占有绝对优势，其中有不少是描写伎情的。这一现象的产生，主要原因有三：一、这些作品在当时具有流行歌词性质；二、歌曲受众即市民阶层的欣赏趣味；三、演唱者多为女性（歌女），很多歌词直接为她们而写。

南朝乐府中的五绝总体风格是清新婉约，富于青春气息的。南朝乐府中的五绝在艺术表现方面的主要特点是：

一、多自然景物的描写。汉魏歌谣和北歌对景物，还谈不上细致的描写。南歌中却有对江南旖旎风光的动人描绘。诗中明媚秀丽的江南风光与歌中所表现的柔情绮思表里融洽，形成美妙的艺术意境，为后来的五绝艺术提供了有益的借鉴，与汉魏古歌和北歌相比，是一个很大的优长。

二、比兴和双关手法的运用。比兴是民歌中大量运用的表现手法，汉魏古歌和北歌作来较为单纯。南歌对自然景物的描写既丰富复杂，比兴手法的运用也较丰富多彩。如前举《子夜四时歌》"青荷盖绿水""渊冰厚三尺"二首都是兴中有比，情与景谐，为汉魏歌谣和北歌所不及。在南歌中，得到更为普遍运用的一种手法，是谐音双关的修辞。所谓双关，就是利用同音字构成影射和联想，比如莲花的"莲"和怜爱的"怜"，"莲子"和"怜子"，丝线的"丝"和相思的"思"，篱笆的"篱"和离别的"离"，这些巧妙的双关语，增加了语言的活泼和委婉。运用这种手法，诗意便不直致，便饶有含蓄，比较汉魏歌谣所用廋词隐语的手法更具诗美。因为廋词隐语虽亦不直致，富于趣味，但它启发读者仅限于文字联想，而谈不上形象思维。"藁砧今何在"一诗，乃至无注释则无从索解，近于文字游戏。何如南朝乐府中五绝的谐音双关，既不直致，又易会心。双关常兼比义，能启发读者的形象联想：

> 我念欢的的，子行由豫情。
>
> 雾露隐芙蓉，见莲不分明。（《子夜歌》）
>
> 绩蚕初成茧，相思条女密。
>
> 投身汤水中，贵得共成匹。（《作蚕丝》）

前诗以"莲"音谐"怜"，后诗以"思"音谐"丝"、"匹"音谐"疋"，双关与比义交叉，妙不可言。其比兴双关，取自日常生活，故生动形象。诗意婉曲而不晦涩。

三、多代言体和问答体。南歌多用女子独白的语气写来，是为"代言体"，前举诗例多属此种。设为问答的表现方式也不少，是为"问答体"，如前引《那呵滩》两曲。此外，还有"连章体"，如《折杨柳枝》四曲，伏知道《从军五更转》五曲。《从军五更转》由五章构成一组，每章四句，章与章有连贯性：

> 一更习斗鸣，校尉逴连城。
> 遥闻射雕骑，悬惮将军名。

> 二更愁未央，高城寒夜长。
> 试将弓学月，聊持剑比霜。

> 三更夜警新，横吹独吟春。
> 强听梅花落，误忆柳园人。

> 四更星汉低，落月与云齐。
> 依稀北风里，胡笳杂马嘶。

> 五更催送筹，晓色映山头。
> 城乌初起堞，更人悄下楼。

此诗产生于陈代，其连章体（或联章体）形式与歌唱有关。它与《诗经》的多章叠咏截然不同，不再是同义反复，而是章各成诗。合起来成一篇，分开来是五首。像《西洲曲》那种长篇，实在是由这种连章体演变而成的。其实不仅连章体，就是南歌中常见的代言体、问答体，无一不与歌词的演唱性质紧密相关。

北朝五绝体民歌

由于南北政治对立，彼此经济状况、社会风习、地理环境及人民的物质文化生活都有显著差异。北方生产力水平较低，以游牧业为主要生产方式，没有南方那样豪华的都市生活。因而，北朝民歌从内容题材到艺术风格、表现手法，与南朝民歌显有不同。

北朝民歌今存约 60 多首，绝大多数是五言四句体，主要见于《乐府诗集》的《梁鼓角横吹曲》。所谓横吹曲，是一种在马上演奏的军乐，因为乐器里有鼓有角，所以叫"鼓角横吹曲"。北歌多半是北魏以后的作品，陆续传到南方，由梁代的乐府机关保存下来，所以叫"梁鼓角横吹曲"。它们出于北方不同的民族，以鲜卑民歌为多，其中也有汉人的作品。

一般说来，北歌表现北方的景色和风俗，富于地域特色，对于南人有异国情调。北歌艺术表现较为质朴而生活内容却较为开阔，其中有对侠义精神的讴歌，对命运不平的感喟，对不合理现实的幽默嘲谑，为南歌所罕见。与南歌书面加工痕迹较显且有文人仿作不同，北歌口头创作居多，以谣体为主。北歌总的风格是刚健质朴，生气勃勃。

有一类绝句张扬尚武精神：

> 健儿须快马，快马须健儿。
>
> 跋跋黄尘下，然后别雄雌。（《折杨柳歌辞》）
>
> 男儿欲作健，结伴不须多。
>
> 鹞子经天飞，群雀两向波。《企喻歌》
>
> 男儿可怜虫，出门怀死忧。
>
> 尸丧狭谷口，白骨无人收。（同上）

"健儿须快马"一诗以回环赞语发端，写骏马与健儿的相得益彰，然赞马终是赞人，骏马崇拜结穴在英雄崇拜也。后二出以挑战口吻，说要在沙场或赛场一见高低，充满英风豪气，表现了北人剽悍的个性和尚武的精神，令人耳目一新。这样的作品在南朝乐府和文人诗中是见不到的。直到唐代边塞诗兴起，这样的快语豪情才屡见于诗。所以应当说"河朔之气"是唐代边塞诗的发脉之一。《企喻歌》前一首大意是真正的男子汉要敢于孤军作战，冲锋陷阵，就像鹞子入雀阵一样所向披靡。歌颂的是一种尚武精神。后一首一般认为是写征夫内心的苦闷和战争造成的社会苦难，末句使人想起曹操《蒿里行》"白骨露于野"和王粲《七哀诗》"白骨蔽平原"一类描写。也有人认为仍然表现着一种尚武精神，前二谓男子汉出门而贪生怕死者，适足为可怜虫而已；后二是以司空见惯的口吻说战争本来就是残酷的，战士何妨弃尸荒谷，语气很酷。还有一首《琅琊王歌辞》"新买五尺刀"写勇士爱刀，本也是张扬勇武精神的，却从"五尺刀"而联想到"十五女"，说玩刀之乐甚于泡妞。虽涉男女之事，有些煽情，"令人骨腾肉飞"（王士禛），却显得很逗，为南歌中所未见：

> 新买五尺刀，悬著中梁柱。
> 一日三摩娑，剧于十五女。

与边塞题材相关的，除了表现尚武，还有反映边地苦寒和征人辛苦的。如《陇头歌辞》，这是三首四言绝句：

> 陇头流水，流离山下。
> 念吾一身，飘然旷野。

> 朝发陇头，暮宿陇头。
> 寒不能语，舌卷入喉。

> 陇头流水，鸣声呜咽。
>
> 遥望秦川，心肝断绝。

陇头即陇山，在今陕西陇县西北，古时为出征士卒经行之地。《三秦记》曰："其坂九回（曲折），不知高几许，欲上者七日乃越。高处可容百余家，清水四注下。"《乐府诗集》中凡以"陇头""陇上""陇西"为题者，皆写征战、征夫情事。故此三诗当是度陇赴边的征夫吟唱的歌谣。第一诗以水流的无定，引起流浪人漂泊天涯之感，重在视觉形象联想。第二诗形容陇头严寒，突发奇语，所谓舌卷入喉，也就是说话舌头不灵活的意思，非亲历身受而善于形容者不能道，重在肌体感觉的表述。第三诗以隆冬流不畅的水声比喻人的哭声，语语沉痛，重在听觉形象的联想。三诗各极其妙，是四绝体的空前杰作。

另一类绝句专以女大当嫁为辞。《地驱歌乐辞》和《折杨柳枝歌》有两首绝句，一为四言，一为五言，可以合读：

> 驱羊入谷，白羊在前。
>
> 老女不嫁，蹋地唤天。（《地驱乐歌辞》）
>
> 门前一树枣，岁岁不知老。
>
> 阿婆不嫁女，那得孙儿抱。（《折杨柳枝歌》）

民间以婚嫁为大事而古代有早婚习俗，故民歌多以女大当嫁为辞。前诗写老女未嫁，怕没人要的悲苦，因为这个悲苦在爹娘跟前说不出口，所以"蹋地唤天"也。诗以赶羊为兴语，谓之牧羊女思嫁也。后诗内容更丰富，兴语中有以枣子双关"早子"之意，与后文抱孙之说关合。其次，不说自己苦恼，反说是为阿婆作想，自然诙谐。这一类作品，口气特别天真，比较接近儿歌。又如《捉搦歌》：

谁家女子能行步，反着袂禅后裙露。

天生男女在一处，愿得两个成翁姬。

黄桑柘屐蒲子履，中央有丝两头系。

小时怜母大怜婿，何不早嫁论家计。

"捉搦"即捉拿，亦即小孩子藏猫猫唱的歌。"黄桑柘屐"是木鞋，"蒲子履"是草鞋，都成双成对，故以兴起男女匹配之意。"中央有丝两头系"，就是千里红绳一线牵的意思，喻两姓联姻。第三句最有意思，"小时怜母大怜婿"——民间对男子相应说法是"小时候是妈的儿，长大了是婆姨的儿"，此言女性也一样。所以末句说不如顺水推舟，成全了她罢。

还有一类是离别曲，如《折杨柳歌辞》：

上马不捉鞭，反折杨柳枝。

蹀座吹长笛，愁杀行客儿。

腹中愁不乐，愿作郎马鞭。

出入擐郎臂，蹀座郎膝边。

遥看孟津河，杨柳郁婆娑。

我是虏家儿，不解汉儿歌。

"上马不捉鞭"一诗从行者一方落墨，"腹中愁不乐"则从居人乃女性一方落墨。"遥看孟津河"或是一首汉译的北歌。诗最有意味的是后面的两句，"我是虏家儿，不解汉儿歌"，好像是强调胡汉语言的隔膜，其实是强调离别曲的感人。

反映贫富对立和阶级矛盾的诗虽少，《幽州马客吟歌辞》却是一针见血之作：

快马常苦瘦，剿儿常苦贫。
黄禾起嬴马，有钱始作人。

末句为愤语，看似无理——没钱连人都不做吗？正因为悖乎常理，才发人深省，社会原来是不把穷人当人的呀！

由此可见，北歌的内容充实丰富，气象开阔，较南歌为朴质刚健。不过，北歌口头创作居多，以谣体为主；南歌书面加工痕迹较显，且有文人拟作，艺术技巧较北歌精工，对唐代五绝的影响较为直接。

南朝宫廷制作

五绝体民歌在市井间广为流行，引起了社会上层和宫廷的兴趣，乐府采入宫廷，用于宴乐，而且引起南朝君臣，竞相仿作。仿作民歌的宫廷作家，主要是齐梁以下的帝王和文学侍臣；仿作的对象，主要是东晋刘宋产生的以吴歌西曲为代表的民歌，如《子夜歌》《子夜四时歌》《碧玉歌》《采莲曲》等。其中那些以男欢女爱为内容的歌唱，成为其仿作的主要蓝本。唐自陈子昂始以风雅兴寄论诗，影响深远，后人对齐梁间诗，遂一概骂倒，所谓"齐梁及陈隋，众作等蝉噪。搜春摘花卉，沿袭伤剽盗。"（韩愈《荐士》）

平心而论，齐、梁、陈、隋宫廷君臣唱和之制作，题材较窄，多咏物（如咏枕、咏舞、咏烛、咏笔等）、艳情之作；多应酬游戏之作，如离合体（折字组合游戏的四句体诗）、大言（夸张宏观的诗）细言（搜索微观的诗）应令；多无病呻吟之作。为文造情，情趣不高。就是那些仿民歌的作品，在生活内容上也逊民歌一筹，又不及民歌来得自然天成，固不免乎"小家碧玉作了阔太太"（鲁迅）之讥。

　　然而，这种文学创作中的下行上效的现象，又并非全无意义。首先，它标志着上层社会对民间文学的承认和肯定，在一定条件下，下行上效又会转化为上行下效，对当时文人的诗歌创作产生导向的作用。而"中国文艺史告诉我们，历次文学创作的高潮，都与民间文学有深刻的渊源关系。楚辞同国风，建安文学同两汉乐府，唐代诗歌同六朝歌谣，相互之间都存在这种关系"（郭沫若、周扬《红旗歌谣》）。南朝君臣唱和，学习仿效民歌体裁，其影响达于宫廷之外，纵然没有直接产生杰作，却间接导致着杰作的产生。

　　其次，作为最高统治者的南朝君王，其中虽然未能产生李煜那样的天才，然而醉心文学，训练有素，并具一定诗才而文采不输于唐太宗、宋徽宗者，还是有的。梁简文帝萧纲就是很有代表性的一个，他是梁武帝萧衍第三子。萧衍就是一位民歌爱好者，晋宋吴声西曲，几乎无一弗拟。萧纲不可能不受他的影响。昭明太子死后，他被立为太子。太清三年（549），梁武帝被囚饿死，侯景立纲为帝，后被废遭害，成为一个薄命君王。他是齐梁宫体诗的代表人物，主张"文章且须放荡"，不为载道派所齿。然而他写的绝句颇有佳作，并不受晋宋民歌的限制：

　　　　巫山七百里，巴水三回曲。

　　　　笛声下复高，猿啼断还续。（《蜀道难》）

　　　　客行只念路，相争度京口。

　　　　谁知堤上人，拭泪空摇手。（《春江曲》）

　　　　今夜月光来，正上相思台。

　　　　可怜无远近，光照悉徘徊。（《望月》）

　　　　兔丝生云夜，蛾形出汉时。

欲传千里意，不照十年悲。（《华月诗》）

衔苔入浅水，涮羽向沙洲。

孤飞本欲去，得影更淹留。（《咏单凫诗》）

特别值得注意的是萧纲是较早尝试七言四句体的作家，集中有《乌栖曲》四首，七言四句但二韵互叶，与绝句体不全相符。然下面一首《夜望飞雁诗》，却是资格的七言绝句了：

天霜河白夜星稀，一雁声嘶何处归。

早知半路应相失，不如从来本独飞。

　　萧纲而外，值得一提的还有隋炀帝杨广，他在位十四年，多行虐政，是一位很坏的皇帝，却是一位不坏的诗人。杨广非常迷诗，而且好胜，因妒忌薛道衡"暗牖悬蛛网，空梁落燕泥"的佳句，当薛受死时，还问人家"更能作'空梁悬燕泥'否？"（刘𫗧《隋唐嘉话》）这样的有心人，写得几首好诗，当不是奇怪的事：

暮江平不动，春花满正开。

流波将月去，潮水共星来。（《春江花月夜》）

寒鸦千万点，流水绕孤村。

斜阳欲落去，一望黯销魂。（《野望》）

此二诗是杨广的得意之作。《春江花月夜》一诗由暮江联及海潮，且牵动星月，气象开阔，为唐人张若虚同题长篇七言杰作之滥觞。北宋晁补之曾赞赏秦观《满庭芳》"斜阳外、寒鸦万点，流水绕孤村"几句，道"虽不识字人，亦知是天生好言语"。其实这几句系化用杨广《野望》绝句，晁氏的赞美也应归于杨广。这两首诗的情景和意境，得南朝乐府民歌所未有，自是佳作，不得因人而废。

其三，南朝君臣赓歌唱和，命题作诗，形成了一种"如切如磋，如琢如磨"的创作环境，有益于诗歌形式技巧的探讨。从而通过量的积累，求得质的提高。例如，汉末建安作家徐幹，曾作《室思诗》五首，其三曰："自君之出矣，明镜暗不治。思君如流水，无有穷已时。"为后人称羡。宋孝武帝刘骏拟徐幹《室思诗》为五绝体诗，题作《自君之出矣》，前二以"自君之出矣"发端，后二巧比妙喻。一时文士，赓歌相和者甚众。除鲍令晖之作为八句，其余皆五绝体：

> 自君之出矣，金翠暗无精。
> 思君如日月，回还昼夜生。（刘骏）
> 自君之出矣，笥锦废不开。
> 思君如清风，晓夜常徘徊。（刘义恭）
> 自君之出矣，芳帷低不举。
> 思君如回雪，流乱无端绪。（颜师伯）

此风一发而不可收，此后历齐、梁、陈、隋直到唐代，代有续作，时出新意，成为五绝体中的一个门类。撮录数首如次：

> 自君之出矣，金炉香不然。
> 思君如明烛，中宵空自煎。（齐·王融二首录一）
> 自君之出矣，罗帐咽秋风。
> 思君如蔓草，连延不可穷。（梁·范云）
> 自君之出矣，愁颜难复睹。
> 思君如劈条，夜夜只交苦。（陈·后主六首录一）

自君之出矣，明镜罢红妆。

思君如夜烛，煎泪几千行。（隋·陈叔达）

自君之出矣，梁尘静不飞。

思君如满月，夜夜减容晖。（唐·辛弘智）

自君之出矣，弦吹绝无声。

思君如百草，撩乱逐春生。（唐·李康成）

类此创作事例不胜枚举，于此是可以窥斑见豹的。

其四，梁陈时代宫廷作风轻艳的诗体，当时号称"宫体"。宫体诗中五绝体所占比例亦不少。主要作家除了梁简文帝、梁元帝（萧绎）外，还有他们的文学侍臣如徐摛、徐陵父子，庾肩吾、庾信父子。宫体诗在内容上多写宫女歌舞、体态，多情诗与咏物诗，它诚然导致了诗风的靡弱，对隋及初唐诗歌有消极影响，然而它在形式上，对律诗的形成有重要推动作用，其用典多、辞藻秾丽的特点也曾为后人提供过艺术上的借鉴。

近体五绝与谢朓

上述宫廷作家之外，一些更有天赋的诗人，作为新体诗运动的参加者，他们运用声律技巧，使五言绝句逐渐稳顺声势，从而导致了近体五绝的产生。他们用近体五绝来抒情言志，使得五绝渐渐脱离歌词性质。他们不再沿袭代言、问答的程式和双关的故技，而致力于情景二端，使得五绝这种短小诗体，取得语绝意不绝的艺术效果，从而翻开了绝句艺术新的篇章。其中最卓越、最具代表性的作家，是南齐的谢朓和由南入北的庾信。

五言诗兴盛以后，汉语诗歌发展又一大转关是律诗的兴起。律诗的形成有一个过程，这个过程大约起自南齐永明（483－493）而迄于唐初，可以称为新体诗（或近体诗）运动。这种新体诗的最大特征，是丢开汉魏诗的浑厚古拙，而趋向精妍新巧。这种精妍新巧是由于古汉语以单音字词（即使是双音词，而词素也是单音节）为主（只有这样的语言，才能形成整齐的对偶），以及汉语以元音占优势，而又有四声的区别（这在永明时代才被揭示出来），从而在字数整齐叶韵之外，运用平仄变化与双声叠韵追求抑扬顿挫之音乐美和骈句对仗之形式美。

　　新体诗运动最初是由四声的发现而出现避忌声病之说，从而产生了永明体，王闿运《八代诗选》称之为新体诗；最终是将四声简化为平仄，由消极的回避声病变成积极的调声，从而形成了具有一整套格律样式可循的近体律诗。

　　永明体的产生是文学史上的重要事件之一，《南齐书·陆厥传》云："永明末，盛为文章。吴兴沈约、陈郡谢朓、琅邪王融以气类相推毂，汝南周颙善识声韵。约等文皆用宫商，以平上去入为四声，以此制韵，不可增减，世呼为永明体。"这里有两个重要人物，一个是首先提出汉字有平上去入四声的周颙，一个是首先揭示律诗音乐美本质并倡导避忌八病的操作原则的沈约。沈约在《宋书·谢灵运传》里说"欲使宫羽相变，低昂互节"，"若前有浮声，则后须切响。一简之内，音韵尽殊；两句之中，轻重悉异"，可见所谓律诗，就是具备抑扬顿挫的音乐之美的新体诗。

　　所谓八病是指：五言两句的前一二字同声，为平头；五言两句非韵脚所在的末字同声，为上尾；五言句中二五字同声，为蜂腰；五言隔句末字同声，为鹤膝；五言两句中有与韵脚同韵的字，为大韵；五言两句中有彼此同韵的字，为小韵；五言两句中有不相连的双声字，为正纽（小纽）；五言两句中有不相连的叠韵字，为旁纽（大纽）。这些规定不但过于烦琐，也缺乏科学依据，难于全部遵循，然而它是通向简捷的调声术的第一步。永明体诗歌炼句工稳，音韵确趋谐婉流利，风格圆美流转，对近体诗的形成有重大影响。

及至唐初，在诗歌创作实践中，声律学得到进一步发展：由四声的区分进而为平仄的讲求，由消极的病犯（所谓八病）避忌进而为积极的调声（即黏对规律的讲求），使诗歌在声的讲究由烦琐不堪一变而为简捷易行。于是，近体律诗终于在沈期、宋之问为代表的初唐诗人手中完成。同时近体五绝也就成立了。近体绝句是格律化的产物，也是南北朝时期小诗的延续和发展。

南北朝新体诗的作者很多，合计有 80 余人，其中名家有谢朓、何逊、阴铿等，而以谢朓最为杰出。他们的绝句创作，处在古体向近体的过渡阶段。他们的诗多用律句，有的绝句，已俨然近体。

谢朓（464—499）字玄晖，南齐陈郡阳夏（今河南太康）人，少有美名，和谢灵运同族，有小谢之称（谢灵运为大谢）。曾入隋王萧子隆、竟陵王萧子良幕，后任宣城太守，所以又有谢宣城之称。齐永元元年因事牵连，下狱而死，年三十六岁。谢朓诗内容比较单薄，主要表现一种居官思隐、亦官亦隐的士族情趣。

谢朓在文学史上的主要贡献之一，是继谢灵运之后进一步发展了山水诗。他的诗风较谢灵运清新明快，写景抒情、场面气象都比谢灵运好。此外，谢朓与何逊等人是较早在五绝体的小诗创作中成绩突出的作家。

谢朓熟稔音律，所作小诗，音律和谐铿锵，从而使五言四句体小诗从慷慨吐清音，明转出天然的即兴歌唱，向含蓄凝练，音节和婉的方向发展。属于庙堂文学的五言四句体《永明乐》十首不计，集中其余六首五绝，艺术上都臻于完美成熟，对后世影响较大，姑举两例：

夕殿下珠帘，流萤飞复息。

长夜缝罗衣，思君此何极。（《玉阶怨》）

绿草蔓如丝，杂树红英发。

无论君不归，君归芳已歇。（《王孙游》）

《玉阶怨》本晋陆机有感于《怨歌行》而作的《婕妤怨》（诗有"寄情在玉阶，托意惟团扇"之句）再创作，同开宫怨诗之先声。此诗妙于用短，撷取深宫夜里的一个生活断面，令人从画面中体味抒情主人公的命运和愁思，便觉得兴象玲珑，意致深婉。"夕殿下珠帘"暗示君王不会幸临，"流萤飞复息"点染宫中凄凉的气氛，"长夜缝罗衣"写苦苦痴情，末句一叹"思君此何极"！诗不受故实局限，于团扇见弃之外别出新意，以缝制罗衣暗示宫嫔对渺茫的幸福寄予希望，表现了宫中女性共同的悲哀，在手法上是具有创造性的。《王孙游》诗题出自《楚辞·招隐士》（"王孙游兮不归"），"绿草蔓如丝"即"春草生兮萋萋"，"杂树红英发"则是补写的对句。后二句在《楚辞》基础上翻进一层，放下"不归"无论，只论君归，"君归芳已歇"表面上只是说春光，意下却兼带了少妇的青春，所以特别含蓄。

在谢朓笔下，绝句这种短小诗体突破体裁局限，化局限为优长，为后人提供了有益的经验。当人们读到李白"却下水精帘，玲珑望秋月"（《玉阶怨》）、王维"春草年年绿，王孙归不归"（《山中送别》）等诗句时，不禁会联想到谢朓的这两首绝句来。

谢朓因李白的推崇在后世颇负盛名，王士禛《戏仿元遗山论诗绝句》云"青莲才笔九州横，六代淫哇总废声。白纻青山魂魄在，一生低首谢宣城"，《云仙杂记》载"李白登华山落雁峰曰，恨不携谢朓惊人诗来搔首问青天"。李白诗中一再写道"蓬莱文章建安骨，中间小谢又清发"（《登宣州谢朓楼饯别校书叔云》）、"解道澄江静如练，令人长忆谢玄晖"（《金陵城西楼月下吟》）。王士禛谓其一生低首，诚非虚言。

老成的庾信

较之谢朓，庾信是更值得推重的五绝作家。他原是梁元帝的文学侍臣，曾因侯景之乱出奔江陵。后出使西魏，值西魏兵攻破江陵，杀梁元帝。因留长安，被迫仕西魏，继仕北周。一生颠沛流离、饱经丧乱，故杜甫说"庾信平生最萧瑟，暮年诗赋动江关"（《咏怀古迹》）。他将沉郁顿挫的诗风带进五绝创作，从而提高了绝句的境界，这是很值得注意的事。

庾信是南北朝时期骈赋大家，元祝尧论骈体发展过程说："建安七子，独王仲宣辞赋有古风；至晋陆士衡辈《文赋》等作，已用俳体；流至潘岳，首尾绝俳；追沈休文等出，四声八病起，而俳体又入于律矣；徐、庾继出，又复隔句对联，以为骈四俪六，簇事对偶，以为博物洽闻。"庾信的骈赋，已将视觉上的整齐美和听觉上的抑扬美结合起来，造就一种美文体裁。这样的大手笔来写五绝，真有点大材小用了。

虽然庾信的五绝创作不过是偶烹小鲜，然今存作品数量已达 50 余首之多，远远超过谢朓，在同时作家中最为突出。由于生世遭逢，所作多悲凉慷慨，大有北歌风味，复能声律谐畅，兼有南歌的优长：

玉关道路远，金陵信使疏。

独下千行泪，开君万里书。（《寄王琳》）

客游经岁月，羁旅故情多。

近学衡阳雁，秋分俱渡河。（《和侃法师》）

阳关万里道，不见一人归。

惟有河边雁，秋来南向飞。（《重别周尚书》）

望水初横阵，移营寇未降。

风尘马足起，先暗广陵江。（《送卫王南征》）

《寄王琳》诗以"玉关""金陵"作对，分别代指西魏和梁朝，以"千行泪""万里书"作对，极言来信的不易和百感交集的心情。言简意长而对仗精切，感情亦复充沛，故不见琢句痕迹。《重别周尚书》诗前二形象地概括周陈通好前南北隔绝的政治态势，后二写景中不但寄托着对周弘正南归的羡慕，对故乡的思念，也客观反映了南北人民对打破信息、交通阻绝的现状的企盼。沉郁的风格，在庾信以前本来与较小的五绝体无关，而与篇幅相对较长、内容厚重的制作相关。而庾信率先将世事的沧桑、身世的萧瑟，纳入五绝表现范畴；将骈体的技巧施之绝句，使他的上述作品，具有了沉郁顿挫的风格，使短小的绝句，给人以厚重的感觉。这是庾信对五绝艺术的新的贡献，也开了唐代诗人的先河。

　　同时，庾信也是率先尝试七言绝句创作的诗人之一。今存作品三首，虽不如其五绝老成，却也因空谷足音而难能可贵：

　　　　失群寒雁声可怜，夜半单飞在月边。

　　　　无奈人心复有忆，今暝将渠俱不眠。（《夜望单飞雁》）

　　　　青田松上一黄鹤，相思树下两鸳鸯。

　　　　无事交渠更相失，不及从来莫作双。（《代人伤往》）

　　　　杂树本惟金谷苑，诸花旧满洛阳城。

　　　　正是古来歌舞处，今日看时无地行。（同上）

　　谢朓、庾信而外，南朝诗人何逊、陶弘景及隋诗人薛道衡等，都是值得刮目相看的作者。他们的作品大抵个人抒怀，情景交融，含蓄耐味。去乐府歌诗，道里已远。

客心已百念，孤游重千里。

江暗雨欲来，浪白风初起。（何逊《相送》）

山中何所有，岭上多白云。

只可自怡悦，不堪持赠君。（陶弘景《诏问赋诗以答》）

入春才七日，离家已二年。

人归落雁后，思发在花前。（薛道衡《人日思归》）

《相送》以江上风雨欲来体贴行者孤游苦怀，间接表达了依依惜别之情。《人日思归》以"才七日"与"已二年"映带，写出算来不久、感觉很长的客中况味，是很细腻的笔墨。后二以春雁北归反形己之未归，以花发之快反形归期之迟和归心之急，妙在不直致。俱已做到短语长情，词约意丰，先得唐音。

初唐五绝的兴寄

五言绝句草创于汉魏，流行于六朝，而拓宇于初唐。

唐初宫廷五绝制作，风貌去六朝作家不远。咏物、咏舞、应教、拟齐梁体等，一应俱全。然而已经有一些作品，注意到诗的兴寄，也就是比兴寄托，从而透露着时代变迁的消息。兴寄的问题。也就是充实思想内容的问题，虽然是陈子昂针对齐梁放荡萎靡的诗风而正式提出来的，但在诗中，有意识地在创作中运用兴寄手法，实有早行人在。在初唐五绝中已不乏这样的作品：

早秋惊落叶，飘零似客心。

翻飞不肯下，犹言惜故林。（孔绍安《落叶诗》）

可惜中庭树，移根逐汉臣。

只为来时晚，开花不及春。（同上《咏石榴》）

的历流光小，飘摇弱翅轻。

恐畏无人识，独自暗中明。（虞世南《咏萤》）

垂绥饮清露，流响出疏桐。

居高声自远，非是藉秋风。（同上《蝉》）

清心自饮露，哀响乍吟风。

未上华冠侧，先惊翳叶中。（李百药《咏蝉》）

窗里怜灯暗，阶前畏月明。

不辞逢露湿，只为重宵行。（同上《咏萤火示情人》）

浮香绕曲岸，圆影覆华池。

常恐秋风早，飘零君不知。（卢照邻《曲江池》）

上举六例皆咏物诗，题材是旧的，手法却是新的。各诗的兴趣都不在物体而在人事。如孔绍安《咏石榴》就是诗人投奔唐高祖李渊后，自觉得其所的言志之作，相见恨晚之意甚明。虞世南《蝉》借蝉的居高声远，则寓托着对人生的一种感悟：一个人只要立身品格高洁，即使没有外在凭借，亦自能声名远播。李百药同题之作，则寓托着另一种感悟：显达之人，未必不先经一番苦寒。其萤诗则戏谑情人好暗中约会的心理。稍晚卢照邻咏曲池荷之作，昔人或以为作者自伤不遇，恐时不我与；或以为所讽为当朝显贵，不知早退，无论如何，都不是泛咏落花。尤有著者，是张九龄用古题《自君之出矣》写的一首诗：

自君之出矣，不复理残机。

思君如满月，夜夜减清辉。

此诗被前人众口一词地赞为超前绝后，同题中古今第一。其实它只就前举辛弘智之作，改动了一句一词。道理何在呢？关键仍在兴寄。张九龄实处于初盛唐之交在玄宗朝前期有声誉的宰相之一，直言敢谏，后为李林甫所狙，罢政事，贬荆州长史。作为诗人，张九龄与陈子昂同声相应，特重兴寄。所作《感遇》组诗，其一曰："江南有丹橘，经冬犹绿林。岂伊地气暖，自有岁寒心。可以荐嘉客，奈何阻重深。运命惟所遇，循环不可寻。徒言树桃李，此木岂无阴！"诗即就荆州红橘作为兴寄，所谓桃李乘时，即暗指李林甫、牛仙客等小人得志。《自君之出矣》与之性质相同，亦为李林甫所谗罢相后而作，借闺怨以寓忠爱之思。将辛弘智作中"梁尘静不飞"这一较平之句，改为"不复理残机"，既切怨妇之情，又用"理机"双关了政治上日理万机之意。又改"容辉"为"清辉"，非但韵度更佳，与辛作比，已不局限于女容，而隐射到政治的清明。满月之喻，已暗示物极必反，此后清辉，夜夜看减，见明良遇合，更无余望。像五绝这样的短篇，一有了兴寄，读来就不再是一览无余，而更耐人咀含，事实上加大诗的容量。在六朝咏物诗的基础上，已是推陈出新，更上层楼了。

鸾凤群中的野鹿

齐梁宫廷诗风浮靡，藻饰太重，丢掉了民歌的清新。齐梁习气在初唐犹有很深的影响，第一个扫清齐梁余风的五绝作家是唐初的王绩。他走的是复古的一路。

王绩字无功，生活在隋唐之交，仕途极不得意，因而归隐田园，以饮酒闲适自娱，以魏晋之际的阮籍、陶潜自况。而阮、陶两位，都是五言古体的大宗师。不过他们都没有写过绝句，晋代出现过一首四句整对精警如画的《神情诗》（春水满四泽，夏云多奇峰。秋月扬明辉，冬岭秀孤松），曾被记在陶潜名下，然当是大画家顾恺之所作，置诸陶集，便觉刻意。

王绩将阮、陶鄙弃庸俗、耽爱自然、沉湎美酒的精神，及自然遥深的诗风，施之短篇，作五绝十余首，内容以发泄愤世嫉俗之情和吟咏田园生活逸趣为主。诗风平淡自然，蕴含隽永，在唐初独具一格，不但与齐梁浮艳诗风，而且与当时宫廷制作形成鲜明对照，谓之一洗绮罗香泽之态也亦宜：

> 石苔应可践，丛枝幸易攀。
>
> 青溪归路直，乘月夜歌还。《夜还东溪》
>
> 洛阳无大宅，长安乏主人。
>
> 黄金消未尽，只为酒家贫。(《题酒店壁》)
>
> 此日长昏饮，非关养性灵。
>
> 眼看人尽醉，何忍独为醒？(同上)
>
> 北场耘藿罢，东皋刈黍归。
>
> 相逢秋月满，更值夜萤飞。(《秋夜喜遇王处士》)

这些作品清新可喜，有具体的情感内容。《秋夜喜遇王处士》一诗将田园秋夜景色和朋友不期而遇的喜悦表现得真切动人，情景交融，富于村居生活气息。《题酒店壁》组诗约写于隋末，时方动乱，诗人看不到出路，故借酒浇愁，发发牢骚。这一类小诗上继阮、陶，于唐绝中引入咏怀、田园题材，在艺术上亦有匡正时弊的作用。

当然，王绩心目中的田园仅是市朝退路，其牢骚亦限于个人失意，其诗缺乏陶诗、阮诗般深广的社会意义。然从诗史角度出发，诚如《石洲诗话》所云："王无功以真率疏浅之格，入初唐诸家之中。如鸾凤群飞，忽逢野鹿，正是不可多得。然非入唐之正脉。"

王梵志诗：揶揄人生

在唐诗王国中，王梵志其人其诗一直是一个谜。历来研究者对梵志其人有过种种不同的猜测，甚至怀疑过他的实在性。项楚先生经过潜心研究，提出了一个很值得注意的看法，即固不必否定梵志其人的存在——其人在初唐民间即享有盛名；但现存的三百多首王梵志诗，绝非一人所作，当是长时期内许多无名白话诗人作品的结集。照这种看法，所谓王梵志，实是唐代白话诗人的一个共名。

不过，现存王梵志诗，有相当数量的作品产生于初唐时代，当无问题。关于这一点，盛唐大诗人王维《与胡居士皆病寄此诗兼示学人二首》自注"梵志体"，即可说明。梵志诗因种种原因，后世被排斥在《全唐诗》外，今人辑录入外编。唐以后，除了黄庭坚等少量文人很赏识梵志诗中的某些作品，亦可谓知音寥寥。直到胡适提倡白话文学，始大得声称于世。

唐代的白话文学本自繁荣，诸如俗讲、白话歌辞、五言白话诗等，均肇自初唐。五绝体的白话诗，也在民间流行，《高宗永淳中童谣》即一例：

> 新禾不入箱，新麦不登场。
> 迨及八九月，狗吠空垣墙。

王梵志这样的白话诗人，便是在这样的背景下产生的。不幸由于特定的历史原因，王梵志及其白话诗曾长期遭到忽视和沉埋，但从敦煌写本可知，这类白话诗作，在当时流布之广，影响之大，差近北宋柳词。梵志诗主要用五言体，尤多五言绝句。这些白话五言绝句，在唐初五绝中别具一格，非常可贵。

从文学角度看，王梵志白话五绝，具有非常罕见的品格。诗人受佛学的影响较深，其诗兴趣不在写景，也不在一般意义的抒情，而在阅世，同时也劝世劝善。但有意思的是，诗人有时站在哲学的高度上玩味人生，概括人生，言鄙而理真：

> 相交莫嫉妒，相劝莫蛆仁。
> 一日无常去，王前罢手行。

其中最有文学价值，最值得注意者，是诗人以悲悯之心，批点世相，揶揄人生，有意或无意勾勒的世态人情的"漫画"，品格略近于现代的丰子恺：

> 他人骑大马，我独跨驴子。
> 回看担柴汉，心下较些子。

> 我有一方便，价值百匹练。
> 相打长取弱，至死不入县。

> 众生头兀兀，常住无明窟。
> 心里为欺诳，口中佯念佛。

> 城外土馒头，馅草在城里。
> 一人吃一个，莫嫌没滋味。

> 世无百年人，强作千年调。

打铁作门限，鬼见拍手笑。

梵志翻着袜，人皆道是错。
乍可刺你眼，不可隐我脚。

造作庄田犹未已，堂上哭声身已死。
哭人尽是分钱人，口哭元来心里喜。

　　梵志白话五绝的特点之一，是真实地或略带夸张地写出世人的缺点，或是行为上的，或是心理上的，令人发笑，又使人深思。既可以看作正经的、劝谕的；又可以读为揶揄的、讽刺的。作正面理会则浅，作反面理解则妙不可言。如"他人骑大马"一首，作劝人知足看便浅，作中庸者的漫画像看却饶有余味；"我有一方便"一首，作劝人忍让看便浅，作"弱者哲学"的解剖看则觉鞭辟入里。

　　特点之二，是诗人不取概念化的说理，而采用象教的方式。"他人骑大马"先描出一幅有趣的"三人行"场面，末句一点即收，却耐人寻味；"我有一方便"则通过人物夸口的独白，活现出一种甘居弱小、精神胜利的心理。形象大于思想，使它们较之一语破的、锋芒毕露之作更为耐读，使用篇幅短小的绝句形式，这无疑是一种艺术优长。

　　特点之三，是揶揄人生，风格冷峻，先于李贺开出"荒诞"一品。"城外土馒头"面对死亡不可避免的事实，以超然的态度，把它说成是"排排坐，吃果果，你一个，我一个"，吃也得吃，不吃也得吃。这样的黑色幽默，即使在被称为牛鬼蛇神的李贺歌诗中，也不曾有过。唐人绝句亦万中无一。"世无百年人"嘲弄世人不肯正视人生短暂，而强求非分，而以过来"人"的鬼取笑之，相当冷峻。"翻着袜"一诗借题发挥，对世人慕虚荣而处实祸的误区，作当头棒喝。诗人的眼光，如解剖刀一样锋利。出以白话，则使作品更容易通过口口相传的方式广泛传播。

于小诗求气派

南北朝的五绝体民歌，或称六朝小乐府；六朝文人五绝，或称文人小诗。二十个字，离首即尾，离尾即首，焉得不小！民歌专一言男女思慕之情，宫廷偏好咏物、拆字，题材的单一狭窄，不也正是因为此体太小么。就是庾信那样的大手笔，在五绝中开出沉郁境界，让人刮目相看，仍未出个人抒怀的范畴。拓宽五绝的题材范围，便成为一些初唐诗人的追求。初唐五绝的写景抒情之作，开始呈现一种前所未睹的气象：

> 太液仙舟迥，西园引上才。
> 未晓征车度，鸡鸣关早开。（唐太宗《赐房玄龄》）
> 脉脉广川流，驱马历长洲。
> 鹊飞山月晓，蝉噪野风秋。（上官仪《洛堤步月》）

唐太宗赐房玄龄之作，是对这位相才为国求贤、事业有成的赞许，可以说是政治诗。"未晓征车度，鸡鸣关早开"，通过鸡鸣开关和清晨的车流，呈现出一种兴朝的气象。上官仪《洛堤步月》之作，通过写景中流露出作者早朝途中雍容自得的心情，音响清越、韵度飘扬，为一时所尚。回视六朝小诗，令人油然而生俱往矣、还看今朝的感慨。

最值得注意的，是有人开始用五绝来咏史，或写政治生活中的大事件，或将两者结合，使得五绝这种小诗中，居然有了大的气派。于季子是较早尝试将咏史题材纳入五绝表现范畴的一人：

北伐虽全赵，东归不王秦。

空歌拔山力，羞作渡江人。（《咏项羽》）

百战方夷项，三章且代秦。

功归萧相国，气尽戚夫人。（《咏汉高祖》）

尝试之作，读者可能褒贬不一。王夫之就嘲弄过《咏汉高祖》诗如谜子，如此作诗，"佛出世也救不得"。然而你不得不睁大眼睛，承认它的气派，所以昔人或赞其"包括一篇本纪"，或赞其"简言据要，直是二十字史，虚字斡旋有力"。没有人开始走这样的新途，实难想象有一天会突然从地下冒出杜牧《赤壁》《题乌江亭》那样的杰作。

将咏史题材与政治抒情结合起来，更值得刮目相看的，是初唐四杰中的骆宾王：

此地别燕丹，壮士发冲冠。

昔时人已没，今日水犹寒。（《于易水送人》）

城上风威冷，江中水气寒。

戎衣何日定，歌舞入长安。（《在军登城楼》）

骆宾王出身寒门，7岁能诗，儿时作《咏鹅》诗，所用体裁，即晋宋时代出现的三字打头很接近五绝的一种小诗。武则天时代，因数上疏言事获罪下狱，后除为临海丞。睿宗文明中随徐敬业起兵讨武后，作檄传之天下斥其罪，兵败不知所终。上举两首五绝，无论咏史与否，皆有政治抒怀的性质。前诗就易水其地和荆轲《易水歌》摹写，不添一意，而间接抒发着"壮士一去兮不复还"的悲壮情怀。后诗因徐敬业起兵值秋风肃杀而为辞，可与"试看今日之域中，定是谁家之天下"并读，皆以小诗发绝大感慨。较之六朝刘昶在道所作《断句》，胸次的宽窄，境界的大小已自不同。再来看看这时的应令奉和之作：

> 函谷虽云险，黄河已复清。
>
> 圣心无所隔，空此置关城。（张九龄《奉和圣制经函谷关作》）
>
> 天德平无外，关门东复西。
>
> 不将千里隔，何用一九泥？（张说《应制奉和潼关》）

皆指点江山，写出四海为家气象，虽属颂圣，亦反映出时代之精神。与六朝文学侍臣的应景敷衍之作，在意义上是不可同日而语的。因为五绝尺幅既狭，从大处着想，才能有更多的内涵。这就是初唐五绝留给后人的启示之一。

要之，诗的价值，不但取决于怎么写，也取决于写什么。任何诗体，如一味风花雪月，一味流连歌酒，产生不了厚重的作品，都难得到充分的发展。因此，五绝这样短小的诗体，要得到长足发展，拓宽题材，一显气派，无疑具有相当重要的意义。

五绝的生活化

初唐五绝较之六朝五绝演进之迹最著者，乃在绝句题材的生活化。其次，在绝句表现手法上则继承六朝成就而加以发展。代表着这一时代五绝艺术水平的，当推王勃等诗人。

王勃字子安，是一位英年早逝的诗人，在初唐四杰中推第一。他一生仕途蹭蹬，与卢照邻等力图变革诗歌创作"争构纤微，竞为雕刻"的旧习，开初唐风气，而亦时带六朝锦色。集中今存五绝 30 余首，多咏怀、赠别之作，废官入蜀诸作，尤为佳构。王士禛说"五言绝初唐王勃独为擅场"，是兼顾数量质量而言的。

> 长江悲已滞，万里念将归。
>
> 况属高风晚，山山黄叶飞。（《山中》）
>
> 江送巴南水，山横塞北云。
>
> 津亭秋月夜，谁见泣离群。（《江亭夜月送别》）
>
> 久客逢馀闰，他乡别故人。
>
> 自然堪下泪，谁忍见征尘。（《别人》）

《山中》由景及情，又以景结情，音绝意遥，气象浑成。其馀二诗亦各情景交融，感人肺腑。胡应麟《诗薮》称"唐初五言绝，子安诸作已入妙境"。诚非虚语。

王勃之外，韦承庆、宋之问堪称名手。韦、宋两人时代相同，皆因依附张易之，被贬斥岭南。韦今存五绝三首，皆与谪宦情事相关，无一首不佳：

> 万里人南去，三春雁北飞。
>
> 不知何岁月，得与尔同归。（《南行别弟》）
>
> 澹澹长江水，悠悠远客情。
>
> 落花相与恨，到地亦无声。（同上）
>
> 独酌芳菲酒，登楼已半曛。
>
> 谁惊一行雁，冲断过江云。（《江楼》）

其诗的特点，是真实地坦露情怀，自然清新，不事追琢，而又暗含比兴，韵味无穷。如"万里人南去"诗中的雁北飞，既是即目所见，又含比义，以兴起别弟情怀，"尔"字似对弟言，亦似对雁语。"澹澹长江水"诗中写江流不已，兼比愁情，写花落吞声，移入客恨，妙在不是说花。较之齐梁文人五绝，这样的小诗正是既平易又含蓄，完全是成熟的绝句了。

宋之问在初唐与沈佺期齐名。沈、宋对唐诗的功绩之一，就是在五律这种重要的格律诗体的创作中，将声律与藻绘划清界限，创作既体现声律学的精义（讲究音乐美、形式美），又从语言上洗清了浮华造作的习气。这是初唐诗值得注目的一大成就。宋之问因媚附张易之，被贬泷州参军，不久逃归洛阳，匿张仲之家，仲之欲杀武三思，宋竟上书告密，由是擢官，天下丑其行，睿宗朝被赐死。"行太卑微诗太俊"，宋之问在创作上较沈更胜一筹，其典范之作当推作于流放生涯中的五言律绝。如下面一首五绝：

> 岭外音书断，经冬复历春。
>
> 近乡情更怯，不敢问来人。（《渡汉江》）

诗人能将独特的生活感受，经过提炼，上升为一种典型的情景。诗中表现的是一种极为普遍的人情，即怕听到坏消息，不仅流人逃归故里有此心理，即试子看榜、病人体检、面对淘汰等，无不有此心理，故能引起读者广泛的共鸣，昔人说"人人有此情，而不能为此语"（黄周星《唐诗快》），正揭出此诗情境典型，而写法独到。这种水平，已算得是五绝的极致了。

王勃、韦承庆、宋之问而外，亦自高手林立，佳作累累：

> 故岁今宵尽，新年明旦来。
>
> 愁心随斗柄，东北望春回。（张说《钦州守岁》）
>
> 客心争日月，来往预期程。
>
> 秋风不相待，先到洛阳城。（张说《蜀道后期》）

云日能催晓，风光不惜年。

赖逢征路尽，归在落花前。（崔湜《喜入长安》）

春雪满空来，触处似花开。

不知园里树，若个是真梅。（东方虬《春雪》）

忽见寒梅树，开花汉水滨。

不知春色早，疑是弄珠人。（王适《江滨梅》）

旅魂惊塞北，归望断河西。

春风若可寄，暂为绕兰闺。（崔融《塞北寄内》）

北风吹白云，万里渡河汾。

心绪逢摇落，秋声不可闻。（苏颋《汾上惊秋》）

凄凉徒见日，冥寞讵知年。

魂兮不可问，应为直如弦。（刘元济《见道边死人》）

张说历武后、中宗、睿宗、玄宗四朝，玄宗朝为中书令，封燕国公，文章与许国公苏颋齐名，时称"燕许大手笔"，是文风由初转盛的关键性人物。今存五绝33首，在初唐存数较多，而水平亦属上乘。《蜀道后期》是其代表作，诗通过反跌（心争日月，不欲后期）、反形（用秋风）的手法，不使一直笔，波澜老成。崔湜《喜入长安》一诗，用同样的手法，写不同心情，亦妙。东方虬、王适的两首咏雪、咏梅之作，表现了初唐人对自然美的更加深入细致的观察和发现。崔融、苏颋的两首有感于时序流逝之作，则开了边塞绝句的先声。刘元济《见道边死人》更是借题发挥，抨击现实，发不平之鸣。

总之，这些作家所涉及的生活内容显然较六朝人广泛得多，对人的内心世界的发掘较六朝人深入得多。王勃有一首五绝，颇像他们的创作宣言：

芳屏画春草，仙杼织朝霞。

何如山水路，对面即飞花。（《林塘怀友》）

此时的五绝，较之齐、梁、陈、隋时代，真如从狭窄浅薄的盆栽移根到广阔天地的植物，由此欣欣向荣。此期诗人多在山程水驿之中，所作绝句从内容到形式，都令人耳目一新。

其次，这一时期诗人的五绝音节和婉，运用纡徐悠扬的平韵，讲究黏对，古体绝句渐少，代之以近体律绝。其作品在命意属词上仍以自然为宗，优柔不迫，却饶有一唱三叹之音。如果把王勃《山中》、苏颋《汾上惊秋》等诗与前引何逊《相送》对读，便可看到，何诗对仗着力，然用仄韵，且失黏，不免气单韵短促；王、苏二绝句行文自然，却用平韵，协于音律，读来回肠荡气，有余韵不绝之感。相对于六朝作家，这里的进步是显然的。

其三，这一时期诗人继承和发展了六朝文人小诗情景交融，语意不绝的优长，其五绝多凝练含蓄而富于情韵，技巧更为成熟。诗人们更注意到绝句的结尾的艺术，使其饶有余味。有的以景结情，如王勃《山中》、骆宾王《于易水送别》；有的设问作结，如韦承庆《南行别弟》、东方虬《春雪》，都以一问不了了之，耐人玩索。至如张说《蜀道后期》，绝处以秋风先至暗示己之后期，可谓巧心浚发；王勃《别人》三用加倍手法，层层递进，把"他乡别故人"的不堪，表现得入木三分。凡此，都通过不同的手法，达到了含蓄凝练的目的。

最后，这一时期诗人的五绝沿着六朝文人的路子发展，离歌词渐远，作家的个性开始表现出来。《于易水送别》把思古之情与现时离别之感结合，慷慨悲歌，其辞意虽从陶诗《咏荆轲》脱化，然亦充分表现了诗人的政治怀抱，与其生活经历、个人气质密切相关；宋之问《渡汉江》怀乡之情是普遍的，而怕听到坏消息的心理表达却是发人所未发（后来杜甫《述怀》有"反畏消息来"可谓异曲同工）。这些诗均能由特殊表现一般，诗情既典型，又富于个性色彩，是一般歌辞难以达到的境界。这种由歌辞向抒情诗的发展，意味着五绝在六朝乐府基础上的提高，自有积极意义。绝句在盛唐时有一个大普及和大提高，这在唐初，可以说已有一个良好开端。

综上四点，标志五绝艺术在初唐发展到了一个新的水平。

| 三 |
七绝的初唐标格

七绝与截句说

七言绝句是从七言四句的短古发展而来的。这种短古，从属于七言古诗，其根源仍在民间歌谣。由于七言诗的产生比五言诗晚得多，七言四句的短歌在唐以前为数很少，少到令历代绝句选家忽略不计。

现存最早的七言四句诗是《垓下歌》，不过，它每句中夹带"兮"字，二韵换叶。此外，此诗在日本传抄为五句。故不能视为七绝始祖。南北朝乐府《横吹曲辞》中《捉搦歌》（四曲）、《隔谷歌》，梁简文帝《乌栖曲》、梁武帝《白纻词》都是严格的七言四句，但它们或二韵换叶（如《乌栖曲》），或句句入韵（如《捉搦歌》），也与后来绝体不合。

当七言诗开始隔句用韵，体合七绝的短古就产生了。现存最早的作品，是南北朝文人鲍照的《夜听妓》、汤惠休的《愁思引》和魏收的《挟琴歌》：

兰膏消耗夜转多，乱筵杂坐更弦歌。

倾情逐节宁不苦，特为盛年惜容华。（鲍照《夜听妓》）

秋夜依依风过河，白露潇潇洞庭波。

思君末光光已灭，渺渺悲望如思何？（汤惠休《愁思引》）

春风婉转入曲房，兼送小苑百花香。

白马金鞍去未返，红妆玉箸下成行。（魏收《挟琴歌》）

这些作品称得上七言绝句之滥觞。其中魏收之作，在声律上已很近于律诗。自梁代后，这一类作品继有作者，但无论数量还是质量，都远不能与已经作为流行体裁的五言四句小诗相提并论。到了初唐，由于近体律诗完成，于是梁陈以来数量与日俱增的七言四句体格律逐渐稳顺，近体七绝便成立了。

这样，七绝与五绝的情况就不一样。五绝的发展，源远流长，代有才人，佳作累累，体裁的历史延续性影响明显。七绝的古体阶段很短，没有等到出现稍可寓目之作，就已律化。因此它与律诗的关系就特别密切。律化后的七绝，即偶用仄韵，依然能平仄协调。其次，五绝与音乐曾有密切关系，长期以乐府歌词的面目出现。而初唐以前的七绝，还没有取得相同的资格。这双重的原因，使得七绝比五绝更多接受近体律诗的影响。前人称绝句为小律诗，应主要是针对这种情况而言的，若五绝以古体为主，何得谓之"小律诗"。

于是我们可以重新审视"截句"之说。这个说法据现有资料，是元人傅若金（字与砺）首先提出来的。明吴纳《文章辨体》引傅与砺《诗法源流》道："绝句者，截句也。"徐师曾《文体明辨》谓"绝之为言，截也，即律诗而截之也。故凡后两句对者是截前四句，前两句对者是截后四句，全篇皆对者是截中四句，皆不对者是截头尾四句。故唐人绝句皆称律诗。"后来清施补华《岘佣说诗》及今人王力《汉语诗律学》都沿用了这一说法。然则，这个说法对五绝是不适合的，而对七绝，则较近于事实。初唐七绝较早的一批作品，属于宫廷文学侍臣的应制唱和之作：

　　始见青云干律吕，俄逢瑞雪应阳春。

　　今日回看上林树，梅花柳絮一时新。（赵彦昭《奉和圣制人日玩雪应制》）

　　银河半倚凤凰台，玉酒相传鹦鹉杯。

　　若见君平须借问，仙槎一去几时来？（李适《安乐公主宅夜宴》）

　　红萼竞然春苑曙，粉苴新吐御筵开。

　　长年愿奉西王宴，近侍惭无方朔才。（赵彦伯《从宴桃花园应制》）

　　花轻蝶乱仙人杏，叶密莺啼帝女桑。

　　飞云阁上春应至，明月楼中夜未央。（上官仪《春日》）

　　凤辇迎风乘紫阁，鸾车避日转彤闱。

　　中堂促管淹春望，后殿清歌开夜扉。（元万顷《春日》）

　　胜日登临云叶起，芳风摇动雪花飞。

　　呈晖幸得承金镜，扬影还将奉玉衣。（刘宪《奉和人日玩雪应制》）

　　田郎才貌出咸京，潘子文华向洛城。

　　愿以深心留善政，当令强项谢高名。（李乂《钱唐永昌》）

　　龙骖晓入望春宫，正逢春雪舞香风。

　　花光并洒天文上，寒气行销御酒中。（同上《奉和圣制游苑遇雪应制》）

　　鸣銮赫奕下重楼，羽盖逍遥向一丘。

　　汉日惟闻白衣宠，唐年更睹赤松游。（武平一《奉和圣制幸韦嗣立山庄》）

　　蓬阁桃源两处分，人间海上不相闻。

　　一朝琴里悲黄鹤，何日山头望白云？（李峤《送司马先生》）

秦楼燕喜月徘徊，妓筵银烛满庭开。

坐中香气排花出，扇后歌声逐酒来。（薛稷《安乐公主宅夜宴》）

洛阳桴鼓今不鸣，朝野咸推重太平。

冬至冰霜俱怨别，春来花鸟若为情？（李迥秀《饯唐永昌》）

以上各例，大体已就声律，且都有对仗。或前二句对仗，如前三例，即截律诗后半。或四句整对，如中五例，即截律诗中四句。或后二句对仗，如后五例，即截律诗前半。今存初唐宫廷唱和之作十之八九形式上都是如此。至于截取律句首尾四句，即通体散行者，反而较少。无怪杨慎这样说："初唐绝句多为对偶所累，成半律诗，此首独洒脱可诵。"（《升庵诗话》）所谓"此首"，即下面一诗：

车如流水马如龙，仙史高台十二重。

天上初移衡汉匹，可怜歌舞夜相从。（苏颋《公主宅夜宴》）

七绝的初唐标格

近体律诗对七绝的影响，声律而外，主要表现在骈偶化的趋势上。初唐五绝虽出现了近体，却不尚骈偶，前面所举的名篇多四句单行。而初唐七绝却不然，不仅音律、辞藻，连对仗也极讲究，有骈偶化的趋势。

对仗的形式，虽然有三种：前二句对仗，后二句对仗和四句整对。但值得讨论的，却是后两种情况。这是因为绝句的四句，大体以起承转合相结构。起承虽也重要，到底不如转合关系于绝句成败。所以绝句的风调，主要出在三四句上。绝句的前二句对仗与否，关系风调不大。而后二句对仗与否，关系是很大的。

初唐七绝，多以对仗作结，即下联对仗，或四句整对。对结之句，有时很工整，有时不甚工整——"似对非对"，这样就形成了七绝的一种"初唐标格"。统计当时主要的七绝作家王勃、卢照邻、宋之问、杜审言这六人所作的七绝，总数为二十七首，对结者占十九首，而散结者仅得八首，其中王勃四首全属对结；沈佺期散结较诸家为多，对结犹居其半（八首中有四首属对结）。以下是初唐七绝的代表作：

　　玉漏银壶莫相催，铁关金锁彻明开。

　　谁家见月能闲坐，何处闻灯不看来？（崔液《上元夜》）

　　九月九日望乡台，他乡他席送客杯。

　　人今已厌南中苦，鸿雁那从北地来（王勃《九日登高》）

　　九月九日眺山川，归心归望积风烟。

　　他乡共酌金花酒，万里同归鸿雁天。（卢照邻《九月九日坐玄武山》）

　　迟日园林悲昔游，今春花鸟作边愁。

　　独怜京国人南窜，不似湘江水北流。（杜审言《渡湘江》）

　　知君书记本翩翩，为许从戎赴朔边？

　　红粉楼中应计日，燕支山下莫经年。（杜审言《赠苏绾书记》）

　　北邙山上列坟茔，万古千秋对洛城。

　　城中日夕歌钟起，山上惟闻松柏声。（沈佺期《邙山》）

　　五原春色旧来迟，二月垂杨未挂丝。

　　即今河畔冰开日，正是长安花落时。（张敬忠《边词》）

前四例系整对，后三例系下联对仗。这里表现出初唐七绝受律诗影响的确很深，诗人不少是截律诗的前四句，或中四句为绝句。这种截法有一个潜在的问题，如施补华指出的："七绝固可将七律随意截，然截后半首，一二对，三四散，易出风韵；截前半首，一二散，三四对，易至板

081

滞；截中二联，更板。"（《岘佣说诗》）这是为什么呢？

大凡对仗的句子，一般情况下形式上铢两悉称，平行而出。平行，就难于造成转合，所以不宜用在结处。律诗的尾联不作对仗，即是有鉴于此的。律诗散结，又养成了受众的接受习惯。七绝对结，便违反律诗受众的这种接受习惯，使他们产生"未成律诗"或"半律诗"的感觉。七绝散结，则易施转合，易出风韵，方合于律诗受众已形成的接受习惯，无"半律"之嫌。对结，则易给人板滞之感，韵度尚乏之感。

然而，事情又不可执一而论。对结也不是绝对不能构成转合。因为对仗的种类很多，其中有一种流水对，即字面上完全对仗，但上下句意思是衔接的，而不是平行的。这种对仗，既有字面工整的形式美，又能构成转合，有与散结相同的风韵。如前举杜审言《赠苏绾书记》《渡湘江》、王勃《九日登高》、张敬忠《边词》的下联，就采用流水对的形式，所以讽咏起来，仍觉神完气足，有味外味。对结形式并没有对内容的表达造成束缚。反过来，倒提供了一种成功的创作经验，这种对结或似对非对的结尾，后来被杜甫等诗人用于律诗，如"即从巴峡穿巫峡，便下襄阳向洛阳"（《闻官军收河南河北》）、"艰难苦恨繁霜鬓，潦倒新停浊酒杯"（《登高》）、"彩笔昔曾干气象，白头今望苦低垂"（《秋兴》）等，将律诗体裁的特点和优势发挥到了极致。

到初盛唐之交，更有一些倾向于自由地表达的诗人，摆脱当对律的支配，只取声律，而不管对仗不对仗。换句话说，也就是截律诗的前后四句。从而写出了完全散行的近体七绝，一头闯进盛唐去了：

> 菊黄芦白雁初飞，羌笛胡琴泪满衣。
>
> 送君肠断秋江水，一去东流何日归？（沈佺《送别》）
>
> 平湖一望上连天，林景千寻下洞泉。
>
> 忽惊水上光华满，疑是乘舟到日边。（张说《泛洞庭》）

巴陵一望洞庭秋，日见孤峰水上浮。

闻道神仙不可接，心随湖水共悠悠。（同上《送梁六自洞庭山作》）

综上所述，绝句从汉魏发展到初唐，完成了两件大事：一、绝句体裁的定型和完备；二、五绝艺术已有长足发展，为绝句艺术的繁荣准备了技术条件。此期已产生了一批名家高手和名篇佳作。个别作家还兼擅五绝七绝两体，如王勃、张说等。不过，绝句艺术的潜力很大，绝句的重要一体——七言绝句尚未得到长足的发展。绝句体裁的基本矛盾，即如何以短小篇幅容纳较多生活内容，如何深化绝句意境问题，还未得到解决。七绝艺术的长足发展，尚有待一个群众性创作高潮的到来。

一旦时代条件成熟，形势发展的要求比任何个别的诗歌天才都更能把诗艺推向前进，那时，绝句艺术繁荣的局面也就到来了。

第二章　鼎盛期

（盛唐）

| 一 |

绝句艺术繁荣的背景

盛唐的断限

历史的分期以政局的变迁或朝代的更迭为依据，因而其断限可以十分明确。而文学史的分期涉及成批作家的进入和退出文坛，情况要复杂得多，也就不可能像历史分期那样，有非常明确的断限，往往只能大致地加以划分。

文学史家心目中的盛唐，主要包括唐玄宗开元、天宝两个时代；扩大一些，则可以包括玄、肃父子两个时代。从唐玄宗先天元年（712）算起，直到唐肃宗上元二年（761），正好是 50 年半个世纪。然而在盛唐时期成长起来的作家的活动，和盛唐形成的积极浪漫的、以雄浑刚健为主的诗风，却一直达到唐代宗大历时代（其下限为 779），算来一共将近 70 年。一些传统上被派到中唐的诗人，如李益、韦应物、刘长卿等大历才子，事实上是盛唐的殿军。这便是以李白为代表的浪漫的盛唐，这个盛唐"与文艺上许多浪漫主义峰巅一样，它只是一个相当短促的时期，很快就转入另一个比较持续的现实主义阶段。那就是以杜甫为'诗圣'的另一种盛唐，其实那已不是盛唐之音了"（李泽厚《美的历程·盛唐之音》）。这就是说，盛唐中期，安史之乱前后，杜甫已登上诗坛，开创了新的风气，实际上已成为唐诗新时代的先驱。

在盛唐近 70 年中，诗歌发展呈跃进性趋势，达到全盛时代。除了风格截然不同的两个伟大诗人李白和杜甫并世而出外，同时还涌现出十几位大诗人，他们大都怀着宏伟的理想抱负，以蓬勃热烈的感情，激昂慷慨的声音，去表现那一时代种种激动人心的生活和斗争。诗中洋溢着宏伟理想、英雄主义、爱国热忱、丰富的人情味以及反抗权贵的精神，形成积极浪漫主义的创作思潮，李白是他们中最杰出的代表。至于杜甫，则应作为新时期、新诗风的鼻祖，放到下一段去讨论了。

盛唐的重要诗体

　　古代诗歌发展到盛唐，可以说是诗体大备，五七言古近体诗的各种体裁都已定型，并得到长足发展，都产生出众多传世之作。单纯从数量着眼，五言古诗和五言律诗仍占有显著的优势。然而，就艺术创获而论，就最能反映时代文艺风貌而论，令人刮目相看的却是七言绝句和七言古诗，这两种诗体在盛唐都有了空前绝后的成就。当然，这里已将杜甫别论，否则还要加上七言律诗了。

　　七言古诗与七言绝句同源，都可以溯源到楚歌，不过七古继承的基础要雄厚得多。除去杂言体不论，东汉张衡《四愁诗》已是句法整饬的七言诗；建安时代曹丕《燕歌行》除掉了“兮”字，更是成熟的七古；六朝时七古已出现重要作家鲍照，《拟行路难》十八首袭乐府旧题，有五首是严格的七言诗，另十三首是含七言句的杂言体，然而它们体现的风格是完全一致的，这一组诗打破了七言、杂言的界限，其源出乐府，又被称为七言歌行。而由梁陈宫掖到初唐四杰，七言古诗也受近体的影响，走上赋化的道路，多用铺陈描写之笔，辞藻华美，韵律和谐，句式整齐，四句一转，蝉联而下，仿佛由若干七绝连章而成，此即四杰体七古。而盛唐七古则在初唐的基础上实现了乐府自由精神的回归，从而达到了变态极妍、元气淋漓的境界。

七古看似易作，其实难工。体裁愈自由，对才气的要求就愈高。需要充沛旺盛的气势，深厚的文化修养，横溢的才情，所以七古的杰出作家往往也是诗中的大家。沈德潜《唐诗别裁》说七古至"唐人出而变态极焉。初唐风调可歌，气格未上。至王（维）、李（颀）、高（适）、岑（参）四家，驰骋有余，安详合度，为一体；李供奉鞭挞海岳，驱走风霆，非人力可及，为一体；杜工部沉雄激壮，奔放险幻，如万宝杂陈，千军竞逐，天地浑奥之气至此尽泄，为一体"。胡应麟《诗薮》说："唐七言歌行，垂拱四子，词极藻艳，然未脱梁陈也；张（说）、李（峤）、沈、宋，稍汰浮华，渐趋平实，唐体肇矣，然而未畅矣；高、岑、王（维）、李（颀），音节鲜明，情致委折，浓纤修短，得中合度，畅乎然而未大也；太白、少陵，大而化矣，能事毕矣。"这些概括是十分精当的。

七绝的成熟较七古为晚，初唐近体律诗定型，七言四句体稳顺声势，七言绝句才迅速成熟起来，成为近体诗的最基本的样式。七绝虽就声律，较之七律在体裁上实在要自由得多，其突出的特点是篇幅短，称二十八字诗。五绝的篇幅就更短了。如此短小的诗体，容不得说大话发空论，炫耀才学，堆砌辞藻，罗列典故；只将要紧的意思，真实的情感，经济地表达，自然地流露，只要兴会淋漓，神与境会，即不识字人，也道得好言语。所以，王夫之说："不能作七言绝句，直是不当作诗。"可见这种体裁较七古更易为一般人所掌握。当然，要达到语近情遥，兴象玲珑，意味无穷的极诣，也不容易。不过，总的说来，这种后起的体裁，确是最富于生命力和艺术潜力的诗歌体裁，刘熙载说："长篇以叙事，短篇以写意；七言以浩歌，五言以穆诵。"因为是短篇，所以重抒情；因为是七言，所以好歌唱。这样一种"抒情诗的最好形式"，遇到盛唐这样一个适宜抒情诗发展的时代，一跃而成为最重的诗歌样式之一，也是自然的事体。

在中国诗史上，乐府声诗占有极大优势，从《诗经》、汉魏乐府到六朝民歌，形成传统。七绝在盛唐大量入乐，被称为"唐乐府"。王士禛说："开元、天宝以来，宫掖所传、梨园弟子所歌、旗亭所唱、边将所进，率当时名士所为绝句"，"唐三百年以绝句擅场，即唐三百年之乐府也。"七绝入乐，广为流传，促成了群众性创作活动的开展。在这样的创作背景下，绝句艺术产生了成群高手和大量杰作，这时有独工绝句的大诗人产生，而没有不工绝句的大诗人存在，甚至出现少数以一、二绝句佳作而名垂诗史的作家。

据不完全统计，今存初唐绝句数量为249首，约占全部初唐诗的12%，其中五绝172首，七绝77首；今存盛唐绝句数量为751首，约占全部盛唐诗的14%，其中五绝279首，七绝472首。有两点值得注意，一是从时间上看，初唐近百年，盛唐只相当其一半，而绝句存留数量翻了两番。二是初唐绝句以五绝为主，相当于同期七绝数的两倍多，而盛唐绝句中五绝所占比例锐减，相当于同期七绝的二分之一强。

盛唐绝句尤其七绝创作质量的丕变，更是引人注目。盛唐绝句较之前代同体之作，在意境典型方面有明显的突破，绝句体裁的艺术潜力第一次得到长足发挥，使之成为一种以小见大、深入浅出、情韵双绝、雅俗共赏的成熟诗体。由此产生了绝句史上的经典作家和大批典范作品，昔人论绝句的压卷之作，所举多盛唐绝句，如李攀龙标举王昌龄《出塞》（说见王士贞《艺苑卮言》），王世懋标举王翰《凉州词》（《艺圃撷余》），王世禛标举王维《渭城曲》、李白《早发白帝城》、王昌龄《长信秋词》（见《唐人万首绝句选凡例》），黄生标举《登鹳雀楼》为五绝第一（《唐诗摘抄》）等，表明盛唐绝句在艺术上达到了登峰造极的状态。因而盛唐在整个绝句史上，可独自成为一个虽然短暂却最为辉煌的时期。

盛唐气象及成因

绝句是中国古典诗歌后起的体裁，艺术潜力很大，而七言又是顺应语言发展趋势的新兴形式。因此，七绝实为唐代诗歌最富生命力的样式之一。刘熙载说："长篇以叙事，短篇以写意。七言以浩歌，五言以穆诵。此皆题实司之，非人所能与。"是说不同的诗歌体裁表现力和适应性也有差异，如长篇较适于叙事，短篇较适于抒情等。短，是抒情诗，尤其是纯抒情诗的特点，这是为中外诗歌大量事实证明的。而绝句的成立，就为中国古典诗歌提供了一种"抒情诗的最好形式"，"七言绝句则可算是最精粹的诗体之一"。这种"抒情诗的最好形式"在初唐和唐以前是未曾得到充分发展的。其题材范围不够广泛，还没有足称绝句大家的产生。一方面是因为绝句，主要是七绝艺术刚刚萌芽，还有一个发展过程；另一方面，则是时机尚未成熟，有待一个适宜于抒情诗歌蓬勃发展的大时代的到来。而盛唐正是这样的时代。

所谓"盛唐气象"，是前人对盛唐文艺尤其是诗歌所反映的那一时代、社会的精神风貌的总的概括。气象本指自然景象，所谓"春荣秋落，气象之定期"（《梁书》），借用于诗评，指诗歌呈现的风格、境界。首先提出"盛唐气象"这一范畴并加以说明的，是南宋诗评家严羽，他认为盛唐诗的风貌特征有二，其一是浑厚，即浑成与深厚；其二是雄壮，即笔力豪迈刚健。雄壮与浑厚结合，就形成雄浑的诗风。"盛唐气象"的提法，得到了明清以来的唐诗学家的一致肯定。蓬勃的朝气、青春的旋律、音乐性的美、人道主义与英雄主义、自由的好尚、乐观向上以及战斗批判的精神，就是"盛唐气象"或"盛唐之音"的本质。所以，操盛唐诗选政的殷璠专重"声律风骨"，他说："贞观末标格渐高，景云（710）中颇通远调，开元十五年（727）后声律风骨始备矣。言气骨则建安为俦，论宫商则太康不逮。"经过了六朝绮靡和初唐渐变的阶段，盛唐诸公实际上完成了对建安风骨的回归，而且是更上层楼。

盛唐诗人不管写什么，都有昂扬气象。江淹《别赋》说"是以别方不定，别理千名，有别必怨，有怨必盈"，盛唐绝句诗人却说"流水通波接武冈，送君不觉有离伤。青山一道同云雨，明月何曾是两乡"（王昌龄《送柴侍御》），"千里黄云白日曛，北风吹雁雪纷纷。莫愁前路无知己，天下谁人不识君"（高适《别董大》）。盛唐诗人笔下，自觉不自觉地流露着一种深厚的人情味和平常心，"君家何处住？妾住在横塘。停船暂借问，或恐是同乡"（崔颢《长干曲》），"与君相见即相亲，闻道君家住孟津。为见行舟暂借问，客中时有洛阳人"（卢象《寄河上段十六》），"潮落江平未有风，扁舟共济与君同。时时引领向天末，何处青山是越中"（孟浩然《渡浙江问舟中人》）、"白发垂钓翁，新妆浣纱女。相看不相识，脉脉不得语"（孟浩然《耶溪泛舟》），表现出一种博爱的情怀！韩非说"饥岁之春，幼弟不饷；穰岁之秋，疏客必食"，而上述诗作也表现出一种气象。而这种气象，脱离了长期发展的物质文明是不可想象的。

历史上汉唐并称，而唐代国家空前统一，更是以经济大国的姿态屹立东方，从阎立本《步辇图》、太子李贤墓壁画《宾客图》、乾陵墓的翁仲群及邻邦"天可汗"的称谓中，无不流露一种泱泱大国之风。从太宗贞观之治到武后永徽之治到玄宗开元全盛，一百四十年中物质文明达到较高水平，杜甫回忆说："忆昔开元全盛日，小邑犹藏万家室。稻米流脂粟米白，公私仓廪俱丰实。九州道路无豺虎，远行不劳吉日出。齐纨鲁缟车班班，男耕女桑不相失。宫中圣人奏云门，天下朋友皆胶漆。百余年间未灾变，叔孙礼乐萧何律。"（《忆昔》）李白则说："一百四十年，国容何赫然。"（《古风》）

唐初以来，统治者敷扬文教，普及文化。太宗命孔颖达撰《五经正义》、颜师古定《五经定本》；高宗至玄宗朝，刘知几的《史通》是第一部系统的史论著作，杜佑《通典》是典章制度通史；法典有《武德律》《贞观律》《永徽律》《开元律》，总称《唐律》，是法学史重要文献；萧统《文选》成为专门学问即"选学"，有李善注本及六臣注本；徐坚《初学记》、欧阳询等《艺文类聚》、虞世南等《北堂书钞》等类书的编纂，为写作速成便览之参考书；书法如褚遂良、欧阳询、颜真卿、柳公权、张旭、孙过庭，绘画如吴道子、李思训、曹霸、韩幹、王维，均是影响深远的大家；音乐舞蹈亦极繁荣。

所谓"盛唐气象"全然是百年积强、两个文明得到高度发展的产物。虽然经济繁荣并不是文艺繁荣的充要条件，然而却无疑是一个有利的条件，而文化的普及对文艺的繁荣则有大的促进。由于国家的统一强盛，人民具有不至于沦为异族奴隶的自信心，亦即具有民族自豪感；人们的精神比较充实，袋里有钱，漫游天下不是什么难事——大凡著名唐诗人，谁不是读万卷书、行万里路？总体上说，他们有前人不可比拟的文化修养和丰富阅历。试看当时诗人作家遍及社会各阶层，其人数之多，分布之广，空前未有。这种情况，脱离了经济的稳定发展和文化相对普及的背景，是不可想象的。

唐以前南北朝对立，文化发展殊途，文学上是"江左宫商发越，贵于清绮；河朔词义贞刚，重乎气质"。国家的安定统一和开放，使得一方面南北文化交流融合，使汉魏旧学（建安风骨、正始之音、北朝文学）和齐梁新声（六朝绮丽、江左宫商）相互取长补短，推陈出新，达到文质彬彬的更高境界。另一方面，中外贸易交通发达，丝绸之路引进的不只是胡商会集，而且也带来异国的礼俗、服装、音乐、美术以至于各种宗教，胡酒、胡姬、胡帽、胡乐等，是盛极一时的长安风尚，所谓"长安中少年有胡心"，这恰恰是一种有魄力有自信心的表现，所谓"拿来主义"，这是空前的古今中外的大交流大融合。无所畏惧无所顾忌地引进和吸取，无所束缚无所留恋地创造和革新，打破框框，突破传统，这就是产生"盛唐气象"或"盛唐之音"的社会氛围和思想基础。（李泽厚《美的历程》）

唐代历史揭开了中国古代最为灿烂夺目的篇章，社会风尚逐渐变化，非门阀士族即世俗地主阶级的势力在上升和扩大，大批不用赐姓的进士们由考试而做官，参与和掌握各级政权，就在现实秩序中突破了门阀世胄的垄断。同时巩固国防、安边定远、持久和平也成为人们普遍的理想和愿望。盛唐的著名诗人们很少没有出入边塞，乃至习武知兵的，"大笑向文士，一经何足穷！"（高适）"功名只向马上取，真是英雄一丈夫！"（岑参）"但使龙城飞将在，不教胡马度阴山！"（王昌龄）"天涯静处无征战，兵气销为日月光!"（常建）无论向往，还是批判，在气概上都前无古人。

唐开国百余年，政治开明、学术自由，与汉时独尊儒术不同，文人博览百家，思想活跃，眼界开阔，有利于文艺发展。宋人洪迈指出："唐人歌诗其于先世及当时事，直辞咏寄，略无隐避，至官禁嬖昵，非外间所应知者，皆反复极言，而上之人亦不以为罪。今之诗人不敢尔。"（《容斋随笔·唐人无讳避》）盛唐气象不是客气假象，诗人歌颂时代却不粉饰现实，与批判精神能够兼容。而文禁松弛，正是盛唐诗人敢于批判现实的条件。唐代统治者重视和提倡文艺创作，唐太宗先后开设过文学馆、弘文馆，招延学士，编纂文书，唱和吟咏；高宗、武后常常自制新词以入乐，武后曾宴集群臣赋诗唱和，以锦袍赐优胜者；玄宗本人既是诗人又是音乐家；代宗亲自过问王维集的编纂，等等。以诗赋取士的制度促使士人去研习诗文，他们把文学创作当作一种基本训练，这对诗歌创作的普及大有好处。上行下效的结果是蔚然形成全社会尊重文艺创作的风气，盛唐时代，诗歌几乎成为社会公众生活的一种必需。这还不仅仅是指娱乐，诗的审美教育作用得到极大程度普及的同时，诗的社会应用价值也得到空前的提高。"赋诗言志"曾经是古代上层社会交际中的事实，而在盛唐则成为普通人的社交工具，这一点只要统计一下《全唐诗》中有多少饯送酬赠之作就可以明了。社会尊重诗人的同时，诗人也重视作品的社会效果，著名的"旗亭画壁"故事和"语不惊人死不休"（杜甫）的名句，就是盛唐诗歌创作氛围和诗人创作态度的最好写照。

一个比较：如果说战国是古代散文的黄金时代，那么盛唐则是古代诗歌百花齐放的时代。战国是奴隶制、封建制两大社会形态交替的关键，时代的特征是动乱与分裂，统一和新秩序是历史的要求，那是一个注定要产生哲人和思想家的时代，人们的头脑思辨的一面得到发展，迎来学术昌明、百家争鸣的局面。在文学方面，这种情况有利于散文的发展。盛唐社会则是大一统的局面，在中国封建社会发展的抛物线上，战国是起点，盛唐则是顶点。如果说人类文化史上，希腊人是发育正常的儿童，盛唐人则是发育良好、进入青春期的少年，他们有健康的体魄和开朗的胸怀，富于幻想，似乎得天独厚地长于形象思维。这是一个注定要产生大诗人的时代。

生活的诗化与诗的生活化

太平日久，农业生产有较大发展，物质财富有较多积累，农村总体上呈现出安定、和平景象，所以一般人有了田园乐的感觉。为数众多的文士不但能寄情山水而且能漫游天下、饱览名山大川，自然美已经不再是某个特殊阶层的专利品。隐逸于田园或名山，仍然是一种社会风气。漫游加隐居，可以说是许多唐代文士的生活方式。不过，他们的隐逸与魏晋士大夫之隐逸有着本质的不同。他们的隐逸不是出于现实忧惧，不是将大自然作为避乱场所，而更多的是作为审美的对象。唐人的漫游兼有交际求仕和游山玩水的双重目的；隐居则兼有读书磨砺、造就声名、官余休闲等生活内容，山水田园是读书用功或休息的场所。人与大自然的关系比以往任何时代都更密切，更加融洽，当然能发现更多的自然美和人情美。

唐代诗人所处的生态环境优越。由于农业和手工业生产是比较温柔的生产方式，水路交通在当时是主要的交通手段，不存在环保问题和人口过剩问题。唐代前期最高户口纪录是 740 年，共计 840 万户，4800 万人，比今日朝鲜、越南等人口还少。阔绰诗人的别墅周围是森林和草地，旅途中面对的是绿水青山，很容易看到野生动物如山鸡、野鹿，他们笔下提到的鸟类（特别是水鸟）可以排一个很长的名录，"漠漠水田飞白鹭，阴阴夏木啭黄鹂"，是最常见的情景。安史之乱发生后，杜甫在成都靠阔朋友的接济经营草堂，那时的风光是"舍南舍北皆春水，但见群鸥日日来"（《客至》）、"清江一曲抱村流，长夏江村事事幽。自去自来堂上燕，相亲相近水中鸥"（《江村》）、"万里桥西一草堂，百花潭水即沧浪。风含翠筱娟娟净，雨邑红蕖冉冉香"（《狂夫》）。

自然美成为唐代诗人的主要表现对象，也是再自然不过的事了。于是山水田园诗昌盛起来。与六朝山水诗多客观描写山水景物不同，盛唐山水田园诗往往与羁旅行役题材相融合，生动地再现了我国8世纪的河山面貌，自然流露了诗人的乡土之爱，能唤起世世代代读者对祖国河山的热爱，这也是盛唐气象的一种表现。而在这个时代热门的题材上，五言诗特别是五言绝句展示出特有的魅力，产生了以王维、裴迪《辋川唱酬集》为代表的典范之作。

盛唐时代，李唐王朝经济和军事上都很强盛，有很高的国际威望，边塞也就成为有吸引力的地域。科举则有"军谋宏远、堪任将帅"一项，促使一般知识分子更加注意边塞的现实问题。唐自开国以来就有不少出将入相的人才，在时人中很有影响，而在盛唐的文化高潮中，"读书破万卷"的诗人不少，历史上的英雄人物尤其是汉代立功边塞的班超、傅介子之流人物，使他们十分向往。而社会上以从军为荣，普遍关心边塞大事，形成一种时代思潮。边塞和内地的联系空前加强，各族人民交往增多，人们对边塞有了一定了解，加之交通便利，这就为从军、出使、漫游塞上提供了方便。不少诗人、文士都去过边塞，边地风情、边塞风光开阔了他们的视野，边塞生活体验成为其创作的必要生活积累。盛唐将帅多文武全才，幕下亦多延揽文学之士，边塞军中有浓厚的文化气氛和类似建安诗人的写作环境。张说《邺都引》"昼携壮士破坚阵，夜接词人赋华屋"，实是当时军中生活的生动写照。激动人心的战斗生活，横槊赋诗的创作风气，导致了边塞诗的大量产生。而边塞题材的绝句，以王昌龄《出塞》《从军行》，王之涣和王翰《凉州词》为代表，在边塞诗中占有极其显赫的地位。

诗与生活，从没有这样水乳交融。人口增长，商业发达。城市繁荣，交通便利。都市酒楼出入着作风浪漫的游侠少年；新登科的进士受到社会的尊重与艳羡；商贾川流不息来往于水陆城乡；宦游者风尘仆仆奔波于山程水驿；一些人走终南捷径、栖身园田的同时，更多的人投笔从戎、奔赴边庭，天下到处有长亭送别的情景。丰富的生活，带着那个大时代特殊的风采，给诗歌提供了丰富多彩的抒情性题材。而盛唐诗人，用了少年式的新奇感观察生活，不仅出塞、从军一类不平凡的生活处处有诗，连日常平凡的生活中也充斥着诗材；不仅崇高、庄严、悲壮的生活（如王翰《凉州词》、王昌龄《从军行》所表现的）被诗化了，而且连哀怨、感伤、怅惘的情绪（如李白《玉阶怨》、王昌龄《闺怨》所表现的）也被诗化了。因而诗人们更乐于采用绝句这种最好的、最方便的抒情诗样式来从事创作。

生活在诗化的同时，诗也在生活化。盛唐时代，诗歌几乎成为社会公众生活的一种必需。诗的审美教育作用得到极大程度普及的同时，诗的应用价值也空前提高。在"赋诗言志"的古代，诗歌曾是上流社会的外交语言。而在盛唐，诗歌也被用于人与人的交际，聚会、送别一直是唐诗的重要主题或题材。易于为公众接受，又易于为公众掌握，体兼古近体之长的绝句得到广泛应用，也是势所必至的了。盛唐绝句中不少千古传诵之作，不是闭门觅句的结果，而是羁旅行役和社会交往中的产物，其创作方式，可以说是非常开放的。唐诗人郑綮说过一句令人解颐的话："诗思在灞桥风雪中驴子背上，此处安得有诗！"看看这样的题目吧：《送元二使安西》《别董大》《逢入京使》《芙蓉楼送辛渐》《赠汪伦》《闻王昌龄左迁龙标遥有此寄》《江南逢李龟年》《赠花卿》，等等。在现代新诗创作中，类似题目和作法不就很少见吗？可以这样说：没有盛唐那样的社会，就不可能产生盛唐那样的绝句。

盛唐文艺的音乐精神

盛唐文艺各部类中，诗与音乐造诣最高。不仅如此，诗与音乐的精神，或者说音乐性和抒情性，还渗透到盛唐各种艺术部类，成为其美的灵魂。七绝和七古这两种诗体，与乐府关系最深，与音乐的关系最为密切，所以在盛唐最称绝唱。清王士禛说："唐三百年以绝句擅场，即唐三百年之乐府也。"（《唐人万首绝句选序》）近人陈延杰说："及乎三唐，而七言歌行大盛。其意境之妙，真前所未有，后所莫及，信可以发天地元气之奥也！余尝谓唐人诗可流传于世，百代不朽者，一为七绝，其次歌行耳。"（《论唐人七绝》）两种体裁都能呈现唐人独有的面目，都成为唐人的拿手好戏，可知不是偶然的。

盛唐音乐艺术的繁荣，对绝句艺术的发展，更有较为直接的影响和特别重要的意义。

唐代音乐是继隋代音乐的变革而发展起来的。以龟兹乐为主的胡部新声组成的丰富多彩的燕乐，继雅乐、清乐而兴，成为唐代音乐的主体。器乐之中，中和平易的弦乐器——古琴，渐为表现力较强的管弦乐器琵琶与羌笛所代替。所谓"古调虽自爱，今人多不弹"（刘长卿《听弹琴》），"琵琶起舞换新声"（王昌龄《从军行》），这些诗句间接地反映了时代音乐面貌的更新。开元、天宝之际，嗜好音乐蔚为社会风气。玄宗本人即精通音律，亲自整顿了皇家音乐机构，分设太常、梨园、教坊，并扩大了教坊范围，使之成为一个庞大的音乐机构，颇有利于唐乐的发展。那时，地方有兵营，军中有乐伎，私家亦蓄歌儿舞女。民间有歌场、剧场、道场等娱乐和半娱乐场所，逢年过节有各种散乐杂耍。先天中灯会，玄宗命人仿制民间踏歌，以及李謩傍宫墙偷声的传说，可见当时音乐繁荣状况之一斑。

"丝不如竹，竹不如肉。"唐代声乐也得到很大发展，产生了大批名传后世的歌唱家。其中名流如李龟年等，社会地位与物质待遇都很高。这标志着声乐的勃兴。声乐的发展，要求新的诗歌，因为旧的乐府已不适应新的乐曲而渐渐淘汰。开元、天宝以后，新的歌词大率分为齐言、杂言两类。齐言歌词，多取当代诗人杂诗，清商与胡曲兼用；杂言（长短句）歌词，多出里巷间无名作者之手，配合胡乐。两类歌词有雅俗之别。

由于当时曲调丰富，唱法灵活（齐言歌词可加和声、添声，亦可叠唱），这两类歌词是以并行不悖。

唐代新歌词以七言绝句体为最多，在绝句发展史上是应当大书特书的一件大事。宋郭茂倩《乐府诗集·近代曲辞》收录隋唐配合燕乐的歌词，绝句体竟占总数的百分之七十以上，其中，七绝较五绝的比重为大。由于盛唐乐工多取当代诗人所为七言绝句入乐，结果就如王士禛所说："开元、天宝以来，宫掖所传、梨园弟子所歌、旗亭所唱、边将所进，率当时名士所为绝句。"（《唐人万首绝句选序》）史载唐代宗李豫曾对王缙说："卿之伯兄（指王维）天宝中诗名冠代，朕尝于诸王座闻其乐章。"即今所知，王维的《渭城曲》（即《送元二使安西》）、《相思》《伊州歌》等，都是当时传唱极有影响的歌词。杨慎说："唐乐府多唱诗人绝句，王少伯、李太白为多。"（《升庵诗话》）即今所知，王昌龄《出塞》（秦时明月汉时关）当日谱为《盖罗缝》，及李白《清平乐》三章等，均曾被诸管弦。其他如王之涣《凉州词》、岑参《赴北庭度陇思家》（谱为《簇拍六州》）等，例子很多，不可遍举。所以，王士禛又说："唐三百年以绝句擅场，即唐三百年之乐府也。"（《唐人万首绝句选序》）绝句被称为"唐乐府"，这一名称就显示着盛唐绝句与音乐的密切关系。

中国诗史上凡属普遍的诗体，初期莫不借音乐的力量流传。五绝较七绝成熟为早，即因为它入乐较早（整个说来，五言诗对七言诗也是如此）。盛唐时开始出现的七绝大量入乐的情况，无疑是推动七绝艺术发展的有力杠杆。

绝句艺术的普及和提高

绝句尤其是七绝大量入乐，对绝句创作产生了深远影响。

首先，诗人的歌声能及时获得听众。社会的需要与公众的赞美，便迅速转化为他们的创作动力。唐薛用弱《集异记》记载了一个著名的"旗亭画壁"故事，略云：开元中诗人王昌龄、高适、王之涣齐名，共诣旗亭小饮。忽有伶官十数人会宴。三人因私约曰："我辈各擅诗名，每不自定其甲乙，今观诸伶讴，若诗入歌辞多者则为优矣。"俄而一伶唱"寒雨连江夜入吴"，昌龄引手画壁曰："一绝句。"寻又一伶讴"开箧泪沾臆"，适引手画壁曰："一绝句。"寻又一伶讴"奉帚平明金殿开"，昌龄则又引手画壁曰："二绝句。"之涣因指诸伎中最佳者曰："此子所唱，若非我诗，则终身不敢与子争衡矣。"须臾双鬟发声，则"黄河远上白云间"。因大谐笑，饮醉终日。这个故事中蕴含着丰富的信息，其一是当时旗亭所唱，多为名家绝句，有现成的绝句，也有截取名家之诗而成的绝句（如高适的"开箧泪沾臆"）。其二，是生动地反映了当时公众对绝句作品多么喜爱，而绝句作家对于听众反馈的信息又是多么重视，这也促使他们不断地提高绝句创作的质量。

其次，公众从日新月异的绝句名作中吸取养料，增益了文艺修养，提了审美趣味，于绝句创作，亦耳濡目染，无师自通，"不会吟诗也会吟"了。由是，从公众中又产生出大量绝句作品。清编《全唐诗》中收录的绝句，署名"天宝时人""天宝宫人""西鄙人""太上隐者"以及"无名氏"的绝句就很不少，其中佳作尽有，如：

> 北斗七星高，哥舒夜带刀。
>
> 至今窥牧马，不敢过临洮。（西鄙人《哥舒歌》）
>
> 偶来松树下，高枕石头眠。
>
> 山中无历日，寒尽不知年。（太上隐者《答人》）
>
> 月明星稀霜满野，毡车夜宿阴山下。
>
> 汉家自失李将军，单于公然来牧马。（无名氏《胡笳曲》）

所谓"西鄙人"，也就是西北边地的人。史载天宝十二载（753）秋，陇右、河西节度使哥舒翰攻下吐蕃洪济、大莫门等城，收黄河九曲，以其地置洮阳郡，由是威名大著。所以西北边地人作了"北斗七星高"这首颂歌，又称《哥舒歌》。此诗质朴雄浑，纯属天籁，却不同于北朝民歌，已是唐音。清人吴乔说唐人五绝"儿童女子胜于文人学士"，虽不尽然，但也说明唐绝句群众基础之广。无名氏《胡笳曲》乃仄韵七绝，与高适《营州歌》同韵，艺术上虽不能与王昌龄《出塞》相比，意则近之，在绝句中也称佳作。另有不少无名诗人的绝句妙品，因谱入音乐，为边将收集，编进于朝廷。如盖嘉运编进乐府歌词：

> 日晚笳声咽戍楼，陇云漫漫水东流。
> 行人万里向西去，满目关山空自愁。

> 雁门山上雁初飞，马邑栏中马正肥。
> 日旰山西逢驿使，殷勤南北送征衣。

> 天边物色更无春，只有牛羊与马群。
> 谁家营里吹羌笛，哀怨教人不忍闻。

其中"雁门山上初雁飞"一诗，或署名越伎盛小丛，其实盛氏只是演唱者（见《云溪友议》卷二）。这种情况类似今日称"某某（歌星）演唱作品集"，歌者并非歌词作者，但歌词却因其出色的演唱而著闻。

虽然由于时间的湮没，今天不可能完全了解当时绝句创作的图景，但从现存文献资料也足以断定，盛唐绝句创作不是几个、几十个作家孤立的活动，而是一代人参与的蓬蓬勃勃的群众创作热潮，"自帝王公卿、名流方外、妇人女子，佳作累累"（宋荦《漫堂说诗》）。隔了十多世纪，只听到绝句高手们的声音，"但传到我们耳边来的响亮歌声下，还能辨别出群众无穷无尽的歌声，在艺术家周围齐声合唱"（丹纳《艺术哲学》）。这一绝句创作大普及的局面，正是盛唐绝句艺术跃进提高的坚实基础。有一些绝句虽有主名，而其作者生平不详，从作品风格看，大抵是民间的绝句高手，如：

> 打起黄莺儿，莫教枝上啼。
>
> 啼时惊妾梦，不得到辽西。（金昌绪《春怨》）

这首诗一气直下，篇法圆紧，而纯以神遇，出自肺腑，女主人公娇痴之状如画。前人评价很高。谓是天籁，其中不著一点儿学问，全靠生活的观察体验。然而历来除了知道金昌绪是余杭人，今仅存诗一首外，其余一无所知。但就凭这二十个字，金昌绪这个名字已传世不朽。这首小诗也代表着盛唐民间绝句的水平，较之南朝小乐府，显然是高得多了。

七绝入乐，还使语言风格向和谐天然的方向发展，从而"初唐标格"那种不自然的形态也就结束了。盛唐七绝虽重音律，却有反骈复散的大趋势。像李白、王维、王昌龄这样的大家，即使锤炼字句，所作也重散行。即使对仗，乃至四句整对，如五绝中《登鹳雀楼》那样的作品，也采用流水对的形式，给人以流畅自然之感。盛唐绝句表现出的这种风貌，与这一时代崇尚自由的精神有关，也与绝句入乐有较大关系。因为口唱心传文学，总以自然流畅为上，过分拘忌，是难于广为流传的。

随着绝句充当唐乐府主要角色，过去乐府古诗传统的题材，也进入了绝句，尤其是七绝。以往乐府中边塞题材的诗篇，如《从军行》等，均为五言古诗。到盛唐，有关这个题材的优秀作品，大半是七言绝句。以往乐府中宫怨题材的诗篇，如《婕妤怨》等，亦为五言古诗。到盛唐则主要由七绝抒写。这里，绝句的入乐，对于题材的扩大，也起到了积极作用。

盛唐绝句写景抒情往往伴随着音乐的描写，这对于强化抒情气氛，丰富诗歌意象起到了积极作用。例子俯拾即是，如"黄鹤楼中吹玉笛，江城五月落梅花"（李白《与史郎中钦黄鹤楼中闻笛》）、"羌笛何须怨杨柳，春风不度玉门关"（王之涣《凉州词》）、"葡萄美酒夜光杯，欲饮琵琶马上催"（王翰《凉州词》）、"更吹羌笛关山月，无那金闺万里愁"（王昌龄《从军行》）以及"谁家玉笛暗飞声"（李白《春夜洛城闻笛》）等。由于通觉的作用，美妙的音乐形象激发起作家的艺术想象，产生出奇妙的构思，如"借问梅花何处落，风吹一夜满关山"，这样的诗句在七绝入乐以前是极为罕见的。

乐工取诗句入乐，不仅用现成绝句，有时还删诗作绝句以入乐：

> 步出城东门，遥望江南路。
>
> 前日风雪中，故人从此去。
>
> 开箧泪沾臆，见君前日书。
>
> 夜台犹寂寞，疑是子云居。
>
> 山川满目泪沾衣，富贵荣华能几时？
>
> 不见只今汾水上，惟有年年秋雁飞。

"步出城东门"四句截自汉代古诗之首。"开箧泪沾臆"四句截取自高适五古《哭单父梁九少府》之首。"山川满目泪沾衣"四句截取自李峤七古《汾阴行》之尾。这些"截句"独立成章后，较原诗更精彩，更脍炙人口。其中奥妙耐人寻味。大抵诗歌结构上灵活性较大，适当截取亦能成篇，而留下较多空白，任读者的想象去填补；而截取的部分往往是原作的精髓，一当作为完整自足的诗歌来欣赏，更为引人注目。截句的成功，也给人以创作上的启迪。钱易《南部新书》记载了这样一则创作逸事："祖咏试雪霁望终南诗，限六十字。成至四句，纳主司。主司诘之，对曰'意尽'"，诗曰：

> 终南阴岭秀，积雪浮云端。
>
> 林表明霁色，城中增暮寒。（《终南望余雪》）

祖咏说的"意尽"，是指四句已经将题意写得恰到好处了，添一语便成蛇足。这桩逸事的意义，及其给人的启迪，实超过考试本身。至于科场外的自由创作，宁可将律诗压作绝句，也不肯将绝句拉长为律诗，更是许多诗人遵循的创作原则。

> 移舟泊烟渚，日暮客愁新。
>
> 野旷天低树，江清月近人。（孟浩然《宿建德江》）

这首五绝就曾被胡应麟称为"未成律诗"。以孟浩然之天机清妙，要作一首五律成何难事，只作四句，亦不肯画蛇添足而已。

绝句作歌词唱，就要使人一听便懂。僻字、僻典和藻绘在绝句创作中应尽可能避免。家常的语汇，近乎口语的句子，明朗自然的语言，使用起来最为得体。这就使得盛唐的绝句在语言风格上与古体、律体异乎其趣了。根据近年的一项民意调查，最受欢迎的十首唐诗有八首都是绝句，如贺知章《回乡偶书》、孟浩然《春晓》、李白《静夜思》、王维《渭城曲》等，差不多都是贴近口语，在形式上较为大众化的作品。

自南北朝谢朓、庾信以来，绝句逐渐向文人创作的道路发展，与民歌的联系日益疏远。南朝乐府中五言四句小诗的艺术优长，如新鲜活泼的情调、明转天然的语言风格，均有待发扬。盛唐绝句创作与民间的关系日密，作家也就重新认识到民歌的价值，促使绝句"回娘家"向民歌学习。南北朝乐府民歌是盛唐绝句作家学习的重要对象，盛唐名作如李白《静夜思》《玉阶怨》、王维《相思》《杂诗》、王昌龄《采莲曲》及崔国辅《采莲曲》《小长干曲》、崔颢《长干曲》、储光羲《江南曲》、丁仙芝《江南曲》等，都表现出唐代诗人学习南北朝乐府（如《子夜歌》《子夜四时歌》《长干曲》《江南曲》《采莲曲》等）的成绩。

民歌不仅以其积极的内容影响作家，使盛唐绝句创作更贴近广阔的社会生活，而且以其健康乐观的基调、单纯明快的艺术表现手法影响绝句创作。盛唐绝句的语言风格达到了"清水出芙蓉，天然去雕饰"的境界，除乐的原因外，与"慷慨吐清音，明转出天然"的民歌作风的影响是显然分不开的。

在谈到盛唐绝句学习民歌而得其神髓时，应特别说明的是，盛唐绝句并不等于就是民歌，更不是纯粹的歌词。在"所有的文学样式，和诗最容易混淆的是歌"，"歌是比诗更属于听觉的，诗比歌容量更大，也更深沉"（艾青《诗论》）。即使是入乐演唱的盛唐名家绝句，也首先是诗，或具有诗的资格，然后才选作歌词。恰如《渭城曲》，首先是《送元二使安西》，然后才成为《渭城曲》一样。所以盛唐名家绝句，较之民歌或纯歌词，容量更大，也更深沉。

正因为这样，在群众创作的基础上，我们看到由盛唐绝句名家构成的秦岭一般的山脉，而在这个山脉上，又隆起了太白峰等最高的山峰。李白、王昌龄、王维就是这样的高峰，他们可以并称盛唐绝句三杰。在盛唐，七绝已青出于蓝、后来居上，成为绝句创作主流，李白神情散朗，王昌龄清心玉映，宜把臂入林，同主七绝诗坛。而五绝艺术，在极盛难继的境地，王维又开出哲理与画意高度融合的新境界，李白则以挥斥驰骛的作风开出前所未有的大境界。

| 二 |
王维和《辋川集》

在广泛的群众创作基础上，绝句创作产生了由高手组成的艺术家族；而在这个艺术家族中，又产生出盛唐绝句三大家——李白、王昌龄和王维。他们不仅同登殷璠《河岳英灵集》，为当时声名显赫的诗人，而且经过一千多年时间的考验，成为盛唐诗歌的杰出代表。这三大家的绝句不仅数量相对较多，尤其在质量上达到了极高水平，成为绝句史上的光辉巅顶。

明高棅《唐诗品汇》将唐诗划分为初、盛、中、晚四个阶段，又将入选作家和作品，按时期和体裁分为九品，"大略以初唐为正始，盛唐为正宗、大家、名家、羽翼，中唐为接武，晚唐为正变、余响，方外异人等诗为旁流"（《唐诗品汇凡例》）。该书在各个时期中突出盛唐，五言绝句以王维为正宗，七言绝句以王维为羽翼。其实王维不仅兼长五七绝，而且在作者寥寥的六言中也留下传世之作。胡应麟说："盛唐摩诘（王维），中唐文房（刘长卿），五、六、七言绝俱工，可谓才矣。"

在绝句史上，五言绝句发展较早，盛唐以前佳作累累。这种仅二十字的体裁"短而味长，入妙尤难"（张谦宜《絸斋诗谈》卷二），初唐五绝艺术造诣不凡，起点较高，超越为难。须在内容和手法两方面突破传统，才有可能达到新的高度。而盛唐作家是达到了新的高度的，其杰出代表便是王维和李白。

106

王裴的辋川唱和

王维（699—761）字摩诘，太原祁人，开元九年（721）进士，曾任太乐丞。开元末为殿中侍御史，知南选，晚年官至尚书右丞，后世称王右丞。王维少年时代即与其弟王缙活跃于两京社交界，诗名很大，多才多艺，颇受贵族社会的重视。他一度热衷政治，但自开元后期张九龄罢相，李林甫上台后，政治热情有所衰减。安史之乱起，两都沦陷，玄宗奔蜀，王维扈从不及，陷在贼中。贼平，陷贼官三等定罪，王维因先有凝碧诗绝句闻于行在，诗有"万户伤心生野烟，百官何日更朝天"之句，肃宗嘉之，王缙又请削己官以赎兄罪，方免罪复官，此后更是奉佛长斋，真正是"晚年唯好静，万事不关心"了。

事实上，从开元二十八年（740）知南选自襄阳回京后，王维就开始了亦官亦隐的生活。最初隐居在终南山，道是："中岁颇好道，晚家南山陲。兴来每独往，胜事空自知。行到水穷处，坐看云起时。偶然值林叟，谈笑无还期。"（《终南别业》）不久，诗人又在蓝田辋川买到了原属初唐宋之问的庄园，此时久已荒芜。辋川是一处山水绝胜的自然风景区，地处"蓝田县南峣山之口，去县八里。川口为两山之峡，随山凿石，计五里许，路甚险狭。过去豁然开朗。村墅相望。蔚然桑麻肥饶之地。四顾山峦掩映，似若无路。环转而南，凡十三区，其美愈奇，王摩诘别业在焉"（《陕西通志》）。辋川风景区有二十来个景点，经过一番整治，更加宜人。于是诗人常常邀约道友二三子，诸如裴迪、丘为、崔兴宗等人，往还其间，好不逍遥自在。其中青年诗人裴迪，更是王维的契友。王维有《辋川闲居赠裴秀才迪》诗："寒山转苍翠，秋水日潺湲。倚杖柴门外，临风听暮蝉。渡头余落日，墟里上孤烟。复值接舆醉，狂歌五柳前。"从这首诗中丝毫看不出两人十来岁的年龄差别，完全是一派忘形的神交。王维在给裴迪的一封著名的书信中写道：

> 北涉玄灞，清郭映月。夜登华子冈，辋水沦涟，与月上下。寒山远火，明灭林外。深巷寒犬，吠声如豹。村墟夜舂，复与疏钟相间。此时独坐，僮仆静默，多思曩昔，携手赋诗，步仄径、临清池也。当待春中，草木蔓发，春山可望，轻鲦出水，白鸥矫翼。露湿青皋，麦陇朝雊。斯之不远，倘能从我游乎？

皈依自然，寄情山水，耽爱林泉，成为王维和友人主要的精神生活。辋川别业处在辋谷内，辋水周于舍下，王维日与道友裴迪等人，浮舟往来，弹琴赋诗，啸咏终日。南朝文人即有用五绝为联句的风气，王维和道友裴迪亦效法古人，指辋川景点为题，以五绝体唱和为诗。各得绝句20首共40篇，描绘辋川一带幽美景色，摅写诗人澄淡超脱的心境，风格清空自然，编为一集，以"辋川"为题。从内容、手法到编集，实已前无古人。《辋川集》的产生，便成为绝句史上一件盛事。王维《辋川集序》道：

> 余别业在辋川山谷，其游止有孟城坳、华子冈、文杏馆、斤竹岭、鹿柴、木兰柴、茱萸沜、宫槐陌、临湖亭、南垞、欹湖、柳浪、栾家濑、金屑泉、白石滩、北垞、竹里馆、辛夷坞、漆园、椒园等。与裴迪闲暇，各赋绝句云尔。

《辋川集》久入于《王右丞集中》，单行者有宛委山堂《说郛本》等传世。大体在同一题下，并列王维所作与裴迪同咏，如：

> 飞鸟去不息，连山复秋色。

108

上下华子冈，惆怅情何极。（王维《华子冈》）

落日松风起，还家草露稀。

云光拂履迹，山翠拂人衣。（裴迪同咏）

秋山敛余照，飞鸟逐前侣。

彩翠时分明，夕岚无处所。（王维《木兰柴》）

苍苍落日时，鸟声乱溪水。

缘溪路转深，幽兴何时已。（裴迪同咏）

吹箫凌极浦，日暮送夫君。

湖上一回首，青山卷白云。（王维《欹湖》）

空阔湖水广，青荧天色同。

舣舟一长啸，四面来清风。（裴迪同咏）

独坐幽篁里，弹琴复长啸。

深林人不知，明月来相照。（王维《竹里馆》）

来过竹里馆，日与道相亲。

出入惟山鸟，幽深无世人。（裴迪同咏）

木末芙蓉花，山中发红萼。

涧户寂无人，纷纷开且落。（王维《辛夷坞》）

绿堤春草合，王孙自留玩。

况有辛夷花，色与芙蓉乱。（裴迪同咏）

同一时期，王维及裴迪题咏自然景点，着重表现自然美幽深恬静的一面，境界澄淡精致的五绝作品，尚不止《辋川集》40篇。比如王维所作《皇甫岳云溪杂题》5首及其他，或王裴别的唱酬之作，如：

人闲桂花落，夜静春山空。

月出惊山鸟，时鸣春涧中。（王维《云溪杂题·鸟鸣涧》）

春池深且广，会待轻舟回。

靡靡绿萍合，垂杨扫复开。（同上《云溪杂题·萍池》）

与君青眼客，共有白云心。

不向东山去，日令春草深。（同上《赠韦穆十八》）

荆溪白石出，天寒红叶稀。

山路元无雨，空翠湿人衣。（同上《山中》）

轻阴阁小雨，深院昼慵开。

坐看苍苔色，欲上人衣来。（同上《书事》）

积雨晦空曲，平沙灭浮彩。

辋水去悠悠，南山复何在。（裴迪《忆终南山》）

淼淼寒流广，苍苍秋雨晦。

君问终南山，心知白云外。（王维答诗）

山月晓仍在，林风凉不绝。

殷勤如有情，惆怅令人别。（王维《别崔九》）

归山深浅去，须尽丘壑美。

莫学武陵人，暂游桃源里。（裴迪同咏）

中国诗人对山水自然发生兴趣，前此可以上溯到南朝。盖自魏晋以还，社会动乱，政治黑暗，隐逸之风遂盛。东晋以来官僚贵族集居于江浙的山水秀丽之地，佛寺道观亦多筑于名山，士大夫们既以隐逸为清高，又徜徉山水为快乐，山水对于他们自然成为审美与描写的对象。在山水诗出现之前的玄言诗，已开吟咏山水的端倪。玄言诗人高谈老庄玄理，亦崇尚自然，诗中不免间及山水景物。后来玄言诗非诗的成分逐渐减少，山水的成分逐渐增多，就有了山水诗。玄言诗人孙绰的《秋日诗》，即已纯乎写景之作，而东晋后期谢混的某些诗篇已经集中刻画山水景物。

刘勰说："宋初文咏，体有因革，老庄告退，山水方滋。俪采百字之偶，争价一句之奇；情必极貌以写物，辞必穷力而追新。"（《文心雕龙·明诗》）而山水诗的产生，是与谢灵运的名字紧密联系在一起的。谢灵运是晋宋之际的重要诗人，也是文学史上第一个专门从事山水诗写作的杰出诗人。他的山水诗绝大部分是在做永嘉太守以后写的，诗里描绘了浙江、彭蠡湖等地的自然景色。他喜欢以纪游的方式来描写景物，如"衾枕昧节候，褰开暂窥临。倾耳聆波澜，举目眺岖嵚。初景革绪风，新阳改故荫。池塘生春草，园柳变鸣禽"（《登池上楼》）、"昏旦变气候，山水含清晖。清晖能娱人，游子憺忘归。出谷日尚早，入舟阳已微。林壑敛暝色，云霞收夕霏。芰荷迭映蔚，蒲稗相因依。披拂趋南径，愉悦偃东扉"（《石壁精舍还湖中作》）。间或夹杂一点说理或抒情，"薄霄愧云浮，栖川怍渊沉。进德智所拙，退耕力不任""索居易永久，离群难处心。持操岂独古，无闷征在今"（《登池上楼》）、"虑澹物自轻，意惬理无违。寄言摄生客，试用此道推"（《石壁精舍还湖中作》）。

南朝山水诗以描写为主，相对而言，篇幅较长。谢灵运的山水诗，大都采用五言古体的形式，没有一首是绝句。倒是晋代的名画家顾恺之写过一首《神情诗》，是较早的文人五绝山水之作：

春水满四泽，夏云多奇峰。
秋月扬明辉，冬岭秀孤松。

这首诗既不是对景写生，也不是一次纪游，而是罗列四时风景，却有提炼概括。它形式整饬，四句平行，无所谓起承转合，其音情的抑扬顿挫，全靠韵来调节。它是五绝中不可无一，不能有二的奇作，因而不能认作辋川之作的先声。而在谢灵运后，与其并称的南齐诗人谢朓有了以山水题材入五绝的尝试：

绿草蔓如丝，杂树红英发。

无论君不归，君归芳已歇。（《王孙游》）

虽然只此一首，却算开了先例。

在山水诗兴起的同时，山水文也兴盛起来。当时士大夫由于游宦、迁谪等缘故，不免奔走山程水驿之中，羁旅行役与离别的情怀，常借着山水的描写来表现。一些著名文人以骈体作书信，对旅途山水，多有描绘，亦具诗的素质，如鲍照《登大雷岸与妹书》："夕景欲沉，晓雾将合，孤鹤寒啸，游鸿远吟，樵苏一叹，舟子再泣。诚足悲也，不可说也。"陶弘景《答谢中书书》："山川之美古来共谈，高峰入云，清流见底。两岸石壁，五色交辉；青林翠竹，四时俱备。晓雾将歇，猿鸟乱鸣；夕日欲颓，沉鳞竞跃。实是欲界之仙都。自康乐以来，未复有能与其奇者。"吴均是其中最值得注意的一位作者，他的《与朱元思书》写从富阳到桐庐富春江两岸的景色："风烟俱净，天山共色，从流飘荡，任意东西。自富阳至桐庐，一百许里，奇山异水，天下独绝。水皆缥碧，千丈见底。鱼游细石，直视无碍。急湍甚箭，猛浪若奔。夹岸高山，皆生寒树，负势竞上，互相轩邈，争高直指，千百成峰。泉水激石，泠泠作响；好鸟相鸣，嘤嘤成韵。蝉则千转不穷，猿则百叫无绝。鸢飞戾天者，望峰息心，经纶世务者，窥谷忘反。横柯上蔽，在昼犹昏；疏条交映，有时见日。"《与顾章书》叙退居石门山经过道："仆去月谢病，还觅薜萝。梅溪之西有石门山者，森壁争霞，孤峰限日。幽岫含云，深溪蓄翠。蝉吟鹤唳，水响猿啼。英英相杂，绵绵成韵。既素重幽居，遂葺宇其上。幸富菊花，偏饶竹实。山谷所资，于斯已办。仁智所乐，岂徒语哉！"就是这个吴均，也用五绝体写了一些山水诗，算是对小谢的一个回应：

昼蝉已伤念，夜露复沾衣。

昔别曾何道，今夕萤火飞。（《杂绝句》）

山际见来烟，竹中窥落日。

鸟向檐上飞，云从窗里出。（《山中杂诗》）

绿竹可充食，女萝可代裙。

山中自有宅，桂树笼青云。（同上）

从南朝到唐初，更多的作家将山水题材与旅情或别情结合写来，比较著名的有庾信、何逊、王绩、王勃等人：

阳关万里道，不见一人归。

惟有河边雁，秋来南向飞。（庾信《重别周尚书》）

客心已百念，孤游重千里。

江暗雨欲来，浪白风初起。（何逊《相送》）

石苔应可践，丛枝幸易攀。

青溪归路直，乘月夜歌还。（王绩《夜还东溪》）

北场耘藿罢，东皋刈黍归。

相逢秋月满，更值夜萤飞。（同上《秋夜喜遇王处士》）

长江悲已滞，万里念将归。

况复高风晚，山山黄叶飞。（王勃《山中》）

江旷春潮白，山长晓岫青。

他乡临睌极，花柳映边亭。（同上《早春野望》）

上述文人五绝，和五言古体的山水诗在写法上有显著的差别，那就是很少单纯的写景，或者说诗人的旨趣并不在写景。这些五绝通常的情景相间：或先景后情，如谢朓《王孙游》；而更多的作法是先情后景，如吴均《杂绝句》、庾信《重别周尚书》、何逊《相送》、王勃《山中》。这一点很有意思，似乎对五绝这样短小的体裁，以景结用意含浑，更有余味。而像吴均《山中杂诗》那样实实在在、纯乎写景，对五绝来说很难见长，所以一向并不多见。这一艺术经验，为盛唐诗人所继承和发展，产生了不少青出于蓝的佳作。

王裴辋川诸咏，较之前人所作，更加专注于景色本身，又不局限于罗列景物。就诗歌创作的总体水平和在唐诗中的地位而言，王维和裴迪不是同一流作家。然而，五绝这种短小诗体，特重悟性，而无须乎许多学养才力。辋川唱和的创作实际状况表明，王裴唱和，相当默契，这种默契在一定程度上缩短了彼此性分才力的差距，虽然这种差距也还是存在的。裴迪所逊，"如《鹿柴》《茱萸泮》诸诗皆质朴而少余味，其才力未能跨越右丞也"（俞陛云《诗境浅说续编》）。然裴迪的优点，乃在一依性分而为，绝不亦步亦趋地仿效。"王多于题外属词，裴就题命意，伎俩自别。"（吴逸一《唐诗正声》）正因为如此，自有存在的价值。无怪李慈铭主张："王裴二公诸作皆须合读，愈见其佳，分别选出便减神味。"（《唐人万首绝句选》批）王士禛竟认为："王裴辋川唱和，工力悉敌。"（《唐人万首绝句选凡例》）

总而言之，王裴辋川绝句不仅开了数人同咏一景的先河，其内容之丰富、主题之集中、数量之众多、格调之雅淡、韵味之隽永、合作之默契，还远逾前贤，享誉士林，并将五绝的艺术提到了一个新的水准。这实在是绝句史上一件空前的盛事。

高处入禅的五绝

宋严羽论诗，标榜盛唐，开创了以禅喻诗的先例："夫诗有别材，非关书也。诗有别趣，非关理也。而古人未尝不读书不穷理，所谓不涉理路、不落言筌者，上也。诗者，吟咏情性也。盛唐诗人唯在兴趣，羚羊挂角，无迹可求。故其妙处莹彻玲珑，不可凑泊，如空中之音，相中之色，水中之月，镜中之象，言有尽而意无穷。"（《沧浪诗话·诗辨》）明胡应麟承此特别标举"右丞辋川诸作，却是自出机轴，名言两忘，色相俱泯"（《诗薮》）。清王士禛亦承以禅喻诗的作法，独持神韵说，标举唐人五绝尤其是王维裴迪之作道："唐人五言绝句往往入禅，有得意忘言之妙。与净名默然，达摩得髓，同一关捩。观王裴《辋川集》及祖咏《终南残雪》诗，虽顿根初机，亦能顿悟。"（《香祖笔记》）

禅是"禅那"（梵文 Dhyano）的略称，意即"思维修"或"静虑"。据说在 6 世纪初刘宋末年，菩提达摩由天竺到中国传授禅法而创立，此即禅宗的初祖。传至五世弘忍门下，分为北方神秀的渐悟说和南方慧能的顿悟说两宗，有"南能北秀"之称。后世唯南宗顿悟说盛行。12 世纪初南宋以后，禅又东传日本，并产生巨大影响。

当人们准备阐释什么是禅的时候，实际上已把自己置入困境，因为一切禅宗的祖师都不用语言来阐述这个问题，向来被描述为"教外别传，不立文字，直指人心，见性成佛"。禅宗主张以通俗简易的修持方法，静坐趣悟佛陀所悟的境界，以使心灵得到解脱。一桩著名的禅宗公案说：

世尊在灵山会上拈花示众，众皆默然，唯迦叶尊者破颜微笑。世尊云："吾有正法眼藏，涅槃实相无相微妙法门，不立文字，教外别传，咐嘱摩诃迦叶。"无门曰："黄面瞿昙傍若无人，压良为贱，悬羊头卖狗肉，将谓多少奇特。只如当时大众都笑，正法眼藏作么生传？设使迦叶不笑，正法眼藏又作么生传？若道正法眼藏有传授，黄面老子诳呼阎阎；若道无传授，为什么独许迦叶？"颂曰："拈起花来，尾巴已露。迦叶破颜，人天罔措。"（无门慧开《禅宗无门关》）

禅宗公案如同哑谜，个中奥妙只能由各人去静默或参悟，说出来就是错。禅宗的主张虽自有其道理，并包含着睿智，却不排除一定程度的故弄玄虚。基于这种看法，禅并非完全不能用语言来说明。

禅源于佛教，目的在于唤醒痴聋、消除烦恼，却又是中国化的东西，融入了道家哲学的精髓。禅既是一种宗教，也是一种哲学。所以它有阐释的功能，是一种世界观，一种人生观；又有操作的功能，是一种方法论，一种中国功夫。与别的哲学不同处在于，禅宗重操作而轻阐释，乃至把阐释寓托在操作中，此即"一味妙悟"；进而不承认脱离操作的阐释，此即"不立文字"，或严羽所谓"不涉理路""不落言筌"。

禅宗尤其南宗禅，有别于其他佛教宗派，就在于它崇尚简便。禅宗"不立文字"的一个重要原因，可能是由于说出来过于简单，不如将其神秘化。禅宗的根本信念，是认为心灵与宇宙不二。禅宗破除偶像崇拜，却崇拜心即自然。在这一点上，它比较接近于西方哲学史上的泛神论，一种将神融化在自然界的哲学观点。泛神论者宣称神即自然，没有什么超自然的主宰或精神力量。事实上参禅的最佳场所，并非禅堂，而是山水。没有什么场所比置身山水，更能使人身心愉快，名言两忘的了。从晋宋间玄言诗人孙绰的"山水是道"，到宋代理学家的"目击道存"，皆深契于禅机。禅宗一桩著名公案道：

> 老僧三十年前参禅时，见山是山，见水是水。及至后来亲见知识，有个入处，见山不是山，见水不是水。而今得信体歇处，依然是见山只是山，见水只是水。（《传灯录》）

撇开这则公案的谜底不论，且看它将参禅与山水相联系，是大有意味的。

佛教通常认为真理的了悟是渐进的，因而修成正果的过程极其漫长。禅宗尤其南宗禅则加以简化，最急进的简化就是当下顿悟。因此禅的修证方式，即对世界的把握方式，是直觉顿悟，是感性体验，是形象思维，所谓"目击道存"。要求排除功利目的、私心杂念，身体放松，意念凝聚，达到内心与外物的融合，最终变成对自然的审美。在这一点，禅宗与老庄哲学相通，最终成为一种美学。禅把握世界的方式，非常接近于艺术。所以禅的极致，不是教义，也不是禅偈，只能是诗。最完美实现禅的理想的人，不是禅师，而是天机清妙的诗人。

山水诗人谢灵运在山水的游历中，不会没有体会到物我两忘的愉快。他甚至想要把这种愉快通过语言表达出来，所以他的山水诗带了一个玄言的尾巴。一落言筌，已坠第二义。后来山水文的作者，也是体会到了置身山水的乐趣的，所以高声赞美"实欲界之仙都，自康乐以来，未复能有与其奇者"（陶弘景）、"仁智所乐，岂徒语哉"（吴均）。但他们的兴趣在于描绘山水，而对顿悟的感觉缺乏表达。倒是晋宋之际的陶渊明，在他篇幅短小而风格冲淡的写景诗屡屡见道，达到了微妙的禅境：

> 迈迈时运，穆穆良朝。袭我春服，薄言东郊。山涤余霭，宇暧微霄。有风自南，翼彼新苗。（《时运》）
>
> 结庐在人境，而无车马喧。问君何能尔，心远地自偏。采菊东篱下，悠然见南山。山气日夕佳，飞鸟相与还。此中有真意，欲辨已忘言。（《饮酒》）
>
> 先师有遗训，忧道不忧贫。瞻望邈难逮，转欲志常勤。秉耒欢时务，解颜劝农人。平畴交远风，良苗亦怀新。长吟掩柴门，聊为陇亩民。（《癸卯岁始春怀古农舍》）

有趣的是，那些历来被人们指为深契禅机的诗句，如"有风自南，翼彼新苗"等，都不是在说理，而是写景；又不是一般的写景，而是在写景中融进了猝然与物相遇、悠然心会、妙处难说的感觉。钟惺评《饮酒》

一诗道，"真意""忘言"即在"采菊东篱下，悠然见南山。山气日夕佳，飞鸟相与还"四句，"俗人必待读完下语始赏之"（《古诗归》），这是很有会心的说法。谭元春干脆说"采菊东篱下"两句是"禅偈"（同前），当然，他的意思是说这样的诗句深契禅机，比禅师的偈子更契禅机。对于"平畴交远风，良苗亦怀新"二句，王夫之谓为"古今通赏"，又说"通首好诗，气和理匀"（《古诗评选》）。"气和理匀"，不正是参禅所追求的境界么？据说苏东坡一日闲坐，忽命左右取纸笔来写此二句，大书小楷行草，凡写七八纸，掷纸太息曰："好！好！"（元陈秀明编《东坡诗话》）好在何处？好在它们不是诉诸概念和推理，而是诉诸整体感知，诉诸读者的灵与肉。好在它们不独要使人得到对自然审美的愉悦，而且要指引他去参悟宇宙和人生的意义。陈毅《吾读》诗曰："吾读渊明诗，喜其有真味。时鸟变声喜，良苗怀新穗。"于陶诗抓住"真味"二字，并以山水田园景结，是很得要领的。

陶渊明是一个远远超出同时代人的诗人，其文学成就在当代没有受到重视。刘勰《文心雕龙》这样一部长篇大著，评论了历代诗人，居然没有提到陶渊明。钟嵘《诗品》则著之中品。直到梁昭明太子萧统才真正发现了陶渊明。《昭明文选》对唐代文学影响很大，陶渊明的地位遂得到普遍的承认，盛唐诗人对陶渊明的人品和气节都很推崇。王维、孟浩然、储光羲、常建等盛唐诗人，均热心地学习陶诗："王右丞有其清腴，孟山人有其闲远，储太祝有其朴实。"（沈德潜《说诗晬语》）田园诗在盛唐与山水诗合一，蔚然成一大宗，王维是其代表作家，在艺术上最得陶诗真传。

王维的母亲博陵崔氏是虔诚的佛教徒，他本人又是南宗禅最早的一个信奉者。王维字"摩诘"，其名字皆取义于佛经，"维摩诘"本菩萨名，亦佛经名，梵语义为"净名"（净即无垢，名即扬名）。虽然早年也向往过开明政治，但他本质上不是一个执着事功的人。在政治弊端渐渐滋生的时代，他厌倦官场，只能避往自然。他购置辋川别业，便是将它作为母亲奉佛修行和自己退居的场所。

王维在盛唐文艺中是个全面的典型，盛唐文化给他以深厚影响。他在艺术上多方面的深厚造诣，使他成为那一时代最具有普遍意义的代表人物。他精通音乐，做过大乐丞。他是南宗山水的开派画家，在绘画史上有重要地位，自称"宿世谬词客，前身应画师"（《偶然作》）。由于在文艺的各个部类中左右逢源，触类旁通，同时又天机清妙，比一般僧人更具慧根，他在与自然的对话中，找到了宁静与和谐，达到了心境的无牵无碍。因而在他身上，诗、画、禅是高度统一着的。他确乎比一般诗人更敏于感受、把握大自然的物色和音响，使他的诗歌同时具有音乐美、绘画美和禅味。换言之，他的作品是诗情、画意与哲理的结合，为山水田园诗开出新的生面。

山水诗与田园诗本有异同，其相同处在于都是面对自然。不同处在于：田园诗歌咏田园风光、农业劳动、耕读生活，反映对象是人化的自然；而山水诗则歌咏大自然、山光、水色，反映对象是自然的人化。王维的五绝偏重于山水，在内容上，与陶渊明诗偏重田园有一点区别。其次，陶诗较多生活感受的发抒，写景往往只是诗中的组成部分；而王维五绝更多地关注景物本身，较少感受的直接发抒，在取向上更加接近于禅。其三，陶渊明运用的诗体是五言古诗，没有绝句（集中《神情诗》是误收顾恺之的作品），其诗风是冲淡自然的；王维五绝则在陶诗的冲淡上更加幽深雅致，李攀龙说"摩诘出入渊明，独辋川诸作最近，探索其趣，不似其词"（《唐诗训解》），斯言得之。

总而言之，游山玩水，古来仁智所乐，但在谢灵运以前，山水在古诗中不过充当抒情或叙事的背景。谢灵运山水诗的出现，才使得诗中山水由衬托的地位上升到审美观照的对象。陶渊明田园诗中某些写景片段，更包含生活哲理。王维的独特贡献在于：他在陶谢的基础上，为山水与哲理的融合，找到了五绝这种最佳形式：

119

空山不见人，但闻人语响。

返景入深林，复照青苔上。（《辋川集·鹿柴》）

木末芙蓉花，山中发红萼。

涧户寂无人，纷纷开且落。（《辋川集·辛夷坞》）

独坐幽篁里，弹琴复长啸。

深林人不知，明月来相照。（《辋川集·竹里馆》）

人闲桂花落，夜静春山空。

月出惊山鸟，时鸣春涧中。（《云溪杂题·鸟鸣涧》）

王维山水五绝，前人一致给以很高评价，认为："诸咏声息臭味迥出常格之外，任后人模仿不到，其故难知。"（沈德潜《唐诗别裁集》）其实，王维山水五绝之迥出常格，它的主要原因，乃在于这些诗在意蕴上都不单一，通常包含多个层面，而在艺术处理上非常独到：

一是山水层面，对自然美的发掘。在这个方面，王维不仅是所谓"写生妙手"（杨逢春《唐诗偶评》）、"善于体物"（俞陛云《诗境浅说续编》），而且在于他的审美感觉特别敏锐，有些景色，在别人或熟视无睹，他却能为之心动，所以常发人所未发。如《栾家濑》的"跳珠自相溅，白鹭惊复下"，"此景常有，人多不观，惟幽人识得"（顾璘《批点唐诗》），又如《萍池》的"靡靡绿萍合，垂杨扫复开"，"即景点染，恐人即目失之"（《唐人万首绝句选》宋顾乐评）。

历来为人称道的《鹿柴》一诗，写鹿柴傍晚景致，为了表现深林的寂静，诗人写了空谷传声；为了表现山中的幽暗，诗人又写了深林返照。和煦明丽之为美，是人所共知的，而寂静幽暗之为美，则不为人所察觉；无声的寂静，无光的幽暗，是人所共知的，而有声的寂静，有光的幽暗，则较少为人注意。而王维从对立面的相反相成中，发现了常人所不经意的美，既是独到的，也是成功的。类似的发现，同样的手法，在《竹里馆》《鸟鸣涧》等诗中，也有充分的表现。

二是情感层面，抒发生活的感触。王维山水五绝，往往由人事活动而触发，难免有抒情的成分。王维五绝的抒情一般是淡淡的抒情，较为平和，或是表达游览闲适之情，或是摅发亲友间的别情，或是寄托俯仰今昔之慨，即使黯然，终归平淡，即使凄清，终归平和。李白"白发三千丈，缘愁似个长"、杜甫"江流石不转，遗恨失吞吴"那样的激烈或深沉的情怀，在王维五绝中是绝对看不到的。同时，王维很少像陶渊明那样直抒怀抱，通常是"无限深清，却于景中写出"（黄生《唐诗摘抄》）：

> 吹箫凌极浦，日暮送夫君。
> 湖上一回首，青山卷白云。（《辋川集·欹湖》）
> 山中相送罢，日暮掩柴扉。
> 春草年年绿，王孙归不归。（《山中送别》）
> 相送临高台，川原杳何极。
> 日暮飞鸟还，行人去不息。（《送黎拾遗》）

"湖上一回首，青山卷白云"，只写分手后回首偶然望见的瞬息即会发生变化的景色，而怅望、留恋、无可奈何之情，已含混其中。"日暮飞鸟还，行人去不息"，一句客观写景，一句客观叙事，两相比勘，则有归宿与未得归宿之区别。"'去'字偏赘在'飞鸟还'下，便有浓味"（吴瑞荣《唐诗笺要》），"只写其所见之景而送客之怀，居人之思，俱在不言之表"（朱之荆《增订唐诗摘抄》）。这样作，一方面固然是由于体裁所限，必须惜墨如金；另一方面也有意经营，从而将体裁的局限转化成一种优长。

三是哲理层面，表现一种人生态度。王维山水五绝中的所谓禅味，说到底，乃是接受禅宗影响而持的一种以自然为宗的生活态度。前人指出，"太白五言绝是天仙口语，右丞却入禅宗，如'人闲桂花落'云云、

'木末芙蓉花'云云，读之身世两忘，万念皆寂。不谓声律之中，有此妙诠"（胡应麟《诗薮》）。其所以读之使人"身世两忘，万念皆寂"，就是因为诗人实践着一种平平常常的与物无忤的生活，将自身融入自然，以求得心境的和平。在这一点上，也可以看到陶渊明对王维的影响。

自汉末动乱，天命观发生动摇。到魏晋之际个性觉醒，世人感于天道难知，人生无常，严重的心态失衡困扰着从阮籍到左思几代文人。其间有人颓废、有人悲愤、有人浮躁，却没有人知道生命的价值和人生的意义，没有人走出人生的苦闷。《世说新语》就是当时文化界的镜子。而陶渊明通过自己的生活实践，从自然、农村、劳动、亲情、创作中，第一个走出困惑，对生命的价值和人生的意义做出了明确的答复，并提出了自己的社会政治理想，从而成为六朝第一流人物。陶诗表现一种新的人生观与自然观，一反以对立的态度看待人与自然的关系，强调人与自然的同一，追求人与自然的和谐。陶诗"冲淡"的实质即在于此。

王维终生未能达到陶的境界，然而在对待人与自然的关系问题上，却深受陶诗的影响。加上信奉南宗禅学，从对自然山水的审美观照中去寻求人生的顿悟，自有心得。不必是佛陀所悟之境，却在一定程度上回避了现实的矛盾和痛苦，所谓"身世两忘，万念皆寂"，也是一种精神境界。对于这种境界，古人更多欣赏；而今人更多批判，被指为枯寂和消极。平心而论，王维五绝的境界，虽没有陶诗的境界积极，却也不全是消极。因为人生不仅面对社会，而且面对宇宙。在茫茫宇宙中，人处在宏观和微观世界两间，地球只有一个，其根本处境是很孤独、很脆弱的。至于个体生命，更是短暂而渺小，无法回避生老病死。可笑的是，人们往往忘记自己的根本处境，妄自尊大，心态浮躁。因而对照自然，反思一下自己的根本处境，以提高生存的质量，乃是很有必要的。

王维山水五绝从陶诗和禅学得到启示，正是提供了这样一种人生的思考。如《辛夷坞》写山中芙蓉花在无人之境中，自开自落，前人谓之"幽淡已极，却饶远韵"（李锳《诗法易简录》），其意蕴显然超乎诗中提供的形象本身，很容易使人联想到生命。生命也是自然的花朵，生与死、花开与花落，皆合自然之道，所以"草不谢荣于春风，木不怨落于秋天，万物兴歇皆自然"（李白《日出入行》）。诗中"涧户寂无人"很有意味，自开自落，就是圆满，要凑什么热闹呢？芸芸众生，往往不甘寂寞，是以无成。而甘于寂寞，淡泊自守，真正做成一件两件实事，领略并实现着生命意义的人，又有几多？这类曾被简单指责为枯寂或消极的小诗，其实很有理趣，它们不只对过去的读者有过种种启发，就是对今日读者，也不失为治疗浮躁的一帖良药。

谈到王维五绝的意蕴或理趣，有一点须要特别注意，那就是这些意蕴或理趣，都不是借助名言（即概念和推理）来说明的。如若其然，将与韵语或禅偈同流，作为诗歌，尤其是绝句，就无多可取了。"简单地说，王维的诗，景物自然兴发与演出，作者不以主观的情绪或知性的逻辑介入去扰乱眼前景物内在生命的生长与变化的姿态，景物直现读者目前。"这段话引自叶威廉《禅与中西山水诗》，同一篇文章中还比较了王维五绝《鸟鸣涧》和英国华兹华斯长达162行的《汀潭寺》，指出：华氏的长诗，前22句写自然景物，跟着的140行则是诗人追记自然山水如何给予他甜蜜的感受和宁静的心境，他又如何在景物中感到崇高的思想融合着雄浑，智心和景物是如何活泼地交往，而他如何依归自然事物，观照自然事物，自然如何使他"最纯洁的思想得以下锭"。用华氏另一首长诗《序曲》的话说：

可见的景象/会不知不觉的进入他脑中/以其全然庄严的意象

文中说"但真正体现这句话的是王维而不是华兹华斯。华氏诗中用的解说性、演绎性和景物'不知不觉的进入他脑中'的观物理想相违"。换言之，王维诗中的理趣，是渗透于山水景物本身，不知不觉地感染读者的。

纵然高处入禅了，却一刻也不离开诗的本位。

进而，还有一个问题："山水景物的物理存在，无须诗人注入情感和意义，便可以表达它们自己吗？"对此，不能简单回答说：是的。"看人生因作者而不同"（鲁迅），不仅看人生如此，看山水亦如此，写山水亦如此。借用《传灯录》的言子来说：常人面对自然，可能见山是山，见水是水，却不能与之对话，他也可以逼真地描绘山水，却不能益人心智。哲人面对自然则不同，可能是见仁见智，亦即见山不是山，见水不是水。他可以借山水说出一番道理，像孔子那样站在河边说"逝者如斯夫，不舍昼夜"，或"仁者乐山，智者乐水"，固然益人心智，却不见了山水本来的面目。一个富于哲学兴趣的诗人面对自然又不同，依然见山是山，见水是水，却能全身心投入与自然的对话，因而他写出来的虽然是深林、丘壑、行云、流水、夕阳、鸟语，而诗人的品格、胸襟、匠心和手腕却笼罩在、弥漫在字里行间，因而它不仅能再现山水之美，令人心旷神怡，而且能启发人去参悟宇宙人生的奥秘。如果说谢灵运乃至裴迪的一部分"就题属意的"写景诗大体属于第一种境界，华兹华斯《汀潭寺》大体属于第二种境界，那么王维《鹿柴》《辛夷坞》《竹里馆》《鸟鸣涧》等山水五绝，则是完全达到了第三种境界的。

这是禅的极致，也是绝句诗的极致。

空间显现：一说诗中有画

诗画同源的说法在中西文论中所来自远，诗被称为"无形画"，画被称为"无声诗"。在中国诗史上，"诗中有画"的说法与王维这个名字是紧密联系在一起的。《宣和画谱》记王维略云：

　　维善画，尤精山水，当时之画家者流，以谓天机所到，而所学者皆不及。观其思致高远，初未见于丹青，时时诗篇中已自有画意。由是知维之画，出于天性，不必以画拘。盖生而知之者。故"落花寂寂啼山鸟，杨柳青青渡水人"，又与"行到水穷处，坐看云起时"及"白云回望合，青霭入看无"之类，以其句法，皆所画也。而《送元二使安西》者，后人以至铺张为《阳关曲图》。至其卜筑辋川，亦在图画中。是其胸次所存，无适而不潇洒，移志之于画，过人宜矣。重可惜者，兵火之余，数百年间，而流落无几。后来得基仿佛者，犹可以绝俗也。

同样是诗人也是画家的苏东坡有这样一句名言："味摩诘之诗，诗中有画；观摩诘之画，画中有诗。"（《书摩诘蓝田烟雨图》）苏门学士晁补之也说："右丞妙于诗，故画意有余；余谓右丞精于画，故诗态转工。"（刘士鏻《文致》）《红楼梦》第48回写香菱从黛玉学诗，谈其读王维诗"大漠孤烟直，长河落日圆"（《使至塞上》）的体会道："想来烟如何直？日自然是圆的，前者似无理，后者似太俗。合上书一想，倒像是见了这景的。"这也正是"诗中有画"的注脚。

王维的"诗中有画"，主要表现在他写景的五言诗，尤其是五律和五绝诗上。有人把"诗中有画"与形象思维扯到一块，而诗是离不开形象思维的，用形象思维来解释"诗中有画"，实际上等于取消了"诗中有画"，是不足取的。而诗的形象性与画的形象性，毕竟还有间接与直接的不同。也有人说王维诗好用色彩、线条字面，这种说法缺统计学的依据。事实上王维以色淡神寒为特色，并不比别的诗人更趋向于设色。

"诗中有画"的阐释，应找更合理的切入点，那就是诗与画的区别。德国古典美学家莱辛在他反对"诗画一律"说的名著《拉奥孔》中有一个判断：绘画是"凭借线条和颜色，描绘那些同时并列于空间的物体"，是空间艺术。诗则"通过语言和声音，叙述那些持续于时间上的动作"，是时间艺术。然而，诗画在一定条件下也能相互转化，即诗通过描写也能显现空间，画通过富于生发性的顷刻也能表现时间。如果一个诗人的兴趣在写景，同时重在空间显现，则他的诗也就会呈现画意。有人指出，王维诗有将时间意象空间化的倾向，这是一个敏锐的发现。如"行到水穷处，坐看云起时"，前句通过"处"字，将行到水源的时间过程空间化了，后句意即"当云起的时候，坐着的我正看着它"，也取消了时间的延续性。同样，香菱认为合上书倒像见了这景的"大漠孤烟直"两句，也不是描绘日落的过程，而重在表现空间的关系。与孟浩然"山光忽西落，池月渐东上"重在叙述一个时间过程很不一样。王维辋川诸作中，有一组六言绝句，其一曰：

桃红复含宿雨，柳绿更带朝烟。
花落家僮未扫，莺啼山客犹眠。（《辋川六言》）

这首绝句写春晓、春眠及宿雨、落花、啼鸟，题意和意象的采择，与孟浩然《春晓》几首没有什么不同。然而在写法上却形成对照。孟诗首言春眠不觉晓，继而写闻啼鸟而惊梦，梦醒后引起对夜来风雨的回忆，从而产生惜花的心情，展示了一个完整的时间过程及心理活动，这是典型的传统的诗的写法。《辋川六言》则完全不同，它写桃红带雨、柳绿含烟、满地落花、空中莺啼，乃是同时并列于空间的景物，而时间是定在"山客犹眠"那一顷刻上的。所以它更具画意。当然，诗并不以"如画"与否论短长，更不是越似画越好。每一艺术门类都互有短长，都不能抛开自己的长处，亦步亦趋地仿效姊妹艺术，像一些所谓"现代书法"脱离写字胡乱涂鸦那样。不过，在不失本位的情况下，尽量吸收姊妹艺术的长处，对提高自身的表现力，无疑是有好处的。王维的"诗中有画"正属于这种情况。

秋山敛余照，飞鸟逐前侣。

彩翠时分明，夕岚无处所。（《辋川集·木兰柴》）

这首五绝，在秋山返照的背景上，诗人集中刻画了归鸟相逐的情景，写它们的翠羽，在夕岚中明灭。不但以空间显现，而且以细节刻画取胜，表现出了景的深度，所以"令人心目俱远"（《唐人万首绝句选》宋顾乐评）。

王维是南宗山水开派画家，"禅家有南北二宗，唐时始分；画之南北二宗，亦唐时分也。但其人非南北耳。北宗则李思训父子着色山水。南宗则王摩诘始用渲染，一变拗研之法"（《容台集》）。"王维特妙山水，幽深之致，近古未有。"（《封氏见闻录》）"如山水平远，云峰石色，绝迹天机，非绘声绘色者所及。"（董逌《书王摩诘山水后》）王维写景诗尤其是山水五绝，不专事裁红晕碧，即间用一二色彩字，感觉仍是色淡神寒，如"荆溪白石出，天寒红叶稀。山路元无雨，空翠湿人衣"（《山中》）、"坐看苍苔色，欲上人衣来"（《书事》）、"湖上一回首，青山卷白云"（《欹湖》）、"清浅白石滩，绿蒲向堪把。家住水东西，浣纱明月下"（《白石滩》），正如他的画擅场水墨的渲染一样，其诗境也给人以幽冷湿润之感，总体风格趋于淡雅。"摩诘以淳古淡泊之音，写山林闲适之趣，如辋川诸诗，真一片水墨不著色画。"（王鏊《震泽长语》卷下）人们说王维诗中有画，画中有诗，含义之一，便是说他的诗风与画风是相通的。

气韵生动：再说诗中有画

"气韵生动"本是南齐画家谢赫《画品》论画六法之一，恰好可以借用来评价王维山水五绝在艺术上达到的效果。"气韵"作为古代文艺美学范畴之一，指的是诉之于直感的形象处处显示着自然的律动，同时又富于生机之美，就这点而言，又十分地接近音乐。作为诗人兼南宗禅的信奉者，王维在

127

审美上偏爱静境，以及与静相关的寂、空、闲、淡、幽等境界。

同时王维洞悉艺术的辩证法，他天才地发现对立面之间相反相成的关系，及由其所构成的微妙的自然的律动，并在写景中出色地加以运用。他的诗中常常将色彩的明暗、浓淡、冷热，物象的声息、动静，相互为用，这也成为其常用的艺术手法。在他的诗中，经常出现静中之动、寂中之响、空中之色、幽中之光。以动衬静，愈见其静；以声衬静，愈见其静；以光明衬幽暗，愈见其幽暗，等等。因而他诗中有画，而又能做到气韵生动。

　　　　人闲桂花落，夜静春山空。

　　　　月出惊山鸟，时鸣春涧中。

鸟鸣涧是皇甫岳云溪的一处地名，顾名思义，这一处山涧，林密多鸟。《鸟鸣涧》写空山鸟语的境界，其中特别值得注意的是诗人对鸟鸣和山幽的关系处理。关于鸟鸣和山幽的关系，古人早有体会，而首先由梁代诗人王籍说出："蝉噪林逾静，鸟鸣山更幽。"（《入若耶溪》）一时以为文外独绝。北宋拗相公王安石却反其意而用之："茅檐相对坐终日，一鸟不鸣山更幽。"（《钟山即事》）王籍会心到的是相对的寂静，王安石强调的是绝对的寂静，各有各的道理。而王维的《鸟鸣涧》体察较这两位诗人更加入微。

《鸟鸣涧》的前两句写人闲、桂花落、夜静、春山空，即静写静，即月出前山林绝对的寂静，也就是"一鸟不鸣山更幽"。后二句则写由于月出的惊扰，春山不时有鸟鸣。然而这鸟鸣并没有破坏春山之夜的寂静。相反地，由于在整体的大片的静中，出现局部的些微的声音，衬得春山之夜更加幽静。此即以动衬静，愈见寂静，此即"鸟鸣山更幽"。而鸟声乍停，春山恢复宁静时，则又回到"一鸟不鸣山更幽"的境界，较之月出之前，更觉深邃。

128

"鸟鸣"与"山幽"相互依存，动静相生，就是一种自然的律动，王维敏锐地把握了这种律动，从而创造出空山鸟语的深邃境界。读者不但从动静声寂的比勘中加深了对静美的感受，而且体会到春山的寂静中包孕着无限生机。

同样的手法，类似的境界，在《鹿柴》《竹里馆》等诗中也可以看到。

五绝与俳句比较

俳句是日本传统诗歌最短小的诗体，整首由十七音按五七五的句调组成，形式上接近我国南朝三句体的小诗，只是南朝小诗未能像俳句一样成为普遍应用的最小诗体。此外，古汉语单音词居多，与日语词多为复音不同（如日语中的樱是三个音，莺是四个音）。所以俳句相对于绝句，容量更小。俳句作为日语独立的诗体，成立于15世纪，较唐诗为晚，却深受禅宗和唐诗的影响。有的古典俳谐师，如与谢芜村（1716—1783），就特别崇尚王维。芜村是俳人，也是画家，与王维有很深的默契，亦称句中有画，画中有句，所作绝句，亦多带汉诗的格调。故俳句的表现手法，与王维诗有可比之处。

俳句体裁的限制，导致其和绝句一样，在诗歌内容和表达方式上都有自身的特点。"它所表现的事物和情思，必须是极简单的、压缩的。像叙事诗所表现的那些巨大复杂的故事情节、人物形象以及渗透其中的相应的思想、感情，固然无法受容和表出，就是一般抒情诗所表现的事象、景物比较复杂或错综的内容和对它的写法，也是无法办到的。它只能极简洁地含蓄地去表现那些片段的、一闪即逝的景象和情思。""俳句在对读者的作用上，主要是暗示的或触发的。读者除对这种特殊诗歌，有一定的理解之外，还必须有相当的生活经验（包括对自然界事物的体验），并善于思索和体味。这样，才能通过它的凝缩的表现去领会作品所含蕴的情思。它像我们对经过焙干的茶叶一样，要用开水给它泡开来。这样，不但可以使它那蜷缩的叶子展开，色泽也恢复了，更重要的是它那香味也出来了。"（林林编译《日本古典俳句选》钟敬文序）

为此，俳谐师只能运用非常微妙的手段去求他的效果。然而一首成功的俳句，不但写作上朴质无华，而且要求发人深省；"不仅要唤起一种心情，同时还要设法表达一幅画面：一幅生动得足以激发读者或听者想象的画面。因此，在俳句中，亦如在其他各种受禅影响的艺术作品之中一样，读者或听者必须'填充'，以便继续完成可说是作者留下的空白"（艾伦·沃兹《禅与日本俳句》）。"关于俳句的艺术感染力，小泉八云氏曾有恰好的比喻，他以为最好的短诗，正如寺钟的一击，使缕缕的幽玄的余音，在听者的心中永续的波动。我们欣赏秀逸的俳句，也就是像钟声悠长的妙韵。"（林林《俳句学习笔记》）而钟声余韵的话头，也正好是王维五绝给人的感觉。下面是一些日本古典俳句：

> 古老一池塘/一蛙跳在水中央/扑通一声响（松尾芭蕉）
>
> 海黑下来了/那些野鸭的鸣叫/隐隐地白了（同上）
>
> 黄鹂声声啭/听来刚在翠柳后/又在竹林前（同上）
>
> 花云缥缈/钟声来自上野/还是浅草？（同上）
>
> 唐代诗人哟/此花开后/还有月（与谢芜村）
>
> 远山暮霭里/原野苍茫余落照/蒙蒙狗尾草（同上）
>
> 纷纷然/叶落在叶上/雨打在雨上
>
> 一片落叶/复归旧枝/——蝴蝶

上面所引的古典俳句与王维五绝有一些共通的特点。一是以自然为表现题材，日本古典俳句写自然的多，写社会为少，写景的多，直接抒情为少。二是如画，即尽量通过形象说话，一首诗就是"一幅生动得足以激发读者或听者想象的画面"。三是偏爱听觉形象，即声音的表现，而具体的表现上，则是静中有动，静中有声，以动衬静，以声衬静，如古井里突然跳进青蛙、黑森林里突然落下一个浆果，那声音给人的感觉都是印象深刻，难以磨灭的；有时还加进通感的表现，如沉寂的黑海中野鸭的鸣声，给人的感觉是隐隐的白，这与《鹿柴》将光暗与声静对写，有一定相通之处。"远山暮霭里"俳句，就非常接近辋川绝句"木末芙蓉花"。四是发现和理趣，俳句中包含一种机智，一种惊喜，如发现一片复归旧枝的落叶，原来是枯叶蝶，这和空谷传声一样，给人的感觉是令人惊喜而有所启迪。这种发现的喜悦，从审美的角度看，就是对自然美的发现的喜悦。从哲理的角度看，则是对禅悟过程的一种象征。

其实以上四点，都可以归结到禅的影响。作为中国化了的佛教宗派，禅吸收了道家重自然的精义，渗透了中国的智慧。六祖惠能谓心即是佛，其本质乃在教人以一份平常心，审美地看待人生，并通过静观、直觉顿悟的方式把握人生。以王维为代表的唐人五绝，凡以自然、山水、景物为表现对象的，大都能无意中直通禅境。如《鹿柴》里的空谷传声，与"古木无人径，深山何处钟"（王维《过香积寺》）一样，直通禅宗一门话头："尘生井底，浪起山头，结子空花"（《五灯会元》）、"譬如山涧响声，愚痴之人谓之实声，有智之人知其非真"（《大般涅槃经》），意味着"毕竟无"；同一诗中所写穿透幽昧的返照之光，又构成一种洞烛幽微的象征境界，与《竹里馆》"深林人不知，明月来相照"一样，表现了所谓目击道存，刹那间获得妙悟的奇妙感觉。如同但丁《神曲》所说："当人生的中途/我迷失在一个黑暗的森林中/忽然到了一个小山脚下/那小山的顶上已披着了阳光/这是普照一切的明灯。"

日本古典俳句不止一种手法。注重象征隐喻是俳句的主要表现手法，也有豪辣的表现手法，此处不加讨论。要之，前述古典俳句和王维五绝表明：作为短小的诗体，融合画意和哲理，适当采用象征手法，确是深化诗歌意蕴，使小诗言短味长的有效法门。无怪美学家李泽厚如此高度评价王维辋川绝句道：

> 忠实、客观、简洁，如此天衣无缝而有哲理深意，如此幽静之极却又生趣盎然，写自然如此之美，在古今中外所有诗作中，恐怕也数一数二。它优美、明朗、健康，同样是典型的盛唐之音。（《美的历程》）

七绝组诗《少年行》

如前所说，王维是全面的艺术家，他均衡地发展了自己的才能。刘熙载《艺概》说："王右丞诗，一种近孟襄阳，一种近李东川。清高名隽，各有宜也。"孟浩然是山水田园诗人，李颀则是边塞诗人，诗风是大相径庭的。王维与孟浩然齐名，然而，他并不只擅场山水题材，也擅场边塞题材；他不但是五绝大家，而且是七绝高手。

王维是较早意识到五绝和七绝体裁内在差异的，所谓"五言尚真切，质多胜文；七言尚高华，文多胜质"（胡应麟《诗薮》内编卷六），"七绝贵神韵，五绝似纯乎天籁"（陈仅《竹林答问》）。他用五绝写山水田园题材，而用七绝来写边塞题材，就表明了这一点。

王维的边塞绝句，不如山水绝句数量那么多，《少年行》四首却是盛唐七绝中的杰作：

> 新丰美酒斗十千，咸阳游侠多少年。
> 相逢意气为君饮，系马高楼垂柳边。（《少年行》）
> 出身仕汉羽林郎，初随骠骑战渔阳。

孰知不向边庭苦，纵死犹闻侠骨香。（同上）

一身能擘两雕弧，虏骑千重只似无。

偏坐金鞍调白羽，纷纷射杀五单于。（同上）

汉家君臣欢宴终，高议云台论战功。

天子临轩赐侯印，将军佩出明光宫。（同上）

《少年行》原乐府旧题，本咏汉事："祭遵尝为部吏所侵，结客杀人"（《后汉书》），"汉长安少年杀吏，受财报仇，相与探丸为弹，探得赤丸斫武吏，探得黑丸杀文吏。尹赏为长安令，尽捕之。长安中为之歌曰：'何处求子死，桓东少年场。生时谅不谨，枯骨复何葬'"（《乐府广题》）。可知始辞乃民谣，不过哀伤长安不法少年，不务正业，专讲哥们儿义气、任侠游乐，终于无成，原本就事论事。六朝诗人鲍照等相继作为《结客少年场行》，"轻生重义，慷慨立功名也"（《乐府解题》），始赋予古题以思想、社会意义。唐代国力强大，边塞军功成为青年和文士普遍的向往，诗人们又为此题注入新的时代精神。

然而在李白以前，这一古题又称《少年子》《少年乐》，所用的诗体皆五言古体。王维、李白始题《少年行》，并创以七绝为此题的先例。李白另有七古一篇内容较为丰富，其七绝的一篇却只写少年行乐："五陵年少金市东，银鞍白马度春风。落花踏尽游何处？笑入胡姬酒肆中。"一向不为人所重。而王维《少年行》四首一出，从内容到形式上都突破了传统，几使余辞尽废。值得注意的有以下两点：

首先，列在同一题下的这四首七绝，既是相对独立的，又是有序的，因而构成一个有机的整体。它不同于伏知道的《从军五更转》，乃在于它的有序性，并不表现为外在的序号，如"一更""二更""三更"等，而在于内在的联系。四首诗分别咏长安少年游侠高楼纵饮的豪情，报国从军的壮怀，勇猛杀敌的气概，及功成无赏的不平。这是真正意义的组诗，它们在内容上与古辞既有一定联系（有任侠游乐等内容），又赋少年形象以盛唐风貌，令人刮目相看。

其次，单篇地看，四首绝句皆无妨独立成诗，它们手法各异，显得多姿多彩，各有千秋。

首篇写少年游侠的日常生活，重在突出少年游侠重意气、重然诺而意轻千金的性格特点，本来容易落入前人窠臼，诗人却选择了高楼纵饮这一典型场景，而从虚处摄神，从而大出新意。诗的首句通过价昂极写酒美，次句强调英雄出少年之意，美酒与少年相得益彰，有如"健儿须快马，快马须健儿"一样，写得意兴酣畅，顾盼神飞。三句写少年陌路相逢，倾盖如故，是一顿宕，所谓"意气"简言即感情，细论则包含理想抱负、思想感情、性格作风诸多方面的认同，"为君饮"即为你干杯、为相识干杯，宛如侠少声口。就在全诗结穴，似乎该写高楼纵饮的末句，诗人却避开了宴饮的场面，从虚处摄神，似毫不经意地写道"系马高楼垂柳边"即止。垂柳的出现，不但为"系马"生根，而且衬托都市酒楼，关合少年青春，不但饶有画意，而且空际传神，使全篇更富于诗意和浪漫情调。这就是风调，这就叫得体，这就是盛唐七绝的典范。所以此诗在四首中，一向最受称道。

第二诗以汉代唐，先叙少年出身，羽林郎本汉代近卫军军官，多来自汉阳、陇西等六郡，骠骑本指汉骠骑将军霍去病，不过说少年担任过羽林郎的美职，且有随名将出征的经历。三句"孰知"即熟知，全句意谓为身谋则不宜赴边受苦，此理少年未尝不知。末句从流芳百世着想，最具时代精神，是古无唐有的。

第三诗极写少年艺高胆大，战功卓著。看他左右开弓，出入千军万马，如入无人之境。三句写其善射，颇富辞藻，"金鞍""白羽"与"雕弓"呼应，为人物形象生色。末句有"射人先射马，擒贼先擒王"意味，而曰"纷纷"，即有说时迟、那时快，接二连三、令人目不暇接之感。此诗妙于动作的描写。

最后一首亦借汉代唐，盖东汉明帝时，曾将开国功臣邓禹等二十八人，画像于洛阳宫中云台。诗写授奖封侯场面，谓朝廷论功行赏，将军佩印出宫。前人或认为诗意颇近于李白"功成画麟阁，惟有霍嫖姚"（《塞下曲》），及晚唐曹松"凭君莫话封侯事，一将功成万骨枯"（《己亥岁》）。所以前人认为此诗中朝廷论功行赏，将军佩印出宫，纯从少年冷眼旁观中托出。不动声色，而寓意深刻。

歌词：摅写普遍人性

"人民性"曾经是对古代作家进行价值判断的一把尺子，人们经常谈论杜诗的人民性，也谈李白的人民性，但少有人谈王维的人民性。其实，人民性的一个重要表现，就是为人民所认同。王维的许多绝句，如《相思》《伊州歌》《渭城曲》等，当时就被谱成歌曲广为流传，深受群众喜爱。如范摅《云溪友议》载："明皇幸岷山，百官皆窜辱，李龟年奔泊江潭，曾于湘中采访使筵上唱'红豆生南国'，又曰'清风明月两相思'，此辞皆王右丞所制，至今梨园唱焉。"在这一点上，王维似超过李白和杜甫，表现出自己的人民性。

王维绝句深受梨园欢迎的一个原因，或者反过来说，王维绝句受到梨园的影响的一个结果，是他的绝句内容多为抒写较普遍的情感。他确实很少写特殊的题材，或抒发很个性化的情感。他的兴趣乃在同时代人，乃至超越时代的普遍人情。

红豆生南国，春来发几枝。

愿君多采撷，此物最相思。（《相思》）

君自故乡来，应知故乡事。

来日绮窗前，寒梅著花未。（《杂诗》）

清风明月苦相思，荡子从戎十载余。

征人去日殷勤嘱，归雁来时数附书。（《伊州歌》）

杨柳渡头行客稀，罟师荡桨向临沂。

惟有相思似春色，江南江北送君归。（《送沈子福归江东》）

独在异乡为异客，每逢佳节倍思亲。

遥知兄弟登高处，遍插茱萸少一人。（《九月九日忆山东兄弟》）

渭城朝雨浥轻尘，客舍青青柳色新。

劝君更尽一杯酒，西出阳关无故人。（《送元二使安西》）

　　正因为表达的情感是普遍的，诗人所用语言也是朴质无华的。《相思》题一作《江上赠李龟年》，可见所谓"相思"的含义较爱情为宽泛，可以指友情。此诗成功的关键在于诗人为相思找到了一个绝妙的意象，即红豆。南国风物甚多，而诗中独问红豆，削多成一，兼有双关。"劝君多采撷，此物最相思"等于说看见红豆，想起我的一切；等于说勿忘我。"多采撷"一本作"休采撷"，等于说忘掉我。其词虽异，情同一怀。皆出于相思的深情。这首歌后来由李龟年演唱，感动过许多人。《九月九日忆山东兄弟》中"独在异乡为异客，每逢佳节倍思亲"两句，高度概括了普天下游子一种共同生活感受，如秀才对朋友说家常话，历来脍炙人口。

　　王维歌词中的金曲当推《渭城曲》，原题《送元二使安西》。这首诗的后二句撇开惜别珍重的千言万语，而只撷取饯宴即将结束时，诗人对行者的劝酒之辞写来，意味深长。"劝君更尽一杯酒，西出阳关无故人"，不仅包含有"勿言一樽酒，明日难重持"（沈约《别范安成》）那样的感慨，而且再现了一个极富人情味的场面：酒过数巡，殷勤的送者还要敬行者最后一杯酒。而在通常情况下，行者不免辞以不胜酒力。而劝酒的一方却胸有成竹，不难找到一个合情合理的理由，叫对方不得不饮下这杯酒。

而"西出阳关无故人"正是这样一个叫对方推诿不得的理由。今人席间劝酒,每道"感情深,一口闷;感情浅,添一添",场面往往类此。即此二句所写生活内容,即有千古如新之感。白居易《对酒》诗道:"相逢且莫推辞醉,听唱阳关第四声。"正是将此诗的末句作劝酒辞解会的。刘禹锡亦有"故人惟有何戡在,更与殷勤唱渭城"(《赠歌者何戡》),明代朝鲜人郑之升也写道"无人为唱阳关曲,惟有青山送我行"(《留别》)。长达几个世纪,根据这首诗谱写的歌曲,依然是社会上最流行的歌曲之一,而且已经成为"送别曲"和"友谊曲"的代称。因为诗中提到渭城和阳关两处地名,所以人们通常称之《渭城曲》或《阳关曲》,从而取代了《送元二使安西》这个带有特殊人事背景的题目,仿佛原诗的特定内容已被遗忘,留下的只是具有普遍的情感,因而能为不同时代、不同地域的人所喜爱。有人甚至说:《阳关曲》不但是名曲,而且是世界名曲,是比《一路平安》早得多的世界名曲。

辋川六言绝句

五言、七言绝句之外,先唐曾流行过一种四言绝句,随着四言诗为五言诗所取代,作者渐稀。唐代诗人却有一些六言绝句,虽然数量不多。《万首唐人绝句》附于五言绝句后,一共才50首,这个数目甚至少于先唐的四言绝句。

为什么四言和六言的绝句相对于五绝和七绝为数如此之少?为什么传统诗歌最终以五七言体为主要形式?这里主要涉及一个句式问题,汉语诗歌的"句式和字数是有密切关系的。偶字句和奇字句是显然不同的两个类型。所谓偶字句,主要是四言和六言;所谓奇字句,主要是五言和七言"(王力主编《古代汉语·通论二九》)。而古汉语诗歌的音步(顿),分双音步(两字构成)和单音步(一字构成)两种,单音步一般出现在句尾,其时值与双音步相同，所以在吟诵中能形成拖声。五言的音步为二二一，七言的音步为二二二一，每一句的最后一字吟诵时便得以适当拖长，有助于玩味。而四言的音步为二二，六言的音步为二二二，所有的字在吟诵中，时值都是一样的，因此在句尾没有五言、七言那样的拖长，吟诵起来略嫌单调。而就句容量而言，四言不如五言，六言不如七言。大约这就是五言、七言压倒四言、六言而成为汉语诗歌基本句式，从而五言诗、七言诗成为汉语诗歌的主要体裁的重要原因。

六言绝句一体，高棅说："六言始自汉司农谷永，魏晋曹刘间出，自唐初李景伯有《回波乐》，乐府亦效此体，逮开元大历间王维、刘长卿诸人相与继述而篇什稍屡见，然亦不过诗人赋咏之余矣。"（《唐诗品汇》）今全汉诗中无谷永诗，曹植有一首《妾薄幸》，缺二字：

还行秋殿层楼，御辇从□好仇。

排玉闼□椒房，丹帷楚组连纲。

此虽六言四句，然用了两韵，并非一韵到底，与绝句特征不尽相合，只能算准绝句。而今存刘桢诗中并无六言四句体。真资格的六言绝句，较早见于唐中宗时的君臣唱酬。"中宗尝宴侍臣及朝集使，酒酣，令各为《回波辞》。"（《旧唐书·李景伯传》）《乐府诗集》云："回波词，商调曲，唐中宗时造，盖出于西水引流泛觞也。"李景伯等人所作如下：

回波尔时佺期，流向岭外生归。

名身已蒙齿录，袍笏未复牙绯。（沈佺期）

回波尔时栲栳，怕妇也是大好。

外边只有裴谈，内里无过李老。（裴谈）

回波尔时酒卮，微臣职在箴规。

侍宴既过三爵，喧呼窃恐非仪。（李景伯）

诗或陈情，或戏谑，或规箴，皆一时应酬之作，无甚诗味。然而在形式上，却完全合于绝句的特征了。唐玄宗曾令驯马成对作舞，张说作《舞马词》6首亦六言绝句体，前二为《圣代升平乐》，后四为《四海和平乐》，不过颂圣粉饰之作。此外作者甚稀。

唯王维在辋川作《田园乐》7首，亦题《辋川六言》，方才使六言绝句产生了名篇佳作。这是一组田园诗：

> 采菱渡头风急，策杖村西日斜。
> 杏树坛边渔父，桃花源里人家。
>
> 萋萋春草秋绿，落落长松夏寒。
> 牛羊自归村巷，童稚未识衣冠。
>
> 山下孤烟远村，天边独树高原。
> 一瓢颜回陋巷，五柳先生对门。
>
> 桃红复含宿雨，柳绿更带朝烟。
> 花落家僮未扫，莺啼山客犹眠。
>
> 酌酒会临泉水，抱琴好倚长松。
> 南园露葵朝折，东舍黄粱夜舂。

这些小诗，都当得"诗中有画"之称。"桃红复含宿雨"已于前文提到而外，"山下孤烟远村，天边独树高原"亦为董其昌称道为：非工于画道，不能得此语。"采菱渡头风急，策杖村西日斜""萋萋春草秋绿，落落长松夏寒"等，妙处亦复相似。可以说，正是因为这样一些作品，才为六言绝句挣到了一席地位。

辋川六言组诗在艺术上有两个很显著的特点，其一即7首诗皆用四句整对之体，在形式上非常整饬，偏重对仗甚至超过了七绝的初唐标格。大约六言乃偶字句式，不像奇字句那样声情摇曳，更宜通过对仗以藏拙吧。其二是更偏重于写景，意象密度较大，情语较少，给人的感觉是比较实。但通过写景，也流露出诗人的恬淡、萧闲和欣悦之情。因而可以说，辋川六言为盛唐绝句添加了一个新的品种。

王维以后，除刘长卿、王安石两家外，六言绝句无多作手。所以此体与四言绝句体一样，只是绝句中之别调，聊备一格而已。

| 三 |

七绝圣手王昌龄

王昌龄其人

王昌龄（698—757）字少伯，郡望太原，实为京兆长安人。他是一位声名卓著，在盛唐时代赢得"诗家天子"称号，而遭遇又特别不幸的诗人。王昌龄生平资料很少，经后人考证，一些重要事迹的脉络已大体清楚。

盛唐边塞诗的代表作家王昌龄出身寒微，青少年时期生活相当清苦，通过力学，于开元十五年（727）进士及第，授秘书监校书郎。得第前后，曾去过西北边塞，到过萧关、临洮、碎叶等地，做过深入的考察，较全面地了解当时的边塞生活。他所写的边塞诗内容丰富，思想深刻，既有对卫国将士的歌颂，也有渴望和平、反对扩张战争的思想倾向，其主要特色是站在人民和士卒的立场言志抒情，对边塞戍卒寄予极大的同情。他的边塞诗忠实地描绘了当时战争生活的丰富画面，并为唐代戍边将士树起了一个有血有肉的人物集体形象，流露出忧国忧民和深厚人道主义的真挚动人的思想感情。王昌龄的边塞诗虽然不多，但因为篇篇俱佳，所以成为盛唐边塞诗的代表作家。

王昌龄在长安任校书郎这段时间，是他文学创作活动的一个重要时期，他广交文友，结识了当时荟萃在长安的许多著名作家，与李白、岑参、高适、李颀、王之涣、王维、孟浩然、崔国辅、储光羲及常建等，都有交往，而且过从甚密，唱酬不绝。《集异记》所载"旗亭画壁"的故事，就是这一段生活和交游的生动写照。然而就是这样一位诗人在入仕后却屡遭毁谤和贬斥，贬斥的原因据说是"不矜细行，谤议沸腾"（殷璠《河岳英灵集》），然不举具体事实。有人猜测是为写宫词的缘故，似不可信。同一个殷璠，又说他"孤洁恬澹，与物无伤"，岂不自相矛盾。合理的解释只能是：王昌龄品格孤高，正因为这个缘故，容易得罪权贵，竟为官场舆论所不容。他后来被人置诸死地，很可能有复杂背景。诗人同时代名流，包括李白、常建等人或赠诗相慰，或寄予同情，或明言枉诬，是很可以说明问题的。

作为盛唐第一流作家的王昌龄，名著一时，却终身栖息一尉。他在中博学宏词科后，改授汜水（今属河南巩义市）尉。开元二十七年（739）左右，即贬岭南。天宝初，又贬为江宁丞，在江宁一住七八年，写下了《芙蓉楼送辛渐》等名篇，故世或称"王江宁"。天宝七年（748）左右，又被贬为龙标（今湖南黔阳）尉，在当时龙标是很偏僻的地方，李白闻知此事，写下了《闻王昌龄左迁龙标遥有此寄》，故后世亦称"王龙标"。

被贬龙标还不是诗人命运的最后一击。天宝十四载 (755)，安史之乱爆发，王昌龄从龙标返回故里，命运的黑手又向他伸来。在他路经亳州 (今安徽谯县) 时，竟被刺史闾丘晓所杀，原因未明，闾某很可能只是充当杀手。不久张镐按军河南，以闾丘晓后期而斩之，闾临死以老亲告饶，张镐曰："王昌龄之亲谁与其养乎？"张镐在当时是一位颇具正义感的大人物，他杀闾某显然是为了告慰诗人的冤魂。

乐府声诗与终极关怀

"七绝圣手"与"诗家天子"，是时人加在诗人头上的两顶桂冠，这表明王昌龄在当时诗坛的显赫地位，同时也表明七绝诗体在盛唐诗体中的重要地位。

王昌龄今存诗 180 余首，其中绝句 85 首，而以七言绝句为主，约占全部绝句的 80％以上。王昌龄的七绝，不但在数量超过同时诗人，而且具有思想深度，艺术造诣极高，在这方面，大约只有李白能与之抗衡。清宋荦说："诗至唐人七言绝句，尽善尽美，自帝王、公卿、名流、方外，以及妇人女子，佳作累累。真风骚之遗响也。太白、龙标，绝伦逸群，龙标更有诗天子之号，杨升庵云'龙标绝句，无一篇不佳'，良然。"(《漫堂说诗》)

王昌龄一生蹭蹬，却是一位关心社会现实的诗人。他重视客观地反映生活，其七绝在题材上大体上可分两类，一类是社会题材，一类是个人题材，而以社会题材为主。王昌龄七绝情感内容深沉博大，充满人道主义的终极关怀，换言之，即关心人的命运，尤其是士卒和妇女的命运。

大唐王朝国力强盛，军威远振，为国立功的荣誉感和英雄主义弥漫在社会氛围中，边塞和军功成为当时中下层人士的向往。所谓"宁为百夫长，胜作一书生"(杨炯《从军行》)、"万里不惜死，一朝得成功。画图麒麟阁，入朝明光宫。大笑向文士，一经何足穷！"（高适《塞下曲》）盛唐诗人多有出入边塞，乃至习武知兵的，王昌龄本人就有"出塞入塞"的经历。英雄主义，成为盛唐边塞诗张扬的一个主题，在这方面，岑参以其生气勃勃的歌唱，成为一个最具代表性的诗人。然而，这是问题的一个方面。

任何时代，为了国家和民族利益，为了巩固国防，总要涉及大量牺牲，而这种牺牲的承担者，主要是来自人民的士卒。他们从来是最可爱的人。在天宝那个特定时代，唐玄宗头脑已不那么清醒，撇开享乐不论，单说他的好大喜功，就滋长了边将贪功邀赏的心理。边军中轻启事端的情形时有发生，穷兵黩武成为危险的倾向，而安禄山就是这个肌体上滋生出的一颗毒瘤。轻启事端，贻祸少数民族，使得"胡雁悲鸣夜夜飞，胡儿眼泪双双落"（李颀《从军行》）；士卒则疲于战事，与家人长期不得团聚："去年战，桑干源，今年战，葱河道，洗兵条支海上波，放马天山雪中草，万里长征战，三军尽衰老"（李白《战城南》）、"铁衣远戍辛勤久，玉箸应啼别离后；少妇城南欲断肠，征人蓟北空回首"（高适《燕歌行》）。安边定远，持久和平，便自然成为盛唐人普遍的理想和愿望；而边患不息，将帅不得其人的情况也相当普遍。于是，有人通过诗歌来谴责不义战争，反映军中的阶级矛盾，以政治家的眼光去分析边防问题，其代表诗人乃是高适。这在他的名作《燕歌行》中得到集中表现。

王昌龄与岑参、高适不同。他既不像岑参那样持审美的态度，尽情描绘边塞风光、讴歌强者与英雄；也不像高适那样站在政治的角度，表达对战争和边塞问题的意见。王昌龄独特的思考，表现为对人（尤其是小人物）的命运的关怀。他总是站在士卒及其亲人的角度，怀着深厚的同情，用士卒的口吻来抒情、来议论，从而使他的边塞绝句，成为充满人道主义和时代精神的歌唱。

王昌龄七绝或用乐府旧题，或作新题乐府。这不仅是因为七绝在唐代具有声诗性质，成为盛唐之乐府，而且因为它在内容上承续着乐府的

143

传统。这一传统可以上溯汉乐府直至国风，其基本精神就是民歌的精神，即内容上的人民性和手法上的现实主义。他的边塞七绝，即用汉魏乐府古题《出塞》和《从军行》。《出塞》系汉乐府古题，《西京杂记》说戚夫人即善歌《出塞》《入塞》之曲，可见汉高祖时即有此曲。《乐府诗集》引曹嘉之《晋书》云："刘畴尝避乱坞壁，贾胡百数欲害之，畴无惧色，援笳而吹之，为《出塞》《入塞》之声，以动其游客之思，于是群胡皆垂泣而去。"可见其曲调原出于边地。至于《从军行》，《乐府解题》释其题义为"军旅苦辛之辞"。魏左延年诗云："苦哉边地人，一岁三从军。三子到敦煌，二子诣陇西。五子远斗去，五妇皆怀身。"此即写从军苦。然而同一作者还有五言绝句一首写从军乐云："从军何等乐，一驱乘双驳。鞍马照人目，龙骧自动作。"从汉魏到六朝，此二题通作五言诗，而以五言古体为多，较早的七言绝句，是北周赵王《从军行》：

> 辽东烽火照甘泉，蓟北亭障接燕然。
> 水冻菖蒲未生节，关寒榆荚不成钱。

诗着重描写边地的苦寒，间接地表现着军旅的苦辛。

从军苦乐，对于不同的时代，有共通之处，更有不同之处。运用古题不等于重复古人说过的东西，成功的诗人，应在古题和今情之间寻找切合点，借古题以抒今情。王昌龄的做法是，他也表现从军的苦乐，然而并不单纯地写从军苦，或从军乐，而是通过精心地选材，真实地艺术地再现盛唐将士戍边的生活和环境，含蓄地表现将士复杂的思想感情，变单调为醇厚。

> 青海长云暗雪山，孤城遥望玉门关。
> 黄沙百战穿金甲，不破楼兰终不还。（《从军行》）

此诗原列《从军行》第四。其前二句描写的地域，在唐属河西节度使辖区。青海是唐与吐蕃多次接仗之地，而玉门关外则是突厥的势力范围。河西节度使的首要任务，就是隔断两蕃，守护河西走廊，确保丝绸之路的畅通无阻。所以诗的前二句不仅是描绘西部风光，更重要的是点出了孤城南拒吐蕃、西防突厥的重要地理位置和战略意义，从而在写景中流露出戍边将士的自豪感和责任感，及戍边生活的苦寒、单调与寂寞。值得注意的是，通过空间显现，诗人已含混地反映了两个方面，不是一个方面。第三句"黄沙百战穿金甲"是一个关纽，将戍边时间之漫长、战事之频繁、战斗之艰苦、敌军之强悍、沙场之荒凉，皆概括无遗。末句则在此句的蓄势后，借汉事作抒情。盖汉时西域楼兰王勾结匈奴，屡次遮杀汉使于丝路，后傅介子奉命前往，计斩楼兰王，威慑西域，保证了丝路的畅通。"不破楼兰终不还"妙在一个"终"字，恰好对应了前二句隐含的正反两种情绪，"作豪语看亦可，然作归期无日看，倍有意味"（沈德潜《唐诗别裁集》），使诗意变得厚重起来。如改"终"作"誓"，则变含混为明白，末句便成单纯的豪言壮语，对戍边将士感情的把握，不免简单化。

　　王昌龄边塞绝句也歌颂戍边者的爱国主义精神，然而他不像岑参"上将拥旄亲出征，平明吹笛大军行""古来青史谁不见，今见功名胜古人"（《轮台歌》）那样歌颂个人英雄和鼓吹功名，王昌龄边塞绝句中的主人公通常是戍边将士，尤其是士卒们的集体形象：

> 琵琶起舞换新声，总是关山旧别情。
>
> 撩乱边愁听不尽，高高秋月照长城。（《从军行》）
>
> 大漠风尘日色昏，红旗半卷出辕门。
>
> 前军夜战洮河北，已报生擒吐谷浑。（同上）

它们总是表现着戍边将士集体的形象、集体的情绪、集体的行动、集体的无意识，从而使诗境和诗情都显得非常博大、深沉，具有很强的震撼力。王昌龄边塞绝句也不像岑参"万箭千刀一夜杀，平明流血浸空城"（《献封大夫破播仙凯歌》）那样歌颂杀伐。他也写英勇善战，但绝无剽悍和血腥气息：

> 大将军出战，白日暗榆关。
> 三面金甲合，单于破胆还。（《从军行》）

诗写三面合围，网开一面，穷寇勿追。显得堂堂正正，正是仁者之师。不必是具体的战争纪实，却包含着诗人对战争的看法，所谓"苟能制侵邻，岂在多杀伤"（杜甫）。

王昌龄的人道主义，还表现在他对妇女命运的关怀。封建社会中，妇女没有独立经济地位，只能依附于男性，因而社会地位较低。农业社会中人，生活比较简单，最密切的人际关系是夫妻、朋友，而由于兵役、徭役或仕宦，这种亲密的关系往往长期被切断，这就成为许多人私生活中最伤心的事，同时也成为一个社会问题。因而，从汉末《古诗十九首》开始，传统诗歌即出现了游子思妇一大专题。魏晋南北朝以来，由曹植借题发挥的《闺情诗》，发展出闺怨的题材。由于古代妇女生活空间狭窄，经常独守空闺，较之游子所受精神痛苦尤甚。这就使得表现男女双方分离之苦的游子思妇专题，进一步演变为专一强调妇女所承受的分离之苦的闺情、闺怨专题。初盛唐时期政治开明，思想活跃，社会环境比较宽松。一些商业繁荣的地域和社会下层，青年男女甚至有一定程度的自由交往；妇女受礼教的压迫，比其他时代相对较轻。此时的闺怨诗，在情调较前代已有一些变化，纵然不免寂寞与哀怨，却显得较富生机、较为活泼。金昌绪《春怨》、崔颢《长干曲》等五绝，便是这种变化的显例。古代的思妇或闺情诗，皆用五言古体，王昌龄始用七绝创作，并给传统题材注入时代生活内容，既以满怀同情写当时思妇复杂心态，又以欣赏的笔调写民间少女的欢乐，更见低回婉转，也更见神采飞扬：

闺中少妇不知愁，春日凝妆上翠楼。

忽见陌头杨柳色，悔教夫婿觅封侯。（《闺怨》）

白马金鞍从武皇，旌旗十万宿长杨。

楼头小妇鸣筝坐，遥见飞尘入建章。（《青楼曲》）

荷叶罗裙一色裁，芙蓉向脸两边开。

乱入池中看不见，闻歌始觉有人来。（《采莲曲》）

钱塘江畔是谁家，江上女儿全胜花。

吴王在时不得出，今日公然来浣纱。（《浣纱女》）

古代宫廷妇女，是妇女中的一个特殊人群。这些女性因为美好姿容和生性聪慧，从少女时代即被送进宫中那"见不得人的地方"（《红楼梦》贾元春语），在数以千计的同侪中，只有少数人能得到所谓的恩幸，少数中的少数才能得宠幸。其中大部分人，终身注定要受孤单和寂寞，注定要过禁闭的日子。由于春去秋来和不断的新陈代谢，得到恩宠的人儿，也未必能保持恩宠。难免会受别人的猜忌、排斥乃至迫害，以及自身嫉妒情绪的煎熬。资质、教养的不同寻常，使她们更为善感，从而精神上更加痛苦。较早以此作为诗歌题材的作品，是晋陆机的《婕妤怨》，歌咏汉成帝时班婕妤故事："孝成班婕妤初入宫为少使，俄而大幸为婕妤，居增成舍。自鸿嘉后，帝稍隆内宠，婕妤进侍者李平，平得幸，立为婕妤，赐姓卫，所谓卫婕妤也。其后赵飞燕姊弟亦从微贱兴，班婕妤失宠，衡复进见。赵氏姊弟骄妒，婕妤恐久见危，求供养太后长信宫，帝许焉。"（《汉书·外戚传》）乐府《相和歌辞·楚调曲》有《怨歌行》（一名《团扇诗》）相传为班婕妤所作："新裂齐纨素，鲜洁如霜雪。裁为合欢扇，团团似明月。出入君怀袖，动摇微风发。常恐秋节至，凉飙夺炎热。弃捐箧笥中，恩情中道绝。"齐梁以还，续有作者。其中谢朓《玉阶怨》首创五绝一体，至盛唐时，李白、王维、崔国辅等，亦以此体为古题《玉阶怨》或《班婕妤》，从而形成宫怨这样一个专题。盖"天宝末，有密采艳色者，当时号为花鸟使，吕向献《美人赋》以讽之"（白居易《上阳白发人》原注）。盛唐诗人处"不忌之时"，其笔下宫怨诗，与梁陈作者专咏汉事不同，而与吕向献《美人赋》这一事实相联系，实归结于玄宗后期社会现实。王昌龄始创以七绝为宫怨，不但用《长信宫词》5首为题旧事新咏，更突破樊篱，自创《西宫春怨》《西宫秋怨》《春宫曲》等新题，在更大范围上抒写宫廷妇女的不幸，篇篇杰作，成为这一专题的代表作家：

> 金井梧桐秋叶黄，珠帘不卷夜来霜。
>
> 熏笼玉枕无颜色，卧听南宫清漏长。（《长信秋词》）
>
> 奉帚平明金殿开，且将团扇共徘徊。
>
> 玉颜不及寒鸦色，犹带昭阳日影来。（同上）
>
> 真成薄命久寻思，梦见君王觉后疑。
>
> 火照西宫知夜饮，分明复道奉恩时。（同上）
>
> 昨夜风开露井桃，未央前殿月轮高。
>
> 平阳歌舞初承宠，帘外春寒赐锦袍。（《春宫曲》）
>
> 西宫夜尽百花香，欲卷珠帘春恨长。
>
> 斜抱云和深见月，朦胧树色隐昭阳。（《西宫春怨》）

这些诗或借汉代唐，或直咏后宫女性心曲，非常细腻地把握宫中那些处境不幸的女性的心理，十分富于人道主义精神。

无论是边塞题材也好，还是闺情宫怨也好，无论是乐府旧题也好，

148

还是乐府新题也好，王昌龄七绝都继承了乐府的优良传统，面对新的时代生活内容，都表现着诗人的终极关怀，具有思想的深度。恰如胡应麟所说："少伯宫词、从军、出塞虽乐府题，实唐人绝句。不涉六朝，然亦前无六朝矣。"（《诗薮》内编卷六）

至于个人题材的赠别之作，更多地表现友情与亲情，在盛唐人人能写。而在人道主义诗人王昌龄的笔下，亦有上佳表现。《芙蓉楼送辛渐》《送魏二》等诗，与王维《送元二使安西》《送沈子福归江东》、李白《送孟浩然之广陵》《闻王昌龄左迁龙标遥有此寄》等诗异曲而同工，一向是脍炙人口的。

言情造极：内心世界的探索

胡应麟比较李白、王昌龄绝句，有一个极精确的判断："李写景入神，王言情造极。王宫词乐府，李不能为，李览胜纪行，王不能作。"（《诗薮》内编卷六）李白是个主观的诗人，其诗中抒情主人公大体上就是诗人自己，他重在张扬自我，而不重解剖别人，兴趣更在于自然河山。王昌龄则是较为客观的诗人，其诗中抒情主人公经常为士卒、为妇女，只有在赠别诗中，才偶尔表白一下自己。王昌龄七绝直接表现的对象是人，不是自我，他的兴趣在观察表现人的内心世界，特别善于描写心理变化的微妙过程。正是在这个意义上，胡应麟说他"言情造极"。

人的内心世界与外部世界一样具有丰富性和复杂性，而且处在不断地变化发展之中。要在短短二十八字中真实而生动地描绘人的内心世界，一是要对生活进行高度概括提炼，二是要反映情感的变化发展过程。王昌龄七绝为此提供了极其成功的范例：

　　　　闺中少妇不知愁，春日凝妆上翠楼。

忽见陌头杨柳色，悔教夫婿觅封侯。(《闺怨》)

作为闺怨诗，本篇别致与深刻之处在于，开篇先写"不知愁"，恰好与题意反对。然而它有生活的根据，唐代社会风气以从军为荣，"功名只向马上取"，曾是许多少年的愿望。不但"少年壮志不言愁"，甚至在一段时期内，"闺中少妇不知愁"亦是完全可能的事。所以次句就写女主人公在一个春晨，严妆款步登楼，与国风《伯兮》"自伯之东，首如飞蓬；非无膏沐，谁适为容"所写大异其趣，真是一个唐代的妇人。就起承转合而言，绝句第三句为全诗关纽，在这个关纽上，突然出现了"杨柳色"，使少妇的情绪在一刹那间发生了变化。虽然在很多场合"杨柳"可作为"春色"的代称，然而作为诗词特殊的语汇，它积淀的意蕴却远比"春色"丰富得多，它直接使人联想到折柳送别，还可使人联想到青春的美好和易逝。从而使少妇产生了从来没有如此强烈的悔恨的念头："悔教夫婿觅封侯！"看起来从"不愁"到"悔"是突变，其实随着夫婿去日渐多，少妇的思念早已不断增长，这有一个渐进过程。当遇到"杨柳色"这样的触媒，少女的情结就会突然膨胀，须得呐喊来予以释放。由于诗人善于截取一个颇为典型的生活断面，将少妇心理上发生微妙变化的刹那予以集中表现，使读者从偶然见到必然，由突变联想到渐进，从而成就了一篇杰作。

琵琶起舞换新声，总是关山旧别情。

撩乱边愁听不尽，高高秋月照长城。(《从军行》)

本篇抒情主人公为戍边将士群体，诗即为其写心。首句意为随着舞蹈的翻新，琵琶也奏出新的曲调，一个"新"字似乎暗示着愉快的情绪。换新声，按理说也就该有新的内容了。不料次句乃"总是关山旧别情"，以一个"旧"字否定了前面的"新"字。在边塞军中，别情实在是最普遍、最持久、最深厚的一种感情，也是音乐取之不尽、用之无竭的源泉。曲调纵然翻新，歌词纵然改换，却翻不去、改不了一个永恒的主题，就是"关山"二字所暗示的乡思别愁。"总是"云云，似乎暗示着不耐听、不欲听。不料第三句又道是"撩乱边愁听不尽"。这"听不尽"，既可以释为"奏不完"，又可以释为"听不够"。抒发着边愁的曲调，实在叫人又怕听，又爱听，永远动情。这是赞？是叹？还是怨？可以说各种成分都有。结句更以不尽尽之，以景结情，"高高（杲杲）秋月照长城"，更觉浑含不尽：古老的长城绵亘起伏，秋月高照，景象壮阔而悲凉。面对如此江山如此月色，征戍者着何感想，是保家卫国的责任感？是无限的乡愁？是对现实的哀怨？诗情经过换新声——旧别情——听不尽，一波三折地发展，跌宕生姿地传达出征戍者由听乐而产生的复杂的内心活动，到末句的景语中汇成一片深沉的湖水，意味无穷，这就把征戍者复杂的思想感情刻画得入木三分，给读者留下思索的余地。

以绝句表现人物内心世界，王昌龄经常避免正面描写和直抒胸臆的作法，而采用气氛烘托、形象暗示或侧面微挑的办法，来获取最大的效益。如《西宫春怨》：

西宫夜尽百花香，欲卷珠帘春恨长。
斜抱云和深见月，朦胧树色隐昭阳。

诗一开始就营造气氛，"百花香"是西宫人在静夜中的感觉，也切合了题面的"春怨"。而它形象暗示读者的是"春色恼人眠不得"，眠不得故"欲卷珠帘"。"欲卷"，未卷也，形象暗示人的慵倦。"春恨"二字就不仅是写自然界恼人的春色，而包含少女禁锢不住而又无处着落的春心。于是她想到以音乐消遣，然而当她"斜倚云和"时，注意力却集中在看月上。这又是一个暗示。最后侧面微挑"朦胧树色隐昭阳"，原来她的关心仍在昭阳殿那边。昭阳殿为汉宫殿名，是皇帝住宿的地方，同时又是汉成帝时赵飞燕姊妹承宠所居的地方。诗中人的心情也就可以揣想而知了。她把一腔希望与怨情都倾注于那边，然而看得到的只是一片朦朦胧胧的树影，昭阳殿望都无法望见，还不用说身及了。又如《长信秋词》：

> 奉帚平明金殿开，且将团扇共徘徊。
> 玉颜不及寒鸦色，犹带昭阳日影来。

秋天是不用团扇的，前二句只是化用班婕妤《团扇诗》意，或者说"团扇"只是个小道具，其作用在于勾起抒情主人公的伤逝和回忆。两句亦即以秋扇见弃，喻君恩的中断。后两句即景抒情，乌鸦因为浴着朝阳，毛羽金光灿灿，改变了其本来面目，相形之下，竟是人不如鸦了。晚唐孟迟的《长信宫》"自恨身轻不如燕，春来还绕御帘飞"，意味与此略同。比喻的运用，侧面微挑的手法，使得诗意含蓄深厚。本篇用喻还突破"拟人必于其伦"的限制，将"寒鸦"和"玉颜"这两个毫无可比性的东西作比，结果美不如丑，颠倒黑白极矣，究其原因则在于前者沾光于"日影"，而后者却失落了"君恩"。寒鸦带昭阳日影而来，似眼前景信手拈来，实乃出以诗人匠心。

妙悟与锤炼的平衡

由于性分不同、学养不同，诗人创作状态千差万别。有两个极端是：一味妙悟，或耽于苦吟。一味妙悟者，凭天分、凭灵感，重明转天然；耽于苦吟者，凭功夫、凭思索，重千锤百炼。不过，在通常情况下，这种差别是相比较而存在的。一般说来，浪漫主义作家偏重妙悟，而现实主义作家偏重苦吟；主观的诗人偏重妙悟，客观的诗人偏重苦吟；盛唐诗人偏重妙悟，中晚唐及宋代诗人偏重苦吟。然而，凡事又不可执一而论：同是盛唐，李、杜两大家相比较，就有妙悟与锤炼的区别。同属浪漫，李白更重妙悟，而李贺更重苦吟。同属客观，高适更重妙悟，杜甫更重推敲。王昌龄与李白比较，在创作上更重推敲；而与杜甫比较，在创作上更近妙悟。总体说来，在妙悟与推敲之间，王昌龄比较持平。

关于七绝作法，元杨载以为"多以第三句为主，而第四句发之"（《诗法家数》）。明谢榛以为"凡起句当如爆竹，骤响易彻；结句当如撞钟，清音有余"（《四溟诗话》）。皆就盛唐绝句而发，言而有据。然而相形之下，李白七绝重自然天成，无意于工而无不工，一般是平直叙起，从容款接。而王昌龄绝句大抵开篇两句就精心选择精练而富于启发性的语言，给读者展示广阔想象的时间或空间，深沉含蓄，同时又明快洗练。如：

> 秦时明月汉时关，万里长征人未还。
>
> 但使龙城飞将在，不教胡马度阴山。（《出塞》）

开篇即用互文，将"明月"与"关"分属"秦""汉"，意即明月还是秦汉时那轮明月，关也还是秦汉时的故关。给人以广阔的时空联想，正是李白所谓："秦家筑城备胡处，汉家犹有烽火燃；烽火燃不息，征战无已时。"（《战城南》）"万里长征人未还"包容甚大，一方面是世世代代的征戍者有去无还；另一方面，征戍者也曾创下可歌可泣的英雄业绩：秦时蒙恬北筑长城而守藩篱，却匈奴七百余里，胡人不敢南下而牧马；汉时霍去病深捣敌巢，封狼居胥山、禅姑衍，临翰海而还；飞将军李广为右北平太守，匈奴避之数岁，不敢入右北平。由于这两句的意蕴丰富，蓄势充足，所以后二句也就水到渠成。"盖言劳师力竭而功不成，由将非其人故也；得飞将军则边烽自息，即高常侍《燕歌行》推重'自今犹忆李将军'也。"（沈德潜《唐诗别裁集》）思想内容丰富，立意措辞和表现手法也很高明，被明李攀龙推为唐人七绝第一。同一题目下，"青海长云暗雪山，孤城遥望玉门关"一首，也是如此，开篇就能唤起读者深远的历史回顾和广阔的地理联想，包孕着丰富复杂的思想感情，既令人测之无端、玩味无尽，又有着明确的倾向性。因而，当"黄沙百战穿金甲，不破楼兰终不还"之类明快的句子出现时，就能引起读者强烈共鸣。

王昌龄七绝开篇，有时是着意烘托环境气氛。如以"烽火城西百尺楼，黄昏独坐海风秋"层层烘托哨所环境的单调悲凉，未待写吹笛，已传笛声之神；"大漠风尘日色昏，红旗半卷出辕门"展示辕门以外沙场氛围的惨淡，烘托出征者拼搏的精神；"金井梧桐秋叶黄，珠帘不卷夜来霜"渲染深宫的凄清暗淡。这些精心追琢之句深厚有味、优柔不迫，使读者酿足情绪以展开想象，在三、四句陡转为单刀直入式的明快表现时，便易收到词警义丰的效果。不仅边塞与闺情宫怨之作如此，送别之作亦复如此：

寒雨连江夜入吴，平明送客楚山孤。

洛阳亲友如相问，一片冰心在玉壶。《芙蓉楼送辛渐》

开篇就用精练而富于启发性的语言，提供典型的送别环境，酿足别情，引起读者对送别者身世遭际的联想。芙蓉楼在润州，地处楚尾吴头，在大江南岸，北面有北固山、金山等。前两句的表层意义是雨夜行船送客到润州，已临吴地；第二天早上客即离去，只留下孤独的楚山。"夜入吴"的本来是人，但紧接"寒雨连江"为言，倒像是雨了——似乎这无边烟雨也是从江宁追到润州来的，对于别情是重重的一笔烘托。"楚山孤"则更多地带有主观感情色彩，这"孤"主要是心理上的感觉。"孤"字分量很沉，直接逼出以下"一片冰心在玉壶"的表白。而王昌龄也就以这首诗，不但得到洛阳亲友的理解和同情，而且得到千古读者的理解和同情。

王昌龄十分重视语言的纯洁性，其七绝意象丰富，而语言成熟。他注意诗歌语言的提炼，尽量使用稳定而规范的语汇，无取于古典生僻字面和口语中不稳定词汇。在这一点上，与他身后的大诗人杜甫的广用俗语、李商隐的博取书卷，互有利弊，是大异其趣。然而，他也能根据内容的需要，适当采用华美或现成的辞藻，如"金井""金闺""珠帘""孤城""关山""玉门关"，等等，来增强诗歌的文采和表现力，而绝无浮靡的感觉，胡应麟谓之"风骨内含，精芒外隐"（《诗薮》内编卷六）。

王昌龄七绝在艺术上固然精心追琢，而且悉就声律，而令人惊异的是，这位在艺术上极为考究的诗人，却无取于骈偶。在王昌龄七绝，特别是脍炙千古的杰作中，你几乎找不到对仗的句子。就连那些最精心结构的开篇都是如此："秦时明月汉时关，万里长征人未还""烽火城西百尺楼，黄昏独坐海风秋""青海长云暗雪山，孤城遥望玉门关""金井梧桐秋叶黄，珠帘不卷夜来霜"，等等。依照截句之说，王昌龄七绝总是倾向于截取七律的前后四句，从而在节奏和音情上表现出一种舒卷自如的飒爽英姿，与拘于骈偶的初唐七绝大异其趣，充分体现着自由的盛唐的风貌，从而不露追琢的痕迹。

总之，王昌龄七绝的语言风格，精心追琢而又明转天然，达到了含蓄和明快的统一，妙悟与锤炼的平衡，从而有资格成为盛唐七绝语言艺术的楷模。

"厚"字诀

王昌龄是较早认识到绝句体裁的限制，而力求予以突破的诗人。他在七绝创作的表现手法上，进行了多方面的成功的尝试。这些尝试都是为着一个目的，就是增加意蕴的层面，使作品的意味深厚，以经得起反复玩味。经过上千年时间检验，证明王昌龄是成功的。

王昌龄七绝重艺术构思，有针线细密、含蕴深曲的特色。前人或谓"绪密"，或谓"襞积重重"、"有奇涧层峦之致"、"得之椎练""意象深矣"(陆时雍《诗镜总论》)、"深厚有余，优柔不迫"(胡应麟《诗薮》内编卷六)，总而言之即层面较多，意蕴深厚。潘德舆《养一斋诗话》论绝句，专重一"厚"字。王昌龄就是深得"厚"字诀的绝句诗人。

王昌龄的"厚"字诀之一，就是使用层层加倍的表现手法。传统诗歌运用加倍手法的情况较为普遍，清施补华说："'感时花溅泪，恨别鸟惊心'、'无风云出塞，不夜月临关'，是律诗中加一倍写法。"(《岘佣说诗》)所谓"加一倍写法"是一种深层的表现手法，指在正常的写景、抒情、叙事之外，出人意表地增加一重含义；或对写景、抒情、叙事作较为反常的处理，以增加一重含义，来取得意在言外或情溢词外的艺术效果。如"感时溅泪""恨别惊心"乃正常的抒情，而分属"花""鸟"景物，则增加了一重含义，使诗意厚重起来。而"云出塞""月临关"的写景，在正常情况下各应与"风"和"夜"相关联，而写作"无风云出塞，不夜月临关"，意在强调秦州地位的边远和山岭的高峻，就多一重含义，更耐人玩味。而层层加倍的手法，则是加一倍手法的连续应用，效果也是加倍的：

> 烽火城西百尺楼，黄昏独坐海风秋。
> 更吹羌笛关山月，无那金闺万里愁。(《从军行》)

诗中抒情主人公乃哨兵，"烽火楼"即戍所，加上台高"百尺"，更形其寂寞无聊之感；次句加"独坐"更形孤单，加雪山那边的青海湖的"海风"更增寒冷与凄凉，有不可禁当之感。三句再加上有人吹起《关山月》这样一支伤离别的笛曲，则乡心又不啻增加一倍矣。末句不再写成卒本人的乡思，却从对面生情，以悲悯的口气揣想戍卒家中年轻的妻，说她的愁思才没法治哩。陆时雍说此诗："烽火城西一绝、黄昏独坐一绝、海风秋一绝、更吹羌笛关山月一绝、无那金闺万里愁一绝，昌龄作绝句往往襞积其意，故觉其情之深长，而辞之饱决也，法不与众同。"（《诗镜》）所谓"襞积"乃以衣饰为喻，即有诸多折叠，并非一片挺括，所以大可揣摩，而不是一览无余。同样的手法，在其他边塞绝句和宫怨绝句如"西宫夜静百花香""昨夜风开露井桃"等，也有不同程度的运用，均取得极好的艺术效果。

采用双管齐下的手法，写不同空间中同时并存的事件或情景，类似于电影"蒙太奇"的表现手法，是"厚"字诀的另一种表现：

> 大漠风尘日色昏，红旗半卷出辕门。
> 前军夜过洮河北，已报生擒吐谷浑。（《从军行》）

在同一组诗中，此诗的特点是直接描写战事，妙于情节设计。考虑到体裁短小，所以避免写正面的接仗，而选取了一个有意味的时刻写这次洮河战役：后军于黄昏出营增援，刚刚出发，前军昨夜夜战的捷报已经传来。亦即剪取战役中两个镜头——后军增援与前军夜战，把它们组接起来。二者有时间的差异（一在日昏时，一在夜间），空间的差距（一在辕门外，一在洮河北），意象跳跃性极大。通过这种话分两头的结构，传神地写出唐军的苦战善战及战局神变的况味，使诗的容量突破篇幅，内涵十分丰富。送行之作如《送魏二》：

> 醉别江楼橘柚香，江风引雨入舟凉。
> 忆君遥在潇湘月，愁听清猿梦里长。

诗前两句写饯行握别的情景，后二句突然推开，为离人另造一境界，写到别后异时异地的情景。江楼共饮是实况，孤舟听猿是想象，两幅画面交替组接，突出了惜别之情。结构的精密、运思的婉曲、剪裁的巧妙、意境的浑成同时并存。所谓："道伊旅况愁寂而已，惜别之情自寓。"（敖英《唐诗绝句类选》）

讲究艺术构思，调动各种表现手段，增加绝句意蕴的层面，深厚其意味：王昌龄七绝不但在思想上，而且在手法上突破传统，从而成就了七绝艺术的一代大师，为后来七绝创作提供着极其宝贵的经验。

| 四 |

天才诗人李白

公元 8 世纪的前半个多世纪中，唐帝国以高度的物质文明和精神文明屹立于东方，士族垄断仕途的局面被打破，政权逐步向庶族地主知识分子开放，这一切使得时人相当普遍地具有昂扬的精神风貌和积极的处世态度，到开元时代达到巅峰状态。唐朝积强的同时，封建社会各种固有的矛盾依然存在，并潜伏滋长。到天宝年间，统治集团内部已集中了巨额财富，而其腐朽性也与日俱增，各种社会矛盾逐渐激化，安史之乱不仅是唐代由盛到衰的转折点，在某种意义上也是整个封建社会由前期向后期过渡的转折点，而历史的转折期往往是产生文艺巨匠的时代。

艾略特主张，以审美的标准评价艺术性，以超审美的标准评价伟大性。也就是说，文学艺术的伟大，不仅要求它在美学层次上的纯粹和高尚，而且要求它的内容在哲学、道德层次上的纯粹和高尚，和诗人人格的崇高。如此看来，站在唐诗发展顶峰之上，歌唱出时代和民族之风貌与命运的最伟大的诗人——李白和杜甫并世而生，而他们的活动都集中在安史之乱前后（李白稍前，杜甫稍后），分别成就了中国诗史上最伟大的浪漫主义诗人和最伟大的现实主义诗人，也就不是偶然的了。

天才诗人与短小诗体

李白（701—762）长杜甫十一岁，在开元之末已经成名，其主要代表作在安史之乱以前业已完成。所以他理所当然地属于盛唐诸公之列，并成为其伟大的代表，将盛唐之音发展到顶峰，堪称唐代第一诗人。

李白的一生是富于传奇性和戏剧性的一生，由布衣入翰林，由待诏而还山。受过皇帝的礼遇，即小说家所谓"曾用龙巾拭吐，御手调羹，力士脱靴，贵妃捧砚，天子殿前尚容走马"（宋谢维新《古今合璧事类备要》卷八一引《摭遗》），一生长在江湖而又心存魏阙，因爱国心切而系身囹圄，遭到流放又很快获赦。

不平凡的生活造就了不平凡的思想性格，李白的思想性格极为复杂，充满深刻的矛盾。而其主要特点，用龚自珍的话来说，即"庄、屈实二，不可以并，并之以为心，自白始。儒、仙、侠实三，不可以合，合之以为气，又自白始也。斯以为白之真原也已"（《最录李白集》）。人称李白诗仙、谪仙和酒仙，然而，他又并非终日飘飘然，相反，有极强的功名欲望、政治忧愤、个人牢骚。他受儒家入世思想影响甚深，从思想到艺术都能亲和、继承、方驾于屈原。他的"济苍生"的人生理想同庄子虚无主义相抵触，但他不满现实、蔑视礼法权贵、追求精神绝对自由、不肯同流合污，又与庄子相通。在艺术上，则受庄子散文那种富于想象的浪漫主义风格影响极深。

他一方面感受着个人、民族、阶级、国家在欣欣向荣的上升阶段的氛围，由上坡路走到山顶，四望辽阔，扬眉吐气，简直是"欲上青天揽明月"；另一方面也通过从政经历察觉到尖锐的社会矛盾潜伏的危机，预感到"山雨欲来风满楼"。他的诗里不是一般地写边塞、山水，而是蔑视世俗、向往自由、不满现实、笑傲王侯、纵情欢乐、恣意反抗。时代的特点结合着诗人的独特生活经历和思想性格，使李白的诗篇将浪漫主义精神和浪漫主义表现手法高度统一，成为屈原以后又一伟大的浪漫主义诗人。

李白对自由的好尚，表现在创作上，便是对歌行与绝句的偏爱，两种形式统一起来，就是乐府的精神。乐府的精神，便是从带有贵族气息的六朝骈俪中解放出来，复归于朴素自然。李白全部诗歌中大概有四分之一是乐府诗，他几乎袭用过所有的乐府古题，他所写的乐府语浅情深，具有很高造诣。

绝句尤其七言，是盛唐人随处歌唱着的新乐府，是大众化的自由体。对李白那样天才横溢、富于灵感、斗酒百篇、舒卷自如、才思敏捷、十幅一息的诗人，在酣畅恣肆的七言歌行之外，绝句无疑又提供了一种更便于从心所欲、进行即兴创作的诗歌体裁。

李白绝句，今存150余篇，在盛唐是绝句存数最多的一家。同时，他五七绝兼长，影响极大，评论极高。历代对李白绝句的评价，大约有三种意见。

一、盛唐五绝李白与王维并列第一：

五言绝句开元后独李白、王维尤胜诸人，次则崔国辅、孟浩然可以并驾，为正宗。(高棅《唐诗品汇》)

五言绝句：右丞之自然、太白之高妙、苏州之古淡，纯是化机，不关人力。他如崔颢《长干曲》、金昌绪《春怨》、王建《新嫁娘》、张祜《宫词》等篇，虽非专家，亦称绝调。后人当于此问津。(沈德潜《唐诗别裁》)

二、盛唐七绝李白与王昌龄并列第一：

七言绝句：少伯与太白争胜毫厘，俱是神品。（王世贞《艺苑卮言》）

太白诸绝句，信口而成，所谓无意于工而无不工者；少伯深厚有余，优柔不迫，怨而不怒，丽而不淫。余尝谓古诗、乐府之后，惟太白诸绝近之；国风、离骚之后，惟少伯诸绝近之。李作故极自然，王亦和婉中浑成，尽谢炉锤之迹。王作故极自在，李亦飘翔中闲雅，绝无叫噪之风，故难优劣。（胡应麟《诗薮》内编卷六）

三、李白绝句为唐三百年第一人：

七言绝句：盛唐绝句，太白高于诸人，少伯次之，二公篇什亦盛，今列为正宗。（高棅《唐诗品汇》）

绝句之源出于乐府，贵有风人之致，其声可歌，其趣在有意无意间，使人无处捉着。盛唐惟青莲、龙标二家诣极。李更自然，故居王上。（王世懋《艺圃撷余》）

诗以神行，若远若近，若无若有，若云之于天，月之于水，诗之神者也。而五七言绝句尤贵以此道行之。昔之擅其妙者，在唐有太白一人，盖非摩诘、龙标之所及。所谓鼓之舞之以尽神，由神入化者也。（潘德舆《养一斋诗话》引屈大均）

太白五七绝实唐三百年一人。（胡应麟《诗薮》内编引李攀龙）

倘单就五绝或单就七绝而论，李白与王维、李白与王昌龄不易优劣。然而从五七绝的总体成就而言，李白胜于二王，又是显而易见的了，严羽

161

说"盛唐绝句，兴象玲珑，句意深婉，无工可见，无迹可求"（《沧浪诗话》），李白绝句确是集中的代表。正是在这个意义上，可以赞同李攀龙："太白五七绝实唐三百年一人。"

江山·风月·李白

"以审美的标准评价艺术性，以超审美的标准评价伟大性。"这句至理名言表明，任何一个堪称伟大的诗人，他给诗坛带来的，都不仅是艺术上的创新，而应有内容上的突破。作为诗歌创作群体，盛唐诗人在总体上对传统有突破。作为创作个体，每一个杰出诗人，又会有个人的独到之处。如王维五绝对自然美和哲理的发明，王昌龄七绝对人的命运的终极关怀，都是内容的出新。李白作为时代最伟大的歌手，自然不能例外。

李白诗的内容于盛唐，可谓无所不包，然而主要有三大题材：政治抒情诗、山水纪游诗和日常生活的歌咏。它覆盖了李白绝句的题材，而在各体诗歌的分布上又不尽相同。

政治抒情。李白是浪漫主义诗人，然而他的浪漫主义既不游离于现实，也不脱离政治，相反地倒是深深扎根于现实，与政治息息相关。盛唐是一个盛世，又是一个盛极而衰、风云突变之世，光明与黑暗的矛盾斗争表现相当激烈。李白一生都为理想而热情讴歌，但也经常感到理想和现实的矛盾；他不满现实，又从来没有真正绝望。李白政治抒情诗最中心的主题常常是希望报效祖国、功成身退的政治理想，而更多的是这种理想无法实现的怀才不遇、愤世嫉俗的思想感情，这一内容多见于他的七言歌行，如《梁甫吟》"羞将白发照渌水，逢时壮气思经纶"、《行路难》"欲渡黄河冰塞川，将登太行雪满山"、《将进酒》"天生我才必有用，千金散尽复还来"等。也不时形之于绝句：

燕南壮士吴门豪，怀中置铅鱼隐刀。

感君意气许君命，泰山一掷轻鸿毛。（《结袜子》）

横江馆前津吏迎，向余东指海云生。

郎今欲渡缘何事，如此风波不可行。（《横江词》）

三川北虏乱如麻，四海南奔似永嘉。

但用东山谢安石，为君谈笑静胡沙。（《永王东巡歌》）

试借君王玉马鞭，指麾戎虏坐琼筵。

南风一扫胡尘静，西入长安到日边。（同上）

白发三千丈，缘愁似个长。

不知明镜里，何处得秋霜。（《秋浦歌》）

《结袜子》写轻身报国之心、《永王东巡歌》写投身平叛的决心和功成身退的理想，措意较明，而《横江词》写政治隐忧、《秋浦歌》抒政治忧愤，则相当含蓄，需要指明。此外，李白还有两篇独步盛唐的咏史、怀古七绝：

旧苑荒台杨柳新，菱歌清唱不胜春。

只今惟有西江月，曾照吴王宫里人。（《苏台览古》）

越王勾践破吴归，义士还家尽锦衣。

宫女如花满春殿，只今惟有鹧鸪飞。（《越中览古》）

二诗开唐人怀古以今昔盛衰构意的先例，如果说《越中览古》还可能是一般地感慨盛衰，而《苏台览古》则与《乌栖曲》题材相同，借古鉴今之意较明。在盛唐绝句中，这两首诗并不引人注目，却开了中晚唐刘禹锡、杜牧、李商隐的怀古、咏史绝句的先河。

李白政治抒情诗另一个重要主题是反权贵、轻王侯和否定功名富贵。

蔑视权贵势力，维护布衣之士的独立和尊严，是传统文学中具有民主性的精华，而在李白诗表现得最为强烈、最为集中。他常常自称野人、布衣，在王公大人面前表现出一种傲岸不屈的性格。这一内容也常见于歌行，如《忆旧游寄谯郡元参军》"黄金白璧买歌笑，一醉累月轻王侯"、《答王十二寒夜独酌有怀》"孔圣犹闻伤凤麟，董龙更是何鸡狗"、《江上吟》"屈平辞赋悬日月，楚王台榭空山丘"、《梦游天姥吟留别》"安能摧眉折腰事权贵，使我不得开心颜"等，唱出了蔑视权贵的最强音，也是李白诗给人最独到、最深刻的一个印象。

李白的人生理想，就是要从一切世俗的束缚中解放出来，做一个顶天立地、独来独往的人，因此狂放不羁、追求个性解放和精神上的绝对自由，就成为李白诗突出的思想内容。这一思想内容渗透到李白的各类名作之中，成为李白诗的一根主心骨。最突出的作品仍属七言歌行，如《将进酒》《梦游天姥吟留别》《庐山谣寄卢侍御虚舟》等。这是李白留给读者的另一深刻印象，历代诗人对此有许多传神的写照："李白一斗诗百篇，长安市上酒家眠。天子呼来不上船，自称臣是酒中仙"（杜甫）、"谪在人间凡几年，诗中豪杰酒中仙。不因采石江头月，那能骑鲸却上天"（李俊民）、"蓬莱阆苑在掌上，长觉两腋生清风；天子不能屈，四海不足容"（王宠）。这一思想内容亦见于绝句：

> 众鸟高飞尽，孤云独去闲。
>
> 相看两不厌，只有敬亭山。（《独坐敬亭山》）
>
> 严陵不从万乘游，归卧空山钓碧流。
>
> 自是客星辞帝坐，元非太白醉扬州。（《酬崔侍御》）

李白绝句中的政治抒情之作，数量虽不多，却是古无今有，是绝句史上不曾有过的新消息，对于杜甫、刘禹锡、李贺、李商隐等大诗人，有较大影响，这是李白对绝句体裁所做的重要贡献之一。

山水纪游。"阳春召我以烟景，大块假我以文章"（《春夜宴从弟桃李园序》），此李白之豪语，亦李白之诗品。李白不以边塞诗人见称，但他的边塞诗写得很好，见于绝句则有《从军行》（百战沙场碎铁衣）。他亦不以山水诗人见称，但他的山水诗写得特别好，远远超过一般山水诗人的成就，表现出李白特有的风貌和精神。

同是热爱自然的诗人，李白与王维对自然美的取向大不相同，李白的兴趣不在别墅或庄园，或某一特定的景区，不在自然的宁静、恬美一面。名山大川似乎特别能激发李白的想象力，唤起他创造的热情，在李白的山水诗中最为动人的形象是黄河长江、庐山瀑布、横江风浪、蜀道山川，这不但屡见于他的七言歌行"黄河之水天上来，奔流到海不复回"（《将进酒》）、"黄河落天走东海，万里写入胸怀间"（《赠裴十四》）、"西岳峥嵘何壮哉，黄河如丝天上来；黄河万里触山动，盘涡毂转秦地雷"（《西岳云台歌》）、"登高壮观天地间，大江茫茫去不还；黄云万里动风色，白波九道流雪山"（《庐山谣寄卢侍御虚舟》），而且同样常见于他的七言绝句，从而可以说李白绝句主要的题材是如此江山：

日照香炉生紫烟，遥看瀑布挂前川。

飞流直下三千尺，疑是银河落九天。（《望庐山瀑布》）

庐山东南五老峰，青天削出金芙蓉。

九江秀色可揽结，对此可以巢云松。（《望庐山五老峰》）

天门中断楚江开，碧水东流至此回。

两岸青山相对出，孤帆一片日边来。（《望天门山》）

海神来过恶风回，浪打天门石壁开。

浙江八月何如此，涛似连山喷雪来。（《横江词》）

朝辞白帝彩云间，千里江陵一日还。

两岸猿声啼不住，轻舟已过万重山。（《早发白帝城》）

划却君山好，平铺湘水流。

巴陵无限酒，醉杀洞庭秋。（《陪侍郎叔游洞庭醉后》）

李白的山水绝句和山水诗，生动再现了8世纪祖国河山面貌，表现了诗人独特个性，也反映了诗人对祖国山川的热爱，激发了一代又一代读者的爱国激情和民族自豪感。在世世代代的读者中，有许多足不出户的人，就是凭着李白诗篇才认识到了祖国的壮大和美丽的。

日常生活歌咏。伟大的诗人属于人民。李白是盛唐诗横空出世的顶峰，然而其根基却在于社会与人民。李白作风傲岸，却毫不脱离群众，对于下层人民，又显得十分平易可亲。他的诗既是"阳春白雪"，却并非"曲高和寡"，相反地具有最多的知音，古今中外，几乎很少有不爱李白诗的人。这与其民族化的艺术形式有关，也与其民主性的思想内容有关。李白诗的内容题材之广泛，在盛唐诗人中也是很突出的。除了政治抒情与山水纪游，还有大量日常生活包括社会生活方方面面的歌咏。所谓日常生活的歌咏，是指那些政治色彩比较淡薄，通常是抒发人们日常生活中的一些带普遍性和永恒性的主题或思想感情，诸如游子故乡的思念、人际友谊和爱情、妇女命运的悲欢、民间生活之苦乐等。

李白写思念故乡的名篇很多，代表作首推绝句，其中五绝《静夜思》以20字高居当代最受欢迎的十大唐诗榜首：

床前明月光，疑是地上霜。

举头望明月，低头思故乡。（《静夜思》）

峨眉山月半轮秋，影入平羌江水流。

夜发清溪向三峡，思君不见下渝州。（《峨眉山月歌》）

谁家玉笛暗飞声，散入春风满洛城。

此夜曲中闻折柳，何人不起故园情。（《春夜洛城闻笛》）

一为迁客去长沙，西望长安不见家。

黄鹤楼中吹玉笛，江城五月落梅花。（《与史郎中钦听黄鹤楼上吹笛》）

蜀国曾闻子规鸟，宣城还见杜鹃花。

一叫一回肠一断，三春三月忆三巴。（《宣城见杜鹃花》）

与思乡主题连带的话题是李白与月："李白前时原有月，惟有李白诗能说。李白如今已仙去，月在青天几圆缺？"（唐伯虎）中华民族习用阴历，对"月"具有特别深厚的感情，它是一份活的月份牌，农夫种田要看、游子思家要看、思妇无眠要看、小儿不但看还要唱"月亮走，我也走，我跟月亮手牵手"，元宵看、七夕看、中秋看，嫦娥奔月、玉兔捣药、吴刚伐桂等故事，家喻户晓、深入人心。"月子弯弯照九州，几家欢乐几家愁"（《吴歌》）。月亮——这一积淀了深厚民族文化内涵的诗歌意象，牵动着千家万户的心。古今中外无人比李白更善咏月的了，他就此写下许多千古传诵的诗篇。《静夜思》和《峨眉山月歌》即在此列。

"清风朗月不用一钱买，玉山自倒非人推"（《襄阳歌》），也可以说李白绝句的另一主题是风月，然而诗人不是浅薄地吟风弄月，其诗中包含着诗人对生活的理解，对宇宙人生的思索和把握，回荡着千古不衰的情思和喟叹。

李白平生交游之广，世罕其匹，上自王侯、将相、朝臣、地方官吏、外国人，下至游侠、隐者、释道、歌伎以及各色平民，都有他的朋友。现存李白诗赠答之作过半，不少是绝句，撇开包含政治功利目的的作品不论，表达真挚友情的佳作甚多：

故人西辞黄鹤楼，烟花三月下扬州。

孤帆远影碧空尽，惟见长江天际流。(《黄鹤楼送孟浩然之广陵》)

镜湖流水漾清波，狂客归舟逸兴多。

山阴道士如相见，应写黄庭换白鹅。(《送贺宾客归越》)

杨花落尽子规啼，闻道龙标过五溪。

我寄愁心与明月，随君直到夜郎西。(《闻王昌龄左迁龙标遥有此寄》)

日本晁卿辞帝都，征帆一片绕蓬壶。

明月不归沉碧海，白云秋色满苍梧。(《哭晁卿衡》)

饭颗山前逢杜甫，头戴笠子日卓午。

借问别来太瘦生，总为从前作诗苦。(《戏赠杜甫》)

李白乘舟将欲行，忽闻岸上踏歌声。

桃花潭水深千尺，不及汪伦送我情。(《赠汪伦》)

纪叟黄泉里，还应酿老春。

夜台无李白，沽酒与何人。(《哭宣城善酿纪叟》)

李白的赠酬诗根据对象不同，有的是一往情深，如《闻王昌龄左迁龙标遥有此寄》慰人贬谪，就充满了同情，诗中"明月"作为高洁、孤独、清白的象征，很容易使人想起王昌龄"一片冰心在玉壶"的夫子自道。《黄鹤楼送孟浩然之广陵》送长者作胜游，则流露出神往，一开篇就给了孟浩然扬州之游一个很高的起点，"烟花三月下扬州"句下洋溢着歆羡之意。最后二句传目送之神，令人神往。《唐宋诗醇》谓之："语近情遥，有手挥五弦，目送飞鸿之妙。"《戏赠杜甫》写给较年轻的诗人，故语带揶揄。《赠汪伦》送平民朋友，故多风趣。总是信手拈来，皆成妙谛。

李白绝句的题材相当广泛，并不为上述三大主题所囿。他有时也为女性写心，如涉及宫怨题材，不让少伯专美：

玉阶生白露，夜久侵罗袜。

　　却下水精帘，玲珑望秋月。(《玉阶怨》)

　　天回北斗挂西楼，金屋无人萤火流。

　　月光欲到长门殿，别作深宫一段愁。(《长门怨》)

也写江南少女从事劳作的可爱情态，可与崔颢、崔国辅、储光羲、丁仙芝所作比美：

　　绿水明秋月，南湖采白蘋。

　　荷花娇欲语。愁杀荡舟人。(《绿水曲》)

　　越溪采莲女，见客棹歌回。

　　笑入荷花去，佯羞不出来。(《越溪女》)

　　镜湖水如月，越溪女如雪。

　　新妆荡新波，光景两奇绝。(同上)

至于有一次他写了炼钢工人，在盛唐诗中又是绝无仅有的了：

　　炉火照天地，红星乱紫烟。

　　赧郎明月夜，歌曲动寒川。(《秋浦歌》)

　　虽然也有一些客观反映的题材，从总体上看，李白却是一个主观诗人，李白诗的表现对象主要是个人的思想感情，而不是客观社会生活。即使是叙事或写景的诗篇，也能使人感到有一大写的"我"字存乎其中，也能让读者无误地辨认李白独有的登高望远、豪情洋溢及时带嘲讽的声音。在所有的唐代诗人中，李白是经常采用第一人称，而又并非为他人代言的少数人之一，甚至有时在诗中自呼姓名，如《赠汪伦》《哭宣城善酿纪叟》等。因此有人说，李白最心爱的主题，乃是李白自己。在摧残人性、扼杀个性的封建时代，李白诗歌的极力张扬自我，无疑是对传统的有力冲击，同时也就为生活在封建专制统治下的世代读者，提供了一份宝贵的精神财富和精神补偿。

绝句独主风神

唐人绝句的先声，可追溯到六朝歌谣，即民歌的五言四句体。它原是一种专重感兴，非常自由的诗体，便于随兴创造，所谓"不知歌谣妙，声势出口心"（《大子夜歌》）。及至初唐，绝句稳顺声律，诗人取法律诗，开始讲究平仄与对仗。尤其在七绝一体，或刻意求工，成"半律诗"，绝句风神稍减。盛唐七绝成为乐府，虽然它首先是诗，不全等于歌词，却从歌词得到启发，就声律而不拘骈偶，六朝民歌的自由精神始得复归。于是，"盛唐绝句，兴象玲珑，句意深婉，无工可见，无迹可求。中唐遽减风神，晚唐大露筋骨"（胡应麟《诗薮》内编卷六）。"风神"亦作"丰神"："七绝诗须要丰神奕奕，浑脱超妙，二十八字一气贯通，令人信口曼吟，低回不厌。"（邹弢《三借庐笔谈》）

那什么是风神呢？简言之，这是一种创作风貌。这种风貌，就是内在律第一而外在律第二的一种自由的即兴的创作风貌。郭沫若说："亚里士多德说'诗是模仿自然的东西'。我看他这句话，不仅是写实家所谓忠于描写的意思，他是说诗的创造贵在自然流露。""诗之精神在其内在的韵律（Intrinsic Rhythm），内在的韵律并不是什么平上去入，高下抑扬，强弱长短，宫商徵羽；也并不是什么双声叠韵，什么押在句中的韵文！这些都是外在的韵律（Extraneous Rhythm）。内在的韵律便是'情绪的自然消涨'，它诉诸心而不诉诸耳。诗应该是纯粹的内在律，表示它的工具用外在律也可，便不用外在律，也正是裸体的美人。散文诗便是这个。"（《论

170

诗三札》)盛唐文艺的精神就是一种自由创造的精神，落实到诗歌，便是内在律第一的精神，盛唐绝句便是这种精神的一个具体的体现，而李白绝句更是这种精神的充分体现。因为李白最有天才。

"天才"一词在我国古代文艺批评中不常用，而李白从唐代开始就享有"天才俊逸"（王仁裕）之誉，后世沿为定论。所谓"天才"，一是指才思特别敏捷，二是指不同寻常的创造性，即皮日休所谓"言出天地外，思出鬼神表。读之则神驰八极，测之则心怀四溟，磊磊落落真非世间语"（《刘枣强碑文》），王世贞所谓"以气为主，以自然为宗，以俊逸高畅为贵"（《艺苑卮言》），李泽厚所谓："似乎没有任何约束，似乎毫无规范可循，一切都是冲口而出，随意创造，却都是这样的美妙奇异、层出不穷和不可思议。这是不可预计的情感抒发，不可模仿的节奏音调。"（《美的历程》）

李白创作的特征是内容溢出形式，不受形式的束缚拘限，是无可仿效的天才发抒。而绝句就给他提供了一种极为方便的体裁。李白绝句不研炼字句，而重全篇之风神。往往前二句直抒旨畅，末二句以溢思作波，以景结情。既有信口而出、率然天真的妙处，又不一泻无余，有丰富的言外之意，令人神远。如《赠汪伦》一诗，前二句写行者不辞而别，落落大方，送者踏歌欢送，无多客套。短短14字，写出两个乐天派，一对忘形交。三四即就本地风光对送者情谊做评价，信手拈来，先肯定水深，再以不如情深而否定之，妙语只在一转换间。诗中直呼双方姓名，也是天马行空，不拘陈规的。

"情绪的自然消涨"即情绪的推移，靠的是想象与联想。异乎寻常的想象力，是李白随意创作的重要凭倚。沈德潜所谓："想落天外，局自变生，大江无风，涛浪自涌，白云卷舒，从风变灭。"（《唐诗别裁》）诗人的想象有时在时空中任意驰骋，如《峨眉山月歌》：

峨眉山月半轮秋，影入平羌江水流。
夜发清溪向三峡，思君不见下渝州。

这是李白诗中最早的一首七绝，诗中展开了一幅千里蜀江行旅图：峨眉山——平羌江——清溪——三峡——渝州，"四句入地名者五，古今目为绝唱，殊不厌重"（王麟州），原因在于峨眉山月这一意象贯穿全诗，作为友情和乡情的象征，使全诗充满神韵。自然事物在李白心目中，总是这样具有灵性，总是人格化的，总是被赋予了李白的个性色彩。又如《独坐敬亭山》：

> 众鸟高飞尽，孤云独去闲。
>
> 相看两不厌，只有敬亭山。

"相看两不厌，只有敬亭山"，辛弃疾诠释为"我见青山多妩媚，料青山见我应如是"（《贺新郎》），诗人将敬亭山人格化，亦即将自己情感对象化，人和山同出而异名，互相欣赏其实是自我欣赏，所以"只有"云云，最终又强调了诗人的孤独与傲岸，以及对这种孤独、傲岸的自我欣赏。《闻王昌龄左迁龙标遥有此寄》"我寄愁心与明月，随君直到夜郎西"、《峨眉山月歌》"夜发清溪向三峡，思君不见下渝州"，友情和乡情，借助月亮这一自然意象，得到了最酣畅淋漓、最为够味的表现。

人们都注意到李白喜欢夸张，但很少有人提到，李白的夸张与其说是一种技巧，不如说是一种需要。这也是内在律的体现：当现实生活中的事物不够味时，就借用非现实的、神话化的、夸张的形象，来加以表现。说到绝句的夸张，使人联想到梁昭明太子萧统发起，一帮宫廷文学侍臣以《大言》《细言》为题专以夸张手法而为的应令之作，如沈约所作：

> 隘此大泛庭，方知九垓局。
>
> 穷天岂弥指，尽地不容足。（《大言应令诗》）

开馆尺棰余，筑榭微尘里。

蜗角列州县，毫端建朝市。(《细言应令诗》)

这种为夸张而夸张的作品，与李白诗相比，显得多么无聊，又是多么平庸无奇！没有情绪的消涨，有的是陈言套话。而李白全不如此，他的夸张是情不自禁的，最为大胆却又惬心贵当，最容易为人接受。如《秋浦歌》：

白发三千丈，缘愁似个长。

不知明镜里，何处得秋霜！

此诗抒写诗人忧心国事，叹惜年华的深愁。同样是以白发来表现忧愁，在长于写实的杜甫笔下是"白头搔更短，浑欲不胜簪"，而在作风浪漫的李白笔下则是"白发三千丈，缘愁似个长"。试想一下白发三千丈的诗人形象吧，那是只见白发而不见诗人，飘飘然的白发遮蔽了一切，这具象化了的愁情，就令读者永志不忘。夸张的妙用与形象的独创，往往同时并存。"洵非老手不能，寻章摘句之士，安可以语此？"(王琦)。"不知明镜里，何处得秋霜？"即"君不见高堂明镜悲白发，朝如青丝暮成雪"(《将进酒》)一转语，"不知""何处"云云，似是忽然的发现，似乎一夜之间就平添了白发三千丈似的。这仍是夸张，不过前二句夸张的是白发的长度，这二句夸张的是发白的速度。通过这样两度的夸张，就把忧念国事的愁情宣泄得淋漓尽致了。此诗与《独坐敬亭山》，皆挥斥而又深沉，是五绝中空前未有大手笔。也是李白不同于王维，对五绝艺术做出的独特贡献。

李白随心所欲的创作，对旧的社会规范和美学标准是有力的突破，最终建立起一种崇高的美学型范。康德说，崇高的感觉来自对自身使命的崇敬，并经过某种暗换赋予一切自然对象。自然山川一到李白绝句诗中，往往表现出很强的力度，或表现着诗人对力度的审美，从而产生使心灵震颤、狂喜、惊惧的效果。如《望天门山》：

> 天门中断楚江开，碧水东流至北回。
> 两岸青山相对出，孤帆一片日边来。

诗说"天门中断"，意味着两山本为一体，只因阻碍了汹涌的江流，才被冲开而成两山，强调的是江水的冲决力。次句回头来，写天门山对江水的约束力：由于两山束江，江水东流至此突遇阻遏，于是形成巨大的回旋和波涛汹涌的奇观。三句写舟中望天门山，"看山恰似走来迎"的感觉，末句顺势写诗人之舟乘风破浪通过天门的令人兴奋情景：水天相接处，一轮红日涌出江心，一片风帆即向着太阳驶去。诗全凭兴会，展开想象，有气势，有力度，又"极自然，洵属神品，足以擅场一代"(《唐宋诗醇》)。

> 日照香炉生紫烟，遥看瀑布挂前川。
> 飞流直下三千尺，疑是银河落九天。

李白对七绝的内在韵律极具妙悟，如《望庐山瀑布》第三句写瀑布水直下到地，第四句就从天上去找，以银河落天为喻。倒倾银河的想象，崇高而瑰丽。无怪苏东坡推为古今咏庐山瀑布的最佳诗篇："帝遣银河一派垂，古来惟有谪仙词。"(《戏题徐凝瀑布诗》)又如《早发白帝城》：

> 朝辞白帝彩云间，千里江陵一日还。
> 两岸猿声啼不住，轻舟已过万重山。

诗以轻舟瞬息千里的速度衬托遇赦东归的轻快心情，次句精练概括了盛弘之《荆州记》关于三峡的一段描写："夏水襄陵，沿溯阻绝。或王命急宣，有时朝发白帝，暮到江陵，其间千二百里，虽乘奔御风不以疾也。"在末句写高速度之前，第三句先以"两岸猿声啼不住"写速度感的消失，"无此句则直而无味，有此句则走处仍留，急语仍缓"（施补华），这种对速度和对力度的审美，在七言绝句中，开出了前所未有的大境界。

李白绝句的风神，在语言上表现为以自然为宗的风格。诗人自觉地反对齐梁诗的绮丽雕饰，并努力学习汉魏六朝乐府民歌，汉魏六朝民歌表现出民间文学的本质，是与贵族文学相对立的平民的生动的歌唱，是同封建礼教格格不入的自由的个性的歌唱，在语言风格上则表现为自然清新，不假雕饰。用他的话来说，即是"清水出芙蓉，天然去雕饰"（《经乱离后天恩流夜郎忆旧游书怀赠江夏韦太守良宰》）。《静夜思》《黄鹤楼送孟浩然之广陵》《望庐山瀑布》《早发白帝城》等为世世代代中国人家弦户诵，荣登最受欢迎的唐诗排行榜，原因之一，也就在于兴味无穷而语言浅近。

语言浅近，并不意味着语汇贫乏，相反，李白诗歌语汇极为丰富，它吸收活的语言，又广采前代文学典籍的语言材料，为己所用。盛唐绝句本不以隶事为务，李白绝句亦不例外，然诗人意兴所至，也会信手拈来，并非全无故实：

镜湖流水漾清波，狂客归舟逸兴多。

山阴道士如相见，应写黄庭换白鹅。（《送贺宾客归越》）

两人对酌山花开，一杯一杯复一杯。

我醉欲眠卿且去，明朝有意抱琴来。（《山中与幽人对酌》）

霜落荆门江树空，布帆无恙挂秋风。

此行不为鲈鱼脍，自爱名山入剡中。《秋下荆门》

"山阴道士如相见，应写黄庭换新鹅"以王羲之写黄庭经换笼鹅的故事，来描摹贺知章潇洒善书的名士风采。"我醉欲眠卿且去，明朝有意抱琴来"以陶潜醉语及家蓄素琴的故事，表现朋友神交不拘小节的气度。《秋下荆门》诗中"布帆无恙"用《晋书》顾恺之语，"鲈鱼脍"用同书张翰事，为诗篇增加许多韵味。然而，人们并不以隶事为李白绝句的特色，一是因为诗人多取材于《晋书》《世说新语》，所用皆近事、熟事、成语，不必博雅君子亦能知之。其次，诗人信手拈来，却能做到非常贴切，妙在有意无意之间。与晚唐李商隐典丽精工的用事大异其趣。

　　盛唐绝句以散行为主，精心追琢如王昌龄尚且如此，不拘声律如李白，更是"鼓之舞之以尽神，由神入化"，"若远若近，若无若有，若云之于天，月之于水，诗之神者也。而五七言绝句尤贵以此道行之。昔之擅其妙者，在唐有太白一人"（屈大均《粤游杂咏录》）。

李王绝句比较

　　盛唐七绝以李白、王昌龄为两正宗，向有定评。李白、王昌龄同入《河岳英灵集》，属选诗十首以上的九位盛唐英灵之列，而彼此倾慕，有深厚的友谊。不但李白有《闻王昌龄左迁龙标遥有此寄》为千古杰作，王昌龄亦有《巴陵送李十二》的深情之诗：

　　　　摇曳巴陵洲渚分，清江传语便风闻。
　　　　山长不见秋城色，日暮蒹葭空水云。

此诗潇洒空灵，风格亦略近于李，是诗人七绝中的别调佳作，久为其代表性杰作所掩。其实不但为李王交谊又一见证，即就诗论诗，也是可传之作。

然而总体来讲，李王绝句从取材到表现手法却判然有别，历代评论甚多，而以胡应麟辨味最细。他用晋人评谢遏姊、张玄妹语"王夫人神情散朗，故有林下风气；顾家妇清心玉映，自是闺房之秀"，来比喻李王绝句风格上的差异，又说："太白诸绝句，信口而成，所谓无意于工而无不工者；少伯深厚有余，优柔不迫，怨而不怒，丽而不淫。余尝谓古诗、乐府之后，惟太白诸绝近之；国风、离骚之后，惟伯诸绝近之"，"李词气飞扬，不若王之自在，然照乘之珠，不以光芒杀值；王句格舒缓，不若李之自然，然连城之璧，不以追琢减称"，"大概李写景入神，王言情造极。王宫词乐府，李不能为；李览胜纪行，王不能作。"（《诗薮》内编卷六）确有见地。兹稍加申论：

"李写景入神，王言情造极"，与两大诗人偏爱的题材相关，也与他们各偏于再现和表现有关。李白乃主观的诗人，诗的抒情主人公即自己，所以长于览胜纪行；王昌龄乃客观的诗人，诗的抒情主人公多为戍卒或宫人，所以长于宫词乐府。王昌龄善于把握笔下人物的心理活动，常常把这种心理活动表现为一个矛盾变化发展的过程，符合生活逻辑，耐人寻味。李白则无论写什么，江山、风月、诗酒，其中都可以读出一个大写的"我"来，使人心胸开阔，逸兴遄飞。

说李白"信口而成，所谓无意于工而无不工"，王昌龄"不以追琢减称"，极是。王昌龄七绝重精心追琢，更多地体现艺术匠心。盛唐七绝一般是平直叙起，从容款接，而王昌龄绝句一开始就着意烘托气氛，如以"烽火城西百尺楼，黄昏独坐海风秋"烘托哨兵孤寂感，以"金井梧桐秋叶黄，珠帘不卷夜来霜"反形深宫中人的凄清，均为抒情蓄势。所以是"深厚有余，优柔不迫"，追琢而不失其自然。李白七绝多遇思入咏，更多表现为随意创造，然而诗人天分高、学养厚、抱负大，无往而不具冲击力，七绝境界遂大。所以"飘翔中闲雅，绝无叫噪之风"，豪放而不流于粗疏。

王昌龄诗更重再现，偏于普遍的情感，故入乐为多。李白诗更重表现，故个性色彩鲜明，故入乐较王为少。王昌龄七绝的语言风格较为华美，风骨内含，故绝无浮靡之感。李白的语言风格较为本色，风神隽永，故绝无浅俗之弊。总之各有千秋，可以把臂入林。

| 五 |
绝句诗坛点将录

盛唐绝句名家辈出，群星璀璨。除了李白、王维、王昌龄那样光耀一代诗坛的大家而外，在他们周围还有成批杰出的绝句诗人，各有偏长独至，各有传世杰作。其绝句题材广泛，包括边塞、山水、览胜、征戍、迁谪、行旅、离别、宫怨、闺情以及各种风土人情，从不同侧面反映丰富多彩的时代生活，鼓吹奋发向上的时代精神。其绝句内容健康明朗，富于朝气，意境浑融，在艺术上达到了自然与华美的统一、明快与含蓄的结合。盛唐绝句风格成于开元天宝时代，一直盛行到大历年间。

"清舒位创为《乾嘉诗坛点将录》，近人汪国垣踵继为《光宣诗坛点将录》，借说部狡狯之笔，为记室品评之文"（钱仲联《近百年词坛点将录》），今略仿其体，依石碣天罡之数，择自玄宗开元到代宗大历期间绝句高手之尤要者李白及王昌龄等36人作"点将录"，略加品鉴，以飨读者。比拟不能尽当，聊复尔耳。

· 前头领托塔天王晁盖　李白
· 天魁星呼保义宋江　王昌龄

• 天罡星玉麒麟卢俊义　王维

以上头领三人，已列专章。

天机星智多星吴用　贺知章

贺知章（659—744），字季真，晚号四明狂客，列"饮中八仙"第一，是盛唐年辈较高的诗人，也是得盛唐七绝风气之先的作家。代表作为《回乡偶书》：

> 少小离乡老大回，乡音无改鬓毛衰。
> 儿童相见不相识，笑问客从何处来？

> 离别家乡岁月多，近来人事半消磨。
> 惟有门前镜湖水，春风不改旧时波。

"少小离家"一首浅貌深衷，以久客回乡仍被当作客人看待的亲身感触，抒发岁月不居的感慨，说透人情，是盛唐绝句的典范。名列最受欢迎唐诗排行榜。"离别家乡"一首以景是人非作对照，以"惟有"与"不"相呼应，作冷暖之法，抚今追昔，开李白、刘禹锡怀古一派。《咏柳》则完全是另一种类型的七绝：

> 碧玉妆成一树高，万条垂下绿丝绦。
> 不知细叶谁裁出，二月春风似剪刀。

此诗将柳树隐约比喻为小家碧玉，将春天比作为之梳妆、裁缝之人，将

179

春风比作剪刀，构思之新奇，为盛唐仅有，开了中晚唐及宋人绝句主意的先河，是很超前的作品。

天闲星入云龙公孙胜　孟浩然

　　孟浩然（689—740），襄阳人，年轻时隐居家乡鹿门山，中年进京应试不第，是盛唐少有的以布衣终老的诗人，平生不少时间是在漫游中度过的。诗与王维齐名，"五言诗天下称其尽美"（王士源），风格冲淡而浑成，专一妙悟，擅长于五绝：

> 春眠不觉晓，处处闻啼鸟。
>
> 夜来风雨声，花落知多少。（《春晓》）
>
> 移舟泊烟渚，日暮客愁新。
>
> 野旷天低树，江清月近人。（《宿建德江》）

《春晓》诗专取清早刚刚睡醒的刹那的感受，提供给读者的主要是听觉的形象，春鸟的啼声和回忆中夜里的风雨声，可谓找准感觉。鸟语花香，微风细雨，自然对人的抚慰，特殊的审美境界，赋予这首诗以永恒的魅力。诗亦有惜花之意，不过分量很轻，且淹没在对春意的审美感受之中，情调健康，故在同题古诗独占鳌头，与李白《静夜思》等同登最受欢迎唐诗排行榜。《宿建德江》作于客舟之中，诗的后二句以天低于树来写原野的旷远，以月近于人来写江水的清澈平静，"天低树""月近人"都是视感上的错觉，"天低树"是因天远于树，"月近人"只是月影近人也，虽是错觉，又有强烈的真实感。在形式上虽取对结，然颇有余味，无半律之嫌，为五绝名篇。

孟浩然虽长于写景、纪游，题材亦不拘一格；诗虽多冲和淡逸之音，亦时有抑塞磊落之气。生平尝为张九龄、韩朝宗所吸引，当具用世之心，非甘于终老鹿门者，恰如陶渊明"虽脱节躬耕，其意固未能平也"（苏轼）。有《送朱大入秦》一首，是五绝中少有的慷慨之作：

　　　　游人五陵去，宝剑值千金。
　　　　分手脱相赠，平生一片心。

末句语浅情深，似赠剑时的赠言，又似对赠剑行为的诠释。只说"一片心"而不说什么心，说明而不说尽，妙于含混，转令人深长思之。"莫信诗人竟平淡，二分梁父一分骚"（龚自珍论陶诗语），用于评价此诗，也是很适合的。

　　孟浩然将冲淡风格施之七绝纪游之作，初似常语，而其神甚远：

　　　　荆吴相接水为乡，君去春江正渺茫。
　　　　日暮征帆何处泊，天涯一望断人肠。（《送杜十四之江南》）
　　　　潮落江平未有风，扁舟共济与君同。
　　　　时时引领望天末，何处青山是越中。（《渡浙江问舟中人》）

此二诗皆运用接近口语的词汇、散行的句法、朴实的叙写，从中可见风神散朗的诗人自我形象，可谓寄至味于淡泊。"潮落江平"一诗，前二句如秀才说家常话，通过"同船过渡三分缘"的话头，将承平时代的淳厚世风与人情味惟妙惟肖地传达出来。使用问句作结，亦令人心荡神驰，使意境顿形高远，泂为盛唐佳构。

天勇星大刀关胜　常建

　　常建，开元十五年（727）与王昌龄同榜登进士第，两人诗名相当，皆高才不贵，而沦为一尉。《河岳英灵集》收诗十首以上，列在第一，可见诗名之大。其边塞七绝不如王昌龄含蓄深沉，然同情士卒，专一反战，鼓吹和平，倾向明显，虽少伯亦不能覆盖：

> 玉帛朝回望帝乡，乌孙归去不称王。
> 天涯静处无征战，兵气消为日月光。（《塞下曲》）
> 北海阴风动地来，明君祠上望龙堆。
> 髑髅皆是长城卒，日暮沙场飞作灰。（同上）
> 铁马胡裘出汉营，分麾百道救龙城。
> 左贤未遁旌竿折，过在将军不在兵。（《塞下》）

　　"玉帛朝回"一篇四语并壮，难能可贵的是诗中鼓吹化干戈为玉帛、和平靖边的愿望，令人觉句亦吐光。唐代三百年《塞下》佳作甚多，前人认为"昌明博大，无如此篇"（贺裳）。"北海阴风"一篇通过揭示战争的残酷性，与其五言诗"战余落日黄，军败鼓声死""今与山鬼邻，残兵哭辽水"（《吊王将军墓》）属思同苦，表现非战思想，痛切深至。"铁马胡裘"一篇容易使人联想到高适《燕歌行》"战士军前半死生，美人帐下犹歌舞。大漠穷秋塞草腓，孤城落日斗兵稀。身当恩遇常轻敌，力尽关山未解围"。"过在将军不在兵"断案更加明确，不过，常建边塞七绝总体上思想性超过艺术性，故逊少伯一筹。

　　常建以寻常题材入七绝，在艺术上尤有上佳的表现：

雨歇杨柳东渡头，永和三日荡轻舟。

故人家在桃花岸，直到门前溪水流。（《三日寻李九庄》）

袅袅凄凄清且切，鹧鸪飞处又斜阳。

相思岭上相思泪，不到三声合断肠。（《岭猿》）

《三日寻李九庄》前二句借用兰亭修禊字面，后二句暗用桃花源故事，言李九庄一水可通，拟想轻舟信流，但看桃花，即将到达。诗以虚笔写实事，读之如身入图画。意境空灵，兴象超妙，故能脱尽凡俗。

天雄星豹子头林冲　高适

　　高适（704—765），字达夫，是盛唐时代唯一出将入相的大诗人，杜甫赠诗道："总戎楚蜀应全未，方驾曹刘不啻过。"总戎楚蜀，指高先后为淮南、剑南西川节度使，这样的赞美，就好像郭沫若赠陈毅的"一柱天南百战身，将军本色是诗人！"高适是盛唐边塞诗的代表作家，但他的边塞诗多用古体。今存绝句21首，偶有边塞之作，或妙于兴象，或颇具风骨，故虽少却好：

　　雪尽胡天牧马还，月明羌笛戍楼间。

　　借问梅花何处落，风吹一夜满关山。（《塞上闻笛》）

《塞上闻笛》作于在哥舒翰幕府充掌书记时，前二句写实景：因大雪胡马远去，故戍楼得闲。后二句则拆用曲名《梅花落》，似说风传笛曲一夜之中传遍关山，又似说一处吹笛引起处处吹笛，兼构风吹落梅的花片撒满关山的奇特幻象，用了视听通感的修辞手法。一般说来，高适的边塞诗多抒发安边定远的政治理想，以政论的笔调表达自己对战争和边塞问题的看法，站在政治的角度写诗，是他的边塞诗的特点。然而作为绝句，他也能做到境界超妙，兴味无穷，较《燕歌行》等古体力作，尤觉空灵。

营中少年厌原野，狐裘蒙茸猎城下。

虏酒千钟不醉人，胡儿十岁能骑马。（《营州歌》）

《营州歌》作于北游燕赵时，写营州少年尚武风习，是边塞诗中别趣之作。后二句写出营州当地人的生活习性和营州少年所处的一个地理文化背景。当地男人都有两个本领，一是喝酒，二是骑马。"千钟不醉人"是"好酒越吃越不醉"的意思，也是夸饮者的海量。而骑马对处在游牧区域的营州人来说，是一种不可缺少的生活本领，所以从小就学，从小就会。抓住对象特点及外部环境特征，迅速作白描勾勒，寥寥几笔，笔墨粗放，而栩栩如生，因果关系亦存乎其间，字里行间洋溢着浓郁的生活气息和边塞情调。无论在七绝中，还是在边塞诗中，都是极有特色的佳作。

千里黄云白日曛，北风吹雁雪纷纷。

莫愁前路无知己，天下谁人不识君。（《别董大》）

敦煌写本诗题作《别董令望》，或疑董令望即琴师董庭兰。诗首先展示了很典型的风雪迷茫的送别场景：日暮黄昏，大雪纷飞，雁阵惊寒，出没风云，它唤起的是一种日暮天寒、游子何之、仰天长啸、徒呼奈何的感觉。"北风吹雁"，暗示着游子的艰难。写足恶劣气候，后二句不更作气短语、感伤语、劝留语，反用充满信心的口吻鼓励友人踏上征途，从可愁之景反跌出"莫愁"二字，豪情满怀、溢于言表。诗为志士增色，为游子拭泪，表现出自强不息、积极进取、一往无前的精神，正是盛唐时代的产物。故常为后世作壮别者相劝勉时所引用。边塞题材而外，高适绝句佳作尚多：

旅馆寒灯独不眠，客心何事转凄然？

故乡今夜思千里，霜鬓明朝又一年。（《除夜作》）

可怜薄暮宦游子，独卧虚斋思无已。

去家百里不得归，到官数月秋风起。（《初至封丘》）

尚有绨袍赠，应怜范叔寒。

不知天下士，犹作布衣看。（《咏史》）

天猛星霹雳火秦明　张旭

张旭，苏州人，嗜酒善书，世号"张颠"，在"吴中四士""饮中八仙"之列，为盛唐第一流人物。其狂草与李白歌诗、裴旻剑舞并称三绝。张旭不专以诗名，所作七绝，数量不多，而人品既超，故神情高逸：

隐隐飞桥隔野烟，石矶西畔问渔船。

桃花尽日随流水，洞在清溪何处边。（《桃花矶》）

山光物态弄春晖，莫为轻阴便拟归。

纵使晴明无雨色，入云深处亦沾衣。（《山行留客》）

春草青青万里余，边城落日见离居。

情知海上三年别，不寄云间一纸书。（《春草》）

"隐隐飞桥"一篇因桃花溪联想到桃花源，表现出诗人对幽境的悦赏，对隐逸的向往。写景能状迷蒙隐约之态，以问句作结，余味不尽。"山光物态"一篇则饱含生活哲理，谓欲尽山光物态，而又怕雨露沾衣，恐即晴明亦无济于事也。唐人伤别多用楚辞《招隐士》王孙芳草诗意，"春草"一诗最无迹可求，后二句淡淡言情，亦不露怨意。三作皆恬雅秀润，盛唐高手无以过之。

天威星双鞭呼延灼　李华

李华（715—766），开元二十三年（735）进士及第，天宝二年（743）举博学宏词科。为著名古文家，与萧颖士等齐名，有《吊古战场文》传世。以七绝《春行寄兴》享誉后世：

宜阳城下草萋萋，涧水东流复向西。
芳树无人花自落，春山一路鸟空啼。

宜阳即唐时福昌县城，为连昌宫所在地，诗作于安史乱后，即兴抒写国破山河在，花落鸟空啼的伤时之情。于正面不著一"哀"字，诗中绿草、芳树、山泉、鸟语，都是一些宜人之景，只于"自""空"二字略见冷落之意，即以乐景写哀。故为人称道。五绝《奉寄彭城公》以侯嬴故事，自寄身世潦倒，酬知无地的感喟，纯出以风骨，为咏史之佳作：

公子三千客，人人愿报恩。
应怜抱关者，贫病老夷门。

天英星小李广花荣　崔国辅

崔国辅（678－755），开元十三年（725）登进士第，累迁集贤院直学士、礼部郎中，天宝间贬竟陵司马。专工五绝，近逾齐梁，上攀晋宋，得六朝乐府之真传。殷璠评其诗"婉娈清楚，深宜讽咏。乐府数章，古人不及也"。今存绝句27首，多宫词及民歌体。

> 妾有罗衣裳，秦王在时作。
>
> 为舞春风多，秋来不堪着。（《怨词》）
>
> 虽入秦帝宫，不上秦帝床。
>
> 夜夜玉窗里，与他卷罗裳。（《秦女卷衣》）
>
> 朝日照红妆，拟上铜雀台。
>
> 画眉犹未竟，魏帝使人催。（《魏宫词》）
>
> 净扫黄金阶，飞霜皎如雪。
>
> 下帘弹箜篌，不忍见秋月。（《吴声子夜歌》）

崔国辅的宫怨闺情之作，有的直抒旨意，如《秦女卷衣》《吴声子夜歌》；有的侧面微挑，别有寄托，如《怨词》只就舞衣措意，已自委婉，而刘海峰认为诗旨在"刺先朝旧臣见弃"（高步瀛《唐宋诗举要》），更耐人寻味。《魏宫词》明讽曹丕见父死而彰秽德，暗刺唐高宗宠幸武才人事，以不能明言，故托意于魏宫（用高步瀛说）。民歌体五绝大都具有浓厚江南水乡生活气息：

> 玉溆花争发，金塘水乱流。

187

相逢畏相失，并着采莲舟。（《采莲曲》）

月暗送潮风，相寻路不通。

菱歌唱不彻，知在此塘中。（《小长干曲》）

归时日尚早，更欲向芳洲。

渡口水流急，回船不自由。（《中流曲》）

各诗皆写水乡男女劳动及爱情生活，情调活泼可爱。《采莲曲》写莲浦相逢，乍惊美艳，仙侣并舟，低回不去，含意未伸，语殊蕴藉。《小长干曲》写慕此莲女，只闻其声，不见其形，与"只在此山中，云深不知处"（贾岛）同一令人神往，而情事不同。《中流曲》写女子收工后欲赴约会，而急流相阻，不得自由，酷肖小女子情急而不胜篙棹之态，味甚隽永。

天贵星小旋风柴进　张说

张说（667—730），历仕武后、中宗、睿宗、玄宗四朝，玄宗时为中书令、封燕国公，后为集贤院学士、尚书右丞相。与许国公苏颋齐名，时称"燕许大手笔"。为文重实用，为诗不求华丽，推重风骨，为盛唐文风转变的关键性人物。五七绝皆所擅场，且得盛唐风气之先。

天德平无外，关门东复西。

不将千里隔，何用一丸泥。（《应制奉和潼关》）

客心争日月，来往预期程。

秋风不相待，先至洛阳城。（《蜀道后期》）

今日此相送，明年此相待。

天上客星回，知君渡东海。（《送梁知微渡海东》）

潼关之作，从大处着想，突破五绝狭窄篇幅，乃应制奉和诗中难得的佳作。《蜀道后期》何干于秋风，而以秋风先到，形出己之后期，巧心浚发，不让薛道衡《人日思归》。《送梁知微》未登程先问归期，题目"渡海东"谓其去，末句"渡东海"望其回，拟之乘槎仙游客，便脱弃凡近，浪漫超妙，非初唐以前得有。

> 巴陵一望洞庭秋，日见孤峰水上浮。
>
> 闻道神仙不可接，心随湖水共悠悠。（《送梁六自洞庭山》）
>
> 平湖一望上连天，林景千寻下洞泉。
>
> 忽惊水上光华满，疑是乘舟到日边。（《泛洞庭》）

开元四年（716）至五年张说为岳州刺史，友人潭州刺史梁知微途经岳州入朝，相会巴陵，故有前作。诗中面对洞庭一片秋光，有感于湘君、湘夫人传说渺茫难信，无形中表达了依依惜别之情。诗纯以神行，不著一字，尽得风流。胡应麟《诗薮》认为此诗与王翰《凉州词》同为盛唐七绝划时代的作品：唐初七绝"初变梁陈，音律未谐，韵度尚乏，唯杜审言《渡湘江》《赠苏绾》二首，结皆作对，而工致天然，风味可掬。至张说《巴陵》之什，王翰《出塞》之吟，句格成就，渐入盛唐"。

天富星扑天雕李应　贾至

贾至（687—772），字幼邻，父贾曾开元中知制诰，天宝间贾至亦知制诰。肃宗时为中书舍人，曾因故贬岳州司马。与李白、王维、杜甫、岑参等均有诗交往。于绝句偏于七言，风格清逸，岳州所作，屡臻上乘，如：

> 日长风暖柳青青，北雁归飞入窅冥。
>
> 岳阳城上闻吹笛，能使春心满洞庭。（《西亭春望》）
>
> 江路东连千里潮，青云北望紫微遥。
>
> 莫道巴陵湖水阔，长沙南畔更萧条。（《岳阳楼重宴别王八员外贬长沙》）
>
> 枫岸纷纷落叶多，洞庭秋水晚来波。
>
> 乘兴轻舟无近远，白云明月吊湘娥。（《初至巴陵与李十二裴九同泛洞庭》）
>
> 雪晴云散北风寒，楚水吴山道路难。
>
> 今日送君须尽醉，明朝相忆路漫漫。（《送李侍郎赴常州》）
>
> 春色青青柳色黄，桃花历乱李花香。
>
> 东风不为吹愁去，春日偏能惹恨长。（《春思》）

贾至贬谪岳州之日，正是李白长流夜郎之时，彼此相会巴陵，相与唱和，贾诗神采气魄，虽不能说方驾太白，亦表现不俗，如王裴唱和，可以甲乙。如"枫岸纷纷"一篇，上用楚辞语布景，下有湘娥之吊，即是以屈贾自命之意。大抵诸诗皆托兴幽微，音律纯熟，语亦清婉，不须深语，自露深情，可谓得体。

天满星美髯公朱仝　裴迪

论附于王维。

天孤星花和尚鲁智深　岑参

岑参（715—769），与高适齐名为盛唐边塞诗杰出代表。他生性好奇，先后随节度使高仙芝、封常清出塞，为节度判官，行踪遍及天山南北，更是一个属于西部的诗人。晚为嘉州刺史，故后世称"岑嘉州"。岑参今存绝句55首，以七绝为主。其创作数量大、质量高、品种多，故于李王之外，独推高步。

岑参的边塞七绝，皆因事立题，一概不用《出塞》《从军行》《塞下曲》《凉州词》等乐府旧题或新题，表现出很强的创作个性。内容多表现个人独特的生活感受和经历，与王昌龄、王之涣、王翰、高适等大异其趣。管世铭说他于李王之外独推高步，又补充道"唯去乐府意渐远"（《读雪山房唐诗钞》）。

岑参是一位为大西北传神写照的歌手，所作与王昌龄、高适不同，他不以批评边塞问题和反映戍卒情感为务，而是集中描绘遥远神奇的西部地区（东起陇右、西至中亚伊塞克湖即热海）的异域风光、习俗及西部精神。他不以功利的现实的眼光看待边塞、军中的一切，而取审美的态度来歌唱边塞新鲜的、富于活力的，甚至带有原始野蛮气息的景物、事物和人物。如果说高适是一个政治家诗人，王昌龄是一个人道主义诗人，岑参则是一个唯美主义的诗人。他是从欣赏的角度，去看待边塞的一切，故所作多富奇情壮采。岑参的边塞诗不像王昌龄那样专用七绝，也不像高适那样少用七绝，而是七绝与歌行并用不悖：

火山五月行人少，看君马去疾如鸟。

都护行营太白西，角声一动胡天晓。（《武威送刘判官赴碛西行军》）

天宝十载（751）五月，西北边境石国太子引大食等部侵袭唐境，高仙芝将兵三十万出征抵抗，诗即送僚友赴军之作。先以火山炎威衬托赴兵者一往无前的气概，后二写目的地，末句为一篇之警策：本来是拂晓到来军营吹角，而好奇的诗人却写作一声号角将胡天惊晓，而它所预兆的远比字面意义为多：仿佛只要唐军一声号令便可决胜，一扫西天的阴霾。所以不但是赋，更是比兴、象征。全诗顾盼神飞，既为行者壮行色，又有祝捷之意在内。

> 九月天山风似刀，城南猎马缩寒毛。
>
> 将军纵博场场胜，赌得单于貂鼠袍。（《赵将军歌》）

此诗取材别致，写冬日西线无战事，军中赌博情景，读来却有无限豪情。当与李白《送外甥郑灌从军》并看："六博争雄好彩来，金盘一掷万人开。丈夫赌命报天子，当斩胡头衣锦归。"站在"胜败乃兵家常事"的角度看，战争不就是一场赌博吗！诗即以赌喻战。诗于赵将军不写沙场英姿，而写赌桌游戏，实是举重若轻，料想他在战场亦是"纵博场场胜"的一把好手。读后二句如见其手提大刀，刀尖挑着单于的貂鼠袍拍马归来的飒爽英姿。岂不较李白之作，更有奇趣？诗人还经常以南方人惊喜而错愕的神情，宣布着自己对火山、热海、沙漠的赏心悦目的发现：

> 走马西来欲到天，辞家见月两回圆。
>
> 今夜不知何处宿，平沙万里绝人烟。（《碛中作》）

与其说这是在为找不到住宿而忧心忡忡，还不如说是在为大开眼界而惊叹不置。诗人常常从那片奇寒酷热之中发现美丽、兴味和勃勃生气，并满腔热忱地为之讴歌。在别的诗人看见"战场白骨缠草根""一将功成万骨枯"的地方，岑参却以审美的态度和与大西北强悍有力精神相通的格调，制造着英雄和强者的神话：

> 汉将承恩西破戎，捷书先奏未央宫。
> 天子预开麟阁待，只今谁数贰师功。（《封大夫破播仙凯歌》）
> 官军西出过楼兰，营幕傍临月窟寒。
> 蒲海晓霜凝马尾，葱山夜雪扑旌竿。（同上）
> 鸣笳迭鼓拥回军，破国平蕃昔未闻。
> 大夫鹊印摇边月，天将龙旗掣海云。（同上）

在他忘乎所以的时候，他甚至令人瞠目地歌颂杀伐：

> 蕃军遥见汉家营，满谷连山遍哭声。
> 万剑千刀一夜杀，平明流血浸空城。（《封大夫破播仙凯歌》）
> 暮雨旌旗湿未干，胡烟白草日光寒。
> 昨夜将军连晓战，蕃军只见马空鞍。（同上）

盛唐诗人写战争，多着眼于安边。李白海汝谆谆："乃知兵者是凶器，圣人不得已而用之！"（《战城南》），王昌龄只写到"三面金甲合，单于破胆还"（《塞下曲》）即了，常建更是堂堂正正道"天涯静处无征战，兵气销为日月光"（《塞下曲》），这下好了，却出来个岑参，鼓吹超人哲学。他的同情不肯给予弱者，是一个极端英雄主义的歌手。他如此这般歌颂征服，歌颂铁和血，不免有宣扬暴力之嫌。然而，他又确实突破了温柔敦厚的诗教，显得虎虎有生气，别开生面，从而成为李白之外，最具个性的诗人。个中得失，恐不能一言以蔽之。

就连赴边思乡之作，岑参也写得那样不同寻常：

故园东望路漫漫，双袖龙钟泪不干。

马上相逢无纸笔，凭君传语报平安。（《逢入京使》）

西向轮台万里余，也知乡信日应疏。

陇山鹦鹉能言语，为报家人数寄书。（《赴北庭度陇思家》）

《逢入京使》先夸张赴边途中思乡之泪那样的滂沱，然而到了托入京的使者捎口信的当儿，却只有"平安"二字报与家人，家常中自具幽默。沈德潜说"人人胸臆中语，却成绝唱"（《唐诗别裁》），正要从此中参悟。《赴北庭度陇思家》"陇山鹦鹉能言语"二句，也因道得一本正经，所以幽默。不但幽默，而且巧于构思，对于中晚唐绝句很有影响。这种超越时代，预示着将来的写法，又一次表现了岑参宁可与众不同的个性。另一巧于构思，为论者乐道的著例是《春梦》：

洞房昨夜春风起，故人尚隔湘江水。

枕上片时春梦中，行尽江南数千里。

盛唐七绝本重散行，而岑参七绝兼有歌行意味浓，体现着诗人对随意创造的自由精神的好尚。

天伤星行者武松　李颀

李颀（690—751），是开元、天宝间重要诗人，早岁曾有一段狂放游侠生活，后折节读书，广事交游，诗云："早知今日读书是，悔作从前任侠非。"（《缓歌行》）与隐士卢鸿及其侄诗人卢象、陈章甫及一些道士、和尚往来，学过道，服食过丹砂。开元二十三年（735）中进士，不久被任为新乡县尉，五考未调，因而去官归东川别业。晚年退归山林，时往两京，与王维、王昌龄、綦毋潜、刘晏、高适、魏万等都有往还赠酬。所作绝句不多，《寄韩鹏》却颇为人称道：

> 为政心闲物自闲，朝看飞鸟暮飞还。
> 寄书河上神明宰，羡尔城头姑射山。

韩鹏当为州县长官，诗以道家无为而治之义归美之。"河上公"乃西汉时道家，汉文帝常遣使问《道德经》，诗借以代韩。清王闿运谓："此篇超妙，为绝句上乘，所谓羚羊挂角，不著一字者也。欲知其超，但看太白诗'问余何事栖碧山'一首，乃世所谓仙才者，与此相比，觉其诗有意作态，不免村气。其选字皆妍丽，此则拉杂。如'神明宰'等字比之'桃花流水'等字，雅俗相远。而俗者反雅，雅者反俗何耶？"（杨钧《草堂之灵》引）

李颀作诗一个很独到的地方是善为人物传神写照，通过对人物外貌的刻画和身世大节、生活片段的勾勒，展其性格特征和精神面貌。所作多见于七古，如《赠陈章甫》《赠张旭》《别梁锽》等，其笔下人物的共同特点是：怀抱奇才，倜傥不群，穷途潦倒，却不颓唐。七绝中亦偶有为人物写真之作，创为别调：

> 百岁老翁不种田，惟知曝背乐残年。
> 有时扪虱独搔首，目送归鸿篱下眠。（《野老曝背》）

农村人物速写，画入了诗人的生活情趣。农夫"曝背"之典出《列子·杨朱》，拈来作题更耐寻味。

天立星双枪将董平　王之涣

王之涣（688—742），字季凌，生于绛郡，曾任冀州主簿，受谤弃官，优游山水，足迹遍于黄河南北。作风豪迈，与乐工接近，"每有作，乐工辄取以被声律"（辛文房《唐才子传》）。开元中曾与高适、王昌龄、崔国辅等诗人交游唱和，有旗亭画壁的传说。

王之涣是仅有绝句传世的诗人之一。现存五七绝 6 首，连城之璧，不厌其少。《登鹳雀楼》《凉州词》是唐代五七绝中盖帽的杰作：

> 白日依山尽，黄河入海流。
>
> 欲穷千里目，更上一层楼。（《登鹳雀楼》）
>
> 黄河远上白云间，一片孤城万仞山。
>
> 羌笛何须怨杨柳，春风不度玉门关。（《凉州词》）

鹳雀楼共三层，前瞻中条山，下临黄河，前人留诗甚多，唯王之涣、李益、畅当三人所作能状其景，而王作独出冠时。诗"前二句写山河胜概，雄伟阔远，兼而有之；后二句复余劲穿甲。二十字中有尺幅千里之势"（俞陛云《诗境浅说续编》）。高瞻远瞩，颇见盛唐气象，能使人登高望远，举首高歌，而逸怀浩气。两联皆对，而一气呵成，开五绝未有之绝大境界。前人推为盛唐五绝第一。而芮挺章《国秀集》作朱斌诗，范成大《吴郡志》引唐人《翰林盛事》作御史朱佐日诗。通行本则皆寄王之涣名下。此一署名公案，今已未易判决。

《凉州词》本乐府诗题，郭茂倩编入《横吹曲辞》，题一作《出塞》。诗首句一作"黄沙直上白云间"，盖"河"与"沙"在手书中形近易混，而"黄河远上"这一文本久为读者所接受、所喜爱，感情上已容不得"黄沙直上"。诗中的几个主要意象"孤城""玉门关""羌笛""杨柳"，均通向一个现成思路，就是征人强烈的乡思和哀怨。这一边塞诗普遍的主题，在本篇中表现得集中深沉有力，旗亭画壁，信以此诗为绝唱。北宋范仲淹《渔家傲》即可以说是《凉州词》的宋代翻版。

王之涣的送别绝句，亦有可传之作：

> 杨柳东风树，青青夹御河。
>
> 近来攀折苦，应为离别多。（《送别》）
>
> 长堤春水绿悠悠，畎入漳河一道流。
>
> 莫听声声催去棹，桃溪浅处不胜舟。（《宴词》）

天捷星没羽箭张清　王翰

王翰，字子羽，景云元年（710）登进士第，开元八年（720）后举极言直谏科，调昌乐尉，后又中超拔群类科。张说当政，召为秘书正字。张说罢相后，贬为仙州别驾，再贬为道州司马，卒于官。王翰亦有盛名，杜甫曾以"李邕求识面，王翰愿卜邻"为荣幸。绝句不多，而《凉州词》与王之涣作皆曾被推为唐人七绝首选之诗：

> 葡萄美酒夜光杯，欲饮琵琶马上催。
>
> 醉卧沙场君莫笑，古来征战几人回？

此诗没有生僻的字，"葡萄""琵琶""征战"等联绵词的运用，使诗句读来朗朗上口，一读就能记住。但是它的诗意却不是一览无余的，甚至是颠扑不破的。诗充满美的象喻和包装，如以"葡萄美酒夜光杯"喻人生，以"醉卧沙场"喻牺牲，从而诗化了战争，也诗化了牺牲。鲁迅说："汉唐虽然也有边患，但魄力毕竟雄大，人民具有不至于沦为异族奴隶的自信心。"(《看镜有感》)诗人虽不讳言沙场征战之苦，却也不夸大它，全诗洋溢着浪漫色彩，是典型的唐音。作者另有《春日思归》，在七绝中亦是很有情致的作品：

> 杨柳青青杏发花，年光误客转思家。
> 不知湖上菱歌女，几个春舟在若耶？

天暗星青面兽杨志　崔颢

崔颢(704—754)，《长干曲》素负盛名，前二为男女问答之词：

> 君家在何处，妾住在横塘。
> 停船暂借问，或恐是同乡。
>
> 家临九江水，来去九江侧。
> 同是长干人，生小不相识。

前诗写的船家少女，听邻船男子口音，应是同乡，因而主动拉话，一种"亲不亲，故乡人"的感觉洋溢字里行间。沈德潜以为"不必作桑间濮上看"(《唐诗别裁》)。后诗写男方回答，说同是乡人，自己又往来九江，居然从小不相识，字里行间又流露出相逢恨晚的情愫。诗人模拟儿女口吻，描写萌芽状态的男女相悦之情，无一景语而场景人物跃然纸上。就其语言的自然朴质而言，可谓深得民歌神髓，而意象超妙则有过之而无不及。难怪王夫之赞为："墨光所射，四表无穷，无字处皆具意也。"（《姜斋诗话》）

天佑星金枪手徐宁　储光羲

储光羲（707－760），开元十四年（726）进士及第，历官监察御史，安史之乱陷贼中，以受伪职获罪，贬死岭南。与王维为诗友。诗多五言古体，五绝可作小古风读。组诗《江南曲》四首为代表作：

> 绿江深见底，高浪直翻空。
> 惯是湖边住，舟轻不畏风。
>
> 逐流牵荇叶，缘岸摘芦苗。
> 为惜鸳鸯鸟，轻轻动画桡。
>
> 日暮长江里，相邀归渡头。
> 落花如有意，来去逐船流。

诗中表现水乡少女各种情态，或是炫耀的（"惯是湖边住，舟轻不畏风"），或是痴情的（"为惜鸳鸯鸟，轻轻动画桡"），或是猜疑的（"落花如有意，来去逐船流"），种种因矜持和羞怯的心理而不能明白坦露的微妙心事，由于采用了侧面微挑的手法，都表达得相当生动含蓄。

另有诗人丁仙芝，亦登开元进士第，有《江南曲》五首，风格与储相近：

长干斜路北，近浦是儿家。

有意来相访，明朝出浣纱。

发向横塘口，船开值急流。

知郎旧时意，且请拢船头。

昨暝逗南陵，风声波浪阻。

入浦不逢人，归家谁信汝。

诗亦有情歌性质，前接国风，后为山歌、挂枝之祖。"发向横塘口"一首写正值急流，却欲拢船，顾念旧人如此。"入浦不逢人"一诗以委屈口气，实写爱情上的失意。皆能不动声色，曲尽人情。是本色的民歌体。

天空星急先锋索超　刘方平

刘方平，洛阳人，隐居不仕，其诗抒写性灵，多悠远之思，是位偏长绝句的诗人。五七绝并有出色之作，他特别善于从生活与物候中捕捉新鲜信息，予以力透纸背的表现，而微有托讽：

新作蛾眉样，谁将月里同？

自来凡几日，相效满城中。（《京兆眉》）

飞雪带春风，徘徊乱绕空。

君看似花处，偏在洛城东。（《春雪》）

《京兆眉》写京城女性在化妆上追赶新潮的心理，而暗寓世人厌故喜新，似嘲似惜，可谓入微。《春雪》不但妙于咏雪，且有天寒风雪独宜于富贵之家的托意，却说来蕴藉。刘方平七绝的杰作是《夜月》：

> 更深月色半人家，北斗阑干南斗斜。
>
> 今夜偏知春气暖，虫声新透绿窗纱。

诗以春夜瞬时感受入咏，善于捕捉信息。前二写景得画面之美，后二写虫声得感受之新。较东坡"春江水暖鸭先知"句，先探得骊珠。以"半"字形容月色，以"透"字刻画虫声，新巧贴切，似不经意，甚见功力。诗人长于以浅语写深情，以白描手法写景，如《春怨》二首：

> 纱窗日落渐黄昏，金屋无人见泪痕。
>
> 寂寞空庭春欲晚，梨花满地不开门。

> 朝日残莺伴妾啼，开帘只见草萋萋。
>
> 庭前时有东风入，杨柳千条尽向西。

天速星神行太保戴宗　张谓

张谓，字正言，河内人，自矜奇骨，不屈于权贵，与李白相善。尝从戎东北，后累官为礼部侍郎，出为潭州刺史。性嗜酒简淡，乐意湖山。在天宝中甚有诗名，长于七绝：

> 一树寒梅白玉条，迥临村路傍溪桥。
>
> 不知近水花先发，疑是经冬雪未消。（《早梅》）

故人行役向边州，匹马今朝不少留。

长路关山何日尽，满堂丝竹为君愁。（《送卢举使河源》）

《早梅》一诗以寥寥数笔勾画早梅，形神兼备，看似平淡而韵味隽永。以"不知""疑是"相勾勒，表现诗人乍疑还惊之心理变化。近水先发，暗含生活哲理，是张谓最为脍炙人口的作品。另有《题长安主人壁》以针砭世道人心，为当时盛称，而在艺术上属于粗派：

世人结交须黄金，黄金不多交不深。

纵令然诺暂相许，终是悠悠行路心。

沈德潜说："诗有当时盛称而品不贵者。王维之'白眼看他世上人'、张谓之'世人结交须黄金'、曹松之'一将功成万骨枯'、章碣之'刘项原来不读书'，此粗派也。"（《唐诗别裁》）所谓粗派，即属通俗文学范畴的诗。

天杀星黑旋风李逵　严武

严武（724—765），以门荫入仕，两任剑南节度使，以军功封郑国公。杜甫漂泊蜀中，颇受其关照。不专以诗名，而七绝《军城早秋》亦盛唐边塞绝句不可多得的佳作：

昨夜秋风入汉关，朔云边雪满西山。

更催飞将追骄虏，莫遣沙场匹马还。

唐代宗广德二年（764），严武率部破吐蕃七万余众，拔当狗城，十月取盐川城。诗即作于此时。前二句写早秋，切定军城，秋高马肥，正骄虏入寇时，后二句顺势挡住，雄健可喜。

天微星九纹龙史进　张潮

张潮，曲阿（今江苏丹阳）人，大历中处士。他的绝句不多，然承南朝《采莲曲》《江南曲》遗风，加入时代内容，变五绝而为七绝，令人耳目一新：

> 茨菰叶烂别西湾，莲子花开犹未还。
> 妾梦不离江水上，人传郎在凤凰山。（《江南行》）
> 朝出沙头日正红，晚来云起半江中。
> 赖逢邻女曾相识，并着莲舟不怕风。（《采莲词》）

《江南行》写游子漂泊的生活为思妇难以想象，出以风闻恍惚，惊疑不定之词，极有情趣。《采莲词》与储光羲五绝"相逢畏相失，并着采莲舟"意同语异，风味自别。

天究星没遮拦穆弘　刘长卿

刘长卿（709？—780），字文房，曾任长洲尉，贬南巴尉，后官随州刺史。擅场五言诗，尝自诩"五言长城"。他生长于开元盛世，但一向被视为大历诗人。现存绝句70余首，五、六、七言各体都有佳作。在大历诗坛，实称翘楚。五绝亦颇具画意，却没有王维诗的那种禅味，而更多生活气息：

> 日暮苍山远，天寒白屋贫。
> 柴门闻犬吠，风雪夜归人。（《逢雪宿芙蓉山主人》）
> 苍苍竹林寺，杳杳钟声晚。
> 荷笠带夕阳，青山独归远。（《送灵彻上人》）

《逢雪宿芙蓉山主人》诗通过犬吠归人的山村之夜的特征性细节，写寒山投宿的旅途况味，能使人如身历其境。《送灵彻上人》描写一位僧人在寺钟召唤下远归青山的图画，用字极洗练，"荷笠带夕阳"的"带"字与陶潜"带月荷锄归"同有物随人移之致。

刘长卿颇具清才，而一生两遭迁斥，有一肚皮不合时宜和一种与流俗落落寡合的情调，常自觉不自觉地流露在笔下，从而与王维静穆的意境颇为异趣：

> 泠泠七弦上，静听松风寒。
> 古调虽自爱，今人多不弹。（《听弹琴》）
> 孤云将野鹤，岂向人间住。
> 莫买沃洲山，时人已知处。（《送方外上人》）

《听弹琴》讽刺赶时髦的世风，诗中不趋时、有持守的弹琴人的形象，与在辋川《竹里馆》长啸竟日的琴客，于世情还是有关心不关心之别的。《送方外上人》谓隐者贵有坚贞淡定之操守，为冒牌隐者下顶门一针，亦有托讽。六言绝句如：

危石才通鸟道，空山更有人家。

桃源定在深处，涧水浮来落花。（《寻山居》）

写对世外桃源的神往，也是很有风调和情韵的作品。

刘长卿七绝"清空一气，具荒凉苍老之致"，不减盛唐神韵：

秋江渺渺水空波，越客孤舟欲榜歌。

手折衰杨悲老大，故人零落已无多。（《七里滩送严维》）

孤舟相访自天涯，万转云山路更赊。

欲扫柴门迎远客，青苔黄叶满贫家。（《酬李穆见寄》）

万里辞家事鼓鼙，金陵驿路楚云西。

江春不肯留行客，草色青青送马蹄。（《送李判官之润州行营》）

不过较之盛唐作家，他的七绝诗较多悲慨，那是兼有时代与作者身世两方面原因的。

天退星插翅虎雷横　李益

李益（748—829），字君虞，凉州人，17岁时凉州陷于吐蕃，遂随家内迁，定居洛阳。对边塞怀有特殊的感情。大历四年（769）登进士第，两年后又登制科举，从大历九年（774）到贞元十六年（800）共27年中，在唐王朝连年举兵防秋的形势下，辗转入渭北节度使、朔方节度使、邠宁节度使、幽州节度使等幕府，在戎马间度过了青壮年岁月，熟悉塞上风情，深知甘苦，对于边患的后果和安边的愿望有切身体会。长期从戎，具有开元诗人同等丰富的生活经历和豪迈气度。《从军诗》自序云："君

205

虞长始八岁，燕戎乱华。从事十八载，五在兵间，故其为文，咸多军旅之思。或因军中酒酣，时或塞上兵寝，相与拔剑秉笔，散杯于斯文。率皆出于慷慨意气，武毅犷厉。本其凉国，则世将之后，乃西州之遗民欤？亦其坎壈当世，发愤之所致也。"

李益今存绝句80首，占全部诗作的半数左右，而以七言绝句成就最高，胡应麟说："七言绝，开元之下便当以李益为第一，如《夜上西城》《从军北征》《受降城闻笛》诸篇皆可与太白、龙标竞爽，非中唐所得有也。"（《诗薮》内编卷六）

李益最为擅长的题材是边塞题材。他既不同于王昌龄完全站在士卒的立场说话，也不同于岑参以猎奇的唯美的语气说话。他是生于斯、长于斯的"关西将家子"，所以他要以独有的自豪口气抒写对家乡——边塞的深厚感情。这给李益的边塞诗带来一种特质，其诗视野开阔，内容丰富，有浓郁的生活气息。他不但写砂碛的严寒，更写草原春色；不仅赞美自然风光，更抒写慷慨从戎、以身许国的抱负，特有豪情壮采。从而在盛唐边塞诗的基础上，进一步拓宽题材，形成内涵深厚、境界壮阔、意绪苍凉、语言铿锵、气势雄健的特色。林庚说他是盛唐最后一位边塞诗人，还可以说他是盛唐具有总结性的边塞诗人：

> 腰垂锦带佩吴钩，走马曾防玉塞秋。
> 莫笑关西将家子，只将诗思入凉州。（《边思》）
> 蕃州部落能结束，朝暮驰猎黄河曲。
> 燕歌未断塞鸿飞，牧马群嘶边草绿。（《塞下曲》）
> 伏波惟愿裹尸还，定远何须生入关。
> 莫遣只轮归海窟，仍留一箭射天山。（《塞下曲》）
> 烽火高飞百尺台，黄昏遥自碛西来。
> 昔日征战回应乐，今日征战乐未回。（《暮过回乐烽》）

这些诗甚至比较开元、天宝间诗人之作，情调还要乐观，而且也没有任何客气假象。"伏波惟愿"一诗抒写戍边的豪情，用了马援"男儿要当死于边野，以马革裹尸而还葬耳，何能卧床上在儿女手中邪"、班超"臣不敢望到酒泉郡，但愿生入玉门关"语意，俱见《后汉书》，最后又用了薛仁贵三箭定天山的故事，既有历史内涵，又有现实豪情。盖作者盛唐未远，而又熟悉热爱边塞，才能唱出"昔日征战回应乐，今日征战乐未回"的心声。

李益对戍边士卒久戍思乡的心情，也有相当深入的观察、同情和理解，而在这一题材上，他写下了一系列杰作，在艺术上突破前人，自成一家。前人赞为"可与太白、龙标竞爽"如《夜上西城》《从军北征》《受降城闻笛》等，大都是属于这一类绝句。这些绝句在抒情上，特别注意气氛的烘托和意象的搭配，同时尽量使抒情带有主观色彩：

> 行人夜上西城宿，听唱凉州双管逐。
>
> 此时秋月满关山，何处关山无此曲。（《夜上西城听凉州曲》）
>
> 天山雪后海风寒，横笛遍吹行路难。
>
> 碛里征人三十万，一时回首月中看。（《从军北征》）
>
> 回乐烽前沙似雪，受降城外月如霜。
>
> 不知何处吹芦管，一夜征人尽望乡。（《夜上受降城闻笛》）
>
> 边霜昨夜堕关榆，吹角当城片月孤。
>
> 无限塞鸿飞不度，秋风卷入小单于。（《听晓角》）
>
> 寒山吹笛唤春归，迁客相看泪满衣。
>
> 洞庭一夜无穷雁，不待天明向北飞。（《春夜闻笛》）

李益抒写戍卒情思的七绝，如前四例，在写作上突出特点是注意环境氛围的烘托，一是多取秋月、霜雪、寒风等具有寒意的自然意象；二是加入音乐意象，或通过乐器如双管、横笛、芦管、号角等来暗示，或通过乐曲名如《凉州》《行路难》《小单于》来加以暗示；三是强化主观抒情，如说三十万人"一时回首"，如说"一夜征人尽望乡"，如说"无限塞鸿飞不度"，等等，都增加了抒情的力度，使绝句充满神韵和风调。而同一主题，类似的手法，从不同角度反复抒写，犹如同一主题的多重变奏，不厌其重，俱臻绝唱。前人以为"意态绝健，音节高亮，情思悱恻，百读不厌"（施补华《岘佣说诗》）。"李庶子出手即有羽歌激楚之音，非古之伤心人不能至此。"（管世铭《读雪山房唐诗钞》）同一种手法，有时也用于其他题材的绝句，如前举最后一例，写迁谪思乡的情绪。因为感情较为接近，所以手法相通。

与王维、王昌龄一样，李益精通音乐，接近乐工。"每作一篇，为教坊乐人以赂求取，唱为供奉歌词。其《征人歌》《早行篇》，好事者画为屏障，'回乐烽前沙似雪，受降城外月如霜'之句，天下以为歌词。"（计有功《唐诗纪事》）

七绝而外，李益五绝亦称高手。边塞诗而外，李益于登临、赠寄、闺情、宫怨无不擅长，可谓佳作累累：

赤白桃李花，先皇在时曲。

欲向西宫唱，西宫宫树绿。（《听歌》）

露湿晴花春殿香，月明歌吹在昭阳。

似将海水添宫漏，共滴长门一夜长。（《宫怨》）

嫁得瞿塘贾，朝朝误妾期。

早知潮有信，嫁与弄潮儿。（《江南曲》）

水纹珍簟思悠悠，千里佳期一夕休。

从此无心爱良夜，任他明月下西楼。（《写情》）

早雁忽为双，惊秋风水窗。

夜长人自起，星月满空江。（《水宿闻雁》）

柳花飞入正行舟，卧引菱花信碧流。

闻道风光满扬子，天晴共上望乡楼。（《行舟》）

以得宠忧移反衬失宠愁，本是盛唐绝句习用手法，但《宫怨》以"海水添宫漏"夸张长门夜永，以绝不能有之事表现怨情，便为一时新语。《行舟》只说在风光中登望乡楼，措语含蓄，而言外之意甚长。《江南曲》则是纯民歌，最直露的写法，抒怨不妨过情，过情才有味。

李益七绝的怀古之作，上继太白，下开中晚唐刘禹锡、杜牧、李商隐等怀古、咏史先声：

燕语如伤旧国春，宫花一落已成尘。

自从一闭风光后，几度飞来不见人。（《隋宫燕》）

黄昏鼓角似边州，三十年前上此楼。

今日山川对垂泪，伤心不独为悲秋。（《上汝州郡楼》）

总之，李益在绝句诗坛上，不但是高手，而且是多面手。其绝句创作成就，仅次于李白、王昌龄、王维，在大历时代当居第一。

与李益同时，边塞绝句的作者还有卢纶和柳中庸。柳中庸以《征人怨》一诗得名：

岁岁金河复玉关，朝朝马策与刀环。

三春白雪归青冢，万里黄河绕黑山。

诗在时间和空间中驰骛，寓流动的气势于极精工的形式之中，通篇不著一"怨"字，却处处弥漫着怨情。

天寿星混江龙李俊　卢纶

卢纶 (748—800)，字允言，李益内兄，大历十才子之一，数举进士不第，宰相元载取其文以进，终检校户部郎中。五七律精整浑厚，有盛唐余音。绝句 70 余篇。与李益一样长于边塞题材。

卢纶曾长期生活在浑瑊军幕，所以写军营生活也就十分逼真。《和张仆射塞下曲》6 首，是继王维《少年行》之后最优秀的边塞绝句组诗，开五绝中未有之境：

> 鹫翎金仆姑，燕尾绣蝥弧。
> 独立扬新令，千营共一呼。

> 林暗草惊风，将军夜引弓。
> 平明寻白羽，没在石棱中。

> 月黑雁飞高，单于夜遁逃。
> 欲将轻骑逐，大雪满弓刀。

> 野幕敞琼筵，羌戎贺劳旋。
> 醉和金甲舞，雷鼓动山川。

组诗依次写军中发令、习武、破敌、奏凯等事，其二、其三作为英雄人物造像看，虎虎有生气。"林暗草惊风"诗暗用了《史记·李将军列传》事，集中刻画射石饮羽的那个富于戏剧性的顷刻，将军盘马弯弓的一笔

210

颇精彩，"林暗草惊风"句有猛虎攫人之势，有渲染气氛的作用。"月黑雁飞高"诗写战事，然而既不言军队如何出击，又不言出击结果，而集中描写准备出击的顷刻。那突如其来的大雪，对人物是有力烘托，也暗示了结局。

卢纶与李颀一样，有为人物造像的兴趣：

> 行多有病住无粮，万里还乡未到乡。
> 蓬鬓哀吟古城下，不堪秋气入金疮。（《逢病军人》）
> 双膝过颐项在肩，四邻知性不知年。
> 卧驱鸟雀惜残黍，犹恐诸孙无社钱。（《村雨逢病叟》）

前一首二十八字中将病军人疲、病、饥、寒、伤痛交加及走投无路的绝望，写得入木三分；在"古城"的荒凉背景下，生动描绘出一个"蓬鬓哀吟"的伤兵形象，使读者过目不忘。后一首写一位驼背老农夫，其善良心地与病苦处境亦给人很深印象。这些诗反映了作者对小人物的同情和关切。

天剑星立地太岁阮小二　元结

元结（719—772）在乾元三年（760）编《箧中集》，祖述风雅，排斥近体，主张创作贴近人生，然为杜甫光芒所掩。七绝《欸乃曲》组诗乃舟行随兴所作，甚为别调：

> 湘江二月春水平，满月和风宜夜行。
> 唱桡欲过平阳戍，守吏相呼问姓名。

千里枫林烟雨深，无朝无暮有猿吟。

停桡静听曲中意，好是云山韶濩音。

"湘江二月"一首写榜人摇橹作歌，将过平阳戍时，津吏以宵行而诘问姓名，乃启关放客。此当时水程常有的事，作者独能写出。

孟云卿乃元结之同志，七绝《寒食》一篇言贫苦而能幽默，颇具风调：

二月江南花满枝，他乡寒食远堪悲。

贫居往往无烟火，不独明朝为子推。

诗自嘲贫居天天寒食，所以寒食节也就没有意义。轻描淡写，涉笔成趣，却能表现出一种攫住人心的悲哀，是相当深刻的作品。

天平星船火儿张横　顾况

顾况（725—814），字逋翁，至德二载进士，曾官著作佐郎，以作诗嘲诮当朝权贵贬饶州司户参军。后归隐茅山，号华阳山人。他是唐代最具个性的诗人之一，乐府诗多讽喻之作。今存绝句颇多，各体皆有佳作。他于五绝曾学王维，《薜荔庵》《芙蓉榭》《欹松漪》《焙茶坞》《弹琴谷》《白鹭汀》，等等，明显有《辋川集》的影响，但缺少王裴诗的禅味，而时有古趣：

空山无鸟迹，何物如人意。

委曲结绳文，离披草书字。（《石上藤》）

212

悠悠南国思，夜向江南泊。

楚客肠断时，月明枫子落。（《忆鄱阳旧游》）

《石上藤》想象丰富，颇具奇趣。《忆鄱阳旧游》则较为接近韦应物。他也尝试过六言绝句，而有佳作：

板桥人渡泉声，茅檐日午鸡鸣。

莫嗔焙茶烟暗，却喜晒谷天晴。（《过山农家》）

全诗按山行、到达、观看焙茶和晒谷一路写来，以"莫嗔""却喜"作勾勒，绘声绘色地再现了江南山乡劳动场面，颇具生活气息，格调明朗而节奏轻快。

顾况的七绝也颇具风调，如宫词：

武帝祈灵太一坛，新丰树色绕千官。

岂知今夜长生殿，独闭空山月影寒。（《宿昭应》）

玉楼天半起笙歌，风送宫嫔笑语和。

月殿影开闻夜漏，水精帘卷近银河。（《宫词》）

"武帝祈灵"一诗讽刺玄宗求仙无益，先状昔日繁华，后写眼前寂寞：长生殿闭，求长生者安在？此诗较能表现作者本色。"玉楼天半"一诗明写宫中行乐，而暗具失意者的冷眼，措意只在"闻夜漏""近银河"六字，题面亦不出怨字，是唐代宫怨诗中最为含蓄之作。

天损星浪里白条张顺　韦应物

韦应物（737—792），京兆长安人，少任侠，曾以三卫郎事玄宗。安史乱后，折节读书，历任滁州、江州、苏州刺史，世称"韦苏州"。他是大历时代最杰出的诗人之一，诗学陶渊明、谢灵运、王维，颇富现实生活内容，"才丽之外，颇近兴讽"，"其五言诗高雅闲淡，自成一家之体"（白居易）。

韦应物今存绝句近百篇。沈德潜说："五言绝句，右丞之自然，太白之高妙，苏州之古澹，并入化机。"（《说诗晬语》）即是肯定其五绝，在盛唐李白、王维之外成一大家。韦应物的五绝，大多是郡斋中怀念故人故园之作，所怀多为素心之人。所谓"古澹"，就内容而言，就是厌倦官场，向往自然。就形式而言，就是不动声色，不琢字句，以质朴的语言，浑成的意境，表达隽永的诗意。古而不拙，淡而有味。

> 怀君属秋夜，散步咏凉天。
>
> 山空松子落，幽人应未眠。（《秋夜寄丘二十二员外》）
>
> 遥知郡斋夜，冻雪对松竹。
>
> 时有山僧来，悬灯独自宿。（《宿永阳寄璨师》）
>
> 远听江上笛，临觞一送君。
>
> 还愁独宿夜，更向郡斋闻。（《听江笛送陆侍御》）
>
> 故园渺何处？归思方悠哉。
>
> 淮南秋雨夜，高斋闻雁来。（《闻雁》）
>
> 兹楼日登眺，流岁暗蹉跎。
>
> 坐厌淮南守，秋山红树多。（《登楼》）
>
> 夕漏起遥怨，虫响乱秋阴。
>
> 反复相思字，中有故人心。（《效何水部》）

虽然诗多作于郡斋，却没有一点热衷感觉，反而多写寒夜萧森寂寥之景，写来意境清绝，可见作者胸次。"怀君属秋夜"诗写秋夜散步怀人，适闻

214

松子之落，因念及幽人之未眠。前二写凉天散步，叙己之离怀；后二因松子零落，想彼之幽兴，愈淡愈妙。同样的手法和作风，也见于其他怀人或抒怀之作，如郡斋闻笛、高斋闻雁之作；甚至见于闺怨之作，如《效何水部》以窦滔妻苏氏织锦为回文诗故事，代思妇言情，前二句的造境便是。这些五绝或对或不对，或黏或不黏，措置随意，不少可作小五古读。不假于辞藻，不刻意于声律，纯出以质朴自然，风格古雅闲淡。

韦应物绝句多抒人生感伤，表情颇淡，而涵蕴很深。他的七绝意境清新，色调幽冷，与其五绝有相通之处；而词兴婉惬，清深妙丽，又别具风格。

> 雨中禁火空斋冷，江上流莺独坐听。
>
> 把酒看花想诸弟，杜陵寒食草青青。（《寒食寄京师诸弟》）
>
> 独怜幽草涧边生，上有黄鹂深树鸣。
>
> 春潮带雨晚来急，野渡无人舟自横。（《滁州西涧》）
>
> 踏阁攀林恨不同，楚云沧海思无穷。
>
> 数家砧杵秋山下，一郡荆榛寒雨中。（《登楼寄王卿》）
>
> 九日驱驰一日闲，寻君不遇又空还。
>
> 怪来诗思清人骨，门对寒流雪满山。（《休日访人不遇》）

诗人多以雨、潮、云、海、雪、流等水文意象入诗，多用寒、幽、深、清一类字面，构成清深幽寂的意境，大有助于表现感伤的诗情。"雨中禁火"诗以"雨""冷""独""寒"等字略寓伤春之意，将诸弟思己之意隐含在"杜陵寒食草青青"句中，用楚辞王孙芳草句意于无迹，或以为"胜右丞九日之作"。"独怜幽草"诗写雨后野渡的幽寂，颇具诗情画意。诗中幽静境界，除用莺啼、水声相衬托外，更著一只漂浮在渡口的空船，以"自"字暗示与人无关，以"横"字暗示任水摆弄，皆深得物理悠然自得之情趣，兼能表现待渡人的莫名惆怅。宋代宫廷画院取"野渡无人舟自横"句为考题，传为美谈。

韦应物七绝还有一些别趣之作如：

> 怜君卧病思新橘，试摘犹酸亦未黄。
>
> 书后欲题三百颗，洞庭须待满林霜。（《故人重九日求橘》）

诗本应酬，即兴偶成，兴味盎然，隽永别致，取法杜陵，启迪东坡。

天罪星短命二郎阮小五　韩翃

韩翃，字君平，大历十才子之一。天宝十三载（754）进士及第，曾佐淄青、宣武节度使幕。建中初以《寒食诗》受知德宗，授驾部郎中知制诰，终中书舍人。七绝与李益齐名，毛先舒说："七绝李益、韩翃足称劲敌。李华逸稍逊君平，气骨过之。"（《诗辨坻》）韩翃七绝辞藻华瞻，而略寓兴寄，故婉丽有致：

> 骏马绣障泥，红尘扑四蹄。
>
> 归时何太晚，日照杏花西。（《汉宫曲》）
>
> 春城无处不飞花，寒食东风御柳斜。
>
> 日暮汉宫传蜡烛，轻烟散入五侯家。（《寒食》）

《寒食》诗剪取禁火之夕，宫中传烛五侯之家这一特定情景而写之。诗中五侯，论者或谓天宝杨氏擅宠，号五家，豪贵盛荣，莫之能比，故借喻之；或谓东汉桓帝时宦官单超等五人同日封侯，而中唐之世宦官跋扈有如汉末，故借喻之；或谓只说侯家富贵，而对面之寥落可知。总之都认为诗有托寓。而当时此诗传入宫禁，深为唐德宗赏识，以致赐官。说明诗的讽刺手法委婉，至少德宗是能够接受的。纪行之作，能状难写之景，兼有风调：

浮云不共此山齐，山霭苍苍望转迷。

晓月暂飞千树里，秋河隔在数峰西。（《宿石邑山中》）

诗写月为高树所蔽，河为远峰所隔，写出身在万山之中的视觉感受。马在盛唐诗中有很高地位，杜诗即善咏马。韩翃对马亦情有独钟，其七绝多为骏马传神写照，甚有妙品：

鸳鸯赭白齿新齐，晚日花间散碧蹄。

玉勒斗回初喷沫，金鞭欲下不成嘶。（《看调马》）

骏马牵来御柳中，鸣鞭欲向渭桥东。

红蹄乱踏春城雪，花颔骄嘶上苑风。（《羽林少年行》）

千点斑斓喷玉骢，青丝结尾绣缠鬃。

鸣鞭晓出章台路，叶叶春衣杨柳风。（同上）

天败星活阎罗阮小七　钱起

钱起（722—780），吴兴（今湖州市）人，天宝十载授校书郎，迁考功郎中。大历十才子之一，与郎士元齐名，时人谓"前有沈宋，后有钱郎"。五律之外，长于七言绝句：

潇湘何事等闲回，水碧沙明两岸苔。

　　二十五弦弹夜月，不胜清怨却飞来。（《归雁》）

　　谷口春残黄鸟稀，辛夷花尽杏花飞。

　　独怜幽竹山窗下，不改清阴待我归。（《暮春归故山草堂》）

《归雁》诗将雁拟人化，并融入湘妃鼓瑟的神话传说，富于浪漫色彩。前人或以为"写归雁恐意不在归雁，手挥目送，其亦别有兴寄耶?"（乔亿《大历诗略》）说明诗境能激发读者更多的联想。《暮春归故山草堂》风韵含蓄，不落色相，隐寓人情冷暖，世态炎凉，较之"试问门前客，今朝几个来"，又有深浅的不同。

　　钱起亦善五绝，格在王孟之间：

　　有意莲叶间，瞥然下高树。

　　攀波得潜鱼，一点翠光去。（《衔鱼翠鸟》）

　　燕赵悲歌士，相逢剧孟家。

　　寸心言不尽，前路日将斜。（《逢侠者》）

《逢侠者》一诗题材略近孟浩然送朱大之作，而结句有惜光景之促，及前路辽远不能淹留的遗憾。描写义侠匆匆相逢，行径如画。

　　钱起集或收入《江行无题》百首，是纪行五绝组诗，这样出于一人一时所作的大型组诗，是前所未有的。不过，组诗的作者并非钱起，而是其曾孙钱珝。《文苑英华》载钱珝《舟中录》略云："乙卯岁冬十一月，余以尚书即得掌诰命，庚申岁夏六月以舍人获谴，佐抚州，驰暑道病。秋八月自襄阳浮舟而下，舟行无役，因解束书视所为辞稿，剪剪冗碎，可存者得五百四十篇，丞相表奏百篇。"组诗多纪实，亦颇饶感兴，间有佳作：

江曲全萦楚，云氛半自秦。

岘山回首望，如别故关人。(《江行无题》)

翳日多乔木，维舟取束薪。

静听江叟语，俱是厌兵人。(同上)

睡稳叶舟轻，风微浪不惊。

任君芦苇岸，终夜动秋声。(同上)

兵火有余烬，贫村才数家。

无人争晚渡，残月下寒沙。(同上)

咫尺愁风雨，匡庐不可登。

只疑云雾窟，犹有六朝僧。(同上)

天牢星病关索杨雄　郎士元

　　郎士元 (? —780?)，中山人，天宝末进士及第，官至郢州刺史。大历十才子之一，诗风与钱起相类。五绝《留卢秦卿》甚为人称道：

　　知有前期在，难分此夜中。

　　无将故人酒，不及石尤风。

送别诗多深情语、感伤语，而以谑为妙：谓石尤风能滞客，故人酒反不能滞客耶。四语皆对，而婉折情深，精切灵动，故成送别诗中别调佳作。七绝佳作如：

　　溪上遥闻精舍钟，泊舟微径度深松。

　　青山霁后云犹在，画出西南四五峰。(《柏林寺南望》)

219

凤吹声如隔彩霞，不知墙外是谁家。

重门深锁无寻处，疑有碧桃千树花。（《听邻家吹笙》）

《柏林寺南望》末句妙在一个"画"字，表现出对美的发现的惊喜。《听邻家吹笙》妙在通感的运用，"如隔彩霞""疑有碧桃千树花"，都不是直接描摹乐声，而是想象奏乐的环境之神奇，间接表现出笙曲的神奇。

天彗星拼命三郎石秀　司空曙

司空曙（720？—790？），字文明，卢纶表兄，大历十才子之一。诗多送别赠答与羁旅漂泊之作，善以朴实真率的语言表达异乡流落之感与穷愁失意之情。长于五律，绝句或潇洒雅淡，或浑厚沉着，风流蕴藉，入人肺腑。

辇路江枫暗，宫庭野草春。
伤心庾开府，老作北朝臣。（《金陵怀古》）
罢钓归来不系船，江村月落正堪眠。
纵然一夜风吹去，只在芦花浅水边。（《江村即事》）
红烛津亭夜见君，繁弦急管两纷纷。
平明分手空江上，惟有猿声满水云。（《发渝州却寄韦判官》）

天暴星两头蛇解珍　戴叔伦

戴叔伦（732—789），字幼公，早岁师事萧颖士，以文学著名。历参湖南、江西幕府，为抚州刺史，终容管经略使。今存绝句数量不少，七绝尤清隽深婉：

> 沅湘流不尽，屈宋怨何深。
>
> 日暮秋风起，萧萧枫树林。（《过三闾庙》）
>
> 凉月如眉挂柳弯，越中山色镜中看。
>
> 兰溪三日桃花雨，半夜鲤鱼来上滩。（《兰溪棹歌》）
>
> 苏溪亭上草漫漫，谁倚东风十二阑？
>
> 燕子不归春事晚，一汀晚雨杏花寒。（《苏溪亭》）

《过三闾庙》为路经屈原祠而作，诗中将屈赋中写景与眼前景打成一片，故能引起丰富联想。《兰溪棹歌》拟渔家之船歌，后二写桃花水涨，鲤鱼上滩，写景中反映出渔家喜悦之情，而兼有自然规律的观察，较东坡"蒌蒿满地芦芽短，正是河豚欲上时"先得物理。在唐绝句独具一格。

天哭星双尾蝎解宝　李端

李端（733—792），大历五年进士及第，亦在十才子之列，后隐居衡山，自号"衡岳幽人"。诗才敏捷，为五绝胜手，所作善于白描，婉丽细腻，工于言情。以善传女性心态见长，饮誉于后世：

> 开帘见新月，便即下阶拜。
>
> 细语人不闻，北风吹裙带。（《拜新月》）
>
> 鸣筝金粟柱，素手玉房前。
>
> 欲得周郎顾，时时误拂弦。（《听筝》）

《拜新月》诗寥寥几笔，写出少女拜月祈愿情态，三句见其神情专注而不欲人知的羞怯心态，四句借北风映衬其内心的波动，笔墨之细，远逾《子夜》，实属唐音。《听筝》写女子借筝邀宠，因病致妍的情态，亦妙在能传心事。两诗皆有新意，而不尖细，以有细致生活观察垫底故也。《芜城》一首重在气氛渲染，以鬼气状芜城之荒凉，得李贺之先声：

> 风吹城上树，草没城边路。
>
> 城里月明时，精灵自来去。

诗原本八句，此截后四而成，尤为精警。

天巧星浪子燕青　张继

张继，襄州人，天宝十二载进士及第，曾佐戎幕，又为盐铁判官，大历末为检校祠部员外郎。为诗清秀迥拔，不尚追琢。七绝以《枫桥夜泊》广为后世传诵，今人以《涛声依旧》演绎其意，几乎无人不晓：

> 月落乌啼霜满天，江枫渔火对愁眠。
>
> 姑苏城外寒山寺，夜半钟声到客船。

这首诗作于安史之乱避地吴中时，它不但是中国人家喻户晓的唐诗，被清人管世铭列为唐代七绝首选篇目之一，而且"流传日本，几妇稚皆习诵之"(俞陛云)。诗以寒山寺的钟声为主要意象，传写江南水乡秋夜之静谧和旅人无际的愁绪，境界高绝。寒山寺在今苏州枫桥镇，始建于梁，此诗一成，乃闻名遐迩。"夜半钟声"亦成为千古话题。

同期所作的《阊门即事》，亦不失佳作，诗较切时事，委婉的手法与孟云卿之《寒食》相似：

> 耕夫召募逐楼船，春草青青万顷田。
> 试上吴门窥郡郭，清明几处有新烟。

六

盛唐绝句的艺术经验

绝句创作从初唐到盛唐，由五言为主逐渐发展到七言为主。而绝句体裁自由灵活，风格题材多样的优长和体制短小的局限并没有发生改变。如何使绝句突破体裁的局限，以少许胜多许，在创作上是一个重要的课题。明王世贞以禅喻诗说："绝句固自难，五言尤甚。离首即尾，离尾即首，而腰腹亦自不可少。妙在愈小而大，愈促而缓。吾尝读《维摩经》得此法：一丈室中置恒河沙诸天宝座，丈室不增，诸天不减，又一刹那定作六十小劫，须如是乃得。"（《艺苑卮言》）然而绝句以20字、28字，又能容纳多少具体内容呢？正因为短，过分填实，只能导致诗意的窒息，唯一的办法只能是丰富其意蕴，深厚其意味。实则死，虚则活。留下更多想象的余地，让受众有更多自由联想的空间，方能达到愈小愈大的效果。所以空灵对于绝句，较之质实，是尤为得体的。无论随意创造，还是精心追琢，意境即典型化总是要有的。盛唐以短短70年，而在绝句史上成为一个最重要的阶段，就在于绝句诗人在继承传统的基础上，通过对意境或典型化的追求，在艺术上取得突破，从而创作出大量的典范作品，使绝句体裁具有的艺术潜力第一次得到充分发挥，从而使绝句成为一种以小见大、深入浅出、情韵双绝、雅俗共赏的成熟诗体。唐末司空图创"韵味说"，对绝句一体颇为重视："盖绝句之作本于诣极，此外千变万状，不知所以神而自神也，岂容易哉！"（《与李生论诗书》）胡应麟则说："语半于近体，而意味深长过之；节促于歌行，而咏叹悠永倍之，遂为百代不易之体。"（《诗薮》）盛唐绝句的艺术经验，亦即绝句意境创造或典型化的艺术手法，概括起来大抵有七个方面。

虚实相济，情韵为宗

诗要精练，绝不是越长越好。成功的诗人告诫说"尽可能紧密与简缩"、"不要故意铺张"（艾青《诗论》），虽是针对自由体而言的，但却也从另一个方面告诉我们，篇幅的短小是一种局限，却也有可能成为一种优长。当然，短小并不等于精练，正如宏伟不等于冗长一样，关键在于是否善于用短，是否善于用长。诗要耐读，绝不是一味浅显为好。绝句篇幅极短，要作成一首好诗，必须计一当十，必须拣要紧的话说，并尽可能留有回味的余地。因此，对空灵、隐义和多义性的追求，便成为绝句创作最重要的追求。盛唐诗人量体而为，通常不以叙事性题材为绝句题材，而偏重抒情性题材，所取不外情景二端。在具体创作上，则在继承六朝歌谣即兴创作传统的基础上加以研练，所谓"意当含蓄，语务从容"，从而形成自然与追琢的统一，歌与诗的统一，从而到口即消，愈歌愈妙，形成风调。所谓风调，亦可称情韵，本质是诗，又兼有歌的风味。

特重风调是盛唐绝句的重要特征。朱自清解释说："论七绝的称含蓄为'风调'。风飘摇而有远情，调悠扬而有远韵，总之是余味深长。"（《唐诗三百首指导大概》）风调乃是情韵的表现形式，换言之即唱叹之音。注重情韵和风调，乃是盛唐绝句形成的一个重要传统。要余味深长，就不能在实质上费精神，而是更多地在空灵上下功夫，做到虚与实结合，是取得风调的重要途径：

> 白日依山尽，黄河入海流。
> 欲穷千里目，更上一层楼。（王之涣《登鹳雀楼》）
> 迥临飞鸟上，高出世尘间。
> 天势围平野，河流入断山。（畅当《登鹳雀楼》）

两诗皆写登高望远。王之涣作前二句先写鹳雀楼前瞻中条、下瞰黄河，十字大境界已尽，后二句却从更上层楼作想，上升为哲理性抒情，妙以虚笔托之，结以不尽。从而使这首诗容量陡增，前人推为五绝第一，正是有鉴于此。畅当之作后两句写楼上所见之景，颇有气势，"河流入断山"句更饶奇致，而前二句的虚拟夸张，亦有铺垫衬托之功。王作前实后虚，此诗前虚后实，皆给读者留下联想的余地。而以王之涣从"欲穷千里目"作想，把读者带进更加开阔旷远的世界，留无尽之意于言外，又高畅一筹。其《凉州词》"黄河远上"二句，从视觉角度展现苍凉的塞上实景，后二摄入听觉，引出"春风不度玉门关"的慨叹，已不再拘于实景，而更多地抒发着戍卒思乡的情怀，亦是虚实相间，产生余音袅袅之效果。常建《三日寻李九庄》"雨歇杨柳东渡头，永和三日荡轻舟"直叙三日情事，是写实。而"故人家在桃花岸，直到门前溪水流"却从桃花作想，暗示李九庄所在如桃源仙境，虚处摄神，使全诗更富情韵。情韵为宗，虚实相济，使绝句意境空灵，优柔不迫，语短味长。

融情入景，意在言外

盛唐绝句主情和景二端，而作为表现艺术，诗又多以"情为主，景为宾"。六朝崇尚形式，产生过一些写景、咏物而缺乏情味的作品。诗歌乏情就失去灵魂，成为"无丰臻无寄托"的死句。初唐绝句咏物仍多此弊。这种状况在盛唐才得到根本扭转：主情遂成为主导倾向，而情景交融更是盛唐绝句的一大优点。

根据对情景倚重的不同，情景交融可以分为融景入情和融情入景两种情况。融景入情，直接的表现为情语，却使人间接感到景的存在，如王维《送沈子福归江东》写杨柳渡头送别，后二从春色着眼："惟有相思似春色，江南江北送君归。"末二抒写别情，却兼以拟人写景，景自在情中。读此二句，如亲历亲见沈生从江南到江北，一路所经的大好春光。与"江春不肯留行客，草色青青送马蹄"（刘长卿《送李判官之润州行营》）同妙。

融情入景，直接的表现为景语，而"一切景语皆情语"。李白《黄鹤楼送孟浩然之广陵》写烟花三月，送老诗人赴繁华之乡，抒无限神往之情，后二纯以景结"孤帆远影碧空尽，惟见长江天际流"，寄"手挥五弦，目送飞鸿"之情于言外，令人神远。孟浩然《宿建德江》后二句只写景："野旷天低树，江清月近人。"即此孤寂，便是客愁。更有不动声色之妙。

不同诗歌体裁对融情入景与融景入情这两种方式的适应程度是不同的。伸缩弹性较大的歌行，直抒情感不但可能，而且常能取得淋漓尽兴、动人心魄的艺术效果；律诗篇幅适中，起承转合比较定型化，适宜景语、情语参半，一般不偏于一端。绝句要避短用长，含蓄不可不讲。这不单纯是一个表现技巧的问题，实际上关系到诗歌意境的深浅或典型化程度的高低。

于是融情入景，使人味而得之；寄意于境，使人思而得之，就成为盛唐绝句常用的手法。如王昌龄《长信秋词》：

长信宫中秋月明，昭阳殿下捣衣声。

白露堂中细草迹，红罗帐里不胜情。

可以说通篇只有画面（除末三字微微点情），几乎一句一景：长信宫月夜，全景；昭阳殿，中景；白露堂下，秋草丛生；红罗帐中失眠宫女，特写。前三句将环境写够，末句推出人物，以"不胜情"三字一点，意味甚长。又如李白《独坐敬亭山》通首止于言景，而物我浑然一处，而傲岸之意，鄙视庸俗之情全出。《玉阶怨》通首写玉阶白露，罗袜珠帘，玲珑秋月，无非写景，然寂寞企盼之意无处不在。

正因为融情入景，便能意留言外。以不尽尽之，反而使绝句有了含吐不露、回环婉曲、语近情遥的优点，从而化短小的特点为长处了。19世纪一位外国诗人说过：化自然景物为思想感情，化思想感情为自然景物——这是艺术天才的秘密。盛唐绝句作家就洞悉这一艺术奥秘，从而使绝句以短胜长。

意象集中，以小见大

抒情往往离不开具体意象。黑格尔说："人要满足自己的要求，把主体方面所感到的较高的真实而普遍的东西，化成外在的使它直接成为观照的对象。使河海、山岳、星辰，上升为观念。"（《美学》）别林斯基说："抒情类的诗则使用形象图画来表现没有具形的构成人性内质的情感。"（《别林斯基论文艺》）盛唐绝句融情入景，使用鲜明的意象来表现诗情，就是很好的例证。

体裁短小，要求绝句意象集中，以小见大，使人窥一斑而见全豹。盛唐诗人"作绝句如窗中览景，立处虽窄，眼界自宽"（《骚坛秘语》）。崔颢《长干曲》"君家在何处"摄取水乡生活中的一个小场景，通过几句简单的问话和一个动作的描写，在读者想象中唤起的却是一幅水上泊舟的人物画：舟中女子向别船青年试探情意的情态惟妙惟肖。王夫之称它"墨光所射，四表无穷，无字处皆具意也"，"咫尺有万里之势"（《姜斋诗话》），即是说明其意象集中，以小见大的特点。王昌龄《送狄宗亨》云：

秋在水清山暮蝉，洛阳树色鸣皋烟。

送君归去愁不尽，又惜空度凉风天。

此诗足抵一篇柳永慢词《雨霖铃》，却没有长亭送别一类情事的叙写，几乎只着重刻画送别时的天气之好，发了一点近乎"此去经年，应是良辰好景虚设"的感喟。千种风情，却于无字处见之。正贵于意象集中。李白《春夜洛城闻笛》通篇只写闻笛始末，而满纸乡心，令人遐想，李益《夜上受降城闻笛》"不知何处吹芦管，一夜征人尽望乡"、《从军北征》"碛里征人三十万，一时回首月中看"，李涉《润州听暮角》"惊起暮天沙上雁，海门斜去两三行"等，亦复如此。

王维《杂诗》撇开多少故乡事不问，独问"寒梅著花未"，也是削多成一，具有意象集中，以小见大的特点。而辋川绝句刻画一时一地偶然捕捉到的光景，让人妙悟，亦是著例。

偏师取胜，借端托喻

正面的描绘，不免铺叙，最费笔墨。而适当的陪衬烘托，则往往事半功倍。绝句的另一种避短用长，即刘熙载所说："绝句取径贵深曲，盖意不可尽，以不尽尽之。正面不写写反面，本面不写写对面、旁面，须如睹影知竿乃妙"，"以鸟鸣春，以虫鸣秋，造物之借端托喻也，绝句之小中见大似之。"（《艺概·诗概》）吴乔也说："七绝仍偏师，非必堂堂之阵，正正之旗，有或斗山上，或斗地下者。"（《围炉诗话》）

盛唐绝句作家就特别注意运用借喻托喻，从反面、侧面暗示微挑的手法，起到词约义丰、小中见大的效用。如崔国辅《怨词》通篇写宫女惜衣的叹息，无形中流露出一片顾影自怜之意，"为舞春风多，秋来不堪着"的罗衣的命运，正是身历两朝的老宫女命运盛衰的形象写照。盖诗人天宝间由礼部员外郎被贬谪岭南，故此诗更深一层的寄寓是刺先朝旧臣见弃。取径深曲，悼衣实自悼。刘方平《春雪》似形容春雪，如洒盐咏絮之作，然"君看似花处，偏在洛城中"意在言外：天寒风雪独宜于富贵之家。由于"正面不说，说旁面"，故而蕴藉含蓄，启人深思。又如王维《相思》劝对方多采撷，或休采撷红豆，而相思之情更见深长，也是同类手法。王昌龄七绝《春宫曲》：

昨夜风开露井桃，未央前殿月轮高。
平阳歌舞新承宠，帘外春寒赐锦袍。

似写宫中承恩之事，其实题旨不在于此。"平阳歌舞新承宠"，用汉卫子夫得宠的故事，"只说他人之承宠，而己之失宠悠然可会"。正面不写写旁面，使人睹影知竿，取得含蓄委婉、耐人寻味的艺术效果。岑参《山房春事》：

梁园日暮暗飞鸦，极目萧条三两家。庭树不知人去尽，春来还发旧时花。

用花木无情，表现人的伤感，也是侧面微挑，效果比直言今昔之感好得多。此诗后人多袭其构思，其法盖成于盛唐。

表现时空，因体制宜

按莱辛的说法，诗是时间艺术，但在表现空间上也有较大自由，也可以达到视通千载、目接万里的境界。绝句以体裁短小，六朝小乐府如《子夜歌》《子夜四时歌》等，原多写一时一地的情景，尺幅自小，容量不大，艺术形象比较单纯。而随着时代的推进和生活内容的日益丰富，盛唐绝句诗人在表现时空上更为得心应手。

有两种因体制宜的手法得到了大量的自觉地运用：一是就同一时间而写空间的殊异。这种手法远绍诗经《魏风·陟岵》篇，诗中写行役者思念亲人，而联想亲人思念自己。这种手法似特别适用于绝句，初盛唐之交，张敬忠《边词》就有了"即今河畔冰开日，正是长安花落时"的警句。而王维《九月九日忆山东兄弟》与高适《除夜作》，写佳节思亲，由己思亲而联想到亲思己，王诗中"遥知"、高诗中的"千里"，即点出同一时刻的空间差异。韦应物《秋夜怀丘二十二员外》亦此法，于同一时间写两地情思，加倍丰富了诗意。王昌龄《送魏二》由今夕想别后，而写到别后思今夕，则又是一种写法。这种处理时空的办法多见于写两地情思，而为中晚唐诗人所乐用，如白居易《邯郸冬至夜思家》便是显例。

二是就同一地点写时间的殊异。初唐骆宾王《于易水送别》已可算是运用这种手法的名篇了。盛唐绝句中，这种手法运用更多更自觉，而且佳作累累。如贺知章《回乡偶书》"离别家乡岁月多"、李白《苏台览古》、王维《辋川集·孟城坳》皆其例。贺知章诗于同一空间镜湖，由"近来"追溯"旧时"；李白诗于苏台由"只今"怀想"吴王"时，均就同一地点写时间殊异。王维《孟城坳》短短二十字，于同一地点，不仅写到昔与今，乃至追思"来者"，引起读者时间上的联想更加悠远，极有力地表达了"后之视今，亦尤今之视昔"、"情随事迁"（王羲之《兰亭集序》）的人生感喟，四句中无限曲折，含蓄不尽。于同一空间写不同时间的手法，多用于忆昔怀古一类题材，中唐诗人如刘禹锡《柳枝词》"清江一曲柳千条"、崔护《题都城南庄》等，都是对盛唐绝句的这一手法加以运用和发展的结果。

经上两法的运用，都伴随艺术想象和联想，较之单写一时一地的情景，容量扩大了。短小的绝句便可达到"以片言明百意，于坐驰役万景"的境界。有少数作品，更是在时空两间自由驰骋。如李白《峨眉山月歌》、王昌龄《从军行》"大漠风尘日色昏"，便糅合这两种表现时间的手法，超越时空，更令人神往。晚唐李商隐《夜雨寄北》、刘皂《旅次朔方》（一作贾岛《渡桑干》）亦相继运用了这样的手法：

客舍并州已十霜，归心日夜忆咸阳。

无端更渡桑干水，却望并州是故乡。（刘皂《旅次朔方》）

时间相距十年，地点涉及并州、咸阳及桑干河，可谓纵横驰骋，至于诣极，较之盛唐，已青出于蓝。

绝处生姿，专主风神

绝句到盛唐出现了另一个引人注目的变化，就是对尾联的特别讲究。初唐绝句或为对偶所累，成半律诗，或气韵未舒，风调未谐。要做到愈促愈缓，愈短愈长，绝句应该有一个饶有余韵的结尾，盛唐诗人重视对内在律感的追求，集中表现在对绝句下联的考究上。

盛唐绝句"多以第三句为主，而第四句发之"（元人杨载），构成内在韵律，而"婉转变化工夫全在第三句"。《骚坛秘语》亦说"绝句精要，第三句是""绝句健决第四句是"。大抵第三句向西（如"窗含西岭千秋雪"），则第四句向东（如"门泊东吴万里船"）；第三句肯定（如"桃花潭水深千尺"），则第四句否定（如"不及汪伦送我情"）；第三句捂盖子（如"两岸猿声啼不住"），第四句则揭盖子（如"轻舟已过万重山"）；第三句设置悬念（如"莫愁前路无知己"），第四句抖包袱（如"天下谁人不识君"），等等，总之是以两句的反差形成张力，情绪自然消涨，故余音不绝，耐人寻味。

盛唐绝句尾联多散行，三四构成转合，且尾联常用否定词语强化语气。如"黄沙百战穿金甲，不破楼兰终不还"（王昌龄《从军行》）、"深林人不知，明月来相照"（王维《竹里馆》）、"春风知别苦，不遣柳条青"（李白《劳劳亭》）、"今夜不知何处宿，平沙万里绝人烟"（岑参《碛中作》），等等。双重否定构成肯定（如"不破楼兰终不还"）尤见强调作用。用限制性词语形成感叹的语调，增强感情色彩，如"只今惟有西江月，曾照吴王宫里人"（李白《苏台览古》）、"但使主人能醉客，不知何处是他乡"（李白《客中作》）、"孤帆远影碧空尽，惟见长江天际流"（李白《黄鹤楼送孟浩然之广陵》）、"惟有门前镜湖水，春风不改旧时波"（贺知章《回乡偶书》）、"盘龙玉台镜，惟待画眉人"（王昌龄《朝来曲》）、"相看两不厌，只有敬亭山"（李白《独坐敬亭山》），等等。此等诗句，读来一唱三叹，深宜讽咏，大大增加了绝句的风调。

讲究收尾的另一种方法，是使用问句或呼告语作结，有时与前一种情形交叉使用。如"今夜曲中闻折柳，何人不起故园情"（李白《春夜洛城闻笛》）、"醉卧沙场君莫笑，古来征战几人回"（王翰《凉州词》）、"日暮征帆何处泊，天涯一望断人肠"（孟浩然《送杜十四之江南》）、"儿童相见不相识，笑问客从何处来"（贺知章《回乡偶书》）、"芳草年年绿，王孙归不归"（王维《山中相问》）、"来日绮窗前，寒梅著花未"（王维《杂诗》）、"劝君多采撷，此物最相思"（王维《相思》）、"惊波一起三山动，公无渡河归去来"（李白《横江词》）、"莫愁前路无知己，天下谁人不识君"（高适《别董大》），等等。用问句或呼告作结，自然作二人称口气，这就容易打通诗与读者的感情间隔。作歌词演唱，则易使听众进入角色，沟通与诗人歌者的情感交流，增强感染力。这样有"弦外音，令人神远"的结尾，贵乎自然，当然就不宜以骈偶作结而宜取散行。

抒情诗与音乐是诉诸情绪的表现艺术，二者有许多相通之处。别林斯基说："史诗类的诗可以比作造型艺术——建筑、雕刻、绘画；抒情类的诗只能比作音乐。"抒情诗具有很强的音乐性，往往能以单纯的语言，通过反复唱叹来表达无限深长的思想感情。诗并不等于音乐，也不等于歌，然而音乐性是有助于抒情性的。绝句不可能运用章句重叠等方式反复唱叹，利用后两句的转合构成唱叹之致就十分必要了。盛唐绝句对尾联的讲究和尾联摆脱"初唐标格"的不自然的对接，使绝句更多唱叹之音，加强了诗歌的音乐性。第三句和第四句"承接之间，开与合相关，反与正相依，正与逆相应，一呼一吸，宫商自谐"，形成内在的音乐律感。如李白《早发白帝城》第三句于瞬息万里中，忽写到"猿声啼不住"，速度感消失，是诗情的一顿挫。四句则以"已过"与"啼不住"呼应，一反一正，一逆一顺，一开一合，一呼一吸，宫商自谐，构成唱叹。"无此句则直而无味，有此句走处仍留，急语仍缓"（施补华《岘佣说诗》），很好地表现了诗人遇赦东归的轻快心情。张说《送梁六自洞庭山作》第三句"闻道神仙不可接"由实写转虚写，由景及情，是一转折。读者如睹君山，而心接湘君、湘夫人传说，而为之神往；末句复以景结情，虚实结合，音情摇曳，言有尽而意无穷。《诗薮》称其句格成就，渐入盛唐。

组诗体制，聚零为整

盛唐绝句作家还进一步发展了组诗体制，扩大绝句表现的社会生活内容。各家几乎都有绝句组诗，不过有的组织较为严密，有的组织较为松散而已。李白有《永王东巡歌》11首、《横江词》5首、《上皇西巡南京歌》10首、《陪族叔刑部侍郎晔及中书贾舍人至游洞庭》5首、《清平调词》3首、崔颢《长干曲》4首、王维《少年行》4首、《辋川集》20首、《皇甫岳云溪杂题》5首、王昌龄《从军行》7首、《长信秋词》5首、岑参《封大夫破播仙凯歌》6首、高适《九曲词》3首，等等。

绝句组诗，又称连章体，六朝歌谣早已有之。《子夜四时歌》分春、夏、秋、冬四组，每组由若干五言小诗构成，即其例。但它们大体上只是题材相近的作品的松散组合。每首诗大抵独立成章，有序性不强，并不算严格意义上的组诗。六朝歌谣中的其他组诗，亦多属此类。陈隋之际伏知道《从军五更转》5诗彼此蝉联，诗意一脉相承，结构较紧密，但各首加有序号，又不能独立成篇，五首只如一首，有失绝句固有的特点。

盛唐绝句组诗在艺术上有长足的进步，很多组诗已具有如下特点：单篇具有相对独立性；组合在一起又彼此关联，有序地表达同一主题。简言之，既可化整为零，又可聚零为整。这些组诗有序性虽强，却并不妨选家只取其中一首或两首，独立地加以欣赏。如王维《少年行》四首逐次描述长安少年风流倜傥的豪侠生活、抱负雄心、立功壮举和功成受赏，多角度地描绘了少年游侠的英雄形象，有序性很强，但不妨一般唐诗选本只录"新丰美酒斗十千""出身仕汉羽林郎"或"一身能擘两雕弧"。李白《清平调词》三章均就美人名花，双管齐下，章法一气蝉联，略有分工：第一首写想象中的美人，第二首写比喻中的美人，第三首写当前的美人（用俞平伯说）。三首联章，每首仍有独立的价值，第一首更为人传诵。但整体地看，一二首为兴比，第三首为结穴，将花与人打成一片，合读的效果，又是分读所没有的。

组诗体制不是通过扩大绝句容量，而是通过扩大绝句篇幅，使之更能适应表现复杂的社会生活内容之需要。单首绝句描写的，诚然只能是生活的某个侧面，而合为组诗却能从多方面相当完整地表现复杂的对象。

234

王昌龄《从军行》七首从不同侧面描写征戍者的艰苦生活和内心世界，有如一支音响丰富复杂的交响曲。组诗体制拓宽了绝句的适用范围，从而使绝句在相当程度上摆脱出体裁局限，对于重大题材也能胜任了。

绝句组诗体制在杜甫及中晚唐诗人那里，规模更大，运用更广泛。但它作为扩大绝句适用范围、增强绝句艺术表现力的一法，却是成立于盛唐绝句作家之手的。

第三章　拓新期

（杜甫到两宋）

| 一 |

杜甫与绝句艺术的拓新

安史之乱，盛唐气象云烟过尽。旧时的歌唱渐趋冷落，新的诗苑尚待开辟。独立在盛中唐之交的伟大诗人是杜甫。在绝句史上，杜甫起着承先启后的作用。即使是那些认为杜甫"于绝句本无所解"的人，也无法抹杀他在绝句史上的存在，以及他在绝句发展史上的重要的无可替代的作用。盛唐绝句到了杜甫这一页，从内容、风格、手法到音响全都变了。绝句的门庑从此更大，中晚唐的别派由此而开。议论风生，刻画入微，都从这里启渐。沾溉及于宋人，影响可谓深远。

突破传统的原因

安史之乱是唐代社会矛盾和政治危机的一次总爆发。社会大动乱给生产力造成极大破坏，开元时代造就的承平气象一去不返。诗化的生活变为严酷的现世。以豪迈、乐观、明朗为基调的盛唐绝句赖以生长的社会条件不复存在。诗歌创作出现了新的趋势，现实主义因素迅速增长，并日益成为主流。

绝句艺术自身的发展，这时也已基本告一段落。盛唐作家在他们所表现的题材范围内，对绝句艺术已做出他们可能做出的巨大贡献。绝句艺术的特点已转化为一种优点，其抒情性、音乐性得到充分发展。绝句艺术沿着他们开辟的大道继续走去，最多只能是锦上添花。然而，绝句艺术所酝酿的艺术潜能，还并未能完全释放出来。由于习惯与传统的力量作用，绝句的题材和手法形成了一个固有的天地，从而也留有突破的余地。

具体而言，盛唐作家在反映和表现安定、繁荣的社会生活与高昂的时代精神上做了充分的探索，取得了前所未有的成就，他们所作的绝句绚丽多彩。但总的倾向是浪漫的，偏于抒情的；写实的成分，叙事议论的成分，相应较少。同时，绝句的样式和风格也还有多样化发展的可能。

总而言之，就内部条件与内在根据而言，突破传统题材和手法，都已成为一种需要和可能。杜甫绝句，正是在这样的情况下应运而生的。

完成这一拓新使命的，何以是杜甫，而不是别人？乃是因为杜甫横跨两个时代，是与这个大变动时代同呼吸、共命运的诗人。当盛唐诸公的声音一时沉寂，他便成为时代的伟大的歌手，从而在他的歌唱中体现时代变动的精神。杜甫在《戏为六绝句》中写道："或看翡翠兰苕上，未掣鲸鱼碧海中。"可见他对已经流行的、过于精熟小巧的诗风的不满，而渴望掣鲸碧海，别开生面。

杜甫对诗歌有极深的造诣，有胆量也有能力开一代诗风。他是唐诗现实主义新潮流的开山祖师，对盛唐绝句传统因袭的负担较少，具备革新传统的条件。作为鸿篇巨幅的诗歌长才，他的前半生几乎全部致力于古体、排律等体制的创作，间及律诗。在入蜀前几乎不写绝句（可考定为早期作品的仅有一首），这在盛唐诗人中极为罕见。一旦牛刀小试，便无所顾忌。打破传统，别开生面，也就更容易一些。

从内容到手法的拓新

杜甫入蜀前主要致力于五七古以及五律的创作，安史之乱前后他的长篇古诗创作在数量与质量上都达到一个高峰。这种体裁上的选择，是由诗人的现实主义倾向和写重大社会题材所决定的。绝句在当时派不上用场。

入蜀后，诗人的生活境遇有了较大改变。多年饱经丧乱之后，他终于找到了一个安栖的处所。社会秩序虽然未能恢复，大的动乱却已结束，诗人的心境也较为舒畅。这时，他的诗歌创作发生了转变，内容上已由叙事更多地转向抒情，体裁上也就相应地偏于近体——特别是律诗创作取得了很高的成就。他的所有130多首绝句，几乎都是在这一时期写成的。杜甫致力于七律创作，以一种精严的形式抒写对时局和身世的感慨，极为凝练。他的绝句创作，却要随意得多。杜甫常以绝句作为一种遣兴手段，所作在内容上取材更广，多即兴漫成，形式上则进行了多种尝试。

杜甫入蜀后操起绝句这种体裁，一个重要契机可能是社交的需要。那时他的诗名很大，书法不错，而资用短少。为了经营草堂，需要向当地长官和财主请求援助。而那些施主们无疑希望得到他的赠诗和墨宝。两得其便的办法，莫过于以诗代札，赞助也拉了，情面也做了，而且吐属大方，不失身份。虽然以诗赠酬，向来有之，但像杜甫这种化缘、索物或答谢之诗，却是古无今有。这样的先例轮不到小家头上，再说，小家多矜持不愿写，写了也不足为训。而杜甫开了这个先例，将原来非诗的题材引入创作，无论后人怎样评说，盛唐绝句创作旧有的格局被打破了。

百年已过半，秋至转饥寒。

为问彭州牧，何如救急难。（《因崔五侍御寄高彭州适》）

为嗔王录事，不寄草堂资。

昨属愁春雨，能忘欲漏时。（《王录事许修草堂资不到聊小诘》）

奉乞桃栽一百根，春前为送浣花村。

河阳县里虽无数，濯锦江边未满园。（《觅桃栽》）

草堂堑西无树林，非子谁复见幽心。

饱闻桤木三年大，与致溪边十亩阴。（《凭何十一少府邕觅桤木栽》）

落落出群非榉柳，青青不朽岂杨梅。

欲存老盖千年意，为觅霜根数寸栽。（《凭韦少府班觅松树子》）

大邑烧瓷轻且坚，扣如哀玉锦城传。

君家白碗胜霜雪，急送茅斋也可怜。（《乞大邑瓷碗》）

或觅树苗，或乞瓷碗，以诗代札，信手抹去，庄谐兼施，却风趣盎然，不减晋人杂帖。它们不仅有诗的形式，而且也有形象思维和流动的情感，具备诗的特征。

这种作法的推广，就是以"即兴""漫兴""漫成"为题的绝句创作。所谓"即兴""漫成"，多为就一时杂感或即目所见，兴到笔随，拈来纸上的小诗。推而广之，题名"口号""解闷"的绝句，也属于同一类型。有时干脆"阙题"，或以体裁命名，题为"绝句"。《四库总目提要》卷一五四《后山诗集》提要，称杜甫绝句乃"遣兴之格"，可以说是抓住了杜甫绝句的基本特点的。另一方面，盛唐绝句常见的题材如边塞、宫怨、行旅、离别等，不见或罕见了；写景抒情题材，也暗中改换了面目。杨慎《升庵诗话》卷一三说杜甫"于绝句本无所解"，就是针对这种情况而言的。人们常说李白诗歌是天马行空、随意创作，而杜甫的绝句创作，实有过之而无不及。

杜甫绝句题材广泛，内容丰富，完全突破传统的樊篱。以往只出现在古体诗中的时事与政论，也被带进了绝句领域，如《三绝句》：

前年渝州杀刺史，今年开州杀刺史。
群盗相随剧虎狼，食人更肯留妻子？

二十一家同入蜀，惟残一人出骆谷。
自说二女啮臂时，回头却向秦云哭。

殿前兵马虽骁雄，纵暴略与羌浑同。
闻道杀人汉水上，妇女多在官军中。

又如《喜闻盗贼总退口号》五首、《黄河》二首，以及《承闻河北诸道节度入朝欢喜口号》十二首、《复愁》十二首、《解闷》十二首中的部分篇章。杜甫关心国事，同情民生疾苦的精神在其中得到充分体现，这种绝句是前所未有的。

以诗论诗，李白五古有之。绝句论诗，东晋五言四句体中，《大子夜歌》两篇首开先例，遂成绝响。而以七绝谈诗论文，却是杜甫的新创，对后人影响极大。为初唐四杰而发，而推广到诗歌创作之一般的《戏为六绝句》，是最值得重视的一组作品，此外，《解闷》第五、六、七、八首也属同一性质：

王杨卢骆当时体，轻薄为文哂未休。
尔曹身与名俱灭，不废江河万古流。（《戏为六绝句》）
不薄今人爱古人，清词丽句必为邻。
窃攀屈宋宜方驾，恐与齐梁作后尘。（同上）

复忆襄阳孟浩然，清诗句句尽堪传。

即今耆旧无新语，漫钓槎头缩项鳊。（《解闷》）

陶冶性灵存底物，新诗改罢自长吟。

熟知二谢将能事，颇学阴何苦用心。（同上）

不见高人王右丞，蓝田丘壑蔓寒藤。

最传秀句寰区满，未绝风流相国能。（同上）

秋来相顾尚飘蓬，未就丹砂愧葛洪。

痛饮狂歌空度日，飞扬跋扈为谁雄。（《赠李白》）

诗人对前辈和当代诗人，包括诗人自己，即兴批评，纵横驰骋，颇中肯
綮，如谓四杰诗为"当时体"、孟浩然"清诗堪传"、王维"最传秀句"、
李白为"飞扬跋扈"，而自己是"苦用心"，等等。故今人郭绍虞称其：
"开论诗绝句之端，亦后世诗话所宗，论其体则创，语其义则精。"（《杜甫
戏为六绝句集解》）

"万里巴渝曲，三年实饱闻"（《暮春题瀼西新赁草屋》）。巴渝一带流行
民歌通称"竹枝"，崔令钦《教坊记》已有记载，可见在唐玄宗时已采入
教坊。稍后于杜甫的诗人顾况即有题为《竹枝词》的仿作，元和时代刘
禹锡、白居易递相唱和，《竹枝词》遂成绝句诗中重要品类。而最早学习
竹枝词，并将它的作风（专咏风土人情）和音调带入绝句的，则是杜甫，
只不过他未用"竹枝"之名，而改题《夔州歌》。所谓"夔州歌"，不正
是竹枝词么：

中巴之东巴东山，江水开辟流其间。白帝高为三峡镇，瞿
塘险过百牢关。

蜀麻吴盐自古通，万斛之舟行若风。长年三老长歌里，白
昼摊钱高浪中。

244

杜甫还创作了一种《存殁口号》，为活着和死去的文化界的朋友画像，为他们作不平之鸣。这在后世也激起过众多的回音：

> 郑公粉绘随长夜，曹霸丹青已白头。
> 天下何曾有山水，人间不知重骅骝。

要之，绝句创作到了杜甫，真是无施而不可。叙事的、议论的成分被大量引进绝句，与盛唐绝句特重情景显然不同。然而，说杜甫"于绝句本无所解"，哪怕这里的"绝句"仅仅是指盛唐绝句，也并不公平：

> 锦城丝管日纷纷，半入江风半入云。
> 此曲只应天上有，人间能得几回闻？（《赠花卿》）
> 岐王宅里寻常见，崔九堂前几度闻。
> 正是江南好风景，落花时节又逢君。（《江南逢李龟年》）

历代评论一致公认这两首诗不减盛唐名篇，杨慎本人，还有仇兆鳌等，甚至认为李白、王昌龄不过如此。更有人以此二诗为杜甫绝句之冠，无非是以盛唐绝句作尺度，杜甫有知，当不许也。

杜甫不同于李王为代表的盛唐诸公，主要在于题材内容的拓广和表现形式呈多样化的发展。除上述一两首作品作风近乎盛唐外，绝大部分作品是以全新格调出现的。

从绝句格式看，杜甫似乎有意识进行多种尝试。今存古体绝句12首，余为近体绝句。近体绝句中，散行者55首，对起散结者14首，散起对结者34首，对起对结者22首，其中还有各种拗体。可谓无体不备。在修辞上，则广泛运用着排偶、重叠、双声叠韵等手法。形式上，纯任天然与精心雕琢同时并存。总之，与盛唐绝句妙在有意无意之间不同，表现出对于形式美的执着追求。

杜甫绝句从内容到形式的特点，决定了其艺术风格对盛唐绝句的变化。意境上从虚转实。盛唐绝句重抒情，主情景，使人神远。写法上多从大处着墨，贵淡不贵浓，贵远不贵近，意境较虚。杜甫绝句虽仍具抒情诗的性质，但融入较多的叙事、议论的成分，又常刻画入微，据事直书，直抒胸臆，色彩较浓，意境较实。不必举其政论时事绝句，即以写景抒情绝句而言，杜甫就较重细致刻画，着意色彩，不但常常通首细致写景，而且往往"一句一绝"一句一景，与盛唐写景绝句通篇浑成一气异趣。

> 迟日江山丽，春风花草香。
>
> 泥融飞燕子，沙暖睡鸳鸯。(《绝句》)
>
> 黄师塔前江水东，春光懒困倚微风。
>
> 桃花一簇开无主，可爱深红映浅红？(《江畔独步寻花》)
>
> 黄四娘家花满蹊，千朵万朵压枝低。
>
> 留连戏蝶时时舞，自在娇莺恰恰啼。(同上)
>
> 两个黄鹂鸣翠柳，一行白鹭上青天。
>
> 窗含西岭千秋雪，门泊东吴万里船。(《绝句》)
>
> 糁径杨花铺白毡，点溪荷叶叠青钱。
>
> 笋根稚子无人见，沙上凫雏傍母眠。(《漫兴》)

这些诗大都色彩鲜明，刻画细致，意境充实，为盛唐少见。与"桃花尽日随水流，洞在青溪何处边"(张旭《桃花溪》)、"故人家在桃花岸，直到门前溪水流"(常建《三日寻李九庄》)相比，"桃花一簇开无主，可爱深红映浅红""黄四娘家花满蹊，千朵万朵压枝低"在表现上，正有虚实、显隐之别。盛唐诗人，何至"花满蹊"后更加"千朵万朵"以形容之。

至于一句一景，本于顾恺之《神情诗》之分咏四时之景，而杜甫则分写一时四景。盛唐绝句写人，通常不具体刻画形容，形象是笼统的。而杜甫则刻画相貌之细节，如"胡人高鼻"在绝句中出现，就让人耳目一新：

> 黄河北岸海西军，椎鼓鸣钟天下闻。
> 铁马长鸣不知数，胡人高鼻动成群。（《黄河》）

盛唐绝句音调自然婉转，跌宕悠扬，谐于唇吻。而杜甫却把古体和律诗的某些作法带进绝句，音调由自然变为拗峭。一、绝句拗体的运用，如《夔州歌》写三峡风光"中巴之东巴东山"连用七平声，造成石破天惊之语感；《三绝句》"殿前兵马虽骁雄"一首通篇皆拗，造成抑塞不平之语感，这是诗人有意以音调变化取得与内容相适应的拗峭之致，便是取法于古体与民歌。二、对结的运用。盛唐绝句已基本不用对结，多于三四句作转合，音调悠扬；初唐对结为常，但作家多取"流水对"；而杜甫多用"的对"作结，如"白帝高为三峡镇，瞿塘险过百牢关"（《夔州歌》）、"流连戏蝶时时舞，自在娇莺恰恰啼"（《江畔独步寻花》）、"繁枝容易纷纷落，嫩蕊商量细细开"（同前）、"沙头宿鹭联拳静，船尾跳鱼拨剌鸣"（《漫成》）等。三四间是并列关系而非转合关系，诗意的转折则常存于两联之间，结束音调戛然而止，与盛唐绝句风神迥乎不同。这显然是以律诗之法施于绝句，故有人以半律目之。因此，杜甫绝句的音调，便由盛唐绝句的婉转悠扬一变而为波折拗峭了。

语言风格上以俗为雅。杜甫在蜀中受到民歌的影响，大量运用蜀地的方言语汇和语法为诗，造成一种与"漫兴""戏为"作法一致的风趣，格调时近俚俗。杜甫的《少年行》就不同于盛唐诸公的《少年行》：

马上谁家白面郎，临阶下马坐人床。

不通姓字粗豪甚，指点银壶索酒尝。

与王维同题之作"新丰美酒斗十千"比较，彼此语言虽然都明白浅显，但王维运用提炼纯粹的文学语言，抛弃了口语中偶然性的因素，而杜甫的遣词造句却更多保留口语形态。"久拼野鹤如霜鬓，遮莫邻鸡下五更"（《书堂饮既夜复邀李尚书下马月下赋绝句》）、"江上被花恼不彻，无处告诉只颠狂"（《江畔独步寻花》）、"诗酒尚堪驱使在，未须料理白头人"（同前），这里，"谁家"、"久拼"、"遮莫"（尽管）、"料理"等语词，都保留着口语形态。自初唐王梵志以来，绝句诗人使用白话，莫此为甚。杜甫不少绝句，因而具有古诗风趣，所谓"一往浩然"即指此种而言。

综上所述，从内容、题材到艺术表现手法以至风格，杜甫都走着一条与众不同的道路。他离开了盛唐人开辟的许多诗人走惯的康庄大道，朝着无人问津的崎岖山野披荆斩棘，这是为惯于驾轻就熟的人们不可理解的。他似乎处处与盛唐人唱反调，以致遭到种种指责贬抑。推尊杜甫有功唐诗如胡应麟、沈德潜辈，亦表示不能欣赏，其知音何其少也。乃是拓新者难于避免的遭遇。

杜甫拓新的意义

当绝句经过盛唐诸家各显神通，已经在艺术上达到几乎被人认为尽善尽美、不可逾越的高峰之后，要完全离开他们的路径，而与之斗法，只能是费力不讨好。绝句艺术要发展，不突破传统，小打小闹，不可能开出新的天地，不可能有大的出息。在某种意义上说，没有杜甫在盛唐的突破，就不能有中晚唐的新建成树。杜甫在绝句史上承先启后的作用是无可替代的。至于其绝句本身的艺术价值，还当别论。因首创难工，究不能于筚路蓝缕之初，责以制礼作乐之事。杜甫绝句比同时稍后的韦应物、刘长卿、卢纶、李益等诗人的绝句，在技巧的圆熟、流传的广泛上诚然不如，然而那是无须用作比方的。

首先，杜甫开辟了绝句领域，指出了绝句更为广泛地反映现实生活的可能性。他用绝句写时事、政论，把叙事、议论的成分带进绝句领域，是一创举。叙事成分的加入，特别是将时事、讽刺入绝句，表明绝句也能直接地多方面地反映现实生活，表现作者的感情态度。它可以增大绝句表现生活的范围而不改变抒情诗的性质。杜甫虽未能将世上疮痍、民间疾苦更多地写入绝句，但由于他做出了范例，经过中唐李约、李绅等人的尝试，到晚唐产生了大量揭露社会现实、抨击政治弊端和反映民生疾苦的作品。中唐产生的大量反映社会风俗的优秀绝句，也是沿着杜甫拓新之路走下去的结果。这就大大丰富了唐代绝句的艺术宝藏。

其次，杜甫绝句创作实践为绝句叙事、议论提供了一些成功的经验，丰富了绝句的艺术表现手段。他的叙事与议论，常能挟情韵以行，如"群盗相随剧虎狼，食人更肯留妻子"（《三绝句》）、"自说二女啮臂时，回头却向秦云哭"（同前），叙事议论含有强烈的憎爱感情，读来绝不乏味。他的议论，更多是附丽于形象，如"江流石不转，遗恨失吞吴"（《八阵图》）、"或看翡翠兰苕上，未掣鲸鱼碧海中"（《戏为六绝句》），兴比的运用使诗歌富于形象性，议论便不空洞和概念化。诗人有时不直抒感慨，而用含蓄的表现方式，如《存殁口号》"郑公粉绘随长夜"，将活着和已故的两位画师的遭际同时摆出，令人于比勘之中，领悟到那个社会对人才的作践。"人间不解重骅骝"一句双关，紧扣曹霸画马，兼指人才即"千里马"。榜样的力量无穷，绝句表现手段增多，为多方面反映生活做好了艺术准备，对中晚唐讽时咏史绝句的发展提供了有益的借鉴。

第三，杜甫的绝句创作显示了绝句风格多样化发展的可能性。他自己就开辟了一个重要的绝句别派、变格，并进行了多方面的尝试。盛唐绝句多写普遍的情感，杜甫绝句艺术个性化更见突出。"盛唐一味秀丽雄浑，杜则精粗巨细，巧拙新陈，险易浅深，浓淡肥瘦。靡不毕具。参其格调实与盛唐大别，其能荟萃前人在此，滥觞后人亦在此。"（《诗薮》内编四）胡应麟这段话虽是就整个杜诗而发，然专评杜甫绝句，也是适当的。中唐绝句个性色彩突出，艺术风格呈多样化发展，杜甫绝句实为之滥觞。

绝句创作新课题

闯新路难免遇到崎岖，改革的事并不那么容易。杜甫对盛唐绝句传统的突破，也是付出了相当代价的。他在每取得一个新突破的同时，也给绝句艺术提出了一个新的问题。这些问题，杜甫并未完全解决。一方面是因为他于绝句并非专攻，也并不十分致力；另一方面则因为创新在开始阶段并不能一下完善起来，对于一个拓新者不应求全责备。应该看到，杜甫绝句出现的问题或缺失，即是他留给继武者的新课题。一个人能给后人提出这样多的问题，正标志着他在绝句史上重要意义之所在。因为提出问题是解决问题的首要前提，也是解决问题的第一步。杜甫绝句提出的新问题有以下几方面。

杜甫把叙事、议论引入绝句，表明绝句在艺术表现手段上具有多种可能性，突破盛唐唯主情景，是一个进步。但这种突破应有一定限度，它须以尊重诗歌抒情的特质为前提。换言之，并不是任何内容都可为诗。然而杜甫则时有出现打破诗文界限的趋向，如以诗代札，谈艺论文等，拓宽了绝句创作的路子，但也容易导致一种倾向，如不加适当限制，则会破坏诗歌的抒情性和形象性。杜甫的"戏为"，对中晚唐绝句的某些流弊或有启渐之嫌。怎样把叙事、议论与抒情结合，与形象结合，使之成为抒情的有力手段而非破坏因素，这是杜甫绝句给中晚唐作家提出的一个课题。

叙事、议论进入绝句，绝句更广阔、更深入接触现实生活内容，这就使得绝句体的基本矛盾——怎样以短小体制容纳更多更丰富的生活内容——在新条件下再次突出。而一般说来，杜甫并未妥善、圆满解决这一问题。他通常是按与古体诗差不多的作法，直叙其事、直抒胸臆，不免意尽言中，实而未多，如：

> 禄山作逆降天诛，更有思明亦已无。
>
> 汹汹人寰犹不定，时时战斗欲何须。（《承闻河北诸道节度入朝欢喜口号》）
>
> 赞普多教使入秦，数通和好止烟尘。
>
> 朝廷忽用哥舒将，杀伐虚悲公主亲。（《喜闻盗贼总退口号》）

即使这些为历史学家乐于称引的绝句，较之李白同期所作"三川北虏乱如麻"等诗，在艺术上则有上下之别。杜甫还常用连章体即组诗的方法来解决少与多的矛盾，如《漫兴》9首、《江畔独步寻花》7首、《承闻河北诸道节度入朝欢喜口号》12首、《喜闻盗贼总退口号》5首、《解闷》12首、《夔州歌》10首，等等。连章体既可每首独立存在，又可相互补充，不失为丰富绝句艺术表现力的一种有效方法。但毕竟还不是从绝句艺术体裁所固有特点出发，以少胜多，以小见大。这一点也是杜甫留给中晚唐作家的继续探索的艺术课题。

　　杜甫把古、律体及民歌体的某些因素引入绝句，改变了盛唐绝句的音调，形成特殊的拗峭风格。又在语言上直道当时语，"不著心源傍古人"。这对于绝句艺术风格的多样化发展，起到不可否认的首开风气的作用。但杜甫绝句在音乐性方面又远远未达到盛唐绝句那样完美，也是无可回避的事实。他常用的对结尾，余韵便短，对体制窄小的绝句是不利的，难以达到愈短愈长的艺术效果。如《奉和严郑公军城早秋》，写得并不坏：

> 秋风袅袅动高旌，玉帐分弓射虏营。

已收滴博云间戍，更夺蓬婆雪外城。

由于对结，较之严武的原作，不免欠唱叹之音。

不鄙薄民间文艺和口头语言，值得赞许。但径以方言入诗，却有不少弊病，早在葛洪就有达见："书犹言也，若人谈语，故为知音，胡越之接，终不相解，以此教戒，人岂知之哉。"（《抱朴子·钧世》）民间语言的精华并不在特殊的方言语汇中，而恰恰在普通话里，作为诗人对口语应有所提炼。盛唐绝句深入浅出，却并不吸收偶然性的口语因素，本是一种典范，杜甫从这里退了一步，他的某些绝句，在今天读来不如李王绝句那样上口和容易理解，一个重要的原因也在这里。如何学习民歌，使绝句的音乐性得到恢复和进一步发展，是杜甫留给中晚唐作家去解决的第三个课题。

杜甫绝句启发中晚唐作家，同时还为宋人昭示门径，"杜七绝轮困奇矫，不可名状。在杜集中，另是一格，宋人大概学之。宋人七绝，大约学杜者什六七，学李商隐者什三四"（叶燮《原诗》外编下）。其影响不可谓不深远。

| 二 |
绝句艺术再度繁荣

再度繁荣的历史契机

安史之乱造成的后果之一，是经济文化中心的进一步南移。乱后生产力渐渐恢复，一度被极大破坏的社会经济得到复兴。中唐时代社会经济仍呈发展趋势，到贞元、元和之际，为战乱破坏的社会经济主要在南方得到恢复，加以航运的恢复，江淮物资能够顺利北运，德宗时权德舆说"江淮田一善熟，则旁资数道。故天下大计，仰于东南"，经济达到新的繁荣。这是中国封建社会从前期向后期转折的重要时期。由于土地兼并的加剧，地主庄园经济日益发展，王朝税收制度不得不加以改变，德宗建中元年（780）改租庸调为两税法，两税法的设施，实物地租代替劳役地租，庶族地主阶级在政治上占据重要地位。

南方的扬州、苏州、杭州、广州、鄂州、洪州、成都等城市比以前更加繁华，李肇《国史补》载长安风俗自贞元逐渐侈于游宴、牡丹、博弈、书画、卜祝、服食，社会上层风尚因此日趋奢侈、安闲和享乐。"急管昼催平乐酒，春衣夜宿杜陵花"（韩翃《赠张千牛》）、"夜市千灯照碧云，高楼红袖客纷纷。如今不是时平日，犹自笙歌彻晓闻"（王建《夜看扬州市》），就是极其形象的写照。

唐代科举之盛极于德宗之世，封建文士一般生活经历和好尚也发生了时代性变化。人数日多的书生进士带着他们所擅场的华美文辞，聪敏机对，日益沉浸在繁华都市的声色歌乐、舞文弄墨之中。盛唐文人仗剑远游，鞍马间为文的浪漫习气已为时代所涤荡，中唐文人普遍地袖藏华丽辞章，出入公卿之门，希冀有朝一日"春风得意马蹄疾，一日看尽长安花"。他们由科举进身社会上层，得到更多世俗生活的享乐，同时也更实际地品尝到宦海浮沉的辛酸。与盛唐文士那种反传统、敢开拓的时代氛围大不一样，中唐文士一般缺少盛唐那种奋发向上的精神和理想的光辉，却不乏实际生活感受；胸襟不如盛唐诗人那样豪迈，感受却更加细腻；不那么浪漫，却更加现实。诗中没有对边塞军功的向往，也没有盛唐之音的雄豪刚健、光芒耀眼，却更加五颜六色，多彩多姿。（参李泽厚《美的历程》）

中唐政治，则因安史之乱留下了藩镇割据，宦官专权两大病灶，潜伏着不安定的因素，丧失了盛唐蓬勃向上的元气。唐德宗时的内忧外患，顺宗时的永贞革新，为中唐诗歌增加了充实的思想内容。唐宪宗元和年间，国家实力有所增强，曾先后平定剑南、淮西两个藩镇，其余藩镇表面上归附中央，在政治上出现了史家所谓的"元和中兴"，这对中唐文艺的繁荣有很大的刺激作用。

白居易说"诗到元和体变新"，虽然主要是就元白一派而言，却也能概括整个时代的创作风貌。首先出现了现实主义诗歌大潮，即新乐府运动，和像白居易这样与李杜鼎足而立的伟大诗人。其次是诗歌风格流派比盛唐更多，出现了大批独具风格的杰出诗人，除白居易外，还有韩愈、元稹、张籍、王建、柳宗元、刘禹锡、李贺，可以说当此之时，人人自谓握灵蛇之珠，家家自谓抱荆山之玉，即使是并称于后世者如元白、刘白、韩孟、张王，也是同中有异，各具独到成就。

时代生活的重大变化，直接影响到绝句的内容和基本情调，同时绝句在艺术上也出现了时代性的变迁。中唐绝句的发展，明显分为两个阶段。前期以大历年间为中心，基本上是承盛唐之音，加以发挥，除个别作家而外，艺术上新的创获不多。本书已在盛唐绝句部分做了论述。后期以元和年间为中心，绝句艺术得到了复兴，这一再度繁荣的局面一直延伸到晚唐时代。

诗到元和体变新

陈衍于唐宋诗，特重"三元"即开元（唐玄宗朝）、元和（唐宪宗朝）、元祐（宋哲宗朝）。而绝句创作新的创获与再度繁荣，就出现在唐宪宗元和时代。这不仅是绝句丰收的时代，而且是绝句除旧布新的时代：

　　塞北梅花羌笛吹，淮南桂树小山词。
　　请君莫奏前朝曲，听唱新翻杨柳枝。（刘禹锡《杨柳枝词》）

六么水调家家唱，白雪梅花处处吹。

古歌旧曲君休听，听取新翻杨柳枝。（白居易《杨柳枝词》）

刘、白唱和，其《杨柳枝词》的首曲都先表除旧布新之意，在当时也许是一句歌词中的套话，在今天看来却相当形象地概括了那一时期的创造精神。

绝句创作数量空前繁多。仅白居易一人所作五七言绝句即达 770 余首之多，几乎相当于现存盛唐绝句的总数，王建《宫词》一题即得百首，即此可见当时作家绝句创作兴趣之高。

绝句作家阵容更大。如女歌唱人刘采春所唱《罗唝曲》、李锜妾杜秋娘所唱《金缕衣》等皆流行歌词。女诗人薛涛与当时名士唱和，所作多为绝句。工匠胡令能亦工绝句。表明绝句创作程度之普及。

绝句风格、品类也更趋繁衍。"元和以降，各人各具一种笔意。"（陈衍《石遗室诗话》）刘禹锡、白居易、元稹、张籍、王建、韩愈、孟郊、柳宗元、李贺、李涉、施肩吾、张祜，等等，名家辈出，而且较之盛唐更见风格繁多，人有个性了。这一时期总的艺术趋势或时代精神，一言以蔽之，就是"变"。

由于社会政治发生一系列重大变化，诗歌中的现实主义思潮已取代浪漫主义思潮而居于主导地位，杜甫开始的绝句叙事、议论手法得到广泛运用，绝句的内容更加深入现实生活。例如反映民生疾苦的绝句前此罕有，而这时却产生了很突出的作品：

春种一粒粟，秋收万颗子。

四海无闲田，农夫犹饿死。（李绅《悯农》）

锄禾日当午，汗滴禾下土。

谁知盘中餐，粒粒皆辛苦。（同上）

桑条无叶土生烟，箫管迎龙水庙前。

朱门几处看歌舞，犹恐春阴咽管弦。（李约《观祈雨》）

运锄耕劚侵星起，陇亩丰盈满家喜。

到头禾黍属他人，不知何处抛妻子。（张碧《农父》）

乱蓬为鬓布为巾，晓蹋寒山自负薪。

一种钱塘江畔女，著红骑马是何人？（白居易《代卖薪女赠诸妓》）

李绅古风二首言浅意深，艺术概括力极高，千百年来已成为家弦户诵的唐诗。尤称绝作。有的作家还运用绝句来反映当时发生的重大事变，如大和初南诏入寇西川：

守隘一夫何处在，长桥万里只堪伤。

纷纷塞外乌蛮贼，驱尽江头濯锦娘。（徐凝《蛮入西川后》）

雍陶为此而作的《哀蜀人为南蛮俘虏五章》则由五首七绝构成，逐一加了小序式的标题，写被俘同胞"出成都""过大渡河""出青溪关""别巂州"直至南诏羊苴咩城（今大理）一路上的苦况："锦城南渡遥闻哭，尽是离家别国声""千冤万恨何人见，惟有空山鸟兽知"，有力控诉了由于地方军阀、官僚残暴以致边备失修给人民造成的灾难。诗得力于杜甫，而对元好问（《丧乱诗》）有明显影响。此外，怀古绝句继李益之后又有陈羽《吴城怀古》、窦巩《洛中即事》、李约《过华清宫》等作品出现。以上几类绝句，虽然不足以成为元和绝句的主流，但却是一种新的很有前途的趋向，是唐末讽刺类绝句之先驱。

元和绝句艺术较之前人发展很大，创获颇多，是本节论述的重点。在具体论述这些发展创获之前，先谈谈这种变化的条件和根据。

时代文艺风神的影响。由于社会好尚由盛唐的理想追求转为对世俗生活享受的追求，现实世俗生活以自己多样化的真实，第一次展现在造型艺术各部类中。各类艺术都带上更多日常生活情趣。它们虽不如盛唐雄豪刚强、光芒耀眼，却更为五颜六色，多彩多姿。书法艺术中，颜体、柳体和李阳冰篆书各呈姿态；绘画艺术中，人物、牛马、山水、花鸟都取得独立地位而得到充分发展。时代文艺风神，确乎以多样化、复杂化为特点。绝句风格趋于繁衍的原因之一即在于此。

从诗歌领域来看，元和诗风较开元、天宝大变，出现了元白、韩孟两大诗派，一平易、一险怪，各自开辟了新的创作途径。不少卓有成就的绝句诗人，就分别隶属或靠近这两大诗派。整个诗坛风气的变化，对绝句艺术产生了直接的影响。

其次，元和以前绝句艺术本身已发展到极盛难继的地步，盛唐绝句艺术已锻炼至炉火纯青，大历前后的绝句又作了尽致的发挥。"贞元以后，有好诗易，而无恶诗难。"（吴乔《围炉诗话》引贺裳语）"有好诗易"是诗艺发展纯熟的表现，"无恶诗难"则是合规律的逆转，诗歌艺术便在这样的二律背反中徘徊。穷则思变，元和作家不得不在艺术上另起炉灶，别辟蹊径。

绝句艺术亦无形中受到叙事文体，如传奇和中唐歌词的直接影响。传奇小说的繁荣，不少传奇作者即著名诗人，唐人传奇往往有诗，有时作为小说情节发展的重要构成因素，如《莺莺传》中的定情诗：

待月西厢下，迎风户半开。

拂墙花影动，疑是玉人来。

或用来增加小说的抒情氛围，如同一传奇所引杨巨源《崔娘诗》：

清润潘郎玉不如，中庭蕙草雪销初。

风流才子多春思，肠断萧娘一纸书。

在传奇中，绝句对情节起到辅助作用；反过来，又赋予绝句一定情节性和叙事性，从而对绝句创作发生影响。中唐歌词对绝句创作影响更大，将放到刘禹锡绝句一节详论。

元和时代绝句重创主变，使杜甫的创新精神得到发扬光大，如果说大历作家是杜甫的否定，那么，元和作家又是一个否定之否定。中唐绝句于是继盛唐再盛，翻开了绝句史上崭新的一页。

唐绝句的灿烂晚霞

晚唐政治窳败黑暗，统治阶级内部矛盾日渐加剧，藩镇之祸、宦官之祸和朝内党争愈演愈烈，而声势浩大的农民起义在经过长时期酝酿之后终于爆发。农民起义的风暴加速了唐王朝的灭亡。在这样一个危机四伏的时代，统治阶级内部的才志之士，更加找不到出路。他们备受排挤沉沦下僚，或流落民间侣友倡优，乃至走上反叛道路。他们也用绝句为唐王朝敲响丧钟：

飒飒西风满园栽，蕊寒香冷蝶难来。

他年我若为青帝，报与桃花一处开。（黄巢《题菊花》）

待到秋来九月八，我花开后百花杀。

冲天香阵透长安，满城尽带黄金甲。（同上《不第后赋菊》）

竹帛烟销帝业虚，关河空锁祖龙居。

坑灰未冷山东乱，刘项原来不读书。（章碣《焚书坑》）

晚唐诗歌流派与名家不如元和时代那样繁多，但唐诗艺术还在发展，在艺术上最具特色的则是七言律绝。七言绝句的发展出现了新的渠道和分派。盛唐风调、盛唐旧法似已达到强弩之末的境地，而绝句主意、主议论的现象更为普遍，一部分作家为保持绝句的情韵做了极有成效的努力，而在稍后的另一批作家那里，绝句艺术开始向粗浅和细密的两个方向发展。这两条路，一条通向词境；一条则趋于衰微，而有待宋人振兴。

晚唐绝句以杜牧和李商隐为杰出，他们在艺术上与平易浅俗而风靡流行的元白派对立，处于"语不惊人死不休"的杜甫和韩愈的延长线上。杜牧七言绝句，与李白、王昌龄、李益、刘禹锡一脉相承，以清新俊爽的风格，卓然树立，自成一家。李商隐七律异军突起，在老杜七律的凝练典重上酌采李贺歌诗的瑰奇精丽，从语言、对仗、声律和典故等各个方面进行精心选择和组织，形成一种精丽而富于暗示的诗风，七绝亦卓然为一大家。此期在七言绝句上较为重要的作家还有以与李商隐并称"温李"的温庭筠和被李商隐誉为"雏凤"的韩偓，以及许浑、郑谷、赵嘏等。唐末最重要的绝句诗人是韦庄，其风调逼近杜牧。

晚唐严酷的政治社会现实，使得一部分文人逃避于歌筵杯酒。"或有绮筵公子，绣幌佳人。递叶叶之花笺，文抽丽锦；举纤纤之玉指，拍按香檀。不无清绝之词，用助娇娆之态。自南朝之宫体，扇北里之倡风。何止言之不文，所谓秀而不实。有唐以降，率土之滨，家家之香径春风，宁寻越艳；处处之红楼夜月，自锁嫦娥。"（欧阳炯《花间集序》）晚唐五季的这种上层社会风气，是滋育词体的温床。词体不仅与绝句并行于歌筵，一部分小令还由绝句派生。绝句的艺术风格与手段为一些词人创作所汲取，同时在部分诗人那里，词体风格也影响绝句创作，使之出现丽密深细的新境界。

另有相当数量的诗人，敢于正视现实，作为本阶级的敏锐耳目和时代的歌手，使绝句创作走向反映现实政治、揭露社会弊端的道路。因而，具有强烈的政治性和批判性成为绝句题材的时代特点。咏史、怀古的绝句大量出现，较李白、刘禹锡有进一步的发展。咏史之诗，古已有之，它与怀古用同而体异。它们大都有以古鉴今或借古讽今的作用，是谓之用同。但怀古诗乃登临山川、凭吊陈迹，触景生情之作；而咏史诗乃翻阅陈编或回顾历史，就某一史实发表议论之作。二者一主情景，一主事理。是谓之体异。上自班固、左思，所作多为五言古体。唐初于季子以五绝体作《咏项羽》《咏汉高祖》，但很不成功，且无响应。晚唐李商隐、杜牧等人继刘禹锡之后，大量以七绝咏史。咏史绝句要说理、议论，须处理好理、事、情三者关系。这是晚唐作家无可回避的艺术课题。于是，解决杜甫未曾妥善解决的议论与形象性、抒情性统一的问题的历史条件，已经成熟了。补救中唐绝句存在的意境浅露，缺乏情韵的流弊的时机已经来临。小李杜后，继作咏史诗者不乏其人，至唐末汪遵、胡曾等人几专务此体，数量大增，咏史绝句可谓风靡一时，成为晚唐绝句一个重要内容。

往后社会弊端日渐严重，伤世刺时的绝句取咏史怀古而代之，成为一种潮流。杜甫开辟的现实主义方向得到发展，新乐府运动的精神在绝句创作领域产生了巨大回响，白居易等人的浅切平易作风得到继承，绝句艺术向浅俗方向发展。绝句艺术性与思想性的发展不平衡，在思想性增强的同时，艺术性相对减弱。

根据题材和风格的演变，整个晚唐绝句，可分为三大块评述。晚唐起初阶段，杜牧、李商隐两大作家各自代表着一种艺术倾向：杜牧为李益、刘禹锡之后劲，在创新的同时始终保持着传统的风调，形成一种清疏隽永的风格，其相近或接武的绝句作家有韦庄、郑谷。李商隐则继承李贺之奇，而更加深婉，经温庭筠、韩偓等，形成一种丽密深细的诗风，接近词境。两派推陈出新，佳作累累，韩、白两派浅露和缺乏情韵之弊得到补正，从而绝句诗坛呈现了一段"霜叶红于二月花"的局面。

唐末现实主义潮流弥漫，出现了杜荀鹤、罗隐、曹邺、聂夷中、陆龟蒙等一大批擅场讽刺的绝句诗人，绝句的批判性、暴露性大大增强。

讽刺艺术取得一定成就的同时，浅俗乃至粗率之风大开。此派绝句犹如唐末小品文，不失为一塌糊涂的泥潭里的光彩，成为唐代绝句的最后一抹余晖。

| 三 |

白居易与浅切派

元和时代有相当数量的绝句，较富于日常生活情趣，对叙事有较浓厚的兴趣，诗风则平易浅切。其代表作家为白居易、元稹、王建、张籍，及年辈较轻的张祜等人。

白居易率易为绝句

白居易（772—846），是世所公认的唐代第三大诗人。确定他在唐诗史上地位的作品，无疑是《新乐府》《秦中吟》两大讽喻类组诗和《长恨歌》《琵琶行》两篇长篇叙事诗，虽然他的创作成就并不为此所限。

白居易诗歌主张，散见于《与元九书》《新乐府序》《策林》诸文，其诗论的要点一是强调为政治服务："文章合为时而著，歌诗合为事而作"（《与元九书》）、"为君、为臣、为民、为物、为事而作，不为文而作"（《新乐府序》）、"风雅比兴外，未尝著空文"（《读张籍古乐府》），从为时为事的前提出发，他反复阐明诗歌应该发挥其"补察时政，泄导人情"的作用，强调诗人应深入生活"多询时务"（《与元九书》），"其事核而实"（《新乐府序》）。白居易继陈子昂之后，对六朝绮靡文风及其影响做了批评和否定，而对《诗经》风雅比兴（美刺比兴）的优良传统予以充分肯定。"元和之际，予在长安，闻见之间，有足悲者，因直歌其事"（《秦中吟》），白居易讽喻诗就是其诗歌理论的光辉实践。

其诗论要点之二是重视大众化。白居易既然把诗歌的思想内容放在首位，在艺术上也就强调形式服务于内容："其辞质而径，欲见之者易喻也；其言直而切，欲闻之者深诫也；其事核而实，使采之者传信也；其体顺而肆，可以播于乐章歌曲也"（《与元九书》）；"非求宫律高，不务文字奇"（《寄唐生》）。看来白居易对诗歌形式的要求，不过辞达而已，而辞达的标准是"易谕"。相传白居易作诗，必欲老妪能解。这一主张乃是站在为民而作的立场，是对形式主义和贵族化文学的矫正，这里需要的不是才学，而是眼光和勇气。郭沫若说："元白在诗歌方面的改革，可分两个方面。一方面是形式上的改革，另一方面是内容上的改革。形式上的改革便是使诗歌平易化，采用人民的语言，更多地包含叙事的成分，而又注重音韵的优美，使人民大众容易了解。白乐天的《长恨歌》《琵琶行》和元微之的《连昌宫词》便是这一改革的典型代表。当代追随他们的人已经称之为'元和体'。"（《关于白乐天》）

白居易绝句被诗人划归"杂律诗"，他对元稹说：

自拾遗以来，凡所适所感，关于美刺兴比者，又自武德讫元和因事立题，题为《新乐府》者共一百五十首之讽喻诗。又或退公独处，或移病闲居，知足保和，吟五元情性者一百首，谓之闲适诗。又有事物牵于外，情理动于内，随感遇而形于叹咏者一百首，谓之感伤诗。又有五言七言长句、绝句，自一百韵至两百韵者四百余首，谓之杂律诗。

仆志在兼济，行在独善，奉而始终之则为道，言而发明之则为诗。谓之讽喻诗，兼济之志也；谓之闲适诗，独善之义也。其余杂律诗，或诱于一时一物，发于一笑一吟，率然成章，非平生所尚者，但以亲朋合散之际，取其释恨佐欢。今铨次之间，未能删去，他时有为我编集斯文者，略之可也。

今仆之诗，人所爱者，悉不过杂律诗与《长恨歌》已下耳。时之所重，仆之所轻。至于讽喻者，意激而言质；闲适者，思淡而词迂，宜人之不爱也。（《与元九书》）

可见白居易对自己的创作，首重讽喻诗，其次闲适诗，而杂律诗在诗人的理论中是没有地位的，据他说是自己所轻，甚至是可以删略的。然而，与诗人说法自相矛盾的是，单就杂律诗中绝句一体而论，白居易今存作品近八百篇，成为全唐绝句存数最多，也可以说是绝句创作热情最高的作家。在同一封书信中他回忆说：

八九年来，与足下小通则以诗相戒，小穷则以诗相勉，索居则以诗相慰，同处则以诗相娱。如今年春游城南时，与足下马上相戏，因各诵新艳小律，不杂他篇，自皇子陂归昭国里，迭吟递唱，不绝声者二十余里，樊、李在旁，无所措口。知我者以为诗仙，不知我者以为诗魔。何则？劳心灵、役声气，连朝接夕，不自知其苦，非魔而何？偶同人当美景，或花时宴罢，或月夜酒酣，一咏一吟，不知老之将至。

其间谈到的友朋往还，相慰相娱之诗，多属杂律，而"新艳小律"，只能是指绝句。可见白居易写绝句有创作冲动，其状态十分投入，所谓入魔，即此之谓。他一面表示"他时有为我编集斯文者，略之可也"，自己编集时却不忍心删除，可见其内心于此还是有所偏爱的，只好让别人拿主意。他提到来自读者的信息反馈是："人所爱者，悉不过杂律诗与《长恨歌》已下耳。"又说，"时之所重，仆之所轻"，反言之即"仆之所轻，时之所重"，这就更有意思了。不能不说，白居易的诗歌理论存在明显的局限性，他对文学与政治、与生活的关系，理解简单了一些、机械了一些、狭隘了一些，诗之用何能仅仅局限于讽喻和闲适，其审美娱悦的功能，是不容忽略的。理论的局限，使白居易自己陷于困惑，如对李白既叹服其"曾有惊天动地文""才矣奇矣"，又为"索其风雅比兴，十无一焉"而感到难解，不能认识其创作的巨大意义，甚至对自己的成名作《长恨歌》何以为人所重，也无法提出令人满意的回答，更不用说包括绝句在内的杂律诗了。

实际上，在白居易的潜意识中，诗歌创作被分成两类：一类有明确的政治思想意义，合于风雅比兴传统，用来表达兼济之志或独善之意，为他自己所重视，如讽喻诗、闲适诗；另一类则没有明确功利目的，却有不可遏制的创作冲动，他自己不甚强调，却为大众喜闻乐见，如《长恨歌》和杂律诗。正因为有这样的意识，白居易的绝句创作也就完全不受其现实主义诗论的约束，而更多地跟着感觉走，采用杜甫遣兴式的作法，多率意而为，取材非常广泛，而写作非常随意：

> 绿蚁新醅酒，红泥小火炉。
>
> 晚来天欲雪，能饮一杯无。（《问刘十九》）
>
> 欲寻秋景闲行去，君病多慵我兴孤。
>
> 可惜今朝山最好，强能骑马出来无？（《代书赠钱员外》）
>
> 蓝桥驿雪君归日，秦岭秋风我去时。
>
> 每到驿亭先下马，循墙绕柱觅君诗。（《蓝桥驿见元九诗》）
>
> 酒盏酌来须满满，花枝看即落纷纷。

莫言三十是年少，百岁三分已一分。（《花下自劝酒》）

袖里新诗十首余，吟看句句是琼琚。

如何持此将干谒，不及公卿一字书？（《见尹公亮新诗》）

百岁无多时壮健，一生能几日晴明？

相逢且莫推辞醉，听唱阳关第四声。（《对酒》）

建昌江水县门前，立马教人唤渡船。

忽忆往年归蔡渡，草风莎雨渭河边。（《建昌江》）

这些绝句或以诗代简，或偶然感兴，或遇景入咏，往往信手拈来，"或诱于一时一物，发于一笑一吟，率然成章"，"但以亲朋合散之际，取其释恨佐欢"（《与元九书》）。其诗题如《问刘十九》《蓝桥驿见元九诗》《见尹公亮新诗》，等等，往往表明着绝句内容的日常性。用评论家的话说："三唐绝句，莫多于白傅，皆率意之作。"（《唐人万首绝句选》宋顾乐评）较之杜甫，绝句的内容是更加生活化了。于是白居易，这位非常强调诗歌社会功利目的、诗歌须服务于政治的诗人，其绝句创作却与政治并不沾边，谈不上什么"经国之大业，不朽之盛事"（曹丕《典论·论文》）。而纯出于审美娱悦的需要，感情释放的需要。

与此相应的，是创作状态的放松，开心写意，举重若轻。诗人常常在绝句中以浅显的语言，抒发生活的感悟。戏谑之中，时寓理趣，浅而有味：

临风杪秋树，对酒长年人。

醉貌如霜叶，虽红不是春。（《醉中对红叶》）

泉落青山出白云，萦村绕郭几家分。

自从引作池中水，深浅方圆一任君。（《题韦家泉池》）

天平山上白云泉，云自无心水自闲。

何必奔冲下山去，更添波浪向人间。（《白云泉》）

顾我长年头似雪，饶君壮岁气如云。

朱颜今日虽欺我，白发他时不放君。（《戏答诸少年》）

蟭螟杀敌蚊巢上，蛮触交争蜗角中。

应似诸天观下界，一微尘内斗英雄。（《禽虫》）

《醉中对红叶》就醉颜作比方，谓尽管可以美容，可以养颜，而青春毕竟是留不住的，饶有感慨。《题韦家泉池》由出山泉水作池水，联想到个性的获得与丧失，皆与自由相关；《白云泉》兴象相同，而更作寄语，皆大有意味。《戏答诸少年》从白发说起，说没有永远的少年，也没有从来的老头。《禽虫》诸作则更多杂入佛理。凡此，皆"寄情至理，得之眼前，此亦所谓会心初不在远"（刘宏熙《唐诗真趣编》）。为人所喜闻乐见。

白居易还特别擅长于用绝句写景。即使持神韵说，贬白居易，自称"平生闭目摇手，不读《长庆集》"的王士禛，也说："白古诗晚岁重复，什而七八，绝句作眼前景语，却往往入妙。如'上得篮舆未能去，春风敷水店门前''可怜九月初三夜，露似真珠月似弓'之类，似出率易，而风趣非复追琢可及。"（《香祖笔记》）

一道残阳铺水中，半江瑟瑟半江红。

可怜九月初三夜，露似真珠月似弓。（《暮江吟》）

花寒懒发鸟慵啼，信马闲行到日西。

何处未春先有思，柳条无力魏王堤。（《魏王堤》）

霜草苍苍虫切切，村南村北行人绝。

独出前门望野田，月明荞麦花如雪。（《村夜》）

人间四月芳菲尽，山寺桃花始盛开。

长恨春归无觅处，不知转入此中来。（《大林寺桃花》）

《暮江吟》一诗写九月初三从傍晚到夜幕降临时分江上风光,写景极富变化,设喻精确华美,有明喻:露似真珠、月似弓,有借代:半江瑟瑟。前二"言残阳铺水,半江之碧如瑟瑟之色,半江红日所映也,可谓工致入画"（杨慎《升庵诗话》）。后二点出时令,譬喻精巧绝伦,有夜凉如水之感。《魏王堤》抓住早春物候的特点,以"懒""慵""无力"等字,形容春寒料峭之中,花鸟尚在孕育而杨柳尚待复苏的种种情态,自来诗家,鲜有咏及。体物之工,亦可以列为唐绝精品。盛唐诗人写景多意笔,像这样精工细致的工笔写景,还是新的消息。

白居易在诗歌艺术上力求大众化,他的诗浅切而不乏情韵,故为雅俗共赏,当时在国内外就广泛传诵,享有盛誉。《与元九书》提到:当时自长安抵江西三四千里,凡乡校、佛寺、逆旅、行舟之中往往有题其诗者,士庶、僧徒、孀妇、处女之口,往往有咏其诗者。绝句这种简易的诗体在白居易手里,成为诗人表情达意的方便工具,他的绝句是得心应口随意唱出来的,绝无苦吟的痕迹,从而引导绝句向通俗化、大众化方向发展。不管是深入浅出也好,还是浅入浅出也好,白居易的绝句总有一种风趣,反映出诗人随缘自适,乐观知命的人生态度,也包含着或深或浅的人生感喟:

> 半朽临风树,多情立马人。
>
> 开元一株柳,长庆二年春。（《勤政园西老柳》）
>
> 白头垂泪语梨园,五十年前雨露恩。
>
> 莫问华清今日事,满山红叶锁宫门。（《梨园弟子》）
>
> 邯郸驿里逢冬至,抱膝灯前影伴身。
>
> 想得家中夜深坐,还应说着远行人。（《邯郸冬至夜思家》）

《勤政园西老柳》一诗"言自开元至长庆,岁月悠悠,其间国运之隆替,耆旧之凋零，等于无痕春梦，惟有当年垂柳，依依青眼，阅尽沧桑，诗仅言开元之树，长庆之人，不着言诠，而含凄无限"（俞陛云《诗境浅说续编》）。《梨园弟子》一诗亦是通过今昔对比，寓无尽沧桑之慨，吞吐之间，妙于含蓄。《邯郸冬至夜思家》则由游子的夜深不寐推想家人夜深不寐，由自己的思家推想家人思念自己，与王维《九月九日忆山东兄弟》同一机杼，但各从生活中得来，并无雷同之感。都是深入浅出之作。而白居易绝句中更多一时感兴，形于吟咏。浅入浅出，更须风趣，较佳者如：

> 红颗珍珠诚可爱，白须太守亦何痴。
>
> 十年结子知谁在，自向庭中种荔枝。（《种荔枝》）
>
> 江州去日听筝夜，白发新生不愿闻。
>
> 如今格是头成雪，弹到天明亦任君。（《听夜筝有感》）
>
> 席上争飞使君酒，歌中多唱舍人诗。
>
> 不知明日休官后，逐我东山去是谁？（《醉戏诸妓》）
>
> 遥知天上桂华孤，试问嫦娥更要无。
>
> 月宫幸有闲田地，何不中央种两株。（《东城桂》）
>
> 鹿疑郑相终难辨，蝶化庄生讵可知？
>
> 假使如今不是梦，能长于梦几多时？（《疑梦》）
>
> 墓门已闭箔箫去，惟有夫人哭不休。
>
> 苍苍露草咸阳陇，此是千秋第一秋。（《元相国稹挽歌词》）

诗人在内容上无意求深，在艺术上无意于工，与盛唐绝句从题材到风格，都有很大的不同。不再是秦关汉月、征夫思妇，不再是名山大河、云溪辋川；而是寻常巷陌，日常意兴。不再是精心雕琢或天才发抒，专重情景，一味唱叹；而是如话家常，吐属流畅，语多风趣，间有俏皮。在艺术造诣上，不必与李王大家攀比，就其对绝句艺术的开发而言，自有获弋。许学夷说：乐天七言绝如"雪尽终南"等篇，意虽深切，亦尚为小变；如"欲上瀛洲"等篇，亦大人游戏；如"老去将何"等篇，亦大人议论；如"狂夫与我"等篇，亦快心自得；此亦以文为诗，亦开宋人之门户耳。（《诗源辨体》）

由于白居易写绝句不受其理论的限制，对其绝句创作发生的影响，既有积极的一面，也有消极的一面。从积极的角度讲，他的绝句不受狭隘功利主义影响，同时也避免了《新乐府》等讽喻诗"意激而言质""意太切而理太周"，即过于矜持，务为尽露，慷慨有余，而含蓄不足等毛病。也就更具审美感染力，从而得到受众的好评。这样的创作实践，恰好弥补了其理论上的某些不足。

从消极角度讲，由于诗人对第二类创作的价值和意义缺乏足够的估计，所谓"时之所重，仆之所轻"。轻视导致的结果，就是过于随意，也可以说是创作上的短期行为。这就使得白居易绝句在总体上，达不到盛唐高手的艺术水平。尽管佳作累累，然而中驷较多，像《问刘十九》《暮江吟》《魏王堤》那样冒尖，达到第一流水准的作品，毕竟屈指可数，与其绝句创作庞大基数，显得很不相称。他写得那么多，那么容易，也就免不了炮制出思想艺术均属平平之作，也难怪王士禛闭目摇手了。

不过，从总体上说来，白居易仍不失为绝句史上一大家。他为绝句开出了一条坦途，从而成为元和时代绝句浅切派的核心人物，对晚唐和宋人绝句的影响相当深远。此外，他的影响还远越重洋，直达东瀛，成为具有国际影响的绝句诗人。

日本汉诗创始于天智天皇在位时期（668—671），在浩如烟海的日本汉诗中，近体诗占有明显的优势，而七言绝句又居首位。平安时代初期（794），日本人写汉诗已蔚然成风，而漂洋过海来唐土的日本留学生和学问僧，就为日中文化交流搭起桥梁。而当时日本人最感兴趣的，就是以浅切为特色的白居易的诗篇。李商隐为白氏撰墓志铭，称其姓名过海，流入鸡林、日南有文字国。日本嵯峨天皇（786—842）就亲手抄写过许多白诗，藏之秘府，暗自吟诵。鸡林贾人，求市颇切，自云其国宰相每以百金换诗一篇，其甚伪者，辄能辨之。平安朝诗人菅原道真等，受白居易影响甚大，在日本汉文学史上有重大建树。明陈继儒《太平清话》载白居易讽刺集，契丹主亲以本国文字译出，诏番臣读之。可见早在唐代，白居易就成为具有国际性声望的大诗人。

黄新铭选注《日本历代名家七绝百首》，从总体上看，无论就内容题材，还是语言风格而论，这些域外绝句都接近白体，兹录其时代最早的选诗数首：

> 同法同门喜遇深，游空白雾忽归岑。
> 一生一别难再见，悲梦思中数数寻。（空海《别青龙寺义操和尚》）
> 闲林独坐草堂晓，三宝之声闻一鸟。
> 一鸟有声人有心，声心云水俱了了。（同上《后夜闻佛法僧鸟》）
> 移居今夜薜萝眠，梦里山鸡报晓天。
> 不觉云来衣暗湿，即知家近深溪边。（嵯峨天皇《山夜》）
> 冀发桂芳半具圆，三千银界一周天。
> 天回玄鉴云将霁，只是西行不左迁。（菅原道真《流放诗》）
> 洲芦夜雨他乡泪，岸柳秋风远塞情。
> 临水馆连江雁翼，枕山楼入峡猿声。（橘直干《秋宿驿馆》）

刘、白唱和

白居易是唐代享年很高的诗人，一生广交游，有不少的诗友。而这些诗友，能与白居易齐名者，元稹、刘禹锡而已。白居易早年与元稹为密友，共同创作讽喻诗及杂律诗，并称"元白"。

宝历二年（826）秋，白居易以眼病久免郡事；冬与刘禹锡相遇于扬子津，自楚州伴游；是年即大和元年（827）春归洛阳，三月征拜秘书监，复居长安新昌坊第；二年转刑部侍郎，时宦官专权，深感仕途险恶，乃于大和三年春辞刑部，以太子宾客分司东都，自此再未返回长安。历官河南尹、太子少傅，晚居洛阳履道里，作《醉吟先生传》云："性嗜酒，耽琴淫诗，凡酒徒、琴侣、诗客多与之游。游之外，栖心释氏，通学小中大乘法。与嵩山僧如满为空门友，平泉客韦楚为山水友，彭城刘梦得为诗友，安定皇甫朗之为酒友。"与刘禹锡并称"刘白"。

文宗大和三年（829），白居易取大和元年至三年与刘禹锡在长安唱和诗138首，命小侄龟儿编录，题为《刘白唱和集》，勒为2卷，并作集解。五年冬，刘禹锡出为苏州刺史，时白居易在洛阳任河南尹，时相寄酬唱和。翌年，白居易又取两地唱和诗编为一卷，命为《刘白吴洛寄和卷》，与前集合为3卷，今集已佚。

刘、白的绝句唱和，是继盛唐王、裴辋川唱和以来，绝句史上又一盛事。王、裴唱和，以五绝体为山水诗；刘、白唱和，以七绝体作歌词。王、裴唱和，以王维为主，裴迪为宾，风格大体相当；刘、白唱和，悉称劲敌，造诣与风格各有千秋。

文人从事新歌词（曲子词）创作，是中唐诗坛令人瞩目的盛事。韦应物、戴叔伦、白居易、刘禹锡、皇甫松、张志和、王建等，继李白以后，创作歌词，从而成为词史上第一批文人作家。在这以前，盛唐绝句本是歌词的主要来源，被称为唐乐府。而中唐文人词以小令为主，亦有绝句风味。许多早期的词体，如《竹枝词》《杨柳枝》《浪淘沙》《清平调》等，本身就是七言四句体，一向既可选入词集为小令，又可选入诗集为绝句。

白居易和刘禹锡都很趋新，在学习民歌、创作歌词上，志同道合，四海齐名。歌词在感情上具有普遍性，而在语言上较为口语化，更多地诉诸听觉，虽然在意蕴上不易达到纯诗的深度，却具有传播迅速、流传久远的优势。故大诗人亦颇感兴趣。在刘白唱和的七绝体歌词中，最值得人寓目者，是《杨柳枝》《竹枝词》和《浪淘沙》三种。

《杨柳枝》一称《柳枝》，向上可以追溯北朝乐府《折杨柳枝歌》，此乃借旧曲名更为新声。因汉唐人有折柳送别风俗，故此曲之歌词，多抒离情别绪，然亦不限于此。刘禹锡作 11 首，白居易作 8 首，除写别情外，或借杨柳寓取风情，或咏美女，或感沧桑，或伤亡国。《竹枝词》本巴渝民歌，杜甫、顾况已有仿制，刘禹锡更根据民歌改作新词 11 首，白居易、元稹赓歌相和，据皇甫松、孙光宪所作可知，此曲唱时，或叠用"竹枝""女儿"为和声。中唐以后，《竹枝词》作者渐多，遂成大国，歌词多咏风土人情，不限平仄，保持着民歌的风味。《浪淘沙》起于唐时，刘禹锡、白居易所作，皆就调名本意，稍作发挥，寄托感慨，刘作 9 首为正格，白作 6 首为拗体。

在歌词创作态度上，刘禹锡稍经心，而白居易较随意，所以风致不同。大抵白作以浅近平易动人：

> 依依袅袅复青青，勾引春风无限情。
>
> 白雪花繁空扑地，绿丝条弱不胜莺。（《杨柳枝》）
>
> 苏州杨柳任君夸，更有钱塘胜馆娃。
>
> 若解多情寻小小，绿杨深处是苏家。（同上）
>
> 借问江湖与海水，何似君情与妾心。
>
> 相恨不如潮有信，相思始觉海非深。（《浪淘沙》）
>
> 随波逐浪到天涯，迁客生还有几家。
>
> 却到帝乡重富贵，请君莫忘浪淘沙。（同上）
>
> 瞿塘峡口水烟低，白帝城头月向西。
>
> 唱到竹枝声咽处，寒猿暗鸟一时啼。（《竹枝词》）
>
> 巴东船舫上巴西，波面风生雨脚齐。
>
> 水蓼冷花红簇簇，江蓠湿叶碧萋萋。（同上）

至于刘、白歌词之比较，且待后文"刘禹锡歌词"专节详论。

元稹情诗与悼亡诗

元稹（779—831），字微之，洛阳人，北魏鲜卑族拓跋部后裔。八岁丧父，依倚舅族，寄人篱下，刻苦攻读，可谓逆境成才。贞元九年（793）十五岁时以明经擢第。十五年（799）初仕河中府，是年十二月，河中节度使浑瑊卒，军乱，元稹因保护崔氏之家而发生恋情，为《莺莺传》本事。二十五岁与白居易同登书判拔萃科，俱受秘书省校书郎，元、白即于此时订交。同年娶朝廷显贵韦夏卿之幺女韦丛，而弃前好。元和元年（806），与白居易同登才识兼茂明于体用科，列名第一授左拾遗；服除后授监察御史，奉使东川时与名伎薛涛缔交。最初在政治上颇有锐气，敢于同权幸者较量，后为宦官所伤，被贬江陵府士曹参军从此改变了作风，转而依附宦官。后历通州司马、虢州长史，至元和十四年（819）获赦，元和十五年得崔潭峻的援引擢官，遂有入相出将之经历。

元稹是中唐杰出诗人兼传奇作者，在诗论上与白居易相鼓吹，率先对杜甫做出极高评价，以"扬杜抑李"挑起千古争论。元稹在诗歌创作上与白居易并称"元白"，常互相切磋琢磨。元稹写作新乐府在前，白居易写作在后，却后来居上。

元稹诗中最具有特色者，为艳情诗和悼亡诗。他描写男女间的爱情，细致而又生动。艳诗分古、今两体，大多数是为初恋情人双文而作，七绝体有《春晓》《离思》等。悼亡诗是为悼念亡妻韦丛而作。韦文化不高，但与元稹同甘共苦，感情甚笃。悼亡诗只述韦丛安贫治家之琐屑细事，只眼前景，口头语，而沁人心脾。流传最广的《遣悲怀》三首乃七律，属对工整，而又如话家常，在律诗中创通俗平易一格。七绝体有《六年春遣怀》等。

元稹今存绝句近三百首，亦以爱情题材见长，故虽属浅切一派，所作却特多透骨情语，时出于绮丽，这是他的特色：

> 半欲天明半未明，醉闻花气睡闻莺。
>
> 狂儿撼起钟声动，二十年前晓寺情。（《春晓》）
>
> 芙蓉脂肉绿云鬟，罨画楼台青黛山。
>
> 千树桃花万年药，不知何事忆人间。（《刘阮妻》）
>
> 曾经沧海难为水，除却巫山不是云。
>
> 取次花丛懒回顾，半缘修道半缘君。（《离思》）

《春晓》诗与《莺莺传》的写作背景多少有关，末句暗示着一个逝去的爱情故事，与孟浩然同题之作，风味迥乎不同。《刘阮妻》取材古小说刘晨阮肇于天台遇仙女事，寓怀旧之情。也有几分传奇味。《离思》作于元和五年（810）贬官江陵府士曹参军时。诗为旧日情人双文而作，可参《梦游春七十韵》："最似红牡丹，雨来春欲暮。梦魂良易惊，灵境难久寓。夜夜望天河，无由重沿溯。结念心所期，反如禅顿悟。觉来八九年，不向花丛顾。"盖自弃双文至娶韦丛其间殆八九年也。或以为悼亡诗，误。首句语本《孟子·尽心》篇"观于海者难为水，游于圣人之门者难为言"，初唐张鷟《游仙窟》亦有类似语："沧海之中难为水，霹雳之后难为雷。"对句却是元稹的创造，据宋玉《高唐赋》说巫山之朝云乃神女所化，茂如松树，美若娇姬，相形之下，别处的云就黯然失色。两句用隐喻、象征的手法，表明昔日初恋留下的是最美好的回忆，往后即有所遇，也断难平此纪录。在元稹的名句中，这是唯一堪称著义山之先鞭的联语。其象征意蕴超出本义，也可以用于一般譬言阅历极广而眼界遂高的情形。末句一半加一半的复迭，表现一种矛盾复杂的心态（半是忘情、半是多情），唱叹有情，为元曲家所激赏，乃至发展为一个专门曲牌《一半儿》，如

"碧纱窗外静无人，跪在床前忙要亲；骂了个负心回转身，虽是我话儿嗔，一半儿推辞一半儿肯"（关汉卿《题情》）、"梨花云绕锦香亭，蝴蝶春融软玉屏。花外鸟啼三四声，梦初惊，一半儿昏迷一半儿醒"（查德卿《拟美人》）、"泪痕香沁污鲛绡，墨迹淋漓损兔毫。心事渺茫云路遥，念奴娇，一半儿行书一半儿草"（无名氏《开书》），等等。

作者可谓多于情、深于诗者，悼亡、寄赠，亦多杰作：

> 山泉散漫绕阶流，万树桃花映小楼。
> 闲读道书慵未起，水精帘下看梳头。（《离思》）
> 检得旧书三四纸，高低阔狭初成行。
> 自言并食寻常事，惟念山深驿路长。（《六年春遣怀》）
> 乌生八子今无七，猿叫三声正月孤。
> 寂寞空堂天欲曙，拂帘双燕引新雏。（《哭子》）
> 残灯无焰影幢幢，此夕闻君谪九江。
> 垂死病中惊坐起，暗风吹雨入寒窗。（《闻乐天授江州司马》）

元稹情诗大都是回忆往事的产物，即在回忆中咀嚼过往的情绪，所以其内容多为伤逝、怀旧、悼亡，其中不乏忏悔之情，这些情感内容本来就不同于生活真实，是经过升华、提炼的纯情，极易引起美感与共鸣。悼亡诗所怀之韦丛夫人，虽文化不高，却是一位善良的主妇和一位贤惠的妻子，"悼亡诸诗所以特为佳作者，直以韦氏之不好虚荣，微之之尚未富贵。贫贱夫妻，关系纯洁，因能措意遣词，悉为真实之故"（陈寅恪）。其诗工于白描，长于生活细节的描写，如"检得旧书三四纸"全篇，于关怀体贴中见相濡以沫之情。"闲读道书慵未起，水精帘下看梳头"，直可从诗想见诗中人。加之语言流畅、自然、妍美，颇有名句，因而容易流传。总之，在元稹情诗中，形式的朴素与内容的真挚是统一的。至于对诗人行为的评判，那是另一码事。

元稹五言绝句杰作，首推《行宫》：

> 寥落古行宫，宫花寂寞红。
>
> 白头宫女在，闲坐说玄宗。

诗见《元氏长庆集》，宋人皆以为元稹作，明人高棅《唐诗品汇》列王建名下，附注"一作元稹"，当以元作为是。诗作于元和四年（809）东都洛阳，时为监察御史。诗写昔日行宫景象之寂寞，及白发宫人之无聊，极短小，然可与《连昌宫词》及白居易《上阳白发人》参读。诗中红色绚丽的宫花，既与行宫的整体的萧条为反衬，又与白头宫女作对比。后二句淡淡白描，似不经意，然宫女数十年之辛酸与不幸，国家数十年之盛衰兴废，无不含蕴句下。"说玄宗，不说玄宗长短"（沈德潜），"语少意足，有无穷之味"（洪迈），"《长恨歌》一百二十句，读者不觉其长；微之《行宫》才四句，读者不觉其短，文章之妙也"（潘德舆）。

与元稹情甚相笃的女才子薛涛，亦是绝句浅切派的重要诗人。涛字洪度，长安人，其父因官寓蜀。涛美而慧，八岁能诗。续父《井梧吟》"庭除一古桐，耸干入云中"云："枝迎南北鸟，叶送往来风。"及笄，以诗闻。韦皋镇蜀，召令侍酒赋诗，遂入乐籍。韦尝拟奏请朝廷授以秘书省校书郎之职，事遂未果，时人仍称之校书。涛交游甚广，与元稹、白居易、刘禹锡、王建等，俱有诗唱和。王建赞她是"万里桥边女校书，枇杷花下闭门居。扫眉才子知多少，管领春风总不如"（《寄蜀中薛涛校书》）。《历朝名媛诗词》称其"颇多才情，跌荡而时出闲婉，女中少有其比。然大都言情之作，娓娓动人"。

> 蜀门西更上青天，强为公歌蜀国弦。

卓氏长卿称士女，锦江玉垒献山川。（《续嘉陵驿诗献武相国》）

水国蒹葭夜有霜，月寒山色共苍苍。

谁言千里自今夕，离梦杳如关塞长。（《送友人》）

二月柳花轻复微，春风摇荡惹人衣。

他家本是无情物，一向南飞又北飞。（《柳絮》）

平临云鸟八窗秋，壮压西川四十州。

诸将莫贪羌族马，最高层处见边头。（《筹边楼》）

《筹边楼》一诗是薛涛晚年所作，诗中所表现的关切、见识和气度，都比较接近杜甫的七绝，是同时代女诗人所未曾有的。

王建及其《宫词》

王建约生于大历初，稍长于元白，出身寒微，未中进士。早年从军幽州；元和年间官昭应县丞、渭南尉，长庆初由太常寺丞转秘书丞。与张籍以均长乐府诗、风格相近齐名，时称"张王乐府"。

王建是元和绝句浅切派最重要的诗人之一，今存绝句 260 余首。其中《宫词》百首，乃绝句史上一大创获。这一组诗作于元和末年，作者时为太府丞或太常丞。诗人与内官王守澄同宗，内情即得之于守澄。因材料真实，故描写刻画，细致生动。从体制上说，它发展了杜甫采用过的连章体形式，试图突破绝句体制短小的天然局限，而通过连续的方式予以解决。这些绝句每首可以独立存在，而合起来又能成为一个整体，这就等于大大拓宽了绝句的表现领域。从内容上说，这组诗突破了"宫怨"的框框，变写意为纪实，诗中将宫廷妇女作为集体形象，多着眼于其日常生活，视野相当开阔。既用赞赏的口吻写了宫中庄严、富贵、繁华的生活，但又情不自禁地写出了庄严后面的淫逸，富贵后面的苦恼，繁华后面的凄凉，不但具有相当的认识价值，而且更加细腻而不露痕迹地反映了宫女的内心苦闷。在艺术表现上，大都采用白描叙事，细致入微，辛文房谓为"特妙前古"。"射生宫女""树头树底"等篇，直开王昌龄未有之生面：

> 射生宫女宿红妆，把得新弓各自张。
>
> 临上马时齐赐酒，男儿跪拜谢君王。（《宫词》）
>
> 私缝黄帔舍钗梳，欲得金仙观内居。
>
> 近被君王知识字，收来案上检文书。（同上）
>
> 未承恩泽一家愁，乍到宫中忆外头。
>
> 新学管弦声尚涩，侧商调里唱伊州。（同上）
>
> 树头树底觅残红，一片西飞一片东。
>
> 自是桃花贪结子，错教人怨五更风。（同上）
>
> 未央墙西青草路，宫人斜里红妆墓。
>
> 一边载出一边来，更衣不减寻常数。（《宫人斜》）

"射生宫女"一诗写宫女出猎前的情况。诗中写她们领到发下的新弓，忍不住拉一拉，试试它的硬度；在翻身上马之前，接受皇上赏酒，当然拜谢，与往常不同的是，她们的行礼不是万福，而是跪拜，即像男儿上战场之前那样。画面十分生动。通过射生宫女出猎前的表现和内心活动，反映了她们对自由的向往，也是一种无言的控诉。"树头树底"一诗将桃花比宫女身世，后二惜风妒花，翻出新意：桃花结子的自由，使人联想到宫女被剥夺的权利。全诗通过委婉的表达方式，深刻揭露了封建制度反人道的本质。

与王建相鼓吹，同时作家王涯亦有"宫词"30首（今存27首），五代花蕊夫人、宋王珪均有继作，后由毛晋编入《三家宫词》。无论就内容的新颖和艺术的造诣而言，均以王建为巨擘。这种大型组诗的出现，是绝句发展史上值得注意的现象。它表明从盛唐到杜甫，诗人们试图突破绝句篇幅上的限制而采用过的连章体形式，有了进一步的发展。晚唐七绝中，罗虬《比红儿诗》百首、胡曾等人"咏史"等大型组诗，皆导源于此。沈祖棻说："晚唐出现的这些大型组诗，无论就思想性或艺术性来说成就都是不高的，但作为唐代七言绝句在王建宫词的影响之下所产生的一种延续现象来看，却应当予以注意。这些作品的出现，说明古代诗人已经尝试以短诗的形式发挥长诗的作用。这些绝句，每首可以独立存在，而若干首合起来，仍然是一个整体，这就大大地扩大了它的容量，可以用来更广阔更深刻地反映社会生活。如龚自珍在清宣宗道光十九年（1839），即鸦片战争前一年所写的《己亥杂诗》350首，就不仅多方面描绘了他个人的形象，而且这个濒于风雨飘摇的封建帝国的政治社会面貌，都在这位诗人笔下透露出来。这位诗人将那么丰富复杂的内容写以绝句，编在一起，不可否认，是受了唐人的绝句组诗的影响。"（《唐人七绝诗浅释》）这段话透辟地说明了王建在绝句史上的独特贡献。

王建其他题材的绝句亦佳作累累，颇多上乘之作，较之白居易率易之作，更多地富于情韵。其绝句数量之多，质量之高，成就实高于与之齐名的张籍：

　　　三日入厨下，洗手作羹汤。

　　　未谙姑食性，先遣小姑尝。（《新嫁娘》）

　　　中庭地白树栖鸦，冷露无声湿桂花。

　　　今夜月明人尽望，不知秋思落谁家。（《十五夜望月》）

　　　回看巴路在云间，寒食离家麦熟还。

　　　日暮数峰青似染，商人说是汝州山。（《江陵使至汝州》）

雨里鸡鸣一两家，竹溪村路板桥斜。

妇姑相唤浴蚕去，闲著中庭栀子花。（《雨过山村》）

和雪翻营一夜行，神旗冻定马无声。

遥看火号连营赤，知是先锋已上城。（《赠李愬仆射》）

"三日入厨下"一诗，一气呵成，善写风俗与人情，一向与金昌绪"打起黄莺儿"等并推五绝上乘之选。论者或谓此诗酷得六朝气象，其实六朝岂有此种，诗实高出六朝之上。《十五夜望月》一题《十五夜望月寄杜郎中》，当是中秋深怀挚友之作。诗的妙处在于三句跳出个人感情的狭小圈子，推己及人，想到普天下的望月者如我与君者多矣，复作"不知秋思落谁家"一问，以不尽尽之，故令人神往。以风神取胜，王建七绝可以当之。

张籍与边地风情

张籍（768－830），字文昌，贞元十五年（799）登进士第，曾任国子助教、国子博士、水部员外郎、国子司业等职，世称"张水部""张司业"。张籍就私交而言，与韩愈较亲密，谊在朋友与弟子间，可谓韩门学士，曾得韩大力称扬，见重于世；而其文学观念则与白居易相近，二人亦颇有过从，白居易誉其"尤工乐府诗，举代少其伦"。然而他在诗歌创作上的同道和密友，则是王建，尝赠王诗云："年状皆齐初有髭，鹊山漳水每追随。使君座下朝听易，处士庭中夜会诗。新作句成相借问，闲求义尽共寻思。经今三十余年事，却说还同昨日时。"王安石赞张籍诗："看似寻常最奇崛，成如容易却艰辛。"（《题张司业诗》）今存绝句130余首，其中最有特色的，是写西南或西北风情的绝句：

瘴水蛮中入洞流，人家多住竹棚头。

一山海上无城郭，惟见松牌记象州。（《蛮州》）

蜀客南行祭碧鸡，木棉花发锦江西。

山桥日晚行人少，时见猩猩树上啼。（《送蜀客》）

行尽青山到益州，锦城楼下二江流。

杜家曾向此中住，为到浣花溪水头。（《送客游蜀》）

《蛮州》诗写"山民则多居竹屋，疆里则惟恃松牌，纪南荒之俗也。象州在万山中，唐代疆以戎索，虽岩邑而夐无城郭，但记松牌，瘴乡深阻，不过羁縻之州耳"（俞陛云《诗境浅说续编》）。同类诗"说出南方风土，使人如履其地"（宋顾乐），好比给读者打开了一扇新的窗口，使之看到一片新的风景。

有关西北边塞之作，则多涉及时局，《凉州词》"言凉州寇盗，已六十年矣。白草黄榆，年年秋老，而诸将坐拥高牙，都忘敌忾"（俞陛云）。较高适"岂无安边书，诸将已承恩"，杜甫"独使至尊忧社稷，诸将何以答升平"别饶感慨：

行到泾州塞，惟闻羌戍鼙。

道边双古堠，犹记向安西。（《泾州塞》）

边城暮雨雁飞低，芦笋初生渐欲齐。

无数铃声遥过碛，应驮白练到安西。（《凉州词》）

凤林关里水东流，白草黄榆六十秋。

边将皆承主恩泽，无人解道取凉州。（同上）

其他题材的作品，也时有佳作。《秋思》一篇，尤为评论所重：

洛阳城里起秋风，欲别家书意万重。

犹恐匆匆说不尽，行人欲发又开封。

首句用张翰在洛见秋风起而思吴的典故，令人不觉。后二摄取日常生活中人人不免之情态，而发人所未发，洗练精警，脍炙人口。沈德潜谓与岑参《逢入京使》"马上相逢"二句同妙，甚是。

张祜及其他浅派作家

白居易开出浅切一派，方便了绝句创作，同时及稍后作家如云。其中于鹄、施肩吾、徐凝、张祜、雍陶等，于唐诗名不甚著，而绝句颇多雅音。于、施、徐、雍等人，风格接近白居易：

东家新长儿，与妾同时生。

并长两心熟，到大相呼名。（于鹄《古词》）

偶向江头采白蘋，还随女伴赛江神。

众中不敢分明语，暗掷金钱卜远人。（于鹄《江南曲》）

皎洁西楼月未斜，笛声寥亮入东家。

却令灯下裁衣妇，误剪同心一半花。（施肩吾《夜笛词》）

萧娘脸薄难胜泪，桃叶眉长易觉愁。

天下三分明月夜，二分无赖是扬州。（徐凝《忆扬州》）

五柳先生本在山，偶然为客落人间。

秋来见月多归思，自起开笼放白鹇。（雍陶《和孙明府怀旧山》）

张祜（782？—852？），字承吉，生性狷介，不容于物，以布衣终生。长年浪迹江湖，或为外府从事，或为大僚幕宾，阅历极广。他对南朝小乐府及宫词有特殊的兴趣，次及名胜题咏，所作无僻字僻典，纯熟工整。虽眼前景，口头语，而情趣盎然。平易近人而不流于浅易庸俗。五七绝皆有上佳之作，实为崔国辅、王建之后劲，同辈绝句诗人中，令人刮目相看：

> 故国三千里，深宫二十年。
>
> 一声何满子，双泪落君前。（《宫词》）
>
> 车轮不可遮，马足不可绊。
>
> 长怨十字街，使郎心四散。（《苏小小歌》）
>
> 禁门宫树月痕过，媚眼惟看宿燕窠。
>
> 斜拔玉钗灯影畔，剔开红焰救飞蛾。（《咏内人》）
>
> 雨霖铃夜却归秦，犹见张徽一曲新。
>
> 长说上皇和泪教，月明南内更无人。（《雨霖铃》）
>
> 金陵津渡小山楼，一宿行人自可愁。
>
> 潮落夜江斜月里，两三星火是瓜洲。（《题金陵驿》）
>
> 十里长街市井连，月明桥上看神仙。
>
> 人生只合扬州死，禅智山光好墓田。（《纵游淮南》）

"故国三千里"一诗咏孟才人与唐武宗故事，然不着痕迹，四句皆对，而纯出自然，是唐人五绝中感天动地之作，也是宫词中最扣人心弦的作品。《苏小小歌》及为数甚多的同类之作，取法南朝乐府，而在双关和比兴修辞上，颇多新意。如"长怨十字街，使郎心四散"，即南歌中闻所未闻之语。"金陵津渡"一诗抒写旅愁，于拂晓景色中，特取小山楼、夜江、斜月、两三星火，有意选用小、一、斜、两、三等词，以渲染零落之感，以状旅怀，收效甚佳。此诗与张继《枫桥夜泊》皆写客中夜泊况味，各从听觉和视觉取象，而境界俱深，实各有千秋、珠联璧合之作。而张祜绝句名篇数量之多，又有过于张继者。所以其在唐绝句史中，绝对可入名家之列。

白派绝句之新机

一般地说，白居易及同时浅派作家的绝句富于日常生活趣味，对叙写生活情事有较浓厚兴趣，风格较平易浅切。如白居易《邯郸冬至思家》《燕子楼》、元稹《行宫》《春晓》、王建《宫词》《新嫁娘》、张籍《秋思》、于鹄《古词》《江南曲》、施肩吾《幼女词》《望夫词》、张祜《赠内人》、崔护《题都城南庄》、朱庆余《近试上张水部》，等等，都是具有代表性的名篇。

这种现象的出现，与中唐时代整个叙事类文学，首先是叙事诗的长足发展分不开。白、元、王、张等都是长于叙事诗、乐府诗的诗人。新乐府运动精神对绝句创作也曾发生过一定影响。除了现实主义精神而外，表现在艺术手法上，主要是叙事成分的增加及语言风格的通俗浅切等，例如：

> 尝闻秦地西风雨，为问西风早晚回？
> 白发老翁如鹤立，麦场高处望云开。（雍裕之《农家望晴》）

通篇致力于人物形象刻画，融入俗谚（西风则雨），采用口语（早晚）。得盛唐绝句所未曾有。

绝句诗人的兴趣由情景转入意事，对人物形象和生活事件有更多的关注，艺术上更重工笔描绘，细致写实。从王昌龄宫词到王建宫词风格面貌的变化，就反映着盛唐到中唐绝句的这一重大变化的消息。短小绝句不可能像长篇叙事诗那样将事件展开铺陈始终。如何使短小体裁胜任叙事而以小见大，这个杜甫未妥善解决的问题，历史地提到绝句作家面前，并通过他们的艺术实践得到较为圆满的解决。

　　叙事艺术和白描技巧的发展，是白派作家对绝句艺术的独特贡献。首先，他们能根据绝句的特点，在素材的剪裁、提炼上苦心经营，随意选择一二富于概括性、暗示性的生活断面来集中描写，使事件从一两个环节中得到充分暗示，从而发展了盛唐绝句意象集中的优点。如元稹《行宫》，与其长篇七古《连昌宫词》主题相近，而手法上形成鲜明对照。《连昌宫词》以赋法铺陈为主，卒章显志，把"行宫"今昔盛衰的全过程和盘托出，历史鉴戒之意也抒写得淋漓尽致。对行宫目前情景以七十字做了详尽铺陈："荆榛栉比塞池塘，狐兔骄痴缘树木。舞榭欹倾基尚存，文窗窈窕纱犹绿。尘埋粉壁旧花钿，鸟啄风筝碎珠玉。上皇偏爱临砌花，依然御榻临阶斜。蛇出燕巢盘斗栱，菌生香案正当衙。"而《行宫》相应的描写只有"宫花寂寞红"五字，其暗示性却很强烈。宫花红，正是"上皇偏爱临砌花，依然御榻临阶斜"的意味，而"寂寞"二字作"红"的定语，又暗示风景不殊，人事有异。《连昌宫词》对行宫过去的描写也是铺张的："上皇正在望仙楼，太真同凭阑干立。楼上楼前尽珠翠，炫转荧煌照天地。""平明大驾发行宫，万人鼓舞途路中。百官队仗避岐薛，杨氏诸姨车斗风。"而五绝于此似不著一字，只以"潜台词"的方式含蓄在"白头宫女在，闲坐说玄宗"十字中。"说玄宗"少不得说昔日繁华、说贵妃、说杨氏诸姨，少不得一番感慨，"无字处皆具意也"。《连昌宫词》通过宫边老人大发议论，诗意较实；《行宫》则化实为虚，通过一两个场面集中刻画，笔墨省净，而收效甚大，以少胜多，典型化程度很高。

　　"白居易歌行纯似弹词，《焦仲卿妻》诗所滥觞也。"（王闿运《湘绮楼说诗》一），然而其绝句往往凝练。《听夜筝》一诗就似乎以二十八字演说了一篇《琵琶行》：

　　　　紫袖红弦明月中，自弹自感暗低容。

285

弦凝指咽声停处，别有深情一万重。

体制决定了绝句对筝乐的描写不可能像《琵琶行》那样详尽生动，而只能取一顷刻。值得玩味的是，诗人所取不是有声而是无声的顷刻，对筝乐可说是无一字正面描写。但这无声的顷刻，恰恰相当于"冰泉冷涩弦凝绝，凝绝不通声暂歇。别有幽愁暗恨生，此时无声胜有声"（《琵琶行》）片段描写。这"弦凝指咽声停处"就有丰富的暗示性，它不是纯然的无声，而宛若乐谱上一个大有深意的休止符，读者可以由它引起对"自弹自感"内容的丰富联想。它的忽然出现，有力表现了弹筝者的情绪。"别有幽情一万重"，也就和"别有幽愁暗恨生，此时无声胜有声"一样有艺术说服力。而弹筝者的身世感慨，亦多少包蕴在"自弹自感暗低容"七字之中，从而诗意极含蓄。

取富于启发性的片段来反映生活，常常化叙述为描绘，使绝句的艺术表现更凝练、更形象。如崔护《题都城南庄》：

去年今日此门中，人面桃花相映红。
人面不知何处去，桃花依旧笑东风。

一个富于情趣的生活故事，诗中却没有一般性地加以叙述，而只撷取两个场面加以描写。全诗像发生在同一地点、不同时间的两场戏，时间分别为"去年今日"和"今年今日"，地点在"都城南庄"。"人面桃花相映红"的过去与"人面不知何处去，桃花依旧笑东风"的今日，形成对照。通过比勘玩味，读者不难用想象去填补所留的空白，达到心领神会的境地。晚唐孟棨为此而写的"本事"，就是立足于崔护原诗，用想象补充了若干细节，具有改编和再创造的性质。戏曲《崔护谒浆》《桃花人面》等，则又是根据孟棨所作"本事"进行的再创造。反过来也可以说明，《都城南庄》及同类绝句，继承和发展了盛唐绝句"意象集中"的优长。

注意安排一个具有暗示性的结尾，以期收到言有尽而意无穷的效果，精减叙事而内容深厚。可举之例极多：

> 那年离别日，只道住桐庐。
>
> 桐庐人不见，今得广州书。（刘采春《罗唝曲》）
>
> 秋天一夜静无云，断续鸿声到晓闻。
>
> 欲寄征人问消息，居延城外又移军。（张仲素《秋闺思》）
>
> 碧窗斜日蔼深晖，愁听寒螀泪湿衣。
>
> 梦里分明见关塞，不知何路向金微。（同上）
>
> 手爇寒灯向影频，回文机上暗尘生。
>
> 自家夫婿无消息，却恨桥头卖卜人。（施肩吾《望夫词》）

《望夫词》的结尾突然节外生枝，写到一个"桥头卖卜人"，便使诗意大大丰富，它暗示了一个生活小故事：女主人公因望夫心切，致有求卜一卦，而卖卜人欺以其方，曾一度引起她迫切的希望。卖卜人的话落空，怨妇由希望转为失望，其怅恨之情可想而知。故"却恨桥头卖卜人"颇有戏剧性，是此诗眼结穴所在。《秋闺思》二首结尾有同妙，均富于暗示性，诚如潘德舆所说："诗有一字诀曰'厚'。偶咏唐人'梦里分明见关塞，不知何路向金微''欲寄征鸿问消息，居延城外又移军'，便觉深曲有味。今人只说到梦见关塞，托征鸿问消息便了，所以为公共之言，而寡薄不成文也。"《罗唝曲》前二句写事实，第三句出悬念，结尾摊牌，大出意外：桐庐——广州相距何啻千里，郎踪之不定，可想而知。前举张籍《秋思》，也有一个耐人寻味的结尾。

有的诗人在结尾时，撇开本事，而另造类比之事，以见物我同情，相得益彰，也使诗味醇厚，如"秋来见月多归思，自起开笼放白鹇"（雍陶《和孙明府怀旧山》）、"斜拔玉钗灯影畔，剔开红焰救飞蛾"（张祜《咏内人》）等即是。盛唐绝句"绝处生姿"，主要靠三四转合唱叹，摇曳生情；而白派作家则多在艺术构思上做文章，也是一种更新和发展。

由于绝句多写社会生活，白描手法得到广泛运用，从描写人物形象的作品可明显看到这一点。盛唐绝句如王昌龄宫怨、边塞之作，多渲染环境气氛以表现人物心境，一般不正面描写人物外貌、语言、举止。中唐后期绝句汲取了其他叙事体裁的某些技法，接触到人物形象和性格，环境描写退居其次，而人物形象往往个性鲜明，各具情态，动作无不合于特定情景。如张祜《咏内人》与雍陶《和孙明府怀旧山》中，宫女剔焰救蛾、思归者开笼放鹇，这两个细节动作都会有助表现人物心理活动，从而使人物形象丰满起来。又如：

> 洞房昨夜停红烛，待晓堂前拜舅姑。
>
> 妆罢低声问夫婿，画眉深浅入时无？（朱庆余《近试上张水部》）

撇开寓意不谈，只作"闺意"看，此诗与王建《新嫁娘》都写了初事翁姑的新娘，都有忐忑不安的心理，不过人物所处具体环境不同，因而各具情态。"先遣小姑尝"的举动，活现出"新嫁娘"的细心眼、巧心眼，不动声色就解决了"未谙姑食性"的大问题。"画眉深浅入时无"的低声问话，则活现出新娘子"自知明艳更沉吟"（张籍《酬朱庆余》）的情态。"画眉深浅"的问题当与夫婿商量，而"姑食性"的问题却非求教小姑不可。对夫婿"低声"而问，对小姑自可"遣"使尝之，人物言谈举止，皆合于特定情景。无做作，去粉饰，妙于白描。又如：

> 幼女才六岁，未知巧与拙。
>
> 向夜在堂前，学人拜新月。（施肩吾《幼女词》）

开帘见新月，即便下阶拜。

细语人不闻，北风吹裙带。（李端《拜新月》）

七夕拜月乞巧，乃唐时民间风俗。只因一个是幼女，一个是少妇，于是情事各别。少妇拜月，意在乞巧，细语悄声，脉脉含情；而幼女拜月是"不知巧拙"而乞之，不免弄"巧"成"拙"。一庄一谐，颇异其趣，人物皆栩栩如生。施肩吾《望夫词》与于鹄《江南曲》一写独对机杼，怨形于色，"自家夫婿无消息，却恨桥头卖卜人"；一写女伴之中，不免掩饰内心真情，"众中不敢分明语，暗掷金钱卜远人"。以上这一类绝句，以活生生的人物形象，为唐代绝句增添了新光彩，表现了诗人对世俗生活的细致观察和玩味，丰富了绝句的表现手段。

写景绝句从盛唐经杜甫到中唐，逐渐由写意向工笔方向发展，作家在描写手段上越来越精细。如白居易《暮江吟》写由暮至夜江景变化，设喻精确，语言华美，音韵铿锵，实令人耳目一新。

白派绝句的不足

白派绝句作家大都多产，艺术上走平易一路，他们好在绝句中流连光景、赋闲遣闷、叹老嗟卑、说理谈玄，难免思想平庸，境界不高；又多漫兴偶成，随意而为，过于杜甫，于是时成浅露。总之，境界不高便成为一种通病，艺术粗疏之处亦在所难免。

白派绝句尚纪实，一定程度上丰富了绝句内容。然生活真实不同于艺术真实，神似更重于形似。过分注重纪实，形似矣而未必传神，真实矣而未必典型。因而他们的绝句优点与缺点往往是并存的。如王建等人的宫词，善于白描，绘声绘色，是其所长，在细节的真实方面，较之王昌龄、李益等人的宫词有过之，如"病卧玉窗秋雨下，遥闻别院唤人声"

（《长门》）、"白日睡多娇似病，隔帘叫唤女医人"（《宫词》），而在造境的高妙、主题的深化上，较之"火照西宫知夜饮，分明复道奉恩时"（王昌龄《长信秋词》）、"似将海水添宫漏，共滴长门一夜长"（李益《宫怨》），或写幻觉，或写夸张，终有一间之隔。又如：

> 旋翻曲谱声初足，除在梨园未教人。
> 宣与书家分手写，中官走马赐功臣。（王建《霓裳词》）
> 黄金合里盛红雪，重结香罗四出花。
> ——傍边书敕字，中官送与大臣家。（同上《宫词》）

二诗所写的事，与韩翃《寒食》相近。而王建只是宫廷日常活动之纪实，作诗即此诗。而韩翃写普天下禁火时，而独赐火于"五侯"，却是形象大于思想。读者联系到特定历史环境，即中唐宦官专权的弊端，便觉意见言外。所以王建那两首，竟不如韩翃这一首，宜其不为人传诵。

作品总要表现出一定的思想倾向，却以隐然不露，即在场面与情景中自然流露为佳。意太直露，则韵味短浅。"红颜未老恩先断，斜倚熏笼坐到明"（白居易《后宫词》）、"泪痕不学君恩断，拭却千行更万行""珊瑚枕上千行泪，不是思君是恨君"（刘皂《长门怨》），一切都说得明明白白，读者便无玩味的必要，较之盛唐宫怨之作，说是味同嚼蜡，亦不为过。"如此作宫怨，真十百言不得尽矣。只是一浅字。"（潘德舆《养一斋诗话》）浅不足病，病在露。言尽而意短，何如以不尽尽之。

白居易《新乐府序》提出这样的写作原则："首句标其目，卒章显其志，诗三百之意也。其辞质而径，欲见之者易谕也；其言直而切，欲闻之者深诫也；其事核而实，使采之者传信也；其体顺而肆，可以播于乐章歌曲也。"这种狭义的写实主张，在以揭露批判现实为主的新乐府创作中起过积极推动作用，也在艺术上造成过消极影响。潜在地影响到绝句，消极作用就更大。如：

> 蚕老茧成不庇身，蜂饥蜜熟属他人。
>
> 须知年老忧家者，恐是二虫虚苦辛。（白居易《禽虫》）

末二句就是典型的卒章显志，等于画蛇添足。删去，只存前二句，似更有味。王士禛平生闭目摇手，多半是冲这类作品而来的。

创作态度过于随意，就不讲锤炼，是容易导致粗制滥造，因袭雷同的。以白居易叹老诗句而论，如"莫言三十是年少，百岁三分已一分"（《花下自劝酒》）、"忽因时节惊年几，四十如今欠一年"（《寒食夜》）、"忆昔初年三十二，当时秋思已难堪。若为重入华阳院，病鬓愁心四十三"（《重别华阳观旧居》）、"火销灯尽天明后，便是平头六十人"（《除夜》）、"逢秋莫叹须知分，已过潘安三十年"（《凉风叹》），等等，千部一腔，自己重复自己，成为陈词滥调。白居易《与元九书》道："今铨次之间，未能删去，他时有为我编集斯文者，略之可也。"这一类滥制之作，便在可以删略之列。

｜四｜

韩愈与生奇派

元和时代诗坛出现韩白两派，绝句创作中也相继出现了与浅切派作风大相径庭的另一派别，他们在艺术上务去陈言，勇于创新，形成生奇的诗风。其代表作家有韩愈、孟郊、柳宗元、李贺等。

韩愈以刚笔作绝句

韩愈（768—824），字退之，唐代散文大家，河阳（今河南孟州市）人，郡望昌黎（今河北通州区），世称"韩昌黎"；晚年任吏部侍郎，故又称"韩吏部"；谥"文"，故又称"韩文公"。韩愈在唐诗史上的贡献在上承杜甫，在艺术上大胆创新。其主要特点是深险怪僻，好追求奇特的形象。为开拓诗的表现手法，扩大诗的表现领域，韩愈进行大胆的尝试。所谓以文为诗，即在诗中大量运用散文化句法，且以才学、以文字为诗，对宋诗产生了很大的包括正面和负面的影响。所谓以丑为美，就是将前人认为不宜或不曾用来入诗的内容和材料，用于诗中，从而扩大了诗的表现领域。韩愈善于捕捉和表现变态百出的形象，诗境多狠重奇险，颇具阳刚之美。喜欢用奇字，造拗句，押险韵，甚至有意采用了汉赋的笨重堆砌的手法。总之是学力胜于天分，所以尽管他反对抑李扬杜，主张李杜并重，事实上却更近于杜甫。

韩愈今存绝句105首，多为七绝。他以大才作小诗，与杜甫一样被一般人认为不工绝句。其实他作的绝句路子宽，胆力大，可以说是有意识离开盛唐旧法，另辟蹊径。他的绝句有时取径平直，但与白居易等人的浅切细致不同，带有雄豪刚劲磊落之概，平淮西诸作颇具特色：

四面星辰着地明，散烧烟火宿天兵。

不关破贼须归奏，自趁新年贺太平。（《从裴相公野宿新界》）

夹道疏槐出老根，高薨巨桶压山原。

宫前遗老来相问，今是开元几叶孙。（《和李二十八司勋过连昌宫》）

荆山已去华山来，日出潼关四扇开。

刺史莫辞迎候远，相公新破蔡州回。（《次潼关先寄张十二阁老使君》）

《次潼关先寄》一诗作于元和十二年（817）冬平淮西，作者随军凯旋途中。时唐军抵达潼关，将向华州进发。诗人以行军司马身份写成此诗，由快马递交华州刺史张贾，通知对方准备犒军，故题曰"先寄"。张贾曾做过门下省的给事中，故于使君称谓上加称"阁老"。前二句写大军凯旋抵达潼关的壮丽图景。首句扫过二百余里地域，次句抓住几个突出形象展示大军凯旋过关的壮丽情景，清人就潼关关门到底是四扇还是两扇大有争议，实在大可不必，"四扇"显然更有气势。后两句换对话语气，以抒情笔调，通知华州刺史准备犒军。远迎凯旋将士，自当不辞劳苦，不过出自受欢迎一方，更能表达得意自豪的情态和主人翁的襟怀。末句推出统帅裴度，着"新破"二字，语气饱满。好比传统剧中重要人物的亮相，给人十分深刻的印象。此诗前二一路写去，三句直呼，四句直点。用刚笔，抒豪情，一反绝句含蓄婉转之法，于短小篇幅中见波澜壮阔，是富于个性的七绝佳构。

用刚笔作绝句，固是韩愈创格。然韩愈绝句又不仅长于刚笔，亦有曲折，亦有思致。他还长于讽刺之作，如：

> 公主当年欲占春，故将台榭压城闉。
>
> 欲知前面花多少，直到南山不属人。（《游太平公主山庄》）
>
> 火透波穿不计春，根如头面干如身。
>
> 偶然题作木居士，便有无穷求福人。（《题木居士》）

太平公主为武后之女，先天二年阴谋篡权，事败后被赐死。其山庄位于唐时京兆万年县南。《游太平公主山庄》一诗似夸公主势盛，然而山庄又早非公主所有，"不属人"，岂属公主耶？诗善用微词，似直而曲，有案无断，发人深省。《题木居士》抓住"聋俗无知，谄祭非鬼"（《巩石溪诗话》）的陋俗和封建官场中某种典型现象之间的一点相似之处，借端托喻，以咏物寓言的方式，对"木居士"和"求福人"这两个形象进行了无情的嘲讽，包容极大。丰富了七言绝句的表现内容和手法。

韩愈的写景绝句，常常境新理惬，复多风趣，常发人所未发，名篇如：

> 天街小雨润如酥，草色遥看近却无。
> 最是一年春好处，绝胜烟柳满皇都。（《早春呈水部张十八员外》）
> 新年都未有芳华，二月初惊见草芽。
> 白雪却嫌春色晚，故穿庭树作飞花。（《春雪》）
> 草树知春不久归，百般红紫斗芳菲。
> 杨花榆荚无才思，惟解漫天作雪飞。（《晚春》）
> 池光天影共青青，拍岸才添水数瓶。
> 且待夜深乘月去，试看涵泳几多星。（《盆池》）

这些绝句多能于所写景物外别造一境界，即有理趣的发明。如《早春呈水部张十八员外》诗写早春，抓住草色来写。在写草色，抓住小雨来写，都是极具慧眼的笔墨。不写广袤的原野，而着眼于京城天街，也别具只眼。草生未密，远看能连成一片绿意，近看只是石板。诗以议论入诗，说一年好处，最在春季；春季好处，最在早春。这里诗人别出心裁地将早春和晚春作对照，表现了对新生事物的爱好；盖晚春烟柳固然浓绿，人们却无心去看，因为不新鲜，而且春意阑珊。纵然议论，实出以形象的品评，无抽象化、概念化的毛病。《晚春》是一首颇富奇趣的小品诗，前人对诗的寓意见仁见智。作为力矫元和轻熟诗风的奇险诗派的开派人，韩愈赏识"杨花榆荚"不藏拙，不畏班门弄斧之讥，争鸣争放。联系诗

294

人极力称扬当时被视为别调，不甚为人所重的孟郊、贾岛等人，则此诗更有意味。同时也很有风趣。这类作品不仅拓广了绝句题材，而且为晚唐及宋人绝句开了某种先例。

孟郊等人的苦吟

孟郊（751—814），字东野，少隐嵩山，贞元十二年（796）登进士第，十六年任溧水尉，后辞官，终身贫困潦倒，死后竟无钱下葬。孟郊以诗名颇得韩愈赏识，并称"韩孟"。孟郊创作思想受皎然影响甚巨，大部分诗抒写穷愁，用字造句力避平庸浅率，而就生新瘦硬，故苏轼谓之"郊寒岛瘦"。所谓寒瘦，在内容上指言贫叫苦，在艺术上则指苦吟和一种清峭的意境美。友人方牧素描孟郊"冷露滴破残梦，峭风梳箆寒骨；暮年登第，一生才说几句痛快话"，可谓得之。元好问则加给他一顶"诗囚"的桂冠："东野穷愁死不休，高天厚地一诗囚。江山万古潮阳笔，合在元龙百尺楼。"韩孟和元白都不满意大历以来精致而圆熟的诗风，也不屑重复盛唐雄浑高华的老调，他们各自继承了杜甫的一个方面，从不同的方向进行突破。元白新乐府致力反映人民生活疾苦，暴露政治弊端，诗风平易浅显；韩孟则主要通过咏怀感遇来揭示社会的不合理，诗风险怪生僻。诗歌总体成就不如元白，但均亦不失为优秀诗人。

孟郊为诗"刿目鉥心，刃迎缕解。钩章棘句，掐擢胃肾"（韩愈《贞曜先生墓志铭》）。他以古风作五绝，亦挖空心思，与风度天然的南朝乐府及盛唐五绝大异其趣：

> 试妾与君泪，两处滴池水。
>
> 看取芙蓉花，今年为谁死。（《古怨》）

妾恨比斑竹，下盘烦冤根。

有笋未出土，中已含泪痕。（《闺怨》）

独游终难醉，挈榼徒经过。

闲花不解语，劝得酒无多。（《看花》）

欲别牵郎衣，郎今到何处？

不恨归来迟，莫向临邛去。（《古别离》）

七绝《洛阳晚望》写东都冬夜景色，用仄韵，不讲黏对，也是短古风味：

> 天津桥下冰初结，洛阳陌上行人绝。
>
> 榆柳萧疏楼阁间，月明直见嵩山雪。

一般说来，孟郊工穷苦语，《登科后》一诗写多年困厄，一朝变泰发迹者的狂喜，前人讥为不掩寒俭之态，其实是很生动、很有个性的作品：

> 昔日龌龊不足夸，今朝放荡思无涯。
>
> 春风得意马蹄疾，一日看尽长安花。

韩孟诗派造就了一批苦吟诗人。韩诗也有苦吟成分，不过格局较大，气势雄浑，所以人们不说他苦吟。而苦吟诗人最著名者，除孟郊外，就是与韩愈"推敲"过一盘的贾岛。此外还有卢仝、马异等人：

> 十年磨一剑，霜刃未曾试。
>
> 今日把示君，谁为不平事？（贾岛《剑客》）
>
> 破却千家作一池，不栽桃李种蔷薇。

蔷薇花落秋风起，荆棘满亭君自知。（贾岛《题兴化园亭》）

村醉黄昏归，健倒三四五。

摩挲青莓苔，莫嗔惊着汝。（卢仝《村醉》）

赤地炎都寸草无，百川水沸煮虫鱼。

定应燋烂无人救，泪落三篇古尚书。（马异《贞元岁旱》）

这些苦吟诗人，从选材、立意、造境、兴象上都很独到，很出奇，不免生涩，但确实也继杜甫绝句，开出了新的生面。

柳宗元托意于山水

柳宗元（773—819），字子厚，唐代散文大家，与韩愈并称"韩柳"；唯物论思想家，与刘禹锡并称"刘柳"。祖籍河东郡（今山西永济市），故称"柳河东"；晚年贬谪柳州而卒，故又称"柳柳州"。一生四十七年中经历了代、德、顺、宪四朝，主要活动在贞元、元和时期。唐顺宗即位，力图摆脱对宦官和豪族大官僚的依附，永贞元年（805）重用与藩镇素无渊源且出身寒微的王叔文、王伾等人，起用柳宗元、刘禹锡等新人，实行永贞革新，史称"二王刘柳事件"。革新遇到极大阻力，而顺宗又患中风，只做了六个月即内禅宪宗，政治迫害也就接踵而来。王叔文被杀，王伾被贬开州病死。柳宗元等八人被贬永州等地为司马，史称"二王八司马事件"。柳宗元在永州一住十年，政治打击和环境磨炼，使他在文学上获得了卓越的成就，创作了大量寓言、山水游记、人物传记。元和十年（815）改柳州刺史，卒于任。

柳宗元的文学成就主要在散文方面，诗歌成就总体上不如韩、刘，但造诣颇深。诗多为贬官后作，多写离乡去国之悲，发遭遇不平之鸣，山水诗风格明净简峭、清峻沉郁，出入陶、谢，而间得骚人之旨。苏东坡云"子厚诗在陶渊明下，韦苏州上，退之诗豪放奇险则过之，而温丽精深不及也"，"外枯中膏，渊明、子厚是也"（《古今诗话》）。

柳宗元绝句不过 40 首，主要写遭到政治打击、流放远州的宦情羁思，多寄孤愤于山水景物，风调清深幽怨，绝类楚骚。五绝如：

> 千山鸟飞绝，万径人踪灭。
>
> 孤舟蓑笠翁，独钓寒江雪。（《江雪》）
>
> 溪路千里曲，哀猿何处鸣？
>
> 孤臣泪已尽，虚作断肠声。（《入黄溪闻猿》）
>
> 海鹤一为别，存亡三十秋。
>
> 今来数行泪，重上驿南楼。（《长沙驿前南楼感旧》）

《江雪》描绘了一幅寒江独钓图。诗作于永州，在唐人五绝中向称杰作。诗中描绘了一幅寒江独钓图。诗中的雪景象征政治气候的严寒，以衬托后二句表现的在这种严寒中的坚守。诗中寒江独钓的渔翁，是一个诗歌意象，象征着一种等待。也许他钓不到什么，等不到什么，但是永不言弃。故前人点评："托此自高。"（唐汝询）

> 海畔尖山似剑芒，秋来处处割断肠。
>
> 若为化作身千亿，散上峰头望故乡。（《与浩初上人同看山寄京华亲故》）
>
> 宦情羁思共萋萋，春半如秋意转迷。
>
> 山城过雨百花尽，榕叶满庭莺乱啼。（《柳州榕叶落尽偶题》）

破额山前碧玉流，骚人遥驻木兰舟。

春风无限潇湘意，欲采蘋花不自由。（《酬曹侍御过象县见寄》）

《酬曹侍御过象县见寄》作于柳州，为柳宗元得旧友曹某从象县（今广西象州）赠诗后所作。破额山当在象县附近，碧玉流指柳江春水。骚人为志行芳洁的文人雅称，诗中指曹侍御。木兰舟为船之美称，用来作为对骚人形象的一种补充描写。前两句是想象曹侍御经过象县的情景。后二句化用梁柳恽《江南曲》"汀洲采白蘋，日暖江南春。洞庭有归客，潇湘逢故人"意，末句翻新道：不但相见不自由，即欲采蘋花相赠，也不自由。以致歉语气，向朋友表达思念之情，许多难言处尽在不言中，故尤觉楚楚动人。其志洁，其称物也芳，境界和情感都相当逼肖楚辞，是唐绝中的新境。

笔补造化：李贺

李贺（790－816），字长吉，是中唐奇特而短命的诗人，唐宗室郑王之后，至贺时其家族与唐宗室关系已很疏远，其父李晋肃大历间在边疆当过一名小官，贞元时曾做过陕县令。李贺早慧，在福昌（今河南宜阳）昌谷度过少年时光。这是一个经济繁荣、交通便利、风景优美的地方。有女几山、兰香神女庙、南园、北园等名胜。李贺体貌细瘦，通眉长指，少年时有凌云之志。宪宗元和二年（807）十八岁，赴东都洛阳，以诗深得韩愈器重。二十一岁应进士举，妒之者以犯父名讳为由，加以毁阻，使李贺受到一次沉重打击。此后李贺在长安谋得一个从九品上的奉礼郎（两《唐书》误为协律郎）之职，干了两年，就因病辞官，旋往潞州依张彻。不久病归昌谷而卒，年仅二十七岁。

李贺短暂的一生中仕途极不得意，耽爱唯在歌诗。贞元末即以乐府歌诗与前辈李益齐名，称"二李"，后世与李白、李商隐称"三李"。其作诗习惯独特，平素常偕诗友出游，有小奚奴相随，背一古破锦囊，得句即书投囊中，暮归足成诗篇。所作以古体乐府歌行为多，无七言律诗，颇类李白。然李白有虚幻语，无荒诞语。而李贺虽苗裔楚骚，滥觞李白，却独具一种荒诞面目，杜牧形容李贺诗略云：云烟连绵，不足为其态也；时花美女，不足为其色也；瓦棺篆鼎，不足为其古也；牛鬼蛇神，不足为其虚荒幻诞也。故有人区分二李道"太白仙才，长吉鬼才"。从内容上看，李贺诗主要抒发怀才不遇的悲愤，故以幽冷凄惋、哀愤激楚为特色。亦有浩叹人生，故作放言，表现失望情绪者。

李贺和李白一样，是唐代最敢于向传统和习惯挑战的诗人；他又是中唐最富有创造性的诗人。如果说李白的挑战更多地表现在精神风貌与思想内容上，那么李贺的挑战则更多地表现在语言方式上。李贺之所以为李贺，乃在他从楚辞、古乐府、齐梁宫体和太白诗中多方面汲取营养，经过自己的熔铸，形成其独特的奇崛冷艳的风格。他的想象力与太白一样活跃，而且怪怪奇奇，同于并超过韩派诗人。如果说现实主义诗人是在用笔墨反映世界，那么李贺则是在用笔墨补充世界，所以他追求梦幻色彩，偏爱光怪陆离的超现实意象。他可以说是一个象征主义诗人。其艺术构思不拘常法，不受时空约束，笔势纵横，意象所具的跳跃性比太白还大。李贺诗在语言上特重感性显现，喜用鬼、泣、死、血等字，造成一种幽冷艳湿之意境美，与太白的自然豪放大异其趣。

李贺绝句亦多组诗，主要抒发怀才不遇的愤懑不平，兼及爱情题材。重要作品有组诗《马诗》23首，《南园》13首，《昌谷北园新笋》4首，多用比兴，酌奇玩华，兼有楚辞与南朝乐府的影响。

男儿何不带吴钩，收取关山五十州。

请君暂上凌烟阁，若个书生万户侯！(《南园》)

寻章摘句老雕虫，晓月当帘挂玉弓。

不见年年辽海上，文章何处哭秋风？（同上）

长卿牢落悲空舍，曼倩诙谐取自容。

见买若耶溪水剑，明朝归去事猿公。（同上）

花枝草蔓眼中开，小白长红越女腮。

可怜日暮嫣香落，嫁与春风不用媒。（同上）

斫取青光写楚辞，腻香春粉黑离离。

无情有恨何人见，露压烟啼千万枝。（《昌谷北园新笋》）

南园，乃李贺故居之田园。组诗为诗人辞官归庄后的写景抒情杂咏。"男儿何不"一诗，开篇即谓男儿当自强，当为收复关山、统一祖国而立功扬名；"收取关山五十州"所指，即元和七年（812）李绛对宪宗所谓"今法令所不能制者，河南北五十余州"（《资治通鉴》二三八），即割据之藩镇也。以下再用反诘，言当投笔从戎，报效国家。"寻章摘句"一诗，与前诗后二同意，谓辞赋小技，悲秋文章无益于世用，无助于征战。除向往军功之外，亦含有文士不受重视之意。在唐绝句诗人中，没有一个像李贺这样，将个人抱负雄心和怀才不遇，写得如此悲痛激昂，如此淋漓尽兴的。

大漠沙如雪，燕山月似钩。

何当金络脑，快走踏清秋。（《马诗》）

飂叔死匆匆，如今不蓁龙。

夜来霜压栈，骏骨折西风。（同上）

此马非凡马，房星本是星。

向前敲瘦骨，犹自带铜声。（同上）

武帝爱神仙，烧金得紫烟。

厩中皆肉马，不解上青天。(同上)

《马诗》23首从不同角度，借咏马、赞马、慨马，以歌咏志士的奇才异质、远大抱负，发泄不遇于时的感慨和愤懑，表现手法属于比体。"大漠沙如雪"一诗亦写投笔从戎、削平藩镇、为国立功的热切愿望，而以寓言即比体出之，局部上又以雪比沙，以钩比月，短短二十字，比中有兴，兴中有比，大大丰富了诗的表现力。与《南园》"男儿何不"诗的直抒胸臆大异其趣。"飂叔死匆匆"一诗，谓飂叔(传说中舜时养龙者)已死，龙马备受困厄，寓世无伯乐之叹。"此马非凡马"一诗以马自喻，自命才性非凡，堪行千里而负重任。骏马多不着膘，诗言马骨坚劲如铜，敲来犹带铜声，想象独到。"武帝爱神仙"一诗，王琦谓似为宪宗好神仙信方士之说而作，其实别有措意，诗人的言外之意是：既想登天，何不搜求龙媒而反养一厩凡马！"肉马"二字创语独到，是从"瘦骨"的反面着想得来的，非肉字不足以形相所谓凡胎。

李贺是中唐到晚唐诗风转变的关键人物，他所偏重的怀才不遇以及爱情题材，在晚唐诗人引起普遍的兴趣。他又是晚唐诗歌中迟暮黄昏的梦幻情调的始作俑者。他的奇崛冷艳，重视象征、印象、感性显现，则启迪了晚唐唯美主义的诗风。就绝句而言，李商隐、韩偓等诗人，都十分明显地受到李贺的影响。

对白派的纠偏补弊

韩派绝句作家风格不像白派那样整齐。他们彼此才有大小，艺有巧拙，有时差异很大。共同之处只在于他们与白派绝句浅切的作风对立，追求立意之深，造境之生，手法之新，个性之奇，并时有理趣。对白派浅露之弊有所矫正，是其在绝句史上的独特贡献所在。如果把白派绝句比和漾着涟漪的平湖，韩派绝句则仿佛拔地而起、互相轩邈的奇峰。故谓之生奇派。

注重立意构思，是韩愈为代表的生奇派绝句的共同点。盛唐绝句"唯主兴趣"，虽也有精心追琢如王昌龄者，但总的看来，是以随意创造，不假雕饰，无工可见，无迹可求为主，在自然浑成中见出一种明朗单纯、透彻玲珑之美。所以王世贞有"盛唐主气，气完而意不尽工"（《艺苑卮言》）之说。杜甫绝句多带遣兴性质，形式上虽多所尝试，亦不甚构思。白派绝句发展了老杜叙事、描绘技巧，但又"不求工，只是好做""意到笔随，景到意随"（江进之《雪涛小书》），也不在构思立意上下功夫。而韩派作家绝句数量虽然不多，但却表现出对独特艺术构思和独特艺术表现的锐意追求，为绝句艺术开出了一条新路。"中唐反盛之风，攒意精取"（陆时雍《诗镜总论》），由主情渐趋主意，在绝句创作上代表这种时代倾向的，正是韩孟生奇一派。

白派绝句意境浅露的原因之一，在立意不深。韩派作家则注重绝句立意，对此无疑有补弊作用。柳宗元《江雪》借山水景物、孤舟独钓，形象地表现了一种深切的孤独感和与恶劣环境抗争的傲岸精神，即是一例。无怪苏轼说："郑谷诗：'江上晚来堪画处，渔人披得一蓑归。'此村学中诗也。子厚云：'千山鸟飞绝，万径人踪灭。孤舟蓑笠翁，独钓寒江雪。'信有格哉！"有格无格，与格之高下，实关命意之有无与浅深。比体、寓言的大量运用，也是深于命意的一种表现。李贺《马诗》借咏马、赞马与慨马来抒发对奇才异质的赞叹和对埋没人才的诅咒、愤懑。或借骏马时时思战斗，寄托诗人对建功立业的强烈的企盼。或借骏马冻死厩中，抒发了对摧残人才的悲愤。韩愈《题木居士》抓住迷信偶像之陋俗，与封建官僚及其趋附者之共名（木居士与求福人），形象独特而典型。重视立意构思，还使传统的题材推出新意，如闺怨一体，经六朝至盛唐佳作累累，几可观止。而孟郊《古怨》以莲为苦涩之泪淹死之先后，来验证男女恋爱双方相思程度之浅深，着想甚奇，它或许受到武则天《如意曲》

的影响，但以构思之新，后来居上。

韩派绝句作家在造境上尤重别开生面，他们喜在寻常题材上写独特的生活感受，创造新的艺术形象。前举韩愈写景七绝，不仅命意新，艺术形象也是全新的：《春雪》中那盼春性急，故作"飞花"的白雪，被诗人赋予了灵性；《晚春》中在百卉千花争奇斗艳的背景上，不甘寂寞、独标一格的"杨花榆荚"，也拟物于人，妙趣横生。二诗有异曲同工之妙。李贺《南园》"花枝草蔓眼中开"一诗所寄托的，或许就是诗评家所谓的美人迟暮之感吧，然而诗的境界却十分新鲜。诗人从前人只看见感伤的落花景象中，发现了一段优美动人的故事，不是零落成泥，而是燕尔新婚，创造了一个童话般的抒情境界，有楚辞《九歌》那种神秘美丽之感。尽管古来落花诗不少，此篇却无陈陈相因之弊。柳宗元《江雪》《与浩初上人同看山寄京华亲故》等诗的清峭之景，亦前所未有。造境生，艺术形象新颖独到，使韩派作家绝句，一定程度上克服了白派绝句因袭雷同之弊。

艺术表现手法，从篇法、修辞到遣词造句上，韩派绝句作家也重出奇而多创获。通常绝句之法忌刚尚婉，而韩愈《次潼关先寄张十二阁老使君》一路写去，直呼直点，篇法甚奇，有"刚笔之最佳者"（施补华《岘佣说诗》一九四）之誉。"海山尖山似剑芒"巧比妙喻，更加上"秋来处处割愁肠"，奇警之至。"小白长红越女腮"不仅喻奇，形容花色不用浓、淡、深、浅而用"小""长"字面，亦是古无今有。传统诗中的采桑女亦一例窈窕，而"长腰健妇偷攀折，将喂吴王八茧蚕"（《南园》）之描写，避熟就生，相当奇特。"不见年年辽海上，文章何处哭秋风""见买若耶溪水剑，明朝归去事猿公"的造语，也很生奇。这些例子，都显出诗人为不落窠白而刻意追求，极大丰富了绝句的表现手法。

绝句作为一种短小诗体，特别宜于表现生活哲理。盛唐名句诸如"欲穷千里目，更上一层楼"（王之涣《登鹳雀楼》）、"山路元无雨，空翠湿人衣"（王维《山中》）、"林表明霁色，城中增暮寒"（祖咏《望终南余雪》），等等，之所以特别脍炙人口，耐人玩味，就在于它们除了本身所表现的生活内容以外，还有某种更深广的意蕴，能给人更多的启迪。同时又"不涉理路，不落言诠"、"妙在有意无意之间"、"如羚羊挂角，无迹可求"（严羽《沧浪诗话》），并非诗人刻意追求的结果。而有意识地在绝句诗中通过有限形象来概括生活哲理，发表独到见解，乃始于韩愈等人。与韩愈同时的诗人杨巨源，有《城东早春》诗云：

> 诗家清景在新春，绿柳才黄半未匀。
> 若待上林花似锦，出门俱是看花人。

与韩愈《早春呈水部张十八员外》同臻墨妙，它们不只是表现了诗人对自然美的敏锐的发现，同时也包含着一种哲理的发现，可以读为一种人生见解：事物之美在新生之际，而探求的可贵在于有所发明。诗可以看作韩派绝句创作精神的象征。

盛唐绝句中蕴含的哲理，润物无声，令人不觉。而韩派绝句中的哲理，则多挟风趣以行。故谓之"理趣"。如韩愈《晚春》就以打趣的口吻揶揄柳絮榆荚，却令人感到有寓意存焉。或认为是劝人珍惜光阴，抓紧勤学，以免如"杨花榆荚"白首无成；或以为是讽刺人无才华者，写不出有文采的篇章；或以为意味才有大小，然不妨各有所用，不必藏拙。其所以能如此，是因为诗人不讲抽象的道理，而是通过拟人手法，评点的口气，道出一番哲理，不同阅历的读者，故不妨见仁见智，有种种不同的引申和发挥。绝句具有理趣，便令人喜闻乐见，亦使短小篇章有了较大容量。无论就题材的开拓，对体裁潜力的发挥，都有不容低估的作用。这是韩派绝句作家的又一功绩。其影响之深远，下开宋人门户。苏轼、杨万里都是它的受益者。

韩派绝句的不足

走新途者胆力大，失误在所难免。

对于绝句诗来说，深与浅从来是一对矛盾。立意构思有深浅，语言表达也有深浅。在这一对矛盾的处理上，有四种情况：一、浅入深出，即以艰深文浅陋，最不可取。二、深入浅出，即立意深而措语浅，最称上乘，以李王为代表的盛唐绝句已做出典范。三、浅入浅出，即立意浅而措语浅，接受容易而留下印象也难，白派作家之弊往往在此。四、深入深出，好立意深而措语深，虽耐玩味却不易接受，韩派作家刻意为绝句，时而有此弊端。

韩派绝句诗人大都离歌词、民歌较远，不少人以古风作绝句，对盛唐绝句风调重视不够，以致缺乏情韵，于唱叹之音不免欠焉。韩孟绝句在语言有时生涩，读来拗口，似乎是写来看的，而不是供人吟诵，更不是供人歌唱。所以，即使是某些耐读的作品，在流行传播上，远不如盛唐绝句，也不如白派绝句。

韩派的刻意求深、有失情韵，与白派的平易流畅、有失浅率，表现不同，病根一致：都对盛唐绝句的优长重视不够，因而无多传承。胡应麟谓绝句于"中唐遽减风神"（《诗薮》内编卷六），主要就是针对生奇与浅切两派绝句而言的。

|五|

刘禹锡与情韵派

盛唐时代一去不返，而盛唐绝句所确立的艺术法则，却通邮古今。元和前后，崛立在浅切、生奇两派之外，仍有一部分诗人重视绝句情韵和风调，与盛唐一脉相承，而取得突出成就，最杰出者为刘禹锡。此外，还有李涉、皇甫松等诗人。

诗豪刘禹锡

刘禹锡（772－842），字梦得，匈奴血统，祖上于北魏孝文帝时改汉姓，入洛阳籍。早岁与柳宗元为文章知己，号"刘柳"。晚年与白居易为诗友词友，称"刘白"。白居易称他为"诗豪"。贞元九年（793）与柳宗元同榜登进士第，同年又中博学宏词科。永贞革新时为屯田员外郎，遭逢"二王八司马事件"，贬朗州（今湖南常德）司马；元和十年（815）召还长安，写诗讽时，复改连州（今广东连州市）刺史，历夔、和（今安徽和县）二州。

刘禹锡较柳宗元后死，在贬谪 23 年后，终于在敬宗宝历二年（826）回到洛阳。文宗大和初，由裴度荐拔，任集贤殿学士，此时令狐楚为户部尚书，白居易为刑部侍郎，三人唱和很多。开成元年（836）以太子宾客分司东都，故世称"刘宾客"；白居易时为太子少傅分司东都，两人颇

307

多唱和，编为《刘白唱和集》，二人并共同尝试词体创作，所作《忆江南》等，在词史上占有一定地位。刘禹锡死后，白居易写诗悼念他道："四海齐名白与刘，百年交分两绸缪。同贫同病退闲日，一死一生临老头。杯酒英雄君与操，文章委婉我知丘。贤豪虽殁精灵在，应共微之地下游。"

刘禹锡今存诗歌 800 余首，名篇甚多，杨慎说："元和以后，诗人全集之可观者数家，当以刘禹锡为第一；其诗入选及人所脍炙不下百首。"（《升庵诗话》）其诗主要有三个方面内容，一是政治讽刺诗，如《昏镜词》《聚蚊谣》《百舌吟》《元和十年自朗州至京戏赠看花诸君子》《插田歌》。二是怀古鉴今诗如《西塞山怀古》《金陵五题》等。三是拟民歌和歌词，如《竹枝词》《杨柳枝词》《浪淘沙》《踏歌词》《堤上行》，等等。此外还有其他感遇抒情赠酬之作。

刘禹锡与白、韩等诗人不同的显著之处，就是他虽各体兼工，却以近体见长，尤工七言绝句。"乐府小章，优于大篇"（黄庭坚）、"七言尤工"（张戒）、"绝句尤工"（刘克庄）。可算是继王昌龄、李益而起的七绝专家。唯其专攻，故能精审。刘禹锡今存绝句 200 余首，其中大部分创作于政治上遭受贬谪以后，与其同志兼朋友的柳宗元情况相近。但刘作的思想情调大体上较柳宗元为积极乐观，艺术上亦较清新明快。管世铭说："刘宾客（七绝）无体不备，蔚为大家，绝句中之山海也。"（《读雪山房唐诗钞》）

与韩、白两大诗派各从思想与艺术上继承杜甫，开创奇险与平易两种诗风不同，刘禹锡一方面继续着李益，更多地承继了盛唐诗歌之风骨，一方面又向民歌挹取芳润，形成了一种豪爽雄浑、明媚隽永的风格。刘禹锡诗取境优美，既得力于瑰丽的藻思，又得力于学习民歌的比兴手法。他不事铺叙，不喜尽露，他说"境生于象外"、"片言可以明百意"（《董氏武陵集纪》），可见其艺术好尚。这种优长与盛唐诗正是一脉相承的。刘禹锡吸取了盛唐诗和民歌的优点，音节浏亮，节奏鲜明，七言律绝，大都写得自然流畅，前人谓之语语可歌（胡震亨）。刘禹锡七绝，与风骨凛然、情韵优美的盛唐绝句在本质上并无二致。

清人翁方纲说：中唐六七十年间，堪与盛唐方驾者，刘梦得、李君虞两家七绝而已。(《石洲诗话》)

讽刺·咏怀·怀古

刘禹锡绝句与韩、白两派的一个显著区别，在于关心政治。白居易诗论虽强调诗歌为政治服务，而绝句却以小诗的缘故，被排在了另册。韩派绝句亦多个人感遇之作，和元白等人一样，他们的主要精力也不放在绝句创作上。刘禹锡则不同，绝句是他最致力的诗体之一。在刘禹锡，才真做到体裁不分大小，只有运用之优劣。于是他用绝句来抒发个人壮怀，或谲讽时政，或怀古伤今，在内容上正正堂堂，与古体、律体没有差别。

> 紫陌红尘拂面来，无人不道看花回。
> 玄都观里桃千树，尽是刘郎去后栽。(《元和十年自朗州至京戏赠看花诸君子》)
> 百亩庭中半是苔，桃花净尽菜花开。
> 种桃道士归何处，前度刘郎今又来。(《再游玄都观》)
> 自古逢秋悲寂寥，我言秋日胜春朝。
> 晴空一鹤排云上，便引诗情到碧霄。(《秋词》)

"紫陌红尘"一诗作于宪宗元和十年，自朗州回长安候命时。借写长安玄都观桃花花会之盛，略寓感慨，讥刺朝廷新贵与趋炎附势之徒。引起当权者不悦，复出为远州刺史。十余年后，诗人被召回长安，昔日反对永贞革新的权贵，多已亡故。于是诗人承接前作，又写下《再游玄都观》，诗借桃花花时已过，观内游人冷落，以"种桃道士"喻昔日权贵，与"前度刘郎"对举，一去一来，对比强烈，委婉地表达了对昔日权贵的轻蔑和经受住时间考验的自豪。两诗皆用比兴手法，抒感述志，婉而多讽。《秋词》亦作于朗州司马任上，通过抒写诗人对秋日的独特感受，显示身处逆境而积极乐观、奋发进取之豪情。这些政治抒情和讽刺诗，都表现出刘禹锡胸襟的开阔、性格的乐观，与柳宗元同期孤愤、幽怨之作相比，特色尤为明显。北宋黄庭坚赞苏轼曰"东坡谪岭南，时宰欲杀之。饱吃惠州饭，细和渊明诗"（《跋东坡和陶诗》），谓其与陶渊明风味相似，如与刘禹锡比，出处亦相似，不独风味而已。

安史之乱后，文化中心进一步南移，中晚唐诗人就对江南有了特殊的感情。江南是经过六朝的开发而繁荣的，其山川草木、城郭楼台、街巷庙宇，无不带着六朝的印记。特别是金陵这一六朝古都，更会使人想起六朝的繁华、六朝的歌舞以及六朝的风流。六朝最长的东晋103年，最短的齐代23年，其余三五十年不等。其兴亡旋踵、悲恨相续的历史，又时时给唐人以历史鉴戒。刘禹锡的《金陵五题》就是歌咏这一主题的名篇。

山围故国周遭在，潮打空城寂寞回。

淮水东边旧时月，夜深还过女墙来。（《石头城》）

朱雀桥边野草花，乌衣巷口夕阳斜。

旧时王谢堂前燕，飞入寻常百姓家。（《乌衣巷》）

台城六代竞豪华，结绮临春事最奢。

万户千门成野草，只缘一曲后庭花。（《台城》）

炀帝行宫汴水滨，数株残柳不胜春。

晚来风起花如雪，飞入宫墙不见人。（《杨柳枝词》）

《金陵五题》（含《石头城》《乌衣巷》《台城》《生公讲堂》《江令宅》七绝五首）作于穆宗长庆四年（824）至敬宗宝历二年（826）间，诗人时为和州刺史，见来客出示《金陵五题》，因而和之。"石头城"故址在今南京清凉山，原为楚国金陵城，东汉末年孙权重筑后改名石头城，城北临长江，南临秦淮河口，是交通、军事要冲，后人常用石头城代指金陵。金陵是六朝（东吴、东晋、宋、齐、梁、陈）故都，唐高祖武德八年（625）废弃，成为一座"废都"。江山依旧，人事变迁，是写诗的极好材料。《石头城》诗人一句写山，二句写潮水，三四句写明月，用自然界的永恒反衬石头城的变化，暗示王朝的变迁。整首诗的构思都是建立在衬托和对比之上，只于"寂寞""旧时""还过"等字面略寓感喟，表情格外含蓄，故沈德潜说："只写山水明月，而六代豪华俱归乌有，（盛衰之慨）令人于言外思之。"前二远景境界开阔，后二特写笔触细腻。白居易读此诗，叹赏道："吾知后之诗人，不复措辞矣。"乌衣巷位于秦淮河南，东吴时设兵营于此，军士皆着黑衣，因以名巷。东晋时则为王导、谢安等贵族居住地。朱雀桥为金陵城中秦淮河上浮桥，东晋时建。诗中以两个地名唤起对昔日繁华的回忆，然后特写：乌衣巷眼下尽为民宅，黄昏时分，只见双双燕子归巢。句中通过"王谢堂"与"百姓家"对比，暗示的是老屋易主的沧桑感触，却道得含蓄。

在刘禹锡怀古诗之前，李白即有《越中览古》《苏台览古》二题。但相形之下，李白更多是感慨自然沧桑，发思古之幽情。最明显的是"越王勾践破吴归"一诗，没有兴亡鉴戒的内容，而纯属感慨沧桑。刘禹锡的怀古，则更多地着眼于现实，有借古鉴今的政治用心，所谓"万户千门成野草，只缘一曲后庭花"（《台城》）。因此，《金陵五题》对后世诗词影响极大，撇开晚唐李商隐、杜牧、韦庄等不论，宋周邦彦《西河·金陵怀古》（山围故国绕清江，髻鬟对起。怒涛寂寞打孤城，风樯遥度天际。夜深月过女墙来，伤心东望淮水。酒旗戏鼓甚处市？想依稀王谢邻里，燕子不知何世，向寻常巷陌人家相对，如说兴亡斜阳里）即多处檃栝《石头城》《乌衣巷》诗意，即

311

为著例。

咏怀和怀古有时还渗透到其他题材的诗作，如歌词。刘禹锡歌词与白居易所作有一显著不同在于，它们常常寄托有作者的政治或历史的感喟，如《杨柳枝词》"炀帝行宫"就是一例，此外还有：

> 瞿塘嘈嘈十二滩，此中道路古来难。
> 长恨人心不如水，等闲平地起波澜。（《竹枝词》）
> 金谷园中莺乱飞，铜驼陌上好风吹。
> 城中桃李须臾尽，争似垂杨无限时。（《杨柳枝词》）
> 莫道谗言如浪深，莫言迁客似沙沉。
> 千淘万漉虽辛苦，吹尽狂沙始到金。（《浪淘沙》）

总的说来，刘禹锡抒怀绝句意境明朗，基调昂扬，感慨深沉，却不堕感伤，反映了诗人坚定的政治品格，积极乐观的战斗精神。

刘禹锡与民歌

大历作家踵武盛唐，创新较少，白、韩二派作家主于革新，然渐弃盛唐传统。刘禹锡却独能从盛唐多所继承，在此基础上进行创造。他不但继承盛唐优秀的诗歌遗产，而且十分重视当时人民生活中本来存在着的诗歌艺术原料的矿藏，作为他创作诗歌时的借鉴。终于达到"气该古今，词总华实"（胡震亨《唐音癸签》七），艺术造诣不让开元而独步元和。这里所说的诗歌矿藏，就是巴楚民歌。刘禹锡《竹枝词序》写道：

> 岁正月，余来建平，里中儿联歌《竹枝》，吹短笛，击鼓以

312

赴节。歌者扬袂睢舞，以曲多为贤。聆其音，中黄钟之羽，卒章激讦如吴声。虽伧伫不可分，而含思宛转，有《淇澳》之艳。昔屈原居沅湘间，其民迎神，词多鄙陋，乃为作《九歌》，到于今，荆楚鼓吹舞之。故余亦作《竹枝词》九篇，俾善歌者扬之，附于末。后之聆巴渝，知变风之自焉。

这里可以看到刘禹锡有意弘扬屈原《九歌》的创作精神，清楚地记录了他是怎样学习民歌的。难能可贵的是，作为一个文人，刘禹锡并不因为民歌"伧伫""鄙陋"亦即原始、粗糙，是自然形态的东西，而忽略其蕴含的精髓。恰如毛泽东所说："人民生活中本来存在着文学艺术原料的矿藏，这是自然形态的东西，是粗糙的东西，但也是最生动、最丰富、最基本的东西；在这点上说，它们使一切文学艺术相形见绌，它们是一切文学艺术的取之不尽、用之不竭的源泉。"（《在延安文艺座谈会上的讲话》）刘禹锡就在巴楚民歌的基础上进行提高，进行再创造，从而产生了唐代的"九歌"。黄庭坚曾高度评价道："刘梦得《竹枝》九章，词意高妙，元和间诚可独步。道风俗而不俚，追古风而不愧，比之杜子美《夔州歌》，所谓同工异曲也。昔子瞻尝试闻余咏第一篇，叹曰：'此奔逸绝尘，不可追也。'"（《苕溪渔隐丛话》前集二十）从这种意义说："刘梦得七言绝，谓骚之余派可也。"（陆时雍《诗镜总论》）

刘禹锡以民歌体写民间风土人情，重要作品有《竹枝词》11首、《杨柳枝词》11首、《浪淘沙词》9首、《踏歌词》4首、《堤上行》3首等。其中最重要的是《竹枝词》：

山桃红花满上头，蜀江春水拍山流。
花红易衰似郎意，水流无限似侬愁。

山上层层桃李花，云间烟火是人家。

银钏金钗来负水，长刀短笠去烧畲。

杨柳青青江水平，闻郎江上唱歌声。

东边日出西边雨，道是无晴却有晴。

《竹枝词》拟民歌而得民歌神髓，可称唐人之最。民歌是"无郎无姊不成歌"，在民间流行最广、数量最多、功能最大、美感最强的民歌或山歌，便是情歌。与文人爱情诗（如元稹、李商隐诗）不同，民间劳动男女的爱情思想，较少受封建礼教扭曲，大抵是心想口说，敢说敢做，所以比较自由、活泼、单纯、健康。因而在某种意义上可以说，民歌是进行美育的最好教材。刘禹锡的这些拟民歌都不是写自己或其他文人的爱情生活，而是描写民间男女的爱情，所以比较元稹、李商隐的爱情诗，独有桑间濮上之音，换言之有民间生活气息。同时还表现了民间对歌的风俗，如"春江月出大堤平"一首中女郎通过唱歌来表达情意；"杨柳青青江水平"一首中女郎从闻歌揣测对方情意，这首诗将初恋少女对爱人情意把握不定，心中不够踏实的心情表现得惟妙惟肖；"山上层层桃李花"一首表面上写的是劳动，未言及情，然而细看"银钏金钗""长刀短笠"，一女一男，大有意味，神似"你耕田来我织布""我挑水来你浇园"。民歌大都为劳动者即兴创作，往往触物起情，兴语则多就地取材，刘禹锡《竹枝词》等拟民歌就具有民歌的这一本色，"山桃红花满上头""山上层层桃李花""杨柳青青江水平"皆是先言春景，以引起所咏之词；兴象妍美而外，复多巧比妙喻，如"山上层层桃李花"中以"花红易衰"比男子薄幸，以"水流无尽"比女方怨思，一反通常所谓"落花有意，流水无情"的习惯用喻，极有新意。谐音双关是六朝民歌常用的手法，刘禹锡《竹枝词》也有富于新意的运用，如"东边日出西边雨，道是无晴却有晴"，这既是以谐音双关"无情""有情"，同时又有以天气的变幻不定，形容对方态度的不够明朗、不好把握的比喻成分。谢榛谓此二句"措辞流丽，酷似六朝"（《四溟诗话》），就是指它与六朝民歌多用谐音双关语暗示男女恋情手法酷似。《杨柳枝词》《浪淘沙词》等，也属相同性质：

城外春风吹酒旗，行人挥袂日西时。

长安陌上无穷树，惟有垂杨管别离。（《杨柳枝》）

濯锦江边两岸花，春风吹浪正淘沙。

女郎剪下鸳鸯锦，将向中流匹晚霞。（《浪淘沙》）

日照澄洲江雾开，淘金女伴满江隈。

美人首饰侯王印，尽是沙中浪底来。（同上）

春江月出大堤平，堤上女郎连袂行。

唱尽新词欢不见，红霞映树鹧鸪鸣。（《踏歌词》）

新词宛转递相传，振袖倾鬟风露前。

月落乌啼云雨散，游童陌上拾花钿。（同上）

酒旗相望大堤头，堤下连樯堤上楼。

日暮行人争渡急，桨声幽轧满中流。（《堤上行》）

江南江北望烟波，入夜行人相应歌。

桃叶传情竹枝怨，水流无限月明多。（同上）

以上作品与《竹枝词》一样，不但取法民歌，而且直接取材自人民生活。无论写爱情、劳动或风土人情，都有浓厚的生活气息和乡土风味，较同时其他作家的同类作品高出一筹。这与作家长期接触人民生活分不开，也与他积极乐观的人生态度分不开。

杜甫《夔州歌》创作在先，亦受巴东民歌影响。那么，刘禹锡《竹枝词》与杜甫《夔州歌》比较有何区别，有何创新？

杜甫《夔州歌》诚然接受了巴蜀民歌影响，向称有古竹枝词意，然而刘禹锡在这方面较杜甫与其说是"同工异曲"，毋宁说是有过之而无不及。从内容上看，刘禹锡绝句于咏吟风物中寓取风情，保持着民歌本色，"花红易衰似郎意，水流无情似侬愁""东边日出西边雨，道是无晴却有晴"等，虽古乐府俊语无过也。而杜甫《夔州歌》却多属个人抒情，如：

> 武侯祠堂不可忘，中有松柏参天长。
>
> 干戈满地客愁破，云日如火炎天凉。

刘禹锡将男女风情与劳动生活结合起来描写的"银钏金钗来负水，长刀短笠去烧畲"之类，更是杜甫笔下所无的了。

从形式上看，刘禹锡绝句音韵谐婉，取于唇吻，正所谓"声势出口心"者；而杜甫绝句多拗调，有人为的成分。刘禹锡绝句多用比兴，乃至双关，亦民歌本色的表现手段；杜甫绝句则多出以赋法。更有不同者，《夔州歌》是诵诗非歌诗，刘禹锡《竹枝词》是为歌曲而写，写后"俾善歌者扬之"。关于《竹枝词》的唱法，明胡震亨说："《竹枝》本出巴渝，其音协黄钟羽，末如吴声。有和声，七字为句，破四字和云'竹枝'，破三字又和云'女儿'。后元和中，刘禹锡谪其地，为新词，更盛行焉。"（《唐音癸签》十三）按唐末五代时荆南词人孙光宪集中《竹枝》二首，就有"和声"的记录，其一云：

> 乱绳千结（竹枝）绊人深（女儿），越罗万丈（竹枝）表长寻（女儿）。
>
> 杨柳在身（竹枝）垂意绪（女儿），藕花落尽（竹枝）见莲心（女儿）。

孙光宪在世的时代去刘禹锡未远。以此知胡氏之说近是。

可见，杜甫有古竹枝意的绝句乃是受民歌影响的文人抒情诗，刘禹锡《竹枝词》等则是民歌体绝句，在绝句史上推出了一种新的产品。

中唐歌词

在唐代除了五七言诗得到长足发展外，一种新兴的诗体也起源于民间，经过文人的染指而逐渐得到成立——这就是词。词的产生与音乐的发展有很大关系，"词"的意思就是歌词。

中唐时代，曲艺繁荣。一方面乐工仍取绝句入乐，另一方面则有"诗客曲子词"即文人词的产生。文人从事词体创作，是词史上的一件大事。被誉为"百代词曲之祖"的李白《菩萨蛮》《忆秦娥》的真伪问题，至今是词史上一大悬案。而韦应物、戴叔伦、张志和、王建、白居易、刘禹锡、皇甫松等，则是词史上第一批确凿无疑的文人词作家。这一阶段的文人词，有如下特点：入乐入律，以小令为主，颇有绝句风味。许多早期的词体如《竹枝词》《杨柳枝》《浪淘沙》《清平调》等，本来就是绝句。而《渔歌子》《潇湘神》等则可视为绝句的变体（不过将一三句的七字句断为三三句式）。可以视为绝句或绝句变体的新歌词略有：

(1)《渔歌子》，如张志和作：

西塞山前白鹭飞，桃花流水鳜鱼肥。

青箬笠，绿蓑衣，斜风细雨不须归。

(2)《章台柳》，如韩翃作（许尧佐《柳氏传》）：

章台柳，章台柳，昔日青青今在否？

纵使长条似旧垂，亦应攀折他人手。

(3)《花非花》，白居易作：

花非花，雾非雾，夜半来，天明去。

来如春梦不多时，去似朝云无觅处。

(4)《潇湘神》，刘禹锡作：

斑竹枝，斑竹枝，泪痕点点寄相思。

楚客欲听瑶瑟怨，潇湘深夜月明时。

(5)《纥那曲》，刘禹锡作：

杨柳郁青青，竹枝无限情。

同郎一回顾，听唱纥那声。

(6)《欸乃曲》，元结作：

湘江二月春水平，满月和风宜夜行。

唱桡欲过平阳戍，守吏相呼问姓名。

(7)《柳枝词》或《杨柳枝词》，何希尧作：

大堤杨柳雨沉沉，万缕千条惹恨深。

飞絮满天人去远，东风无力系春心。

(8)《采莲子》，皇甫松作：

船动湖光滟滟秋 (举棹)，贪看年少信船流 (年少)。

无端隔水抛莲子 (举棹)，遥被人知半日羞 (年少)。

(9)《浪淘沙》，如皇甫松作：

滩头细草接疏林，浪恶罾船半欲沉。

宿鹭眠鸥飞旧浦，去年沙嘴是江心。

以上诸调，包括前述《竹枝词》等，后人多收录入词集，"唐人仍载入诗集，盖诗与词之转变在此数调故也"（《四库总目提要·花间集提要》)。以上各例都可以说是绝句变种，不过在某些地方以"三三"句式代七字句（"三三七"句格源出民间,）或以仄韵代替平韵而已。有几例形式上与七绝

318

无别，但在内容与声情却有特殊的规定，如“于咏柳之中，寓取风情，此当为《杨柳枝词》本色”。刘禹锡本人作歌词体绝句不下五种，其中“踏歌”“纥那”云者，或属唱法，或属和声标记；有的是徒歌（如《踏歌词》），有的则被诸弦管（如《杨柳枝词》）。

歌词的特点是内容单纯、语言浅近然极富音乐美。观上举诸例，无不如此。这里专就一二著名的歌词稍加说明：

> 不喜秦淮水，生憎江上船。
>
> 载儿夫婿去，经岁又经年。（刘采春《罗唝曲》）
>
> 劝君莫惜金缕衣，劝君须惜少年时。
>
> 有花堪摘直须摘，莫待无花空折枝。（杜秋娘《金缕衣》）

这两首绝句的主名，实为演唱者。犹今所谓“李谷一演唱歌曲”，词曲非李谷一作，却因她的演唱而走红。故也可归其名下。刘采春、杜秋娘所唱歌词，或怨别，或劝及时行乐，“虽然有一般的，却不见得有什么特殊的涵义。仅以其诗句的音乐性表达了无限深长的意思。”（《别林斯基论文艺》）“不喜”就是“生憎”，“经岁”就是“经年”。这些同义的反复又并非多余，它不仅毕肖儿女口吻富情味，而且通过复迭造就了一种回肠荡气的音乐律感，曾给听众的心灵以深刻的影响。《金缕衣》句句都是“莫负好时光”之意，但通过“劝君莫惜”“劝君须惜”“有花”“无花”的有变化的反复，通过“莫——须——须——莫”的回文式咏叹，大大丰富和强化了诗情。“凡情无奇而自佳，景不丽而自妙者，韵使之然也”（陆时雍《诗镜总论》）。

刘禹锡不仅爱好歌词，而且与歌人有深厚友谊，他有好些著名绝句都是赠歌者之作：

曾随织女渡天河，记得云间第一歌。

休唱贞元供奉曲，当时朝士已无多。（《听旧宫人穆氏唱歌》）

唱得凉州意外声，旧人惟数米嘉荣。

近来时世轻先辈，好染髭须事后生。（《与歌者米嘉荣》）

二十余年别帝京，重闻天乐不胜情。

旧人惟有何戡在，更与殷勤唱渭城。（《与歌者何戡》）

发鬟梳头宫样妆，春风一曲杜韦娘。

司空见惯浑闲事，断尽苏州刺史肠。（《赠李司空妓》）

清歌不是世间音，玉殿常开称主心。

唯有顺郎全学得，一声飞出九重深。（《田顺郎歌》）

这类绝句令人联想到王维《江上赠李龟年》（即《相思》）、高适《别董大》等，颇有盛唐绝句诗人遗风。盛唐绝句的风调和神韵，与歌词之用有深刻关系。对这一点，刘禹锡是心领神会的。前人谓刘禹锡绝句"运用似无甚过人，却都惬人意，语语可歌"（胡震亨《唐音癸签》七引通叟）。不意在白、韩二派之外，绝句的唱叹之音复睹于兹，真可使盛唐作者相视而笑。

刘禹锡的绝句造诣

白派诗人绝句病在立意不高，而韩派诗人病在稍乏情韵。刘禹锡则立意与情韵并重：他"以意为主"，同时吸取盛唐绝句的优长，融情于景，运用富于形象的暗示性语言，让读者从经过高度提炼的情景中去玩味作者的深意，故深入而能浅出，且有绕梁不绝的余韵。《石头城》诗渲染月照淮水空城的荒凉景象，而以"故国""旧时""仍过"等语寄意，

"兴废由人事，山川空地形"（《金陵怀古》）的历史感慨不言而喻。语言虽明快，而诗意并不浅直，无怪白居易对此爽然若失，"掉头苦吟，叹赏良久，且曰，《石头城》诗云'潮打空城寂寞回'，吾知后人之诗，不复措辞矣"。《乌衣巷》描绘夕阳西下，野草闲花的衰落景象，以"朱雀桥""乌衣巷""王谢堂"等地名唤起读者深远的历史感想，以即景好景作结，然寄慨实深。不仅即小见大，而且举重若轻。《杨柳枝词》"炀帝行宫汴水滨"通篇空灵，不逊于李益《隋宫燕》之作。

刘禹锡创作态度较白居易为严肃，精心推敲，妙于剪裁，故所作凝练。白居易《板桥路》诗云：

> 梁苑城西二十里，一渠春水柳千条。
>
> 若为此路今重过，十五年前旧板桥。
>
> 曾与玉颜桥上别，恨无消息到今朝。

此诗并不出色，经刘禹锡稍加删削，改易数字，题为《柳枝词》，便觉精彩动人：

> 清江一曲柳千条，二十年前旧板桥。
>
> 曾与美人桥上别，恨无消息到今朝。

这首改作，明人杨慎、胡应麟誉为神品。盖"长篇约为短章，涵蓄有味；短章化为大篇，敷衍露骨"（谢榛《四溟诗话》）。刘禹锡作诗偏爱近体，且能避免白派浅露率直之病，由此可见一斑。

刘禹锡绝句的境界清新优美。他善于从人民生活中发现新鲜美好的素材，并赋予浪漫色彩，创造出极富美感的诗歌意象。如"银钏金钗来负水，长刀短笠去烧畬"（《竹枝词》）、"女郎剪下鸳鸯锦，将向中流定晚霞"(《浪淘沙》)、"唱尽新词欢不见，红霞映树鹧鸪鸣"(《踏歌词》)，等等，劳动、爱情、生活融入绚丽的南国风光，形成前所未有之情调，在唐代绝句中平添新格。又如：

> 九曲黄河万里沙，浪淘风簸自天涯。
>
> 如今直上银河去，同到牵牛织女家。(《浪淘沙》)

语言优美，感情朴素。做客于牛郎织女之家，是极富于人民性的幻想。由于扎根人民生活，使刘禹锡绝句形象贴近人民生活，与李贺那种富于幻想却显得神秘诡异的作品大异其趣。

中唐绝句名家多重视学习楚辞，柳宗元得其兴象命意，李贺得其象征手法、语言风格，而刘禹锡则继承了屈原向民歌学习的精神，故诗境的清新、取喻的明快，别是一格：

> 湖光秋月两相和，潭面无风镜未磨。
>
> 遥望洞庭山水翠，白银盘里一青螺。(《望洞庭》)

诗写月下洞庭、君山的秀丽景色。两个比喻都是生活化的，诗境是清新明快的。

刘禹锡还吸收歌词悠扬婉转的音节，使其绝句音韵流畅和婉，颇具风调。如《竹枝词》首曲：

> 白帝城头春草生，白盐山下蜀江清。
>
> 南人上来歌一曲，北人莫上动乡情。

开篇即以音节感染读者，歌词由有变化的复叠：白帝城——白盐山，南人——北人；对比：城头——山下，南人上来——北人莫上，构成回环往复而又一气流转的音节，令人感到旋律底下深藏郁结的情绪。进而玩味字句，用"南人"的高兴来反衬"北人"的不堪，意在迁谪。既写本地风光、保持《竹枝词》本色，又有个人抒怀的成分。末句作呼告语，尤有风调。民歌单纯有力的手法，被用于表现个人的政治感慨，使刘禹锡绝句不像柳宗元、李贺抒愤绝句那样沉郁，又不像民歌那样浅近，而具有浅貌深衷的特点。"玄都观里桃千树，尽是刘郎去后栽"（《自朗州至京戏赠看花诸君子》）、"城东桃李须臾尽，争似垂杨无限时"（《杨柳枝词》）是咏花柳，又不是咏花柳，寄讽遥深。又如《望夫山》：

> 终日望夫夫不归，化为孤石苦相思。
> 望来已是几千载，只似当时初望时。

通篇似只写望夫石的传说，突出一个"望"字，一篇之中寄意再三，可谓单纯之至。然而诗人却通过这种象喻，写出自己始终不渝的政治操守，境界实深。诗意分三个层次：终日望夫化石，千载望夫不归，永不绝于望。回环往复，可歌可泣。尽管语言单纯明快，却令人常读常新。

刘禹锡对民歌固有的表现手法颇多创用，无论双关、比兴都不简单照搬。"东边日出西边雨，道是无晴却有晴"（《竹枝词》），不仅运用谐音双关，以"晴"关"情"，而且兼有比义：天气的风云莫测，比喻着情郎的情意难以捉摸，较一般双关更多一层意味。"山桃红花满上头，蜀江春水拍山流"（《竹枝词》）则是兴中有比，与后两句回环相扣，韵味无穷。

应该专书一笔的是：文人以《竹枝词》为题进行创作，虽以顾况为早，终是空谷足音。刘禹锡继往开来作《竹枝词》组诗歌咏风土人情，影响甚大。加上元、白赓歌相和，遂在绝句王国开辟了一片新天地。宋时苏、黄继有仿作，元明清诗人杨维桢、萨都剌、高启、李东阳、袁宏道、尤侗、王夫之、朱彝尊、王士禛、郑板桥、林则徐也都写《竹枝词》，往后《竹枝词》复返民间，各地皆有新制，反映各地民俗。作品滋多，几汗牛充栋。《四川竹枝词》(四川人民出版社)、《成都竹枝词》(同前)，就是这样的结集。

由于刘禹锡善于把继承与创新结合，在盛唐绝句的基础上，兼收民歌与歌词的某些长处，保持了绝句的风调美、音乐美和抒情性，做到了深入与浅出的统一。这就使得他不但克服了白、韩两派作家的某些缺点，而且直攀李益壁垒，在元和绝句诗坛高踞一席，而与李白、王昌龄遥遥相望。刘禹锡以他的艺术实践证明，在继承传统诗歌、吸收民间文学精华的基础上进行创新，乃是诗歌发展的一条广阔的道路。

李涉绝句与皇甫松歌词

重视七绝风调，得盛唐真传的作家，刘禹锡而外尚有李涉、皇甫松等。李涉号清溪子，洛阳人，宪宗元和初受辟为陈许节度使刘昌裔从事。后任太学博士，尝由匡庐至皖口遇盗，盗诘问何人，从者答是李博士，盗首云："若是李涉博士，不用剽夺，久闻诗名，愿题一篇足矣。"李涉即口占《井栏砂宿遇夜客》以赠之，诗云：

> 暮雨潇潇江上村，绿林豪客夜知闻。
> 他时不用逃名姓，世上如今半是君。

事见范摅《云溪友议》九，同书又载番禺举子李汇征与韦思明"共论数十家诗歌，次等及李涉绝句，主人似酷称其善矣"。虽近小说家言，亦可见李涉以绝句见重于时。

李涉今存七绝80余首，可读之作颇多，《润州听暮角》一诗最称高调，亦运用音乐与鸿雁意象来创造气氛，在表现手法上直逼李益，而自具新意：

> 江城吹角水茫茫，曲引边声怨思长。
> 惊起暮天沙上雁，海门斜去两三行。（《润州听暮角》）
> 远别秦城万里游，乱山高下入商州。
> 关门不锁寒溪水，一夜潺湲送客愁。（《宿武关》）
> 终日昏昏睡梦间，忽闻春尽强登山。
> 因过竹院逢僧话，偷得浮生半日闲。（《题鹤林寺》）

李涉学民歌，集中亦有《竹枝词》四首，但他更多地效法盛唐。他曾再遭贬谪，《润州听暮角》《宿武关》皆与宦情有关，但诗人摆脱了具体情事之局束，特重环境气氛渲染，寥寥数笔，鲜明如画，兼有风调，特别是音乐意象对绝句意境的塑造，与李益绝句有异曲同工之妙。

　　皇甫松乃极为本色的歌词作者，绝句虽不算多，《采莲子》二首、《浪淘沙》二首皆为同时同题上乘之作：

> 菡萏香连十顷陂（举棹），小姑贪戏采莲迟（年少）。
> 晚来弄水船头湿（举棹），更脱红裙裹鸭儿（年少）。（《采莲子》）
> 蛮歌豆蔻北人愁，松雨蒲风野艇秋。
> 浪起鸂鶒眠不得，寒沙细细入江流。（《浪淘沙》）

无论是刻画采莲女的天真烂漫，还是写人事沉浮、沧海桑田的感慨，皆出神入化。在绝句中记录和声，也以皇甫松作为最早，它告诉读者，他的绝句原是用来唱的，而不是写来念的，更不是写来看的。

李商隐与丽密派

用意深微的李商隐

从李商隐到温庭筠、韩偓，绝句风格逐步向丽密深细的方向发展，对中唐绝句意境浅露补救甚力。绝句与词风渐近。李商隐诗与温庭筠诗词同归丽密，故元好问《论诗绝句》谓之"温李新声"。

李商隐（813－858），字义山，号玉溪生。祖籍怀州河内（今河南沁阳），自祖父起迁居郑州（今属河南）。李商隐生在一个小官僚家庭，九岁丧父，从堂叔学习古文。由于家贫，早有托身府主之意。大和三年（829）为令狐楚辟幕僚，使与其子令狐绹共学今体文。开成二年（837）得第。三年，被泾原节度使王茂元赏识，聘其入幕为婿。李商隐入赘王家，牛党中人尤其是令狐绹视为背恩，这事的影响，使他蹭蹬一生。

李商隐全部诗歌贯串着一个主旋律，那就是感伤的主题，以自我感伤为主，而扩大到国家、社会、民生的感伤，这是他作品的基调，这从根本上决定了其诗的风格。然而除了《行次西郊一百韵》等古体诗外，其近体诗绝大多数是现实生活在心灵上的投影或折射而产生的抒情诗。在对题材的处理上，他的诗不仅在咏叹中流露些个人感慨，而且进入全面的象征。李商隐诗有丰富的象征意蕴。有人说"一个真正的诗人在写作真正的诗歌的时候，从不直称他正在表现的那种情感"（乔治·科林伍德《艺术原理》），这话用于李商隐是特别适合的。无题诸诗建构了一个由思想、形象、语言及其内蕴的心灵情感所共同构成的美的艺术体系，现代象征主义诗派孜孜以求并认为难于达到的境界，在李商隐那里就早已完成了。

李商隐诗在语言上的一个显著特征是浓艳华丽，然而其感伤的内容决定了其描述的语言将突破金玉锦绣的范围，而同时带有沉痛凄凉的色调。如果说韩愈是以古文为诗，那么李商隐就是以骈文为诗。擅场用典成为义山诗的独得之秘，在其律诗、绝句中表现最为突出。李商隐对韵律的处理能做到在规律中求变化，在限制中求自由，其诗在字词的组合、句式的变化等方面均极考究，且有特色，如好在句中重复某字以造成意义对照演进、音调回环往复的艺术效果，如"送到咸阳见夕阳""地险悠悠天险长""昨夜星辰昨夜风"等。其诗风的基本特征是：愤懑不平的思想感情同浓艳绮丽、朦胧曲折的表现形式之间有机的和谐的统一。

李商隐七绝"用意深微，使事稳惬，直欲于前贤之外另辟一奇"（管世铭《读雪山房唐诗钞》凡例），就其创新精神而言，他与杜甫、韩愈、李贺等一脉相承。其七律典丽精工、包蕴密致的作风，对七绝也有影响。

李商隐今存250余首绝句之中，以咏史、怀古为题材的，无论数量与质量都占有突出地位，传世之作极多。相当数量的咏史诗是对六朝奢靡亡国的典型事例予以讽刺，或对前代及本朝君王的求仙虚妄、荒淫误国及其他政治弊端进行鞭挞，均有借古鉴今之意：

> 北湖南埭水漫漫，一片降旗百尺竿。
> 三百年间同晓梦，钟山何处有龙盘？（《咏史》）
> 地险悠悠天险长，金陵王气应瑶光。
> 休夸此地分天下，只得徐妃半面妆。（《南湖》）

李商隐咏史绝句有"寄托深而措辞婉"的特点和优长。诗人往往就史实借题发挥，独出断案。如《贾生》：

宣室求贤访逐臣，贾生才调更无伦。

可怜夜半虚前席，不问苍生问鬼神。

前人咏及贾生多就其贬长沙事发感慨，而诗人却选取贾谊从长沙召回、宣室夜对的情节为诗材，就很独到。《史记·贾生列传》载："贾生征见，孝文帝方受釐坐宣室。上因感鬼神事，而问鬼神之本，贾生因具道所以然之状。至夜半，文帝前席。既罢，曰：'吾久不见贾生，自以为过之，今不及也。'"前二捵腾出之，强调其"才调更无伦"。后二以反跌作议论，意谓人主于人臣能前席问道，固然大好，只可惜不问苍生而问鬼神，舍本而逐末，枉然有此虚心也！亦捵腾出之：三句先置一叹以为悬念，末句方补叙理由，故饶有唱叹之音。此即施补华所谓："以议论驱驾书卷，而神韵不乏。"（《岘佣说诗》）逐臣获访，幸乎不幸，贾生当知之！诗中讽刺君主徒有爱才之名，而无善任之实，表现出不以个人荣辱作为衡量遇合与否的标准，胸襟超卓，立意固不凡也。又如《梦泽》一诗则根据《后汉书》"楚王好细腰，宫中多饿死"的记载，寄同情于自戕的宫女"未知歌舞能多少，虚减宫厨为细腰"，在"未知"与"虚减"的勾勒唱叹中，发掘出悲剧性事件深刻而内在的本质，以致能使"普天下揣摩逢世才人，读此同声一哭矣"（姚培谦《李义山诗集笺注》）。

有时，诗人根据史事，通过某一富于典型性的形象细节侧面微挑，不著一字议论而尽得风流。

永寿兵来夜不扃，金莲无复印中庭。

梁台歌管三更罢，犹自风摇九子铃。（《齐宫词》）

乘兴南游不戒严，九重谁省谏书函。

春风举国裁宫锦，半作障泥半作帆。（《隋宫》）

齐废帝曾剥取庄严寺的九子铃饰潘妃宫殿，《齐宫词》即抓住"九子铃"这一事物，借端托寓，不仅讽刺了齐废帝荒淫以致亡国，而且暗示梁代统治者也亦步亦趋，重蹈覆辙，所谓"后人哀之而不鉴之，亦使后人而复哀后人也"（杜牧《阿房宫赋》），无字处皆议论也。隋炀帝三游江都，不顾时局危难，刚愎自用而拒谏，《隋宫》后两句"借锦帆事点化，得水陆绎骚、民不堪命之状，如在目前"（何焯），亦不著议论，胜似议论。

诗人有时以议论为诗，而能使议论伴随形象且挟情韵以行。如《北齐》二首：

> 一笑相倾国便亡，何劳荆棘始堪伤。
> 小怜玉体横陈夜，已报周师入晋阳。
>
> 巧笑知堪敌万机，倾城最在着戎衣。
> 晋阳已陷休回顾，更请君王猎一围。

二诗皆以议论开篇，"一笑相倾国便亡，何劳荆棘始堪伤""巧笑知堪敌万机"，或冷嘲，或热讽，紧接着就是形象画面"小怜玉体横陈夜，已报周师入晋阳"，一种艳褒的情景与险恶的画面组接，造成惊心动魄的效果。淑妃进御与周师灭齐本非一时之事，诗以"已报"二字衔接二者的超前夸张手法，揭示出荒淫与亡国之间的必然联系，从而印证了"一笑相倾国便亡"的议论，使之顿成精警。"晋阳已陷休回顾，更请君王猎一围"，则展示了一幅"螳螂捕蝉，黄雀在后"的情景，使"巧笑知堪敌万机"的讽刺意味更觉辛辣。诗人有时突发一问以代议论，如"三百年间同晓梦，钟山何处有龙盘？"（《咏史》）、"八骏日行三万里，穆王何事不重来？"（《瑶池》）让读者玩味无穷。

李商隐咏史绝句与刘禹锡怀古绝句比较，除了有主情景与主意事的不同，还有一些差异。大抵上刘作歌词味浓，有盛唐风调；李作去歌词渐远，大别于盛唐旧法。刘作意境明快，李作意境深细。

李商隐的写景抒情绝句，同样具有"寄托深而措意婉"的特点。

> 向晚意不适，驱车登古原。
>
> 夕阳无限好，只是近黄昏。（《乐游原》）
>
> 寻芳不觉醉流霞，倚树沉眠日已斜。
>
> 客散酒醒夜深后，更持红烛赏残花。（《花下醉》）
>
> 曾逐东风舞柳筵，乐游春苑断肠天。
>
> 如何肯到清秋日，已带斜阳又带蝉。（《柳》）
>
> 花明柳暗绕天愁，上尽重城更上楼。
>
> 欲问孤鸿向何处，不知身世自悠悠。（《夕阳楼》）

这类诗多借夕阳、残花，以表现恋旧伤逝与无可奈何的情绪。乐游原在长安东南，为唐时登览胜地。《乐游原》诗写黄昏登古原遥望夕阳而触发的感受，警策在后两句。其所包蕴的深广意境，"夕阳无限好"是一方面；另一方面是时已黄昏，夕阳转瞬即逝，令人徒唤奈何！这就给读者同时提供了乐与悲、存在与消逝、有限与无限等一系列审美对象，任其测之无端，玩之无极。纪昀谓"百感茫茫，一时交集，谓之悲身世可，谓之忧时事亦可"（《玉谿生诗说》），管世铭谓"消息甚大，为五绝中所未有"（《读雪山房唐诗钞》）。"夕阳无限好""上尽重楼更上楼"与"欲穷千里目，更上一层楼"（王之涣《凉州词》），气象又有一番不同。诗体虽小，而寄慨遥深，不坠纤巧，不着痕迹。

李贺从楚辞和齐梁诗多所汲取，开创出一种富于奇幻绚丽色彩的诗风，李商隐则继承这种诗风，更施于七绝：

回望高城落晓河，长亭窗户压微波。

水仙欲上鲤鱼去，一夜芙蓉红泪多。（《板桥晓别》）

楼上黄昏欲望休，玉梯横绝月中钩。

芭蕉不解丁香结，同向春风各自愁。（《代赠》）

云母屏风烛影深，长河渐落晓星沉。

嫦娥应悔偷灵药，碧海青天夜夜心。（《嫦娥》）

日射纱窗风撼扉，香罗拭手春事违。

回廊四合掩寂寞，碧鹦鹉对红蔷薇。（《日射》）

为有云屏无限娇，凤城寒尽怕春宵。

无端嫁得金龟婿，辜负香衾事早朝。（《为有》）

神话传说素材的采取（如用琴高乘鲤、麻姑三历沧桑、嫦娥奔月等传说），比兴象征手法的运用，华美辞藻与句格，使得伤别、伤春、感遇等传统题材，被赋予了新奇浪漫的色彩。诗境奇幻，离现实情事为远，读者想象的余地更大，更便于发挥绝句的优势。如《嫦娥》诗先写室内外环境，暗透主人公长夜不寐、孤寂清冷之况，以引起悬想嫦娥因长处孤清之境而悔偷灵药，从对面进一步托出自身之复杂微妙心理，极空灵蕴藉，予人以多方面联想。解者或谓实咏嫦娥，或谓咏女冠之不耐寂寞，或谓自抒孤高不遇之感。实则彼此境类心通。诗境的能指，即是通常所谓"早知今日，悔不当初"、可惜没有后悔药吃的人生心态。此诗能获得普遍共鸣而成为名篇，正在此耳。

至于日常的抒情，亲友间的寄赠，李商隐也一丝不苟，既富情韵，复多创意，很有特色。与白居易为率意所累，适成鲜明对照。

竹坞无尘水槛清，相思迢递隔重城。

秋阴不散霜飞晚，留得枯荷听雨声。（《宿骆氏亭寄怀崔雍崔衮》）

君问归期未有期，巴山夜雨涨秋池。

何当共剪西窗烛，却话巴山夜雨时。（《夜雨寄北》）

嵩云秦树久离居，双鲤迢迢一纸书。

休问梁园旧宾客，茂陵秋雨病相如。（《寄令狐郎中》）

崔雍、崔衮兄弟为义山重表叔、早期幕主崔戎之子，"竹坞无尘"一诗系别二崔后旅宿寄怀之作，或为未仕前之作。好诗须有境界，诗意不是通过直说，而是通过意境表达出来的。此诗末句可以说是唐诗造境最好的诗句之一。《红楼梦》四十回中写林黛玉说她对李商隐诗就喜欢这一句，何义门曰："下二句藏得永夜不寐，相思可以意得也。"《夜雨寄北》首句迭用"期"字，在归期无日之叹息中透出黯然神伤。诗中迭用"巴山夜雨"四字，在次句中是写眼前景，以凄凉萧瑟之物象，构成极富包蕴之抒情氛围；末二句则是一个想象中的未来情景，彼此异日重逢，西窗剪烛，重话巴山夜雨情景，使诗意在回环映照中更增深永情韵。融凄清与温煦、黯然与神往、寂寥与慰藉为一体。何焯用"水精如意连环"名此创格。

"义山七言绝句意必极工，调必极响，语必极艳，味必极永，有美皆臻，无微不备，真晚唐之独出，即（有唐）一代亦无多也。"（《唐人万首绝句选》宋顾乐评）管世铭说："李义山用意深微，使事稳惬，直欲于前贤之外，另辟一奇。绝句秘藏，至是尽泄，后人更无可以展拓处也。"（《读雪山房唐诗钞》）

李商隐与七绝当句对

当句对是从李商隐开始大量使用于七绝的一种句式。这种句式初见于楚辞带"兮"字的七言句，常常成对出现，《国殇》通篇充斥这种句子，如"旌蔽日兮敌若云，矢交坠兮士争先""霾两轮兮絷四马，援玉枹兮击

"鸣鼓"，等等。一句之中，以"兮"字为停顿，前后对仗，唱叹有味。

当"兮"字被逐出七言句，上四下三，字数不等怎么对？照理说是对不起的。然而，唐人不但对了，还对得特别有意思——"葡萄美酒/夜光杯"（王翰）、"黄河北岸/海西军"（杜甫）、"黄衣使者/白衫儿"（白居易）、"主人奉觞/客长寿"（李贺），等等。这种句中对的上四，有一字是可以忽略不计的，如前两例；或有两个字捆绑在一起，与对应句的一个字相对立，如后两例。在并不以对仗为必要条件的七绝中，单列的当句对，对整饬诗句的效果特别显著。

李商隐是频繁地将这种当句对施于七绝的第一人，如"长河渐落/晓星沉""不问苍生/问鬼神""竹坞无尘/水槛清""得宠忧移/失宠愁""日射纱窗/风撼扉""半作障泥/半作帆""已带斜阳/又带蝉""雨中寥落/月中愁""一片降旗/百尺竿""薛王沉醉/寿王醒""露欲为霜/月堕烟""斗鼠上堂/蝙蝠出""红露花房/白蜜脾""地险悠悠/天险长""他日未开/今日谢""但保红颜/莫保恩""碧鹦鹉对红蔷薇""李将军是故将军""雏凤清于/老凤声""刻意伤春/复伤别"，等等。

近人所作如"英雄多故/谋夫病，泪洒崇陵噪暮鸦"（鲁迅）、"行太卑微/诗太俊，狱中清句动人怜"（郁达夫）、"杀人无力/求人懒，千古伤心文化人"（田汉）、"情最生疏/形最密，与君异梦却同床"（钱锺书）、"汝亦中年/吾已老，情亲灯火话儿时"（杜兰亭）、"望梅亭外枝枝白，知是梅花/是雪花"（李伏波）、"前村无路凭君踏，夜亦迢迢/路亦长"（遇罗克），等等，都是李商隐这种句式的延续。

温庭筠的两副笔墨

温庭筠（812？—867？），字飞卿，宰相温彦博孙，有文学和音乐天赋，而性行放纵。曾大言"有弦即弹，有孔即吹"，史称其"能逐弦吹之音，为侧艳之词"。文思敏捷,文笔绮丽,尤工律赋,与李商隐齐名。每就试为诗,不起草,但笼袖凭几,每一韵一吟而已,时辈推服,呼为"温八吟"(或作八叉。按唐以诗赋取士,韵数多寡初无定格,至大和以后始以八韵为常)。然累试不第,以久被摈抑,好讥诃权贵,多犯忌讳,取憎于时。曾为隋城尉、方城尉,终国子助教。温庭筠与李商隐齐名称"温李",而李不屑为词,温性行放纵,身世颠沛有过于李,诗词并工而以词尤著。温庭筠在文人词接轨取代民间词之际,根据歌筵需要,创造了一种为时代风尚所趋的词风,在词的发展史上有承前启后的重要作用。爱情题材是民歌的重要题材,温庭筠贡献之一,即在为爱情题材找到了最合适的土壤,完成了由艳诗向艳曲的过渡。温词意象密度较大,且有唯美倾向,讲究词彩和声韵之美,好用精美名物、金玉锦绣等字面,好用形容词和物质材料作代名词。温庭筠将词体创作引上了狭(内容)深(艺术)的道路,这对后来的花间派和整个婉约词派都有深远影响。

一般说来,温庭筠诗歌创作与词作风格并不相同,颇具传统功力。在诗作的趋新上,不如李商隐。在他的潜意识中,似已有"词别是一家"(李清照《词论》)的观念了。不过,说到绝句创作,又当别论。因为绝句在盛唐原属乐府,与词中小令有渊源关系。于是,温庭筠便有两种类型的绝句。一种是抒发个人感慨,颇具传统风调的绝句;一种则具有歌词风味,近于令词。第一类如:

> 江海相逢客恨多,秋风叶下洞庭波。
>
> 酒酣夜别淮阴市,月照高楼一曲歌。(《赠少年》)
>
> 天宝年中事玉皇,曾将新曲教宁王。
>
> 钿蝉金雁皆零落,一曲伊州泪万行。(《赠弹筝人》)
>
> 冰簟银床梦不成,碧天如水夜云轻。
>
> 雁声远向潇湘去,十二楼中月自明。(《瑶瑟怨》)

细雨蒙蒙入绛纱，湖亭寒食孟姝家。

南朝漫自称流品，宫体何曾为杏花。（《春日雨》）

这些绝句情思婉转，风调清深，置诸大历名家如李益、钱起集中，或莫能辨。第二类却很趋新，如：

香灯伴残梦，楚国在天涯。

月落子规歇，满庭山杏花。（《碧涧驿晓思》）

宜春院外最长条，闲袅春风伴舞腰。

正是玉人断肠处，一渠春水赤栏桥。（《杨柳枝》）

一尺深红胜麹尘，天生旧物不如新。

合欢桃核终堪恨，里许元来别有人。（《南歌子》）

井底点灯深烛伊，共郎长行莫围棋。

玲珑骰子按红豆，入骨相思知不知？（同上）

爱情题材、向内心世界发掘、境界的创造和双关隐语的运用，使这些绝句直通词境，绝类小令。后三例处在中唐歌词及刘禹锡等人的延长线上。而《碧涧驿晓思》一首，无论就造语和造境而言，都接近以丽密为特色的温词。而在李商隐和韩偓绝句中，同样的苗头甚至更为习见。

雏凤清于老凤声：韩偓

韩偓（844—923），字致尧，京兆万年人。凤慧，被姨父李商隐誉为"雏凤清于老凤声"。诗风略近李商隐，著有《香奁集》，多为艳诗，风格轻侧绮艳，后人遂谓此种诗风为"香奁体"，或被讥为"丽而无骨"（《许彦周诗话》），而近人震钧作发微之辞云："《香奁集》命意去词近，去诗却远。然三百篇之西方美人，静女其姝，何一非此物此志也。"（施蛰存《读韩偓词札记》引）韩偓生逢乱世，其诗多与时局离乱有关。施蛰存谓之"托忠愤于丽语"，可谓知人论世。

> 水自潺湲日自斜，尽无鸡犬有鸣鸦。
> 千村万落如寒食，不见人烟空见花。（《自沙县抵龙溪县值泉州军过后村落皆空因有一绝》）
> 何曾解报稻粱恩，金距花冠气遏云。
> 白日枭鸣无意间，惟将芥羽害同群。（《观斗鸡》）
> 天长水远网罗稀，保得重重翠碧衣。
> 挟弹少年多害物，劝君莫近市朝飞。（《翠碧鸟》）

或即景抒情，或托物言志，或反映战乱现实，或抒远祸全身之慨，均有很强的现实性。

然而韩偓绝句在艺术上的特色，却在于接受李商隐影响，一方面将悱恻缠绵的情思更深地隐藏在对人的环境氛围的细腻描写中，使诗的归趣隐微，能指更大；另一方面辞藻更为富艳，色泽更为浓重，别具诗情画意：

> 碧栏杆外绣帘垂，猩色屏风画折枝。
> 八尺龙须方锦褥，已凉天气未寒时。（《已凉》）
> 恻恻轻寒剪剪风，杏花飘雪小桃红。
> 夜深斜搭秋千索，楼阁朦胧细雨中。（《寒食夜》）
> 鹅儿唼喋栀黄嘴，凤子轻盈腻粉腰。
> 深院下帘人昼寝，红蔷薇映碧芭蕉。（《深院》）

这些诗大都有精工的造境，情感触隐然不露。抒情主人公虽多不露面，但却表现出其心境。那些描绘环境的艳丽的意象，反衬出一种兰闺寂寞的心情，或有所思慕，或有所怅怨。而闺怨的传统形式曲折反映出诗人的现实人生感受。也是所谓"用意深而措辞婉"。其用笔之曲折，针线之细密，辨味之细致，都达到前所未有的程度。

温李绝句与词体

温、李及韩偓等诗人的绝句与晚唐词体之间关系，是一个可以稍加深谈的话题。在讨论中唐歌词一节中，曾提到当时文人令词的特点之一是具有绝句风味。而自温庭筠始，令词出现了别是一家之面目，其主要特点是意象密而富于词彩，如：

> 水精帘里颇黎枕，暖香惹梦鸳鸯锦。江上柳如烟，雁飞残月天。（温庭筠《菩萨蛮》上阕）
>
> 柳丝长，春雨细，花外漏声迢递。惊塞雁，起城乌，画屏金鹧鸪。
>
> 香雾薄，透帘幕，惆怅谢家池阁。红烛背，绣帘垂，梦长君不知。（同上《更漏子》）

温词与诗的重要分别，除上述两项外，还重感性的显现，而排斥理性的说明，句与句间的跳跃性更大。而绝句自元和时代刘、白以来，与歌筵的关系复趋密切。而在当时，是词受绝句的影响。晚唐温庭筠一改词风，则使绝句反过来受这种词风的影响。主要表现在对内心世界的细腻把握，以及对形式美尤其是词彩的追求上。如前举温庭筠《碧涧驿晓思》、李商

337

隐《日谢》《代赠》《板桥晓别》及韩偓《已凉》《深院》《寒食夜》等作品，除齐言体外，与温词的作风，已没有本质的区别。

晚唐丽密一派绝句对于宋词也是有影响的。对照下列两组作品：

（1）秋千打困解罗裙，指点醍醐索一尊。

见客入来和笑走，手搓梅子映中门。（韩偓《偶见》）

蹴罢秋千，起来慵整纤纤手。露浓花瘦，薄汗轻衣透。见有人来，袜刬金钗溜。和羞走，倚门回首，却把青梅嗅。（李清照《点绛唇》）

（2）昨夜三更雨，今朝一阵寒。海棠花在否，侧卧卷帘看。（韩偓《懒起》）

昨夜雨疏风骤，浓睡不消残酒。试问卷帘人，却道海棠依旧。知否，知否，应是绿肥红瘦。（李清照《如梦令》）

李清照的两首令词显然以韩诗为蓝本。在强调"词别是一家"的易安居士看来，韩偓绝句无论从题材和表达上，都比较宜于令词。所以改作的知名度，反高于原构。柳永《引驾行》结尾道："争如归去睹倾城？向绣帏深处，并枕说：如此牵情。"成为整篇词的高峰。吴世昌说："这种'从现在设想将来谈到现在'的作法，其实也不是柳永创始的。我们该记得李商隐的《夜雨寄北》。这类章法不妨称为'西窗剪烛型'。"（《论词的章法》）

王国维在论诗词体裁之别时说："词之为体，要眇宜修，能言诗之所不能言，而不能尽言诗之所能言。诗之境阔，词之言长。"（《人间词话》）他所谓"能言诗之所不能言""词之言长"，主要是对人的内心世界的细腻把握。绝句向词体靠近，对于充分发挥短小体裁的艺术潜力，又走出了新的一步。管世铭谓义山绝句"用意深微"，"于前贤之外另辟一奇"，

"绝句秘藏至是尽泄",即部分针对这种情况而言。

| 七 |

杜牧与清疏派

盛唐绝句风调的力量十分强大,经李益、刘禹锡,直穿中唐而达于晚唐。在丽密派绝句诗人更辟新路的同时,杜牧等人沿着盛唐诸公开辟的艺术康庄大道前进。杜牧将传统手法施之新的主题,以清新、疏朗、豪迈、俊逸的诗风,与温、李等的丽密作风相对,蔚为大家。韦庄、郑谷、许浑、赵嘏等人,亦称名家。直到唐末,盛唐风力方才式微。

雄姿英发的杜牧

杜牧（803—852），字牧之,祖居长安下杜樊乡,因称"杜樊川";曾官司勋员外郎,称"杜司勋";官至中书舍人,又称"杜紫微"。京兆杜氏是魏晋以来的高门世族,世代为官,其中最有名的是西晋名将杜预,自称有"《左传》癖",为《春秋左传集解》,是《左传》最早注本;杜牧的祖父杜佑在德宗贞元末为宰相,所撰《通典》200卷,是典章制度专史名著。杜牧出生时距安史乱起已经48年,乱中朝廷征调陇右、河西诸镇精兵以平乱,吐蕃乘虚而入,占领了这一地区;乱后河北三镇割据称雄,成为当时大患;内政方面则产生了宦官专权,以后又产生了朝官派系之争即"牛李党争"。文宗大和二年（828），杜牧在洛阳举进士及第，列名第五。闰三月在长安又应制举贤良方正能直言极谏科，及第，自谓"两枝仙桂一时芳"（《赠终南兰若僧》）。杜牧两登科第后，便是漫长幕僚生涯，曾应聘扬州，为牛僧孺幕掌书记。《遣怀》诗谓："十年一觉扬州梦，赢得青楼薄幸名。"大和九年（835）一度回京任监察御史，后因牵涉党争，外放为黄州、池州、睦州等地刺史。大中中回到长安任职，复请外放湖州刺史。五年复回长安，官至中书舍人，卒于任。

杜牧生平所作，其甥裴延翰遵其所嘱编为《樊川文集》20 卷，收诗文 450 篇。全祖望说："杜牧之才气，其唐长庆以后第一人耶！读其诗古文辞，感时愤世，殆与汉长沙王太傅相上下。"洪亮吉说："有唐一代，诗文兼擅者，唯韩、柳、小杜三家。"杜牧亦能书画，其手书《张好好诗》，董其昌谓"深得六朝人气韵"，真迹今存故宫博物院。

杜牧在大和五年（831）沈传师幕时，为李贺集序，其中连设九喻体貌李贺诗的特长，最后却说"盖骚之苗裔，理虽不及，辞或过之"。理即指思想内容，也就是说，"骚有感怨刺怼，言及君臣理乱，时有以激发人意"，在这一方面李贺不及屈原，尽管在词彩方面有独到之处。可见他对李贺诗的赞美是有所保留的，而他的创作亦离韩派较远。至于元、白诗，他则更加诋毁："尝痛自元和以来有元白诗者，纤艳不逞，非庄士雅人，多为其所破坏，流于民间，疏于屏壁，子父女母，交口教授，淫言亵语，冬寒夏热，入人肌骨，不可除去。"其说不免偏激。杜牧的创作表白："某苦心于诗，本求高绝，不务奇丽（李贺），不涉习俗（元白），不今不古，处于中间。"他本人推崇的是李杜、韩柳，前人谓其七律独持拗峭以矫时弊，而其七绝则颇具风调，可以接武梦得。在力矫中唐绝句的某些流弊方面，亦与有大力。其诗内容题材较为广泛，感时述怀，咏史怀古，叙事抒情，无所不有；其诗风与李商隐等主题深曲婉丽不同，意境高远而表达流畅，深入而能浅出，豪迈俊逸，在艺术特色上总体说来，也就是刘熙载所谓"雄姿英发"，在俊爽峭健之中而又有风华绮靡之致，属于比较标准的唐音。所以杨慎推他为直继李白、王昌龄、刘禹锡的七绝高手：

> 唐人之诗，乐府本自古诗而意反近，绝句本自近体而意实远。故求风雅之仿佛者，莫如绝句。唐人之所偏长独至，而后人力莫追嗣者也。擅长则王江宁，骖乘则李彰明，偏美则刘中山，遗响则杜樊川。

杜牧力矫白派绝句浅露乏韵之弊，而又能避免李、韩等诗人时有过深的毛病。

杜牧和李商隐均兼擅七言律绝，而李商隐更以七律著称，杜牧则更以七绝擅长。今存绝句 220 余篇，咏史、怀古占有突出地位。这位以武略自负、好谈兵论政的诗人，似乎有一点历史癖。他喜欢在绝句中写历史的鉴戒。

> 长安回望绣成堆，山顶千门次第开。
> 一骑红尘妃子笑，无人知是荔枝来。（《过华清宫》）
> 新丰绿树起黄埃，数骑渔阳探使回。
> 霓裳一曲千峰上，舞破中原始下来。（同上）
> 万国笙歌醉太平，倚天楼殿月分明。
> 云中乱拍禄山舞，风过重峦下笑声。（同上）

华清宫三绝句是讥刺玄宗淫昏奢靡败国的本朝史事。或谓"据《唐纪》，明皇以十月幸骊山，至春至还宫，是未尝六月在骊山也。然荔枝盛暑方熟，词意虽美，而失事实"（《遁斋闲览》）。恰恰说明杜牧咏史更重艺术真实。华清宫是开元中建于骊山的行宫，唐明皇杨贵妃当年行乐处所。《新唐书·后妃传》载"妃嗜荔枝，必欲生致之，乃置骑传送，走数千里，味未变已至京师"，李肇《国史补》亦载其事。"长安回望"二句写过华清宫所见景色，骊山有东、西绣岭，岭上广种林木花卉，望之宛若锦绣。"一骑红尘"二句将飞骑传送荔枝以博杨妃一笑之事，以轻描淡写的口吻表过，而寄慨遥深。"一骑红尘"之紧急，与"妃子笑"的轻松连文，复以"无人知是"反跌，言下"有褒姬烽火，一笑倾周之慨"和今昔盛衰之感，妙在不说尽，表现出作者气俊思活的本色。

杜牧爱就一些人所熟知的史实发表与众不同的见解，也就是前人指出的，他的咏史诗有"好异于人"的特点：

折戟沉沙铁未销，自将磨洗认前朝。

东风不与周郎便，铜雀春深锁二乔。（《赤壁》）

胜败由来事不期，包羞忍辱是男儿。

江东弟子多才俊，卷土重来未可知。（《题乌江亭》）

读者对诗意倘直寻而浅尝之，不免谥以"好异"之名，其实诗皆有为而发。《赤壁》作于会昌四年（844）黄州赤壁。三国鏖兵之赤壁本在湖北蒲圻，诗人未予深究也无须深究。宋苏轼亦沿袭了这一附会为词，世又称"东坡赤壁"。诗抛开以形胜开端的老套，而从一片铁戟写起，以它来和历史上一场著名的战争搭成联系，磨洗去时间的斑斑锈迹，便引起人们对历史的追忆。这样一个见微知著的开端，在构思上非常新颖巧妙。诗中史论不是抽象议论，而是假设推出的可能性：如果不是东风为周郎提供机遇，那么曹公就会打败吴国而掳走二乔。宋人许彦周冒失地批评此诗"孙氏霸业系此一战，社稷存亡、生灵涂炭都不问，只恐捉了二乔，可见措大不识好恶"。殊不知两句以形象代抽象，意实在此不在彼，特蕴藉言之，增人感慨。后二与其说是对周郎的调侃，毋宁说是为曹公惋惜。

曹操是赤壁一战的失败者，他和杜牧一样注过《孙子》，深谙兵法，就个人才略而言，不在周郎之下，岂能以一战之成败论英雄？对读《题乌江亭》亦强调"不以成败论英雄"。"十年一觉扬州梦，赢得青楼薄幸名"的诗人，深知"东风不与周郎便"是什么滋味。咏史中寓身世感慨，内容的严肃与形式的风流结合得天衣无缝，这就是所谓独持拗峭，雄姿英发。

> 何处吹笳薄暮天，塞垣高鸟没狼烟。
>
> 游人一听头堪白，苏武争禁十九年。（《边上闻笳》）
>
> 繁华事散逐香尘，流水无情草自春。
>
> 日暮东风怨啼鸟，落花犹似坠楼人。（《金谷园》）
>
> 细腰宫里露桃新，脉脉无言几度春。
>
> 至竟息亡缘底事，可怜金谷坠楼人。（《题桃花夫人庙》）

《题桃花夫人庙》咏息妫事。见《左传》庄公十四年。息妫系春秋时息君夫人，国亡被捕掳入楚宫，生二子，然始终以不言作抗争，一向传为美谈。王维《息夫人》"看花满眼泪，不共楚王言"就是赞颂一例。杜牧却翻案道"脉脉无言"的反抗，与绿珠比较相形见弱。诗人同时也就给气节悬出一个更高的标准，他一再推许金谷"坠楼人"，用意亦不在绿珠。《边上闻笳》是在写景抒情中加进了怀古内容，表现了诗人对民族英雄苏武的崇敬。

在即景抒情的绝句中注入深沉的历史感慨，若有若无，如水中之月，镜中之像，言有尽而意无穷，也是杜牧绝句的一个特点。

> 千里莺啼绿映红，水村山郭酒旗风。
>
> 南朝四百八十寺，多少楼台烟雨中。（《江南春》）

烟笼寒水月笼沙，夜泊秦淮近酒家。

商女不知亡国恨，隔江犹唱《后庭花》。（《泊秦淮》）

长空澹澹孤鸟没，万古销沉向此中。

看取汉家何事业，五陵无树起秋风。（《乐游原》）

清时有味是无能，闲爱孤云静爱僧。

欲把一麾江海去，乐游原上望昭陵。（《将赴吴兴登乐游原一绝》）

这些寓历史感慨于情景中的七绝，应说是杜牧绝句的上乘之作。《江南春》前二写千里江南之明媚风光，妙在十四字中包举山水、村郭、花鸟、红绿，等等，得句自然浑成而视通万里。后二之妙在写最具特色的江南烟雨，以烟雨楼台映衬明媚春光，笔致灵妙，余音悠远。且于写景有弦外之音：南朝统治者多佞佛，一朝有一朝建筑，无怪江南佛寺之多也。数目堆垛，是杜牧惯用的营造气势的手法，"四百八十寺"即一例。造寺者佞佛乞求保佑的目的没有达到，而点缀在山水红绿之间的这些金碧辉煌的佛寺，却形成一种特殊的人文景观，为江南之春生色不少，这实在是太有意思了。诗人思接千载，对一种历史文化现象作玩味和沉思，而这沉思又是和诗人对自然美的歌咏水乳交融，所以高于一般讽刺之作。《泊秦淮》作于江宁。秦淮河经过金陵城内流入长江，六朝以来为游览胜地，诗人夜泊秦淮闻歌女唱陈后主时流行的颓靡歌曲，不禁触景生情而为诗。诗中写月下沙岸尤明，水上则弥漫着一层轻纱似的烟雾，用句中排的形式，写景空灵细腻且有唱叹意味。秦淮河不宽，故在舟中可以清楚地听到对岸的歌声。唐崔令钦《教坊记》著录即有《后庭花》，可见唐时尚在流行。诗人听歌女唱此，六代兴亡之感慨，忧国忧民之情怀，一时涌向心头。诗只言"商女不知亡国恨"，而世风之日下，时局之可忧，亦见于言外。旨意委婉，感慨转觉深沉。

杜牧绝句与李商隐绝句，同工异曲。他们都曾用议论入绝句而不失

344

形象性，饶有情韵，不过李商隐"用意深而措辞婉"，而杜牧"以时风委靡，独持拗峭"。在美学风格上，则有阴柔与阳刚的差异。盖在晚唐"风流恣绮靡"的社会风气下，士大夫多流连杯酒声色，诗风颓靡而刚健不闻。杜牧虽亦不免混迹青楼，以求排遣，内心却充斥着不满和矛盾。诗人用诗作拯救自己的灵魂，在艺术手法上"独持拗峭"，明快刚健，以矫时弊。

前人指出"牧之语多直达"，这是就其诗歌语言清新天然、落尽豪华而言。然而"直达"并不是直木无味，诗人措语多点到为止，善于启发，说明不说尽，给读者以思索余地。

> 娉娉袅袅十三余，豆蔻梢头二月初。
> 春风十里扬州路，卷上珠帘总不如。（《赠别》）
> 鸳鸯帐里暖芙蓉，低泣关山几万重。
> 明镜半边钗一股，此生何处不相逢。（同上）

二诗结语均佳，故为后人乐于借用。它们都可谓"直达"之语，却又都留有回旋余地。"春风十里扬州路，卷上珠帘总不如"，极写意中人之可爱，但不如谁？谁不如？诗中都未说明，而读诗者已悠然意会，转觉有味。"此生何处不相逢"之语斩截肯定，似直达，然实强作宽解之辞，其妙略同白居易《长恨歌》中杨贵妃之辞："钗留一股合一扇，钗擘黄金合分钿。但教心似金钿坚，天上人间会相见。"其味醇厚，绝不单薄。

用意十分，措语三分，给人举重若轻之感，是杜牧语言的特色。严肃庄严的主题，却出以调侃轻松的语气。如"霓裳一曲千峰上，舞破中原始下来"（《过华清宫》），"舞破中原"，山河沦陷，后果一何严重，然"始下来"三字又了结得一何轻松（事实上是导致玄宗下台），不议论而能发

345

人深省，将玄宗淫昏误国的情态披露得十分巧妙。《赤壁》所咏，为决定三国鼎立的历史性大战，措语却轻松调侃"东风不与周郎便，铜雀春深锁二乔"，也能使读者见微知著，兴味无穷。它招来"社稷存亡，生灵涂炭都不问，只恐被捉了二乔，可见措大不识好恶"的批评，但只表明持论者于诗的隔膜。盖二乔被捉，吴亡可知，社稷生灵，更何待言。

杜牧绝句使人感到举措风流可爱，"气俊思活"，又不仅仅是因为语言的美妙。杜牧绝句表现手法也是丰富多彩的，其构思与章法不拘一格，而音情富于腾挪跌宕。前举《赠别》从意中人写到花，从花写到春城闹市，从闹市写到美人，再用烘云托月的手法写到意中人，二十八字挥洒自如，游刃有余，其俊爽活泼，罕有其匹。《题桃花夫人庙》则欲夺故予，先以"脉脉无言几度春"为息妫一掬同情之泪，末了以"至竟"二字猛力翻转，"以绿珠之死，形息夫人之不死，高下自见而词语蕴藉"（赵翼），从章法到音情，殊觉拗峭。《题木兰庙》在构思上更是匪夷所思：

弯弓征战作男儿，梦里曾经与画眉。

几度思归还把酒，拂云堆上祝明妃。

诗中把传说人物木兰与历史人物王昭君联系起来，使人于比勘之中，寻绎更深。"社稷依明主，安危托妇人"（戎昱《咏史》）之意自见。木兰"弯弓征战"有古辞作依据，"几度思归还把酒"二句则纯属虚构，将传说主题翻新，音情却别饶顿挫。杜牧的"气俊思活"，还表现在他善于捕捉一刹那的意念与感受，将笔力倾注在所咏事物的筋节处，塑造出富于美感的形象和深远的意境。《金谷园》绝句将落花飘坠这一偶然的、寻常的现象，与"金谷园"这一特定环境联系起来，创造出"落花犹似坠楼人"的动人诗句。既是信手拈来，自然明快，又精辟警策，发人深省，一个比喻照亮了整个诗境。在写景抒情时诗人就像一个高明的画家，善于选择最富于生发性的顷刻，使得前前后后都可以从这一顷刻中了解得最透彻。

> 远上寒山石径斜，白云生处有人家。
>
> 停车坐爱枫林晚，霜叶红于二月花。（《山行》）
>
> 清明时节雨纷纷，路上行人欲断魂。
>
> 借问酒家何处有，牧童遥指杏花村。（《清明》）

《山行》以末句脍炙人口，然若求一诗之字眼，还不可忽过"停"字。题曰"山行"，入手已擒题。路"远"、天"寒"、径"斜"，时近黄昏，可以投宿的人家还远在"白云生处"，写景中见一派行色匆匆。紧接写山行中之一"停"，这突如其来的一停，乃是因为峰回路转，迎面枫林经秋，复逢晚照，红上加红。"霜叶红于二月花"，不仅妙在以秋叶胜过春花，构想甚奇；而山行中的一停，则使它更有形象说服力。经霜不凋的秋叶，比二月春花更为红艳可爱，写景之句天然富于哲理，与"欲穷千里目，更上一层楼"同样以不经意得之而妙。或以辛词"城中桃李愁风雨，春在溪头荠菜花"意解此诗，不妥。辛词以"荠菜花"否定"桃李"，杜牧此诗却并未否定"二月花"，只是说"霜叶"更红罢了。《清明》不见于杜牧诗集，《千家诗》归小杜名下。诗写踏青时节忽然值雨，狼狈的行人欲寻酒家避雨，而牧童急于鞭牛回家顾不上答话，只用手一指以代回答，通过行人与牧童碰头的这一顷刻，写出清明雨中的无限风光和生活情趣。确是小杜风味。

杜牧绝句在修辞上一大发明，是堆垛数目字（三字五字不等）来造成一种特殊的效果。《江南春》"南朝四百八十寺，多少楼台烟雨中"即一例，其他还有：

> 呜咽江楼角一声，微阳潋潋落寒汀。

不用凭栏苦回首，故乡七十五长亭。（《题齐安城楼》）

青山隐隐水迢迢，秋尽江南草未凋。

二十四桥明月夜，玉人何处教吹箫。（《寄扬州韩绰判官》）

汉宫一百四十五，多下珠帘闭锁窗。

何处营巢夏将半，茅檐烟里语双双。（《村舍燕》）

《寄扬州韩绰判官》中"二十四桥"，一说扬州城内原有24座桥；一说只是一桥，相传古时有24位美女吹箫于桥上故名，即使如此，桥名也能给人造成数量上的错觉。诗中以调侃的口吻，询问对方的行踪，以"教吹箫"又把关于美女的传说阑入，使人感到韩绰的风流倜傥与情场得意，再加上"何处"二字悠谬其辞，令人读之神往。宋词人姜夔七绝《过垂虹》云"自作新词分外娇，小红低唱我吹箫。曲中过尽松陵路，回首烟波十四桥"，即深得小杜神韵。堆垛数字的作法，可以追溯到南朝乐府中的《懊侬歌》(江陵去扬州，三千三百里。已行一千三，所有二千在)。在民歌中是妙手偶得。初唐骆宾王古近体诗多用数目作对偶，被讥为"算博士"。杜牧在诗中用的数字较为具体，如"七十五长亭"合于从黄州到长安驿站数，"二十四"为传说中扬州美人数，给读者感受较为真切；同时，数目字的堆垛，如"四百八十""一百四十五"等，在强调"多"的意味上，较千、万等数字，有新鲜感和唱叹味。其特殊效果，或造成幻觉美化诗境，如"二十四桥明月夜"的令人神往；或造成特殊的音节效果，"故乡七十五长亭"的"二三二"的特殊音节，吻合于凭栏者拗折不平的情绪。王士禛说："唐诗如'故乡七十五长亭'、'红阑四百九十桥'皆妙，虽'算博士'何妨。高手驱使自不觉也。"（《带经堂诗话》）

348

小李杜绝句比较

杜牧和李商隐虽同具锦心绣口，长于构思和巧比妙喻，但其绝句的美学风格很不相同。李商隐绝句富于奇幻色彩，如"水仙欲上鲤鱼去，一夜芙蓉红泪多"（《板桥晓别》）、"芭蕉不解丁香结，同向春风各自愁"（《代赠》），又多用事，造句用字较研炼，重形式美；杜牧绝句更贴近日常生活，如"蜡烛有心还惜别，替人垂泪到天明"（《赠别》）、"多少绿荷相依恨，一时回首背西风"（《齐安郡中偶题》），措语明转天然。李商隐出于李贺。而杜牧"有太白之风，而时出于梦得"（管世铭《读雪山房唐诗钞》）。"读李商隐的诗，如吃带酒味的葡萄，含咀津液，令人心醉；而杜牧的诗，则如啖哀梨，甘脆适口。令人神爽。"（缪钺《杜牧诗选序》）

杜牧绝句的清疏隽永，与李商隐绝句的深细婉曲，各有千秋。杜牧在艺术上更注意继承传统，或谓其："清新不如李白，而俊逸过之；沉郁不如杜甫，而顿挫过之；含蓄不如龙标，而风华过之；有李君虞之激楚，但不失委婉；有刘梦得之讽刺，但更见深沉；具韩昌黎之雄气，但尤多情韵；如李樊南之深情，却无其黏滞；同白乐天之流丽，乃独见气格。"（秦效侃《杜牧七绝论稿》）庶几近是。

韦庄等清疏派诗人

时代稍晚的绝句名手，还有许浑、韦庄、郑谷等，他们的绝句与杜牧作风相近，也能在靡丽纤巧的时风中，树立一种疏朗清隽的抒情风格。

许浑（791—858），字用晦，以居京口丁卯涧，以丁卯名其诗集，后人因称"许丁卯"。一生专攻律体，以"溪云初起日沉阁，山雨欲来风满楼"（《咸阳城东楼》）最为传诵。其诗误入杜牧集中甚多，风格相近故也。

> 劳歌一曲解行舟，红叶青山水急流。
>
> 日暮酒醒人已远，满天风雨下西楼。（许浑《谢亭送别》）
>
> 心期仙诀意无穷，彩画云车起寿宫。
>
> 闻有三山未知处，茂陵松柏满西风。（同上《学仙》）

《谢亭送别》约作于开成中为当涂县令时，谢亭即谢公（谢朓）亭。诗通首不叙别情而末句写别后之景，而愁情满纸。《学仙》刺帝王求仙之荒谬，以景结情，不著议论，手法略同。大体代表了许浑绝句的造诣。

韦庄（836—910）是与温庭筠齐名而进入五代的词人，一生饱尝乱离之苦，晚年仕前蜀王建，官至相位。他同时是具有卓越成就的诗人，是长篇史诗《秦妇吟》的作者，《又玄集》的编选者，杜甫的崇拜者和草堂最早的复修者。他延续中唐文人词风，从而在词坛上形成与丽密对立的清疏词风，对下开南唐之作有直接的影响。韦庄七绝怀古，多以南朝为对象，盖时值大唐帝国分崩离析，借古以伤今也：

> 晴烟漠漠柳毵毵，不那离情酒半酣。
>
> 更把玉鞭云外指，断肠春色在江南。（韦庄《古离别》）
>
> 谁谓伤心画不成，画人心逐世人情。
>
> 君看六幅南朝事，老木寒云满故城。（同上《金陵图》）
>
> 江雨霏霏江草齐，六朝如梦鸟空啼。
>
> 无情最是台城柳，依旧烟笼十里堤。（同上《台城》）

《古离别》写游子离情，目前春色虽佳，但离人对之，自是无奈，况别后睹江南春色，其肠断更何如？诗即常建"即今江北还如此，愁杀江南离别情"意，而加锤炼，更饶风韵。《金陵图》乃题画之作，诗反高蟾"一片伤心画不成"（《金陵晚望》）之意而用之，谓六幅金陵图已画出南朝伤心史事，而"老木寒云"非但画中景，亦象征晚唐败局。《台城》当作于中和三年（883）客游江南后，与前诗命意相同，诗谓六朝如梦，一切皆空，依旧之物，唯柳而已。两作皆吊古伤今，情韵悠悠。

郑谷（851？—910？），字守愚，以《鹧鸪》诗得名，时称"郑鹧鸪"。欧阳修称其诗"极有意思，亦多佳句，但其格不高。以其易晓，人家都以教小儿"（《六一诗话》）。绝句以离情、乡思等传统题材见长：

> 扬子江头杨柳春，杨花愁杀渡江人。
> 数声风笛离亭晚，君向潇湘我向秦。（郑谷《淮上与友人别》）
> 花月楼台近九衢，清歌一曲倒金壶。
> 座中亦有江南客，莫向春风唱鹧鸪。（同上《席上贻歌者》）

《淮上与友人别》为扬州送别之作，时诗人将沿运河北入长安，而友人则将渡扬子江而南下潇湘。诗一起即以扬子江、杨柳、杨花作同音重叠，以渲染别情。后二交代行程，通常只用于发端，用作结语，使人"尚觉有数十句在后未竟者"（贺贻孙《诗筏》），颇饶余韵。《席上赠歌者》江南客子闻乡曲而起乡思，故清歌愈妙，愈令其难堪，以呼告语结，尤为动人。

此数家绝句，较之中唐同类性质的作品，意境似更空灵蕴藉，交织着个人与时代的哀愁。以形象感人，且富于情韵，绝无白韩两派之流弊。

｜八｜

新乐府的余韵

咏史诗的蜕变

杜牧、李商隐以咏史怀古题材创作绝句的成功，引起了普遍的兴趣。此后，咏史遂成为晚唐绝句的热门题材，作者极多，至汪遵、胡曾及周昙等人，专务咏史，动辄百首。如胡曾《咏史诗》二卷，杂咏史事，各以地名为题，自共工之不周山，迄于隋之汴水，凡150首。周昙亦分门别类作《咏史诗》八卷，共得195首。咏史而有专集，可谓盛极，可惜数量猛增的同时，质量锐减。

吴乔论咏史诗的两种常见弊病："古人咏史，但叙事而不出己意，则史也，非诗也；出己意，发议论，而斧凿铮铮，又落宋人之病。"（《围炉诗话》）这种诗病，其实在唐末汪、胡、周等家咏史绝句中已大为流行。内容浅薄，艺术粗疏，格调卑弱，诗味索然，似乎已成为时代流行病，不仅咏史诗而然。

另一突出的文学现象，是大型绝句组诗层出不穷，除咏史专题，还有游仙专题，如曹唐《小游仙诗》百首（今存98首）；言情专题，如罗虬《比红儿诗》百首。曹唐曾做过道士，用七言律诗写过《大游仙诗》。《小游仙诗》百首，系描写虚构的神仙生活，而诗味不多，表现了逃避苦难现实的愿望。罗虬《比红儿诗》为雕阴官妓杜红儿作，乃择古之美色灼然于史传三数十辈，优劣于章句间，百首诗皆用强此弱彼的遵题法，单调雷同，令人生厌。管世铭于此抨击甚力："曹唐《小游仙》、王涣《惆怅》词（12首），至为凡陋。罗虬《比红儿》百首，胡曾咏古诸篇，轻佻浅鄙，又下二人数等，不识何以流传至今！"（《读雪山房唐诗钞》）众作蝉噪，时近黄昏，见出世纪末的不景气。

讽刺绝句的崛起

　　唐末绝句并非直线式地每况愈下，绝句诗坛仍出现了新的生机。这时一大批关注时事的诗人，操绝句为武器，讽刺社会政治现实，形成强大的趋势。绝句内容更加现实化，绝句艺术更加通俗化。中唐新乐府诗人讽喻时事，专用古体，元白大家皆不以绝句作讽刺。李绅《悯农》二首，或题《古风》，实为五言绝句，李约《观祈雨》为七绝，寥若晨星，且乏替人。唐末讽刺绝句诗人是李绅的继承者，新乐府运动的精神终于风靡绝句诗坛，在这一创作领域得到了有力的回应。

　　社会动乱，阶级矛盾尖锐化、激烈化，使得用咏史的方式讽时，已成隔靴搔痒。现实主义诗人把绝句创作引向了揭露、批判现实的道路。这些诗人大多地位较低，或接近下层，对民间疾苦有较深的体察和同情。他们发现，针砭社会现实，绝句实在是方便的形式。于是，绝句在他们手中，遂变成锋利的匕首。

　　罗隐（833－910），字昭谏，余杭新城人。举进士，十余年不第。懿宗咸通十一年（870）始为衡阳主簿。黄巢起义攻破长安，曾一度归隐。后在宦游中度过一生。罗隐是唐末小品文代表作家。亦擅场七绝，好针砭世风时弊，或发牢骚。继承元白浅切的作风，通俗坦直，时出警策之句，脍炙人口，竟流行为俗语。如"西施若解亡吴国，越国亡来又是谁"（《西施》）、"今朝有酒今朝醉，明日愁来明日愁"（《自遣》）、"采得百花成蜜后，为谁辛苦为谁甜"（《蜂》）等，唐后人多能诵此语，而往往不知谁作。

占得佳名绕树芳，依依相伴向秋光。

若教此物堪收贮，应被豪门尽劚将。（《金钱花》）

也知有意吹嘘切，争奈人间善恶分。

但是秕糠微细物，等闲抬举到青云。（《春风》）

得即高歌失即休，多愁多恨亦悠悠。

今朝有酒今朝醉，明日愁来明日愁。（《自遣》）

钟陵醉别十余春，重见云英掌上身。

我未成名君未嫁，可能俱是不如人。（《赠妓云英》）

吕望当年展庙谟，直钩钓国更谁如。

若教生在西湖上，也是须供使宅鱼。（《题磻溪垂钓图》）

十二三年就试期，五湖烟月奈相违。

何如学取孙供奉，一笑君王便着绯。（《感弄猴人赐朱绂》）

罗隐讽刺、抒怀绝句，大多借端托喻：《金钱花》借题发挥，忽作异想，讽刺豪门的贪婪。《春风》借风扬尘土，刺主司无目。《感弄猴人赐朱绂》正言若反，谓读书倒霉，反不如耍猴。言皆浅切，而讽刺深切。《赠妓云英》抒作者不遇于时之愤，而以云英身世相陪衬，颇有"同是天涯沦落人"之慨，双管齐下，言简意赅。

皮日休（834？—883？），字袭美，襄阳人，早年隐居鹿门山，咸通七年（866）应进士试不第，退而自编文集《皮子文薮》，八年进士及第。后于苏州与陆龟蒙结识，相与唱和，不乏佳作，并称"皮陆"。后附黄巢。早期诗文多抨击时弊，同情民生疾苦，《正乐府》诸什继承元白《新乐府》，尤为著名。

共道隋亡为此河，至今千里赖通波。

若无水殿龙舟事，共禹论功不较多。（《汴河怀古》）

未游沧海早知名，有骨还从肉上生。

莫道无心畏雷电，海龙王处也横行。（《咏蟹》）

《汴河怀古》似乎为隋炀帝翻案，其实"共禹论功不较多"是以"若无水殿龙舟事"为前提的。作者生活的时代，唐王朝政治腐败，已走上亡隋的老路，对于历史鉴戒，一般人已很迟钝。作者有意重提这一教训，用心良苦。诗以议论为主，在立意的新颖、议论的精辟和翻案法的妙用上，自有独到之处。《咏蟹》诗有兴寄，按常人思路，会与"试将冷眼观螃蟹，看你横行到几时"的俗谚搭成联想，以为是讽刺横行不法之徒。然由诗人晚附黄巢，作其"翰林学士"，解释为欣赏蔑视王法、敢作敢为的好汉，宣传造反有理，或更切合本意。"海龙王处也横行"是令人击节的点睛之笔，双关在这里发挥了妙用，蟹本性横行，虽龙王亦不能挠，真有点"见了皇帝不叩头"的味道。则此诗又不只是讽刺，竟可与黄巢咏菊二绝，同属造反派绝句：

待到秋来九月八，我花开后百花杀。

冲天香阵透长安，满城尽带黄金甲。（黄巢《不第后赋菊》）

飒飒西风满院栽，蕊寒香冷蝶难来。

他年我若为青帝，报与桃花一处开。（同上《题菊花》）

这两首绝句，无论意境、形象、语言、手法都使人耳目一新。诗中把菊花和带甲的战士联结在一起，赋予它全新的美学观念，即一种战斗的美。由于成功地运用比兴手法，故虽发壮语，却不流于粗豪，而很有诗味。因而在全唐绝句有特殊的地位。

陆龟蒙（？—881?），字鲁望，吴郡人。举进士不第，隐居松江甫里，自称江湖散人，号天随子，著有《笠泽丛书》。与皮日休齐名，皆工小品文。七绝亦多佳构。

> 渤澥声中涨小堤，官家知后海鸥知。
> 蓬莱有路教人到，亦应年年税紫芝。（《新沙》）
> 香径长洲尽棘丛，奢云艳雨只悲风。
> 吴王事事堪亡国，未必西施胜六宫。（《吴宫》）
> 素花多蒙别艳欺，此花真合在瑶池。
> 无情有恨无人觉，月晓风清欲堕时。（《白莲》）

《新沙》就官家对海边新淤沙地征税一事作讽刺，设想纵有蓬莱仙境也难逃脱官家征求，构思奇警，讽刺辛辣，与作者小品文精神毫无二致。《白莲》一诗以月晓风清，为白莲传神，不可移易，同时表现了诗人理想的人格。向来为人称道。

聂夷中（837—884?），字坦之，河东人。出身贫寒，诗多五言，大抵为关心民生及讽喻时世之作，前人谓为尤关教化者。

> 父耕原上田，子劚山下荒。
> 六月禾未秀，官家已修仓。（《田家》）
> 种花满西园，花发青楼道。
> 花下一禾生，去之为恶草。（《公子家》）

《田家》一诗写农家父子竭心事南亩，未及收成，而官家修仓以待，与李绅"四海无闲田，农夫犹饿死"同发一叹。亦可与诗人五古《咏田家》"二月卖新丝，五月粜新谷。医得眼前疮，剜却心头肉"参读。

杜荀鹤（846—904），字彦之，池州人，早年读书于九华山。累举进士不第，漫游各地，归隐山中。后得第游宦。在唐末乱离中，上承元白，

356

以律绝反映民生疾苦，针砭时弊。多用白描手法，语言浅近通俗，略近
罗隐，后人谓之"杜荀鹤体"。

去岁曾经此县城，县民无口不冤声。

今来县宰加朱绂，便是苍生血染成。（《再经胡城县》）

粉色全无饥色加，岂知人世有荣华。

年年道我蚕辛苦，底事浑身着苎麻。（《蚕妇》）

无子无孙一病翁，将何筋力事耕农。

官家不管蓬蒿地，须索王租出此中。（《伤硖石县病叟》）

枕坐云游出世尘，兼无瓶钵可随身。

逢人不说人间事，便是人间无事人。（《赠质上人》）

除了以上几位代表作家，与新乐府运动精神一脉相承，以绝句针砭
时弊，反映现实的诗人为数还不少。略举数例：

手推讴轧车，朝朝暮暮耕。

未曾分得谷，空得老农名。（曹邺《怨诗》）

千形万象竟还空，映水藏山片复重。

无限旱苗枯欲尽，悠悠闲处作奇峰。（来鹄《云》）

泽国江山入战图，生民何计乐樵苏。

凭君莫话封侯事，一将功成万骨枯。（曹松《己亥岁》）

芳草和烟暖更青，闲门要路一时生。

年年点检人间事，惟有春风不世情。（罗邺《赏春》）

杀声沉后野风悲，汉月高时望不归。

白骨已枯沙上草，家人犹自寄寒衣。（沈彬《吊边人》）

誓扫匈奴不顾身，五千貂锦丧胡尘。

可怜无定河边骨，犹是春闺梦里人。（陈陶《陇西行》）

辛勤得茧不盈筐，灯下缫丝恨更长。

着处不知来处苦，但贪身上绣鸳鸯。（蒋贻恭《咏蚕》）

蓬鬓荆钗世所稀，布裙犹是嫁时衣。

胡麻好种无人种，正是归时底不归？（葛鸦儿《怀良人》）

唐初王梵志即以绝句为讽刺，其讽刺对象为人生百相，有劝世劝善之意。新乐府运动中出现过大量讽刺时事的名篇，但多属古体，极少绝句。唐末罗隐、杜荀鹤等，则以绝句讽刺、批判、暴露社会现实，关心民生疾苦，使绝句发挥了匕首的战斗作用。

综观这些讽刺绝句，多用赋法，单刀直入，或声东击西。由于作者多能从司空见惯的社会现象中抉取典型材料，对现实予以真实的或略带夸张的展示或放大，或漫画化，造成的讽刺效果相当强烈，如杜荀鹤《再经胡城县》一诗，通过两经胡城县的见闻，抓住县官残民以逞，得以破格晋升的典型事件，揭露了官吏只顾上爬，而不管百姓死活的社会现实。将朱绂说为黎民之血染红，形象触目惊心，揭露鞭辟入里。陆龟蒙《新沙》用笔稍曲，仍是抓住海边新沙课税这样一个典型事件，讽刺封建剥削无孔不入。新沙的出现本应海鸥先知，但"官家知后海鸥知"这一略带夸张的笔墨，入木三分地写出了官吏征求之贪婪。诗人进而推论，倘若蓬莱可到，则神仙也无法逃税，这种反常合道的着想，增加了讽刺之奇趣。罗隐《题磻溪垂钓图》有同妙。诗人们还注意讽刺语言的凝练。罗隐《雪》云：

尽道丰年瑞，丰年事若何？

长安有贫者，为瑞不宜多。

"瑞雪丰年"本为熟语，诗人加以质疑，"丰年事若何"的反诘，"为瑞不宜多"的冷嘲，都显得省净有力。要之，唐末讽刺绝句具有一种前所未有的战斗性，可以说是"一挞一条痕，一抓一掌血"了。

唐末讽刺绝句，间用比兴手法，比拟通俗化、形象化、大众化，时入于寓言。如来鹄《云》中人格化的自然形象，就是通过劳动者的眼光和感情观察、捕捉到的，它实际上为旧时代那些看起来可以"解民倒悬"，实际上却"不问苍生"的权势者画了一幅漫画像。曹邺《官仓鼠》则为养尊处优、鱼肉军民的贪官污吏画像：

> 官仓老鼠大如斗，见人开仓亦不走。
>
> 健儿无粮百姓饥，谁遣朝朝入君口。

取喻的大众化，无疑增强了绝句的传播力量和战斗作用。有的绝句以咏物作寓言，如罗隐《蜂》：

> 无论平地与山尖，无限风光尽被占。
>
> 采得百花成蜜后，为谁辛苦为谁甜？

读者或以为是叹世人之劳心于利禄，或谓抱不平于辛勤的劳动者。作者不明白断案，受众不妨各得所解。

七言绝句到唐末成为一种空前普及的诗体。其留存总数达3600首上下，超过初、盛、中唐七绝之总和，作者也遍及社会各阶层。而在艺术上，浅显通俗便成为一种强大趋势。因而不少七绝诗句在长期流传中竟成为社会上的成语、熟语，如"采得百花成蜜后，为谁辛苦为谁甜"（罗隐《蜂》）、"今朝有酒今朝醉，明日愁来明日愁"（罗隐《自遣》）、"年年点检人间事，惟有春风不世情"（罗邺《赏春》）、"逢人不说人间事，便是人间无事人"（杜荀鹤《赠项上人》）、"凭君莫话封侯事，一将功成万骨枯"（曹松《己亥岁》），等等，不胫而走，流布市井，一方面是因为它语言通俗，一方面则因为它内容上多关乎世道人心，有相当概括性和普遍性，所以为大众喜闻乐见。

当然，也有一些作品，功利性太强，倾向性太著，审美价值不免欠焉。就是一些流传很广，成为熟语的名句，也不免乎浅俗。诗固可以有警句，然毕竟不同于谚语，应用价值高，不一定审美价值就高。历代诗评家对唐末绝句在艺术上的批评甚苛，不为无因：

> 盛唐绝句，兴象玲珑，句意深婉，无工可见，无迹可寻。中唐遽减风神，晚唐大露筋骨，可并论乎！（胡应麟《诗薮》内编六）
>
> "一将功成万骨枯"是疏语，"可怜无定河边骨"是词语，又如"公道世间惟白发""只有春风不世情""争似尧阶三尺高""刘项原来不读书"等句，搀入议论，皆仅去张打油一间，人皆盛称为工，受误不浅。（胡震亨《唐音癸签》十）
>
> 晚唐诗……独七言绝句脍炙人口，其妙至欲胜盛唐。愚谓绝句觉妙，正是晚唐未妙处，其胜盛唐，乃其所以不及盛唐也。绝句之源出于乐府，贵有风人之致。其声可歌，其趣在有意无意之间，使人莫可捉着。晚唐快心露骨，便非本色，议论高处，逗宋诗之径；声调卑处，开大石之门。（王世懋《艺圃撷余》）

九

宋初绝句取径于唐

《万首唐人绝句》及宋人绝句学唐

绝句诗在唐代焕发出空前异彩，经过诗人的努力，可以说无所不包，风格大备。面对如此丰富的遗产，宋人有幸矣。加之唐末五代即有佚名所编《名贤绝句诗》一卷，堪为宋人学习之资。南宋大学者洪迈更辑为《万首唐人绝句》百卷，为唐人绝句总集，入选作品均采自唐人诗集，旁及传记、小说。孝宗有"选择甚精，备见博洽"之喻。虽为进御而撷拾应急，有失断限，无所诠次，又为足万首之数，时有误收非唐人作及截律诗为绝句的现象。故未能精审。然嘉惠南宋绝句诗坛，功不可没。

然天下皆知幸之为幸，即不幸矣。唐诗极盛而难继，有宋又以词为一代文学，宋诗总体上不如唐诗，亦关乎时序，无可奈何。不过绝句又当别论，它与词体有很深的渊源关系，故能与词同领风骚，在宋诗各体中占有明显的优势。陈衍《宋诗精华录》所录十之七八为近体，而以七言绝句为多，其序云"窃谓宋诗精华，在此不在彼也"，可谓具眼。早在石遗之前，叶燮即说过："宋人七绝，种类各别，然出奇入幽，不可端倪处，竟有轶驾唐人者。若必曰唐、曰供奉、曰龙标以律之，则失之矣。"（《原诗》）还说："杜（甫）七绝轮囷奇矫，不可名状，在杜集中，另是一格，宋人大概学之。宋人七绝，大约学杜者十六七，学李商隐者十三四。"（同前）亦是真知灼见。

绝句学杜，实始于中晚唐诗人。宋人绝句学唐，号称学杜者固亦有之（如王禹偁），而更多的是学中晚唐，当然也处在杜甫的延长线上。

绝句以盛唐成就最高，而宋人的学习始终不及于盛唐。此亦大可玩味事。这一方面固然因为中晚唐时代较近，而取资的方面较广。另一方面则关乎时代气象：宋太祖虽曾豪称"卧榻之侧，岂容他人鼾睡"，然而鉴于晚唐五代"节镇太重，君弱臣强"的教训，而矫枉过正，守内虚外，一开国就形成与汉唐的扩张大相径庭的闭关自守的格局。致使后晋石敬瑭割让给契丹的北方燕云十六州，始终未能收复。王朝高度集权，而国势却不如汉唐。来自北方的威胁，先后为西夏与辽，为金，为元蒙，侵略者胃口越来越大，宋朝的版图越缩越小，最终导致王朝的覆灭。所以宋代始终未曾出现汉唐那样令人称羡的盛世，国人也没有西汉、盛唐人那样的自豪感。自然在亲和于中唐诗风的同时，也就敬谢了汉赋、盛唐的恢宏开阔气象。

不过这也说明，宋代诗人不作客气假象。正因为如此，他们能在唐诗领域之外，开拓出新的境界，也就大有指望了。

白体绝句：王禹偁

白体在晚唐五代颇为流行，宋初沿袭五代之余，士大夫亦宗白居易诗，但主要着眼于其通俗浅显、闲适即兴之作。王禹偁（954—1001），字元之，巨野（今属山东）人，有《小畜集》。他学白居易兼重形式与内容，自称"本与乐天为后进，敢期子美是前身"。他最高的追求是杜甫，特别看重杜甫推陈出新的一面，尝谓"子美集开诗世界"。然而本人才力有限，只能学到白居易的分——其诗质朴近于白描，多卒章言志，颇类"新乐府"。古体多单行素笔，直抒胸臆。初见宋诗散文化、议论化的端倪。

大家齐力劚屠颜，耳听田歌手莫闲。

各愿种成千百索，豆萁禾穗满青山。（《畲田调》）

谷声猎猎酒醺醺，斫上高山入乱云。

自种自收还自足，不知尧舜是吾君。（同上）

北山种了种南山，相助力耕岂有偏。

愿得人间皆似我，也应四海少荒田。（同上）

太宗淳化二年（911），王禹偁因论妖尼道安诬陷徐铉有罪，反获谴于朝廷，由开封贬为商州团练副使。商州属邑有丰阳、上津，皆深山穷谷，不通辙迹。其民刀耕火种，广种薄收；其俗互助力田，杭育杭育，人人自勉。王禹偁对此十分歆羡赞赏，遂效白居易与刘禹锡作《竹枝词》之遗意，创作了一组五首劝耕之山歌《畲田调》，教当地山民歌唱，"其词则取乎俚，盖欲山民之易晓也"。诗中"索"，是当地山民的度量单位，因为他们不懂也不用通行田亩丈量单位，但以百尺绳索量地，道"某家今年种得若干索"以为田数（原注）。"自种"二句，化用《击壤歌》"帝力于我何有哉"，亦有新意，乃谓山民自给自足，但不受官吏徭役的苛扰，就心满意足了。这也有赖于时代的清平，虽然山民并不理会。"愿得"二句，主要是唱给执政者听的，希望能把商州经验向全国推广（《序》云"亦欲采诗官闻之，传于执政者，苟择良二千石暨贤百里，使化天下如斯民之义，庶乎污莱尽辟矣"）。诗除重视农耕以外，还反映了劳动人民以劳动为生，以劳动为乐，以劳动为荣的淳朴的思想感情，并使用劳动人民的语言，难能可贵。这对南宋的杨万里、范成大都有积极影响。

两株桃杏映篱斜，妆点商山副使家。

何事春风容不得，和莺吹折数枝花。（《春居杂兴》）

商州地处偏僻，而团练副使在宋代是一个常被用来安置贬谪官员的闲职，如唐时的州司马，诗人《清明日独酌》有道是"一郡官闲惟副使"。《春居杂兴》因花折而责问春风，是极无理语，但颇有情致。诚如诗人的儿子所指出，这个构思和措语与杜甫《漫兴》"恰似春风相欺得，夜来吹折数枝花"相近，劝他改。不料诗人听后不但不改，还很高兴咏诗道："本与乐天为后进，敢期子美是前身。""和莺"二字，为杜诗所无，也更见精彩——意思是春风把桃杏花枝吹折不说，还把枝上黄莺一齐吹走，岂不一倍可恼！花枝可吹折，黄莺不能"吹折"，说"和莺吹折"似乎不通，然诗有别趣，非关理也，非同文也。"和莺"二字，也不是毫无来历。韦庄《樱桃树》诗云："记得初开雪满枝，和蜂和蝶带花移。如今花落游蜂去，空作主人惆怅诗。""和莺吹折数枝花"，构思当出韦诗。不过在造句上，创为紧缩语，就比韦诗精彩得多。

晚唐体绝句：梅尧臣等

宋初有一批山林诗人，有的出家做和尚——如惠崇等九僧，有的隐居做处士——如林逋、魏野等。他们在艺术上追求奇巧，务为推敲，接受了晚唐诗人贾岛、姚合的影响。稍后则有梅尧臣取法唐末绝句，以枯淡诗风反映社会现实。这些诗人的作品均可谓之晚唐体。

> 寺篱斜夹千梢翠，山径深穿万箨干。
>
> 却忆贵家厅馆里，粉墙时画数茎看。（林逋《竹林》）
>
> 寻真误入蓬莱岛，香风不动松花老。
>
> 采芝何处未归来，白云满地无人扫。（魏野《寻隐者不遇》）

梅尧臣（1002—1060）与苏舜钦齐名号称"苏梅"，两人诗风并不相同。梅尧臣反对作诗内容空洞、语言晦涩的西昆派，主张归于平淡。其诗对人民疾苦体会很深，字句也较朴素，古诗得力于孟郊，律诗则受王、孟影响。梅尧臣与欧阳修关系密切，近似唐代的孟郊与韩愈，在当时有极高的声望。刘克庄称其为宋诗开山祖师（《后村诗话》前集），龚啸谓其"去浮靡之习于昆体极弊之际，存古淡之道于诸大家未起之先"（《宋诗钞》引），最为得之。欧阳修极为赞赏他的两句名言："诗家虽率意而造语亦难。若意新语工，得前人所未道者，斯为善也。必能状难写之景如在目前，含不尽之意见于言后，斯为至矣。"（《六一诗话》）以为是夫子自道甘苦之言。

> 南山尝种豆，碎荚落风雨。
>
> 空收一束萁，无物充煎釜。（《田家》）
>
> 陶尽门前土，屋上无片瓦。
>
> 十指不沾泥，鳞鳞居大厦。（《陶者》）

钱锺书评《田家》道："这首诗借用两个古人的名句——汉代杨恽《报孙会宗书》的'田彼南山，芜秽不治；种一顷豆，落而为萁！'和三国时曹植《七步诗》的'萁向釜下燃，豆在釜中泣；本是同根生，相煎何太急！'杨恽是讽刺朝廷混乱，曹植是比喻兄弟残杀，梅尧臣把他们的话合在一起来写农民的贫困，仿佛移花接木似的，产生了一个新的形象。意思是说：农民虽然还有豆萁可烧，却没有豆子可煮，锅里空空的，连'煮豆燃萁'都不可能了。"《陶者》诗讽刺剥削者不劳而获，而劳动者劳而不获的极不合理的现象。《淮南子·说林》引汉代谣谚"屠者藿羹，车者步行，陶人用缺盆，匠人处狭庐——为者不得用，用者不肯为"。明清歌谣谓："泥瓦匠，住草房；纺织娘，没衣裳；卖盐的，喝淡汤；种田的，吃米糠；当奶妈的卖儿郎；淘金老汉一辈子穷得慌。"都是从受苦人单方面写。此诗则将受苦人与剥削者苦乐情形对照写出，不加论断，简辣深刻。同时张俞《蚕妇》诗云"昨日入城市，归来泪满巾；遍身罗绮者，不是养蚕人"，也是同样手法，以当事人口气写来，控诉意味甚明。这些诗，可与李绅、聂夷中为后进了。

取径韩白之间：欧阳修与苏舜钦

欧阳修（1007－1072）以古文别开生面，诗不如文，与梅尧臣并称"欧梅"。他于诗文推尊韩愈，对语言的把握，对字句和音节的感悟，都在梅尧臣之上。《宋诗钞》将他接武于王禹偁："元之独开有宋风气，于是欧阳文忠公得以承流接响。文忠之诗，雄深过于元之，然固其滥觞也。"欧阳修前半生参与庆历新政，两度遭贬，经历略近唐代的刘柳，其诗则深受韩愈、白居易的影响，而以韩愈影响为深。欧阳修效韩诗，偏重于构思立意之新，而不取险怪奇崛之习，清新敷愉，畅所欲言，具有接近散文那种的流动潇洒的风格——这样自然也就凑泊了白居易。

> 百啭千声随意移，山花红紫树高低。
> 始知锁向金笼听，不及人间自在啼。（《画眉鸟》）
> 夜凉吹笛千山月，路暗迷人百种花。
> 棋罢不知人换世，酒阑无奈客思家。（《梦中作》）
> 绿树交加山鸟啼，晴风荡漾落花飞。
> 鸟歌花舞太守醉，明日酒醒春已归。（《丰乐亭游春》）
> 花光浓烂柳轻盈，酌酒花前送我行。
> 我亦且如常日醉，莫教弦管作离声。（《别滁》）

《画眉鸟》诗以意为主，写景也服从说理的需要。这种诗在唐人少见，从寓言的角度讲，接近韩愈《木居士》，但婉转已属宋调。道理、语言都很浅显，所以一般读者，特别是有相应生活体验的读者是很喜欢的。《梦中作》写梦境，章法类似《神情诗》，四句各一事，用一句一绝格调，而不取排比，故有新意。虽然记梦，也表现了人事无常的感慨。与唐人记梦多用于闺思、乡情不同，乃属创调。《丰乐亭游春》《别滁》从内容的日常生活化到语言的平易浅近，都非常接近于白居易。

苏舜钦（1008－1048）的绝句擅长写景，颇见旷怀，其风调清深，有过于欧梅，较为接近中唐的韦柳：

> 春阴垂野草青青，时有幽花一树明。
> 晚泊孤舟古祠下，满川风雨看潮生。（《淮中晚泊犊头》）
> 夜雨连明春水生，娇云浓暖弄阴晴。
> 帘虚日薄花竹静，时有乳鸠相对鸣。（《初晴游沧浪亭》）
> 浩荡清淮天共流，长风万里送归舟。
> 应愁晚泊喧卑地，吹入沧溟始自由。（《和淮上遇便风》）

庆历三年（1043）下半年舜钦旅居山阳（今江苏淮安），次年为范仲淹所荐，春间自山阳入汴京任职，《淮中晚泊犊头》当作于旅次。本篇"极似韦苏州"（刘克庄《后村诗话》），诗中写春阴天气、孤舟晚泊、水边野草幽花及春潮带雨的情景，似《滁州西涧》而境较开阔。"春潮带雨晚来急，野渡无人舟自横"描写的是任凭雨急潮急、孤舟悠闲自得的意态，乍看"晚泊孤舟古祠下，满川风雨看潮生"意趣相近，细味又有"无人"、有人的不同。当时范仲淹任参知政事，推行庆历新政，朝廷中展开激烈党争，作者在入京途中已听到对新法的种种非议，静观潮起潮落，已经有搏击风雨的思想准备。诗中"幽花一树""晚泊孤舟"和"春阴垂野""满川风雨"形成强

367

烈对比，隐隐表现出一种不为环境所动的精神力量。因此又有些像柳宗元的《江雪》和山水游记。《初晴游沧浪亭》写于庆历六年（1046）春，诗人因参与新政受人倾陷，革职为民，退居苏州，造了苏州园林建筑最早的林亭，以《孺子歌》"沧浪"二字为名，寄寓作者洁身自好的志向。诗写园林雨后初晴的景色，末句写树上鸟巢中时有乳鸠对鸣，既衬托出园林的宁静，又为园林增添了生趣，表现了作者离开官场的纷争倾轧之后，沉浸在大自然的和平与宁静中的乐趣。

| 十 |
荆公绝句妙天下

从神宗元丰到哲宗元祐时期十多年，是宋诗发展的鼎盛时期。陈衍曾把元祐上接开元、元和，称为"三元"，认为是中国诗史三个繁荣时期。此期出现王安石、苏轼、黄庭坚三大宗匠。苏轼天才、阅历和创作成就都超越一代，王安石、黄庭坚诗歌亦可称为大家。王安石更多地表现出对唐音的继承发展，而黄庭坚则更多地表现出对宋调的开拓新创。

半山绝句发挥唐音

王安石（1021—1086）首先是一位杰出的政治家、改革家，在文艺观上是个鲜明的载道派，曾说："所谓文者，务为有补于世而已矣。所谓辞者，犹器之刻镂绘画也。要之以适用为本，以刻镂绘画为容而已。"他曾批评李白"其识污下，十句九句言妇人酒耳"，恰如他本人被袁枚批为"矫揉造作""无一句自在""诗则终生在门外""论诗开口便错"（《随园诗话》）等，均不免过火。而其扬杜，可谓推崇备至。其前半生创作，或反映现实弊端，或通过咏史发表政治见解，结构精严，下字凝练，与杜诗也有一定渊源关系。

王安石又是一个禀赋很高的诗人，晚年脱离政界，隐居金陵（今南京），筑室于钟山山腰，因自号"半山"，致力于绝句创作。因身世的浮沉、阅历的加深，艺术也转向收敛，其诗脱弃了切近的功利目的，却达到了精深华妙的境界，具有很高的审美价值。宋时已称之"半山绝句"，其风调之美，堪与唐人抗衡。

罢相的王安石虽然骨子里没有屈服，但现实的打击，使他部分地从山水和佛学中寻找精神寄托，因而不期然而然接受了唐诗尤其是王维诗的影响，以山水景物、自然风光作为自己的表现对象。其绝句曾被王士禛标举为宋绝之似唐者，其实并不为唐绝所律，乃北宋诗中之精金美玉。

王安石本质上不同于王维，他是个受伤的战士，而非望峰息心的隐者，这种不同，自然也会在诗中表现出来。首先，作为政治家加诗人的王安石，他对农村、对农业有着特殊的感情和关怀，这种感情倾向，表现在他的写景诗，就是对景物的选择，较为贴近农业生产。他笔下的自然景物多是村郊、阡陌或田间习见景色，有亲切的乡土气息，更为频繁地饶有兴致地出现桑、麻、麦等作物。而且没有《辋川集》那种空寂幽清之感。如"梅残数点雪，麦涨一溪云""一水护田将绿绕，两山排闼送青来"，等等。

日净山如染，风暄草欲薰。

梅残数点雪，麦涨一溪云。（《题齐安壁》）

沟港重重柳，山坡处处梅。

小舆穿麦过，狭径碍桑回。（《沟港》）

川原一片绿交加，深树冥冥不见花。

风日有情无处著，初回光景到桑麻。（《出郊》）

茅檐长扫静无苔，花木成畦手自栽。

一水护田将绿绕，两山排闼送青来。（《书湖阴先生壁》）

　　《出郊》写春末夏初景象，春花谢了，田里庄稼一天好似一天。诗之妙不在"绿交加"，而在"不见花"。不见花却不遗憾。和风丽日的情意绵绵，本是给花准备的，"无处著"也没关系，正好将它们的爱抚和温馨献给农作物——桑麻。《题齐安壁》《沟港》等诗中，诗人还有意味地将桑、麦这些作物，与梅花融于一境，表现出他对农业的赞美，与陶诗在精神上有极为默契之处。《书湖阴先生壁》是题在友人杨德逢壁上的诗。后二是宋诗名句，运用了拟人描写的手法，"一水护田"而"两山送青"，"护""送"二字之妙，在于写出大自然对于田园情有独钟！"护田""排闼"两词分别出《汉书》《西域传》和《樊哙传》，信手拈来，贴切生动。这些很别致、富于情趣的写景之作，为田园诗增添了新意。

　　其二，王安石笔下的静境中亦含闹意，生气勃勃，没有其境过清之感。名句如"背人照影无穷柳，隔屋吹香并是梅""春风日日吹香草，山北山南路欲无"，等等。

野水纵横漱屋除，午窗残梦鸟相呼。

春风日日吹香草，山北山南路欲无。（《悟真院》）

爆竹声中一岁除，东风送暖入屠苏。

千门万户曈曈日，总把新桃换旧符。（《元日》）

金炉香烬漏声残，剪剪轻风阵阵寒。

春色恼人眠不得，月移花影上栏干。（《夜直》）

悟真院在钟山之东，八功德水之南，环境清幽，是王安石罢相后常玩的地方。有诗云："暗香一阵连风起，知有蔷薇涧底花。"诗四句皆景，前二写水写鸟，后二写风写草，其中亦融入情事，耐人含咏。诗的精彩在后二句，写景突破悟真院，而及于山北山南，满山春草，眼界顿宽。三句春风日日吹，逼出四句香草日日长，写出春草生长的迅猛势头，一派生机，蓬蓬勃勃，不可遏止。读至"山北山南路欲无"，直令人神情一爽，草之长势全从一个"欲"字形出。同时表明悟真院是一清净之地，如果游众太多，哪怕本是草地，也会踩出一条路来的。《元日》清人注《千家诗》谓为安石初拜相时，得君行政，除旧布新，而始行己之政令也，诗以自况。古代同题之作，总以此诗为冠。诗中"新桃"或暗指春联。春联始于后蜀主孟昶，宋代经济繁荣、造纸业进一步发展，遂能以春联代替旧日桃符。而古时的爆竹是烧竹使炸，以为驱邪，而宋代随火药与造纸术的发展，才有了纸卷的爆竹（参《东京梦华录》）。加上政治抒情，故能千古独步。《夜直》写春夜值班，时间当在二年——其时宋神宗已决定采纳王安石主张，推行新法。先写深夜对时间与环境的感受，言下有杜甫"明朝有封事，数问夜如何"（《春宿左省》）之意。"春色恼人"是个关键词，意为春色撩人，"眠不得"是因君臣际遇，将一展宏图，心情兴奋所至。"月移花影"就表时间推移而言，与首句"香烬漏残"呼应，然而更带有一种东风相借、时来运转的愉悦感。诗中"春色"与《元日》诗题一样，包含政治意义。盖作者久蓄改革之志，曾向仁宗皇帝上万言书倡言改革，未被采纳，神宗即位，这才有"时来天地皆同力"的愉悦感。诗中把政治上的际遇与自然界的春色融为一体，表现不露一点半点痕迹。要不是《夜直》这个题目略点本事，简直可以乱真唐人宫词，非"知人论事"不得其措意。难怪宋代周紫芝等粗心读者把它当作一首艳诗，并疑为伪作，殊不知是自己未能读懂。

其三，王安石笔下居闲生活，有孤独感无厌世情，时时流露倔强孤傲的精神，为《辋川集》所无。唐人甚爱牡丹，咏花诗以牡丹题材见长；宋人爱梅，自林逋来，而咏花诗以梅花题材为最佳，其次是格调清雅与梅相近的花，如杏花、水仙花。在绝句领域中，王安石是得风气之先的一人。王安石的咏花，都不是为咏花而咏花，而是借咏花来表现自己的力排庸俗、独持高标的政治情怀。

　　墙角数枝梅，凌寒独自开。

　　遥知不是雪，为有暗香来。（《梅花》）

　　一陂春水绕花身，花影妖娆各占春。

　　纵被春风吹作雪，绝胜南陌碾成尘。（《北陂杏花》）

李璧举古乐府"庭前一树梅，寒多未觉开。只言花似雪，不悟有香来"，谓"荆公略转换，或偶同也"。其实，古乐府言寒天白梅，不易察觉，乃是从旁观的角度写梅。而王诗重在"凌寒独自开"一句，是站在梅的角度写梅。就造成一种境界，一种象征，赋予梅花一种品格。梅花与雪花，二物同中有异。《千家诗》载宋人卢梅坡诗云"梅虽逊雪三分白，雪却输梅一段香"，为宋调佳句。古乐府后二，于顺叙中作转折，亦"雪却输梅一段香"意，妙在末句。王安石用作因果倒装，后两句都精彩，"遥知"二字，尤见令人神往。王安石罢相，退居钟山，没有了往日的轰轰烈烈，有点像墙角之梅，不免冷清。却仍坚持个人操守，恬然自安，岂不像梅花孤芳自赏，芳香不浓，然自有一种淡淡的幽香。深有寄托，所以较古乐府后出转精。杏花色彩素淡，与梅花有相同风致。"北陂杏花"是池边的花，写杏花临池照水，即有自我欣赏的意味。诗中"北陂"暗指隐居之所，"南陌"暗指官场，言下隐隐流露出宁可坚持清操、忍受寂寞，也不愿随俗俯仰同流合污，亦即"宁为玉碎，不愿瓦全"的意思。诗句在自然转折中显示出一种力度，与其所表现坚持操守的执拗精神高度契合。故为佳作。

王安石晚年专精绝句，所作内含深沉，意象清新，形象生动。尤可注意者，是以杜甫创作七律的态度对待七绝创作，所以其七绝诗律工细，形式精严，常用对结——如"细数落花因坐久，缓寻芳草得归迟"，相对各类词意之轻重、力之大小，铢两悉称，令人叹绝。难怪陈衍说"荆公绝句多对语甚工者，似是作律诗未就，化成绝句"。又极善炼字炼句，有如老吏断狱，措辞一定不易——如"春风又绿江南岸"的"绿"字、"北山输绿涨横陂"的"输"字、"野水纵横漱屋除"的"漱"字、"一水护田将绿绕"的"护"字、"将"字，等等，无不表现出老练笔力，这是其得力于杜甫的地方。

　　　　北山输绿涨横陂，直堑回塘滟滟时。

　　　　细数落花因坐久，缓寻芳草得归迟。（《北山》）

　　　　京口瓜洲一水间，钟山只隔数重山。

　　　　春风又绿江南岸，明月何时照我还？（《泊船瓜洲》）

北山即钟山，《北山》诗前二写钟山春色，着意写春水——水是山的眼波，没水的山就少了灵性，故写水即写山。后二记游，表现的是诗人闲适悠游近乎贪玩的心情。就造句而言，每句中自为因果（"因"是因而，"得"是所以）。用"细数落花"来描写"坐久"，以"缓寻芳草"来解释"归迟"，不仅形象很美、构思精细，而且写尽闲适之情。后两句各自都能从唐诗中找到措语类似的诗句，如王维"兴阑啼鸟换，坐久落花多"、刘长卿"芳草独寻人去后，寒林空见日斜时"、杜甫"见轻吹柳毵，随意数花须。细草偏称坐，芳醪懒再沽"。本来读书受用，就在无意浸淫中，即使是写个人生活经验，潜意识中未必不受古人启发。关键是这两句措语之工稳，意境之精妙都超过前人，自有独到之处。王安石推行新法受阻，从熙宁五年（1070）起曾多次要求解除相务，宋神宗一再挽留，直到熙宁七年才允许他辞职离京，知江宁府。但由于在朝执政的变法派颇有帮派，没有一个服众的领袖，于是神宗不得不再度起复王安石，他两次上书推辞，均未获准，只好勉强上任。《泊船瓜洲》即作于舟次京口对岸的瓜洲时，表现了作者为衔君命、再度入相时的复杂心情。此诗享有盛名，不仅是因为诗本身写得好。而且因为第三句屡经修改，成为古人推敲的著名例子。"作诗容易改诗难"（袁枚）。王安石曾为谢贞改"风定花犹舞"为"风定花犹落"，其语顿工。关于此诗的修改，《容斋随笔》卷八云："吴中士人家藏其草。初云'又到江南岸'。圈去'到'字，注曰'不好'，改为'过'。复圈而改为'入'。旋改为'满'。凡如是十许字，始定为'绿'。""绿"字之所以为优，是因为其他字都是就风写风，比较抽象；只有"绿"字透过一层，从春风的效果作想，所以别具只眼。"又"字也下得好，不仅表现了时光流逝及由此引发的感慨，而且可以令人联想到"前度刘郎今又来"，可谓"欣慨交心"：投老山林，终将有日，只是不知道将是功成身退呢，还是失意归来。"明月何时照我还"的意味是很微妙很复杂的。

概括言之，王安石绝句题材近王维而比辋川绝句情调积极，内容近柳宗元而比柳诗更加乐观，推敲似老杜而更饶风调，在绝句史上卓然为一大家。当世就"荆公绝句妙天下"之誉（徐俯），对后世有很大影响，南宋大诗人杨万里《读诗》云："船中活计只诗篇，读了唐人读半山。不是老夫朝不食，半山绝句当朝餐。"半山绝句可充早餐，亦洵美且异矣。

半山绝句渐启宋调

王安石江西人，却一向不被列入江西诗派。然而，王安石绝句不仅对唐人风调有所继承和发展，而且在题材和风格上也开出宋诗特有的生面。

作为政治家诗人，王安石也非常醉心历史题材，《读史》诗道："糟粕所传非粹美，丹青难写是精神。"王安石咏史，与晚唐小李杜一样，经常施之七绝。小李杜尤其是李商隐的咏史，多寄托个人不遇和伤时念乱的思想感情，而王安石则多从主张改革的角度，对主要历史人物的功过是非进行独到的评价，借以抒发自己的政治怀抱，时为古人翻案，兼有自况之意。这与杜牧咏史的好异于人，多有共通之处。同时，开启或助长了以议论为诗的作风。

> 沉魄浮魂不可招，遗编一读想风标。
>
> 何妨举世嫌迂阔，故有斯人慰寂寥。（《孟子》）
>
> 自古驱民在信诚，一言为重百金轻。
>
> 今人未可非商鞅，商鞅能令政必行。（《商鞅》）
>
> 一时谋议略施行，谁道君王薄贾生。
>
> 爵位自高言自废，古来何啻万公卿。（《贾生》）

变法运动损害了大官僚大地主阶级利益，所以阻力很大，故有"举世嫌迂阔"。然而王安石从孟子推行王道不遗余力，终身寂寥而宣传不辍的事迹中，找到精神的支柱。他歌颂辅佐秦孝公任用变法以富国强兵的商鞅，实际上是夫子自道，也是对当时守旧派的攻击的反击。《贾生》一诗与李商隐同题之作持议完全不同，乃把"言"之废用作为政治遇合的标准，在君臣关系的看法上，独具卓见，带有民主性的思想色彩。亦有自况的意味。

由于王安石具有坚定的政治立场，在原则问题上决不让步，曾被人称为"拗相公"。其拗峭的个性，不仅表现在咏史诗中，有时也表现在写景抒情之作中，或竟作为诗意出新的一种手法。

> 涧水无声绕竹流，竹西花草弄春柔。
> 茅檐相对坐终日，一鸟不鸣山更幽。（《钟山即事》）
> 我名公字偶然同，我屋公墩在眼中。
> 公去我来墩属我，不应墩姓尚随公。（《谢安墩》）

梁代诗人王籍"蝉噪林逾静，鸟鸣山更幽"（《入若耶溪》），久为传诵之名句。王安石诗却不袭其意，变写相对的静境为写绝对静境，虽好异，却不失为对古人诗境的一个补充。同时写出了新意。《谢公墩》以游戏笔墨，表现个性。墩在钟山报宁寺之后，谢安与王羲之尝登此，超然有高世之志。谢安字安石，王安石名安石，即首句所言名字偶同。后二句说谢公墩今虽易主，却仍叫谢公墩，何不叫王公墩呢？这是开玩笑的话。全诗不主情景主意思，是典型的宋调。宋代有人评此诗道："介甫性好与人争，在庙堂与诸公争新法；归山林则与谢安争墩。"（《苕溪渔隐丛话》前集卷三三）可谓善谑。

一般说来，王安石以议论为诗、以拗峭为诗、以游戏为诗的七绝，在艺术上，还没有达到他继承发扬唐人风调的七绝那样完美的程度。这个方面，还有待往后的江西诗派做进一步的努力。

376

| 十一 |

东坡绝句的境界

苏轼的人生境界

苏轼（1037—1101），字子瞻，号东坡居士，眉州眉山（今属四川）人。他是宋代唯一称得上伟大的堪与屈、陶、李、杜方驾的诗人。伟大诗人首先是伟人，即伟大的实践者，须有很高的人品。"彭泽千载人，东坡百世士"（黄庭坚），一方面是说陶、苏是几百年出一个的人物，一方面则是说陶、苏是为百代景仰、塑造了中国文人理想品格的人物。苏轼成就的方面之广，又过于屈、陶、李、杜。古代笑话说，有市井之徒自称苏东坡的崇拜者，人问他喜欢东坡哪一方面，回答是"东坡肉"，这话也不大错，因为苏东坡也是一个真正的美食家。

就文艺而言，像苏轼这样在诸多方面都做出创造性贡献、臻于一流的人物并不多见。其诗冠代，称"苏陆"；其文冠代，称"欧苏"；开创对立词风，称"苏辛"；书法为宋四家之一，称"苏黄米蔡"；此外，他还是一个艺术理论家，大画家。他简直有点像文艺复兴时代的巨人，难怪能使后人从不同角度受到益处，从而成为具有广泛影响的文化名人。

苏轼生活的时代，统治阶级中的有识之士深忧于现实政治危机，谋求政治的变革。苏轼后来虽然成为王安石的朋友，但始终不是王安石的同志。他有独立的人格与政见。熙宁、元丰间不见容于新党，身陷"乌台诗案"，被贬黄州团练副使，亲自耕种，自拟白乐天，号"东坡居士"。

元祐更化时又不见容于旧党，遂求外调，先后知杭州、颍州、扬州、定州，广有政绩。新党上台，打出"绍述"旗号，元祐大臣遭贬黜，东坡竟受牵连，同时遭迫害，流放岭南，独上海岛。然而，自黄州起，由于接触社会，亲近自然，研习佛经，默契庄子和陶诗，东坡的心灵发生了蜕变，已经完全把握了自己，取审美态度对待生活，培养了一种温和、宽容、平常的幽默感。贬到惠州，他说"日啖荔枝三百颗，不辞长作岭南人"，贬到海南岛，他说"九死蛮荒吾不恨，兹游奇绝冠平生"。

东坡一生经历相当坎坷，然而在精神生活方面极其富有。在政治上遭排斥、迫害、放逐，本是坏事，然而这种遭遇却使东坡更加脚踏实地接触社会、体验人生，丰富了他的生活阅历，充实了他的精神生活，激发了他的艺术灵感，找到了实现人生价值的方式。东坡人格与精神境界就得到最后的考验和升华，即使没有文字的载体，这种境界本身已是最为可贵的精神财富。而他的所有文字，包括东坡绝句，不管写什么，无一不体现着东坡的人生境界。其所以不可及也。

故乡无此好湖山

苏轼各体诗皆有杰作，亦擅长于绝句，尤其是七绝。他的绝句内容丰富，题材广泛，较王安石有过之而无不及。所作气象开阔，笔力潇洒，举措自然，复多风趣，与其文有相通之处。东坡绝句兼有太白之性分，韩愈之学养，白居易之平易。而以议论为诗，则较王安石有进一步发展。颇有风调，而不类唐音。俨然宋调，而饶有情韵。

苏轼重视文学的社会作用，有一部分诗歌大胆揭露社会矛盾和政治弊端，还有一部分诗篇反映民族矛盾，抒发杀敌报国的热忱，政治视野相当开阔。但这方面的内容，主要施之于古体。绝句中仅偶尔为之：

我是朱陈旧使君，劝农曾入杏花村。

而今风物那堪画，县吏催钱夜打门。（陈季常所蓄《朱陈村嫁娶图》）

"朱陈村嫁娶图"是五代前蜀赵德元所作风俗画，朱陈村在徐州丰县东南一百里深山中，唯朱陈二姓，世为婚姻。元丰三年（1080）作者被贬黄州，途经友人家见此图。作者曾知徐州，故自称"旧使君"。诗人将现实农村中"不堪画"的一面，与画图上的"杏花村"一并对举，"县吏催钱夜打门"入诗，可谓煞风景。这是一首批评新法的诗，作者刚吃过文字狱的苦头，感兴到了，仍不免技痒，表现出他难改的本色。

东坡一生走四方，足迹遍及祖国各地，从峨眉到西湖，从河北到海南。他是一个极富生活情趣的人，到处都能亲和于山水、自然："我本无家更安往，故乡无此好湖山。"（《六月廿七日望湖楼醉书》）祖国湖山之美，便成为东坡绝句最重要的题材。与李白一样，东坡绝句多得山川之助；而自然山川之美经他的品题，便名扬天下，臻于不朽。在东坡的山水、写景绝句中，造诣最高的首推在杭州所写，尤其是歌咏西湖的绝句：

水光潋滟晴方好，山色空蒙雨亦奇。

欲把西湖比西子，淡妆浓抹总相宜。（《饮湖上初晴后雨》）

黑云翻墨未遮山，白雨跳珠乱入船。

卷地风来忽吹散，望湖楼下水如天。（《六月廿七日望湖楼醉书》）

海上涛头一线来，楼前指顾雪成堆。

从今潮上君须上，更看银山二十回。（《望海楼晚景》）

《饮湖上初晴后雨》作于熙宁六年（1074），诗言西湖水好、山也好，晴好、雨也好，更以一个独到的比喻照亮全诗，尽传西湖神韵：把"西湖"比"西子"，"西"字是巧合，而两者的神似处则在于"淡妆浓抹总相宜"，在西湖是晴好雨也好，在西子是淡妆佳浓妆亦佳。"虽不识字人，也知是天生好言语"。"西子湖"后来成了西湖之别称，其实湖与西施何干，只因东坡二句一出，遂成为西湖定评。

苏诗的极致是自然奔放、挥洒自如，得心应手、左右逢源，淋漓酣畅，有太白风。近体诗大都圆美流动，炉火纯青。《望湖楼醉书》作于熙宁五年 (1072)，写夏日西湖阵雨，阵雨来势速猛，持续时间却短。诗写黑云突如其来，人还未回过神，大雨就来了，"白雨""黑云"对比鲜明，才说观雨，一阵风过，雨却住了，黑云散了，天空亮了，倒映湖中，湖面似更开阔，湖水似更清澈。作者抓住西湖夏日气候特征，及由此形成的特殊景观，将瞬息万变的景色，出以腾踔多姿的笔墨，遂为写景妙作。这种诗全靠趁感兴还在，及时走笔为之，所谓"作诗火速追亡逋，清景一失后难摹"。最具太白风度。

东坡贬谪黄州以后，尤其是贬谪岭南所作绝句，在表现湖山之美的同时，表达我行我素、随遇而安而顽强乐观的生活态度，给读者以美的享受和积极的精神影响。这多少得力于《庄子》，尤其是陶诗。恰如黄庭坚所赞美的："东坡谪岭南，时宰欲杀之。饱吃惠州饭，细和渊明诗。彭泽千载人，东坡百世士。出处不相同，风味乃相似。"（《跋东坡和陶诗》）

> 雨洗东坡月色清，市人行尽野人行。
>
> 莫嫌荦确坡头路，自爱铿然曳杖声。（《东坡》）
>
> 淡月倾云晓角哀，小风吹水碧鳞开。
>
> 此生定向江湖老，默数淮中十往来。（《淮上早发》）
>
> 罗浮山下四时春，卢橘杨梅次第新。
>
> 日啖荔枝三百颗，不辞长作岭南人。（《食荔枝》）
>
> 余生欲老海南村，帝遣巫阳招我魂。
>
> 杳杳天低鹘没处，青山一发是中原。（《澄迈驿通潮阁》）

在每一首诗中，东坡都为存在寻找到一个恰当的理由，表明自己对于任何环境，都有充分的思想准备。没有人能从精神上打败东坡，除非东坡自己。《澄迈驿通潮阁》作于远放海南三年以后，元符三年（1100）徽宗继位，始受命北移，诗为渡海北行前所作。阁在海南岛边上。诗写渡海前登上驿楼遥望中原的情景。先说自己本已做好终老海南的思想准备，没想得到朝廷的恩赦。楚辞《招魂》上说上帝可怜屈原的灵魂脱离了其躯体，叫巫阳（女巫）为之招魂。诗暗以屈原自比，则宣赦只是甄别错案，所以话说得非常之淡，诗人早已宠辱不惊。海南岛上望大陆，隔着大海，只有在晴朗的日子可以看到一点影影，然而就是这点影影，"青山一发"，牵动着诗人的心。三四之妙，在信手拈来，毫不费劲。动了感情，却不形于色。这就是东坡的境界。

东坡是诗人也是画家，他的题画绝句，多融入生活体验，不黏着于画的本身。时而借题发挥，使画意得到引申。

> 腥涎不满壳，聊足以自濡。
> 升高不知回，竟作沾壁枯。（《雍秀才画草虫（蜗牛）》）
> 竹外桃花三两枝，春江水暖鸭先知。
> 蒌蒿满地芦芽短，正是河豚欲上时。（《惠崇春江晓景》）
> 野水参差落涨痕，疏林欹倒出霜根。
> 扁舟一棹归何处，家在江南黄叶村。（《书李世南所画秋景》）

惠崇乃诗僧，亦画僧，"工画鹅、雁、鹭鸶，尤工小景，善为寒汀远渚，萧洒虚旷之象"（郭若虚《图画见闻志》）。东坡为其《春江晓景》题诗，一起入画，次句即以理趣胜，毛奇龄谓"鹅也先知，怎只说鸭？"大是痴人。盖画中有鸭，故一时凑泊，以见兴趣不浅。濠梁观鱼之乐，意在言外。诗通过江花、水鸭、蒌蒿、芦芽及河豚，写出春江晓景蕴含的无限生机。所言之物，并不能一一于画上见之。须凭触觉感知的"暖"、须凭思维联想的"知"、须凭经验判断的"河豚欲上"，皆补充了画意，诗画珠联璧合，故为上乘之作。《雍秀才画草虫》借画中蜗牛，运用想象，更作发挥，讽刺官场中才具浅薄，拼命上爬而不顾后果之徒。相当警策。《书李世南所画秋景》则借画意，自抒激流勇退和怀乡之思，也是极有韵味之作。

亲情友情，惜春伤别，身世感怀，也是东坡绝句的重要题材。诗人通常的做法是，将诸如手足之情、亲友之爱、故乡之思和自然风物的描写结合着，融入对光阴的珍惜，以及对命运的自嘲：

> 暮云收尽溢清寒，银汉无声转玉盘。
>
> 此生此夜不长好，明月明年何处看。（《中秋月》）
>
> 梨花淡白柳深青，柳絮飞时花满城。
>
> 惆怅东栏一株雪，人生看得几清明。（《东栏梨花和孔密州》）
>
> 东风袅袅泛崇光，香雾空蒙月转廊。
>
> 只恐夜深花睡去，故烧高烛照红妆。（《海棠》）
>
> 心似已灰之木，身如不系之舟。
>
> 问汝平生功业，黄州惠州儋州。（《自题金山画像》）

东坡绝句的理趣

大诗人先在生活中把自己的人格涵养成一首完美的诗，写下来的诗乃是人格的焕发。东坡悟性很高，又能广泛吸取文化传统的精髓，绝不狭隘，他受过正规的儒家思想教育，却因性分，更因为政治遭遇坎坷的缘故，使他更多地倾向于道，乃至于佛。他的人生哲学，至少在黄州已成熟了。在《赤壁赋》中，他提出了"无尽藏"这一命题。在东坡看来，人在宇宙间是渺小的，个体生命是短暂的，然而，每一个人只要好好地把握今生，都可以享受造物赐予的无穷无尽的盛宴。举凡身外之物，"苟非吾之所有，虽一毫而莫取"！人生最高的追求，在精神的享受，东坡特别标榜的是自然风月——"惟江上之清风，与山间之明月，耳得之而为声，目遇之而成色，取之无禁，用之不竭，是造物者之无尽藏也，而吾与子之所共适。"其实这只是一个方面，赋中未能直接说出，而存在于诗人实践中的另一个方面，就是友谊、亲情、文化遗产与精神财富。这些东西就像阳光、空气和水，无所不在，对每个人同样公平，不要白不要。精神的空虚比环境的恶劣和物质的贫乏，更加可怕。东坡的人生哲学，固然有很多的无可奈何，却更有对自我的超越。

几乎所有的苏诗，尤其是绝句诗，都形象地说明着他的人生哲理。几乎从所有的苏诗，尤其是绝句诗中，读者都可以感受到上述人生哲理。此外，东坡还有一种理趣诗。陈衍说："东坡兴趣佳，不论何题，必有一二佳句。"(《宋诗精华录》)所谓兴趣，就是生活兴趣，或生活情趣。有情趣才有诗味，有情趣才有风趣，有诗味，逐处即有佳句。所谓理趣，就不是抽象的哲理，而是哲理、诗情和风趣的结合。由于"东坡胸次广"(陈毅《吾读》)，即使是寻常写景抒情，都能饱含情趣或寓有风趣，其间有意无意地融入诗人从生活中领悟到的哲理。从文学继承上说，便是上承杜、韩，别开宋调。

　　　　若言琴上有琴声，放在匣中何不鸣？
　　　　若言声在指头上，何不于君指上听。(《琴诗》)
　　　　横看成岭侧成峰，远近高低各不同。
　　　　不识庐山真面目，只缘身在此山中。(《题西林壁》)
　　　　荷尽已无擎雨盖，菊残犹有傲霜枝。

一年好景君须记，正是橙黄橘绿时。(《赠刘景文》)

《晋书·隐逸传》说陶渊明性不解音，而蓄素琴一张，弦徽不具，曰："但识琴中趣，何劳弦上声。"这个故事指示的不是一般意义的风雅，而是极高智慧的超脱。司空图以"不著一字，尽得风流"为诗的胜境。东坡《琴诗》当有此事的影响，充满禅机。韩愈《早春呈水部张十八员外》诗云"最是一年春好处，绝胜烟柳满皇都"，东坡《赠刘景文》却道"一年好景君须记，正是橙黄橘绿时"，皆大是名言。所谓春华秋实，各有千秋。梁实秋所谓"人到中年像是攀跻到了最高峰"，即此诗之寓意也。元丰七年(1084)四月，诗人畅游庐山，"往来山南北十余日"，颇有题咏，《题西林壁》即其一。正看庐山，是绵亘的山脉，侧看庐山，则成了陡峭的山峰，横看、侧看、远看、近看、仰望、俯视，庐山的姿态千变万化，给人以不同的感受，而探胜者就迷惑在这变化纷呈的现象，从而抓不住庐山的本质特征，说不出它的主要特色，未能认识庐山的真面目。只有走出山外，和庐山保持适度的距离，那时候你不再是看到一个个局部，却更能从全局上把握庐山面貌。所以"不识庐山真面目，只缘身在此山中!"其实《旧唐书·元行冲传》即有"当局称迷，傍观见审"的话头，后世所谓"当局者迷，旁观者清"，说明人的认识存在一定的误区，特别是对事物作近距离观察，观察角度稍变，得出的结论就会不同。诗人把这个哲理，与自己对庐山的探胜经验紧密结合来谈，就很有心得、很有体会、很有美感。当然，任何问题都必须辩证地看，另一种情况也可能存在，那就是："要识庐山真面目，还须深入此山中!"

十二

江西派与宋调绝句

学者之诗

唐诗与宋诗大的区别，早在南宋严羽就感觉到了。他以禅喻诗，有一段话非常重要：

> 诗有别材，非关书也。诗有别趣，非关理也。而古人未尝不读书，不穷理。所谓不涉理路，不落言筌者，上也。诗者，吟咏情性者也。盛唐诗人惟在兴趣，羚羊挂角，无迹可求。故其妙处莹彻玲珑，不可凑泊，如空中之音，相中之色，水中之月，镜中之象，言有尽而意无穷。近代诸公作奇特解会，遂以文字为诗，以议论为诗，以才学为诗。以是为诗，夫岂不工，终非古人之诗也。盖于一唱三叹之音，有所欠焉。（《沧浪诗话·诗辨》）

因为从根本上说，诗歌的源泉是生活，所以"非关书也"。创作的思维方式是形象思维，所以"非关理也"。然而书本中包含有前人的生活体验，间接地也有生活，读书对创作有好处，理性思维对创作也有好处，所以"古人未尝不读书，不穷理"。但在从事创作时，只能依据生活体验，尊重形象思维，即"不涉理路，不落言筌"。盛唐诗人大体就是这么做的，所以无师自通似的，有那么多好诗。

唐代科举重诗赋与进士行卷，影响及一代文学，使诗律、传奇并为一代之奇。宋代自仁宗以后，考试始重策论，加之南宋理学在思想界据统治地位，影响到宋代诗歌，就是议论化、散文化倾向出现。唐末五代一般士人所读的书还是手抄的卷轴为主。宋代活字印刷术的发明，线装书的产生与大量印行，不但使得典籍得以广泛流传，也使著作容易及时流通，这就为文人饱学创造了良好条件，也提高了他们的创作兴趣。宋代文人掌握的历史文化知识一般比唐代文人丰富，宋代诗人一般比唐代诗人饱学。唐代有许多民间诗人，而宋代诗人多是文士。

宋代诗人更多从书本讨生活，"遂以文字为诗，以议论为诗，以才学为诗"，所以所作大异于唐诗。一言以蔽之，宋诗较之唐诗，更是"学者之诗"。唐人作诗推敲，注意在声音之优劣，意境之深浅；而宋人的计较，往往在下字的有无来历，"寡情少恩如法家者流"。"用宋代文学批评的术语来说，凭借了唐诗，宋代作者在诗歌的'小结裹'方面有了很多发明和成功的尝试，譬如某一个字眼或句法从唐人那里来，而比他们工稳。然而在'大判断'即艺术的整个方向上没有什么特别显著的转变，风格和意境虽不寄生在杜甫、韩愈、白居易或贾岛、姚合等人的身上，总多多少少落在他们的势力圈里。"（钱锺书《宋诗选注》）从不好处说，就是在一定程度上丢失了诗的情韵，"盖于一唱三叹之音，有所欠焉"。

从好处说，宋诗有文化品位，耐人咀含，"夫岂不工"。"瞧不起宋诗的明人说它学唐诗而不像唐诗，这句话并不错，只是他们不懂这一点不像之处恰恰就是宋诗的创造性和价值所在。"（《宋诗选注》）意新语工，便是宋诗相对于唐诗的特点。

宋调的确立：黄庭坚

黄庭坚推尊杜诗，力求变异，诗的手法与风格，迥别唐人，最足以表现宋诗的特色，尽宋诗的变态，其后学之众，衍为江西诗派，成了宋诗主流。南渡诗人，多受沾溉，即陆游、杨万里及姜夔等大诗人，无不与之有渊源关系。刘克庄说："豫章稍后出，会粹百家句律之长，究极历代体制之变，搜讨古书，穿穴异闻，作为古律，自成一家，虽只字半句不轻出，遂为本朝诗家之宗祖。"（《后村诗话》）

黄庭坚（1045－1105），字鲁直，号山谷道人，晚号涪翁，大诗人、大书家。分宁（今江西修水）人。神宗时教授国子监，受知于苏轼，与秦观等并为苏门学士。元祐旧党执政，擢为国史编修官。后新党上台，一再被贬。由于身处剧烈党争和大兴文字狱的险恶环境，黄庭坚尽管推崇杜甫，写了一些涉及时事及国计民生的诗，然而，其醉心于杜甫并不在此。黄庭坚醉心杜甫的是"语不惊人死不休"，其创作主张略近于韩愈的"唯陈言之务去"，声称"文章最忌随人后"（《苕溪渔隐丛话》引）。其创作主张见《答洪驹父书》：

> 自作语最难。老杜作诗，退之作文，无一字无来处，盖后人读书少，故谓韩、杜自作此语耳。古之能为文者，真能陶冶万物，虽取古人之陈言入于翰墨，如灵丹一粒，点铁成金也。

"自作语最难"，是说一空依傍、戛戛独造之语，可贵而难能。创意易得，创语难工。杜甫即善创语，元稹所谓："怜渠直道当时语，不著心源傍古人。"（《酬孝甫见赠》）杜诗韩文，人皆以为自作语，然自读书多者观之，

"无一字无来处"，此亦可见"自作语最难"。杜韩二公者，能消化陈言，以为新语，有点铁成金的功夫。这段话的主题句，并不是"无一字无来处"，而是"点铁成金"，也就是自如驾驭语言的能力——文学家的语言基本功，主要还是来自读书受用，杜甫说"读书破万卷，下笔如有神"（《奉赠奉左丞丈二十二韵》）就包含这个意思。

黄庭坚的诗歌创作是实践了上述主张的，其创新精神与唐代杜甫、韩愈一脉相承。其诗注意在笔法的转折变化、字法句法的精密、语言的生新上下功夫，并有意制造拗句、押险韵、作硬语，宁失之生僻，亦不失之庸俗。苏轼之胸襟开阔，诗如长江大河，风起涛涌，自成奇观；黄庭坚则刻厉深思，如危峰千尺，拔地而起，别有胜境。黄诗章法谨严细密，但多用暗线串联，不甚显豁，前人谓之"草蛇灰线"。这样既能做到文字简练，又能意味含蓄。其诗句法最为多变，有的简直不像诗句。琢句之法，一面从韩孟诗来，一面也吸收了禅家的机锋，为了微妙传神地表达对象、启发读者，常常采取旁敲侧击、正言若反、曲譬隐喻的语言，叫人参悟。黄诗造句原则是"宁可使句不律，不可使句弱"，故其诗老成遒劲，一如其书法。

黄庭坚诗以古体和七律见长，刻意学习杜甫，既讲究铸句造语的推敲，又能适当摆脱声律对偶的束缚。影响到他的绝句创作，就是出入于中晚唐韩愈、李商隐，而独持拗峭，于拗折中求取风致，运歌行之气于格律之中。

> 投荒万死鬓毛斑，生入瞿塘滟滪关。
>
> 未到江南先一笑，岳阳楼上对君山。（《雨中登岳阳楼望君山》）
>
> 满川风雨独凭栏，绾结湘娥十二鬟。
>
> 可惜不当湖水面，银山堆里看青山。（同上）
>
> 折冲儒墨阵堂堂，书入颜杨鸿雁行。

胸中元自有丘壑，故作老木蟠风霜。（《题子瞻枯木》）

黄落山川知晚秋，小虫催女献功裘。

老松阅世卧云壑，挽著沧江无万牛。（《秋思寄子由》）

　　《雨中登岳阳楼望君山》两绝句，是黄庭坚绝句中最为人传诵之作。写作背景是：宋徽宗即位，意于调停"元祐"（旧派）与"绍圣"（新派）两派矛盾，起用了一批"元祐党人"。黄庭坚因得离开戎州贬所，建中靖国元年到峡州，翌年春天西行，取道洞庭湖，因登岳阳楼。前诗暗用柳宗元"一身去国六千里，万死投荒十二年"（《别舍弟宗一》），概括六年谪居偏僻的辛苦；下句暗用《后汉书·班超传》"臣不敢望到酒泉郡，但愿生入玉门关"语意，表现自己绝处逢生的欢喜。皆脱胎换骨，令人不觉。末句"岳阳楼上对君山"乃陈述事实，全诗风度出在第三句"未到江南先一笑"，"未""先"二字的勾勒，它设定的前提是未返回故乡前不宜笑得太早，所以"先一笑"之说，才洋溢着一种按捺不住的喜悦。关于洞庭与君山，前人吟咏佳句多矣，第二首更是点化古人于不觉。刘禹锡"遥望洞庭湖水面，白银盘里一青螺"（《望洞庭》），雍陶"应是水仙梳洗罢，一螺青黛镜中心"（《望君山》），苏舜钦"满川风雨看潮生"（《淮中晚泊犊头》），皆山谷之所本。"银山堆里看青山"的句法，则出自李商隐。山谷能熔铸前人胜语，融入脱离苦海得庆生还的喜悦心情，读来仍令人感受一新。除点铁成金，脱胎换骨的作法而外，这两首绝句还是比较接近唐音，特别是中晚唐诗的风格的。《题子瞻枯木》讲书画同源的道理和人品与画品相通的道理，完全是学者之诗，所谓"深人无浅语"。《秋思寄子由》化用杜诗"云壑布衣鲐背死""万牛回首丘山重"，自比于老松，表达了看透富贵功名，绝不与时俗同流合污的思想感情。瘦劲拗峭，硬语盘空。这两首绝句已完全不同于唐人，俨然宋调了。

　　黄庭坚诗用典的范围比李商隐还要广博，甚至冷僻。由于他全部是从腔子里说出的真话，意思很实在，虽用典，却无客气假象，故耐咀嚼。

> 翰墨场中老伏波，菩提坊里病维摩。
> 近人积水无鸥鹭，时有归牛浮鼻过。（《病起荆江亭即事》）
> 大黠大痴螳捕蝉，有余不足夔怜蚿。
> 退食归来北窗梦，一江风月趁渔船。（《寺斋睡起》）

《病起荆江亭即事》组诗共十首，作于峡州。诗以马援不服老自譬，事见《后汉书·马援传》，加"翰墨场中"则判明彼此区别，否则拟于不伦。"维摩诘"是佛经中一个有学问、有文才的人物，其病在菩提坊事，见于《维摩诘经》。而"文殊问病"故事，在唐已成说唱，是当时人所共知之典。山谷信佛，故以病维摩自喻。所居荒凉，虽在江边，却看不到亲近于人、积于水上之水鸟如鸥鹭之类，只能看到穷乡僻壤放牛娃牧归情景，"时有归牛浮鼻过"七字抵一幅李可染画图。牛浮鼻渡水，语出佛书，唐人陈咏已有"隔岸水牛浮鼻过，傍溪沙鸟点头行"，但未打响。而经山谷用于沧江抱病抒写无聊况味，遂成名句。《寺斋睡起》诗意谓巧诈之相倾，智愚之相角，与螳、蝉、夔、蚿数虫何异，得失安在！前二音节拗峭，用事有卖弄意味，表现出学者习气。

一些本来平常的意思，由于想象的奇特，或使用了有书本来历的语言，往往产生出一些不平常的意思，或具有书卷气即文化品格，由此形成诙诡的艺术风格，颇得后世文人青睐。

> 蝴蝶双飞得意，偶然毕命网罗。
> 群蚁争收坠翼，策勋归去南柯。（《蚁蝶图》）
> 红尘席帽乌靴里，想见沧州白鸟双。
> 马龁枯萁喧午梦，梦成风雨浪翻江。（《六月十七日昼寝》）

《蚁蝶图》既是题画诗，也是禽虫诗，借题抒写世事无常、"达人视此，蚁聚何殊"的感慨。其中借用了唐传奇《南柯太守》的语言和形象，也赋予小诗以传奇色彩。《昼梦》诗因马齕枯萁而梦见风浪翻江，着想奇特，风格诙诡。拓展了闲适诗的领域。

以绝句为今人作掌故，为当时文化人写照，是黄庭坚继杜甫之后的又一创获。对后世的影响相当深远：

> 闭门觅句陈无己，对客挥毫秦少游。
> 正字不知温饱未，西风吹泪古藤州。（《病起荆江亭即事》）
> 少游醉卧古藤下，谁与愁眉唱一杯。
> 解作江南断肠句，只今惟有贺方回。（《寄贺方回》）
> 万里风帆水接天，麝煤鼠尾过年年。
> 沧江尽夜虹贯月，定是米家书画船。（《戏赠米元章》）

诗中提到的人物，如陈师道、秦观、贺铸、米芾等，都是当时文化名人。"闭门觅句""对客挥毫""江南断肠句""米家书画船"，分别是关于陈师道苦吟、秦少游敏捷、贺铸作《青玉案》词、米芾行舸招牌的掌故，如实记录，在当时可助谈资，在后世则为文史资料。也是一种文化诗，学者诗。这类诗大抵出以戏谑，不乏诗味，与他诗专用古典，实具别趣。

由于黄庭坚诗用事较多、较广、较僻，读者必须弄清每个语典的来历，才能确凿解读破译诗意，所以"读书少"的人不甚解出语来历，读起来只觉得生硬晦涩费劲；"读书多"的人又不免草木皆兵，乃至牵强附会。对于黄庭坚诗来说，亦是一累。但总的说来，黄庭坚的拓新对绝句艺术做出了重要贡献，不愧为宋代一大宗匠。

陈师道、陈与义及其他

元祐以后，政治倾轧愈演愈烈，黄庭坚诗风便受士人的欢迎，追随者众。南渡之初吕本中作《江西诗社宗派图》，列黄庭坚、陈师道、陈与义等26人，因有"江西诗派"之名。名列江西派的作家，并不全是江西人，不过他们都是黄庭坚的追随者，故以江西名。江西诗派虽发轫于杜诗，却是地地道道的宋调诗派。元代方回《瀛奎律髓》追加杜甫为鼻祖，遂有"一祖三宗"之说。

陈师道（1053—1102），字无己，又字履常，自号后山居士，彭城人。他才力、学力俱不如黄，学杜摹仿的痕迹较重。才思较钝，作诗时怕干扰，把孩子和猫狗都撵出门，是"闭门觅句"的苦吟诗人，自称作诗是"拆东补西裳作带"，钱锺书揶揄他是"满肚子的话说不畅快"，然而他不刻意时，也能写得朴挚的好诗。

> 书当快意读易过，客有可人期不来。
> 世事相违每如此，好怀百岁几回开。（《绝句》）
> 当年不嫁惜娉婷，抹白施朱作后生。
> 说与旁人须早计，随宜梳洗莫倾城。（《放歌行》）
> 漫漫平沙走白虹，瑶台失手玉杯空。
> 晴天摇动清江底，晚日浮沉急浪中。（《十七日观潮》）
> 东风作恶不成寒，野水穿沙自作滩。
> 细草无端留客卧，繁枝有意待人看。（《春兴》）

《春兴》虽佳，全似杜甫绝句漫兴；《观潮》诗妙于想象，出入晚唐李贺歌诗间。《绝句》则不然。诗作于元符二年（1099）困居徐州时，尽管不堪其贫，作者却不以为意，依然左右图书，欲以文学名后世。其时黄庭坚被斥逐戎州，苏轼被贬海外，张耒任职宣州，皆无因相见。时有《寄黄元》诗也说："俗子推不去，可人费招呼；世事每如此，我生亦何娱！"可参读。诗以议论为主，便是宋调。前二各说一事，好书容易读竟，嵇康即有"每读二陆之文，未尝不废书而叹，恐其卷之竟也"的感慨。下句说"可人期不来"，没有预约，可人怎么会来？可人非神，何从知道你盼他来？即使约了，亦未必能来。谁没读过好书？谁没有期待过可人？两句所写，实常人共有的生活感受，而又发常人所未发，所以叫人过目不忘。后二由个案推及一般，说人生违心之事如此之多，难怪苦恼总是多于快乐。此语代表了一种认识误区。此东坡所以为东坡，而后山所以为后山。然而，此诗毕竟道出了很有意思的生活体验，固无妨其为佳作。《放歌行》谓抹白施朱，枉费心机，终不如随宜梳洗，保持本色。也可以看作诗人对创作的悟道之言。诗虽借宫女自况，然以议论行之，便与唐人宫怨、宫词大异其趣。亦是宋调之佳作。

陈与义（1090－1138），字去非，号简斋。他是南北宋之交的诗人，靖康之乱金人入汴，他自陈留避乱南奔，经商水、襄阳至湖南，转徙岳阳、长沙、衡阳。高宗绍兴元年（1131）抵临安，累官至参知政事。有《简斋集》。方回将其归入江西派，为三宗之一。陈与义擅场律诗，由于他经历了南渡，于杜诗有深悟，杜甫律诗特重音情的描摹，声调音节是最洪亮而又沉着的，这一点黄、陈都没有注意到，而陈与义却注意到了，所以他的诗词句明净而且音调响亮，风格雄阔慷慨，在江西派中是最为迫近杜甫。陈与义属对能以蕴藉之致，参以丽语，以景托情，格调与情韵兼而有之。对句与出句意蕴相隔甚远，使人读上句绝不能想到下句，故能产生奇妙之感。能扬江西派之长而避其所短，故在南宋诗名极高。

陈与义不仅精于律对，亦擅场绝句创作。宣和中为太学博士，与人以水墨画梅为题唱和，作七言绝句五首，传入宫廷，深得徽宗称赏，从而声名大噪：

> 巧画无盐丑不除，此花风韵更清妹。
>
> 从教变白能为黑，桃李依然是仆奴。（《和张矩臣水墨梅》）
>
> 粲粲江南万玉妃，别来几度见春归。
>
> 相逢京洛浑依旧，惟恨缁尘染素衣。（同上）
>
> 含章檐下春风面，造化功成秋兔毫。
>
> 意足不求颜色似，前身相马九方皋。（同上）

水墨画梅是新鲜事，咏水墨画梅是新鲜诗。诗人道：在名家笔下，本来丑的画不美，而本来美的却能更美。即使将梅画成黑色，其格调依然在桃李之上。第二首又换一种口气，用韩愈咏雪的"万玉妃"喻梅，又巧用陆机"京洛多风尘，素衣化为缁"点墨，既足题意，复多风趣。第三首又活用九方皋相马的典故，谓画家之妙，亦如相马，"意在牝牡黄骊之外"。组诗以水墨画梅为题材，角度的独特，议论的翻新，典故的活用，都表现出很浓的文人趣味，是典型的宋调。

陈与义绝句既有筋骨神理，又具丰神情韵，有的作品也能比美于唐人：

> 二月巴陵日日风，春寒未了怯园公。
>
> 海棠不惜胭脂色，独立蒙蒙细雨中。（《春寒》）

高宗建炎三年（1129）作于岳州，作者时寄居郡守王某后园君子亭居住，自号园公。诗咏园中海棠。海棠为落叶灌木或乔木，《瓶史·月表》列为二月花盟主第一，不畏春寒，尤宜细雨，另一诗道："欲识此花奇绝处，明朝有雨试重来。"诗云"海棠不惜胭脂色",殊不知细雨适足为海棠增色也。写细雨就写出了海棠的神韵。

曾几（1084—1166），字吉甫，江西派诗人。以力排和议忤秦桧，罢官居上饶，自号茶山居士。秦桧死后，复为秘书少监。享年甚高，陆游尝师事之，故赵仲白《题曾文清公诗集》云："清于月出初三夜，淡似汤烹第一泉。咄咄逼人门弟子，剑南已见一灯传。"其诗风轻快活泼，讲究活法，亦开杨万里"诚斋体"先声。

> 梅子黄时日日晴，小溪泛尽却山行。
>
> 绿阴不减来时路，添得黄鹂四五声。（《三衢道中》）
>
> 小艇相从本不期，剡中雪月并明时。
>
> 不因兴尽回船去，哪得山阴一段奇。（《题访戴图》）

衢州境内有三衢山。《三衢道中》先叙天气和行程。梅子黄时在江南属初夏季节，一般为阴雨天气，故有赵师秀"黄梅时节家家雨"（《约客》）之句。此言"梅子黄时日日晴"，则说明天气特殊，天气晴和，故旅途风光清新。诗人通过回忆来路所见，与眼前景物以比，用"不减""添得"字面勾勒，写出了回程的新鲜感，这就使平凡的景物平添了诗趣。《题访戴图》是一首题画诗，也可以看作题咏画中故事的诗。访戴故事在《世说新语》中列入《任诞》门，可见原作者认为王子猷有始无终的造访是一种怪诞行为。但本诗却认为它很合理——"不因兴尽回船去，哪得山阴一段奇！"所以陈衍赞赏此诗作法亦"晋人行径，宁矫情翻案，决不肯人云亦云"（《宋诗精华录》）。茶山诗喜以两句道一事，如"绿阴不减来时路，添得黄鹂四五声""不因兴尽回船去，哪得山阴一段奇"，神情散朗，感觉轻快。前诗以景语结，后诗以议论作结，皆妙。

唐人绝句以抒情、写景、叙事为主。宋人继承杜甫，以成功的作品，证明了以议论入绝句，乃是扩大绝句领域，丰富绝句艺术的重要途径。以议论入绝句，黄陈之外，已大有人在。如画家李唐初到杭州，无人赏识，写诗讥讽当时社会上崇尚艳丽花鸟画的庸俗风气道：

> 云里烟村雨里滩，看之容易作之难。
> 早知不入时人眼，多买胭脂画牡丹。（李唐《题画》）

这首画家自题其画的绝句，就是一首很典型的宋诗。诗、书、画一体为三绝，这种风气也是在宋代出现的。诗中真正咏画的只有第一句，以下三句纯属议论，分两层。次句"看之容易作之难"是自道作画甘苦，明白如话而饱含哲理，有如俗谚。后二就时人冷淡山水，而看好"牡丹"发感慨。实际上是写两种审美趣味的冲突，使人联想到周敦颐后段所说："莲之爱，同予者何人？牡丹之爱，亦乎众矣。"（《爱莲说》）用高雅艺术改变流行趣味难，而放弃高雅艺术迎合流行趣味易。既然时人不能欣赏山水云烟，只喜爱大红大紫的牡丹，那还不好说，就多买些胭脂来画吧。诗人用反语作嘲讽，代替议论。"胭脂"是绘画颜料，也是化妆品，双关以表达"媚俗"之意，更有诗味。

| 十三 |

赋到沧桑：陆游

国家不幸诗家幸

宋代统治者重文轻武，守内虚外，对来自北方的威胁，采取以金帛换"和平"的妥协外交政策，养虎贻患。钦宗靖康二年（1127）金人南下掳徽、钦二帝及皇室多人北去，此即靖康之难，为有宋一代奇耻大辱。高宗泥马渡江，建都临安，偏安一隅。南渡之后，国难当头，宋代诗人对杜诗发生了心心相印的关系，所谓"踪迹大纲王粲传，情怀小样杜陵诗"（张端义），从而赋予了当时诗歌以沉重的生活内容与忧患意识。尽管主和势力高宗朝一直占据上风，但主战势力从未偃旗息鼓，爱国主义仍成为一种文艺思潮。

"国家不幸诗家幸，赋到沧桑句便工。"（赵翼）然而，宋诗中的爱国主义和唐诗中的爱国主义表现形式有很大不同。唐人的爱国主义，主要体现在边塞诗中，表现为民族自信心和民族自豪感，大度从容，形成气象。宋人的爱国主义，主要体现以抗金救国为题材的诗中，表现为强烈的忧患意识和危机感，是在民族生死存亡的关头发出的吼声，尤为痛切。宋代爱国主义诗歌的杰出代表是陆游及其《剑南诗稿》。

陆游（1125—1210），字务观，别号放翁。越州山阴（今绍兴）人。他生在一个具有文学教养的士大夫家庭，很早就受到爱国思想的熏陶。据他回忆："绍兴初，某甫成童，亲见当时士大夫相与言及国事，或裂眦嚼齿，或流涕痛哭，人人自期以杀身翊戴王室。虽丑裔方张，视之蔑如也。"（《跋傅给事帖》）自谓："少小遭丧乱，妄意忧元元。"（《感事》）29 岁时赴试临安，因"喜论恢复"，加之初试名列秦桧之孙前，在复试时除名。秦桧死后被起用。符离兵败后，订立了比绍兴和议更为屈辱的隆兴和议，主战派人士纷纷落职，陆游亦被罢黜还乡。后受川陕宣抚使王炎的邀请入幕。诗人换上戎装，驰骋在当时国防线南郑（今陕西汉中）一带，成为他一生最为意气风发的时期。后王炎调任，范成大镇蜀，陆游应邀到成都帅府任参议官，此期自号放翁。

陆游作诗敏捷，有"日课一诗"的习惯，早年从江西派入门，务求奇巧。川陕生活近十年，接触到蜀中雄奇山川，经历了戎旅生活，视野为之开阔。忽悟诗家三昧，诗风一变为宏肆，创作成果颇丰。后来他将全部诗作命名为《剑南诗稿》，就是对这一时期的永久纪念。

陆游今存诗近万首，不但数量多，而且题材广泛，内容丰富，无体不备。七绝佳作累累，与王安石、杨万里、姜夔等同为宋代绝句大宗。陆诗特质，在其思想内容上始终贯穿着一条红线，那就是爱国主义精神。宋末林景熙诗云："天宝诗人诗有史，杜鹃再拜泪如水。龟堂一老旗鼓雄，劲气往往摩其垒。"（《书陆放翁诗卷后》）梁启超则云："诗界千年靡靡风，兵魂销尽国魂空。集中十九从军乐，亘古男儿一放翁。"（《读陆放翁集》）陆游诗题材广泛，却没有一种题材不渗透爱国主义情怀，在宋代，抒发爱国思想感情的诗人和诗篇并不罕见，但像陆游那样具有一种战士的情怀，时刻忧念祖国命运，并以之作为终生创作主题的作家，除词中辛弃疾外，罕有其匹。

　　身上征尘杂酒痕，远游无处不销魂。

　　此身合是诗人未？细雨骑驴入剑门。（《剑门道中遇微雨》）

　　三万里河东入海，五千仞岳上摩天。

遗民泪尽胡尘里，南望王师又一年。(《秋夜将晓出篱门迎凉有感》)

公卿有党排宗泽，帷幄无人用岳飞。

遗老不应知此恨，亦逢汉节解沾衣。(《夜读范至能揽辔录》)

僵卧孤村不自哀，尚思为国戍轮台。

夜阑卧听风吹雨，铁马冰河入梦来。(《十一月四日风雨大作》)

死去元知万事空，但悲不见九州同。

王师北定中原日，家祭无忘告乃翁。(《示儿》)

《剑门道中遇微雨》作于孝宗乾道八年（1172）冬调任成都府路安抚使范成大幕任参议官，途经剑门山时。此行是从国防前线到后方大都会，是去危就安、去劳就逸，然而并不合其心愿，故有失落情绪。所以自我调侃道："难道我命中注定只能做个诗人么，不然怎么会细雨骑驴入剑门呢？"此诗不但表现了一位爱国者失意的思想感情，兼有丰富文化内涵："自古诗人多入蜀"，李白是蜀人、杜甫、高適、岑参、元白、李商隐、韦庄皆有入蜀之行，而唐代诗人多于驴背敲诗。所以后二云云，纯属宋人绝句风味。

陆游平生记梦诗近百首，多是反攻复国之梦。如"梦里都忘困晚途，纵横草檄论迁都"（《记梦》）、"三更抚枕忽大叫，梦中夺得松亭关"（《楼上醉书》）、"梦里都忘闽峤远，万人鼓吹入平凉"（《建安遣兴》），等等，赵翼说："人生安得有如许梦？此必有诗无题，遂托之梦耳。"这九十余篇记梦，当然不必全是真梦，梦在这里是作者借以表现自己的憧憬而已。《十一月四日风雨大作》是绍熙三年（1192）冬记梦之作，说"不自哀"，即已有深哀，更沉痛耳。后二写反攻之梦，妙于用短。室外的"风雨大作"与梦中的"铁马冰河"，搭成联系。"铁马冰河"入梦，暴风雨之声通过听觉的变换作用于梦境是外因，潜意识中的爱国情结则是内因。两重原因交织，诗句所以为妙也。

《秋夜将晓出篱门迎凉有感》与前诗为同期之作，诗人时年 68 岁。前二句在形式上则打破七言句以"二二三"为节奏的常规，作"三一三"对起，音情异常。"三万里河"指黄河，"五千仞岳"指泰华二山，兼指中原失地。汉民族本发轫中原，黄河、泰、华从来都是华夏民族的骄傲和象征，丧失中原、同时也丧失了宗庙，对于华夏民族就等于丧失了根本。对于爱国者陆游，是个解不开、顿不脱的情结。而南宋安于江南半壁河山既久，国人多已麻木；一经提起，便觉疾首痛心。就题材重大和感情容量深厚而言，此诗达到了七绝极致。

《示儿》是陆游的绝笔。这首率意直书、不假雕饰的绝句，篇幅虽小，分量却重，可以压卷。古人说"七十老翁何所求"，当死亡逼近时，会觉得除了彻底休息，一切都不重要，何况是八五老翁呢。而陆游将死，偏有一事放心不下："但悲不见九州同。"而他留下的遗嘱，只是要求儿孙到时不要忘记报告王师北定中原的胜利消息。在陆游面前，连曹操分香卖履的遗嘱都未免琐屑，至于为几根灯草牵肠挂肚的严监生之类，更可以立即羞死。难怪这首短诗在历代爱国诗词中占有重要地位。

陆游的爱国主义诗歌，的确为宋代绝句增添了不少的光彩。

是真名士自风流

爱国主义是陆游诗歌及绝句的主心骨，并不等于说陆游只以抗金复国为创作题材。恰恰相反，陆游诗歌及绝句的内容极为丰富，选材相当广泛。尤其是淳熙之末，诗人回到故乡山阴以后，绝句创作题材更加广泛，诗风亦脱去中年奔放纵横之气，而进入相对恬淡境界。他差不多在各种题材上，都有传世之作。

陆游是宋诗和宋代绝句中唯一可以称道的歌咏爱情的诗人。钱锺书说："宋代五七言诗讲'性理'或'道学'的多得惹厌，而写爱情的少得可怜。宋人在恋爱生活里的悲欢离合不反映在他们的诗里，而常常出现在他们的词里。如范仲淹的诗里一字不涉及儿女私情，而他的《御街行》词就有'残灯明灭枕头欹，谙尽孤眠滋味。都来此事，眉间心上，无计相回避'。据唐宋两代的诗词看来，也许可以说，爱情，尤其是在封建礼教眼开眼闭的监视下那种公然走私的爱情，从古体诗里差不多全部撤退到近体诗里，又从近体诗里大部分迁移到词里。除掉陆游的几首，宋代数目不多的爱情诗都淡薄、笨拙、套板。"（《宋诗选注》序）

> 城上斜阳画角哀，沈园非复旧池台。
>
> 伤心桥下春波绿，疑似惊鸿照影来。（《沈园》）
>
> 梦断香消四十年，沈园柳老不吹绵。
>
> 此生行作稽山土，犹对遗踪一泫然。（同上）

陆游个人生活的最大不幸，莫过于与唐婉的婚姻悲剧。据《耆旧续闻》《齐东野语》等书记载和近人考证，陆游20岁时与唐婉结合，伉俪相得，然陆母并不喜欢唐婉，迫使二人离异。后唐氏改嫁赵士程，陆游亦另娶王氏。十年后一个春天，陆游偶与唐婉夫妻相遇于绍兴沈氏园林，得到他们酒食款待。这次见面的结果，是留下了闻名千古的《钗头凤》。诗人75岁时再来沈园，沈园的一切都已变得认不出了，连曾装点出满园春色的宫柳也不飞绵了，当年的翩翩少年也一变而为鸡皮老翁，而人还在，心不死，不变的只是那个感天动地的"情"字。于是和泪写下《沈园》二首。桥下春水之所以绿得可爱，只因"曾是惊鸿照影来！"桥下春水之所以绿得伤心，只因为"曾是惊鸿照影来！"这个惊鸿之影刻在放翁心头，是一辈子磨灭不掉了。"唯大英雄能本色，是真名士自风流"，一往情深、至死不渝，爱国如此，用情亦如此。《沈园》不愧为爱情诗的杰作。

陆游亦爱花成癖，最爱梅花，其次为海棠。他是咏梅诗写得又多又好的宋代诗人，这些诗大多是七言绝句。

> 幽谷哪堪更北枝，年年自分著花迟。
>
> 高标逸韵君知否，正在层冰积雪时。（《梅花》）
>
> 闻道梅花坼晓风，雪堆遍满四山中。
>
> 何方可化身千亿，一树梅花一放翁。（《梅花绝句》）
>
> 当年走马锦城西，曾为梅花醉似泥。
>
> 四十里中香不断，青羊宫到浣花溪。（同上）
>
> 为爱名花抵死狂，只愁风日损红妆。
>
> 绿章夜奏通明殿，乞借春阴护海棠。（《花时遍游诸家园》）

《梅花绝句》作于山阴，诗中表达爱梅的奇想，颇受柳宗元《与浩初上人同看山寄京华亲故》的启发，柳诗云："海畔尖山似剑芒，春来处处割愁肠。若为化得身千亿，散上峰头望故乡。"然"柳州之化身何其苦，此老之化身何其乐"（陈衍）。诗人自恨分身无术，巴不得给每一树梅花配上一个化身，十分生动地表现了他之于梅，总想爱个够，可总也爱不够的心情。这是柳诗没有的韵味。"海棠"绝句作于成都，因为和风细雨才是养花天气，日暖天气并不宜花。所以诗人盼雨，妙在突发奇想：想要连夜赶晚草写绿章封事乞借春阴，只为护花，这种想法真是韵绝妙绝。而"绿章"青词，乃道士祈天所用青藤纸奏文，"通明"是玉帝殿名，本不经不韵，点铁成金，何止用典而然。

陆游转益多师，其诗取径甚广，风格大体雄浑奔放、气象开阔，而不失晓畅平易、清新自然。一扫江西诗派的某些积弊，为宋诗开了新的生面。豪迈处似李白，沉郁处似杜甫，瑰奇如岑参，平易如白居易。

斜阳古柳赵家庄，负鼓盲翁正作场。

死后是非谁管得，满村听说蔡中郎。（《小舟游近村舍舟步归》）

此诗作于山阴，时年逾七旬。乃闲适之作，诗记赵家庄人观听民间艺人说唱表演。盲翁所讲，即南戏《琵琶记》故事。作为历史人物的蔡邕，性至孝，并无重婚之事。在故事中则是一个虽然成名，却背亲弃妻的负心汉。诗人借题发挥，抒发感慨——"死后是非谁管得"，乍看不类放翁平时思想。其实即"死去元知万事空"之意，是一种很无奈的说法，真实反映了烈士置闲、白首无成的苦闷。本地风光，取材新鲜，语言风格却类白居易。

爱国绝句诗人：前期与后期

南渡以后爱国题材的绝句，大致可分前后两期。前期以歌吟国难、倡言抗金、讽刺主和为内容。鼓吹抗战复国，弘扬民族精神的代表，固非陆游莫属；而念念不忘国耻，进行历史反思的代表，则当推刘子翚。

刘子翚（1101－1147），字彦冲，建州崇安（今属福建）人，理学家，因病辞官归武夷山讲学 17 年，朱熹曾师事之。生逢国难，其父使金被逼自缢，集家国之恨于一身。南渡之后痛定思痛，作《汴京纪事》二十首，诗采汴京故事为题材，写山河变色的感慨有关一代事迹，堪称诗史，是南渡绝句诗坛的重要收获。

帝城王气杂妖氛，胡虏何知屡易君。

犹有太平遗老在，时时洒泪向南云。

内苑珍林蔚绛霄，围城不复禁乌茋。
舳舻岁岁衔清汴，才足都人几炬烧。

空嗟覆鼎误前朝，骨朽人间骂未销。
夜月池台王傅宅，春风杨柳太师桥。

辇毂繁华事可伤，师师垂老过湖湘。
缕衣檀板无颜色，一曲当时动帝王。

"帝城王气"原列第一，写汴京失守、二帝被掳，遗民渴望光复的殷切心情。诗记金人占领汴京，妄立伪帝等史实：靖康二年（1127）徽钦二帝被掳北行，金人立张邦昌为楚帝，金兵退，邦昌避位，后贬潭州赐死；建炎四年（1130）金人重占汴京，复立刘豫为齐帝，后因配合金人攻宋不利，被废黜死。由于民族文化心理结构不同，金人很难理解伪帝不被宋人接受的原因。民族是一个历史范畴，由共同文化心理结构所形成的民族感情或民族凝聚力，是历史生活中一种迷人的现象。诗写沦陷区中的遗民念念不忘故国故君的民族感情，给人留下极深的印象。

"空嗟覆鼎"原列第七，是对误国奸臣的唾骂。后二句对结，点明国人唾骂不休的千古罪人，乃是徽宗朝"六贼"首恶的王黼和蔡京，两人生前皆不遗余力搜刮民财以营建府第园林，各占地数里至数十里，备极侈丽，其意图乃在享尽人间荣华富贵。然而曾几何时，"王傅宅"也好、"太师桥"也好，皆为历史陈迹，成了其昔日主人误国的罪证。诗假吟风弄月之形，行口诛笔伐之实，与唐刘禹锡诗"朱雀桥边野草花，乌衣巷口夕阳斜"笔法同妙，但这里不是抒发怀古之幽情，而是鞭挞当代邪恶，情感内容要强烈得多。

"辇毂繁华"原列第二十，咏名妓李师师。李师师以歌舞名动京师，当年不仅广交名士如周邦彦等，而且留宿微服私行开皇帝嫖妓先例的宋徽宗。李师师这个人物也是一面镜子，从中可以照出些世事沧桑。关于李师师亡国后的下落，有不同的说法，比较普遍的说法是靖康中流落南方。如张邦祁《青泥莲花记》云："靖康之乱，师师南徙。有人遇之于湖湘间，衰老憔悴，无复向时风态。"此作与杜甫《江南逢李龟年》有相通之处，即通过娱乐圈的风流人物的今昔对比，反映人世沧桑。

爱国题材是贯彻南宋诗坛的一个题材，为人传诵的前期作品尚有：

　　生当作人杰，死亦为鬼雄。

　　至今思项羽，不肯过江东。(李清照《夏日绝句》)

　　经年尘土满征衣，特特寻芳上翠微。

　　好水好山看不足，马蹄催趁月明归。(岳飞《池州翠微亭》)

　　州桥南北是天街，父老年年等驾回。

　　忍泪失声询使者，几时真有六军来？(范成大《州桥》)

　　船离洪泽岸头沙，人到淮河意不佳。

　　何必桑干方是远，中流以北即天涯。(杨万里《初入淮河》)

　　山外青山楼外楼，西湖歌舞几时休。

　　暖风熏得游人醉，直把杭州作汴州。(林升《题临安邸》)

李清照是南渡初期的爱国女词人，所留诗作不多。而《夏日绝句》是一首不朽之作，诗咏项羽乌江自刎事，却非泛泛咏史，而是对当时赵宋皇朝的深刻嘲讽，反映了时代的精神，所以胜于唐人于季子之作。岳飞乃抗金名将，等闲登山临水之作，亦带有戎马生活烙印，流露出对大好河山的热爱。范成大作入金使臣，曾作《揽辔录》，其诗写故国遗民之心情，所谓事之不必有，理之未必无。杨万里曾奉命迎接金廷贺正使，《初入淮河》亦云："中原父老莫空谈，逢着王人诉不堪。却是归鸿不能语，一年一度到江南。"可以参读。"船离洪泽"一首话说得很轻，感情分量却是沉甸甸的。桑干是永定河上游名称，在今晋北、冀西北，唐人每视为边界，而在南宋当时，北部边界已移到淮河，其中流就成为宋金的分界线。诗只摆事实，未直抒胸臆。但通过"何必""即"字的呼应勾勒，从南宋联想及盛唐，从淮河联想及桑干，谓淮河中流以北、咫尺间即是天涯，则桑干更在天涯外了。言下大有不堪回首、不胜今昔之慨。林升《题临安邸》运用复叠句法，巧妙地讽刺了南宋统治者醉生梦死，不思恢复，含蕴甚富，愤慨极深，然而不作谩骂之语，所以耐味。

公元 1234 年，金在蒙、宋的夹击下亡国。南宋却并没有因为金的灭亡而得到休息和振兴，反而面临武力更加强大的蒙古的入侵。南宋后期的爱国绝句，即以抗元图存和亡国实录为主要内容，具有诗史性质，代表作者有文天祥、谢枋得、汪元量等。文天祥（1236－1283），号文山，吉州庐陵人，南宁末爱国诗人。其诗歌创作以元军攻陷临安为界分前后两期，精华多在后期。《指南录》和《吟啸集》中诗作，记叙作者与部下为图存而做的艰苦卓绝的斗争，表现了崇高的爱国精神，大都直抒胸臆，不讲究修辞，然沉痛深至，可传之不朽。文天祥诗宗杜甫，以律诗创作为主。绝句数量不多，而《扬子江》一诗，堪称七绝中的正气歌：

几日随风北海游，回从扬子大江头。

臣心一片磁针石，不指南方不肯休。

三四两句，以指南针喻坚定不移的爱国之心，堪称宋诗的世纪之喻，作者《指南录》《指南后录》两集的名称，即出于此。

谢枋得（1226－1289），号叠山，德祐元年（1275）以江东提刑、江西招谕使知信州，起兵抗元。兵败后变姓名入唐石山中，后卖卜为生。多次谢绝元廷的征召，后被福州行省参政魏天佑强行解至大都，绝食而死。

《武夷山中》一诗乃其托物言志之作：

> 十年无梦得还家，独立青峰野水涯。
>
> 天地寂寥山雨歇，几生修得到梅花？

作者抗元兵败，信州失守后潜入武夷山中，抗节隐居达十二年之久。东南抗元烽火熄灭，元廷为巩固政权，收买汉族人心，开始访求亡宋遗臣。作者以梅花高节自许，誓不事元。后来被强迫入大都，竟绝食殉节，其志先已明见于此诗。此与文天祥之作，皆生命铸成文字，关乎世道人心，字字掷地有声，纵然孤篇，亦足传世不朽。

　　汪元量（1241－1330?），号水云，钱塘人，以辞章给事宫廷。德祐二年（1276），元兵攻陷临安，俘恭帝及皇太后全氏、太皇太后谢氏等先后赴大都，汪元量随谢氏北行至大都。其间曾屡次探视在囚的文天祥，文天祥集杜诗为《胡笳十八拍》，并为他的诗集作序。有《湖山类稿》传世，早期创作有模拟古诗痕迹，元兵南逼后，诗风一变，诗宗杜甫，凡"亡国之戚，去国之苦，艰关愁叹之状，备见于诗"，"亦宋亡之诗史"（李珏跋语）。《湖州歌》98首、《越州歌》20首、《醉歌》10首三大七绝组史，是汪元量"诗史"的代表作。

> 乱点连声杀六更，荧荧庭燎待天明。
>
> 侍臣已写归降表，臣妾佥名谢道清。（《醉歌》）
>
> 北望燕云不尽头，大江东去水悠悠。
>
> 夕阳一片寒鸦外，目断东南四百州。（《湖州歌》）
>
> 一阵西风满地烟，千军万马浙江边。
>
> 官司把断西兴渡，要夺渔船作战船。（《越州歌》）
>
> 西塞山前日落处，北关门外雨来天。

南人堕泪北人笑，臣甫低头拜杜鹃。（《送琴师毛敏仲北行》）

《醉歌》以史家之笔，直书最高当权者太皇太后谢氏之名，痛斥其率先投降的可耻行径，对贾似道之流荒政误国，亦进行了口诛笔伐。《湖州歌》从元兵入杭写起，依次记述北行之亲身见闻，备极沉痛。《越州歌》描述了元兵南下时，半壁河山遭受蹂躏之种种惨状。所作不以单篇见称，而在总体上记录亲闻亲见之史实，以血泪文字，补史家之阙，一如杜诗，在反映现实的深度和广度上，都超出其他宋遗民同类作品。《送琴师毛敏仲北行》诗自拟杜甫，亦可见其志矣。

｜十四｜
小品诗与田园诗：杨万里到范成大

宋人绝句的创获，一个重要的方面就是在题材上对唐人的突破，除了重大题材以外，更值得注意的是对日常生活题材的发掘，从而产生了一种为唐诗少见的风趣小品绝句。其最杰出代表就是"中兴四大诗人"之一的杨万里。范成大风格与杨万里略近，而以新田园诗独树一帜。

陶成瓦砾亦诗材

杨万里（1127？—1206），字廷秀，号诚斋，江西吉水人。高宗绍兴二十四年进士，任零陵县丞时，曾三次拜访谪居在家的爱国将领张浚，张勉以"正心诚意"四字，遂号诚斋。历任太常博士、宝谟阁直学士等职。一生为官清正，为人正直。韩侂胄当国，居家十五年，至死未出。杨万里是一位别开生面、独具一格的诗人，又是一位高产作家，"游居寝食，非诗无与"，有《江湖集》《荆溪集》等九集，存诗4200余首，都为《诚斋集》，其诗被严羽标榜为"诚斋体"。

杨万里早年学诗，亦曾从江西派入门。后脱离江西派藩篱，转学唐人及王安石绝句，尽毁少作千余首，并自立门户。杨万里诗在取材上较前人有新的开拓，清人潘定桂一言以蔽之曰："陶成瓦砾亦诗材。"其主要兴趣在天然景物和日常生活方面，《荆溪集》自序云："步后园，登古城，采撷杞菊，攀翻花竹，万象毕来，献余诗材。"杨万里诗不以重大题材见长，他的诗是所谓"杂诗"——以日常生活为内容，以七言绝句为形式。

杨万里有一种稀有的天才和十足的童心，能为每一片落叶、每一只昆虫、每一种儿戏写一首诗，揆之今人，则丰子恺之流也。然而杨万里是诗中有画，丰子恺是画中有诗。杨万里对世界保持着新鲜感和好奇心，在人们熟视无睹的寻常景物和生活现象中，总能发现不平常的意思，达到司空图《诗品·自然》所谓"俯拾即是，不取诸邻。俱道适往，著手成春"的境界。

> 泉眼无声惜细流，树阴照水爱晴柔。
> 小荷才露尖尖角，早有蜻蜓立上头。（《小池》）

这首诗如一幅风景画小品，或摄影小品，虽小却好。诗是语言艺术，为画图难足者，乃是作者有一个美的发现，通过"才露""早有"勾勒出来，即"小荷"（小荷叶，或荷的蓓蕾）出水的第一时间，就被蜻蜓发现了。这个诗意不是诗人看到的，而是他妙悟到的，或者说是一种风趣的表达。

就和"春江水暖鸭先知"一样，这首诗的主题即美的发现：蜻蜓发现了小荷，诗人发现了蜻蜓对小荷的发现。杨万里绝句极富原创性，往往前无古人，此诗即其一例。

　　　莫言下岭便无难，赚得行人错喜欢。
　　　正入万山圈子里，一山放出一山拦。（《过松源晨炊漆公店》）

　　以山行体验入诗。山行一般是上坡吃力，下坡轻松，平路最好走，但可惜不多。而人在群山中穿行，就概率而言，上坡与下坡机会均等——即上完坡就下坡，下完坡就上坡；下坡的轻松，就潜伏着再度上坡的吃力。所以诗人说，别高兴太早，以为一下坡就万事大吉。处在群山环绕之中，不断下山上山。"一山放出一山拦"。诗中"赚"字，怪罪自然，并赋自然以狡黠的性格，极富生活趣味。从日常生活习见现象中，敏感地发现和领悟某种新鲜的经验，并用通俗生动而富于理趣的语言表现出来，便是宋人的发明。

　　　梅子留酸软齿牙，芭蕉分绿与窗纱。
　　　日长睡起无情思，闲看儿童捉柳花。（《闲居初夏午睡起》）

　　此诗写闲适之趣，一句写口感，一句写视觉，俱妙。三四写童趣更妙。作者自道此二句"功夫只在一'捉'字上"，通过这个字，就把无生命的柳花写成活物——就像蝴蝶那样不好捉。作者"闲看"之际，实已从精神上参与了儿戏，不然就不会看得那样津津有味。人在成长中的最大损失，莫过于丧失了儿童时代的天真。看儿童画、读儿童诗、观察儿戏的时候，兴许能稍稍找回童年的感觉，得到一种超越成人世界之烦恼的愉快。据说张浚读这首诗，不禁赞赏道："廷秀胸襟透脱矣！"

410

篱落疏疏一径深，树头新绿未成阴。

儿童急走追黄蝶，飞入菜花无处寻。（《宿新市徐公店》）

这也是作者最经典的绝句之一。在乡下为人熟视无睹的一个景色（儿童捕捉蝴蝶）中，作者找到了一个写点，就是那个"黄"字，即末句"菜花"所有的颜色，换言之，作者对昆虫的保护色这一现象，产生浓厚的兴趣。于是他用诗笔讲述了一个黄蝶遇难，菜花相救的故事，读来兴味盎然。而儿童傻眼的情态，亦活现目前，令人忍俊不禁。

笔端有口古来稀

杨万里自谓："学诗须透脱，信手自孤高。衣钵无千古，丘山只一毛。"（《和李天麟》）姜夔则称赞他："箭在的中非尔力，风行水上自成文。"（《送朝天续集归诚斋时在金陵》）他在艺术上，创辟了一种新鲜泼辣的写法。首先表现在语言上贴近口语，能做到口心相应，"我手写我口"（黄遵宪），就像一个伶牙俐齿、风趣成性的人，想到就说，无难达之意，有不尽之情，其友张镃誉为"笔端有口古来稀"。

毕竟西湖六月中，风光不与四时同。

接天莲叶无穷碧，映日荷花别样红。（《晓出净慈寺送林子方》）

净慈寺在西湖西南。诗题为送别，诗却专写西湖荷花盛开的景色。按散文语序，前二应作"西湖六月中风光毕竟与四时不同"，诗句因协律而作腾挪，"毕竟"这个副词以提前而得到强调，便有夸说的意味。诗的精彩在后二句写荷叶、荷花。因为湖面辽阔，莲叶密布，故以"接天"

形容；而荷花红得分外鲜妍，方用"映日"描画。"无穷碧"是空间的夸张，"别样红"是程度上的强调，二词在联语中属互文，无具体限定，却特别能激发读者的想象力。略如李后主所谓"别是一般滋味在心头"的"别是"，采自口语，十分鲜活。前举《闲居初夏午睡起》，诗中写醒来的感觉，一是口中尚有余酸，二是窗间颇具绿意。梅子在古人是解醒之物，一个"留"字，表明诗人在午间或有小饮，曾食梅子，因而一觉醒来，齿间尚留余酸。牙酸的感觉很难言传，而诗人用一个"软"字就恰切形出——牙齿受酸，就嚼不得硬的东西。绿色于视觉较为舒适，窗纱是人为绿，窗外芭蕉是自然绿，一个"分"字，细致地辨别出两者绿的程度不同。因为有芭蕉，所以窗纱更绿。

杨万里绝句的语言是风趣的，他有的是"种种不直致法子"(陈衍)。同一件事，可以横说竖说正说反说，出人意表，入人意中，思路灵活，表达曲折，幽默诙谐，变化莫测，将七绝一体的表现力，尽量加以发掘。论者谓之"活法"，所谓活法，实是不法而法。

　　夜热依然午热同，开门小立月明中。

　　竹深树密虫鸣处，时有微凉不是风。(《夏夜追凉》)

"追凉"一词出杜甫《羌村》，比"纳凉"在意味上要主动、迫切。按理说夜间较午间，应该略为退凉，而今番"夜热"居然与"午热"相同，可见气候炎热非同寻常。开门立月，也有追凉的缘故。夏夜纳凉缺不了风，可此夜却没有半点风意。诗人却依然感到一些凉意，陈衍说："若将末三字掩了，必猜是什么风矣，岂知其'不是'哉!"可见这凉意来自月光、竹树、虫声，更来自宁静的心境，所谓"心静自然凉"，诗人不直接说出这层道理，却通过"时有微凉——不是风"这种委曲微妙的说法，诗味全在"浅意深一层说，直意曲一层说"(陈衍)。

晴明风日雨干时，草满花堤水满溪。

童子柳阴眠正着，一牛吃过柳阴西。（《桑茶坑道中》）

　　杨万里绝句多即兴偶成于道途闻见之中，所谓"万象毕来，献余诗材"。诗中写牛儿草地上啃草，牧童在柳树下睡大觉，乃春暖郊野常见情景。通过一个"柳阴眠正着"，一个"吃过柳阴西"的对照，以"柳阴"为定点，写出了时间推移的过程，表现了牧童无人管、也不管牛；人也自在，牛也自在；睡的放心，吃的听话；睡的睡得香，吃的吃得香种种情趣，十分够味。可见"活法"云者，首先是富于生活气息，其次是活泼泼的语言和表达方式。

　　杨万里诗真正做到了"取材广而命意新"，他是宋诗中的小品画大师，或者干脆说他开创了一种"小品诗"体，即诚斋体。陈衍《宋诗精华录》选杨万里诗 55 首，仅次于苏轼（88 首）而超过陆游（53 首），而在一部诗选中，入选数量往往就是规格。陈衍爱诚斋诗的主要根据，便是他的独创性。

诚斋体的形成

　　所谓诚斋体，实是一种风趣小品。即诗人以细致的观察力，从常人见惯不惊的生活与景物中发现诗情、画意、理趣，采用口语化、速写式的表达方式写成的作品。天机清妙，益人心智，是其所长。它虽集大成于杨万里，并因而得名，若求其源，却所来甚远。杜甫漫兴、偶成，已有启渐。中唐以韩愈所作为多，如《盆池》《晚春》等。北宋作者，亦不乏其人：

重重叠叠上瑶台，几度呼童扫不开。

刚被太阳收拾去，却教明月送将来。（苏轼《花影》）

风蒲猎猎弄轻柔，欲立蜻蜓不自由。

五月临平山下路，藕花无数满汀洲。（道潜《临平道中》）

雨暗苍江晚未晴，井梧翻叶动秋声。

楼头夜半风吹断，月在浮云浅处明。（道潜《江上秋夜》）

到了南宋，则渐成气候。曾几、陈与义等人，都是诚斋以前擅此绝活的作家。他们善于捕捉生活中的瞬间感受，并以风趣的语言予以表现。曾几所作，已略述于前。陈与义所作如：

朝来庭树有鸣禽，红绿扶春上远林。

忽有好诗生眼底，安排句法已难寻。（《春日》）

飞花两岸照船红，百里榆堤半日风。

卧看满天云不动，不知云与我俱东。（《襄邑道中》）

《春日》归趣并不在对春景的描画，而在表达一个创作体验：即灵感的火花会转瞬即逝，安排句法不能到位，令人徒呼奈何。《襄邑道中》归趣也不在对沿途风光的描写，而在细推物理，察觉到同向运动也能产生静止的感觉。这些诗所表现的理趣，不是唐诗的题材，却成为宋人的一种追求。此种诗实开诚斋先声。

宋代的理学家喜欢用绝句来说理，常常因缺少诗味，而味同嚼蜡。朱熹是其中比较活泼的一个，他每于登山临水，处处有诗，或寓物说理，而不堕理障，语言接近白话，颇具情趣：

半亩方塘一鉴开，天光云影共徘徊。

问渠哪得清如许？为有源头活水来。(《观书有感》)

昨夜江边春水生，蒙冲巨舰一毛轻。

向来枉费推移力，此日中流自在行。(同上)

胜日寻芳泗水滨，无边光景一时新。

等闲识得东风面，万紫千红总是春。(《春日》)

《观书有感》以池塘要有源头活水才能清澈，比喻思想要不断更新方能免于停滞和僵化；以水涨船高，来说明积累到一定时候，才能水到渠成、随心所欲地加以运用。《春日》借春日郊游踏青，说明为学（泗水滨为孔子讲学之地）只要投入，即能开卷有益，触处皆春。诗用形象思维的方式来表达抽象的道理，因而为人喜闻乐见。这类诗，与诚斋体也有一脉相通之处。

范成大和新田园诗

范成大（1126—1193），字致能，号石湖居士，平江吴郡（今苏州）人。生逢国难。绍兴二十四年（1154）中进士，出使过金国，不辱使命。历任静江（今桂林）、成都、明州（今宁波）、建康（今南京）等地行政长官，拜参知政事，加大学士。在成都时，是陆游依附的对象。晚年隐居石湖，是年轻词人姜夔的靠山。

范成大早年也受江西派影响，但更多地继承了唐代新乐府诗人的现实主义精神。诗风平易浅显、清新妩媚。和杨万里一样，他在诗歌样式上对绝句情有独钟，是宋代重要的绝句诗人，其代表作即两大七绝组诗。一组绝句是宋孝宗乾道六年（1170）出使金邦时所作，共得72首，而以《州桥》一诗最为人传诵：

州桥南北是天街，父老年年等驾回。

忍泪失声询使者，几时真有六军来？

州桥指北宋汴京（今开封）城内横跨汴河的天汉桥，原注："（自州桥）南望朱雀门，北望宣德门，皆旧御路也。"汴京沦陷已达四十四年之久，范成大对昔日汴京的了解原只限于书本，当他第一次见到州桥，感慨可知。沦陷区青少年的故国观念比较淡泊，唯老者有故国故君之思，作者使金所写日记《揽辔录》载："遗黎往往垂涕嗟啧，指使人曰'此中华佛国人也'。"诗中写遗民拦道哭问南宋使者，"几时真有"四字，写出父老望眼欲穿的心情，教使者无言以对，也就暗含对南宋当局的指责。陆游《夜读范至能揽辔录，言中原父老见使者多挥涕，感其事作绝句》云："公卿有党排宗泽，帷幄无人用岳飞。遗老不应知此恨，亦逢汉节解沾衣。"对《州桥》的不尽之意，做了进一步的发挥。

另一组绝句，是淳熙十三年（1186）所作《四时田园杂兴》60首。由于宋金媾和，长期休战，江南农业生产复苏，组诗即写农村生活种种，较之使金之作，在艺术上尤有创获。田园诗形成一个品类，始于陶渊明。到盛唐经王维、孟浩然、储光羲等诗人大力创作，蔚为诗派，以后作者不断。宋代许多著名诗人都有可以传世的田园诗作，范成大可以说是写作田园诗最多，而且最有创造性的作家。

陶渊明以后的田园诗，大都描绘一些带有鸡犬桑麻的美丽图景，而渐渐远离农村生活真实，范成大力矫此弊，《四时田园杂兴》60首，分春日、晚春、夏日、秋日、冬日五类，各得七绝12首，全面、生动、真实地反映了当时农民一年四季的活动，诸如景物、岁时、风俗、劳动、困难、忧虑、灾难、压迫等各式各样的生活，所谓"纤悉毕登，鄙俚尽录，曲尽田家况味"，好比一幅农村风俗画长卷。这就把王、孟式的田园风光描写，和李绅、聂夷中式的悯农情感融为一体，把以前田园诗和悯农诗结合起来，成为古代田园诗的新的范本。

这些田园诗或写初春万物复苏的生机：

> 土膏欲动雨频催，万草千花一饷开。
>
> 舍后荒畦犹绿秀，邻家鞭笋过墙来。（《春日田园杂兴》）

大地解冻，好雨应时，是天上地下一齐动作；万草千花漫山遍野席地而来，真是迅速。诗中通过邻家鞭笋穿墙根而入，形象地表现了植物在萌发过程中的生命力之强大和春的生机之压抑不住，与叶绍翁"春色满园关不住，一枝红杏出墙来"有异曲同工之妙。或写采茶季节的村舍光景和行商收购茶叶的活动：

> 蝴蝶双双入菜花，日长无客到田家。
>
> 鸡飞过篱犬吠窦，知有行商来买茶。（《晚春田园杂兴》）

蝴蝶穿飞于菜花，是晚春风光的特色。田家日长人静，不走人户，并非闭门谢客，而是全体出动忙活去了。诗中着重写行商收购茶叶之事：当时官府控制茶叶买卖，行商只有在获得官方发给的许可证后，才能下乡收购，农民采下的新茶也要依靠他们进入流通领域。这本是毫无诗意的事，诗人却通过农家的鸡飞狗叫来报道消息，顿时产生了浓厚的生活气氛和诗味。

> 昼出耘田夜绩麻，村庄儿女各当家。
>
> 童孙未解供耕织，也傍桑阴学种瓜。（《夏日田园杂兴》）

初夏农忙时节，农村男耕女绩，各司其职，各各当行。昼、夜二字为互文，非言昼夜分班，而是夜以继日地干。诗中着重写儿童的活动，尤为独到：他们在田边地角干着简单劳动，以代游戏。"也学"二字，表现出儿童参加劳动的自发性，是一种夸奖赞许的口吻，暗示出农家儿童在大人的影响下从小养成勤劳的品质。诗还寓有与"兵家儿早识刀枪"同样的生活哲理。

还有一些诗反映阶级剥削和阶级压迫的严酷现实：

采菱辛苦废犁锄，血指流丹鬼质枯。

无力买田聊种水，近来湖面亦收租。（同前）

租船满载候开仓，粒粒如珠白似霜。

不惜两钟输一斛，尚赢粮核饱儿郎。（同前）

"采菱辛苦"写种菱农户的不幸遭遇。江南稻田、圩田收成本不错，但农民在沉重的赋税压迫下，田地被兼并，有时不得已而改行。采菱者是徒手作业，菱角有芒刺，泥中有寄生虫，流汗甫提，还得流血。"鬼质"是作者创造的一个词儿，形容采菱人枯瘠得七分像鬼，形象生动。"无力买田"表明采菱者是失去土地或不堪租赋剥削的劳动者，"种水"是作者比照"种田"而造的词儿。照理说，退后一步自然宽，殊不知封建剥削是步步紧逼的。"近来收租"句一叹作结，可见湖面过去是不收租的。

农民生活是艰辛的，然而风调雨顺、丰收之年，由于生活会相对改善，也会给他们带来一些喜悦。范成大于此也有反映：

新筑场泥镜面平，家家打稻趁霜晴。

笑歌声里轻雷动，一夜连枷响到明。（同前）

诗写打稻时节农人忙碌而快活的情景。打稻的准备工作，首先是筑场，

"镜面平"以比喻形象写出晒场平整光洁的事实，还写出劳动者对亲手创造的成果的一种审美愉悦。一个"趁"字，写出收获季节须抢农时的情况，也写出一种争先恐后的劳动热情。"趁霜晴"来自农村生活的观察体验，收稻时节要晒场，所以农民得抓住晴天，连夜赶晚地干。"笑歌"句表明劳动虽然累，但农人因好天气而心情愉快。诗中以"轻雷动"形容噼噼啪啪的打场声，美极。诗人通过劳动场面，写出了真正意义上的农家乐，与王禹偁"各愿种成千百索，豆其禾穗满青山"之诗，有异曲同工之妙。

范成大田园诗中，不少作品写得相当活泼，亦属风趣小品，置诸诚斋集中，殆无能辨。如：

> 静看檐蛛结网低，无端妨碍小虫飞。
> 蜻蜓倒挂蜂儿窘，催唤山童为解围。

禽虫题材，仿自白居易。诚斋集中亦多此类。明明是看见童子破蛛网放昆虫，写作"蜻蜓倒挂蜂儿窘，催唤山童为解围"，妙在拟人，极富童趣。

南宋可以称为田园诗人的，还有翁卷、方岳等人：

> 绿遍山原白满川，子规声里雨如烟。
> 乡村四月闲人少，才了蚕桑又插田。（翁卷《乡村四月》）
> 春雨初晴水拍堤，村南村北鹁鸪啼。
> 含风宿麦青相接，刺水柔秧绿未齐。（方岳《农谣》）
> 漠漠余香着草花，森森柔绿长桑麻。
> 池塘水满蛙成市，门巷春深燕作家。（同上）

唐代的田园诗多写渭川、汉水农村风光，而南宋的田园诗多写江南水乡农村生活，具有不同的地域特点，写来风味自殊。翁卷诗抓住乡村四月中最能反映生活节奏的事物，描写出初夏江南梅雨季节的风光和农民抢抓农时、带雨劳作的情景，而极富诗情画意。方岳二诗同样清丽，俱为古老的田园诗增添了新的光彩。

| 十五 |

清空的风韵：从姜夔到四灵

白石七绝的造诣

宋代最后一位令人刮目的绝句诗人是姜夔。姜夔（1155？—1221？），字尧章，号白石道人。饶州鄱阳（今属江西）人，自幼随父宦居汉阳，成年后旅食江淮，往来于湘鄂等地。在长沙结识了前辈诗人萧德藻，以文才受其知遇，并成为萧的侄女婿。因萧的关系，结识了名重一时的范成大和杨万里，得到范、杨的推重，并与他们长期过从，为翰墨之交，不断往来于苏杭湖州及金陵、合肥等地。姜夔精通音乐，擅场诗词书法，在南宋词坛与辛弃疾并称大家，并有交往，一时词人，不归杨则归墨。尽管多才多艺，却困踬场屋，四十岁后，长期寓居杭州，浪游浙东，生活上颇受张鉴的接济。

姜夔一生湖海飘零，长做贵家清客，以布衣终老，生世相当落寞。然而他又以杰出的文艺才能，赢得当时名流政要的尊敬和礼遇，故能在精神上保持一分独立，陈郁说他"襟怀洒落如晋宋间人"（《藏一话腴》）。他以词名世，作诗不多，而以七绝擅长。作品多寄情于湖山胜景，抒写个人怀抱，视野虽窄，标格独高。其词"一洗华靡，独标清绮，如瘦石孤花，清笙幽磬"（郭麐《灵芬馆词话》），七绝亦如之，其诗多就水乡风光，写文士独来独往之乐趣，落寞之感在所难免，而绝不肯一为堂下语，名士风流，孤芳自赏之意，倒时时见于言外。这可以说是白石诗词，尤其七言绝句，在思想内容上的魅力所在：

> 笠泽茫茫雁影微，玉峰重叠护云衣。
>
> 长桥寂寞春寒夜，只有诗人一舸归。（《除夜自石湖归苕溪》）
>
> 细草穿沙雪半销，吴宫烟冷水迢迢。
>
> 梅花竹里无人见，一夜吹香过石桥。（同上）

这里的诗境是多么幽冷孤清，而诗人的心境又是多么寂寞啊。然而他并不讨厌这份寂寞，反而喜欢这份寂寞，玩味这份寂寞。诗人爱梅爱竹爱荷花，其实皆自爱也。

姜夔学诗过程，与陆游、杨万里不谋而合，亦先从江西派入，学黄庭坚。"居数年，一语噤不敢吐，始大悟学即病，顾不若无所学之为得，虽黄诗亦偃然高阁矣。""余识千岩于潇湘之上，东来识诚斋、石湖，尝试论兹事，而诸公感谓其与我合也。""余之诗，余之诗耳，穷居而野处，用是陶写寂寞则可，必欲步武作者，以钓能诗声，不唯不可，亦不敢。"（《白石道人诗集自序》）白石论诗要旨，一曰精思："诗之不工，只是不精思耳；不思而作，虽多亦奚为？"（《白石道人诗说》）二曰弃俗："难说处一语而尽，易说处莫便放过，僻事实用，熟事虚用。""人所易言，我寡言之。人所难言，我易言之，自不俗。"（同前）三曰含蓄："句中无余字，篇中无长语，非善之善者也。句中有余味，篇中有余意，善之善者也。"（同

421

前）四曰自然高妙："诗有四种高妙，一曰理高妙，二曰意高妙，三曰想高妙，四曰自然高妙。碍而实通曰理高妙，出自意外曰意高妙，写出幽微如清潭见底曰想高妙。非奇非怪，剥落文采，知其妙而不知其所以妙，曰自然高妙。"（同前）

七言绝句本以含蓄为务，以风调为重，因而成为姜夔实践其诗论的最佳样式。白石七绝，大体以精思为本，弃俗、含蓄、自然高妙为用，深造自得，归于天然，形成骚雅、清空的风韵，为宋代绝句开出了新的生面。其七绝多得水乡风光之助，造境于唐人较近《江南曲》，而崔颢、崔国辅、丁仙芝等人之作皆五言绝句，又纯为民歌风味，姜诗则纯乎文人情趣，又独持风雅，格调于唐人较近小杜。然杜牧绝句取径开阔，兼有雄姿英发（如《将赴吴兴登乐游原》《乌江亭》等）和清新俊逸（如《赠别》《沈下贤》《念昔游》等）两种风味，姜夔七绝取径较窄，固无雄姿英发可言，而清新俊逸，则不多让小杜，还添加了一点幽冷孤清的韵味。诗人与古人的某些相合，全属神合，而不是在表面上刻意模仿的结果。恰如诗人自序其诗所说："求与古人合，不若求与古人异。求与古人异，不若不求与古人合而不能不合，不求与古人异而不能不异。"缪钺说："白石的诗，气格清奇，得力江西；意境隽淡，本于襟抱；韵致深美，发乎才情。"（《灵溪词说》）大体得之。

　　　　桥西一曲水通村，岸阁浮萍绿有痕。

　　　　家住石湖人不到，藕花多处别开门。（《次石湖书扇韵》）

　　　　自作新词韵最娇，小红低唱我吹箫。

　　　　曲终过尽松陵路，回首烟波十四桥。（《过垂虹》）

　　　　老去无心听管弦，病来杯酒不相便。

　　　　人生难得秋前雨，乞我虚堂自在眠。（《平甫见招不欲往》）

淳熙十三年（1187）夏天，姜夔从湖州赴苏州石湖别墅谒见范成大，为之祝寿，有《石湖仙》词。《次石湖书扇韵》亦同时所作。诗中不但描绘了一幅清幽的石湖图，而且对范成大落职退隐，视富贵如浮云的清操，作了含蓄的歌颂。"人不到""别开门"六字大有意味，即石湖之门对世俗关闭，而对荷花开放。白石诗词除梅花外，对荷花亦情有独钟，皆有人格的象征意蕴。绍熙二年（1191）冬天，姜夔又往石湖别墅，小住月余。因范成大授简索句，而自度咏梅二曲，范阅后爱赏不已，使工伎隶习之，乃名为《暗香》《疏影》。当诗人于除夕雪夜由石湖归湖州居所时，范成大割爱，以色艺双全的家伎小红相赠，《过垂虹》即记归途之事。途中小红所唱，即诗人自度之曲。雪中行船，但觉温馨，但恨船快。全诗笔调柔婉，神韵悠悠。可说是姜夔最开心的一首绝句，情辞之美，唯杜牧"二十四桥明月夜，玉人何处教吹箫"可以当之。

江湖派和永嘉四灵

南宋书商陈起，编辑姜夔等著名诗人之作，刊为《江湖集》《江湖前集》《江湖后集》《江湖续集》等总集，入选作家庞杂，然以生活在孝宗、光宗、宁宗、理宗四朝百年间诗人，尤以遭逢不偶、浪迹江湖的下层文士为主，姜夔而外，声名较著者尚有刘过、刘克庄、戴复古、叶绍翁等人。此派作家大多不满现实，以江湖相标榜，所作多古体和七绝，力求平直流畅，长于炼意，唯题材较窄。成就虽不如姜夔，亦颇有佳作：

> 小桃无主自开花，烟草茫茫带晚鸦。
>
> 几处败垣围故井，向来一一是人家。（戴复古《淮村兵后》）
>
> 应怜屐齿印苍苔，小扣柴扉久不开。

春色满园关不住，一枝红杏出墙来。（叶绍翁《游园不值》）

萧萧梧叶送寒声，江上秋风动客情。

知有儿童挑促织，夜深篱落一灯明。（同前《夜书所见》）

与上述江湖派同时，尚有一个永嘉（今浙江温州）诗派，一共四位诗人：徐玑字灵渊、徐照字灵晖、翁卷字灵舒、赵师秀号灵秀，他们彼此赓歌相和，字号中都带有一个灵字，故合称"永嘉四灵"。南宋诗人多从江西派入门，而四灵公开打出对立的旗帜，反对江西诗派特重用典、生涩瘦硬的诗风，主张学习中晚唐，以贾岛、姚合为二妙，创作以五律为主，兼及绝句。四灵其实是一个主张抒写性灵的诗派，对江西派固有纠偏补弊的作用，然取法乎中，诗风狭小局促，造诣自不能上。然由自抒性灵，绝句多清新可喜：

水满田畴稻叶齐，日光穿树晓烟低。

黄莺也爱新凉好，飞过青山影里啼。（徐玑《新凉》）

黄梅时节家家雨，青草池塘处处蛙。

有约不来过夜半，闲敲棋子落灯花。（赵师秀《约客》）

一天秋色冷晴湾，无数峰峦远近间。

闲上山来看野水，忽于水底见青山。（翁卷《野望》）

徐玑《新凉》以黄莺的歌声，间接表现诗人感受到的新凉，构思新巧。赵师秀《约客》把期待的心情描写得细致入微，雨声、蛙声的喧闹与室内的静寂形成对照，境界清绝，意象独到，得中晚唐所无。翁卷《野望》写山光水色的辉映，曲尽仁智所乐。凡此，皆可谓虽小却好。

第四章　后续期

（元明清）

一

守成与出新

新体与旧体

汉语诗歌的传统样式是五七言诗体,其发展趋势,是从五言到七言,从古体到近体。八代诗人处在开创的阶段,这一时期,五言古体已发展得相当成熟,七言和近体也开始形成。唐代诗人处在集成阶段,这一时期,五七言古近体诗在样式上已全部定型,发展得相当完熟;而新兴的诗体也产生于民间,由于文人的染指,也以小令的面貌,登上了诗坛。

到北宋,从晏、欧到柳永,词体完成了从令词到慢词的繁衍,它以缘情为主,而有别于载道的诗文,取得了"新体诗"的资格。五七言诗在样式上,已经没有任何新的拓展,事实上已成为"旧体诗"。同时,唐代诗人立足生活,骋其才思,似乎已将好诗做完。宋人更以文为诗,以学问为诗,形象思维不如唐人,却也提高了诗的文化品位。传统诗体的秘藏,可以说至此尽泄了。

宋代以后,诗歌创作在整个文学创作上的地位,发生了根本的变化。一方面,由于写诗与作文一样,是文人必备的技能,五七言古近体诗仍被大量地写作着,给作者带来声名。另一方面,这些诗歌的影响,又被局限在文场和官场以内,它们在社会与公众中的影响,则远不如唐诗宋词。而戏曲和说部这些非传统的、生气勃勃的文学样式,却相继登上文学的舞台，成为雅俗共赏的、最有生命力的文学样式。正是面对这样的事实，王国维才说出了他那句很有影响又很有争议的话"一代有一代之文学"（《宋元戏曲史》）。

在诗歌发展史上，新体的魅力总是超过旧体。大凡诗体处在"新体"的位置，总与民间有着密切的联系，总是拥有广大的受众，也便处在上升发展的阶段，因而能产生较大影响和经典的作家。八代唐宋之诗、唐宋词便是如此，就中不但产生大量杰作，而且产生了陶潜、李白、杜甫、白居易、李煜、苏轼、柳永、陆游、辛弃疾那样伟大的诗人和词人。

元代诗歌的新体是散曲，有宫调，是唱的。只曲为小令，同一宫调的小令可以组合成套数。元散曲大量运用口语，以铺述为主，可以加衬字，又以戏入诗，特有谐趣，于传统诗词的含蓄之美以外，大大发展了豪辣的诗美。明清时代又产生了《山歌》《挂枝儿》《马头调》等俗曲，也是唱的，也用口语创作。散曲和俗曲皆不登大雅之堂，却广泛地拥有受众，成为不折不扣的"新体"。与此同时，五七言古近体诗便完全成为"旧体"了。

套用古人政治用语来说，对于传统的五七言古近体诗，包括绝句在内，宋代以前的诗人是处在创业的阶段，而宋代以后的诗人便是处在守业的、后续的阶段。"创业难，守业更难"，守业所以更难，是因为精神遗产和物质遗产一样，继承者如不能予以增值，势必遭到贬值，维持现状是不可能的。元明清诗人所处的历史条件，不能与八代唐宋诗相提并论，是不容置辩的事实。能否以旧体出新意，如何以旧体出新意，就成为后续时期绝句创作的主要课题。

旧体与新意

"我愧虽无李白才，料应月不嫌我丑。"（唐寅）另一个事实也不容忽视：生活之树常青，中国的封建社会已发展到新的历史阶段，重大的历史变革不断发生。不少的生活内容、精神境界，又是前人无从梦见的，这给元明清诗人提供了丰富的创作源泉。同时，五七言古近体诗作为成熟的诗歌体裁，仍然具有强大的生命力。诗人们运用这些现成的体裁去反映和表现自然、社会和人生之真伪、善恶、美丑，仍然佳作累累，美不胜收。

生在八代唐宋诗人之后，元明清诗人就有条件对诗歌创作的规律和经验加以理论总结，用来指导创作实践。在诗学著述的数量和质量方面，明清作家实超过宋人，无论唐代。如明杨慎《升庵诗话》、王世贞《艺苑卮言》、谢榛《四溟诗话》、李东阳《麓堂诗话》、徐祯卿《谈艺录》、陆时雍《诗镜总论》、胡应麟《诗薮》、胡震亨《唐音癸签》，清王夫之《姜斋诗话》、叶燮《原诗》、王士禛《带经堂诗话》、沈德潜《说诗晬语》、袁枚《随园诗话》、赵翼《瓯北诗话》，等等，在总结评论前人得失的同时，提出了不少有价值的诗歌主张和见解。其中对于绝句，有大量精彩的见解和评论。这些诗话的作者，多为卓有成就的诗人和绝句诗人。

元明清诗坛纵然没能产生像戏剧家关汉卿、小说家曹雪芹那样光芒耀眼的大家，然亦可谓名家辈出；纵然没有经天日月，亦可谓星汉灿烂。其间挺生出元好问、杨维桢、高启、钱谦益、吴伟业、王士禛、查慎行、黄景仁、龚自珍、黄遵宪、卓荦十余辈，在诗歌创作，特别是绝句的创作上，各有专长和独诣，亦可谓"江山代有才人出，各领风骚数百年"（赵翼）。

诗艺的发展贵在推陈出新。唐宋绝句极盛难继，元明清诗人在大判断上固然难有大作为。然而，七言绝句的某些专题，却得到长足发展，成为重要的绝句品类，从而成为此期绝句创作新意的增长点，也理当作为本章论述的重点。

| 二 |

金元时期的七绝

金元两朝于马上得天下，金为割据之邦而元代享国较短，又都是北方比较落后的游牧民族入主中原。其诗坛皆借才于异代，而文士多有屈才之感。所以，金元文艺没有也不可能有唐宋时代那样百花竞放的局面。诗文创作较之唐宋时代，总体上出现了较大的滑坡。然金、元诗歌的面貌，还有祧宋、宗唐的不同。金与宋在政治上对立，而在文化上，却不得不受宋的影响。特别是金诗，受宋的影响更为明显：

> 金初无文字，自太祖得辽人韩昉而言始文；太宗入宋汴州，取经籍图书，宋宇文虚中、张斛、蔡松年、高士谈先后归之，而文字焕兴，然犹借才异代也。(庄仲方《金文雅》)

元好问谓"百年以来，诗人多学坡谷"，王世贞亦谓元好问所编《中州集》"其大旨不外苏黄"（《艺苑卮言》）。元初王恽提出"宗唐"，仇远更提出"近体主唐，古体主选"的创作主张，大体上确定了元诗的发展方向。这对于纠补宋诗缺少情韵的偏弊，本不无好处。但由于特殊的政治气候环境，元诗生活视野较为狭窄，诗人学唐还普遍地停留在模拟的层次上。所以，元诗虽较宋诗之情韵为优，而总体成就却在宋诗以下。所以胡应麟说："宋人调甚驳，则材具纵横，浩瀚过于元。元人调颇纯，而材具局促，卑陬劣于宋。"（《诗薮》）陶瀚说："论气格则宋诗辣、元诗近甜，宋诗苍、元诗近嫩，论情韵则元为优。"

金元时期的七言绝句，一般写景抒情之作，风格大体不出唐人和宋人的藩篱。即使是狼主完颜亮的号称雄放之作，如《题画屏》：

> 万里车书一混同，江南岂有别疆封？
> 提兵百万西湖上，立马吴山第一峰。

也与宋太祖赵匡胤口占绝句一样，作《大风歌》口气。倒是有几种前人偶尔染指的题材，在此期却被有意识地创作，并蔚为风气，从而开出七言绝句中几支重要的流派，在绝句史上特别值得一提。这就是：金代元好问、王若虚等人的论诗绝句，元代萨都剌、杨维桢、杨允孚等人描写北国风情的新竹枝词，和王冕等人的题画绝句。

元好问的七绝创作

金初，由来自辽宋的文士竞胜于诗坛，明昌（1190）以后，新一代文士成长起来，创作领域有所开拓。金室南渡后，兵连祸接，内外交困，诗风一变，有如南宋。赵秉文、杨云翼等诗人名望日崇，稍后则有李俊民、王若虚、段克己等，作品多以艰难时世、涂炭民生为题材。此期诗坛的荣光，是金末入元，为金诗编集的元好问。

元好问（1190－1257），字裕之，号遗山，太原秀容（今山西忻县）人。出北魏鲜卑拓跋氏，为唐诗人元结之后。幼年逢金代盛世，有志于经世治国。青年时代遭逢丧乱，其兄为蒙古兵所杀。宣宗兴定五年（1221）进士及第，哀宗正大元年（1224）中博学宏词科，授儒材郎、充国史院编修，后历官镇平、内乡、南阳县令。汴京沦陷以后，曾携友人幼子白朴随被俘官民北渡黄河，被羁管于聊城。金亡后二十余年，主要致力于保存金代文化，编成金史《壬辰杂编》、金诗总集《中州集》、金词总集《中州乐府》。

由于诗人有杜甫般的襟抱阅历，兼有良史之材，在创作上自然亲和于杜诗，中年即撰有《杜诗学》（已佚）。元好问为诗关注现实，题材广博，他将亲历身受的国破家亡惨遇创作为丧乱诗，足称诗史。"国家不幸诗家幸，赋到沧桑句便工"，便是赵翼对他的赞语。他又潜心于苏轼诗的研究，撰有《东坡诗雅》《东坡乐府集选》（皆佚）。由此，可以看出元好问的诗学师承渊源。

元好问擅场七律和七古，七言绝句亦独出冠时。其抒情纪事之作，一种属伤时念乱之作，内容风格近于杜甫：

> 游骑北来尘满城，月明空照汉家营。
> 卷中正有家山在，一片伤心画不成。（《家山归梦图》）
> 道旁僵卧满累囚，过去旃车似水流。
> 红粉哭随回鹘马，为谁一步一回头？（《癸巳五月三日北渡》）
> 随营木佛贱于柴，大乐编钟满市排。
> 掳掠几何君莫问，大船浑载汴京来。（同上）
> 雁雁相送过河来，人歌人哭雁声哀。
> 雁到秋来却南去，南人北渡几时回？（《续小娘歌》）

《家山归梦图》乃兴定五年（1221）于汴京因见友人李平甫画故乡山水，有感于六年前，为避兵祸逃往河南的旧事，为思念沦陷中的家乡而作。"世间无限丹青手，一片伤心画不成"，本是晚唐高蟾《金陵晚望》诗中名句，元好问在诗中一用再用（他如《怀州城晚望少室》"十年旧隐抛何处，一片伤心画不成"、《重九后一日作》"重阳拟作登高赋，一片伤心画不成"），实出亲历身受，觉古人先获我心，故不厌其复。《癸巳五月三日北渡》之作，记汴京城破，诗人被俘，北渡黄河到聊城途中亲身见闻。"红粉哭随回鹘马，为谁一步一回头""随营木佛贱于柴，大乐编钟满市排"写蒙古兵大肆掳掠，纪实真切。《小娘歌》即《小娘相见曲》，乃当时流行俗曲，当时同行战俘，多有唱此曲者，故诗人作《续小娘歌》，以记其事。这类七绝，与安史之乱中杜甫所作《三绝句》的揭露性质和纪实风格非常一致。

一种是寻常记游、闲适之作，豪情旷怀，则近于东坡：

> 湍声汹汹落悬崖，见说蛟龙擘石开。
>
> 安得天瓢一翻倒，蹑云平下看风雷。（《游天坛杂诗》）
>
> 瘦马长途懒着鞭，客怀牢落五更天。
>
> 几时不属鸡声管，睡彻东窗日影偏。（《榆社硖石村早发》）

天坛山是王屋山北峰绝顶，在今河南济源。元好问于元太宗十年（1238）八月游天坛，作杂诗即绝句13首。"湍声汹汹"一诗咏山中飞瀑。先借民间关于龙的传说，赋瀑布以神奇色彩。进而生出奇想，似乎嫌瀑布不够壮观，恨不得倒倾天瓢，化作滂沱大雨，好站在山顶云头，平视山下风雷交加的奇观。写景的奇特瑰丽，直可以与苏东坡《有美堂暴雨》比美。另一方面，诗人动机在于抗旱救灾（自注"时旱甚"），字里行间洋溢着一种民胞物与的情怀。元好问一生推崇师法的唐宋诗人，最推杜甫与苏轼。在这一首小诗中，表现得相当充分。

元好问与论诗绝句

元好问七绝创作中最具有创造性、奠定了他在绝句诗史上独特地位的成果，却是他的论诗绝句。其中最重要的是《论诗绝句》30首，此外还有《论诗》3首、《自题〈中州集〉后》5首。

以诗论诗，是中国传统诗论中具有民族特色的一种形式。中国古人本来就较少抽象思辨的兴趣。对于诗歌这种审美对象，诗论家更不喜做理性的、枯燥的说明，而好以感性的象喻来触发读者的感受和联想。中国传统诗论缺乏严密推理论证，而特多感性经验的、直觉印象的、即兴随意的表述，也可以说是用形象思维来对付形象思维。这既有优点，也有缺点。在中国文学批评的传统中，早就有象喻式的批评，如钟嵘《诗品》以"烂若舒锦"评潘岳诗，以"披沙拣金"评陆机诗。因而，更进一步以诗论诗，不但可能，甚至成为一种需要。

论诗诗的溯源，亦可以穷追到《诗经》。《诗经》305篇中，有少数的作品已谈到作诗的目的，那就是美刺现事，比较明确的11例中，有8例谈到讽，3例谈到颂（详郭绍虞《中国历代文论选》）。而特别值得注意的是以下两例：

> 吉甫作颂，其诗孔硕，其风肆好，以赠申伯。（《大雅·崧高》）
> 吉甫作颂，穆如清风。仲山甫永怀，以慰其心。（《大雅·烝民》）

因为这两首诗不但说明作诗的目的，而且对诗篇本身作了品评。旧说这两首诗的作者均为尹吉甫，诗是分别赠给申伯和仲山甫的。根据也就是两诗的最后几句，这当是没有问题的。问题在于最后这几句，"其诗孔硕，其风肆好""穆如清风"，怎么也不像是作者自己的口气。尹吉甫何等样人，何至作王婆卖瓜语。准是编诗者加上去的。这一加不要紧，却开了后世"诗品"的先河。

南朝乐府中，东晋的《大子夜歌》二首，是赞美"子夜"诸曲的，可以说是论诗绝句之始。前文已经提到。这两首诗皆是五绝体，乃无名氏的无意之作。梁代刘勰的文论巨著《文心雕龙》50篇，体大思精，各篇之后皆有赞语，以四言诗体概括一篇宗旨，其中有论诗的诗：

> 不有屈原，岂见《离骚》。惊才风逸，壮志烟高。山川无极，情理实劳。金相玉式，艳溢锱毫。（《辨骚》）

> 诗人比兴，触物圆览。物虽胡越，合则肝胆。拟容取心，断辞必敢。攒杂咏歌，如川之涣。（《比兴》）

《大雅》中的诗论，只是只言片语。刘勰则写出了完整的四言体论诗诗。晚唐司空图作《二十四诗品》，则是四言体论诗诗的进一步的发展。以后续作者不多，且无出其右。

唐代和唐以后的论诗诗，主要有两个系统：一是论诗五古，此体肇自李白《古风》"大雅久不作""丑女来效颦"二诗，中经白居易《读张籍古乐府》《寄唐生》，韩愈《荐士》《调张籍》等篇，奠定了基础。宋人以议论为诗，以诗论诗，风气更甚。论诗五古以梅尧臣、苏轼、邵雍、陆游等人所作尤多。此体历元明清迄于近代，绵绵不绝。

另一系统即论诗绝句，主要是七言绝句，此体较之五古体，作者和作品数量更大、名篇佳制更多。首创者为杜甫。杜甫在漂泊西南期间，写下了《戏为六绝句》《解闷》等七绝，发表他在诗歌创作和欣赏中的随想。虽然他的论诗七绝，是不经意之作，正如其诗题所表明的，是戏为、解闷之作。然而他是"无心插柳柳成荫"，由于提供了典范的作品，最终使论诗七绝，以其体裁的优势，压倒论诗五古，成为论诗诗的大宗。近人郭绍虞、钱仲联等裒集历代论诗绝句，号称万首。《万首论诗绝句》前言曰："在大量的论诗诗中，论诗绝句，占有较多的比重。这一体裁，滥觞于杜甫的《戏为六绝句》，后人踵事增华，作者不下七八百家。其中单是标题为论诗绝句的组诗，其作者自戴复古、元好问以下，就有百余家之多。"

如果我们将五古和七绝这两种论诗诗加以比较，不难看出各自的特色。论诗五古虽然也可以写得很有兴味，如黄庭坚《跋子瞻和陶诗》就饶有唱叹之音。然而，就一般情况而言，五古不受篇幅的限制，发表议论比较自由，往往显得较为质实。诗歌体裁的特质，如跳跃性和必要空白，反而有所欠焉，从而更加接近押韵的散文：

大雅久不作，吾衰竟谁陈？王风委蔓草，战国多荆榛。……希圣如有立，绝笔于获麟。（李白《古风》）

李杜文章在，光焰万丈长。不知群儿愚，哪用故谤伤？蚍蜉撼大树，可笑不自量。……（韩愈《调张籍》）

而七绝与五古不同，有限的篇幅，起承转合的结构，使得七绝更宜于发表阅读的即时感受，或创作随想，而且集中表现某个精彩的意见，不必面面俱到，从而留给读者以发挥的余地，即必要的空白，也更易形成唱叹之音，从而在相当程度上保持诗的特质，使之无多失坠。拟之于文，五古是诗中的论文，七绝则是诗中的笔记。正因为如此，用七绝体论诗，也更适合中国诗论的民族特色，如重经验性、随意性、形象性，等等，较之五古体裁，更具有钩玄提要的特点，从而更宜于记诵。所以，追随杜甫，写作过论诗七绝的唐宋诗人，数量不少。兹择名家名作数例如下：

杜甫天材颇绝伦，每寻诗卷似情亲。

怜渠直道当时语，不着心源傍古人。（元稹《酬孝甫见赠》）

杜诗韩笔愁来读，似倩麻姑痒处搔。

天外凤凰谁得髓，无人解合续弦胶。（杜牧《读韩杜集》）

十岁裁诗走马成，冷灰残烛动离情。

桐花万里丹山路，雏凤清于老凤声。（李商隐《酬韩冬郎》）

一卷疏芜一百篇，名成未敢暂忘筌。

何如海日生残夜，一句能令万古传。（郑谷《卷末偶题》）

弱羽巢林在一枝，幽人蜗舍两相宜。

乐天长短三千首，却爱韦郎五字诗。（苏轼《观静堂效韦苏州》）

闭门觅句陈无己，对客挥毫秦少游。

正字不知温饱未，西风吹泪古藤州。（黄庭坚《病起荆江亭即事》）

学诗浑似学参禅，竹榻蒲团不计年。

直待自家都了得，等闲拈出便超然。（无可《论诗诗》）

陶谢文章造化侔，篇成能使鬼神愁。

君看夏木扶疏句，还许诗家更道不？（陆游《读陶诗》）

不分唐人与半山，无端横欲割诗坛。

半山便遣能参透，犹有唐人是一关。（杨万里《读唐人及半山诗》）

传宗传派我替羞，作家各自一风流。

黄陈篱下休安脚，陶谢行前更出头。（同前《跋徐恭仲省干近诗》）

曾向吟边问古人，诗家气象贵雄浑。

雕锼太过伤于巧，朴拙唯宜怕近村。（戴复古《论诗十绝》）

诗本无形在窈冥，网罗天地运吟情。

有时忽得惊人句，费尽心机做不成。（同前）

以上论诗之作，林林总总，大都就诗歌创作理论或古今作家作品，从某个方面发表心得或创见。或片言据要，直陈所得，如"怜渠直道当时语，不着心源傍古人""何如海日生残夜，一句能令万古传""半山便遣能参透，犹有唐人是一关"；或借助比兴，妙于形容，如"桐花万里丹山路，雏凤清于老凤声"（李商隐）及《读韩杜集》全篇；或用对仗手法，唱叹有情，如"黄陈篱下休安脚，陶谢行前更出头"及《病起荆江亭即事》全篇。加之篇幅不长，读起来确实比五古更易投入，也更有兴味。

自宋以后，论诗绝句大体上可分两大流别。"从南宋戴复古的《论诗十绝》起，到清代赵执信、赵翼、宋湘、张问陶、丘逢甲诸家的论诗诸绝句，属于阐说理论。从金代元好问《论诗三十首》，到清代王士禛、袁枚、洪亮吉、李希圣、陈衍诸家的论诗绝句，属于品评作家作品。"（郭绍虞《中国历代文论选》）"当然，二者不能绝对区分，阐说理论，不能不涉及作家作品；评骘作家作品，也体现了理论，不过主次有不同而已。"（《万首论诗绝句》前言）

金代杰出文论家王若虚是位独具卓见的文论家，论诗反对模拟追琢，特别推崇白居易、苏轼，对黄庭坚作诗主张不以为然，尝谓"鲁直论诗有夺胎换骨、点铁成金之喻，世以为名言。以余观之，特剽窃之黠者耳"（《滹南诗话》）。所作《论诗诗》8首，是元好问《论诗绝句》以前较重要的作品。这组诗大体上属于评骘作家作品一类，也体现了作者的诗歌创作主张。前4诗轩轾苏黄，序云"山谷于诗，每与东坡相抗，门人亲党遂谓过之。而今之作者，亦多以为然"，作者却不以为然道：

> 信手拈来世已惊，三江滚滚笔头倾。
> 莫将险语夸勍敌，公自无劳与若争。
>
> 戏论谁知是至公，蝤蛑信美恐生风。
> 夺胎换骨何多样，都在先生一笑中。
>
> 文章自得方为贵，衣钵相传岂是真？
> 已觉祖师输一着，纷纷法嗣复何人？

江西派在宋金两朝皆有影响，时人多将苏黄等量齐观，其实苏黄大有异同。苏轼对黄庭坚即有巧妙的批评："鲁直诗文如蝤蛑江瑶柱，格韵高绝，盘飧尽废，然不可多食，多食则发风动气。"（《书黄鲁直诗后》）王若虚即拈来此语，扬坡抑谷，并批评江西派的某些追随者，实具真知灼见。

后4诗专说白居易。盖白氏作诗尚浅易，后世或以此相贬抑，序云："王子端（庭筠）云'近来陡觉无佳思，纵有诗成似乐天'，其小乐天甚矣。"作者却认为："乐天之诗情致曲尽，入人肝脾，随物赋形，所在充满，殆与元气相侔。至长韵大篇，动数百千言，而顺适惬当，句句如一，无争张牵强之态，此岂捻断吟须悲鸣口吻者之所能至哉？而世或以浅易轻之，盖不足与言矣"，"郊寒岛瘦，诗人类鄙薄之，然郑厚评诗，荆公苏黄曾不比数，而云乐天如柳阴春莺，东野如草根秋虫，皆造化中一妙，何哉？哀乐之真，发乎情性，此诗之正理也。"（《滹南遗老集》卷三八）诗云：

> 功夫费尽漫穷年，病入膏肓不可镌。
> 寄语雪溪王处士，恐君犹是管窥天。

> 妙理宜人入肺肝，麻姑搔痒岂胜鞭。
> 世间笔墨成何事，此老胸中具一天。

作者之所以推崇白氏，与其推崇苏轼一样，是认为他们信手拈来，不假雕饰，写出了真怀抱真性情，故于苏则曰"夺胎换骨何多样，都在先生一笑中"，于白则曰"世间笔墨成何事，此老胸中具一天"。

在历代论诗绝句系列中，元好问的《论诗三十首》具有举足轻重的地位，是杜甫《戏为六绝句》之后最重要的作品。其数量之多，系统性之强，见地之高，意兴之豪，诗味之浓，均可谓前无古人，后启来者。它与戴复古《论诗十绝》，同为大型论诗绝句组诗开创了先例。

《论诗绝句三十首》作于金宣宗兴定元年（1217），元好问因避蒙古兵乱，流亡到河南福昌县三乡镇，寓居读书，时年28岁。这组诗虽然以评骘作家作品为主，却兼有阐说理论的性质。虽然没有明确提出"载道"二字，但元好问是个不折不扣的载道派诗论家。他在杜甫、陈子昂的基础上，再一次提出了端正诗歌创作方向问题。全诗第一首开宗明义，道出写作要旨：

> 汉谣魏什久纷纭，正体无人与细论。
> 谁是诗中疏凿手？暂教泾渭各清浑。

陈子昂说"汉魏风骨，晋宋莫传"（《与东方左史虬修竹篇序》），"汉谣魏什久纷纭，正体无人与细论"就是这个意思，只不过元好问将其下限移至唐宋。他要细论"正体"，等于杜甫说的"别裁伪体"。他认为汉魏以后，迄于唐宋，诗家辈出，流派纷呈，孰得孰失，应在理论上疏凿一番，以便后来作者去粗取精，去伪存真，方有利于诗歌创作的健康发展。《论诗绝句三十首》相当部分，便是站在这个基本立场上来评论具体作家和作品的：

> 曹刘坐啸虎生风，四海无人角两雄。
> 可惜并州刘越石，不教横槊建安中。

建安作家传承了陈子昂、李白衣钵，李白论诗亦高度评价"蓬莱文章建安骨"（《宣州谢朓楼饯别校书叔云》）。诗以曹植、刘桢为建安诗人代表，乃祖钟嵘《诗品》"陈思以下，桢称独步"之说。于晋代作家，特举刘琨，亦以琨诗多风骨故也。

邺下风流在晋多，壮怀犹见缺壶歌。

风云若恨张华少，温李新声奈尔何！

此诗自注："钟嵘评张华诗，恨其儿女情多，风云气少。"元好问认为，与张华相比，晚唐温庭筠、李商隐所开绮丽婉艳诗风，不啻每况愈下。至于李商隐诗精纯的一面，元好问则是加以肯定的。

纵横诗笔见高情，何物能浇块垒平？

老阮不狂谁会得，出门一笑大江横。

沈宋横驰翰墨场，风流初不废齐梁。

论功若准平吴例，合著黄金铸子昂。

对于阮籍和陈子昂，元好问是充分肯定的。因为阮籍是正始之音的代表，而正始之音是建安风骨的延续。陈子昂是汉魏风骨的倡导者，又是盛唐之音的开启者。

万古文章有坦途，纵横谁似玉川卢？

真书不入今人眼，儿辈从教鬼画符。

曲学虚荒小说欺，俳谐怒骂岂诗宜？

今人合笑古人拙，除却雅言都不知。

所谓"文章坦途"，也就是"正体"。既然强调充实的思想内容，相应地也就该提倡高雅的格调，而应反对刁钻古怪和庸俗化。所以元好问强调继承优良传统，而反对抛弃传统、务求新奇。（"真书不入今人眼，儿辈从教鬼画符"，用来评价抛弃传统，任意妄为的某些所谓现代书法，可一字不易。）他赞成古人的"雅言"，反对以俳谐怒骂入诗。因为俳谐怒骂，有失温柔敦厚，即传统的诗教。

在创作论上，元好问旗帜鲜明地强调生活体验，生活积累，反对剽窃和模拟：

> 眼处心生句自神，暗中摸索总非真。
> 画图临出秦川景，亲到长安有几人？

> 古雅难将子美亲，精纯全失义山真。
> 论诗宁下涪翁拜，未作江西社里人。

文学作品的优劣，须看其包含有几分的真实生活经验。"眼处心生"，就是指构思从生活中来，"亲到长安"，就是指深入生活，这是作者所赞成的。"暗中摸索"，就是指闭门杜撰，"画图临出"，就是指毫无创造性的模拟，这是作者所反对的。正因为如此，作者虽然并不全盘否定黄庭坚，却不屑与以"脱胎换骨"相标榜的江西诗派中人为伍。

> 晕碧裁红点缀匀，一回拈出一回新。
> 鸳鸯绣了从教看，莫把金针度与人。

"金针度人"事见《桂苑丛谈》："郑侃女采娘，七夕陈香筵，祈于织女曰：'愿乞巧。'织女乃遗一金针，长寸余，缀于纸上，置裙带中，令三日勿语，汝当奇巧。"后来人们就用"金针度人"代指传授秘诀。这个故事本身包含一个哲理，那就是创作能力是不能像技术一样传授的。此即《庄子》"轮扁斫轮"的故事用另一种方式说出的道理，即匠人可以教人方圆规矩，但不能把自身的造诣传人，哪怕是自己的儿子。所谓"鸳鸯绣了从教看，莫把金针度与人"，并非不把金针度人，而是无法金针度人。大抵圣于诗者，早已到了得鱼忘筌的境界，你要向他要筌，筌早已不知哪里去了。要写出好诗，就要增加生活积累，加强思想艺术修养，积累修养到了家，"得之于手而应于心，口不能言，有数存焉于其间"（《庄子》），亦即"眼处心生句自神"。

　　基于这样的认识，元好问在写作手法上，崇尚自然白描，反对卖弄、粉饰和做作。因而他于晋宋间人特别推崇陶、谢：

> 　　一语天然万古新，豪华落尽见真淳。
> 　　南窗白日羲皇上，未害渊明是晋人。
>
> 　　池塘春草谢家春，万古千秋五字新。
> 　　传语闭门陈正字，可怜无补费精神。
>
> 　　排比铺张特一途，藩篱如此亦区区。
> 　　少陵自有连城璧，争奈微之识碔砆。
>
> 　　窘步相仍死不前，唱酬无复见前贤。
> 　　纵横正有凌云笔，俯仰随人亦可怜。

晋诗大都追求词华，而陶渊明独崇尚自然平淡的风格，与当时追琢绮丽的诗风迥异，亦何害其为晋人。谢灵运诗清新自然，"池塘生春草，园柳变鸣禽"代表了他的风格，元好问将宋代闭门觅诗、以研炼字句为务的陈师道作为大谢的对立面，借用黄庭坚、王安石的诗句，批评其舍本逐末的写作方法，以为于事无补。他还批评元稹特别标举杜诗的"排比铺张"一面，是玉石不分；批评元白、皮陆到苏黄的次韵之作是"窘步相仍""俯仰随人"，以为不足取。

由于元好问推尊汉魏，崇尚高雅，对于诗歌风格，也就主张刚健清新，反对柔靡、寒俭和晦涩。他自己的创作，亦"气旺神行。平芜一望时，常得峰峦高插，动地澜翻之概，又东坡后一作手"（沈德潜《说诗晬语》）。

慷慨歌谣绝不传，穹庐一曲本天然。

中州万古英雄气，也到阴山敕勒川。

元好问赞成刚健的风格，从他对曹植、刘桢、刘琨、阮籍等诗人的由衷激赏，已经可以看到。特别值得一提的，是他还以突出地位标榜以"天苍苍，野茫茫，风吹草低见牛羊"之句蜚声百代的《敕勒歌》。《大子夜歌》曾夸耀南朝民歌"慷慨吐清音，明转出天然"。而"慷慨"与"天然"的评语，似乎更适用于北歌。《敕勒歌》则是其中的典范。"中州万古英雄气，也到阴山敕勒川"二句，更将一首短小民歌与历代诗人杰作相提并论，在当时不能不说是一种新见和高见。

望帝春心托杜鹃，佳人锦瑟怨华年。

诗家总爱西昆好，独恨无人作郑笺。

李商隐诗以典丽精工、寄兴深微为特色，但用典太多。宋初西昆派宗之，失之晦涩。元好问既承认义山诗的精微而好，同时也以其须加笺注，引为遗憾。

东野穷愁死不休，高天厚地一诗囚。

444

江山万古潮阳笔，合在元龙百尺楼。

此诗实际上是一篇"韩孟优劣论"。唐诗中韩孟一向并称，苏轼是尊韩的，但不甚喜孟郊诗，以"郊寒岛瘦"并列，而不赞成韩孟并称："要当斗僧（指岛）清，未足当韩豪。"元好问亦作如是观。"诗囚"这个谥号，恰当地概括了孟郊诗穷愁拘束的主要特征，显然是带有贬义的。诗人用韩愈作对比，用《三国志·陈登传》的著名典故，把刘备语精要地铸为"元龙百尺楼"一语，说韩孟诗的比较不止上下床之别而已。像元好问这样以国事为念的诗人，当然不会十分推崇孟郊那样言不出个人穷通的作家。虽然他也曾引孟郊自譬："苦心亦有孟东野，真赏谁如高蜀州。"（《别周卿弟》）"孟郊老作枯柴立，可待吟诗哭杏殇。"（《清明日改葬阿辛》）恰如苏轼也曾道"我厌孟郊诗，复作孟郊语"，所谓知易行难。但论道当严，元好问与苏轼的抑孟扬韩，实表明了一种取法乎上的精神。

有情芍药含春泪，无力蔷薇卧晚枝。

拈出退之山石句，始知渠是女郎诗。

此诗曾引出一段公案，清薛雪《一瓢诗话》反驳道："先生休诮女郎诗，山石拈来压晚枝。千古杜陵佳句在，玉臂云鬟也堪师。"薛氏之说亦有理。然元好问在《王中立传》中提到，他曾从王学诗，王举秦少游"有情芍药含春泪，无力蔷薇卧晚枝"为例，谓"此诗非不工，若以退之'芭蕉叶大栀子肥'之句校之，则《春雨》为妇人语矣。破却工夫，何至学妇人？"由此可以看到元好问赏诗偏重刚健，乃有其师承。

《论诗三十首》内容相当丰富，以上所举，只荦荦大端而已。总的说来，这组诗结构比较精心，系统性强，于戴复古之后，在七绝体中开创了一种体裁，这就是以评论作家作品为主的大型论诗绝句组诗。钱仲联说："评论作家作品的大型组诗，涉及面广，自成系统，可以作为诗学批评史读。其中统论历代作家的，如元好问、王士禛、屈复、姚莹、况澄、朱庭珍、李希圣、邓铭诸家所作，可以作古代诗歌史或诗歌批评史读；专论一代作家的，如虞铁、冯煦论六朝人诗，谢启昆、俞国琛论唐诗，焦袁熙、谢启昆论宋诗，还有专论金、元、明、清诗的，这些都可以作断代的诗歌史或诗歌批评史读；论一个地区的，如论湖北诗，论四川诗，论广东诗，都可以作为地方文学史的重要参考资料；再如论女子诗，则可以作妇女诗歌史或艺文志读。所有这些作品的评论，未必一一确当，但都有一定的参考价值。"（《万首论诗绝句》前言）

原则上说，论诗绝句不但应是诗论，还应当是诗。然而，远非所有的论诗绝句都具有诗的品质，也有并非诗人，或不高明诗人的拙劣之作，仅能提供一些议论和见解。而元好问作为杰出诗人，《论诗三十首》又出于其精心结撰，其中不少绝句堪称优秀的艺术品。这当然离不开见解的精辟独到，即有新意。然后是铸句精警，富于情韵，作者往往通过勾勒字的运用，形成跌宕，妙于唱叹，如"可惜并州刘越石，不教横槊建安中""高情千古闲居赋，争信安仁拜路尘""中州万古英雄气，也到阴山敕勒川""诗家总爱西昆好，独恨无人作郑笺"，等等。再就是形象思维和比兴的妙用，使读者更有兴味，如"晕碧裁红"一诗，就妙在它的隐喻性，诗本身刻画展示的是闺房女红，而归结局于诗艺，优于直说。又如"江山万古潮阳笔，合在元龙百尺楼"比"未足当韩豪"（苏轼）的抽象评论，更形象，更有韵味，也更易传诵。最后，恰当的摘句、引用或点化，既是评论作家作品之所需，又能使作品生色。如"望帝春心托杜鹃"是直引，变对句为出句，"佳人锦瑟怨华年"是化用，两句并作一句，与之构成对仗，便觉与古为新，文采斐然。总之，在艺术性方面，元好问也为论诗绝句树立了典范。

由于论诗绝句成功了一种文艺批评的体裁，在近世又衍生出论词绝句、论书绝句等新的品种。近人缪钺、叶嘉莹合著《灵溪词说》，即采用了论词绝句的形式，每首论词绝句之后，附以散文的说明。绝句的部分，有钩玄提要便于记诵的作用；散文部分，则充分展开，进行透彻的评论。启功《论书绝句百首》，则于每首论书绝句，配以历代书体经典之图例。可谓踵事增华。

《竹枝词》的繁衍

金代诗人或以北人学南，或本南人入北，故推宗坡谷，亲和宋诗。然而，南宋诗评家严羽对苏黄已表不满，标举汉魏盛唐。元好问亦对江西派进行抨击。到了元代，诗人便厌弃宋诗，而效法唐音。初期唯刘因诗笔雄健，各体诗皆有可观。中叶诗人有并称四大家的虞集、杨载、范梈、揭傒斯，其中虞集诗风严峻，声情婉转，成就较高。总体说来，元诗以绮丽秀淡见长，缺点是不免骨瘦肌丰，气体伤弱。而萨都剌所作七绝清犷有致，风神跌宕，尤长于北方风物的描写。而这一点，恰恰是唐宋诗人笔下所不足的。

元末名气最大的诗人杨维桢，他"掇锦囊（李贺）之逸藻，嗣玉溪（李商隐）之芳润"，好为乐府，诗多奇诡，间失之佻滑，然而他的《海乡竹枝歌》《西湖竹枝词》《吴下竹枝词》，皆嗣响刘梦得，扩大了七绝中"竹枝"一体表现的领域，使之成为七绝中一大派别。同期杨允孚《滦京杂咏》大型组诗和前述萨都剌所作，虽不以"竹枝"为题，其描写北方风土人情，其精神与《竹枝词》实一脉相通。

《竹枝》本出巴渝，以夔州为发祥地，以曲词配舞，诗、乐、舞三位一体，唐玄宗时已采入教坊。文人参与《竹枝词》的创作，最早当推杜甫，所作《夔州歌》，前人称有古竹枝遗意。其实所谓"夔州歌"，不过是"竹枝词"的改题。稍后顾况仿作，即径题《竹枝词》。

文人创作《竹枝词》的第一次高潮，出现在中唐元和时代。首先是刘禹锡被贬夔州，在民歌的基础上进行创作，推出了 11 首典范之作。继而白居易与刘禹锡唱和为《竹枝词》，元稹与白居易唱和为《竹枝词》，元、白二公又产生出一批优秀之作，为《竹枝词》创作生色不少。此后，《竹枝词》便成为流行歌曲，文人仿作渐多。而皇甫松和五代孙光宪之作，还记录下了《竹枝词》在当时的唱法，乃叠用"竹枝""女儿"为和声。唐代文人《竹枝词》，仍保持以歌咏江上风物、风土人情、男女情思为主，间及世道人心，格律较宽，不限平仄，深得民歌神髓。

宋代诗人学唐诗主中晚，江西作风风靡诗坛，以学问为诗，以议论为诗，渐成气候。而在向民歌吸收营养方面，宋人反不及唐人。然而文人《竹枝词》毕竟已成中晚唐诗的一个事实，故也在宋人学习范围。黄庭坚是学杜的，他也赞美刘禹锡《竹枝词》词意高妙，与老杜《夔州歌》异曲同工（见《苕溪渔隐丛话》前集）。当其被贬黔州，上三峡时，亦作二首：

撑崖拄谷蝮蛇愁，入箐攀天猿掉头。

鬼门关外莫言远，五十三驿是皇州。

浮云一百八盘萦，落日四十九渡明。

鬼门关外莫言远，四海一家皆弟兄。

表现出诗人在极端穷困险恶的环境中坚守志节的博大修养。自序云："古乐府有'巴东三峡巫峡长，猿鸣三声泪沾裳'，但以抑怨之音和为数叠，惜其声今不传。予自荆州上峡入黔中，备尝山川险阻，因作二叠，传与巴娘，令以《竹枝》歌之。前一叠可和云'鬼门关外莫言远，五十三驿是皇州'、后一叠可和云'鬼门关外莫言远，四海一家是弟兄'。或各用四句入《阳关》、《小秦王》，亦可歌也。"可见"竹枝"曲调，当时巴人仍能歌之，并有和唱。作此二诗后，黄庭坚接着又写了三首，题云："予既作《竹枝词》，夜宿歌罗驿，梦李白相见于山间，曰：'予往谪夜郎，于此闻杜鹃，作《竹枝词》三叠，世传之不?'予细忆集中无有，请三诵，乃得之。"三首托为梦中李白所诵之作为：

> 一声望帝花片飞，万里明妃雪打围。
> 马上胡儿那解听，琵琶应道不如归。

> 竹竿坡面蛇倒退，摩围山腰胡孙愁。
> 杜鹃无血可续泪，何日金鸡赦九州。

> 命轻人鲊瓮头船，日瘦鬼门关外天。
> 北人坠泪南人笑，青壁无梯闻杜鹃。

当然这完全是黄庭坚拗峭的声口，与太白绝句的风神不类。

另一位值得提到的诗人，是南宋的杨万里。他本是个白话诗人，天然凑泊《竹枝》风调。作有《峡山寺竹枝词》5首、《过显济庙前石矶竹枝词》2首、《过白沙竹枝歌》6首等：

> 峡里撑船更不行，棹郎相语改行程。
> 却从西岸抛东岸，依旧船头不可撑。（《峡山竹枝词》）
> 一水双崖千万萦，有天无地只心惊。
> 无人打杀杜鹃子，雨外飞来头上声。（同上）
> 一滩过了一滩奔，一石横来一石蹲。
> 若怨古来天设险，峡山不过也由君。（同上）
> 大矶愁似小矶愁，篙稍宽时船即流。

撑得篙头都是血，一矶却又在前头。（《过显济庙前石矶竹枝词》）

绝怜山庵两三家，不种香粳只种麻。

耕遍沿堤锄遍岭，都来能得几生涯。（《过白沙竹枝歌》）

唐宋时代的文人《竹枝词》，大都保留了巴渝《竹枝词》的某些本色，内容上以歌咏江上风物、风土人情、男女情思为主，同时也抒发作者旅途况味和牢愁。就歌咏的地域而言，仍以三峡或西南为主，稍稍扩展到南方。

文人创作《竹枝词》的第二次高潮，出现在元末，继刘禹锡之后，杨维桢成了这一时代的弄潮儿。杨维桢（1296—1370），字廉夫，号铁崖，浙江会稽人。泰定四年（1327）进士，任天台尹，改钱清场盐司令，升调江西等处儒学提案。元末避兵乱，弃官居闲，与一批文士笔墨纵横，铅粉狼藉，故作狂放，以自保全。明洪武二年（1369）有召不赴，谓"岂有八十岁老妇人，就木不远，而再理嫁者耶？"元末诗风委琐靡弱，杨维桢提倡古乐府以补弊，以拟古乐府见称于时，张雨说："今代善用吴才老韵书，以古语驾御之，李季和、杨廉夫遂称作者。廉夫又纵横其间，上法汉魏而出入于少陵二李之间，故意其所作古乐府辞，隐然有旷世金石声，人之望而畏者。又时出龙鬼昆神以眩荡一世之耳目，斯亦奇矣。东南士林语之曰：'前有虞、范，后有李、杨。'承学之徒，流传沿袭，槎牙钩棘，号为铁体。"（《铁崖先生古乐府序》）

杨维桢浪迹江湖，闲居西湖期间，因当地湖山秀丽，风俗淳厚，遂广刘禹锡之意，作《西湖竹枝歌》9首，一时和者达百余人之多。至正八年（1348），他亲自编集为《西湖竹枝集》，序云："予闲居西湖者七八年，与茅山外史张贞居、苕溪郯九成辈，为唱和交。水光山色，浸沉胸次，洗一时尊俎粉黛之习。于是乎有《竹枝》之声。好事者流布南北，名人韵士，属和者无虑百家，道扬讽谕，古人之教广矣。是风一变，贤妃贞妇，兴国显家，而《列女传》作矣。采风谣者，其可忽诸?"

《西湖竹枝集》的编成，是《竹枝词》创作的空前盛事。如此众多的作品歌咏一地之风物民俗，使人大开眼界，使得《竹枝词》成为一种专记地方风物、民俗乃至方言的文艺体裁。其在民俗学上的价值，或竟超过在诗学上的价值。

此外，杨维桢还创作了《吴下竹枝歌》7 首、《海乡竹枝歌》4 首。其一个重要创作目的，即张扬古乐府和新乐府的精神，为民代言，以风刺上。《铁崖乐府》云："海乡竹枝，非敢继风人之鼓吹，于以达亭民之疾苦也。观民风者，或有取焉。"这些作品和《西湖竹枝歌》不但拓宽了《竹枝词》的表现领域，同时开发了七绝的审美及实用的价值，成为《竹枝词》繁衍的一大关捩。

> 苏小门前花满株，苏公堤上女当垆。
>
> 南官北使须到此，江南西湖天下无。（《西湖竹枝歌》）
>
> 湖口楼船湖日阴，湖中断桥湖水深。
>
> 楼船无舵是郎意，断桥有柱是侬心。（同上）
>
> 三箬春深草色齐，花间荡漾胜耶溪。
>
> 采菱三五唱歌去，五马行春驻大堤。（《吴下竹枝歌》）
>
> 潮来潮退白洋沙，白洋女儿把锄耙。
>
> 苦海熬干是何日，免得侬来爬雪沙。（《海乡竹枝歌》）
>
> 海口风吹杨白花，海头女儿杨白歌。
>
> 杨花海头作盐舞，不与斤两添铜铊。（同上）

元人七绝中还有一些并不以《竹枝词》为题，而风味实质与《竹枝词》并无二致的作品，令人感兴味的程度，似更在杨维桢所作以上。这便是以北国风情入七绝的组诗：萨都剌《上京即事》5 首和杨允孚《滦京杂咏》100 首。萨都剌（1305？—1355？），字天锡，蒙古族人，出身将门，青年时曾奔波吴楚，泰定四年（1327）进士及第。为官清正，在江南御史台掾史任上，劾权贵而受过贬谪。萨都剌博学能文，游宦多年，足迹遍及长城内外、大江南北，擅场山水诗。其描写北国风光，信笔勾勒，粗犷有致，尤具特色：

> 牛羊散漫落日下，野草生香乳酪甜。
>
> 掷地朔风沙似雪，家家行帐下毡帘。（《上京即事》）

> 紫塞风高弓力强，王孙走马猎沙场。
>
> 呼鹰腰箭归来晚，马上倒悬双白狼。（同上）

"牛羊散漫"一诗写草原瞬息多变的气候，前二写草原日落时的情景，后二写沙暴突起，牧民帐幕放下毡帘抵挡风沙。"紫塞风高"一诗写蒙古贵族少年打猎紫塞，双悬白狼。其诗富于生活实感，其中所表现的草原风光，与唐人西部和东北的边塞诗所写况味，都不相同，特别新鲜。

　　杨允孚（1354 年前后在世）诗名不及萨都剌与杨维桢，而其所作大型组诗《滦京杂咏》百首，是元末七绝创作更加可喜的收获。滦京即元代的上都，本蒙古汗国之开平府，中统五年加号上都，治所在今内蒙古正蓝旗兆乃曼苏默。因为接近滦河，又称滦京。据罗大已跋云："杨君以布衣从当世贤大夫游，襆被出门，岁走万里。耳目所及，穷西北之胜，具江山人物之形状，殊产异俗之瑰怪，朝廷礼乐之伟丽，尤喜以咏歌记之。"可见《滦京杂咏》100 首，是杨允孚北游纪行之作，来自亲身见闻，为诗坛增添了一股清凉新鲜的空气。原作多数有注，是对绝句的补充说明，对于理解原诗大有帮助。组诗以异域风情动人，诗中所写，均前人诗中未曾写过的北方风物和蒙古族人民生活情事，这就为读者推开新的窗子，展示了新的风景。

汲井佳人意若何，辘轳浑似挽天河。

我来濯足分余滴，不及新丰酒较多。

原注云："此地悭水故也。"沙漠缺水，所以打井很深。即辘轳取水，亦费力费时，在南方人看来简直就和引水于天河差不多。行人要讨水喝也属不易。想洗脚，更属奢望了。女房东给水，简直就像斟酒一样，恐怕只够擦擦脚了。可须知当地人是终年难得一洗头面的。

出塞书生瘦马骑，野云片片故相随。

冻生耳鼻雪堪理，冷入肝肠酒强支。

原注云："凡冻耳鼻，即以雪揉之方回，近火则脱"。漠北天气很冷，暴露在外的耳鼻是最容易冻伤的。耳鼻冻木时，可千万不能急近火烤，谨防烤掉。只能用雪轻轻揉搓，使之慢慢恢复知觉。这些经验之谈，必是请教当地人得到的。

买得香梨铁不如，玻璃碗里冻潜苏。

书生半醉思南土，一曲灯前唱鹧鸪。

原注云："梨子受冻，其坚如铁。以井水浸之，则味回可食。"梨子还是有的，只不过受冻后其坚如铁，下不得口。这也不要火烤，只需用井水浸泡在玻璃碗内，自然温度回升，生脆可口。

诗人就这样津津有味地将他亲历亲见的一桩一桩新奇事儿讲给读者听。不需要作任何夸张，也不需要添枝加叶，读者就被这些生活情事本身给吸引住了。真是大开眼界，大长见识。仅此实录，就是对绝句创作的贡献。

其次是诗句的风趣逗人，表现出浓厚的好奇心和人情味，这也是组诗成功的要素。本来漠北风沙很大，蒙古族妇女皮肤也较江南仕女粗糙，穿戴也较臃肿，加之经常劳动，体格健壮。这形象一般与传统诗歌中的"佳人"不搭界。可诗人偏偏称之为"汲井佳人"。这不完全是嘲戏，而是带有一种友善的口吻，其间也表现出诗人对蒙古族女子健美的欣赏。诗人不直接说不习惯不洗脚，也不直接说对方给的水太少，而说"我来濯足分余滴，不及新丰酒较多"。这就形象而有趣地写出了当地水源的缺乏和用水的甘贵。在写到滦京的苦寒，"冻生耳鼻""冷入肝肠"，似乎不堪。但诗人紧接又缀以"雪堪理""酒强支"，也还有一点对付的办法。颇有聊胜于无的慰藉。同样，说到"买得香梨铁不如"，是很遗憾的语气。然而"玻璃碗里冻潜苏"，又找到了解决的办法。凡此都有山重水复、柳暗花明的意趣。

总之，诗人在北方虽有很多不习惯，很多苦处，但他还是对这里的生活发生了浓厚的兴趣，爱上了它。这从他那不无幽默的笔调里，得到了充分的反映。这种乐观的生活态度也感染了读者。最后就是出现在这些诗里的抒情主人公形象，是丰满的、可亲的。他每到一处都随和地待人接物，向牧妇讨水便是一例。

一个书生，却不喜索居幽栖，骑了一匹瘦马在北方孤云野鹤似的游荡。然而和一切游子一样，他也深怀乡土之思。在酒后，"书生半醉思南土，一曲灯前唱鹧鸪"。据说鹧鸪这种鸟儿"飞必南翥"，其鸣声像是"行不得也哥哥"。《鹧鸪曲》出于唐时，就是效鹧鸪之声，音情凄惋。郑谷就有"座中亦有江南客，莫向春风唱鹧鸪"（《席上贻歌者》）。杨允孚是南方人，处在漠北，当其"一曲灯前唱鹧鸪"时，思乡之情转浓。充满乡土之爱，是这组绝句的又一感人之处。

454

王冕与题画绝句

元末描写黑暗的作品增多，王冕、张羽是其中的佼佼者。此类作品多是用五古、七古写作的，较之唐人同类题材的作品，内容固然不同，艺术上却没有多少创造。令人刮目相看的，却是王冕等人的题画绝句。

中国古代的画家原是工匠，他们学习书画技巧，却并没受更多的文化教育。诗与画在他们搭不成联系。汉、唐于麒麟阁、凌烟阁图画功臣，表彰伟业；汉成帝屏风画妲己惑纣，意在鉴戒。或以为"有画必有咏，其理可以推知"（邵祖平《七绝诗论》），但这只是推想。晋代的顾恺之是第一个文人大画家，《神情诗》颇有画意。所作画卷，往往署款或题字，如《女史箴图》即题有张华所作的箴文，以为说明；《列女传图》也题有人物姓名及简要说明。唐代出现了相当数量的咏画诗，如李白《当途赵炎少府粉图山水歌》、杜甫《画鹰》《戏题王宰画山水图歌》，等等。咏画诗还不等于题画诗，它虽以画艺为歌咏对象，却不一定书写在画面上。而题画诗则是直接将诗写到画面上，借助书法艺术，成为画面的有机组成部分，体现为画、诗、书、印的统一。

李、杜咏画诗题上的"题"字，其含义与咏（即题咏）无异。王维既作《辋川集》绝句，又画《辋川图》，原画已佚。今存郭忠恕临本，画面上只题华子冈、鹿柴、竹里馆等地名，则辋川绝句大概是书写在卷端或卷末，不见于画面，可见唐人还没有在画面上直接题诗的习惯。景云的《画松》、韦庄的《金陵图》等绝句，也当是咏画诗而非题画诗。

北宋时代的画家，在画面上署款是经常的，但在画面题诗的情况也不经见。原故宫博物馆所藏如崔白《双喜图轴》、赵昌《岁朝图》、王凝《子母鸡》等画，大体如此。今天能看到的较早的画面题诗，是宋徽宗赵佶所作。赵佶也是位多才多艺的皇帝，对书画创作和鉴藏都是内行，又善为瘦金体书，喜欢在宫中所藏历代名画上题字，有时题在卷端或卷末，更多的时候是题在绢本的画面上。他的御笔画（或由画师代笔），自不例外。今存《蜡梅山禽图》，绢本设色，画面左下方空白处，即题五绝云：

> 山禽惊逸态，梅粉弄轻柔。
> 已有丹青约，千秋偕白头。

宋代是文人画兴起的时代，文人画的特点是用水墨作画，风格淡雅。水墨画经过唐五代到北宋，至少有三百年的历史。宋代文人除了通过诗文表达自己的观点、主张外，还广泛寻求适宜他们感情发抒的艺术形式，苏轼说文同画竹乃"诗不能尽，溢而为书，变而为画"，文墨写意画正好能与他们吟诗写字的爱好相配合。水墨的梅、竹、兰已成为独立的画科。（参王伯敏《中国绘画史》）宋人的题画绝句较唐时为多，如苏轼《惠崇春江晓景》《书李世南所画秋景》《自题金山画像》、黄庭坚《题子瞻枯木》《题李伯时阳关图》《蚁蝶图》、蔡肇《题李世南画扇》、曾几《题徐明叔访戴图》、李唐《题画》、尤袤《题米元晖潇湘图》、胡仔《题苕溪渔隐图》、龚开《黑马图》《瘦马图》，等等。这些绝句或直接书写在画面上，或别题于卷端卷末。它们在宋人七绝中所占虽比例不大，但已引人注目。

到元代，文人画更有突飞猛进的发展，文人画的思潮影响很大。文人从理论上提出了"书画同源"说，赵孟頫《秀石疏竹图》卷上题诗："石如飞白木如籀，写竹还于八法通。若也有人能会此，须知书画本来同。"柯九思则说："写竹，干用篆法，枝用草书法，写叶用八分法，或用鲁公撇笔法。"杨维桢撰《图绘宝鉴》序云："士大夫工画者必工书，其画法即书法所在。"这种理论当然是持之有故的。因为中国书画使用的工具相同，材料相同，表情达意和审美的功能相通，离之固无伤，合之则双美。于是，画面上题字，在元代文人画不但是一种时髦，而且是一种必需。另一重要的观念是画为词翰余事，吴镇说："画事为士大夫词翰之余，适一时之兴趣。"这一观念强调画家必须是文化人，必须有文学的修养。在这种观念的影响下，融诗、书、画为一炉，在画面上题诗，不但成为一种风尚，而且形成了中国画的一个特色，后来更成为一种程式。

唐代壁画和绢本并行，宋画以绢本为主，间有纸本，到元代纸本国画已较普遍。画面空白有限，如题古诗或律诗，不免于构图有所滞碍。而一首绝句，或20字或28字，便于处理，可补泉石余罅。于是题画绝句尤其是题画七绝，就发展成绝句的一个专科。有人粗略统计，元代数十年中作者即有王辉、揭傒斯、欧阳玄、黄潜、柳贯、陈旅、贡师泰、迺贤、陈樵、吴莱、吴师道、陈高、郑元祐、倪瓒、仇远、宋褧、李孝先、成廷珪、吴镇、黄公望、丁复、王冕、姚文奂、郯韶、贡悦、黄镇成、张雨、王逢、吴志淳、柯九思、契哲笃、吕诚、李治、蒋堂、赵世延、郑谧、赵岩、黄介、翁辜中、宗本先、张纬、赵钺、郑元、陈安等40余家 (参邵祖平《七绝诗论》)，其中大多数是文人画家。其题画绝句，便成为元代诗歌和绝句史上一道特殊的风景线。王冕则是这道风景线上最突出的人物。

王冕 (1287—1359)，字元章，号老村，又号煮石山农，梅花屋主，浙江诸暨人。出身农家，生逢元末乱世，"举进士不第，竟弃去，买舟下东吴，渡大江，入淮楚，历览名山大川，北游燕都" (童翼驹《墨梅人名录》)，一生未曾做官。工于画梅，以胭脂作没骨体，一时求画者甚众。

王冕画梅继承扬无咎一路，今存《墨梅轴》《墨花卷》《梅花卷》等，墨淡笔精，勾花点蕊，在有意无意间，自然入化。"集中无绝句，唯画梅乃以绝句题之。" (《四库总目提要·竹斋集提要》)《竹斋集》中今存《梅花六首》《墨梅》《题画梅》《应教题梅》《红梅四首》《赠云峰上人墨梅图》等十余首，另有《红梅》五绝一首。其题画咏梅的绝句，皆有寄托。

我家洗砚池头树，朵朵花开淡墨痕。

不要人夸颜色好，只留清气满乾坤。

"洗砚池头树""花开淡墨痕",画梅也,墨梅也。因不设色,所以作者一语双关道"不要人夸颜色好",末句点题,表现不甘随俗浮沉、洁身自好和文化自信。诗的风格质朴自然,在元诗中具有很高的格调。另有题画绝句《白梅》云:

> 冰雪林中著此身,不同桃李混芳尘。
>
> 忽然一夜清香发,散作乾坤万里春。

白梅与墨梅的不同,表现在画法上。墨梅用没骨法,以淡墨点出花瓣。白梅则是用白描双钩法,用细线勾勒出花瓣,或填以白色,直接表现出梅花冰清玉洁的神韵。所以说"冰雪林中著此身"。"冰雪"形"白",亦形"此身"之坚忍耐寒,"此身"二字有拟人意味。作者拿桃李作反衬,以见梅花迥异流俗。许是诗人在灯下画了一枝繁梅,而"忽然一夜清香发,散作乾坤万里春"却造成这样的意象:忽然在一夜之中,全世界白梅齐放,清香四溢,玉宇澄清。宋濂《王冕传》载:"(冕)尝仿周礼著书一卷,坐卧自随,秘不使人观。更深人寂,则挑灯朗讽,既而抚卷曰:'吾未即死,持此以遇明主,伊吕事业不难致也。'"此诗即借颂美梅花,寄托此志。

> 三月东风吹雪消,湖南山色翠如浇。
>
> 一声羌管无人见,无数梅花落野桥。(《梅花》)
>
> 和靖门前雪作堆,多年积得满身苔。
>
> 疏花个个团冰雪,羌笛吹他不下来。(同上)

"三月东风"一诗写东风骀荡,冰雪消融之时,梅花悄然谢去。含蓄地表现了梅花凌寒而开,迎来春天,却不争春的品格。也是诗人人格的写照。"和靖门前"一诗,因有"疏花个个团冰雪,羌笛吹他不下来"二语,触犯元蒙统治者忌讳,险被逮捕。

王冕的题画绝句数量虽然不多,却体现了诗品、画品与人品的统一。张辰说:"君善写梅花竹石,士大夫皆争走馆下,缣素山积,君援笔立挥,千花万蕊,成于俄顷。每画竟则自题其上,皆假画以见志云。"(《王冕传》)可见王冕的题画绝句,都是直接题写在画上的。这两点,都足以使他成为元代题画绝句的代表诗人,对明清文人如文徵明、唐寅、徐渭、郑燮等人题画绝句都有不可忽略的影响。

| 三 |
明人学唐的得失

明人绝句诗论

对绝句诗做理性的探讨,始于宋人。宋人论绝句,除了严羽,多偏爱中晚唐至于王安石。杨万里说:"五七字绝,句最少而最难工,虽作者亦难得四句全好者。晚唐人与介甫最工于此。"(《诚斋诗话》),曾季狸说:"绝句之妙,唐则杜牧之,本朝则荆公,此二人而已。"(《艇斋诗话》)元人论绝句,唯杨载《诗法家数》论绝句作法,提出"以三句为主"的说法,较为著名。明代唐诗学大盛,绝句诗论突过宋元,推尊盛唐,而影响及于明诗尤其是明人绝句的创作甚深。

首先是闽中诗人林鸿等以盛唐相号召。高棅编选了《唐诗品汇》,影响之大，决定了明诗继元诗之后宗唐的大方向。而长达百年之久的前后七子的复古运动，已朕兆于此。高棅（1350—1423），字彦恢，更名廷礼，福建长乐人。与林鸿等号"闽中十子"。明成祖永乐初（1403）以布衣召入翰林为待诏。《唐诗品汇》编成于明太祖洪武二十六年（1393），凡九十卷，分体编排，共选作者620人，诗5769首。三十一年又为《补遗》十卷，足成百卷之数。南宋严羽《沧浪诗话》于唐诗区分盛、中、晚，始为三分法。高棅在严羽的基础上进一步将唐诗划分为初、盛、中、晚四个阶段，谓可以"观诗以求其人，因人以知其时，因时以辨其文章之高下，词气之盛衰"（《唐诗品汇总序》）。在确定唐诗分期的基础上，又将入选作家和作品，按时代、体裁细分为正始、正宗、大家、名家、羽翼、接武、正变、余响、旁流等九格，"大略以初唐为正始，盛唐为正宗、大家、名家、羽翼，中唐为接武，晚唐为正变、余响，方外异人等诗为旁流。间有一二成家特立与时异者，不以世次拘之"（《唐诗品汇凡例》）。

严羽论诗，鼓吹盛唐，推尊李杜，谓："推原汉魏以来，而截然当以盛唐为法。"（《沧浪诗话·诗辨》）"闽中十子"的领袖林鸿，论诗亦主盛唐，认为："开元天宝间，神秀声律，粲然大备，故学者当以是为楷式。"十子之一的王偁亦云："诗自三百篇以降，汉魏质过于文，六朝华浮于实。得二者之中，备风人之体，唯唐诗为然。然以世次不同，故其所作亦异。初唐声律未纯，晚唐气习卑下。卓卓乎其可尚者，又唯盛唐为然。此具九方皋目者之论也。故是选专重盛唐。而初唐晚唐，特以备一代之制。"（《唐诗品汇》序）而高棅编《唐诗品汇》，就体现了闽中诗派的诗歌主张。

《唐诗品汇》有五言绝句八卷（附六言绝句），七言绝句十卷。五绝正始以下，谓"开元后独李白、王维尤胜诸人，次则崔国辅、孟浩然可以并驾"，以储光羲、王昌龄、裴迪、杜甫、崔颢等16人为羽翼。谓"中唐虽声律稍变而作者接迹之盛，尤过于天宝诸贤"，以刘长卿、钱起、韦应物等50人为接武；"元和以后不可多得"，自李商隐以下得24人为余响。七绝正始以下，谓："盛唐太白高于诸人，王少伯次之。二公篇什亦盛，今列为正宗。正宗之外，同鸣于时者，王维、贾至、岑参亦盛，又如储光羲、常建、高适之流，虽不多见，其兴象声律一致也。杜少陵所作虽多，理趣甚异，故略其颇同调者数首，以通天宝诸贤，得23人为羽翼。大历以还，作者之盛，骈踵接迹而起，或自名一家，或与时唱和，如乐府、宫词、竹枝、杨柳之类，先后述作纷纭不绝。逮至元和末而声律不失，足以继开元天宝之盛"，以刘长卿、钱起、刘方平、李益、刘禹锡等70人为接武。"开成以来，作者互出而体制始分"，以李商隐、杜牧等5人为正变。"晚唐绝句之盛，不下数千篇，虽兴象不同而声律亦未远，如韦庄后出，其赠别诸篇尚有盛时之余韵，则其他从可知矣"，得40人为余响。

《唐诗品汇》在明代流传极广，直接影响到当时的诗歌创作。这对于纠正宋末芜杂细碎和元代纤巧诡异的诗风，起到了积极的作用；同时客观上也为前后七子"诗必盛唐"的复古倾向开了先河。《四库总目提要》评价此书说："《明史·文苑传》谓终明之世，馆阁以此书为宗。厥后李梦阳、何景明等，名为崛起，其胚胎实兆于此。平心而论，唐音之流为肤廓者，此书实启其弊；唐音之不绝于后世者，亦此书实衍其传。功过并存，不能互掩。"

从弘治到万历百余年间，明诗大盛。主持此期诗坛的前后七子，更公然打出"诗必盛唐"的旗号。首倡者为李梦阳（1472—1529)，其人"才思雄鸷，卓然以复古自命。弘治时，宰相李东阳主文炳，天下翕然宗之，梦阳独讥其萎弱，倡言'文必秦汉，诗必盛唐'，非是者弗道"（《明史·文苑传》)。李攀龙（1514—1570）认为"文自西京、诗自天宝而下，俱无足观，于本朝独推李梦阳"。甚至鼓吹"视古修辞，宁失诸理"（《送王元美序》)。他特别推崇汉魏古诗、盛唐近体，"论古则判唐、选为鸿沟，言今则别中、盛如河汉"（钱谦益《列朝诗集小传》)。所编《诗删》，唐后直接明代，宋元诗一概不选。唐诗部分主要从《唐诗品汇》中采出，选诗465首，单行为《唐诗选》。按诗体编次，入选唐诗以初盛唐为主，中晚唐诗甚少，相当偏颇。于唐人七绝句推王昌龄"秦时明月汉时关"为压卷（见王世贞《艺苑卮言》）。王世贞（1526—1590）则提出"盛唐主气"说，云："七言绝句，盛唐主气，气完而意不尽工，中晚唐主意，意工而气不甚完，然各有至者，未可以时代优劣也。"（《艺苑卮言》）于绝句诗人，推尊李益："绝句李益为胜，韩翃次之。"（同前）其弟王世懋则谓："盛唐唯青莲、龙标二家诣极，李更自然，故居王上。晚唐快心露骨，便非本色。"（《艺圃撷余》）

杨慎（1488—1559）亦倾心唐诗，对绝句亦情有独钟，著有《绝句衍义》4卷、《绝句辨体》8卷、《唐绝搜奇》1卷、《唐绝增奇》5卷，等等。他于唐人绝句推重王昌龄、李白、刘禹锡和杜牧，说："予尝品唐人之诗，乐府本效古体而意反近，绝句本自近体而意实远。欲求风雅之仿佛者，莫如绝句，唐人之所偏长独至，而后人力莫追嗣者也。擅场则王江宁，骖乘则李彰明，偏美则刘中山，遗响则杜樊川。少陵虽号大家，不能兼善。"（《唐绝增奇序》）他还注意到唐绝句与音乐的关系至为密切，说："唐世乐府，多取当时名人之诗唱之，而音调名题各异。杜公此诗（指《赠花卿》）在乐府为《入破第二叠》；王维'秦川一半夕阳开'在乐府名《相府莲》，讹为《想夫怜》，'秋风明月独离居'为《伊州歌》；岑参'西去轮台万里余'为《簇拍六州》；盛小丛'雁门山上雁初飞'为《突厥三台》；王昌龄'秦时明月汉时关'为《盖罗缝》；张仲素'亭亭孤月照行舟'为《胡渭州》；王之涣'黄河远上白云间'为《凉州词》；张祜'十指纤纤玉笋红'为《氏州第一》；符载'月里嫦娥不画眉'为《甘州歌》；无名氏'千年一遇圣朝明'为《水调歌》、'雕弓白羽猎初回'为《水鼓子》，后转为《渔家傲》云。其余有诗而无名氏者尚多，不尽书焉。"（《绝句衍义》）

明人绝句诗论的集大成者，当推胡应麟《诗薮》的内编卷六。胡应麟（1551—1602），字元瑞，号石羊生，浙江兰溪人。筑室山中，聚书四万余卷，从事著述，广征博引。诗文承七子余风，以依附王世贞得名，因此论诗亦奉《艺苑卮言》为标准。《诗薮》20卷，是一部评论古今诗歌的书。内编6卷，依体论诗，分古、近体各3卷；外编六卷，自周至元，按时代论诗。另有杂编、续编（续编论当代之作）。其内编卷六近体下，共计105条，专论绝句。既考镜源流，亦评论作家作品，内容相当丰富。

其开宗明义第一条，点出五七绝的来龙去脉及体裁特点，相当扼要："五七言绝句，盖五言短古、七言短歌之变也。五言短古杂见汉魏诗中，不可胜数，唐人绝体，实所从来。七言短歌，始于垓下，梁陈以降，作者坌然。第四句之中，二韵互叶，转换既迫，音调未舒。至唐诸子，一变而律吕铿锵，句格稳顺。语半于近体，而意味深长过之；节促于歌行，而咏叹悠永倍之。遂为百代不易之体。"第二条论及绝句名义，谓言截者"恐不足凭"。判断也是正确的（杨慎《绝句辨体》亦有言在先）。

关于绝句作家作品的评论，尤多精到之论。总体的倾向仍是推尊盛唐："盛唐绝句，兴象玲珑，句意深婉，无工可见，无迹可求。中唐遽减风神，晚唐大露筋骨。"胡应麟生在前后七子之后，对前后七子极力推崇，道：

自三百篇以迄于今。诗歌之道，无虑三变。一盛于汉，再盛于唐，又再盛于明。典午创变，至于梁陈极矣，唐人出而声律大宏。大历积衰，至于宋元极矣，明风启而制作大备。（《诗薮·续编卷一》）

七言绝句以太白、江宁为主，参以王维之俊雅，岑参之浓丽，高适之浑雄，韩翃之高华，李益之神秀。益以弘、正之骨力，嘉、隆之气韵，集长舍短，足为大家。上自元和，下迄成化，初学姑置勿论可也。小字夹注：晚唐绝句易入人，甚于宋元之诗，故尤当戒。（《诗薮·内编卷六》）

胡应麟宗李攀龙之说，以明诗直继汉唐，而将宋元诗一笔勾销。于七言绝句，则以明代弘治、正德、嘉靖、隆庆近百年之作，上接盛唐绝句，而将自唐元和迄明成化数百年之作一笔勾销。因为距离太近，结论下得太早，也就难以成为定论，所以到清代就遭到否定。

综上所述，明人绝句诗论贯穿着一根宗唐的红线，持论者又多是主宰诗坛风气的人物，这就为明人绝句创作定下了基调，也为明人绝句创作划定了局限。

明人绝句气象：前后七子及其他

明诗以宗唐而自炫，并非偶然现象，实有其时代的背景和社会的原因。朱元璋借农民起义的力量推翻元蒙统治，作为中国主体民族的汉人重新建立了统一的国家。明代开国即诏复衣冠如唐制，时人复见汉官威仪，盛唐气象为文士所憧憬，也是自然的事体。

明初诗人皆是元末社会动荡过来的人，独领风骚的诗人是高启。高启（1336—1374），字季迪，号青丘子，长洲（今江苏苏州）人。洪武初召修《元史》，授翰林编修。后辞官，赐金放还。与徐贲、张羽、杨基并称"吴中四杰"。他以作风自由，为朱元璋所不容。英年遇害，实未尽才。高启的诗歌创作取径广而天资高，遍学汉魏晋唐诸体而以爽朗清逸取胜。所作内容充实，基本上形成了个人风格。其绝句多写真实感受，风骨内含，精芒外隐，风格出入汉唐，英爽绝人：

> 新妇舂粮独睡迟，夜寒茅屋雨来时。
>
> 灯前每嘱儿休哭，明日行人要早炊。（《田舍夜舂》）
>
> 倦仆厨中睡已安，吹灯呼起冒霜寒。

酒醒无限悲欢意，不觅书看觅剑看。(《夜中有感》)

一接家书意便欢，外封先已见平安。

故乡千里书难得，不敢灯前草草看。(《客越夜得家书》)

每忆门前两候归，客中长夜梦魂飞。

料应此际犹依母，灯下看缝寄我衣。(《客中忆二女》)

明初统治者采取了一系列有利于国计民生的措施，出现了经济繁荣、社会安定的"太平盛世"局面。在政治上，却是君主专制统治日益加强，统治者提倡程朱理学，对文人进行思想钳制和肉体摧残，扼杀了文学创作刚刚萌发起来的生机。据说高启的得祸，即与一首讽刺宫禁的绝句有关，其诗云：

女奴扶醉踏苍苔，明月西园侍宴回。

小犬隔花空吠影，夜深宫禁有谁来。(《宫女图》)

吴乔释其本事说："太祖破陈友谅，贮其姬于别室，李善长子弟有窥觇者，故诗云然。李、高之得祸，皆以此也。"(《答万季埜诗问》)钱谦益《列朝诗集》引《吴中野史》称高启"因诗触怒，假手魏守之狱"。其实与此手法相近的宫词，唐诗中比比皆是。与崔国辅《魏宫词》那样的毒讽根本没法相比。就打了这样一个擦边球，就招致杀身之祸。很可以明白明代自开国始，就如何缺乏唐人所具有的自由宽松创作环境，对诗歌创作极为不利，使得明代诗人，不可能有唐代诗人精神风貌，不可能具有李白那样的对主体的张扬和杜甫、白居易那样的批判现实的精神。这就决定了明人向唐诗学习，不可能是从精神实质上的继承发扬，而只能从神情声调上加以模仿。也决定了明诗创作成就，不能望唐人项背。

专制统治需要文学来为之捧场。刺不行，美总是可以的。粉饰升平之风遂弥漫于诗坛，自成祖永乐（始于1403）至英宗天顺（迄于1464）间，出现台阁重臣三杨（士奇、荣、溥）为代表的"台阁体"，以歌功颂德和道德说教为内容，其诗特点是假大空，雍容华贵的形式掩饰不了内容的贫乏。只有少数经历了"土木堡之变"的杰出人物，如于谦、郭登等不为时风所限，写下了一些具有生气的篇章。

于谦（1398－1457），字廷益，号节庵，钱塘（杭州）人。永乐十九年（1421）中进士，宣宗宣德初（1426）授御史，迁兵部侍郎，巡抚山西、河南近二十年，为官清正。正统十四年（1449）英宗率军与瓦剌战于土木堡（在今河北怀来东，唐初置镇，本名统漠，后讹为土木，明永乐初置堡），被瓦剌俘虏，成为瓦剌对明廷进行政治要挟的筹码。于谦临危受命，请示太后立郕王为景帝，因任兵部尚书，反对南迁，调集军队，进行抵御。瓦剌挟英宗两至大同，称奉明天子还，守将郭登皆严阵以待，言国已有君，拒而不纳。终于击退了瓦剌入侵，而保卫了北京。天顺元年（1457）英宗复辟，于谦等被诬为谋逆被害。孝宗弘治初（1488）赠太傅、谥忠愍，神宗万历中改谥忠肃。

于谦不以诗名世，所作绝句不多，然其少量篇章，以勤政戍边生活为内容，诗风刚健质朴，却上继唐人边塞之作，开启了明代绝句的重要专科：

> 塞北穷冬候，无风也自寒。
>
> 楼高窥朔漠，无事莫凭栏。（《并州北门城楼》）
>
> 鸣驼拥道出边城，月淡星疏骑火鸣。
>
> 驿路径行三十里，漏声犹自报残更。（《晓发太原》）
>
> 西风落日草班班，云薄秋空鸟独还。
>
> 两鬓霜华千里客，马蹄又上太行山。（《上太行》）

这些绝句各从某个侧面，反映了戍边者的生活风貌和思想感情，诗风豪宕沉郁，合于唐人边塞诗，而又没有模拟唐诗的痕迹，为明代的边防绝句开了一个好头。于谦七绝广为传诵的名篇是用比体写成的言志诗《石灰吟》：

> 千锤万凿出深山，烈火焚烧若等闲。
>
> 粉骨碎身全不怕，要留清白在人间。

这首诗将石灰从开采到煅炼的整个制作过程，作了拟人化的描绘，表达了作者以清白正直为人生准则的高尚情操，及其对献身精神的高度赞美。正气凛然，堪称其诗谶。

"台阁体"后，"杂体"诗兴，颇有出色之作。茶陵（今属湖南）人李东阳（1447—1516），虽受到台阁体的影响，然又与杂体相通，诗以拟古乐府著称，风格苍健，是上承台阁，下启前后七子的过渡人物。李东阳以宰相地位主持文坛，奖掖后进，形成了以他为首的"茶陵诗派"。他的绝句题材广泛，能触及一些社会现实：

> 风落平沙稻，霜垂别渚莲。
>
> 西湖三百亩，强半富儿田。（《西湖曲》）
>
> 东安野老携儿至，岁暮相逢惨淡中。
>
> 剩说前年好生事，渚芹溪橡不曾空。（《偶成》）

《西湖曲》以反跌，或煞风景的手法，为穷人发一感叹。《偶成》模拟野老语气，追怀所谓"前年好生事"，言下今年连"渚芹溪橡"等代食品，一并短缺。不但思想内容难能可贵，而且在艺术上深得绝句诀窍。其题画绝句，也多佳作：

莫将画竹论难易，刚道繁难简更难。

君看萧萧只数叶，满堂风雨不胜寒。（《柯敬仲墨竹》）

玄云匝地黯无辉，老干盘空势不归。

疑是叶家堂上见，夜深风雨墨龙飞。（《画松》）

野花开尽紫骝嘶，老树风高落日低。

十载沙场无一战，老来林下啮霜蹄。（《画马》）

他的题画绝句不但能于画外传神，而且颇有寄托。《柯敬仲墨竹》一诗通过一幅墨竹，领悟到艺术创作贵在以少胜多，道出了具有普遍意义的艺术辩证法，在明清的题画绝句中，是屈指可数的杰作。

明诗的繁荣，出现在从弘治到万历百余年间。弘治初期，明孝宗曾尝试政治改革，广开言路，斥逐奸邪。嘉靖前期，明世宗亦励精图治，较为开明。虽然这些改革并未坚持下去，后来导致宦官和权臣的专权，但文学创作的环境还是有所宽松。弘治、正德时的"前七子"以李梦阳、何景明为代表，嘉靖、万历时的"后七子"以李攀龙、王世贞为代表，发起并展开文学复古运动。他们相继登场，以其理论主张和创作实践，使"一时云从景合，名家不下数十"（《诗薮》），形成胡应麟津津乐道，以为可以上继盛唐的诗歌创作局面。

就在这段时期内，明代的绝句创作也获得了丰收。王英志对这段时期的绝句创作景象，有一段精要的概括："无论是复古派还是反复古派，无论是北方人还是江南人，无论是在朝者还是在野者，都涌现出不少绝句能手。创作题材非常广阔。绝句风格更加丰富，阳刚之美与阴柔之美各放异彩，真所谓'今夫地有危峰峭壁，则有平原旷野；今夫江南有浊浪崩云，则有平波展镜；今夫人物有戈矛叱咤，则有俎豆晏笑。文章大观，奇正、离合、瑰丽、尔雅、隆壮、温夷，何所不有？'（屠隆）""前后七子的主体风格是追求盛唐的雄奇豪放，又是沿于谦、李东阳的阳刚之美一脉而发展的。他们又都是京师官场中的'文人兼气节者'(《诗薮·续编》卷一),刚直不阿,桀骜不驯;他们或指斥阉党刘瑾,或弹劾奸臣严嵩,处于政治斗争的旋涡;他们关心国家命运,忧虑边塞安危,充溢着浩然正气。其中多数人绝句崇尚壮美亦是自然的。""这种风格指气象弘阔,浑灏壮观,语言壮丽,意象硕大。"(《明人绝句三十家》引言)要之,从弘治到万历这段时期,明人绝句形成一种超元越宋,直攀唐人的气象。无论何种题材,都能仿佛唐音,比元人所作雄浑,比宋人所作富于情韵:

瀑布半天上,飞响落人间。

莫言此潭小,摇动匡庐山。(李梦阳《开先寺》)

双井山边送客时,满林风雪倍相思。

西行万里遥回首,太华终南落日迟。(何景明《别相饯诸友》)

华岳云台万里情,高秋落日眺秦城。

黄河一线通沧海,身在仙人掌上行。(同上《送韩汝庆还关中》)

征马长鸣向北风,嵯关回首暮天东。

太行过尽中条出,一路青山白雪中。(杨慎《望中条》)

结客五陵东,相邀入汉宫。

但携龙剑往,不必问雌雄。(李攀龙《和子与留别》)

青枫飒飒雨凄凄,秋色遥看入楚迷。

谁向孤舟怜逐客,白云相送大江西。(同上《于郡城送明卿之江西》)

以上各诗,表现得胸襟开阔,意象高妙,结处极具风神。一扫元诗纤弱、宋诗枯窘之弊,杂诸唐人集中,是很难分辨的。

而最能体现明诗气象,得盛唐之遗风,而又具时代气息的作品,莫过于以国防为题材的七言绝句。

边防绝句：从谢榛到戚继光

在唐人绝句中，边塞题材占有十分重要的位置，乃至给人造成一个印象，似乎边塞题材是只属于盛唐的题材。五代不过是短暂的过渡，宋代对外来的侵略一直处在屈辱的境地，元代是蒙古族入主中原，边塞题材从诗歌中消失，也是很自然的事体。而到明代，则又当别论了。

从总体上说，明代的国威没有唐代那样强大，却也不像宋代那样孱弱。明代外来的威胁，主要是北方的游牧民族如蒙古鞑靼部、瓦剌部，和来自日本的海上倭寇。当时称为"南倭北虏"。明太祖朱元璋基于"四方诸夷皆限山隔海，僻在一隅，得其地不足以供给，得其民不足以使令"（《皇祖明训·箴戒章》）的认识，定下"修武备，谨边防，来则御之，去不穷追"的以守御为主的国防政策。重建了以长城为主干的北部边疆防御体系，后来又建起了以卫城、所城为骨干，堡寨墩峰相结合的海防设施体系，成功地抵御了外来的入侵。

明代的国防现实，也大量反映到七言绝句的创作中来。而且形成两个系列，一是针对北部边防的边塞诗，基本上沿袭了唐代边塞绝句的传统，在内容和手法上，都处在唐人的延长线上；一是针对东南沿海的海防诗，则在唐人边塞诗外另辟一境，从内容到手法上不是简单模仿唐人，而有更多的新意，成为明人绝句中光彩夺目的部分。为了区别于唐人的边塞绝句，本书将它们统称为明人边防绝句。

先说面对"北虏"的边塞绝句。这类诗作较早可以追溯到于谦，他在巡抚山西时所作的《并州北门城楼》《晓发太原》《上太行》等诗，已开明人边防绝句的先声。自弘治至万历时期，由于边塞多事，于是边塞题材绝句始大量产生。这一传统题材的复苏，和前后七子"诗必盛唐"的鼓噪一时凑泊起来，体现出一种阳刚壮美的诗风，成为复古文学运动的最佳实绩。被王世贞誉为"才高气雄，风骨遒利"（《艺苑卮言》）的李梦阳，就是身体力行、复兴边塞诗的第一人。作有《云中曲送人》10首、《经行塞上》2首：

> 季冬饮马长城窟，沙砾飞扬带白骨。
> 榆台岭边闻鬼啼，犹是今年战亡卒。（《云中曲送人》）
> 北风吹日马毛僵，腰间角弓不可张。
> 逢君莫唱云中曲，腊月云中更断肠。（同上）
> 天设居庸百二关，祁连更隔万重山。
> 不知谁放呼延入，昨夜杨河大战还。（《行经塞上》）

诗中反映了北部边塞的景象和明军与鞑靼人之间的战争，也充满对边塞士卒的同情，与盛唐绝句的气息是一脉相通的。前七子的其他作家如徐祯卿、何景明，后七子的李攀龙、王世贞亦不乏或雄豪或悲慨之作：

> 青天碛路挂金微，明月洮河树影稀。
> 鸿雁哀鸣飞不渡，黄云戍卒几时归？（徐祯卿《从军行》）
> 急杵繁砧一郡秋，西风落月万家楼。
> 不知塞上征人怨，但见闺中少妇愁。（何景明《秋日杂兴》）
> 中丞万马下榆关，拂海旌旗破虏还。
> 幕府秋阴连杀气，散为风雨暗燕山。（李攀龙《王中丞破胡辽阳凯歌》）
> 白羽如霜出塞寒，胡烽不断接长安。
> 城头一片西山月，多少征人马上看。（同上《塞上曲送元美》）
> 天山雪后北风寒，抱得琵琶马上弹。
> 曲罢不知青海月，徘徊犹作汉宫看。（同上《和聂仪部明妃曲》）
> 马首垂杨折送行，酒阑长揖宝刀横。

军中最是多兄弟，不唱阳关第四声。（王世贞《从军行》）

旌旗春偃白龙堆，教客休停鹦鹉杯。

歌舞未残飞骑出，月中生缚左贤来。（同上《塞上曲》）

上述边塞绝句，从内容题材到手法风格上，都迫近盛唐。《国雅品》称李攀龙所作"函思英发，襞调豪迈""开阖铿锵""绝句亦是太白、少伯雁行"，正是有鉴于此。其实不止李攀龙，即李梦阳、何景明、王世贞诸人所作，亦大体上落在盛唐圈子内。虽然有现实的背景，但大都用乐府旧题写作，表现的角度和手法，对于唐人变少而复多。其似太白、少伯处，即是不如太白、少伯处。唯有后七子中的谢榛不在此限，实较李攀龙等人为杰出。

谢榛（1495—1575），字茂秦，号四溟山人，临清（今属山东）人。少喜游侠，后折节读书，刻意为诗，渐闻于时。嘉靖间入京，与李攀龙、王世贞等建立诗社，年齿居长。后来李攀龙声名大振，彼此论诗不合，遂绝交。于是遍游诸藩王间，以布衣终身。著有《四溟诗话》，主张与李、王并无二致，亦主盛唐而轻宋诗，唯较李攀龙等取径为宽，认为初盛唐 14 家咸可为法，"熟读之以夺神气，歌咏之以求声调，玩味之以衷精华。得此三要，则造乎浑沦，不必塑谪仙而画少陵也"。他长期游历秦、晋、燕、赵，如盛唐诗人，所以他的边塞绝句极富生活实感，时有突破唐人藩篱处，不独以数量取胜：

风起单于台，胡笳秋正哀。

弯弓度沙碛，不为射雕来。（《塞下曲》三首录一）

塞上黄须儿，饮马黑山涧。

弯弧向朔云，莫射南飞雁。（《塞下曲》四首录一）

青海城边秋草稀，黄沙碛里夜云飞。

将军不寐听刁斗，月上辕门探马归。（《塞下曲》十首录一）

旌旗荡野塞云开，金鼓连天朔雁回。

落日半山追黠虏，弯弓直过李陵台。（《塞上曲》四首录一）

石头敲火炙黄羊，胡女低歌劝酪浆。

醉杀群胡不知夜，鹞儿岭下月如霜。（《漠北词》六首录一）

谢榛的边塞绝句大都是成组地写出，或揭露蒙古鞑靼部侵扰中原的行径，含蓄地向当局敲响警钟，或描绘明朝将士与鞑靼部族激烈战斗的情景，展示其保家卫国的英雄气概。笔力遒劲，颇具风骨。《漠北词（石头敲火）》真实描写西北少数民族生活习俗，题材新颖，生活气息浓郁，大体属于高适《营州歌》、岑参《赵将军歌》一路，这类诗在唐人边塞绝句中也是屈指可数的，而此诗又开出了新的生面。

然而，真正表现了明人独特面貌的，还不是面对"北虏"的边塞绝句，而是面对"南倭"的海防绝句。这完全是明诗才有的东西。

唐代的中日关系相当亲善，宋元时代也没有大问题。而到明朝立国前后，日本进入南北分裂状态，内战不休。战败的南方封建主组织武士、商人和浪人，与明土的不法商贾相勾结，经常入侵中国沿海地区，进行武装走私和抢劫活动。因此，明代开国即加强海防建设，永乐年间，总兵刘江曾率部在辽东大战倭寇，歼敌2000余，较长时间赢得了海疆的安宁。到嘉靖朝，日本进入十六国时代，众多诸侯都想与明朝通商，二年(1523)，日本贡使发生争贡事件，明罢市舶司不设。此后日本商人武装走私愈演愈烈，北起江淮，南迄广东，无不深受其害。以后倭患转移到浙西苏、松、杭、嘉等富庶地区。三十一年（1552）起，明廷增派重臣如张经、俞大猷、胡宗宪等，督察海防，三十四年取得王江泾大捷，被称为明有倭寇以来战功第一。而在抗倭的斗争中，涌现出不少可歌可泣的历史人物，其杰出代表便是戚继光。

戚继光（1528—1587），字元敬，号南塘，晚号孟诸。登州蓬莱（今属山东）人，出身将家。初任登州卫指挥佥事，嘉靖三十四年调浙江胡宗宪部任参将，抵抗倭寇。他见旧军素质不佳，曾在义乌招募农民矿工，编练新军作为抗倭主力，以战功卓著升福建总兵官，二年后与俞大猷剿平广东倭寇，解除东南倭患，威震南方，人称"戚家军"。隆庆元年（1567）被张居正调往北方，总理蓟州、昌平、保定军务达十六年。居正死，被排挤去职。死后谥"武毅"。著有《纪效新书》《练兵实纪》等军事著作。

戚继光兼资文武全才，其诗多描写军旅生活，抒发报国情怀，一时诗人，亦多有赠酬：

> 霜溪曲曲转旌旗，几许沙鸥睡未知。
> 笳鼓声高寒吹起，深山惊杀老阇黎。（戚继光《晓征》）
> 南北驱驰报主情，江花边草笑平生。
> 一年三百六十日，都是横戈马上行。（同上《马上作》）
> 十载驱驰海色寒，孤臣于此望宸銮。
> 繁霜尽是心头血，洒向千峰木叶丹。（同上《望阙台》）
> 衔枚夜度五千兵，密领军符号令明。
> 狭巷短兵相接处，杀人如草不闻声。（沈明臣《凯歌》）
> 战罢亲看海日晴，大酋流血湿龙衣。
> 军中杀气横千丈，并作秋风一道归。（徐渭《凯歌赠参将戚公》）
> 毋嫌身价抵千金，一寸纯钩一寸心。
> 欲识命轻恩重处，灞陵风雨夜来深。（王世贞《戚将军赠宝剑歌》）

戚继光所作《晓征》是一首描写部队早行的诗。前两句是黎明前的情景，它突出的是晓征的诡秘气氛，一到破晓，行军就不再需要藏行和隐秘，后二所写便是天明时的情景。诗人抓住第一声笳鼓（军乐）来写，便给人

474

平地一声雷的惊异之感。随着这一声的到来，队伍如从地底冒出来一样，突然出现在道路上。又仿佛飞将军自重霄而降，给人以堂堂之阵、正正之旗的威武感觉。末句出自想象，笳鼓声如此嘹亮，恐怕要惊坏深山寺庙中的老和尚罢！说军声要把深山阇黎惊杀，似乎有点煞风景，破坏了山中和平的气氛。殊不知正是这支军队——戚家军和别的边防部队，保卫了沿海一带的和平。所以老阇黎大可不必惊慌。诗趣就在语若致歉，实深慰之。诗人作此诗，显然怀着十分得意的心情，字里行间全是风流自赏的意态。作为一个民族英雄，他也有权做这样的自赏。《马上作》诗题即好，说明了此诗的创作环境及状态。诗就真实地反映了作者转战南北，保卫国防的英姿雄风。从福建、广东到蓟州，"南北驱驰"四字，概尽戚继光一生大节。次句言被"江花边草"所笑，这里的花草便有象征意味。志士往往并不为世俗所理解，如马援的从弟马少游就认为人生只要吃饱穿暖，无灾无病就好。末二句是"平生""南北驱驰"的更具体的说明。一个身不离鞍马的保家卫国的英雄形象跃然纸上。这个人物形象是紧紧地和战马与横戈联系在一起的，不能须臾分离。"一年三百六十日"初读似乎是一个凑句，其实很有妙用。它出现在"都是横戈马上行"的点睛之笔的前面，起到了必要的渲染作用。这一年三百六十日，并不是天天风和日丽，花红草绿，也应有雪雨风霜，严寒酷暑。一日横戈马上不难，难的是三百六十天如一日。虽然诗中只说"一年"，联系"平生"一语，又可以推想到年年。同时，"一年三百六十日"，有掐指计算的意态，使读者猜想这首诗不仅是"马上作"，而且可能是"新年作"。更可玩味的是，诗中只从容道出"一年三百六十日，都是横戈马上行"这样一个事实，却没有明确表示情感态度。虽是以抒发豪情为主，有"三十功名尘与土，八千里路云和月"的豪迈意味，但也未尝没有"匈奴未灭，何以家为"那种不得已而为之的感慨。唯其如此，才更显示出英雄也是人，不是神。

沈明臣以秀才为抗倭名将胡宗宪掌书记，《凯歌》作于明嘉靖三十五年（1556）。时胡宗宪"宴将士烂柯山上，酒酣乐作，请为铙歌十章。援笔立就，酒酣高吟，至'狭巷短兵相接处，杀人如草不闻声'少保捋其须曰：'何物沈生，雄快乃尔！'命刻石置山上"（《列朝诗集小传》）。它是明人七绝中值得称道的作品之一，诗中写夜战巷战情景，语极独到，遍索汉唐边塞之作无有也。因为写的是偷袭，所以不是大规模的阵地战，没有鼓角齐鸣，震动天地的声势；而是将士们皆分散闯入敌占区，凭事先做好的标记（如头巾或臂巾）区分敌我，于是同敌寇展开了一场白刃相搏的近战。"狭巷短兵相接"六字极妙，狭路相逢，写出敌忾矣；短兵相接，则敌无所逃矣。在短兵接仗之前，必有相当数量的鬼子死于睡梦之中，惊醒过来在乱中接仗的鬼子，较之充分戒备的官军，便显得手足无措。"杀人如草不闻声"一句，就出神入化地写出了官军掌握主动，形势大为有利，而敌方丧失了战斗力，从而遭到歼灭、伤亡惨重的情况。"杀人如草"的比喻之妙，就在于将"草菅人命"用于战争，特别是这场双方形势悬殊的战争，极见杀敌的轻易和官军出手的神速。诗人从战斗的总体气氛上落笔，极见战事进展之顺利，所谓兵贵神速。而这"不闻声"的厮杀，比有声的厮杀，不更叫人心惊胆寒吗？

　　唐代边塞诗无不带有西北和东北的地域特色和盛唐诗人集体无意识造成的创作程式。这种程式在明人的边塞绝句中犹有影响，而在这类抗倭或海防绝句中，影响却荡然无存。它们是一空依傍、自道所得，虽然同样洋溢着爱国主义精神，同样写战斗，却更多地带有海风和里巷的气息，直开唐代边塞绝句未有之意境，令读者耳目一新。它们的确构成了明代边防诗的一道亮丽的风景线。

学唐的得失

任何文学的复古运动，无一例外着眼于现实，左右明诗大方向的前后七子，力倡唐音，而反对宋调，实际上是反对宋诗启渐的重理轻情的倾向，实质上是要求以真情作为诗歌的根本，就此而言，有积极的现实意义。有的人还明确提出了复古目的在于创新，当从古人入，从古人出，所谓"佛有筏喻，言舍筏则达岸矣，达岸则舍筏矣"（何景明《与李空同论诗书》）。但前后七子为代表的明诗创作实践和这种理论认识间还有相当的差距。

就绝句创作而言，明人从唐诗学到了重情主气的一面，所作绝句富于情韵，蔚为气象，在相当程度上纠补了宋、元以来诗歌创作中平庸纤巧之偏弊，是有一定积极作用的。"视古修辞，宁失诸理"（李攀龙）的理论偏颇，限制了他们的创作成就。再说，他们是如何"视古"的呢？面对极其丰富的诗歌遗产，只承认唐诗，而否定宋调；于唐诗只承认盛唐，而否定元和以下诗歌。如此画地为牢，局限加局限，单一更单一。自己放弃了转益多师的优越条件，这种做法不能不说很愚蠢。因此，明人绝句虽然也有神妙能逸的作品，给人的总体感觉，却是风格不免单调。

如李梦阳、何景明学盛唐，一个重气魄，追求雄奇豪放；一个重才情，偏于清俊响亮，彼此不甚服气，却皆未脱离模拟。至于李攀龙的绝句创作，在暴露明人学唐之失上，尤为典型：

> 天山雪后北风寒，抱得琵琶马上弹。
>
> 曲罢不知青海月，徘徊犹作汉宫看。（《和聂仪部明妃曲》）
>
> 白羽如霜出塞寒，胡烽不断接长安。

城头一片西山月，多少征人马上看。(《塞上曲送元美》)

蓟门城上月婆娑，玉笛谁为出塞歌。

君自客中听不得，秋风吹落小黄河。(《寄元美》)

这些绝句在风格乃至意象上，都逼近盛唐，置诸李益集中，是无法从风格上加以区别的。然而，它们却使人感到似曾相识，使人想起李益、王翰等人的名句如"天山雪后海风寒""欲饮琵琶马上催""碛里征人三十万，一时回首月中看""秋风卷入小单于"，等等。初读若"高华杰起"，然不耐读，"人但见黄金、紫气、青山、万里，则以于鳞体"(《诗薮》)。于是你不得不感到遗憾，因为这里并没有多少新的东西。反不如黄庭坚、杨万里等，或持拗峭，或持风趣，别开生面的好。

总而言之，明诗学唐，而复多变少，总体上不能令人耳目一新。相形之下，中晚唐人和宋人在盛唐绝句基础上另辟蹊径，更可喜，更富魅力。然而，当局者迷，明代人自我感觉良好，誓不做元和以下人，殊不知在后人的评估，成就反在清诗以下。因为有清诗人，从他们的缺失中得到教训，将绝句创作引向真正的复兴。

独抒性灵：公安派和徐渭

明中叶以后时代，公安派打出"独抒性灵"的口号，表面上是与前后七子的复古主张相对立，而实质上则是对正统的载道派文论的反叛。从哲学的思想角度看，它是与"存天理，灭人欲"的程朱理学相对抗的主张个性解放的人性论在文艺理论上的表现。

性灵说不是凭空出现的，它起码与两个事实相联系：一是明代的封建统治比唐宋时代更趋专制，统治者提倡理学，对文化人实行思想钳制，动加诛戮，像方孝孺被诛灭十族的事例，对于唐宋人该是何等的骇人听闻！二是明中叶以后，国内尤其是长江流域及沿海地区，出现资本主义的萌芽，在社会经济新因素基础上成长起来的市民文艺，得到蓬勃发展。于是，打破封建礼教的束缚，召唤人性的复归，便成为时代的要求。性灵说可说是适逢其会，应运而生，代表了明中叶后社会发展对文学的要求和文学发展自身的要求，在明中叶以后的绝句创作中，擦出了新的火花。

其实在性灵说正式提出以前，早在弘治、正德时代，江南就有一批诗画兼长的才子，如沈周、唐寅、文徵明、祝允明等，他们作诗不事追琢，纯任天真。在创作实践上，已先走一步：

> 雪后溪桥试一行，隔溪折竹尚闻声。
>
> 晓寒薄骨非轻出，不为梅花不动情。(沈周《雪后》)
>
> 竹间冻雨密如麻，静听围炉夜煮茶。
>
> 嘈杂错疑蚕上叶，寒潮落尽蟹爬沙。(唐寅《雪》)
>
> 不炼金丹不坐禅，不为商贾不耕田。
>
> 闲来写就青山卖，不使人间造孽钱。(同上《言志》)
>
> 一日兼他两日狂，已过三万六千场。
>
> 他年新识如相问，只当漂流在异乡。(同上《绝笔》)
>
> 末郎旦女假为真，便说忠君与孝亲。
>
> 脱却戏衣还本相，里头不似外头人！(文徵明《子弟》)
>
> 拂旦梅花发一枝，融融春气到茅茨。
>
> 有花有酒有吟咏，便是书生富贵时。(祝允明《新春日》)

这些绝句在艺术上也许比较粗糙，但大都写得相当随意，较之前后七子之作，更有读头。

性灵说的先声，是李贽提出的童心说。李贽（1527－1602），号卓吾，回族人，出身航海世家，祖上多与异域交往，通外语。自幼个性极强，我行我素。乡试中举后宦游各地，为人怪怪奇奇，著论常有新意。所到处与上司多忤，遂于54岁上辞官，不久出家，在湖北黄安、麻城等地著书立说。因力排孔教即理学，被统治者视为异端，屡遭迫害而顽强不屈，最后自刎狱中。李贽独抒己见的文论，集中在一篇《童心说》。他认为天下至文皆出自童心，即"绝假纯真、最初一念之本心"，而反对以"闻见道理"即以孔孟之道为心。认为只要"童心常存"则"无时不文，无人不文"，"诗何必古选，文何必先秦"。在古代作家中，他最欣赏不受儒学羁勒的司马迁、李白、苏轼。在提倡童心的同时，他还重视所谓"迩言"，即"街谈巷议，俚言野语，至鄙至俗，极浅极近，上人所不道，君子所不乐闻者"（《道古录》下）。这些见解都是惊世骇俗的真知灼见，在认识上是很超前的。李贽反对文学复古理论的同时，还重视一切新兴的文学样式，对戏曲和小说有极大兴趣，对其社会意义做了高度的评价。李贽长于论著，笔锋犀利痛快，不以诗名。所作绝句，如《系中八绝》等，一往浩然，不假雕饰，但在艺术上属于粗派。

在公安派兴起前，还有一位焦竑，与李贽相友善。他在反复古派的斗争中，提出了"诗非他，人之性灵之所寄也"（《雅娱阁集序》）的重要命题。为公安袁氏兄弟所接受，从而发展李贽的童心说，正式提出性灵说。

袁宗道、袁宏道、袁中道兄弟三人，是李贽的追随者。由于他们是公安（今属湖北）人，故世称"公安派"。兄弟三人中，以袁宏道的成就最大。袁宏道（1568－1610），字中郎，万历十六年（1588）中举，次年入京赴考未中，返乡后曾问学李贽，引以为师。二十年中进士，不仕，兄弟三人遍游楚中。先后任吴县知县、顺天府教授、吏部郎官等职。前后七子为代表的拟古风气弥漫文坛百年之久，袁宏道主张文随时变，在《叙小修诗》中，通过对其弟中道的诗歌评论，提出诗要"独抒性灵，不拘格套，非从自己胸臆流出，不肯下笔"，从而形成性灵说。"中郎之论出，

480

而王、李之云雾一扫，天下之文人才士始知疏瀹心，搜剔慧性，以荡涤模拟涂泽之病，其功伟矣！"（钱谦益《列朝诗集小传》）三袁在诗歌创作上，任情而发，不避俚俗，以清新诗风见长：

> 开船已是四旬余，才得徐州一纸书。
>
> 内中数语朦胧甚，见了愁于未见初。（袁宏道《得舍弟徐州书》）
>
> 少年容易起悲酸，每为春条惹肺肝。
>
> 而今心老烟灰灭，只作遮篱映水看。（同上《柳》）
>
> 山白鸟忽鸣，石冷霜欲结。
>
> 流泉得月光，化为一溪雪。（袁中道《夜泉》）
>
> 以手掬江浪，取之涤砚瓦。
>
> 尊罍稍远窗，莫被过帆打。（同上《王龙屿绣林江阁值雪》）

这些诗真如秀才对朋友说家常话，全是从肺腑中流出的。袁宏道《得舍弟徐州书》写收到弟弟来信，因其中有几句话含含糊糊，心生疑怪，放心不下。亦人人意中所有，却未经人道过。以生活中细微心态为表现对象，在传统诗歌为少有，非独抒性灵，从何得之？一味拟古，何从得之？袁中道《王龙屿绣林江阁值雪》更是一首古无今有的奇作，既非载道，又非言志，亦非缘情，而是写由视幻现象引起的惊奇。窗外的江水，看起来那么近，如伸手可掬。而江上过帆，仿佛擦着窗边的酒杯而过，使人疑心会把酒杯碰倒。这种观察得到的印象，西方艺术家最为敏感。而在中国古人则比较迟钝，他会轻易地用理性去加以排除。而以此入诗，也就是见所未见，闻所未闻，至少是有些不经吧。这首小诗表现的奇趣水准，就是大讲活法的宋人，就是最重风趣的杨万里，也还有一间未达。只有破除习惯，独抒性灵者，方能偶得。所以是很值得刮目相看的。可惜小修浅尝辄止，而没有沿着这条道儿，走得更远。

明中叶以后与复古派对立的绝句作家，最令人刮目相看的当数徐渭。徐渭（1521－1593），字文长，晚号青藤，山阴（今浙江绍兴）人。他天分极高，爱好广泛，多才多艺，于诗文、书画、音乐、戏曲乃至兵法无所不通。自称"吾书第一，诗次之，文又次，画又次之"。为人不合流俗，性气高傲，自二十岁中秀才后，屡试不第，然蔑视传统，不为礼法所拘。浙江总督胡宗宪慕其名，招为幕僚，兼参机要，在抗倭斗争中，颇有贡献。后宗宪因事下狱，徐渭忧惧发狂，自杀未遂。又因杀妻入狱，赖友人张元忭营救获免。穷困以终。

徐渭先于三袁，主张诗歌创作要本之性情，"盖所谓出于己之所自得，而不窃于人之所尝言者也"（《叶子肃诗序》），他不仅在创作中大量吸收民间文学的营养，而且高度赞扬明代民歌的成就道"此真触物发声，天机自动"（《奉师季先生书》），实际上也可以视为他的创作主张。徐渭的各种形式的文艺创作，都具有独特的、不可重复的特色。七言绝句，李贽没有专长，未免于粗；三袁所作总体上涵咏不足，或失之浅。唯徐渭天机清妙，自成一家，被袁宏道称作"有明一人"。徐渭诗画兼工，有不少绝句是直接题在画上的：

> 从来不见梅花谱，信手拈来自有神。
>
> 不信试看千万树，东风吹着便成春。（《题画梅》）
>
> 半生落魄已成翁，独立书斋啸晚风。
>
> 笔底明珠无处卖，闲抛闲掷野藤中。（《题葡萄图》）
>
> 做哑装聋苦未能，关心都犯痒和疼。
>
> 仙人何用闲搔耳，事事人间不耐听。（《搔耳图》）

作者诗画皆工，题画多借题发挥，意出画表。《题画梅》实际上表达了他不拘格套，自由抒写性灵的美学思想。《题葡萄图》则将一生未第、怀才不遇的愤懑倾倒而出，故苍凉悲慨，"如寡妇之夜哭"（袁宏道《徐文长传》）。《掏耳图》更将满肚皮不合时宜，借仙人掏耳写出。

徐渭身亲戎幕，投身抗倭，故军旅之作，颇具风骨：

> 短剑随枪暮合围，寒风吹血着人衣。
> 朝来道上看归骑，一片红冰冷铁衣。（《龛山凯歌》）
> 战罢亲看海日晞，大酋流血湿龙衣。
> 军中杀气横千丈，并作秋风一道归。（《凯歌赠参将戚公》）

"龛山"在浙江萧山东北五十里，与海宁赭山对峙，旧有龛山寨。明世宗嘉靖三十四年（1555）冬，大破浙闽沿海入侵倭寇，作者当时正入浙闽总督胡宗宪幕府，有《龛山之捷》记其事，略云：贼自温州登岸，蔓延于会稽。战士遇贼死战，无不以一当十，贼遂大败。所作《龛山凯歌》即歌颂破敌将士的英勇。起句就写破贼将士乘夜包围入侵之敌。因为明军比倭贼更熟悉山势地形环境，所以"暮合围"在战术上是很有利的。次句写激烈战斗，"寒风"表明冬夜，"吹血"可见厮杀的激烈，写战场一夜厮杀的情况十分简劲。后两句如特写镜头：天亮了，道路上奔驰着明军骑兵。诗人没有去刻画他们的面容和英姿，而以大特写的手法，展现将士的铠甲，"一片红冰"与第二句呼应，令读者进一步想象战士浴血战斗的情景，又表现出气候的严寒，战斗环境的艰苦，突出了战士不畏艰险严寒的铁的意志。"铁衣"虽然直接指铠甲，也造成一个铁人的形象。全诗最突出的创获，乃在末句。其意象直开唐人边塞诗所无。当时，戚继光为浙江参将。《凯歌赠参将戚公》将戚公与贼首对照写来，后二说尽管战斗结束，但那横空千丈的杀气却并作秋风一道归来，尽情展示了抗倭部队凯旋的威武气概。诗中充分表现了诗人的民族意识和爱国热忱，也展示了徐渭人格的另一方面。《天河》一诗可称奇作：

天河下看匡瀑垂，桑蛾蚕口一丝飞。

昨宵杀虱三十个，亦报将军破月支。

此诗作者自注："上二句以大视小，下二句以小视大。"看来纯属游戏笔墨。就诗体源流而言，出于六朝齐梁陈隋宫廷君臣唱和中"大言"（夸大）、"细言"（化小）名目，当时文士挖空心思，所作竟不足观，从想象的角度看，多属平庸。不意徐渭将细言、大言熔为一炉，想象如此超妙，可圈可点。诗中将庐山瀑布化小，是通过想象从天河下看来实现的。蚕口一丝，措语亦妙。而"昨宵杀虱三十个，亦报将军破月支"的夸大，虽出戏谑，诙诡莫名，却又含有蔑视贼寇、视杀敌如杀虱的战斗生活体验。至此，南朝文士们的大言、细言之作，可以尽废矣。

徐渭七绝的另一收获，是他的童趣诗。李贽的《童心说》把"童心"扩大为人的自然之性，真实之心，以此反对一切固陋的成见和虚假的道德，实际是借标榜"童心"鼓吹人性解放。然而李贽不长于诗，未能付诸创作实践。而完美体现这一主张的，乃是徐渭。徐渭特别喜欢画放风筝。在他看来，有什么别的游戏比放风筝更能让人开心的呢？放风筝何止是放风筝，简直是放思想、放身心、放灵魂。深知个中三昧，他不断地画"风鸢图"，又不断地"题风鸢图"，所作数以百计，一时拉杂记下的，便有 30 首之多：

春风语燕泼堤翻，晚笛归牛稳背眠。

此际不偷慈母线，明朝孤负放鸢天。

柳条搓线絮搓棉，搓够千寻放纸鸢。

消得春风多少力，带将儿辈上青天。

偷放风鸢不在家，先生差伴没处拿。

有人指点春郊外，雪下红衫就是他。

新生犊子鼻如油，有索难穿百自由。

才见春郊鸢事歇，又搓弹子打黄头。

诗中儿童放风筝放得何等忘乎其形，放得学都不想上了，慈母自然是不怕的，放得连先生也不怕了。诗也写得自如之至。拿"柳条搓线"诗来说，两句一连出三"搓"字，一唱三叹。据说宋代画家郭恕先曾戏弄求画的人，故意在人家送来的匹素上画小童持线车放风筝，引线数丈满之。这很使诗人神往。"搓够千寻"云云，兴致之高，极有感染力。"消得春风多少力，带将儿辈上青天"二句简直是神来之笔，也就是前面所说，放风筝何止是放风筝，简直是放人。它构成了一个象征意义，如同薛宝钗柳絮词所祈愿的"好风凭借力，送我向青云"，这里实际也包含有诗人的殷切期望和深情祝福：愿儿辈比我辈更加有造化吧！从而使诗意得到升华。作者写这些诗，自称用的是"张打油叫街语"，也就是李贽所喜爱的"迩言"。虽说信口而成，却又火候老到，绝不可以浅俗目之。这样将童趣集中在一个题材上，写就写个淋漓尽致，写就写个入木三分，实将南宋杨万里的小品诗又向前推进了一大步。

徐渭性分不仅高于七子，也高于三袁，他不但不重复古人，而且不重复自己。他的绝句奇作甚多，而且一首一个天地，一首一个面目：

百番狮象一溪涴，一顷银光万个头。

水石何缘能有此，星辰尽夜殒寒流。（《七里滩》）

五条挂练玉龙奔，七十二峰鬼斧痕。

堕水堕驴都不恨，古来一死博河豚。（《七十二峰归来书寺壁》）

八里庄儿一堡中，银环小杏坠腮红。

妆起自不撩人看，起坐黄刍喂铁骢。（《边词》）

汉军争看绣裲裆，十万弯弧一女郎。

唤起木兰亲与较，看他用箭是谁长。（同上）

袁宏道《徐文长传》云："文长既已不得志于有司，遂乃放浪曲蘖，恣情山水。其所见山奔海立，沙起云行，风鸣树偃，幽谷大都，人物鱼鸟，一切可惊可愕之状，一一皆达于诗。"《七里滩》一类，就是其恣情山水之作，作者以非凡的想象力，创造出何等深远的空间感！《七十二峰归来书寺壁》则是其选择如此生活方式的宣言，"堕水堕驴都不恨"较之东坡"九死南中吾不恨"，精神实质相通，表现却更野更狂。《边词》26首，亦多奇作，如"八里庄儿"一诗描绘蒙古族少女的形象，充满许多的人情和友善，表现出诗人心胸开阔，并不狂狷的一面。

性灵派的文学主张，在明代的戏文中似乎体现得更加充分。"童心""性灵"这块文章，在诗歌创作中并未作够。因为徐渭那样的怪才实在太少，而三袁的底蕴略嫌不足。继公安派之后，晚明时代又兴起了以竟陵（今属湖北）钟惺、谭元春为代表的竟陵派。竟陵派在反对复古派的斗争上，和公安派有相通之处，同样在文学创作上提倡"性灵"或"灵心"。为了补正公安派所谓俚陋的偏向，竟陵派提出在精神上迫近古人，追求"幽深孤峭"的纯诗的境界以矫其枉，诗境失之狭小。无论从理论意义还是创作实绩上，都在公安派以下。总之"性灵"文学到了竟陵派，竟是强弩之末了。就绝句创作而言，读了徐渭那种生气远出的绝句，再来看竟陵派绝句，当然是不够味的。兹撮录其较佳之作如下：

畏君知侬心，复畏知君意。

两不关情人，无复伤心事。（钟惺《前愧曲》）

借箸前筹战守和，较君当局意如何？

岂应但作旁观者，预拟铙歌与挽歌。（同上《送丘长孺》）

《前懊曲》是仿六朝乐府之作，过情语，亦本色语。《送丘长孺》是钟惺七绝中较好的一首。丘长孺名坦，以字行，楚麻城人，万历中武乡试第一，官至海川参将。明于辽阳置东都指挥使，为东北边防重镇。丘曾赴辽，临行前遗诗别友，中有"诸君醮笔悬相待，不是铙歌即挽诗。"钟惺原和五诗，"借箸前筹"是其中之一，其后二句照应丘诗，说一定尊重你的意愿，先就做好铙歌和挽歌备用。措语风趣，且不讳"挽歌"二字，这恰如《易水歌》一样，慷慨悲歌，何尝不能壮行色！

义士仁人的歌唱

明末李自成起义和清兵入关，推翻了明王朝的统治，也破坏了明朝业已出现的资本主义萌芽和世界同步发展的机遇。剧烈的社会动荡使诗人不得不面对惨痛的现实。

复社和几社的诗人，尤其是陈子龙、夏完淳师生，将忧愤时乱的诗歌倾注了沉重的感情，所作悲劲苍凉。其诗作与史可法、张煌言等英雄之作，和宋末文天祥、汪元量等人的感慨悲歌一样，值得人刮目相看。为诗史所不可忽略。

来家不面母，咫尺犹千里。

矶头洒清泪，滴滴沉江底。（史可法《燕子矶口占》）

并刀昨夜匣中鸣，燕赵悲歌最不平。

易水潺湲云草碧，可怜无处送荆卿。（陈子龙《渡易水》）

我年适九五，偏逢九月七。

大厦已不支，成仁万事毕！(张煌言《绝命诗》)

梦里相逢西子湖，谁知梦醒却模糊。

高坟武穆连忠肃，添得新祠一座无？(同上《忆西湖》)

毅魄归来风雨多，潇湘春尽晚生波。

可怜屈宋师门谊，空自招魂吊汨罗。(夏完淳《绝句口号》)

　　明崇祯十七年 (1644)，清兵大举入关，史可法于势不可为之际，奉命督师扬州，城破被执，从容就义。城破之前，史可法即誓与城为殉，并着手安排成仁事宜，城破之后，史可法落入敌手，骂贼而死。事详全祖望《梅花岭记》。《燕子矶口占》一绝作于督师扬州时。先是，史可法在江北率师抵御清兵，适逢驻扎在长江中游的明将左良玉以清君侧为由，进攻南京。史可法奉命入援，渡江至燕子矶，而良玉军已败退。于是他又率军回江北抗清，而没能回南京见上母亲一面。这首情至文生、口占而成的绝句，就反映了史可法当时复杂的心情。"矶头洒清泪，滴滴沉江底。"二句似直接就"来家不面母"一事而发，其实内涵要深得多。作者忧心如焚。他远不止是对不能探母的痛心，而是对整个国家大局的忧愤。末句以"滴滴沉江底"写泪洒清江，不失为千古至文。泪水能沉到江底，除非是铜人铅泪。写出感情分量不轻，形象地表现了作者忧国的沉痛深至。无论就思想就艺术而言，此诗都算得上明代五绝的一颗明珠。张煌言于明亡后在宁波起兵抗清，终因寡不敌众，师散退隐海岛。《绝命诗》作于清康熙三年 (1664) 九月，当年由于叛徒出卖，作者被清兵所俘，押解宁波狱中，于九月七日被杀于弼教坊。诗用直白语气，写得大义凛然，"大厦已不支，成仁万事毕"是何等潇洒，何等视死如归，能使人联想起"砍头不要紧，只要主义真"的豪言。

　　这些志士仁人，信奉儒家学说，孔孟之道是他们的精神支柱。在明王朝气数已尽之时，或知其不可而为之，或不信其不可而为之。就具体历史、政治背景而言，他们固然效忠的是明王朝，殉的是孔孟之道，有其历史局限性。然而提高到哲理的层次，这些人活的是精神，活的是境界，抱紧一个"无求生以害仁，有杀身以成仁"的念头。所以在关键时刻，能以生命去殉他的理想或一种理念，完美体现了一种人文的精神。因为砍头怕痛，所以凡夫俗子们无法仿效。正因为如此，这些志士仁人之诗，短到绝句，皆是血写的文字，闪耀着人文的、理想的光辉，具有真诗的资格，令任何时代、任何人读之，都只能佩服，不敢挑剔。越是无法仿效者，就越是令人肃然起敬。

也有一些具有同样操守的人，感觉朱明王朝死而不僵，心中暗存一线希望，所以活下来，拭目以待。直到几十年过去了，各路抗清的烽火完全熄灭，才断了念想。他们效仿伯夷、叔齐，隐退山林，埋头著书，终其一生，不与新政权合作。这些坚守民族气节、义不仕清的明末士大夫的杰出代表，有黄宗羲、归庄、顾炎武、王夫之、屈大均等，其诗多抚时感事，吊古伤今，缅怀故国，忧念民生，诗风或沉雄，或悲慨，时出于瑰丽，有一种补天填海的感召力。

江水绕孤村，芳菲在何处？

春从啼鸟来，啼是春归去。（黄宗羲《江村》）

稻香秫熟暮秋天，阡陌纵横万亩连。

五载输粮女真国，天全我志独无田。（归庄《观田家收获》）

海上雪深时，长空无一雁。

平生李少卿，持酒来相劝。（顾炎武《海上》）

苍黄一夜出城门，白刃如霜日色昏。

欲告家中卖黄犊，松江江上去招魂。（同上《推官二子执后欲为之经营而未得也而二子死矣》）

贞姑马鬣在江村，送汝黄泉六岁孙。

地下相逢告公姥，遗民犹有一人存。（同上《悼亡》）

横风斜雨掠荒丘，十五年来老楚囚。

垂死病中魂一缕，迷离惟记汉家秋。（王夫之《初度口占》）

烟雨霏霏碧草齐，断肠春在孝陵西。

松楸折尽寒山露，无处堪容杜宇啼。（屈大均《春日雨花台眺望有感》）

江山虽好恨无人，不用莺啼唤好春。

人日与谁还燕饮？英雄一一作青磷。（同上《壬戌人日作》）

这些作品写在明清易代之后，但反映的却是以遗民自居的明末士大夫的思想、情操和精神生活。如果说前一类型作家的绝句的美感是悲壮，显得斩钉截铁，声裂金石；那么，这一类型作家的绝句的美感是沉着，显得感慨悲凉，沉郁顿挫。由于它更多地从回忆中咀嚼过往的情绪，所以特别耐读。这两类绝句，各自从不同的方面，表现了明末士大夫的风采。

| 四 |

清代绝句的振兴

有清一代诗家蜂起，诗派林立有逾明时。清代诗人惩于元诗绮靡，而明诗恋旧及诗境浅狭的流弊，广益多师、取径较多，有继承的基础上不断创新，而现实主义始终为诗坛之主流。故诗歌出现了百花竞艳的复兴局面，总体成就超过元明。绝句尤其是七言绝言的创作的总体情况，也大体相当。

六朝情结：江左三大家

由于遗民诗划归了前朝。则清初绝句第一页，便是由明亡后改仕新朝的汉族士大夫写成的。这些绝句诗的深层内容，就是表现所谓"贰臣"的心理负担。而且表现得如此集中，如此深刻，从而特别有味，甚至可以说填补了一个内容上的空白。代表作家是被称为"江左三大家"的钱谦益、吴伟业和龚鼎孳。

钱谦益（1582－1664），号牧斋，江苏常熟人。明万历进士，南明福王朝任礼部尚书。清顺治二年（1645）降清，授礼部侍郎，后辞归。钱才华富赡，主持东南诗坛，主张"诗贵有本""有物""不名一家，不拘一格"，兼喜奖拔后进。转益多师，长于七律，得力于杜甫，形成情辞苍郁、辞藻丰富的诗风。《投笔集》中次《秋兴》韵达13叠104首之多，如此史诗式七律大型组诗，得未曾有。七绝名篇有《金陵后观棋》6首等。

吴伟业（1609－1672），号梅村，江苏太仓人。明崇祯四年（1631）进士，授翰林院编修，官左庶子。南明福王朝拜少詹事。清顺治九年（1652）授秘书院侍讲，迁国子监祭酒，不久乞归。诗歌成就更为斐然可观，善以历史题材，作为叙事长诗，如《圆圆曲》《楚两生行》等数十篇，取易传之事为绝妙之辞，"格律本乎四杰，而情韵为深；叙述类乎香山，而风华为胜"（《四库总目提要》），实足颉颃元白，时称"梅村体"。七绝含蓄蕴藉，名篇有《戏题仕女图》等。

龚鼎孳（1615－1673），字孝升，号芝麓，安徽合肥人。明崇祯七年进士，官兵科给事中。李自成入京，授直指使，巡视北京。后降清授吏科给事中，康熙初至刑部尚书。诗歌创作风格凄婉，成就略逊于钱、吴。

在中国封建社会的伦理道德中，忠是一个重要概念。然而自古以来，士大夫也有一个与之不无矛盾的"良臣择主而事"的观念。历史上改朝换代，士大夫弃暗投明，由旧朝入新朝，继享荣华者，何代无之？远的不说，曹魏时的阮籍，就违心地接受过司马氏的官职；唐代的虞世南、李百药等，多是亡隋的旧臣；晚唐入五代的诗人，五代入宋的词客，就更多了。都没有什么负罪感，也不受谴责。阮籍还有痛苦，虞世南以下，似乎连痛苦也没有。不就是因为有个择主而事的观念么。

不过有一个著名的例外，那就是梁时由南入北的庾信，所谓"伤心庾开府，老作北朝臣"（郎士元）。而庾信的伤心，有两重原因，一重表面的原因，便是他的留北，并非出于自己的选择，而是违心的，准确地说，是被扣留下来的。被扣而不能以死相争，所以难过。一重深层的原因，便是改事了异族，这就涉及一个民族感情的问题。这才是问题的本质。

所以接受司马氏官职的阮籍，有痛苦而无惭愧；由隋入唐做官的虞世南，有幸福而无惭愧；由唐入前蜀做宰相的韦庄，有尊荣而无惭愧，如此等等。而由宋入元做官的赵孟頫，就不免惭愧，而且被人谴责：他到兄长家坐一坐，走后老兄竟用水洗板凳。然而，赵孟頫没有在诗中表现他惭愧的心理。再往后，先仕元朝，后入明朝做官的宋濂、刘基等人，岂但不必惭愧，简直是顺理成章。到清初，改事新朝的钱谦益、吴伟业、龚鼎孳们，叫作"屈节事清"，自己心里就不那么踏实。与赵孟頫不同的是，作为诗人，他们无法消除这个情结，没有回避这块心病，却通过诗歌来予以面对，以求得内心的缓解和平衡。虽然还说不上解剖自己，但他们确实填补了一个空白，留下了一份值得玩味的遗存。值得后世读者欢迎。

作为受过严格正统教育的士大夫，名节观念，在钱谦益、吴伟业等人思想中，当然也是根深蒂固的。然而他们还算不上精神至上的人文知识分子，而是世俗化的文人，求生的本能和物欲的诱惑，使他们无法为

492

了一个名节观念，就放弃了身家性命，去为那个气数已尽、毫无希望的南明小朝廷殉葬。活着，对他们是第一位的；荣华富贵，对他们是重要的。所以不得不与清廷取合作态度，最终丧失了民族立场。然而他们还不是不知羞耻、助桀为虐的洪承畴之辈。在内心感情上，当然还是留恋朱明，与清朝并不融洽。而清廷对他们，也纯然是一种利用：为了巩固政权，必须安抚他们，为汉族士大夫树立皈依新朝的榜样；一旦政权巩固，则又要将他们作为"贰臣"写入另册，作为大清臣民的反面教员。这一点，他们的心里应当完全清楚。性命和荣华是保有了，但苟活的滋味并不好受，这也意味着精神上的熬煎。钱、吴等人本是诗坛老宿，功力极深，兼擅各体，长篇多有力作。所作绝句，多抒沧桑感触，时与负罪之感交织，兼有庾赋和杜诗的影响，形成一种凝练、萧瑟、沉郁而老成的风格。

　　寂寞枯枰响沉寥，秦淮秋老咽寒潮。

　　白头灯影凉宵里，一局残棋见六朝。（钱谦益《金陵后观棋》）

　　苑外杨花待暮潮，隔溪桃叶限红桥。

　　夕阳凝望春如水，丁字帘前是六朝。（同上《留题秦淮丁家水阁》）

　　绣岭灰飞金谷残，内人红袖泪阑干。

　　临觞莫恨青娥老，两见仙人泣露盘。（同上《丙戌南还赠别故侯家妓人冬哥》）

　　江南才子杜秋诗，垂老心情故国悲。

　　金缕歌残休怅恨，铜人泪下已多时。（同上《赠别王郎》）

　　倚槛春愁玉树飘，空江铁锁野烟消。

　　兴怀何限兰亭感，流水青山送六朝。（龚鼎孳《上巳将过金陵》）

　　这些感怆沧桑之作，吞吐抑咽，饱含故国之思。其中反复运用的一个诗歌语汇便是"六朝"，有时也写作"南朝"。这一语汇读者在中晚唐绝句，如刘禹锡、杜牧、韦庄等人写金陵或石头城的七绝中，也曾频频遇到。其深层原因，是由于安史之乱造成文化中心南移，使唐诗人对江南有了某种特殊的感情。而江南是经过六朝的开发而繁荣的，其一切文明无不带着六朝的印记。特别是作为六朝古都的金陵，更会引起诗人的怀古之思。但唐诗中的"六朝"就是六朝，而清初钱谦益、龚鼎孳等人的七绝中的"六朝"或"南朝"，却完全有不同的含义，它不再只是指东吴、东晋、宋、齐、梁、陈那些在历史上建都金陵的来去匆匆的朝代，或者说，它表面上是指这些朝代，而它包含的隐义却是眼前刚刚消灭的南明。所谓南明，即崇祯帝自缢后，明王朝残余力量在南方建立的政权，经历了福王弘光、唐王隆武、鲁王、唐王绍武、桂王永历、韩王定武六个政权，其中弘光朝即建都金陵，这恰好凑合了"六朝"，而比历史上的六朝更迭更加频繁，历时更加短暂。所以清初七绝的"六朝"或"南朝"，切莫作唐诗类语看去。或者说，中晚唐绝句中的六朝情结，到清初已经发生丕变。凡是运用"六朝"或"南朝"这一语汇的诗篇，都不再是发思古之悠情，不只是借古鉴今，而直接就是感怆现实、怀古伤今。诗人陈于王《桃花扇传奇题辞》绝句道：

　　　玉树歌残迹已陈，南朝宫殿柳条新。
　　　福王少小风流惯，不爱江山爱美人。

《桃花扇传奇》正是以南明亡国为背景的历史剧，孔尚任历时十年而成。陈于王作题词，着重讽刺南明政权的腐化堕落。即以"南朝"指弘光朝，谓南明王朝实蹈袭陈后主的覆辙，"柳条新"而行径旧也。不说福王荒淫，而说他"少小风流惯"，不说他断送江山，而说他"不爱江山爱美人"，有举重若轻之妙。这首诗在情感上却没有钱谦益们那样沉重的负荷，这无非是因为钱谦益等出生较早，做了贰臣，有罪孽感。而陈于王出生较晚，不担干系，可以对福王尽情调侃。另一个反复使用的典故，就是铜人泣露盘的故事。魏明帝徙汉宫铜人事，见《三国志·魏书·明帝纪》裴松之注引《魏略》及《汉晋春秋》，唐李贺《金铜仙人辞汉歌》有"天若有情天亦老"之名句，诗人以没落王孙，寄痛感世变之意。后世以铜仙辞汉喻人间沧桑，遂沿用为习。而莫如明清易代之际，钱谦益等人所作般有切肤之痛。

> 白头风雪上长安，裋褐疲驴帽带宽。
>
> 辜负故园梅树好，南枝开放北枝寒。（吴伟业《临清大雪》）
>
> 玉颜憔悴几经秋，薄命无言只泪流。
>
> 手把定情金合子，九原相见尚低头。（同上《古意》）
>
> 豆蔻梢头二月红，十三初入万年宫。
>
> 可怜同望西陵哭，不在分香卖履中。（同上）
>
> 霸越亡吴计已成，论功何物赏倾城？
>
> 西施亦有弓藏惧，不独鸱夷变姓名。（同上《戏题仕女图》）
>
> 玉关秋尽雁连天，碛里明驼路几千。
>
> 夜半李陵台上月，可能还似汉宫圆？（同上）
>
> 急流喷沫斗雷霆，险过江平响亦停。
>
> 任说波涛千万迭，能移孤嶂插天青？（龚鼎孳《晓发万安口号》）
>
> 长恨飘零入洛身，相看憔悴掩罗巾。
>
> 后庭花落肠应断，也是陈宫失路人。（同上《赠歌者南归》）

另一个系列的七绝，侧重表现失节者的负罪感和忏悔的心情。吴伟业在他的七律名篇《过淮阴有感》中即有"我本淮南旧鸡犬，不随仙去落人间"之句，深刻地表现了他对朱明王朝的眷念和被迫屈节的无奈和愧疚。同样一种情结，也反映在他的七绝创作中。诗人的南朝情结，在诗中往往外化为"南""北"的对举，如《临清大雪》一诗写作者身不由己，勉强北上受职的复杂心态，"辜负故园梅树好，南枝开放北枝寒"语本"南枝向暖北枝寒，一种春风有两般"（《摭异》）。这种将南、北对举写，以南喻明，以北喻清，在当时人是心照不宣，后来竟成文字狱的严打对象。为了避免触犯新朝的忌讳，诗人还经常采用传统的香草美人的寄托手法，在诗中变相为女性。如《古意》"玉颜憔悴"刻画一位未亡人内心的痛楚，害怕死后与亡夫在地下相见，诗中薄命女子的身上，便有诗人自己的影子。"豆蔻梢头"则曲写出自己虽然失意于南明，却依然为故国感到难过。《戏题仕女图》"霸越亡吴"一诗将弓藏之惧与西施联系，写出身事两主的疑惧，其间逗漏出诗人接受清廷的授职、旋即辞官的隐衷。"玉关秋尽"一诗，借昭君写眷念故国的情怀，其间又牵进李陵，愧意更深。李陵这个人物见于《汉书·苏武传》，班固把他作为苏武的反衬来写，对失节者的灵魂作了异常深刻的解剖。通过李陵奉单于之命对苏武的劝降，彻底暴露了他的活命哲学。又写他看到苏武的决心不可动摇时，即刻良心发现，喟然叹道："嗟乎义士！陵与卫律之罪，上通于天。"生动再现了其内心的矛盾和痛苦。这一人物形象，在明末清初经常在诗中被提起，自非偶然或凑巧。或用来写失节者的汗颜，或用来作为志士的反衬。前举顾炎武《海上》诗就以苏武自况（"平生李少卿，持酒来相劝"），诗中提到李陵相劝，定非泛泛而论，而必有现实的针对性。龚鼎孳《晓发万安口号》乍看完全是一首纪行诗，王英志十分敏锐地指出："此诗虽是写景，但不无寄托。在人生社会的'急流'中，不乏于'波涛千万迭'中巍然不动如'孤嶂'之士。相比之下，作者当为自己屈节仕清而羞愧。"（《清人绝句五十家掇英》）而《赠歌者南归》"末句一'也'字泄露了作者以'陈宫失路人'自居的天机，颇有表白自己降清乃是走投无路、无可奈何之意"（同前）。

由此可见，清代绝句一开始，就不是根据某一先验的艺术标准或主张，来规范诗歌的创作。而是一代士大夫根据自身的遭遇，尤其是精神上的失落，用艺术创作来拯救自己的灵魂。而这些作者，大都学殖深厚，底蕴充足，不管运用典实，还是借助光景，都能信手拈来，自然贴切，而富于艺术含蕴。其诗对人性的解剖，尤有独到的认识价值。他们广泛吸收了唐宋诗的营养，却不自立门户，不画地为牢。所作绝句既富才情，也见学识，有着较高的文化品位和审美价值。这份沉甸甸的遗产，为有清一代的绝句，尤其是七言绝句，创下一个很高的起点。仅此一端，便为元、明绝句所不可企及。

王士禛神韵说

满族入主中原，到了康熙、雍正时期，清代社会已趋稳定。而老一代诗人渐渐退出人生舞台，第二代诗人已成长起来。属于康熙时代名噪一时的诗人，有施闰章、宋琬等。王士禛说："康熙以来诗人，无出南施北宋之右，宣城施闰章愚山，莱阳宋琬荔裳是也。"（《池北偶谈》）。施闰章（1618－1683），字尚白，号愚山，宣城（今属安徽）人。所作五言近体多清空凝练，意境幽深，但内容未免单薄。他的创作成就，主要体现在中年时代所写的具有现实主义倾向的五七言古体，尤其是乐府如《牵船夫行》《浮萍兔丝篇》等，在他的七绝创作中，也有表现，如：

> 斫取凝脂似泪珠，青柯才好叶先枯。
>
> 一生膏血供人尽，涓滴还留自润无？（《漆树叹》）

而施闰章并不以绝句创作见长。这一时期，在七言绝句创作上，值得注目的作家是宋琬和吴嘉纪。宋琬（1614－1674），字玉叔，号荔裳，莱阳（今属山东）人。与施闰章不同的是，他的诗较少直接反映社会现实，多抒写个人穷愁哀伤，间有暗寓故国之思者，这些内容也比较适合用七言绝句来表现：

> 睡起无聊倚舵楼，瞿塘西望路悠悠。
>
> 长江巨浪征人泪，一夜西风共白头。（《江上阻风》）
>
> 茅茨深处隔烟霞，鸡犬寥寥有数家。
>
> 寄语武陵仙吏道，莫将征税及桃花。（《同欧阳令饮凤凰山下》）
>
> 秋水芦花一片明，难同鹰隼共功名。
>
> 樯边饭饱垂头睡，也似英雄髀肉生。（《舟中见猎犬有感》）

就是接触到民生疾苦的诗，如《同欧阳令饮凤凰山下》，在表现上，也是侧面微挑，不像施闰章《漆树叹》那般刻意，颇得风人之旨。《舟中见猎犬有感》是一篇佳作：船天然是鱼鹰、水貂栖身之处，舟中养猎犬，本属多事。猎犬吃饱无聊，只好在船樯边垂头大睡。诗人见猎犬而联想到"功名"，联想到人事。末句典出《三国志》注刘备事，"备往荆州数年，尝于表坐起如厕，见髀里肉生，慨然流涕。还坐，表怪问备，备曰：吾常身不离鞍，髀肉皆消。今不复骑，髀里肉生。日月若驰，老将至矣，而功业不建，是以悲耳"。将舟中猎犬比作失路英雄，自是巧思。将英雄比猎狗，并不是一种亵渎。《史记·勾践世家》"狡兔死，走狗烹"，就将功臣比作猎犬。而刘邦曾喻功臣为"功狗"。诗人见舟中猎犬，所以会发生怀才不遇的感慨。

吴嘉纪（1618—1684），字宾贤，号野人，泰州（今属江苏）人。明亡时年二十七岁，即绝口不谈仕进，隐居泰州，自署其居曰"陋轩"，苦吟不辍。诗学唐能化，汪懋麟谓其："五七言近体，幽峭冷逸，自脱拘束。至所为今乐府诸篇，即事写情，变化汉魏，痛郁朴远，自为一家之言。"（《陋轩诗序》）孔尚任则推他和同时屈大均、王士禛为三大诗人（《题居易堂文集屈翁山诗集序后》）。

> 输尽瓮中麦，税完不受责。
>
> 肌肤保一朝，肠腹苦三夕。（《税完》）
>
> 白头灶户低草房，六月煎盐烈火旁。
>
> 走出门前炎日里，偷闲一刻是乘凉。（《绝句》）
>
> 凤凰台北路迢遥，冷驿荒陂打暮潮。
>
> 汝放扁舟去怀古，白门秋柳正萧萧。（《送吴仁趾》）

陋轩绝句涉及民生者，有一种力透纸背感，不在唐人李绅、聂夷中
之下。尤其是《绝句》一诗，抓住灶户不堪烈火之前长时间的高温作业，
走到门外炎日里，偷闲一刻犹似享受的典型情节，反映出灶户煮盐生涯
的艰辛，题材独到，表现深刻，"乘凉"二字，反常合道，直开唐宋人七
绝未有之生面，给读者留下的印象异常深刻。

真正代表康熙、雍正朝诗歌创作主流，而在绝句诗坛独领风骚的诗
人是王士禛。王士禛（1634—1711），号阮亭，又号渔洋山人，新城（今山
东桓台）人。顺治十五年（1658）进士，出任扬州推官，后升礼部主事，
官至刑部尚书。康熙三十四年（1704）罢官归里。

王士禛推本晚唐司空图"味在酸咸之外"及南宋严羽"以禅喻诗"
之旨，高倡"神韵说"，是清诗一大关捩。康熙、雍正时代政治稳定，相
对承平，诗人仕途顺利，不欲犯文网之严，宁肯回避现实中尖锐的民族
矛盾，更多地在诗艺上进行追求。王士禛论诗，有一个前后变化的过程，
尝自谓早年务博综该洽，"入吾室者俱操唐音，韵胜于才。""中岁越三唐
而事两宋，良由物情厌故，笔意喜生，耳目为之顿新，心思于焉避熟。"
"既而清利寝以佶屈，顾瞻世道怒焉心忧，于是大音希声药淫哇锢习，
《唐贤三昧》之选，所谓乃造平淡时也，然而境亦从兹老矣。"（俞兆晟《渔

洋诗话序》)历经三变,倡神韵说。《四库总目提要》则谓清自:"开国之初,人皆厌明代王(世贞)、李(攀龙)之肤廓,钟(惺)、谭(元春)之纤仄,于是谈诗者竟尚宋元。既而宋诗质直,流为有韵之语录;元诗缛艳,流为对句之小词。于是士禛等以清新俊逸之才,范水模山,批风抹月,倡天下以'不著一字,尽得风流'之说,天下遂翕然应之。"说法大抵相合。

"神韵"一词,最早见于唐人张彦远《历代名画记》"论画六法"中,在诗论中首标神韵者是明人胡应麟。而明前后七子倡言盛唐,措意神情和声调,却推重七言律诗(此体本非盛唐所尚),其弊流于肤廓。公安、竟陵派以宋人矫七子之失,其弊流于浅率。这两种倾向都影响到清初,王士禛欲纠两派之偏,所以一方面标举唐音,一方面也承认宋调。最后乞灵于司空图"不著一字,尽得风流"(《诗品·含蓄》)之说、严羽"诗道亦在妙悟""盛唐诗人唯在兴趣"(《沧浪诗话·诗辨》)之说,倡言"神韵",追求古淡空灵,亦重七言近体,而实以七言绝句为先,自然凑泊于唐人。王士禛为推行其诗歌主张,岁晚亦操持唐诗选政。所撰影响较大者,为《唐贤三昧集》和《唐人万首绝句》。自康熙二十七年(1688)春始,他日取唐开元、天宝间诗诵之,在李、杜两大家外,"录其尤隽永超诣者",自王维至奚贾凡42人诗400余首,于年底成此编共三卷。其中录王维诗尤多,在百首以上,次则孟浩然、岑参、李颀、王昌龄四家,皆在30首以上。可见其衡诗宗旨。《唐人万首绝句》编成于康熙四十七年(1708),继杨慎之后倡绝句为唐乐府之说:

渔洋山人撰宋洪氏《唐人万首绝句》既成,或问曰:"先生撰唐人绝句意何居?"应之曰:"吾以他唐乐府也。"曰:"绝句也,而谓之乐府何也?"曰:"乐府之名其来尚矣,世谓始于汉武,非也。按《史记》高祖过沛诗、三侯之章,又令唐山夫人为房中之歌，《西京杂记》又谓戚夫人善歌《出塞》、《入塞》、《望归》之曲，则乐府实始汉初。（略）然考之开元、天宝以来，宫掖所传，梨园弟子所歌，旗亭所唱，边将所进，率当时名士所为绝句尔。故王之涣'黄河远上'、王昌龄'昭阳日影'之句至今艳称之，而右丞'渭城朝雨'流传尤众，好事者至谱为《阳关三叠》。他如刘禹锡、张祜诸篇尤难指数。由是言之，唐三百年以绝句擅场，即唐三百年之乐府也。而子又奚疑？"（《唐人万首绝句》序）

此书凡例中，于五绝推王勃、王维、裴迪、李白、崔国辅、韦应物，谓学者"于此数家求之，有余师矣"。于七绝则谓"开元、天宝名家无美不备，李白、王昌龄尤为擅场"。"必求压卷，则王维之'渭城'、李白之'白帝'、王昌龄之'奉帚平明'、王之涣之'黄河远上'，绝句亦无出四章之右者矣。中唐之李益、刘禹锡，晚唐之杜牧、李商隐四家，亦不减盛唐作者。"乐府的精神，在于有感而发和语言的自然平易。所举四诗，大体上都是深入浅出、兴会极佳的典范。由此可见，王士禛较李攀龙在对盛唐诗精神的把握上，要准确得多，在操持唐诗的选政上，也要平允精审得多。

王士禛是清代第一个大量写作七言绝句的诗人，其中有不少是绝句组诗。其诗多取材于游历中所见山水风光，亦不乏情寄。所作风格古淡自然，清新圆润，成功地实践了其诗歌主张，故为一时风靡而景从。

　　日暮东塘正落潮，孤篷泊处雨潇潇。

　　疏钟夜火寒山寺，记过吴枫第几桥。（《雨夜过寒山寺》）

　　危栈飞流万仞山，戍楼遥指暮云间。

　　西风忽送潇潇雨，满路槐花出故关。（《雨中度故关》）

年来肠断秣陵舟，梦绕秦淮水上楼。

十日雨丝风片里，浓春烟景似残秋。（《秦淮杂诗》）

江干多是钓人居，柳陌菱塘一带疏。

好是日斜风定后，半江红树卖鲈鱼。（《真州绝句》）

　　这类绝句大都情景交融，语言清丽，韵味盎然，极富风调之美，可以颉颃唐人。有一些绝句与唐诗本来就有联系，或延续唐诗的意境，如《夜雨过寒山寺》与张继《枫桥夜泊》《风雨度故关》及杨凝《送客入蜀》（"秋雨槐花子午关"）就有这样的联系。有一些则纯系"自作语"，如作于顺治十八年（1661）的《秦淮杂诗》。诗人当时客居金陵，馆于布衣丁继之家。诗人于去年八月曾充江南同考官赴金陵，九月即病归扬州，今春三月重返金陵，本应喜不自胜。不料一连十日阴雨连绵，不见风和日丽之艳阳天，不免心中郁闷，寓主观之情于客观之景。诗意相当空灵，作为组诗第一首，在兴象和气氛的营造上，实有笼罩的作用。组诗中时见咏及明代遗迹之语（如咏徐达第宅之"朱门草没大功坊"、咏秦淮艺妓之"尊前白发谈天宝，零落人间脱十娘"、咏莫愁湖之"年来愁与春潮满，不信湖尚名莫愁"等），是可以从中领会到伤逝之意的。诗人在明代度过童年，其父、祖为明遗民，入清不仕、隐居乡里。诗中所透出的伤感，与此有关；但毕竟隔着一层，所以又显得很淡。《真州绝句》是又一绝句组诗，"江干多是"一首描绘了一幅秋晚渔村小景。稀疏的陌柳塘菱虽然带有几分秋季的萧瑟，但诗的色彩仍然十分明丽。柳陌之萧疏与红树之热烈，日斜风定之静谧与卖鲈鱼之呼喊，都非常协调地统一着。如画之作，比王维之作别有风味，内容更入俗，而风格却雅致。

寒雨秦邮夜泊船，南湖新涨水连天。

风流不见秦淮海，寂寞人间五百年。（《高邮雨泊》）

江乡春事最堪怜，寒食清明欲禁烟。

残月晓风仙掌路，何人为吊柳屯田？（《真州绝句》）

翠羽明珰尚俨然，湖云祠树碧于烟。

行人系缆月初坠，门外野风开白莲。（《再过露筋祠》）

新歌细字写冰纨，小部君王带笑看。

千载秦淮呜咽水，不应仍恨孔都官。（《秦淮杂诗》）

霸气江东久寂寥，永安宫殿莽萧萧。

都将家国无穷恨，分付浔阳上下潮。（《蟂矶灵泽夫人祠》）

这一类诗在行役的内容上，加上了一点怀古的情愫。有的写景的成分较多，因其地而想到相关古人，连带出怀古之思，如《高邮雨泊》《真州绝句（江乡春事）》。有的是因当地传说，而生出遐思，如《再过露筋祠》。有的以怀古为主，却也与眼前景物相联系，如《秦淮杂诗（新歌细字）》中的"千载秦淮呜咽水"、《蟂矶灵泽夫人祠》中的"分付浔阳上下潮"。无论属于哪一种情况，他都能做到情景相生，极富神韵，具体体现了他的创作主张，所以影响诗坛达百年之久。溢美者谓："盖自来论诗得或尚风格，或矜才调，或崇法律，而公则独标神韵。神韵得而风格、才调、法律三者悉举诸此矣。""公之诗既为天下所宗，天下人人能道之，然而公之诗非一世之诗，公之功非一世之功也。"（杨绳武《王公神道碑铭》）

然而，回避现实矛盾，使得王士禛绝句的思想性比较薄弱。而在艺术方面，他于《二十四诗品》不取雄浑、沉着、劲健、豪放、悲慨等品，而独标"有谓冲澹者曰'遇之匪深，即之愈稀'，有谓自然者曰'俯拾即是，不取诸邻'，有谓清奇者曰'神出古异，澹不可收'，是三者品之最上"（王士禛《蚕津草堂诗集序》）。与李、杜、白、苏等大家的诗歌追求毕竟殊途，就是与王维比，无论思想还是艺术，都还有一间之隔。因而，在他的身后，不免遭到批评。张维屏《听松庐诗话》说："阮亭先生诗，同时誉之者固多，身后毁之者亦不少。推其致毁，盖有两端：一则标举神韵，易流为空调；一则过求典雅，易掩却性灵。"流为空调、掩却性灵，则正是明七子的弊病。于是王士禛从纠补明七子之弊出发，却绕了一个圈，陷入明七子的覆迹。"当王士禛诗论在艺术形式方面所起的一些补弊救偏作用消失了它的时代意义以后，神韵说本身也就有待于后人的补弊救偏了。"（郭绍虞等《中国历代文论选》）

第一个起来纠正王士禛的，不是别人，却是他的甥婿赵执信。赵执信（1662—1744），字仲符，号秋谷，益都（今属山东）人。康熙十八年（1679）进士，授翰林院编修。二十八年因在佟皇后丧期观演《长生殿》被革职。他是王士禛甥婿，对王并不迷信，为王所不喜。王有《古诗平仄论》，秘不肯相告，他就自著《声调谱》。王曾以比喻阐释神韵说，谓："诗如神龙，见其首不见其尾，或云中露一爪一鳞而已。"赵即著《谈龙录》力斥其非。他比较服膺冯班、吴乔的诗论，认为"诗之中须有人在""诗人贵学尤贵知道"。赵执信在创作上，思路劖刻，欲以清新取胜，但才力不足，兼矫枉过正，绝句虽自然有风致，而在含蓄和情韵上，较王则有欠焉。所以不能成为王之替人。

> 屋角参差漏晚晖，黄头闲缉绿蓑衣。
> 倦来枕石无人唤，鹅鸭如云解自归。（《昭阳湖行书所见》）
> 深宫燕子弄歌喉，粉墨尚书作部头。
> 瞥眼君臣成院本，输他叔宝最风流。（《金陵杂感》）
> 望齐门外望青州，一室欢声入桦讴。
> 十幅风帆半城月，最难图画是归舟。（《归舟》）

与王士禛同时齐名的诗人还有朱彝尊，称南北两大宗。朱彝尊（1629—1709）为著名学者，主要成就在于词学。其诗歌创新上不如王氏，然才力宏富，约而为绝句，亦以情韵见长。

> 白狼堆近雪嵯峨，风卷黄云入塞多。
>
> 尽道打围春更好，夕阳飞骑兔毛河。（《观猎》）
>
> 天书裯叠此山亭，往事犹传翠辇经。
>
> 莫倚危栏频北望，十三陵树几曾青。（《来青轩》）
>
> 上林消息断归鸿，记抱琵琶出汉宫。
>
> 红颜近来憔悴甚，春风更逊画图中。（《明妃曲》）

取法宋人：查慎行及厉鹗

　　真能弥补神韵派缺失的诗人，要算与王士禛同时而略后的查慎行。查慎行（1650－1727），号初白，海宁（今属浙江）人。康熙四十二年（1703）进士，特授翰林院编修，入直内廷。他与朱彝尊为中表兄弟，得其奖誉，声名早著。入朝后又从军西南，随驾东北，丰富了阅历，饱览了各地风光。论诗亦不大远于王氏，独创作成就出于王上。

　　其间重要的原因，在于查慎行看到从明七子到清代神韵派，模拟唐人，几成熟调。而习惯是诗歌的大敌，因而他兼学唐宋，尤致力于宋诗的研究，著《补注东坡编年诗》五十卷，得力于苏轼和陆游很深，于唐诗则近白居易。其诗既不乏推敲追琢，又多用白描手法，故自成一家，影响很大。赵翼认为"梅村后欲举一家列唐宋诸公之后者，实难其人。唯查初白才气开展，工力纯熟"，"要其功力之深，则香山、放翁后一人而已"（《瓯北诗话》）。

　　查慎行是清诗的高产作家，平生所作不下万首，绝句尤多组诗。其诗多纪游吊古之作，内容较王士禛更为贴近现实，创意较多，从语言到意象上，极少因袭前人，足见其才情之富赡。

> 月黑见渔灯，孤光一点萤。
>
> 微微风簇浪，散作满河星。（《舟夜书所见》）
>
> 半浮半没树头树，乍合乍离山外山。
>
> 借取日光磨一镜，吴娘船上看烟鬟。（《晓发胥口》）
>
> 掀波成山石作底，风平石出波冷冷。
>
> 秋天一碧雨新洗，大滩小滩如撒米。（《大小米滩》）

　　东坡绝句极善妙喻，查慎行在这方面一点也不逊色，且自道所得，无模拟痕迹。《舟夜书所见》写黑夜中渔火在江中倒影的幻景，从"一点萤"到"满河星"，中间以"风""浪"作波，既小能见大，又深得物理。《晓发胥口》亦写舟行所见江景，因是白日，光景自是不同，以"借取日光磨一镜"，写晴天江面的风平浪静，措语创意俱妙。《大小米滩》由即目所见的滩景，忽悟滩名的来历，又深得民谣风味。这些写景诗，水平不在白居易、苏轼以下，而语言和意境皆足令人耳目一新。相形之下，王士禛绝句就耳熟得多。

> 一领西风季子裘，乱砧声里又残秋。
>
> 人间尚有君怜我，每过南湖作少留。（《将赴洞庭书局雨中与徐淮
>
> 江别》）
>
> 九十日来乡梦断，三千里外客愁疏。
>
> 凉轩灯火清砧月，恼乱翻因一纸书。（《初得家书》）
>
> 南来步步远风霾，川路晨征一倍赊。
>
> 竹蓬蒲帆浑不用，橹声如雁下长淮。（《发清江浦》）

506

日常随想随感，是适宜七绝表现的题材。这里真实、独到、细腻都是很关紧要的。《将赴洞庭书局雨中与徐淮江别》写与友人离别的依依不舍之情，三句强调自己特别看重对方的关心，末句因而回忆彼此间一向的过从，不是"无事不登三宝殿"，而是每过即留，少留即去，见得两下交情非同一般。诗如话家常，欣慨交心。《初得家书》不写客中初得家书之喜，而写由此引起想家的苦恼，而得信的欣喜亦在不言中。《发清江浦》写从北方回南方，旅途渐入佳境的心情，妙在"竹笭蒲帆浑不用"，唯听"橹声如雁下长淮"，盖作者之心亦如雁南飞。各诗大体用口语作白描，亦可谓深衷浅貌，短语长情。

针米由来富贵乡，入秋饱啖只寻常。

如今米价偏腾贵，贱买河鱼不忍尝。（《初入小河》）

荔枝花落别南乡，龙眼花开过建阳。

行近澜沧东渡口，满山晴日焙茶香。（《武夷采茶词》）

生男不娶城中妇，生女不嫁田舍郎。

两两鸳鸯同水宿，聘钱几口是槟榔。（《珠江棹歌词》）

漂泊西南且未还，几曾蒿目委时艰。

三重茅底床床漏，突兀胸中屋万间。（《题杜集》）

诗人十分关心人民生活和民间疾苦，常遇事入咏。《初入小河》作于康熙十八年（1679），诗人随新任巡抚的杨雍建赴贵州，入秋进入湖北一带，时久旱无雨。诗即抓住米价暴涨和河鱼贱卖两种现象，突出灾情的严重。因为急于换粮吃，渔人只能把鲜美的河鱼低价出手，使诗人深感不安。《武夷采茶词》《珠江棹歌词》皆组诗，反映的是诗人对民生民俗的观察，略近《竹枝词》。这类诗具有很强的人民性，受杜诗的影响较深。《题杜集》是一首论诗诗，点化杜诗"漂泊西南天地间""词客哀时且未还""卷我屋上三重茅""床头屋漏无干处""安得广厦千万间""何时眼前突兀见此屋"等句而成，反映了作者对杜甫的景仰。

以宗宋为主的诗人，还有厉鹗。厉鹗（1692—1752），字太鸿，号樊榭，钱塘（今杭州）人。康熙五十九年（1720）举人，后因应试受挫无意仕进，留意著述，以歌咏自娱。厉鹗广游历，足迹遍及两浙、齐鲁、幽燕等名山大川，其诗以游览之作为多。诗以取法宋人为主，兼宗大小谢及王孟韦柳。他精熟辽宋史实，所著《宋诗纪事》收诗甚广，对诗的世系爵里、诗篇的本事等罗列颇详，是研究宋诗的重要参考书。而他本人则是清代雍正、乾隆时期"宋诗派"的代表作家，为"浙派"诗领袖。同时又是以朱彝尊为首的"浙派词"的巨子。他的绝句吐属娴雅，刻琢研炼，隽妙可喜。

芦根渺渺望无涯，雁落圆沙几点排。

明月堕烟霜落水，行人今夜宿清淮。（《宝应舟中月夜》）

漫脱春衣浣酒红，江南二月最多风。

梨花雪后酴醾雪，人在重窗浅梦中。（《春寒》）

冲风苦爱帽檐斜，历尾无多感岁华。

却向东蒙看残雪，青天乱插玉莲花。（《蒙阴》）

石势浑如掠水飞，渔罾绝壁挂清晖。

俯江亭上何人坐，看我扁舟望翠微。（《归舟江行望燕子矶作》）

书灯佛火影清凉，夜半层楼看海光。

蕉飔暗廊虫吊月，无人知是半闲堂。（《秋宿葛岭涵青精舍》）

夹竹天桃蘸小红，水高鱼沪没芦丛。

南湖春物无人管，都付斜风细雨中。（《南湖雨中》）

《清诗别裁集》和官方诗论

到乾隆朝，以宗唐为主而影响较大的诗人是沈德潜。沈德潜（1673—1769），字确士，号归愚，长洲（今苏州）人。他从 23 岁即继承父业开始教馆涯，乾隆四年（1739）中进士时已是 67 岁老翁，官至内阁学士兼礼部侍郎。在朝期间，深得乾隆赏识，常出入禁苑与乾隆唱和，并论及历代诗的源流和升降，因而声誉鹊起，影响甚大。

沈德潜是一位很有鉴赏力的正统派诗论家。他年轻时曾受业于叶燮，叶燮诗论本为明前后七子和公安派这两种对立的观点而发，在总结历史经验、探索正统文学发展方向上颇有灼见，对前后七子拘泥体格、声调的批判相当精彩。所著《原诗》在理论的创造性和系统性上在清代诗论著作中最为突出。从叶燮那里，沈德潜主要接过了儒家传统的温柔敦厚的诗教，把它作为一根主心骨。此论倡自汉儒："温柔敦厚，诗教也。其为人也，温柔敦厚而不愚，则深于诗者也。"（《礼记·经解》）唐代孔颖达疏曰："诗依违讽谏，不指切事情，故云温柔敦厚，是诗教也。"除了伦理原则的意义外，后世常引申为艺术准则。温柔敦厚的提法，比孔子的兴观群怨说，更合统治者的口味，是其得以成立的重要原因。

沈德潜的诗歌理论见于所著诗话《说诗晬语》，具体贯彻在他编选的《古诗源》《唐诗别裁集》《明诗别裁集》和《清诗别裁集》（原称《国朝诗别裁集》）之中。这几部诗选，在历代诗歌的选集中，很是出类拔萃：一是收罗较富，二是择持平允，三是品鉴甚精。《古诗源》除文人诗外，还收录了不少古代民歌，将其中一些五言四句体诗题为"古绝句"，是很有眼光的。在思想内容上，沈德潜力主温柔敦厚之说；在艺术风格上，则提倡三唐风格，并强调音律的重要性，即一唱三叹之音，是为格调说。沈德潜的处境和政治地位决定了其诗论只能是为统治者代言的官方诗论，其保守性和局限性自不待言。然而沈德潜本人不失为一位有鉴赏力的诗评家，所以他在别裁历代诗歌时，又不完全受其诗歌理论所囿，而在一定程度上突破了他在理论上的局限。因此这些选本仍有很强的生命力。

《唐诗别裁集》初版于康熙五十六年（1717），增订再版于乾隆二十八年（1763），经半个世纪的斟酌始成定本。书名取"别裁伪体亲风雅"（杜甫）之义。全书以李杜为纲。序言打头说："新城王阮亭尚书选《唐贤三昧集》取司空表圣'不著一字，尽得风流'、严沧浪'羚羊挂角，无迹可求'之意，盖味在咸酸外也。而于杜少陵'鲸鱼碧海'、韩昌黎'巨刃摩天'者，或未之及。余因取杜韩语意，定唐诗别裁。"凡例又云："唐人选唐诗，多不及李杜。蜀韦縠《才调集》收李不收杜、宋姚铉《唐文粹》只收老杜《莫相疑行》、《花卿歌》等十篇，真不可解也。元杨伯谦《唐音》群推善本，亦不收李杜。明高廷礼《正声》收李杜浸广而未极其盛。是集以李杜为宗。元圃夜光，五湖原泉，汇集卷内，别于诸家选本。"仅此一条，即足以使此选立于不败之地。李杜以外，兼能顾及不同时期、不同流派、不同体裁之佳作，如初唐四杰、白傅讽喻、张王乐府以及李贺歌诗，入选诗人 270 家，选诗 1928 首，覆盖面广，选诗精当，点评扼要，篇幅适中，同臻于尽善。

此书凡例对五、七绝各自的特点及代表作家、作品，在王士禛的基础上，有精确的判断："五言绝句如右丞之自然、太白之高妙、苏州之古澹，纯是化机，不关人力。他如崔颢《长干曲》、金昌绪《春怨》、王建《新嫁娘》、张祜《宫词》等篇，虽非专家，亦称绝调，后人当于此问津。""七言绝句贵言微旨远，语浅情深，如清庙之瑟，一倡而三叹，有遗音者矣。开元之时，龙标、供奉允称神品。外此高、岑起激壮之音，右丞多凄惋之调，以至'葡萄美酒'之词、'黄河远上'之曲，皆擅场也。后李庶子、刘宾客、杜司勋、李樊南、郑都官诸家，托兴幽微，克称嗣响。"入选唐绝句，皆称佳构，无多遗珠之憾。要之，此书风靡于时，对清人学习唐诗，提供了一个比明人高棅《唐诗品汇》更为精粹、更为实用的范本。功不可没。

《清诗别裁集》是沈德潜为本朝诗歌编的一个选本，此书收清初至乾隆朝的诗歌3952首，入选作者达996人之多，部头两倍于《唐诗别裁集》，亦可谓"不薄今人"矣。此书始选于乾隆十九年（1754），毕于二十二年，二十五年重新修订。因为距离较近，从完善的角度而言，或不如《唐诗别裁集》；然就开创性而言，则有过之。此集大体上反映了从清初到乾隆朝的诗歌面貌；入选作家的专集不少已属亡佚，不少作品赖此本得以保存；编者的艺术趣味倾向于唐诗，故集中接近唐诗风格者较多，但也能凭编者的艺术直觉，选入一些与唐人别趣别调之作。兹就绝句略举数例：

> 百金买骏马，千金买美人。
>
> 万金买高爵，何处买青春。（屈复《偶然作》）
>
> 大王真英雄，姬亦奇女子。
>
> 惜哉太史公，不纪美人死。（吴永和《虞姬》）
>
> 将军此去必封侯，士卒何心肯逗留。
>
> 马后桃花马前雪，出关争得不回头。（徐兰《出居庸关》）
>
> 端溪谁割紫云腴，万古文心向此摅。
>
> 小点墨池成巨浪，就中飞出北溟鱼。（顾陈垿《砚》）
>
> 旋假旋归未得闲，十行俱下片时间。
>
> 百城深入便便腹，直抵荆州借不还。（李葂《题雅雨师借书图》）
>
> 不向人间留姓名，草衣木食气峥嵘。
>
> 山深虎出伥声急，夜半长歌空手行。（赵关晓《赠友》）

作者或名不见经传，然而诗却是一空依傍，令人耳目一新的诗。《偶然作》写青春难再，《出居庸关》写边塞苦寒，都是古人写滥了的题材，然而这两首却别具手眼，跳出前人窠臼，写出了全新的感觉。《虞姬》写女性读者读《项羽本纪》别有关注，《砚》就文房之宝发文心雕龙之志向，《题雅雨师借书图》写寒士借书受用的乐趣，《赠友》通过走夜路赞美敢字当头不信邪，等等，则任唐人搜索未到的题材，而写得也很别致。这些作品得以传世不朽，作者和读者都应该感谢沈老先生。

沈德潜本人的绝句，虽非大手笔，但毕竟是深于诗者，故集中不乏佳作，如：

> 云开逗夕阳，水落穿浅土。
>
> 时见叱牛翁，一犁带残雨。（《晚晴》）
>
> 到处陂塘决决流，垂杨百里罨平畴。
>
> 行人便觉须眉绿，一路蝉声过许州。（《过许州》）
>
> 轻烟满地送征骖，一色茸茸染蔚蓝。
>
> 不是柳条萦别恨，已牵魂梦到江南。（《春草》）

《晚晴》写途中所见，亦属农村题材。雨刚停住，夕阳下山，老农却抓紧时间犁田，可见有过一场春旱。"水落穿浅土"，可见虽有一场雨，但还没有下透，雨水仅仅浸润了一层浅土。春旱的情形，便从这句表现出来。"一犁带残雨"是一个十分够味的特写镜头：在农夫湿漉漉的犁把上，还挂着些水珠儿。至少包含两层意味：一以见雨虽没下够，但也很不小了，可以解决一点燃眉之急，间接地表现了力耕人的喜悦心情；一以见正是农忙时节，这犁早就放在田地里，这才能淋上雨，间接地反映了农家的紧张。二十字中意思不少。《过许州》画龙点睛的是一个"绿"字。前人亦炼此字，但无论"春风又绿江南岸"（王安石）还是"已绿湖上山"（丘为），都是描写视觉感受。而沈德潜的"行人便觉须眉绿"却跳越一级，描写的是心理感觉。因为事实上须眉是黑色的，染也染不绿，映也映不

512

绿。但行人在绿的川原中走，心里充满绿意，于是有"须眉绿"的主观感觉发生。它实际上表现的不是颜色，而是快感。所以出新。"一路蝉声过许州"，与"两岸猿声啼不住，轻舟已过万重山"（李白）有异曲同工之妙，传达的也是快感。

虽然沈德潜在诗的评选上大致能做到平允通达，但是由于地位处境决定，他在诗学概论上有意无意沾上卫道士的气味，太正统、太保守，不利于诗歌发展所必需的蓬勃生机。因而也遭到一些诗人的抨击和反对。

性灵派的复兴：袁枚和赵翼

马克思说过，任何时代占统治地位的思想，都是统治阶级的思想。因而，封建时代占统治地位的诗论，也就是代表封建统治者利益的官方诗论。官方诗论也可以说是官本位诗论，其本质乃是从自觉维护统治者利益的角度出发，而不理会文艺创作自身的要求，来区分正轨与异端、主旋律与非主旋律，有很强的功利性。一些受统治者豢养的、地位尊荣的诗人，因为自身的利益，自觉不自觉地充当着统治者的代言人，成为官方诗论的强有力的倡导者。他们理直气壮地画框框，定调调，意欲指导天下诗歌创作，却往往扼杀了诗歌创作的生机。沈德潜在一定程度上就扮演了这样的角色。官方诗论不但干涉创作自由，而且导致了大量伪诗的产生，所以也会引起纯粹的诗人，即以诗为本位的诗人的反感和抵制，从而导致对立诗论的产生。为了同样理直气壮，非官方诗论的倡导者，往往祭起亡灵的旗帜，即从古人那里寻找依据，作为自己的理论武器。于是，在清代就有"性灵"派的复兴。清代性灵派的代表作家，有袁枚、赵翼等诗人。这些诗人长于七绝，也喜欢用七绝来发表他们对诗歌创作的见解。

袁枚（1716—1797），字子才，钱塘人。他小沈德潜 40 岁，同于乾隆四年（1739）中进士。先授翰林院庶吉士，七年改放外任，在溧水等地任知县，有政声，十三年辞官定居江宁。筑室小仓山隋氏废园，改名随园，晚号仓山先生。袁枚工诗，与赵翼、蒋士铨并称"乾隆三大家"。

袁枚不满于当时流行的诗论——沈德潜倡导温柔敦厚的"格调说"及翁方纲以考据为诗的"肌理说"，而从明代公安派、竟陵派那里继承了"性灵说"，著有《随园诗话》，在后世影响甚大。他认为"自《三百篇》至今日，凡诗之传者，都是性灵，不关堆垛"（《随园诗话》五），"《礼记》一书，汉人所述，未必皆是圣人之言。即如温柔敦厚四字，亦不过诗教之一端，不必篇篇如是"，"孔子论诗可信者，'兴观群怨'也；不可信者，'温柔敦厚'也"（《再答李少鹤》），"情所最先，莫如男女"（《答蕺园论诗书》）。他在一首七言绝句中，借赞美唐代的上官婉儿，不点名地讥讽沈德潜道：

> 论定诗人两首诗，簪花人作大宗师。
>
> 至今头白衡文者，若个聪明似女儿。（《上官婉儿》）

至于翁方纲的"肌理说"，他更鄙薄为"填书塞典，满纸死气，自矜淹博"（《随园诗话补遗》三），以为毫无价值。亦有论诗绝句嘲弄道：

> 天涯有客号詅痴，误把抄书当作诗。
>
> 抄到钟嵘诗品日，该他知道性灵时。（《仿元遗山论诗》）

袁枚诗论把才（天分）、学（学养）、识（阅历）作为创作的条件，以真、新、活为创作的追求，这较公安派、竟陵派的性灵说更加深入而具体。袁枚本人在诗歌创作上，似乎受唐代白居易、宋代杨万里的影响为大，所谓"学杨诚斋而参以白傅"（尚镕《三家诗话》）。他不大在乎写什么，多取材于日常生活和景物、个人兴趣和识见，却在乎怎么写：

> 但肯寻诗便有诗，灵犀一点是吾师。
> 夕阳芳草寻常物，解用多为绝妙词。（《遣兴》）

作者强调好诗不是等来的，靠的是"灵犀一点"，李商隐说"心有灵犀一点通"，最重要的就是那个"通"字，那就是形象思维，就是想象和由此及彼的联想，还有通感即视觉、听觉与触觉的相通。"夕阳""芳草"是眼前景，"解用"指在特定语境下成为意象，即既是物象，又是象征符号。例如范仲淹"芳草无情，更在斜阳外"，就用"芳草""斜阳"，而别具象征意味，方成绝妙好词。

> 牧童骑黄牛，歌声振林樾。
> 意欲捕鸣蝉，忽然闭口立。（《所见》）
> 沉沉更鼓急，渐渐人声绝。
> 吹灯窗更明，月照一天雪。（《十二月十五夜》）

《所见》的题目表明，它是一首遇景入咏的即兴小品。通过牛背上歌唱着的牧童，忽然闭口而立，中间加入蝉声（当是忽然响起），从而推测出人物的心理活动。《十二月十五夜》着意刻画腊月十五之夜这一特定时刻，积雪这一特定环境中的异样的感觉。题材虽很细微，但富于生活机趣，确有新意。袁枚还注意通过细微题材来表现某种理趣，一定程度上加深了诗的内涵。

> 白日不到处，青春恰自来。
> 苔花如米小，也学牡丹开。（《苔》）

养鸡纵鸡食，鸡肥乃烹之。

主人计自佳，不可使鸡知。（《鸡》）

古代咏花诗初不曾顾及苔花，以其小如米粒，不起眼也。然而，诗人却从苔花悟出一个道理：苔花自不能攀比牡丹，而牡丹也不能取代苔花。世界之大，所贵者人尽其才而已，不必太介意自身的渺小。《苔》在构思上略近于韩愈《晚春》"杨花榆荚无才思，惟解漫天作雪飞"，却不必出于模仿。《鸡》更是一首具有象征意义的诗，刘大白说："一切资本家豢养劳动者，男性豢养女性，军阀豢养兵士的阶级豢养的背景，都被这几句诗道破了。不料旧诗中竟有这样的象征文字。"（《旧诗新话》）

通过翻案独出己见，也是袁枚常用的手法。此法多用于咏史题材，而有一些作品亦颇有现实意义。

吴王亡国为倾城，越女如花受重名。

妾自承恩人报怨，捧心常觉不分明。（《西施》）

莫唱当年长恨歌，人间亦自有银河。

石壕村里夫妻别，泪比长生殿上多。（《马嵬》）

以上两例，皆咏史习见题材。《西施》的独到处，在于从人性的角度，解剖了主人公由女人和政治工具的双重身份，导致的人格分裂、内心矛盾和痛苦，不仅是对传统手法的突破，而更是对传统思想的突破，应予较高的评价。《马嵬》也脱出古人同题诗的陈套，独出心裁，用诗评的方式，搬出杜甫《石壕吏》来压白居易《长恨歌》，巧妙地表现了作者的民本思想，虽属咏史题材，却具有深刻的现实意义。

综上所述，袁枚的绝句皆发乎性情，词尚自然，可读之作甚多。为王士禛、沈德潜后的绝句诗坛，带来了清新的风气。但袁枚立论也有偏颇，如说"有性情便有格律，格律不在性情外"(《随园诗话》一)。这就把客观的、外在的格律和主观的、内在的性情完全等同起来，实际上取消了格律，有损于诗的艺术性。其次，诗歌表现性情，却不必排斥用典，以学问为诗固不可取，而恰当的用典，却能加长联想，使诗意更加含蓄。唐人绝句即已积累了宝贵的经验。若一味排斥，则语言单薄，略无回味。加上取材偏于闲适，所以情趣较小，格调不高的失误也在所难免。朱庭珍批评他"误以鄙俚浅滑为自然，尖酸佻巧为聪明，谐谑游戏为风趣，粗恶颓放为雄豪"(《筱园诗话》)，虽是出于正统派的看不惯，却也一针见血，道出了他的某些弊病。

赵翼 (1727—1814)，字云崧，号瓯北，阳湖人。乾隆二十六年 (1761) 进士，授翰林院编修。曾任镇安、广州知府，官至贵西兵备道。乾隆三十八年辞官家居，一度主讲于扬州安定书院。赵翼的诗歌主张略近于袁枚，亦不满王士禛神韵说的不着边际和沈德潜格调说的流于空套，论诗重性灵而主创新。赵翼诗以五古见长，七绝亦有名篇，其诗吸收了白居易、陆游的某些优长，造语浅近流畅。他的论诗绝句以思想新颖、立论大胆著称，可以说是元好问之后流传最广的论诗绝句。

满眼生机转化钧，天工人巧日争新。

预支五百年新意，到了千年又觉陈。

李杜诗篇万口传，至今已觉不新鲜。

江山代有才人出，各领风骚数百年。

只眼须凭自主张，纷纷艺苑漫雌黄。

矮人看戏何曾见，都是随人说短长。

这些论诗绝句表现了一定的发展观点和追求创新的精神，对诗歌创作中的厚古薄今派和复古倾向，作了否定。"李杜诗篇万口传"一首豪情壮怀，尤脍炙人口，在明清论诗绝句中可谓首屈一指。他还以"矮人看戏"的生动比喻，辛辣地讽刺了"荣古虐今"、人云亦云的诗歌评论，提倡"只眼须凭自主张"，即独具只眼、不厚古薄今的诗歌评论。这种发展观点和追求创新的精神，也反映在他所著《瓯北诗话》中。《瓯北诗话》系统地评论了古今十大诗人的创作，李白、杜甫、韩愈、白居易、苏轼各一卷，陆游独占两卷，元好问、高启共一卷，吴伟业、查慎行各一卷。这样的安排正表现了发展的观点，特别是将只早于他几十年的查慎行与李杜等前代大诗人相提并论，在当时是相当大胆的。论诗以外，赵翼的其他题材的七绝，也以语言浅近，而言近旨远见长：

> 六尺匡床障皂罗，偶留微䗫失讥诃。
>
> 一蚊便搅一终夕，宵小原来不在多。（《一蚊》）
>
> 䎃䎃呼来矮屋西，可怜啄食只糠粞。
>
> 有时竟日无人喂，犹奋饥肠尽力啼。（《窗鸡》）
>
> 一抔总为断肠留，芳草年年碧似油。
>
> 苏小坟连岳王墓，英雄儿女各千秋。（《西湖杂诗》）

这些诗就题材而论，虽属平常，却能别具手眼，如《一蚊》从一个蚊子可以搅人一夕，联想到"宵小原来不在多"；《窗鸡》于报晓鸡的遭际，暗寓知识分子奉献与待遇的不称；《西湖杂诗》将苏小、岳王并提，"英雄儿女各千秋"的感慨中，包含着不小的话题。皆可谓举类迩而见义远，于绝句可谓得体。

不过，无论袁枚还是赵翼，在绝句创作上虽能自出心裁，却都不甚措意，用力不多。总体上看，思想内容虽新颖而不厚重，语言风格流利有余而凝练不足，可读性强而精品不多。贬之者或谓："袁枚、赵翼，倡优也。论者以为袁不及赵，实则袁思力甚锐，诗语鲜新，嫌略滑耳。赵则俳谐打油而已。"（邵祖平《七绝诗论》）所言不免苛刻，却也击中了要害。

清人题画绝句：郑燮等

袁赵之外，具有同样倾向，即以性情为本的绝句诗人，还有郑燮等人，不过在表现上略有不同。郑燮（1693－1765），号板桥，兴化（今属江苏）人。乾隆元年（1736）进士。曾任山东范县、潍县等地知县，为官清正，关心民生疾苦。乾隆十八年因请赈触忤大吏而辞官。郑燮具有多方面的文艺才能，擅场文人画，尤工兰竹。以诗、书、画称"三绝"。平生狂放不羁，多愤世嫉俗之举，略类于明代的徐文长。

作为诗人，郑燮主要继承乐府诗的优良传统，多反映社会黑暗及民间疾苦。其绝句创作，以题画诗为主。郑燮的题画诗一般都有寓意，在表现手法上则多用白描手法，或直抒胸臆，语言明白晓畅，通俗易懂。

大雪满天地，胡为仗剑游。

欲谈心里事，同上酒家楼。（《题游侠图》）

衙斋卧听萧萧雨，疑是民间疾苦声。

些小吾曹州县吏，一枝一叶总关情。（《潍县署中画竹呈年伯包大中丞括》）

咬定青山不放松，立根原在破岩中。

千磨万击还坚劲，任尔东西南北风。（《竹石》）

国破家亡鬓总皤，一囊诗画作头陀。

横涂竖抹千千幅，墨点无多泪点多。（《题屈翁山诗札石涛石溪八

大山人山水小幅并白丁墨兰共一卷》)

> 四十年来画竹枝，日间挥洒夜间思。
>
> 冗繁削尽留清瘦，画到生时是熟时。(《题画竹》)

这些题画绝句在有寓托上这一点上是相同的，但具体的寓意却并不相同，仍具有内容上的丰富性：如《题游侠图》为游侠传神写照，间接地表现了铲除人间不平的愿望；《潍县署中画竹呈年伯包大中丞括》借题发挥，表现了诗人对民间疾苦的关心；《竹石》以竹为象征，实际上是一首独立不迁的人格的颂歌；《题屈翁山诗札石涛石溪八大山人山水小幅并白丁墨兰共一卷》则由画思人，肯定了明末遗民的爱国热忱和民族感情；《题画竹》则是绘画经验的总结，包含艺术的辩证法。这些题画诗，发展了明代徐文长等画家诗人以题画绝句抒写性情的传统，表现了诗人的开阔、旷达的襟怀。在清人绝句中开出一道新的风景线。

夭折的天才：黄景仁

有清绝句诗坛名家辈出，乾嘉两代著名诗人还不少，如钱载、吴雯、杭世骏、黄任、张问陶、舒位、严遂成、黎简、宋湘、洪亮吉，等等，灿若群星，不一而足。然而要求唐之李王、宋之苏陆般的大家，则谈何容易。此事关乎运会，本章之首已作论列；亦关乎性分情，这一点还可以继续伸论。写诗原可以凭才，可以凭学。唐代诗人云蒸霞蔚，代有大家，原因之一即在于诗人以生活为源泉，主要依赖于才，故取径极广，不傍门户，各得展其性分之所近，故人人握灵蛇之珠，家家抱荆山之玉。所谓"诗人之诗"，莫甚于斯。宋人欲于唐诗外另立一奇，影响最大的江西派诗人，多以学问为诗，以文字为诗，主要依赖于学，使诗的文化品位提高，而生活气息略减。"学人之诗"，即此之谓。南宋的严羽已经感觉到唐宋诗的这个差别，认为当时之诗较之唐人，已堕第二义。遂于《沧浪诗话》中大声疾呼："诗有别材，非关书也。诗有别趣，非关理也。"实际上也就是希望恢复古诗和唐诗的优良传统，多一些本色的诗人，多一些诗人之诗。

诗歌创作不能没有生活的激荡，也不能没有艺术的敏感，丰富的想象力。艺术敏感和想象力固然可以培养，却更多地来自天分。本色的诗人并非不向前人学习，恰恰相反，因为他们对诗敏感，反而能够转益多师。只是始终不失个人的艺术直觉，所以能够不依傍古人，不以自作语为难。所作不但质优，且有量的保证。中国有作诗的传统，不会作诗简直不能称为文人。然而，远不是所有文士都具备诗人的气质，不少人写诗靠技巧、靠搜索枯肠，而不是靠直觉把握、靠信手拈来。无怪乎天才的诗人总是不世而出了。

在清朝这样一个特定时代，哪怕是在乾隆盛世，阶级矛盾和民族矛盾也是相当尖锐的。统治者在思想文化领域，采取了高压与怀柔两手抓的对策：对广大知识分子，一方面以八股取士相笼络，一方面诛除异端、大兴文字狱。这就使得大多数文人躲进书斋，潜心学问，以逃避险恶的现实。影响所致，诗歌创作亦"济之以考据之学，艳之以藻绘之华，才人学人之诗，屈情难悉，而诗人之诗，则千百中不得什一焉"（万泰维《味余楼诗稿序》）。在这样一种创作氛围中，出现"一些话语沉痛，字字辛酸的真正的诗人气质的诗"（郁达夫《关于黄仲则》），便足使人刮目相看了。而写出这样诗来的，就是才高命蹇的诗人黄景仁。

黄景仁（1749—1783），字仲则，武进（今江苏常州）人。北宋诗人黄庭坚之后。幼年丧父，16岁应童子试，在三千人中名列第一，而后屡应乡试不第。20岁时为养家糊口，开始浪游，屡作幕僚，足迹遍及浙江、安徽、江西、湖南等地。其间到过许多名山大川，"揽九华，陟匡庐，泛彭蠡，历洞庭"，"踪迹所至，九州历其八，五岳登其一、望其三"（洪亮吉《黄君行状》），开阔了眼界，拓展了诗材。在安徽学政朱筠幕，于采石矶太白楼宴会上即席赋醉歌，名噪一时。27岁时赴京，次年乾隆帝东巡回京，于天津献诗，考取二等，授武英殿书签官。然官卑俸薄，家计维艰。后例得主簿，加捐县丞。候补未果，乃为债家所迫，抱病离京，病逝途中，年仅35岁。

黄景仁诗才甚高，又爱好唐诗，特别推崇李白。其七言诗最有特色：古体直造太白之室，近体也写得自然工妙。其至交诗人洪亮吉评论说："自湖南归，诗益奇肆，见者以为谪仙人复出也。后始稍稍变其体，为王李高岑，为宋元祐诸子，又为杨诚斋，卒其所诣，与青莲最近。"（《黄君行状》）李白诗的精神实质，乃是冲决既成规范，天马行空地自由创造。故历来认为太白不可学，不是不愿学，而是学不到。黄景仁诗歌在思想内容上，与李白的差别还是很显著的。他与李白的相近，主要是性分的相近和舒卷自如的创作风度的相近。正因为这样，绝句尤其七绝，对于黄景仁来说，也是表情达意的最好诗体。

诗人短暂的一生中，大半时间是在贫病潦倒中度过的，兼之家累不轻，心理负担很重。故为诗多写遭遇的不幸和社会的不平，表现出一种力透纸背的孤独感，固不免于感伤低沉，与李白诗的雄快飘逸大异其趣。然而，诗人也不一般地嗟贫叹苦、啼饥号寒，常常通过最家常的语言，描写内心对亲人的担忧和负疚，表现刻骨铭心的人伦感情，生动反映了中下层知识分子的生存状态和苦恼，非常典型。其诗风格沉郁清新，语言极富表现力，迥异于时流：

> 几回契阔喜生还，人老凄风苦雨间。
>
> 今夜别君无一语，但看堂上有衰颜。（《别内》）
>
> 搴帷别母河梁去，白发愁看泪眼枯。
>
> 惨惨柴门风雪夜，此时有子不如无。（《别老母》）
>
> 打窗冻雨剪灯风，拥鼻吟残地火红。
>
> 寥落故人谁得似？晓天星影暮天鸿。（《岁暮怀人》）

千家笑语漏迟迟，忧患潜从物外知。

悄立市桥人不识，一星如月看多时。（《癸巳除夕偶成》）

正因为如此，这些诗不但在写出的当时即为诗坛瞩目，到一百多年后的20世纪30年代，还能引起其同乡晚出的瞿秋白、郁达夫等文学青年的共鸣，瞿秋白诗云："词人作不得，身世重悲酸。吾乡黄仲则，风雪一家寒。"（羊牧《我所知道的瞿秋白》）郁达夫则道："《两当轩集》所以风行的理由也很简单，第一，因为他的早死，他的潦倒和他的身后的萧条；第二，他的诗格在社会繁荣的乾隆一代之中，实在是特殊得很的。我们但须看他许多同时代人的集子，就能够明白。他们的才能非不大，学非不博，然而和平敦厚，个个总免不了十足的头巾气味。要想在乾嘉两代的诗人之中，求一些语语沉痛，字字辛酸的真正具有诗人气质的诗，自然非黄仲则莫属了。"（《关于黄仲则》）

飘零应识主人心，仗尔锄园守故林。

数载相随今舍去，江湖从此断乡音。（《老仆》）

白雪吴儿发曼声，华堂九月啭雏莺。

众中几点听歌泪，不到歌阑未敢倾。（《秋夜燕张荪圃座》）

历经磨难的人，往往有深厚的同情心。这也是黄景仁诗的动人之处。诗人所写的内容也许狭窄，表现胸襟毋宁是宽广的。正因为如此，虽然黄景仁诗一般说来多抒写个人积郁，却也有部分篇章表现出一种积极浪漫和奋发向上的情调：

一滩复一滩，一滩高十丈。

三百六十滩，新安在天上。（《新安滩》）

男儿作健向沙场，自爱登台不望乡。

太白高高天尺五，宝刀明月共辉光。（《少年行》）

《新安滩》一诗用加法，容易使人联想到南朝乐府《懊侬歌》（江陵去扬州），然《懊侬歌》谨守减法，内容极为现实，岂如此诗不更计和，而以"新安在天上"一句，使诗意得到飞升。虽是赞美河山，而情调浪漫，间接反映了诗人的抱负和志向。《少年行》用乐府旧题，塑造了一个站在太白山之巅峰，手执宝刀与明月争辉的英雄男儿形象，抒写少年的壮怀豪情。作风浪漫，绝不雷同唐诗同题之作。两诗的语言明快，情调单纯，正是诗人之诗的最佳体现。

掩釜何如轹釜来，区区恩怨事堪咍。

可知大度输臣叔，肯向军前乞一杯。（《羹颉侯冢》）

这首咏史诗取材独到，融口语文言于一炉，表现出作者极高的语言天赋。据《楚元王世家》载：高祖兄弟四人，长兄伯，伯蚤卒。始高祖微时，尝辟事，时时与宾客过其嫂食。嫂厌叔，叔与客来，嫂详为羹尽，轹釜，宾客以故去。已而视釜中尚有羹，高祖由此怨其嫂。及高祖为帝，封昆弟，而伯子独不得封。太上皇以为言，高祖曰："某非忘封之也，为其母不长者耳。"于是乃封其子信为羹颉侯（一作"颉羹侯"，颉是刮的意思）。作者就此讽刺道，大嫂诚不若刘邦之大度，在父亲将被烹之时居然说出"分我一杯羹"那样的玩笑话。

在学人之诗充斥的时代，黄景仁以本色诗人鹤立于其间，其诗给人以耳目一新之感，以其本色征服了当时读者，"乾隆六十年间，论诗者推为第一"（包世臣《齐民四术》）。可惜在前途未可限量之时，英年早逝，未能向纵深拓展，留下永久的遗憾。

524

时代风云和组诗：龚自珍《己亥杂诗》及其他

道光二十年（1840）发生鸦片战争，洋枪洋炮打开了中国的大门，随后太平天国运动风起云涌，中国的社会性质发生了重大变化，由独立的封建国家逐渐沦为半殖民地半封建国家，产生了新的阶级成分、社会思潮和社会矛盾。在新的社会生活和社会思潮的激荡下，近代诗坛发生了重大变革，诗歌创作开始冲决传统诗歌的樊篱，出现了新潮流。近代大诗人往往同时是思想家和政治活动家，他们以诗歌为武器，紧密围绕重大的政治斗争，深刻地反映这一特定历史时期的社会生活面貌和新的时代要求。

在鸦片战争的历史风暴到来前夕，被誉为"三百年来第一流"（柳亚子）的龚自珍，以启蒙思想家特有的敏感，忧念时局，呼唤风雷，成为近代诗歌的奠基人。而在龚自珍之前，还有一个得风气之先的粤东诗人张维屏，他曾以《三元里》一诗直接反映广东人民的平英团的反帝斗争，又常引新事物入诗。七言绝句虽然不多，却有首开近代风气之作：

> 造物无言却有情，每于寒尽觉春生。
> 千红万紫安排著，只待新雷第一声。（《新雷》）
> 攀枝一树艳东风，日在珊瑚顶上红。
> 春到岭南花不小，众芳丛里识英雄。（《木棉》）

这两首写景咏物体诗，皆非等闲之作。《新雷》特别有时代的象征意义，当时清政府日趋腐败，国家内忧外患频仍，诗人渴望一声春雷，冲破黎明前的黑暗，有似一篇革命预言。《木棉》借歌颂木棉，借寓对济世人才的渴望。皆可与龚自珍诗（如"九州生气"）并读。

　　龚自珍（1792－1841），号定庵，浙江仁和（今杭州）人，出身世宦家庭。自幼从外祖父段玉裁学习《说文》，有深厚的家学渊源。嘉庆二十三年（1810）应乡试中举，尔后参加会试屡屡受挫，经六次会试始中举。他从科场的坎坷体会到政治的腐败，敏感到国家面临的危机，逐步产生了改革的思想和要求。他在《西域置行省议》中忧念道："自京师始，概乎四方，大抵富户变贫户，贫户变饿户"，"各省大局，岌岌乎皆不可以支日月。"在《阮尚书年谱第一序》中指出"近唯英夷，实乃巨诈，拒之则叩关，狎之则蠹国。"在 30 岁左右，龚自珍在学术思想上发生了重大变化，他冲出了考据学的樊篱，接受了今文经学《春秋》公羊学派的影响，主张经世致用，关注现实政治和社会的重大问题，不断抨击时弊并提出改良主张。然而龚自珍长期沉沦下僚，初入仕为内阁中书，道光十五年（1835）迁宗人府主事，移为礼部主事祠祭司行走，两年后补主客司主事，官职都很卑微。以越位言事，触忤权贵，遂于 48 岁上辞官南归，两年后，即鸦片战争暴发的翌年，卒于丹阳云阳书院。

　　龚自珍今存诗歌绝大部分是中年以后所作，他擅场各体诗歌，而七绝一体就占了半数以上。道光十九年（1839）己亥，作者辞官南归，后又北上迎接眷属，将往返途中见闻及随想，写成 315 首七绝，总题《己亥杂诗》。《己亥杂诗》是一组规模空前、思想内容极为丰富的大型七绝组诗，其独创性表现在叙事、议论、抒情结合，不受格律的拘束，挥洒自如地历叙诗人旅途见闻、生平经历和思想感情，内容无所不包，形成一种自叙诗的格局，成功塑造了一个彷徨苦闷、呼唤风雷、意欲冲决网罗的诗人自我形象。鸦片战争前夕的时代风云，被卷进七绝创作领域，并由此产生了富于时代感的新型的绝句组诗。这使得龚自珍不但成为近代七绝之一大宗，而且成为整个清代三百年绝句诗坛上第一流人物。

　　在《己亥杂诗》中，龚自珍不但指出西方资本主义侵略势力对国家的危害，封建统治阶级的昏庸堕落，而且对人民的苦难寄予深厚的同情：

只筹一缆十夫多，细算千艘渡此河。

我亦曾糜太仓粟，夜闻邪许泪滂沱。

不论盐铁不筹河，独倚东南涕泪多。

国赋三升民一斗，屠牛那不胜栽禾？

清王朝每年要通过水路从南方各省运粮四百万担进京，贮之太仓，称为漕粮。龚自珍南归途经淮浦（今属江苏淮安市），亲眼看到成千只粮船沿运河北上的情景。当他深夜听到纤夫们沉重的号子声，想到自己也曾食用过这些漕米，不禁惭感交并，心潮翻滚，无法平静。"只筹一缆"一诗在写法上完全摆脱现成套路，随兴挥洒。一开始就是内心独白，发人深省：运河上拉粮船的民夫不计其数，无法点清，只需估算了一下——若果一条缆绳十多人，那么千艘粮船该耗用多少人力！面对这样惊心动魄的巨大劳动场面，诗人对人民痛苦的感受比任何时候都更加深切。接下去诗人并没有发表更多的议论，只就个人切身感受抒发感慨。虽说目前辞官南归，回想自己也曾为官坐食俸禄，不禁生出一种惭愧、负疚和忏悔之感。"不论盐铁"一诗则指出，不从开辟国家财源的根本问题上措手，而只向民间搜刮诛求，是舍本逐末竭泽而渔。人民不堪其苦，而国用亦将匮乏。诗人虽不在其位，仍不禁为东南斯民放声一哭。清政府明文规定的田赋不重，并曾扬言永不加赋。实际征求时，由于加成色、打折扣、贿赂勒索，使浮收之数，数倍于正额。"苏州府长洲等县，每亩科平粮三斗七升以次不等，折实粳米，多者几至二斗，少者一斗五六升，远过律载官田之数。"（冯桂芬《请减苏松太浮粮疏》）人民实际上遭受的盘剥，远远超出国家律法之明文规定。龚自珍这里实际上已深刻地指出，统治者不重视发展生产。一味加重剥削，也是在挖自己的墙脚。后果不堪设想。诗中运用句中排和反诘语气构成唱叹，议论富于情韵，增加了作品的形象说服力。

《己亥杂诗》中的抒情篇章，则更多地表现了对现实的失望和对未来的憧憬，表现了很深的忧患意识和孤独感，并不放弃对理想的追求，故特别耐人咏味。

> 浩荡离愁白日斜，吟鞭东指向天涯。
> 落红不是无情物，化作春泥更护花。

"浩荡离愁"一诗前二写出辞官南归的惆怅感和失落感，后二言近旨远，象征不以个人遭遇为意的奉献精神，以落红护花的形象语出之，从衰败中寄望于新生，颇有凤凰涅槃的意味，意蕴难以穷尽。从造语到境界，都是戛戛独造的。称得上是七绝史上的别开生面之作。

龚自珍诗词中经常运用一组具有独创性的、脍炙人口的诗歌意象，那就是"剑""箫"，或"一剑""一箫"，或"剑气""箫心"，如《己亥杂诗》"少年击剑"：

> 少年击剑更吹箫，剑气箫心一例消。
> 谁分苍凉归棹后，万千哀乐集今朝。

又如《纪梦》诗中的"按剑因谁怒，寻箫思不堪。月明湩酒薄，天冷塞花寒。驼帽春犹拥，貂靴舞不酣。忽承飞骑赐，行帐下江南"。《湘月》词中的"怨去吹箫，狂来说剑，两样销魂味"及绝句《漫感》：

> 绝域从军计惘然，东南幽恨满词笺。
> 一箫一剑平生意，负尽狂名十五年。

盖剑为武器，箫为乐器，两个意象，均常见于古诗词中。剑多与游侠题材结合，箫多与清宵月色相关联，二者本不相干。一旦被组合成对，便由其一武一文，一张一弛，因相互搭配而产生了多重象征意义：剑是狂，箫就是怨；剑是刚，箫就是韧；剑是行动，箫就是调养；剑是愤怒的反抗，箫就是积郁的发抒；剑是豪爽，箫就是缠绵，如此等等，各自代表了抒情主人公性格的一个方面。时人洪子骏评"怨去吹箫，狂来说剑"道："是难得兼得，未曾有也。"文征还特意画了一幅《箫心剑态图》以赠诗人。看来这一组意象，确实完美地表现了诗人自我的形象，深得屈原《离骚》初服之意，而具有时代的气息，是一个天才的绝妙的创造。

　　九州生气恃风雷，万马齐喑究可哀。

　　我劝天公重抖擞，不拘一格降人才。

　　《己亥杂诗》中的这一首诗，是诗人过镇江时，见当地正举行盛大的祭奠玉皇及风、雷诸神的赛事，因道士乞撰青词而作。照说给道士写青词，其内容应是"不问苍生问鬼神"，而诗人却借青词的形式，巧妙地运用了"风雷""天公"等字，写成了一首纵论天下事、鼓动性很强的政治诗。一百几十年以后，毛泽东在一篇文章中还满怀激情地引用了这首诗，亦可见其影响力之大了。而龚自珍的七绝本身，亦正具有驰骋想象，冲决常规，语言瑰奇，富于暗示的特点，在万马齐喑的时代中，具有振聋发聩的力量。

　　《己亥杂诗》中也间有论诗绝句，多能发人所未发，且借题发挥，自浇块垒：

　　陶潜事喜说荆轲，想见停云发浩歌。

　　吟到恩仇心事涌，江湖侠骨恐无多。

陶潜酷似卧龙豪，万古浔阳松菊高。

莫信诗人竟平淡，二分梁甫一分骚。

陶渊明其人其诗，在中国诗史上是一个奇迹。陶诗似乎很平和，又非常深厚；似不经意，却又意味无穷。而诗人似乎很超脱，有时却又很执着。朱熹《清遽阁论诗》道："陶渊明诗，人皆说是平淡，据某看，他自豪放，但豪放来得不觉耳。其露出本相者，是《咏荆轲》一篇，平淡的人，如何说得出这样语言出来。"龚自珍深有同感，"陶潜事喜"一诗从头至尾，全是想象陶潜写作《咏荆轲》时的神气和心情，栩栩如生地塑造了一个鲜为人知的、刚肠疾恶的陶潜形象。诗人认为陶潜咏荆轲不是发思古之幽情，而是借古人酒杯浇自己块垒，揣测其所以然，当是因为当时像荆轲一样行侠仗义的人，恐已不多。诗人不仅指出《咏荆轲》是豪放之作，而且探讨了它的创作动机。故较朱熹的论断进了一步。"陶潜酷似"一诗不但指出了渊明骨子里那个"豪"字，而且将他和高卧隆中的诸葛亮相提并论。自钟嵘《诗品》以陶潜为古今隐逸诗人之宗以来，历来论陶诗，统称其平淡。而诗人以"莫信"二字一概抹倒，认为如将陶诗三分，则有二分近于《梁甫吟》，一分近于《离骚》。《梁甫吟》本古乐府楚调曲名，内容多感慨世事之作。《三国志》载诸葛亮"躬耕陇亩，好为梁甫吟"。《离骚》是屈原的政治抒情之鸿篇巨制。诗人认为陶潜也是有政治抱负的、感情激烈的诗人，不能认为他浑身静穆或平淡。这种陶潜观较之朱熹又有深化。鲁迅先生说陶诗："除论客所佩服的'悠然见南山'之外，也还有'精卫衔微木，将以填沧海；刑天舞干戚，猛志固常在'之类的'金刚怒目'式，在证明着他并非整天整夜地飘飘然。这'猛志固常在'和'悠然见南山'的是一个人，倘有取舍，即非全人，再加抑扬，更离真实。"（《题未定草》六）这样的说法，自然更加全面。龚自珍对陶渊明之所以有如此认识，其中也包含诗人的夫子自道。

《己亥杂诗》之外，龚自珍的七绝杰作尚多，而且可以纳入同一范畴。如：

> 黄金华发两飘萧，六九童心尚未消。
>
> 叱起海红帘底月，四厢花影怒于潮。（《梦中作四截句》）

古人多有吟癖，梦中作诗或得句，当是常事，而自宋以下，以此为诗题者尤多。"梦中作"不是记梦作，因为记梦必是醒时所作。成都刘锋晋先生在世时，曾抄示梦中作一首予我，跋云："所谓梦中作诗，并不是真的在梦境中，而是在一种半睡半醒的状态中，脑际萦绕，涌出诗句。但这些诗句并不很定型。醒来后尽管还记得，总觉有某些不妥，因此加工润色是不免的。即使平时作诗，也有修改的情况，何况是在半睡半醒的状态中。因此我相信所谓梦中作诗，大抵类此。当然像苏轼那样的大诗人，作诗多，路径熟，得句易，也许修改的程度要小些。"这一段话，可供读者参考。梦中作诗，是潜意识的活动，因此诗的形象和结构，都较醒时作诗为奇，而且具有一定象征意义。因此梦中作，不可能是必须意匠经营的长篇大作，所以以绝句为多。至于诗人因不便显言，托为梦中所作，则当别论。龚自珍七绝中，题为"梦中作"者甚多，"黄金华发"即是组诗中的一首。黄金散尽，白发飘萧，是诗人梦中的画像。"六九"二字在可解不可解间，或以为语出《易经》指阴阳，引申为造物；或以为指岁数，以接"童心"。后二句确乎像是美丽的梦境，象征着焕发青春，再造辉煌。诗似锦囊得句，极有辞采，而意兴的酣畅，又非李贺所有。

　　钱仲联说："龚诗不仅表达了启蒙思想的进步内容，而且在艺术形式上鲜明地表现了独创性，桀骜不驯，大歌大哭，犹如彗星划破夜空，狂飙漫卷大地，打破了传统的思想和写法，它不是汉魏六朝诗，不是唐宋诗，而是真正具有独特面目的清诗。"这可以说是对龚自珍诗包含其绝句的最高的赞美。

龚自珍开启了卷时代风云以入大型七绝组诗的先河，《己亥杂诗》之后，值得一提的，还有稍后出现的贝青乔的《咄咄吟》。贝青乔（1810—1863），字子木，江苏吴县人。出身低微，科场失意，常为幕僚。道光二十一年（1841）投效扬威将军奕经幕中，参加抗英斗争。所作《咄咄吟》两卷，共120首七绝，每首之后有一则短文述所咏之事，将其在奕经幕中所见所闻，诸如军中重要举措，所历主要战事，对清朝军吏的贪婪、庸碌、愚昧等种种丑闻，予以无情揭露和讽刺。诗题取《世说新语》殷浩被黜，终日书空作"咄咄怪事"，讽刺之意甚明。如：

瘾到材官定若僧，当前一任泰山崩。

铅丸如雨烟如墨，尸卧穹庐吸一灯。

此诗注文为："骆驼桥距镇宁二城二十余里，故张应云屯兵于此，以为两路后应。廿八日夜半，见二城火光烛天，胜负莫决。继闻炮声四起，或请于应云曰：'我军不带枪炮，而今炮声大作，恐或失利，急宜运趋前队以助战。'而应云素吸鸦片烟，时方烟瘾至，不能视事。及廿九日天明，探报四至迄无确耗。日中，镇海前队刘天保等败回；傍晚，宁波前队余步云、李廷扬自慈溪带兵至，知其并未进城，而段永福等已败入大隐山。讹言蜂起，加以败残军士乏食，哭声震野。或谓宜再进，或谓宜速退，聚谋至黄昏不决。而英夷旋从樟市来犯，先焚我所弃火攻船以助声势，继闻发枪炮，豕突而至。我兵望风股栗，不敢接战，咸向慈溪城退避。而应云犹卧吸鸦片烟半时许，始踉跄升舆而走。"自鸦片传入中国，不少人吸毒上瘾，极大损害了人民身体健康，也削弱了军队的战斗力。诗中讽刺的那位武官张应云，是奕经的门生，便是一"瘾君子"，当时谑称"双枪将"。宁波镇海战役中，奕经以之为前营总理，驻扎在慈溪县东南的骆驼桥镇。此诗即讽刺他嗜毒成瘾，临阵因毒瘾发作，顾不得兵败后可能被洋鬼子活捉的危险。当清军望风股栗，向慈溪败北的时候，张应云"犹卧吸鸦片烟半时许，始踉跄升舆而走"。可见当其瘾来之时，连命也不顾了，需先吸鸦片后逃命，是何等荒唐！又如：

> 头敌苍黄奋一呼，飞九创重血模糊。
>
> 怜伊到死雄心在，卧问鲸鲲歼尽无？

此诗记乡勇头目谢宝树在一次战斗中中弹，呻吟一昼夜，临终犹问："宁波得胜仗否？夷船为我烧尽否？我则已矣，诸君何不去杀贼耶？"热情歌颂了爱国兵士英勇杀敌，不怕牺牲的壮烈精神。绝句体制短小，内容受限。诗人受说唱文学的启发，采用了就诗作注，先诗后文，诗文结合的手法，在绝句史上允为创新。不过《咄咄吟》在写法上比较单一，比较征实，因此主要从总体上显示其诗史的价值，艺术性逊色于《己亥杂诗》，能够单篇传世者实在不多。

晚清的掘墓人，从戊戌变法到辛亥革命的志士仁人，皆以诗歌为革命宣传和战斗的武器，抒发政治愤懑，多挟议论以行，有唤醒民众的作用，以沉郁的风格和洋溢的豪情震撼人心。这些政治家诗人，以丘逢甲、蒋智由、谭嗣同、梁启超、秋瑾等最为著名，其绝句多和血泪写成，应当以超审美的标准予以评价。

> 宰相有权能割地，孤臣无力可回天。
>
> 扁舟去作鸱夷子，回首山河意黯然。（丘逢甲《离台词》）
>
> 春愁难遣强看山，往事惊心泪欲潸。
>
> 四百万人同一哭，去年今日割台湾。（同上《春愁》）
>
> 落落何人报大仇，沉沉往事泪长流。
>
> 凄凉读尽支那史，几个男儿非马牛！（蒋智由《有感》）

望门投止思张俭，忍死须臾待杜根。

我自横刀向天笑，去留肝胆两昆仑。（谭嗣同《狱中题壁》）

猛忆中原事可哀，苍黄天地入蒿莱。

何心更作喁喁语，起趁鸡声舞一回。（梁启超《纪事诗》）

一雨纵横亘二洲，浪淘天地入东流。

却余人物淘难尽，又挟风雷作远游。（同上《太平洋遇雨》）

不惜千金买宝刀，貂裘换酒也堪豪。

一腔热血勤珍重，洒去犹能化碧涛。（秋瑾《对酒》）

虎口余生亦自矜，天留铁汉卜将兴。

短衣散发三千里，亡命南来哭孝陵。（于右任《孝陵》）

　　这批诗人生于国难当头之际，大都以天下为己任，故为诗不及个人得失，而心关万家忧乐。如梁启超（1873—1929）青年时即有感于清廷政治腐败，与康有为一起积极从事维新变法运动。戊戌政变失败后，东渡日本，"猛忆中原"一诗即用了著名的"闻鸡起舞"的故事抒写其对国事的关怀和振兴中华的决心。秋瑾（1875—1907）乃近代革命女杰，庚子事变后献身革命，谋求民族解放与妇女解放，成为她诗歌抒写的基本内容。"不惜千金"一诗意言为投身壮丽的革命事业，不但可以倾家荡产，而且应不惜牺牲去争取胜利。诗的关键在"勤珍重"三字。其所以要珍惜一腔热血，不是为活着而珍惜，而且为革命为胜利而珍惜。亦即一腔子热血要洒得是地方，以期转化为推翻头上大山的巨大的冲击力量。豪情满怀之作中，垫以"勤珍重"的款语叮咛，刚柔互济，亦深得绝句之旨。所以这些诗人的作品，都继续了龚自珍所开的风气，而形成当时诗坛的大气候。遂以洪钟一般的音响，压倒了四面的虫吟。

新派绝句：从黄遵宪到苏曼殊

欲表新派，先说旧派。晚清诗坛有一些脱离政治和社会现实的诗人，如崇尚汉魏六朝盛唐的湘湖派，崇尚宋诗的"同光体"诗人等，为艺术而艺术。就诗论诗，亦可谓各有偏长独至。如置诸乾嘉以上时代，固不失为一派一家。遗憾的是，这些诗人生在一个不平静的举步维艰、新思潮泛滥的时代，却两耳不闻窗外事，一味与古人对话，不免给人以抱残守缺之印象，自难予以较高评价。

太平天国运动失败后，资产阶级改良主义政治运动兴起，上层社会内部发生激烈的守旧与革新的冲突，西方声光化电科技知识传入。一些思想趋新的诗人，冲出旧的营垒，发动了一场"诗界革命"。此期新派诗人中，黄遵宪、梁启超最称翘楚。

黄遵宪（1848—1905），字公度，别号人境庐主人，广东嘉应（今梅州市）人。光绪二年（1876）举人，翌年任驻日本使馆参赞，日本明治维新的成就，使他思想上发生了极大的震动，认识到变法的必要性，并朦胧地产生了民主思想。八年调任驻美国旧金山总领事，两年后目睹了美国的大选。十三年修成《日本国志》，被推荐为驻英二等参赞。长期的外交生涯中，诗人接触了西方文明，开拓了政治视野，以改良主义为思想武器。回国后积极参加戊戌变法，变法失败后罢官归家，常与丘逢甲唱酬往还，与亡命日本的梁启超书信往还，并大量从事新派诗的创作，因此被梁启超树为"诗界革命"的旗帜。

所谓新派诗，就是运用旧体的形式，纳入新时代的思想和生活内容。也就是"旧瓶装新酒"或"熔铸新理想以入旧风格"。黄遵宪广泛借鉴古人和学习民歌，大胆使用新事物、新名词和流俗语，真正达到康有为所倡言的"意境几于无李杜，目中何处着元明"（《与菽园论诗》）了。

星星世界遍诸天，不计三千与大千。

倘亦乘槎中有客，回头望我地球圆。（《海行杂感》）

一夫奋臂万人呼，欲废称臣等废奴。

民贵遂忘皇帝贵，莫将让国比唐虞。（《己亥杂诗》）

照海红光烛四围，弥天白雨挟龙飞。

才惊警枕钟声到，已报驰车救火归。（《日本杂事诗》）

拔地摩天独立高，莲峰涌出海东涛。

二千五百年前雪，一白茫茫积未消。（同上）

　　"星星世界"一诗根据科学常识作推想，今日已为宇航员亲眼证实；"一人奋臂"写赴美见闻，对大洋彼岸的资本主义民主制度表示仰慕之情，寄托了诗人改良的政治理想；"照海红光"写在日本看消防队灭火的过程；"拔地摩天"写富士山。这些作品都取材于国外的见闻，内容和意境都是全新的，形式上则放宽了格律的束缚，使读者大开眼界，耳目一新。

　　其实在黄遵宪以前，就有清代诗人对异国风情产生兴趣。康熙时诗人尤侗（1618—1704）参修明史，既纂《外国传》十卷，在熟悉相关各国资料的基础上，写作了《外国竹枝词》百首。如：

吹螺挥扇舞刀都，圣鬐罗华知有无？

乞得中原音韵去，也来弄笔咏西湖。（《日本》）

金沙江上建牙军，贝叶书装金叶文。

酿取树头百瓮酒，醉骑香象望南云。（《缅甸》）

交易经营尽女商，针梳争买助红妆。

家家夜夜燃灯火，十岁人呼新嫁娘。（《真腊》）

这些诗描写国外的风土人情，虽也生动，毕竟是得之于书面材料和传闻，加上作者的想象，终如隔雾看花，没有亲炙亲闻如黄遵宪写得那样真切，那样地道。不过，尤侗首开风气之功，仍不可没。后继者如徐振《朝鲜竹枝词》、福庆《异域竹枝词》等，性质与之相近。至于外交使臣之作，则有道光年间丐香所撰《越南竹枝词》、光绪年间第一任驻日公使何如璋所撰《使东杂咏》、潘乃光《海外竹枝词》、署名局中门外汉的《伦敦竹枝词》，等等（详参王慎之、王子今所辑《清代海外竹枝词》），诗多猎奇记异，于诗后缀文加以说明，所记事堪琐屑，多滑稽突梯，如"西洋镜"。如《伦敦竹枝词》中关于西画模特儿写生和裸体画的几首：

> 石像阴阳裸体陈，画工静对细摹神。
> 怪他学画皆娇女，画到腰间倍认真。

原注："大博物院中有石雕人兽各像，人无论男女皆裸露，形体毕真，凹凸隐现，真如生者。谓使学画人物者得以模拟而神肖也。画工皆女子，携画具入院，静对而摹之，日以百计，毫无羞涩之状。盖亦司空见惯而不惊耳。"

> 家家都爱挂春宫，道是春宫却不同。
> 只有横陈娇小样，艳无淫亵丑形容。

原注："凡画美人者，无论著色墨笔，皆寸丝不挂，唯蔽其下体而已。听事、书室皆悬之，毫不为怪。"

> 丹青万幅挂琳琅，山水楼台著色良。
> 怪底画工皆好色，美人偏不著衣裳。

原注："油画院所聚油画数千幅，山水亭台，人物花鸟，无一不逼肖者。唯画美人以赤身为贵，或侧坐，或背面，不露隐处而已。"这些海外竹枝词，多以记录异闻为务，间有揶揄老外之意，在美感上比较滑稽。虽说是少见多怪，然而对于了解国人最初接触外界信息时表现的心态，还是有相当的认识价值。比较而言，黄遵宪的海外纪事诗，则更善于捕捉有价值的题材和信息，更能从社会、政治、科学等大处着眼，而主以个人抒情，绝非一般地搜奇记逸，所以在思想内容上和艺术上高出众作，也是必然的了。

新派绝句不但思想内容新异，在遣词造句上亦敢于立新，艺术韵味离传统绝句渐远。由于处在尝试的阶段，新派之作在艺术表现上高下参差，在内容与形式的结合上还不尽成熟，也是可以理解的。与此同时，另有一些诗人寄身他邦，亦以异国风情入七绝，却更多保持着传统绝句的风调，在艺术上达到较高造诣，苏曼殊就是其中很突出的一个。

苏曼殊（1884—1918），原名戬，曼殊为其法号，广东香山（今中山）人。出生于日本横滨，其母为日本人。早年因家庭矛盾而遁入空门，然而民族危难又使他不能忘情于现实，光绪二十八年（1902）后即投身旧民主主义革命。苏曼殊独特的身世、生活经历，造就了他独特的思想性格，他具有很强的诗人气质，情绪很不稳定，时僧时俗，时而壮怀激烈，时而放浪不羁，是一块作诗的材料。今存曼殊诗约百首，多为七言绝句。少数作品具有较强的政治内容，脍炙人口者如：

蹈海鲁连不帝秦，茫茫烟水著浮身。

国民孤愤英雄泪，洒上鲛绡赠故人。（《以诗并画留别汤国顿》）

此诗发表于1903年10月7日《国民日日报》的附张《黑暗世界》，署名苏非非，是现存曼殊诗中最早的作品。1903年4月，沙俄向清政府提出长期控制东北的无理要求，遭到中国人民的强烈反对。曼殊当时正在日本成城学校念书，激于爱国义愤，他参加了留日学生"拒俄义勇队"。为救亡奔走呼号，遭到表哥林紫坦不满，断绝了经济供给，迫使他辍学归国。归国后先在苏州逗留了一段时间，又转到了上海《国民日报》社任翻译。临行写下了赠别汤国顿（康有为的学生）七绝组诗。诗中概略追忆了诗人在日本投身爱国学生运动及归国后的一段经历和心情，即渡海归国一事。诗人是被迫辍学西归的，心情沉痛悲愤，身在远洋船上，大有前路茫茫，不知归程之感。三四即言以诗并画临别，却不质言诗画，而说成倾洒孤愤之泪于鲛绡之上，铸词之精警，形象之新美，情感之沉郁，使得这一首政治抒情诗非常富于情韵。在同类诗中堪为上品。

不过曼殊七绝更多地抒写个人身世恋情，以写景抒情之作为最上。由于诗的背景多在日本，所以又普遍地具有异国情调。与海外竹枝词不同的是，诗人本有一半东洋的血统，如鱼得水地与日本的环境相适应，对周围的一切只感到亲切，而绝没有少见多怪的口吻。因而这些绝句表现的美感，不是滑稽的，而是古典之中略带一点浪漫：

> 春雨楼头尺八箫，何时归看浙江潮。
>
> 芒鞋破钵无人识，踏过樱花第几桥。（《春雨》）
>
> 孤村隐隐起微烟，处处秧歌竞插田。
>
> 羸马未知愁道远，桃花红欲上吟鞭。（《淀江道中口占》）
>
> 柳阴深处马蹄骄，无际银沙逐退潮。
>
> 茅店冰旗知市近，满山红叶女郎樵。（《过蒲田》）

这些七言绝句，首首清新俊逸，饶有风调，上攀晚唐杜牧，而在内容上和在语言和意境上都有创意，又以异国情调取胜。蒲田是日本本州地名，在东京都大田内，面临东京湾，今羽田机场所在地。1909年初秋曼殊因思念义母河合仙而陪她旅行至逗子海湾。《过蒲田》诗中一面描写了海滨景色，诗人沿着柳荫，走近海滨，蒲田已在眼前，于是写帘招、茅屋、满山红叶和拾叶女郎，市郊景色清丽如画。冰旗是冷饮店的广告，而冷饮店在中国没有，寒食节的冷餐是另一码事。"满山红叶女郎樵"远远超出它所表现的实际生活内容，而成为一幅具有强烈美感的图画。傍海的一片枫林，红叶与女郎相互掩映，秋意的所在却洋溢着青春的活力。诗句将读者的注意力更多地引向美即形式，而不是真即内容。"茅店冰旗知市近，满山红叶女郎樵"创意之妙，一点也不比"停车坐爱枫林晚，霜叶红于二月花"差。诗中虽然没有写人的停步，可知他已不禁停步；虽然没有形容叶有多美，那叶的"红于二月花"也可想而知，甚至人的美于二月花也可想而知。

苏曼殊的七绝将异国情调与传统风调，很好地结合起来，以阴柔之美与龚自珍七绝的阳刚之美相映生辉，从而为绝句宝藏增添了新的品种。他完全称得上是龚自珍之后晚清最优秀的绝句诗人。

结束语

五四新文化运动以后，白话文学成为时代潮流，新诗一度成为汉语诗歌的主流，旧体诗词被人为地边缘化。然而这一现象持续的时间并不太长，在2015年召开的中华诗词学会换届会上，在新诗界颇有影响的诗人屠岸，在会上发言说，当代文坛有一个奇特的现象，这个现象在世界文坛上，在世界文学史上都是罕见的。那就是古代文体，半死半生。"半死"是指文言文，因为它基本上退出了文学创作的领域。"半生"是指诗词，呈现了一种复兴状态。单就七言绝句这种很难排斥在白话文学之外的"旧体"，其生命力即非常顽强，可谓代有其人，代有其诗。

例如有一首被广泛传诵的六世达赖情歌："曾虑多情损梵行，入山又恐别倾城。世间安得双全法，不负如来不负卿。"实际上已是一首不折不扣的七言绝句，它的汉译者，就是四川大学原中文系（即今文学与新闻学院）已故的曾缄教授，而曾先生的绝句，绝不逊于古人。《野老》诗云："闲时拄杖过东津，野老相逢意转亲。亦拟杀鸡共一饭，可怜鸡更瘦于人。"不但为史存照，而且充满了人情味和悲悯心，即是杰作。而川大历史系已故的缪钺教授擅场填词，不专工绝句，有《戏为一绝》云："欲辨妍媸本自难，谁言西子美无端？东施亦有倾城色，留待知音仔细看。"信手拈来，亦成妙谛。如果要这样举例下去，三天三夜也举不完。所以我有一句话，当代诗词包括当代绝句的入史，不是一个问题，而是一个时间问题。